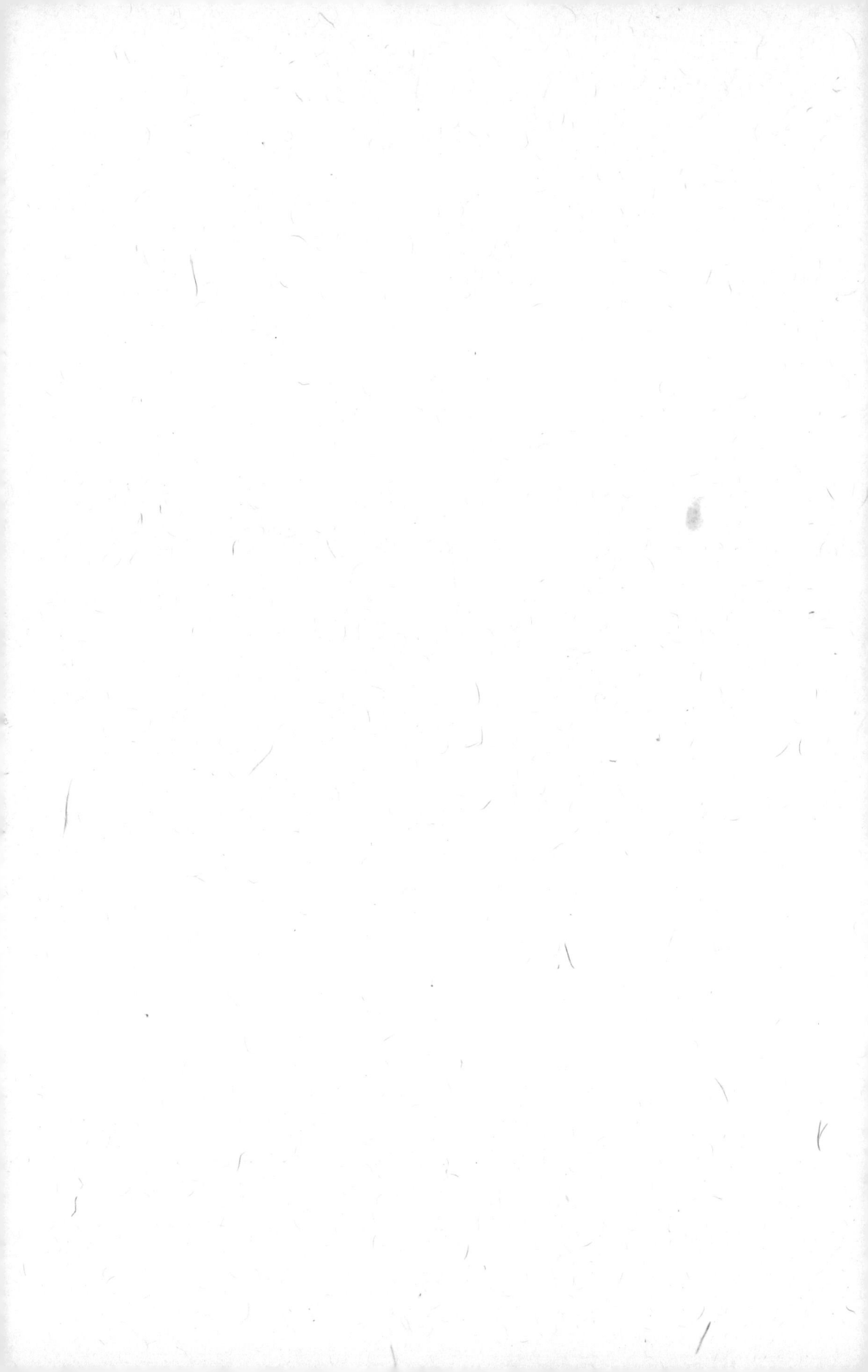

FROM

从 | 长 | 安 | 出 | 发

从长安到川滇 /上/

秦蜀古道全程探行纪实

王蓬 著

CHANG'AN

陕西新华出版传媒集团
太白文艺出版社

TO CHUANDIAN

图书在版编目（CIP）数据

从长安到川滇：秦蜀古道全程探行纪实 ：全2册 ／
王蓬著. — 西安：太白文艺出版社，2018.2
　（从长安出发）
　ISBN 978-7-5513-1166-3

　Ⅰ. ①从… Ⅱ. ① 王… Ⅲ. ①纪实文学—中国—当代
Ⅳ. ①I25

中国版本图书馆CIP数据核字（2017）第271132号

从长安出发
从长安到川滇：秦蜀古道全程探行纪实
CONG CHANG'AN DAO CHUANDIAN：QIN-SHU GUDAO QUANCHENG TANXING JISHI

作　者　王　蓬
责任编辑　马凤霞　彭　雯
书籍设计　张洪海
出版发行　陕西新华出版传媒集团
　　　　　太白文艺出版社（西安北大街147号 710003）
　　　　　太白文艺出版社发行：029-87277748
经　销　新华书店
印　刷　陕西金德佳印务有限公司
开　本　787mm×1092mm　1/16
字　数　580千字
印　张　32.75
版　次　2018年2月第1版 第1次印刷
书　号　ISBN 978-7-5513-1166-3
定　价　82.00元（全二册）

二千年春正阳菜花泛金放黄赐节余来汉中

参加王蓬新著《山河岁月》新讨论会多所观感慨王蓬

亦多感慨自己摇落其实今日不似昨日感叹韵响苍山虽无言

江河自有声万岁楼新年正月鉴平生与王蓬共勉陈实记

筆陣石門写

漢賦

乙蓮先生

原秋雨

著名学者余秋雨题词

名家推荐

陈忠实（中国作家协会原副主席，著名作家）

王蓬近十几年潜心于历史文化研究，由蜀道到丝绸之路，硕果累累，不下百万字的作品，奠定了由学者到作家的基础，完成了一次升华式的蜕变。

贾平凹（陕西省作协主席，著名作家）

要推举汉代之风，在霍去病墓前看石雕，汉代的艺术竟能在原石之上，略凿一些流利线条，石虎石马之形象就凸现出来，这才是艺术的极致。所以，在整个民族振兴之时振兴民族文学，我是崇拜大汉朔风的。王蓬近期的一系列作品，蜀道和丝绸之路是朝这个方向在努力并取得了显著成效，应该使我效法，陕西的其他作家应该向他学习。

陶喻之（上海博物馆研究馆员、蜀道专家）

王蓬的蜀道系列文章内涵宏富，观点有卓识，无论于史家、研究者，或广大读者，均有裨益。

查　舜（宁夏回族自治区文联副主席，著名回族作家）

王蓬的这部作品给我们的启示是：对于一个想成就一番事业的人来说，大都要有一个比较宽广的胸怀。只有这样，才有可能对国内国外各个地区、民族和国家的人和事毫无偏见。这部书中仅是那每一份素材的获得，都不知跑了多少路、问了多少人、翻了多少书、下了多少苦，这是那种患得患失的小心肠人根本不可能去做的事情。

聂鑫森（湖南省作协副主席，著名作家）

这部作品不是一般意义上的文化散文或文化随笔，而是表现出了王蓬学养上的扎实功力，融实地勘查、史乘考证、文字叙述于一体，浪漫的抒情与严谨的辨析相携而行，久远的历史与亲近的现实息息相关，情境、文境、史境互为叠合，摇曳多姿。

赵本夫（江苏省作协副主席，著名作家）

在王蓬的作品中，我感到一种可贵的东西，就是敬畏。对历史，对山川，对百姓，对一切应当敬畏的事物的敬畏。一个狂妄自大、不知天高地厚、张牙舞爪的人，其实是浅薄的。而一个有着敬畏之心、平静而憨拙的人，才真正是聪明而有力量的。我有理由相信，王蓬会走得更远。

目录

3

序
秦巴史诗　不朽画卷

韩梅村

▲韩梅村教授在王蓬蜀道专著研讨会上发言

　　从 1985 年算起，王蓬的蜀道写作，已整整 30 个年头，先后出版蜀道著作《山河岁月》（太白文艺出版社，1999 年 12 月）、《中国蜀道》（中国旅游出版社，2008 年 9 月）、《秦蜀古道》（三秦出版社，2009 年 9 月）、《栈道栈道》（西安出版社，2015 年 4 月），还创作了多集以秦蜀古道为题材的纪录片。这些作品产生广泛影响并多次获奖。尤其由文物专家罗哲文牵头的蜀道申遗提案采用了王蓬作品中对蜀道功能的六项概括：生命之路；智慧之路；战争之路；邮传之路；贸易之路；石刻之路。在此基础上，王蓬又用两年时间，把多年积累的文本和最新获取的材料融会整合，增订为《从长安到川滇——秦蜀古道全程探行纪实》，与他已经完成的《从长安到罗马——汉唐丝绸之路全程探行纪实》（太白文艺出版社，2011 年 1 月）、《从长安到拉萨——唐蕃古道全程探行纪实》（西安出版社，2012 年 4 月）共同组成了图文并茂、规模恢宏、气势磅礴的丝路三作。在我的阅读视野，还没见过哪位作家能用 30 年的时间，坚持坚守，持之以恒，在一个被岁月、被尘世漠视的领域做如此深入持久的开掘，而不去顾及文学界各种热闹的评奖或时尚走秀。仅凭此点，就有理由相信，读者会对王蓬的丝路三作充满好奇和期待。

　　鉴于我已为王蓬的《从长安到罗马——汉唐丝绸之路全程探行纪实》写过一篇长达万字的序言，这次王蓬修订完《从长安到川滇——秦蜀古道全程探行纪实》后，我又先睹为快，确切感受到书名的变化不仅是古道的延伸，更是内容的充实与加强，许多篇章都令人耳目一新，有振聋发聩之感，动情之余，写下这篇文字，权且为序。

　　蜀道或曰栈道、阁道、北栈、南栈。其作为一种历史存在，已经成为人们心灵深处的一种记忆，很少有人再提起。然而 1985 年夏，王蓬利用创作长篇小说《山祭》间隙写作的一组系列散文"古栈道风情"，"先是《汉中日报》连载，接着《人民日报》海外版也转载了"（王蓬《〈中国蜀道〉写作前后》，《延河》2008 年第 12 期）。这使王蓬意识到了蜀道的意义和价值。于是，他如醉如痴地开始了对蜀道资料的系统搜集和阅读。1992 年，应汉中市政府邀请，为电视片《栈道》撰稿，随摄制组全程考察蜀道，则为王蓬的蜀道写作提供了难得的机遇。自然，要真正系统而完整地传达出蜀道的外在风貌和内在神韵，还需要其他一系列条件的配合与支持，诸如思想境界的开阔、学养的深厚渊博、对事物感觉的敏锐、想象力联想力的丰富、对蜀道始终如一的虔诚敬畏心理以及良好的话语传达能力等。

一

王蓬在蜀道考察过程中，对蜀道进行了反复观察和思考。在《蜀道栈阁寻访记》一文中，王蓬说，"秦岭与大巴山，都是东西延绵，长达千里"，宛如两堵超厚实且又超高大的障壁横在人们面前，要想从中穿越过去，真是难上加难。李白一句"蜀道之难，难于上青天"，写尽了其中的惊心骇目和艰辛，更何况在远古时代，那里"没有人烟，食宿无着，当时植被茂密，古树参天"，这就更增加了翻越过程中的艰难程度。然而在那生产力极为落后的远古时代，当平原地区和半平原地区的生活资料已经不能满足整个先民的生存需要时，那些生活中的弱者和战败的部落为了生存需要得到满足，不得不从平原地区和半平原地区向山区发展。于是他们便"沿着温润平缓、植被茂密的河谷，一边采集，一边狩猎"，"辗转迁徙，长期探索。终于认识到隔绝中原与大西南"的秦巴山中，"竟然有河谷可通"！这"竟然"二字，可说充分传达出了王蓬对我国古代先民大智大勇的无尽赞美和敬仰之情。

马斯洛指出："任何需要的满足所产生的最根本的后果是这个需要被平息，一个更高级需要出现。"（《动机与人格》）

王蓬在《从长安到川滇》中就真实生动地揭示了先民们在漫长的岁月中，通过不断努力，在踩踏出一条又一条从关中平原通往四川盆地的原始小道后，伴随着社会的进步、生产力的发展，特别是铁器的出现，又真正开始了对蜀道的人工开发工作，以期在生存需要得到相对满足后，能够得到更高一个层级的满足。在《蜀道栈阁寻访记》中，王蓬根据《史记》等史书的记载，认为"秦人的建筑工艺相当发达，不仅留下万里长城、兵马俑等奇迹"，而且由于"秦始皇每消灭一个国家便在咸阳塬上仿造这个国家的宫殿，以空中阁道相通"，当时秦国的工匠已经掌握了修建空中阁道的技术。既然如此，王蓬认为，秦国必然会将修建空中阁道的技术运用于栈道的修建，"把自然踩踏出来的原始小道开凿成能过车马的栈道"。这样就实现了中国古代交通发展史上的一次"大飞跃"。不仅如此，在这篇文章中，王蓬还颇为激动地告知人们，"在穿越秦巴大山的七条古道中，古人依据不同的山形水势，创造了多种形态的栈道"。可以说，一部蜀道的历史，就是一部我国历代人民不断追求"需要满足"的历史。

二

王蓬在本书《蜀道旅游资讯》一文中说明："蜀道历千年之久，内涵丰富，呈网状发展，被专家认定的便达七条之多。其中穿越秦岭的四条，由东至西分别为子午道、傥骆道、褒斜道、陈仓道。穿越大巴山的有三条，分别为荔枝道、米仓道与金牛道。"作为一部以蜀道为表现对象的报告文学集《从长安到川滇》，显然没有必要对每条蜀道都一一进行叙说。因为同是穿越秦巴山区的栈道，它们之间必然会有许多相同或相似的地方。这中间就有一个表现对象的选择问题。王蓬通过对穿越秦岭山脉四条栈道和穿越巴山山脉三条栈道的实地考察，分别选择了其中最有代表性的由长安到眉县、然后穿越秦岭山脉的褒斜道和穿越巴山山脉、抵达成都的金牛道两条古栈道作为记叙的重点，而对其余几条栈道则采取了兼而顾之的做法。譬如《褒斜古道寻踪》一辑中的《揭秘首探连城山》《马道驿忆旧》《龙潭坝往事》《秦蜀襟喉武休关》《蜀道明珠张良庙》几篇是以褒斜道上的风物名胜及活动于其间的重要历史事件和人物为表现对象，而《云树暮春越凤岭》《铁马秋风大散关》中所记叙的凤岭、大散关风物却属于陈仓道，显然具有兼顾的意味。至于《蜀道栈阁寻访记》则是以穿越秦巴大山所有栈道为观照对象，明显具有统摄全书的作用。而第四辑"蜀道千古话沧桑"中的《蜀道雄奇多咏叹》《生命之路》《智慧之路》《战争之路》《邮传之路》《贸易之路》《石刻之路》《蜀道"楼兰"》诸篇，单看这些题目就可以知道，它们都是以整个蜀道作为写作资源的。显然，本书整体结构方式，尽管只是重点记叙了蜀道中的两条主要栈道，却达到了全方位表现蜀道的目的。

其实，王蓬即使在记叙褒斜道和金牛道一路风物人情和名胜古迹时，也不是有闻必录、有见必记，同样是选择了其中最有代表性、最能表现蜀道历史文化内质的地方和事件予以艺术传达。仍以"褒斜古道寻踪"一辑为例。王蓬写《揭秘首探连城山》，是因为连城山就在褒斜道南端起点褒谷口一侧，而且又和"一笑千金"的褒姒、汉高祖刘邦、北宋著名画家文同等有着密切联系；是因为褒谷口那里有"世界上最早的人工开凿隧洞"石门，有大量的摩崖石刻，与古栈道遗迹、萧何堰故址"融为一体，相互辉映，形成一座举世公认的艺术宝库"。写《马道驿忆旧》，是因为马道驿"留有历代筑路及开拓者的遗迹。附近河谷、山崖、栈孔密布，碑刻众多。往上有武休关，群峰高耸，中通一线，一夫当关，万夫莫开。南宋时爱国将领吴玠、吴璘兄弟曾在此抵御金兵达数十年之久"。历史上"明修栈道，暗度陈仓"的经典战例，"学者一致认为'明修栈道'修复的便是由马道经过的褒斜道"，而萧何月下追韩信的著名历史故事"则直接发生于马道"，如此等等。王蓬选择这些最具有代表性的内容加以铺写，既给人以眉目清晰、重点突出的阅读感受，又分明让人从整体上感受到了蜀道的历史文化风貌。

由于王蓬在《从长安到川滇》中既有对蜀道风物粗线条的大笔勾勒，又有对褒斜道、金牛道两条最有代表性的蜀道针脚细密的描述，这就达到了以线代面、线面结合、整体反映蜀道风貌的目的。加之，由于《生命之路》《智慧之路》等系列散文从不同侧面描述了整个蜀道所透示出来的历史文化价值和意义，让人觉得，好像是作者在镶嵌着七彩珍珠的织锦上又皴上了道道不同色料的底色似的，从而使得整个画面显得更加浑实，给人一种深沉厚重的历史感。不仅如此，王蓬在书内几乎每篇文章中，都配入了与文章内容相对应的照片。读者在阅读过程中，很容易产生一种联想，从而增强了阅读过程中的画面感。而正文后面编排的《栈道》解说词和五幅穿越蜀道的路线图，则使全书四辑共60篇作品记述的内容变得十分集中，就像是秦蜀古道的一个精编版大全一样。可以说，《蜀道旅游资讯》也不是游离于全书内容之外的闲文字。由于王蓬的叙述角度的独特和内容的简洁凝练与富有吸引力，所以品读这些言简意明的文字，将会一下子触发起读者急欲走进神秘诱人的蜀道，并亲身感受蜀道深邃文化魅力的浓厚兴趣。这些内容，很像是作家精心为我们描绘的蜀道长卷边上的简明注释，实际已经成为全书不可分割的一个有机组成部分。

三

《从长安到川滇》的突出特色是王蓬对蜀道丰富内涵的深入解读。

"文革"时期，由于王蓬父亲的被错划成分，致使王蓬在十岁时即随父母由省城西安被下放到汉中褒谷口附近的农村。初中毕业，王蓬虽然文化课成绩优异，却因"政审"不合格成为一名农民。做了农民以后的王蓬，每年都要多次进入褒谷："冬春进山砍柴"，"春季采青肥，伏天割牛草，秋季割毛竹，加之修渠筑路，没有哪年不进几次山的"。这样一来，王蓬就对深入褒谷口百多里路程的褒斜道风土人情十分熟悉。1992 年，王蓬应当时汉中市市政府的邀请，承担了大型历史文化系列专题片《栈道》的撰稿工作，"从始至终跟随摄制组拍摄了穿越秦巴大山的陈仓道、傥骆道、米仓道、子午道，并全程走完了汉唐时期的褒斜道与金牛道"。这就使王蓬对整个蜀道十分熟悉，有可能避开此类文章固有表现模式，将重点放在对蜀道自身的解读上。

第一，王蓬从对蜀道的考察中，解读出了古代人民的创造精神和聪明才智。在王蓬看来，古代先民踩踏开凿出来的原始小道，就已经体现出了一种可贵的创造精神和智慧。例如在留坝县境内界牌关附近，王蓬发现，"褒河沿岸数百米长的整体山石上凿有脚窝，间隔在半米左右，正好是一步距离。一边临河，一边为山崖，仅容一人行走"。王蓬"涉河过去仔细观察"，认为"这种脚窝显然系人工所为"。因为山石上的这些脚窝，"即使在铁器出现之前，新旧石器时代，也可以用石制的砍砸器凿出"。王蓬所以惊讶于古代先民的创造精神和聪明才智，是因为这些原始小道不仅在古代发挥了巨大作用，即使"现在，这些小道还为山区群众在捕捞、采集时使用"（《蜀道栈阁寻访记》）。

伴随着社会生产力的发展，特别是铁器的出现以及人们对蜀道重要性认识的日渐提高，将自然踩踏出来的原始小道提升至官驿大道的层次就成为一种历史的必然和先民的一种理性追求。王蓬在考察蜀道遗迹时发现，和古代先民自然踩踏出来的原始小道选道方向一样，古代栈道修建者也总是"尽量选择河谷、山垭、斜坡等平缓之处修道，除非临河悬壁才凿孔、架木、铺修栈道。多数地段，尽量就地取材铺凿石板，类如今天旅游景区铺设的石碥路"（《清风明月通天府》）。这进一步说明先民们在选道方向上的聪慧睿智。

王蓬认为，我国古代人民的智慧还体现在修筑栈道遭遇"临河悬壁"时所表现出来的那种因地制宜的灵活性上。王蓬在对蜀道考察时发现，这其中有两种情况：一是像褒谷口，由于"险峻的石崖""阻碍了栈道的畅通"。因此早在"东汉永平年间（公元58—75年）"，当时的工程技术人员便在这里指挥"凿通一条高宽各约4米，长达15米的穿山隧洞，时称石门"。王蓬经过测量，发现"多在距水面5～7米的高度"，因为距离水面较近，"所以采取的是平梁立柱式，即在临河石崖凿孔，塞进梁木，在水中栽立柱支撑，在独特地方也采取依坡架梁式、千梁无柱式等来搭修栈道"。像通过嘉陵河谷的清风峡和明月峡栈道，古代设计施工人员更是多方面总结经验，依据地形，修建了一种"多层搭架式结构栈道"。因为栈道距离水面"约50米左右"，无法安立柱，就把支撑力分解到几层梁柱上。"这段栈道因高悬山崖半空，既要防嘉陵洪水，又要防山崖落石伤及行人，所以还修有盖棚，宛如空中楼阁。"（《清风明月通天府》）这种因地制宜、灵活使用不同结构形态以应对修筑栈道过程中不同地理形势的做法，在王蓬看来，真正体现了我国古代人民的创造精神和智慧。

第二，王蓬在对蜀道的考察中，惊喜地发现，散布于蜀道沿线的众多美的事物令人目不暇接，其中主要有建筑美、艺术美和自然美。

王蓬从考察中解读出了蜀道的建筑美。古人修筑栈道的初衷，诚如王蓬所说，是为了生存的需要以及随之而来的征战、通邮、贸易等需求，可说具有明显的实用目的。

王蓬还从蜀道的考察中品尝到了众多的艺术美。主要表现在两个方面：

一方面是书法之美。王蓬指出，蜀道上的"古刻石碑"，"沿途随处可见"（《石刻之路》）。他认为其中最有代表性的石刻有三种：一是镌刻于陕西汉中褒斜道南端谷口的以《石门颂》为主体的"石门汉魏十三品"，"早在宋代便为古人珍视"，是我们"研究汉字及书法演变与发展的珍贵实物资料"；二是镌刻于甘肃成县西狭栈道天景山北麓崖壁转角处的《西狭颂》，早在"新中国成立前便曾有影印本问世，为研究习书者所推崇"（《西狭史诗》）；三是镌刻于陕西略阳徐家坪嘉陵江西岸的《郙阁颂》，它"曾被历代金石、文字学家收进述录"，因"其书法别具一格，为书坛所推崇"（《嘉陵瑰宝》）。

另一方面是诗艺美。由于蜀道的开通，大大方便了长安与大西南的联系。自初唐卢照邻以来，凡路经蜀道的诗人，面对蜀道以及道路两旁的自然美景，还有发生在蜀道沿线的战争、人文遗迹，往往触景生情，发为吟咏，形诸笔端，遂成为流传千古的名篇，形成了记录蜀道兴替盛衰、风云变幻、风土人情的诗歌长廊。王蓬在《从长安到川滇》的大部分篇章中，都引录了历代诗人歌咏蜀道的诗篇，还特别写了一篇《蜀道雄奇多咏叹》，具体引述了包括李白、杜甫、杜牧、李商隐、元稹、刘禹锡、苏轼、王安石、陆游、文同、杨慎、王士祯、宋琬、林则徐等著名人物的代表性诗章。在王蓬看来，这些不同时代的诗人们用他们的不朽诗篇，从不同侧面和层面，艺术地反映了蜀道的方方面面，从而构成了蜀道的一道独特风景线。

第三，王蓬对蜀道兴替盛衰命运的深入解读。

王蓬在考察蜀道时，那些与蜀道交错分布的现代公路、铁路也必然会同时进入他的视域，从而引发对蜀道兴替盛衰命运的深入思考。通观《从长安到川滇》，我以为，王蓬对蜀道的思考是理性的、思辨的，充分体现出了一种辩证的、历史的观点。

官驿大道替代原始小道，现代公路、铁路替代官驿大道，这是社会发展、进步的一种表征。关于这点，王蓬心里十分明白。正因为这样，王蓬对这种变化完全表现出一种顺向的思维。王蓬解读的深刻之处还在于，他通过对古代栈道和现代公路、铁路走向的对比性观察和思考，不仅充分认识到现代公路、铁路所体现的社会进步，而且深刻感受到了我国历代人民在蜀道修建上所表现出来的那种继承中创新的可贵品质。这正像王蓬说的，"古道基本上都是沿着河谷开辟",而"这种沿河谷选修道路的办法一直沿用到现代铁道与公路的修筑之中"。穿越秦巴大山的"七条古道大多数被今日公路、铁道利用或取代,继续发挥着作用"(《蜀道栈阁寻访记》)。正是因为有这种继承中创新的品质,才有了今天社会的进步。

王蓬解读蜀道的深刻之处还在于,有时与某一两难选择不期而遇,能够从中做出正确的抉择和判断。如王蓬在考察蜀道时发现,"20世纪修筑川陕公路时,虽基本沿着古栈道,但并未完全重合,公路裁弯取直,驿道却多曲折,这样也使得翠云廊得到保护……"(《翠云长廊接秦蜀》)。这里,王蓬并未因为翠云廊得到保护纯属意外而对修筑川陕公路语含讥讽、进而对存留下来的古栈道大唱挽歌或恋歌。他既恰如其分地称赞了川陕公路的修建,又对翠云廊能够得到保护感到由衷高兴,话语中充满了辩证。

王蓬解读蜀道兴替盛衰的深刻,同时还表现在,他敢于是其所是,非其所非,可谓是非明确,褒贬分明。王蓬述及20世纪30年代修建川陕公路西汉段时的情形。其中有经过武休关的一段公路,如果继续"沿古道顺河而行,此关无疑受损"(《秦蜀襟喉武休关》)。当时国家正处于抗日战争时期,川陕公路属于战备公路,对于"经过武休关的一段公路",青年工程师张佐周决定将原先的设计加以变通,"前于武休关数里便使路面上扬,越岭而过,既避开临河施工劈山斩岭之艰辛,又使古关无放炮开山损毁之忧虑",从而完整保护了这两段公路沿线的历史古迹。对于张佐周这种自觉保护国家珍贵文物的崇高品德,王蓬毫不吝惜笔墨,用"千秋功勋"这样最崇高、最美好的字眼表达了他内心的无比激动和对这位护宝功臣的由衷感激。而对于那些漠视甚或毁损蜀道文物的人和事,王蓬则立场鲜明地予以斥责。如书中写到这样一件事:被张佐周等人千方百计保护下来的褒谷口石门艺术宝库,新中国成立后尽管被列为全国首批重点文物要求加以保护,"虽经省市文物部门有识之士奔走呼吁,凿迁了最珍贵的'汉魏十三品',但褒斜道石门以及众多摩崖石刻","以及长达5公里的褒谷24景,褒姒故里",都"全部被库水所淹"(《继承缺失的文明》)。显而易见,王蓬在考察栈道过程中,栈道及其沿途古迹兴替盛衰之命运,一次又一次地激起他感情世界的汹涌波涛,引发他一次又一次内心深处的深沉思考,给人以很大的情绪感染和思想启迪。

第四，王蓬对蜀道特有风俗习惯的品读。

在本书中，就收有一篇《褒斜古道调查》。在这篇文章中，王蓬分别以"梭椤树下的歌手""婚丧嫁娶的变迁""服饰、职业及其他"等为题，娓娓叙说了蜀道沿线一带的诸多逸闻趣事和风俗习惯。王蓬在叙说这些逸闻趣事和风俗习惯时，不是纯客观地冰冷介绍，而是笔端饱含感情，完全是一种个性化叙说。如在"梭椤树下的歌手"一节中，王蓬动情地为我们讲述了一个名叫"江口"的地方，由于早年曾是蜀道上的一处驿站，所以"内蒙古、宁夏、甘肃的骆驼、马帮；四川、云南、贵州的商贾、艺人、工匠都经常经过这儿"，他们不但沟通着大西南和大西北的经济、贸易，还"把西北草原粗犷、悠扬的花儿（民歌调），西南各族人民的歌声带到了这儿，极大地丰富了这儿的山歌。单是歌颂劳动、歌颂爱情以及婚丧嫁娶时唱的各种民歌小调，就有几十种之多"。一个小小的梭椤村就涌现了两位"参加过省民间艺术会演"并获奖的歌手。这无疑是蜀道沿线村落一道特有的文化风景。又如在"喜葬"一节中，王蓬幽默地讲述栈道沿线人家老人多长寿、普遍有着视死如归气度、不忌讳年轻人"啥时抬你上山"之类的戏谑打趣。真的某位老人去世了，按照当地风俗埋葬后，"主人则散烟致谢，再无悲哀。至于酒席宴开，划拳吆喝，男女已尽是喜笑颜开"。面对这一独特风习，王蓬沉思道："细想，人生得意失望，起落升沉，实乃宇宙之一瞬。山区群众视死如归，化悲为喜，真有点儿唯物主义精神呢！"机智幽默中透着一种深沉。

四

王蓬在《〈中国蜀道〉写作前后》中说他写作该书时是"用史学的视角看蜀道"。所谓"用史学的视角看蜀道"，是指在考察、表现蜀道时力求客观、真实、准确，符合事物本来面貌。这一特点，可说贯穿作品始终。在对蜀道的宏观把握和传达上，尽管难度很大，王蓬也力求做到真实、客观、准确。正如王蓬所说："严耕望教授的《汉唐褒斜道考》体大思精，是研究汉唐时期褒斜古道的重要文献，但其中有个观点：斜谷长、褒谷短。我们全程走完褒斜道，发现不

▲王蓬与韩梅村教授探讨文稿

对，斜谷仅 70 余公里，褒谷长达 200 余公里，除非还有另外的'斜谷'。"数字确凿，论证有力，不容置疑。王蓬认为，导致严先生论述失误的根本原因，是"这位大学者客居香港，一生并未来过褒谷"。委婉地批评了严先生缺乏实地考察造成的缺失，语气平和，既明确说明事实真相，态度又极其委婉。王蓬通过阅读蜀道文献，了解到陈仓道、嘉陵古道经过的嘉陵江源头存在不同看法。为了弄清真相，他实地考察后指出："从历史典籍看，《尚书·禹贡》《水经注》认定秦岭南麓的嘉陵谷即为嘉陵江水正源。"王蓬说他，"一直探访到嘉陵山谷的尽头"，"发现的溪水大大小小有几十条之多"，"整体河床宽不盈丈"（《嘉陵古道探源记》）。至于这是不是嘉陵江源头，王蓬是只摆事实，不做最后结论。因为王蓬知道，下结论，那是有关方面专家、学者的事，对于作为作家的他来说，只要客观地写出所见事实真相就够了。可说，这是真正的史笔。

五

王蓬说他在《从长安到川滇》的写作中，是"用文学的笔法写历史"。因此在具体处理题材过程中，"尽可能挖掘人物内心深处的精神和情感，注意文字的感染力"，"注意表述的节奏感和音乐性"（《〈中国蜀道〉写作前后》）。这就是说，王蓬在《从长安到川滇》系列作品的写作中，虽然观照的对象属于历史范畴，却非常看重作品的艺术品格，追求作品的形象性和生动性，力求文与史的完美融合。

王蓬的这一追求在其作品中体现得非常明显。

首先，从作品语言系统看，王蓬所用话语显然属于文学话语。文学话语对作者的要求，诚如清代著名学者沈德潜说的，是"须带情韵以行"（《说诗晬语》）。《从长安到川滇》所用话语就具有这样的特质。综观全书，王蓬在传达他的蜀道见闻及其感受时，总是融主观情思于客观事象，通过富有感情色彩的话语描述着事象的方方面面和来龙去脉，表达着自己的主观情思和对事物的客观价值判断。如《嘉陵新源藏区考》一文，完全是论文的题目，但当我们一旦接触具体作品，便立即发现这是一篇游记性质的作品。王蓬在开头，只是简单说明，判定江河源头专家设定的四条标准以及依据四条标准得出所谓白龙江乃嘉陵江源头云云。然后即集中笔墨，描写白龙江一带的风土人情，追踪古代诗人留下的不朽诗篇和当年红军过草地时留下的历史足迹，特别重点记叙了"跨越川甘两省、规模和名气都很大的郎木寺"，详细叙说了对郎木寺的观感。及至谈到嘉陵江源头，却只是通过"讲解的喇嘛"的手指口述加以交代。整篇文章用语轻灵柔细，情感充盈洋溢，并没有一般科学论文的那种论证推理和结论，说它是一篇关于白龙江一带风土人情的生动叙说更为合适。

其次，在文章结构上，王蓬十分留意发掘表现对象本身所蕴含的某些"情节性"因素，从而通过一定"情节"因素将所要表现的内容串联起来，以使整篇作品既结构严谨，又有起有伏，形成一种节奏感和音乐性。如《寻访天下第一驿》，单看这题目，就具有很强的文学色彩。王蓬在结构作品时，先引用中唐诗人元稹有关诗句，说明被称为"天下第一驿"的褒城驿的规模，然后用"当年，'天下第一驿'的褒城驿到底在哪儿呢"一句截断，让人陡生悬念。接着，王蓬采用一种一一排除的写作方法，对原先设定的几处可能是褒城驿遗址的地方，通过实地勘察，一一加以否定、排除，最后才将真正符合元稹诗中描述的褒城驿遗址的"底儿"抖搂出来，很有点儿层层剥笋的味儿。这显然是一种十分讲究作品章法的文学作品才具有的品格。

对于有些表现内容比较单一的作品，王蓬也是用尽心思，巧为安排，尽量使其具有可读性。如《首探连城山》一文，王蓬先写连城山历史地理位置的显赫，说明应当探访，从而为探访连城山蓄势。继写自己所住地方距离连城山本来就不远，上初中时，更是近在咫尺，"几乎每天清晨，首先看见的便是连城山那巨大的剪影"，却没有攀登过，从而进一步为探访连城山蓄势。三写连城山就屹立在褒斜道的南道口旁，要探访褒斜道，就应当首探连城山，从而再次为探访连城山蓄势。经过这样层层蓄势，就极大地激发起了读者对本文的阅读期待。我以为，这种极具匠心的开头方式，也只能是文学作品才有的一种追求。在这方面，给我留下极为深刻印象的，是《蜀道"楼兰"》后半部分对"与傥骆道相连的一条支道上遗存的骡马店、蒸笼场两处集镇"废址的想象性描述。其间，王蓬以极其丰富的联想和想象力，构织着这两处集镇从选址到集镇出现、再到扩大规模、直到毁弃的全过程，具体、生动、形象、逼真，让人宛若置身其中。这显然也是只有文学作品才有的品质。

复次，王蓬在对蜀道见闻的描述中，特别重视将与表现对象有关联的历史传说、神话故事、逸闻趣事和诗人题咏融入作品之中，使其成为整个叙述内容的一个有机部分。如《神奇险峻武丁关》中关于金牛屙金块的逸闻趣事和五丁开道的神话传说的叙述，《马道驿忆旧》中关于萧何月下追韩信的历史故事及有关题咏的叙说，《铁马秋风大散关》《秦蜀襟喉武休关》中关于吴玠、吴璘兄弟抗击金兵侵略故事的陈述，《沧桑祁山道》中对诸葛亮六出祁山历史的讲述，《雄视天下剑门关》中关于陆游"细雨骑驴入剑门"一诗的引用等。这些历史传说、神话故事、趣事逸闻和诗人题咏在王蓬的蜀道散文中，不是单一的孤立存在，而是根据表现对象，常常数者并存，与所要表达的主题融为一个完整的艺术整体。不用说，这也是一般文学类作品才有的写作手法。

最后，王蓬在考察、表现蜀道事象过程中，表现出了一种自觉的审美意识。诸如文章中对古人选道智慧的褒扬、对栈道搭建深合科学原理的赞美、对"汉三颂"艺术品位的称颂等，都突出表现了王莲作为一位优秀作家所特有的那种高度自觉的审美意识。特别是当王莲写他考察蜀道而暂时离开喧嚣的公路，进入某段人迹罕至、尚保存完好的古道或生态环境良好的村落时，心里觉得大自然"顿时把人带入了一种仿佛没有纪元的岁月"（《翠云长廊接秦蜀》），看到"一切都笼罩于暮春的氤氲雾气之中，似现非现"，感觉"真正恍若隔世"（《秦岭深处话古镇》）。这种感觉就不仅是一般的审美意识的表露，而是完全进入到了一种高峰体验状态时才会有的心理现象。

对于学者化的作家王莲来说，一方面，他"用史学的视角看蜀道"，另一方面，他又"用文学的笔法写历史"。正是在这种文（形式）与史（内容）相融互补的写作格局中，王莲完成着他对蜀道的深入解读和思考。因此，《从长安到川滇》一书不仅内容真实深邃，能够给读者提供历史、地理、书法、建筑、园林、文学、民俗、哲学等多方面的知识滋养，而且表现手法自然、质朴，语言柔美、机趣，能够让读者感受到一种阅读艺术作品时才会出现的那种特有的精神愉悦。可说，收获是多方面的。

韩梅村，文学评论家，教授，中国作家协会会员，曾创作出版《走近唐音阁——霍松林研究四题》《王莲的艺术世界》《人生多棱镜》等多部学术著作。

第一辑／褒斜古道寻踪

蜀道栈阁寻访记

栈道千里，通于蜀汉，使天下皆畏秦。

——《史记·范雎蔡泽列传》

一

古今道路，常因时代不同，官方与民间，书面或口头，表述方式有很大的区别。比如蜀道，显然是书面称谓，或者是唐宋时期的说法。今日书面上或群众则称316国道、108国道、川陕公路、宝成铁路等。查史料可知，秦汉时期，把从国都长安通往四川乃至云贵的驿道称栈道、阁道、五尺道，唐宋时称蜀道、山南驿道，明清时期，官方和群众都把穿越秦岭的驿道称北栈，把穿越巴山的驿道称南栈。由于李白名作《蜀道难》的巨大影响，蜀道这一称谓贯通古今，影响最大。

那么何为蜀道？从广义讲，凡通往古蜀国，即今日四川的道路都可以认为是蜀道。但史籍所载主要是指中国古代汉唐时期，由国都长安通往四川成都的陕川驿道。李白当年咏叹的蜀道也是指这条道路。蜀道常与栈道或栈阁联系在一起，其实，栈道、栈阁、阁道是一回事，也可以说是蜀道中的精彩华章。蜀道是从长安出发，在八百里秦川修筑的宽阔驿道。栈道是为穿越秦巴大山修筑的一种特殊道路，曾在历史上发挥过巨大的作用。有多条栈道在汉中境内经过，因为汉中恰在西安与成都之间，为蜀道必经之地。为整理发掘历史文化遗产，1992年初，我应汉中市政府之邀，承担系列专题片《栈道》的撰稿工作，随摄制组用了将近一年的时间对几条古道做了实地探访和考察，基本上弄清楚了栈道起源、位置、变迁以及现存的遗迹。

褒斜（南北）栈道

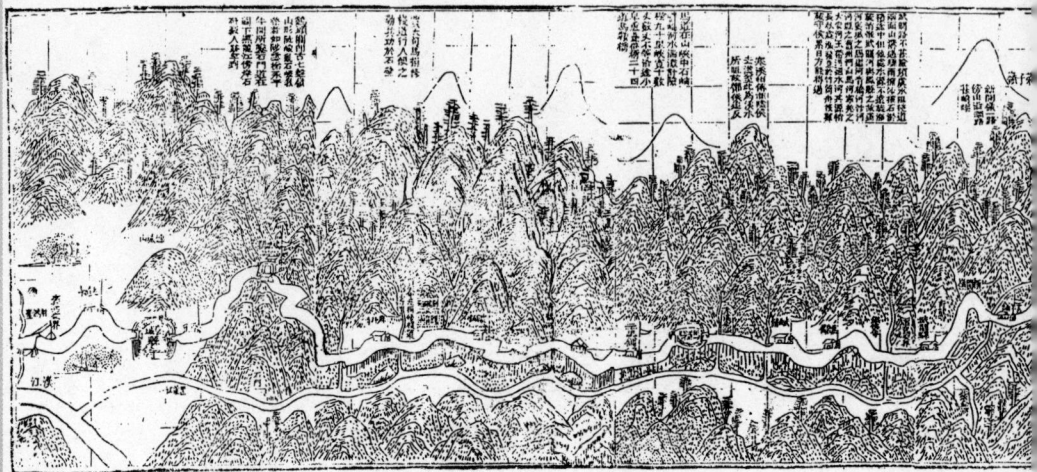

二

动身之前，我首先查阅典籍方志，了解什么是栈道。《韵会》称：小桥曰栈。《汉书》载：栈道，飞阁复道相通也。《辞海》中说：我国古代在峭岩上凿孔、架木、铺板而成的道路。

那么古人为什么要修筑这样的道路呢？这是古代政治、经济和生产力发展到一定历史阶段的产物。我们知道，关中平原曾是十三个封建王朝建都之地，周、秦、汉、唐更是把华夏民族的威武雄壮推向极致。既然关中长安是全国中心，那就必然要修筑四通八达的驿道把京都省府与边城远地串联起来，政令方能下达，赋税才能集中，国家方能统一。若在平原，道路修筑就比较容易。早在西周，就已建立了整套修筑道路的规格与标准。道路分为经、纬、环、野，与田亩面积、水渠长短、城邑大小统一规划。整齐而富于变化，统一中透出威仪，充分显示出礼仪之邦的高度文明。

但在关中平原与四川盆地乃至整个大西南之间却横着一道天然屏障：秦岭与大巴山。它们都是东西延绵，长达千里。秦岭最窄处也有二三百公里，没有人烟，当时植被茂密，古树参天，进山完全可能迷路。那么古人是怎样穿越这些蛮荒峻险的大山，沟通中原与大西南的呢？

我国最早的典籍《尚书·禹贡》中有涉及秦蜀古道的记载："浮于潜，逾于沔，入于渭。"《史记·六国年表》说公元前451年，秦历共公二十六年"左庶长城南郑"。说明秦人已从关中直走到汉中。早在西周，居住在中原的郑国受到犬戎攻击，"郑民南奔"。蜀人参加牧野之战，说明蜀人殷末已走向中原。穿越秦巴

▲褒斜南北栈道图

选自清·嘉庆十八年 （1813） 《重刻汉中府志》

大山的古道的发现与使用应远在三皇之世，距今已有四五千年。

再一个事例是"一笑千金"的美女褒姒生长于秦岭南侧的古褒国，而周幽王的国都却在关中长安县斗门镇附近，可见居于秦岭两侧的古人已有频繁的交往，险峻的秦岭并不曾隔断人类的婚姻联系。

那么古代先民是怎样发现和开辟道路的呢？著名地质学家李四光说过，由于地球自转、内营外力的结果，秦岭成为突兀云表、东西延绵的大山，以主脊为界，北坡的雪水流进渭水汇入黄河，南坡雨水则归流汉水汇入长江。

三

亿万斯年，岁月悠悠。

秦岭被雪雨激流冲刷为条条幽深狭长的河谷。这些河谷又被古人利用。可以想见，当初尚未完全摆脱游牧状态的古代先民，为了生存，沿着温润平缓、植被茂密的河谷，一边采集，一边狩猎，辗转迁徙，长期探索，终于认识到隔绝中原与大西南的秦岭山中，竟然有河谷可通。桃李不言，下自成蹊。古道首先经历了自然踩踏与自然发现的阶段。

在实地考察与拍摄专题片的过程中，我们发现的多处古道遗迹都印证了专家们的推断。首先，古道基本上都是沿着河谷开道，河谷平缓，少翻越山岭之苦。比如褒斜道是沿褒水与斜水开道；故道，也就是陈仓道则沿着嘉陵江河谷开道；傥骆道则沿傥水与骆水开道。这种沿河谷选修道路的办法一直沿用到现代铁道与公路的修筑之中，被称为沿溪线。

▲栈道是古人依山临水搭制的特殊通道，此为今人仿制（牛江林摄）

▲古蜀道示意图

▲褒谷口远眺，此为北越秦岭之始

　　这在中国文字中也能找到依据，古语"无水不成道"。所以道路的"道"字加"辶"部首，因要沿水才能行船。可见古道产生于古文字之前。

　　在穿越秦巴大山的多条古道之中，褒斜道最具古道特点。这条古道因褒水、斜水得名。它的北口在关中眉县斜谷关，南口在汉中市北15公里处的褒谷，全长近500华里。离开秦岭南侧的古城汉中，沿褒水进入秦岭，一直走到源头，也就是今天太白县五里坡附近，褒河在那儿已完全是一条小溪。太白县是整个秦岭山脊最为平缓的一段，可以说是一块高山平原，如今坐落着太白县城。由县城到斜谷需要下五里左右的山坡，并不险峻，再沿斜水河谷出山，几乎不越一座高山，便可穿越天险秦岭，到达古都长安。这充分体现了古人选道的智慧。

　　褒斜道如此近捷便利，所以许多专家认为褒斜道为蜀道之始，发现最早，使用时间最长，对历史、文化、贸易交流所起的作用最大。

　　我们在实地考察中发现，秦岭山中的河谷地带，至今还残存着一些古代先民踩踏开凿的原始小路。比如留坝县境内界牌关附近，褒河对岸数百米长的整体山石上凿有脚窝，间隔在半米左右，正好是一步距离，一边临河，一边为山崖，仅容一人行走。我们涉河过去仔细观察，这种脚窝显系人工所为，即使在铁器出现之前，新旧石器时代，也可以用石制的砍砸器凿出。直到现在，这些小道还为山区群众在捕捞、采集时使用。访问中得知，凡沿河谷不时能发现这样供人行走的小道。后请教专家，得知这极有可能就是古代先民开辟的原始小道。

　　这些原始小道显然为以后的官驿大道修筑提供了先期准备。事实是之后的驿道也正是经过长期筛选，逐步定型下来的，目前被专家们确认的古道有七条。其中四条穿越秦岭，由西至东为：陈仓道，由宝鸡越大散关，经凤县至勉县茶店出口；褒斜道，由关中眉县斜谷进山，从汉中褒谷口出山；傥骆道，由关中周至进山，至洋县傥水口出山；子午道，由长安县南子午镇进山至安康石泉出山。穿越大巴山的有三条古道，由西向东为：金牛道，即今勉县西行经宁强入川的道路；米仓道，由汉中南行经碑坝进入四川；荔枝道，由镇巴至万源的道路，接涪陵，因曾为杨贵妃送荔枝的马队经此道而得名。

除了目前被专家们确认的穿越秦巴大山的七条古道之外，我国历史地理学奠基人之一史念海教授在《河山集》中提出，穿越秦岭的古道还应包括武关道，此道从关中蓝田开始，沿丹江、过武关穿越秦岭。

这也是公元前 312 年秦惠文王"攻楚汉中，取地六百里"进兵的路线。因当地河水名而置汉中郡，为秦初三十六郡之一。郡治初设南郑，曾迁至西城（陕西安康市汉江北岸中渡台）。东汉建武元年（公元 25 年）改迁南郑（在今陕西省汉中市汉台区）。这样穿越秦岭的古道就成为五条，与穿越巴山的三条古道形成"三五格局"，与古人认定的"三皇五帝""三山五岳"等"三五之道"相符合。这种说法，我国历史地理学大家严耕望先生在所著《唐代交通图考》中也予以肯定。

<h2 style="text-align:center">四</h2>

需要说明的是，当初古代先民自然踩踏、自然发现的原始小道并不是栈道。把原始小道开辟为官驿大道是古代社会发展到一定历史阶段的产物。

据史料记载，秦人的建筑工艺相当发达，不仅留下万里长城、兵马俑等奇迹，秦始皇每消灭一个国家便在咸阳塬上仿造一座这个国家的宫殿，以空中阁道相通。"周驰为阁道，自殿下直抵骊山"，这种空中阁道从咸阳直到临潼，延绵百里不绝。秦代工匠修筑空中阁道的技艺，很自然地会运用到修筑栈道中去。更重要的是，秦人此时已发现和使用铁器。成书于周秦之际的《山海经》记载秦地有六处产铁。《中国冶金简史》也记载："近年来，在陕西临潼、咸阳一带，出土了不少秦的铁农具和铁工具，如铁凿、铁铲、铁犁、铁锤等。"铁器的发现和使用 不仅使秦王朝能够开凿郑国渠与广西灵渠、四川都江堰等不朽的水利工程，也为凿架栈道提供了巨大的技术支撑。把自然踩踏出来的原始小道开凿成能过车马的栈道，是中国古代科技力量的一大飞跃。铁器的使用，不仅使兵器、水利、农业取得了巨大发展，也使古代交通产生了一次大飞跃。在秦巴大山中凿架栈道，不仅是秦王朝统一六国之前国力的炫耀，也是早于万里长城和大运河的一项大规模的土木工程。所以，最早记载栈道的《史记》中说："栈道千里，通于蜀汉，使天下皆畏秦。"

在穿越秦巴大山的七条古道中，古人依据不同的山形水势，创造了多种形态的栈道，依据遗迹复原，有五六种之多。最多也最常见的是平梁立柱式，即在临河石崖上凿孔架木，在水中立柱支撑，加上栏杆，铺上木板，便可供人马行走。还有依坡搭架式、多层平梁支撑式、平梁立柱加棚盖式等。最绝是一种千梁无柱式，由于河水湍急汹涌，无

▲陕西略阳发现的仪制令是南宋时的交通法规

法在河中安置立柱，于是单把石柱木梁插进悬崖壁孔，再铺上木板，类似今日楼房伸出的阳台。据说，这种栈道还是诸葛亮的发明，在史书中有记载。我们在秦岭深处太白县境内，也寻找到了当年诸葛亮屯军赤崖残存的七根石梁，足见记载不谬。

在嘉陵古道经过的汉中略阳县，出土过一方南宋时期的碑刻仪制令，内容是："贱避贵，轻避重，少避长，去避来。"这也是我国目前唯一发现的古代交通规则，除"贱避贵"不合时宜之外，其余至今仍包含在现代交通法规之中。可见栈道建成，便有与之配套的法规可供执行。

这七条古道大多被今日公路、铁道利用或取代，继续发挥着作用。至于栈道的各种形制及邮亭驿置等配套设施，在漫长的岁月中发挥的作用，与重要历史事件和历史人物的关系以及沿途关隘险阻、风光民俗则不是这篇短文所能涵盖，容后叙之。

毕竟，这足以和万里长城、京杭大运河媲美的古老栈道，应该让更多的人知晓。尽管沧海桑田，兵毁火焚，这一古代奇观几乎消失殆尽，但好在山川河流、关隘格局古今并无太大变化，栈道沿途青山绿树依旧，夕阳流水依旧。且让我们沿着古老的谷道，去窥探当年栈道的威武神奇，去瞻仰栈道的魅力风采，也了解和认识千百年来栈道沿途群众的风土人情、生存状态和关于他们的长长的叙说不尽的美丽动人的故事……

▲ 连城山雄姿

揭秘首探连城山

　　古人穿越蜀道，今人探访蜀道，都绕不开褒斜道，言必称"褒斜"。探访褒谷，却又必访连城山。连城山位于汉中市北 15 公里古褒谷口西侧，与汉王寨（山名）隔褒水相峙。正是由于此二山存在，才形成扼秦蜀咽喉的褒谷口。

　　连城、汉王二山均属秦岭南麓最后的突兀云表、高耸天际的山峰，奇绝之处在于山脚下即为江汉平原，并无丘陵过渡，从平地崛起，分外奇伟。

　　二山都有些来历，汉王寨附会上刘邦，山顶确有巨石垒寨，龇牙咧嘴，似乎要向人讨个"说法"。连城山名实相符，因为山脚下即古褒城县城。早在春秋时期即有褒国见诸史典，之后，"一笑千金"的美女褒姒也为这个古老的方国增添色彩。直到 20 世纪 50 年代，城墙犹存，城楼高耸，恰与连城山巨大的剪影相接。这剪影如扇形展开，形成如历史老人般巨大的胸怀，慈祥而又庄重。两边山脊徐徐上扬，拱托起一个山尖，山尖又有株巨大的古树，使整座大山格外醒目。可惜"文革"中两派武斗，其中一派怕暴露目标，竟愚蠢地砍掉古树！

　　连城山近在咫尺又突兀高耸，方圆几十里群众每天无论何时，但凡抬头，定能看见连城山。而连城山也早与百姓生计息息相关。

　　民谣曰"宝鸡的葱，褒城的风"，意谓宝鸡适宜长葱，褒城由于连城山与汉王寨夹峙褒谷，形成一个风口，终年风刮不断。因而此地夏季凉爽，无人家购买

▶史载"褒谷多栈"此为起点

电扇；冬则无霜，农作物比别处早熟十日。

由于昼夜温差较大，谷口两侧山岭最宜生长瓜果花卉。位于谷口的河东店镇古有"花村"之称。宋代与苏轼齐名、留下"文同画竹，胸有成竹"典故的文同，在汉中做洋州（洋县）知州时，曾留下诗句：

> 凌晨走马过花村，先玩玉盆到石门。
> 细想张良烧断处，岩间伫立欲销魂。

早年这一带产鲜桃，咬一口，果汁长流，甜煞人也；近年则长蜜橘、生葡萄，皮薄汁甜，色泽诱人。顾客但听褒谷口所产，必争相购买。

这样一座惠泽百姓的大山不曾登临，心岂安乎！算算，我自年少时来褒谷口附近村落已几十个年头。中学三年，亦在谷口褒河中学读书，几乎每天清晨，首先看见的便是连城山那巨大的剪影。探访蜀道，大家决定：首探连城山。清晨即出发，过褒水，入勉境，便开始登山。至百余米处，有宽约三米的灰白土路从山腰蜿蜒而下，貌虽不扬，名却惊人，这不起眼的山道便是褒斜古道的南端。秦汉魏晋古道经古石门以河谷为出口，唐代却改道于山腰，越七盘岭而至褒城，之后宋元明清，直到陕川公路修通之前，往来旅客都从这儿经过。至今七盘古道轮廓尚存，一些地段青条石板铺就的路面马蹄驼印仍历历在目。此处稍加修整，即可成为一处游览胜地，其历史文化意义绝非那些仿古移植游乐场地所能比拟！

目下，连城山已吸引了不少人游览，沿途游人不断。有两位妇女，一位已73岁，爬山仍蛮有兴致。再是一伙初中学生，宛如牛犊进山，连走带跑，跳跃撒欢，让人羡慕感叹：人世间还有什么事情能比这活泼泼的生命更美好呢？通往连城山顶的小路亦可以说是条古道，因在明清就有人在山顶修庙，在山下依稀可见飞檐。但见山形陡峭，以为因地形所限，不可能有太大规模。

其实不然。登山途中，发现山体十分博大，尤其大山背面一个皱褶，可见蔓生一坡的青松，郁郁葱葱，隐隐起着松涛。一道缓坡，竟展出偌大一块平地，能养数户人家。豌豆青绿，

▲连城山腰残存的明清古道

油菜结荚，小麦秀穗。许是山高，长势一般，且比下面要晚一个节令。

意想不到的是连城山顶竟有一处寺庙，有尼姑进出，还有一处道观，为道士所居，分属两个村镇管辖，和睦相处，并无纠纷。寺观周围，皆被开垦出来，种着庄稼。看来无论僧道皆自食其力，并未坐享其成。

登临巅峰，举目四顾，熟悉的一切都改了容颜：烟波浩渺的石门水库不过几潭碧水；宽阔的川陕公路宛如一条灰白细线；山脚下的一所大学——陕西工学院，一座县城——古褒城县治，简直成了儿童摆玩的积木。就是那些博大无垠的田畴烟村也最多是一幅写意画……

无怪古人教诲：不登名山大川，无以恢宏气概！

毕竟高山之巅，不敢久停，待下山时，夕阳正斜，返回住地已是满天星光。再遥看连城山，月色中，仅见轮廓，一片朦胧，但脑海中却峰谷涧岭，寺观脉势，十分清晰。

▲西汉公路修筑前的褒谷（张佐周摄于 1935 年）

石门石刻沉浮记

国之瑰宝

刻石纪事，古之传统，是对当时社会与重大事件的真实记载。至今许多考古、文字、历史乃至社会学家仍需从石刻的述录、吊文、祭颂、纪事、墓铭中去论证史实，去考察凝聚于石刻上的当时社会文明。

因为，能耗以时日镌刻于石的文字，尤其是临山镌刻被称为"摩崖"的文字注定与重大历史事件、重要历史人物相关。石性坚硬，垂之久远且无法更改，可以起到"补史之阙，参史之错，详史之略，继史之无"的作用。

石刻早为古人珍视。可惜，岁月沧桑，风雨离乱，摩崖石刻已如凤毛麟角。但陕西省汉中市城北 18 公里处的古褒谷口摩崖石刻竟多达 104 方，再沿谷上溯则多达 126 方。而且，更多石刻尚在不断发现补充之中。这儿亘古便是沟通中原与大西南被称为"蜀道之始"的褒斜道的南口。1900 年前，汉明帝下诏在此凿通一条长达 15 米的穿山隧洞，时称石门。据专家考证，这是世界上最早的通车隧洞。楚汉相争时，刘邦谋臣萧何便利用谷口落差，筑坝引水，灌溉沃野，留下古代水利工程遗迹。加之褒谷一带，两岸山崖壁立千仞，一河流水奔腾湍急，激浪堆雪，飞玉溅珠，中空一线，雄险至极，构成奇丽无比的景观！

所以，几乎从开凿石门始，历代镇守使吏、往来墨客便有题咏镌刻于石门内外的山崖，内容多与石门开凿、道路兴筑和维修水利相关，有极珍贵的史料价值。

▲ "石门十三品"之"玉盆"原状

　　这批摩崖石刻中，汉代石刻即达八块，为目前国内仅有的八块。曹魏与北魏石刻各一，宋代石刻有三，是我国从汉魏到唐宋的书法真迹，又成为研究汉字及书法演变与发展的信史。

　　所以褒斜道石门石刻早在宋代便为古人珍视。女词人李清照的丈夫赵明诚在其《金石录》中曾收多篇石门石刻；苏轼、文同、洪适、欧阳修都曾热衷于此并留有文字；清代力主变革的康有为称《石门铭》为"书中仙品"；清代学者杨守敬把石门石刻拓片带去日本，震撼日本朝野，至今被日本书道院列为必修经典；我国最早出版的辞书《辞海》二字便取自《石门颂》。伟大的革命先驱孙中山先生也曾临摹过《石门铭》并说："《石门铭》书法太好，我们今后就提倡《石门铭》吧！"

　　这批珍贵石刻，与古栈道遗迹、石门隧洞、萧何堰故址融为一体，相互辉映，形成一座举世公认的艺术宝库。因在幽谷，历 2000 年之久而基本无损。1961 年在首次文物普查后被确定为全国第一批重点文物保护单位。

　　不幸的是，20 世纪 60 年代末兴修水利，在石门处修筑大坝，虽经有识之士多方呼吁，终因动乱年月，坝址终未移动，石门隧洞、古道遗迹与绝大部分石刻尽皆淹没于浩渺库水之中。只是把珍稀的"石门汉魏十三品"抢救了出来。

　　20 世纪 80 年代初，国家拨专款兴建"石门汉魏十三品"专题展室后，顿时引起国内外学者广泛关注，从而掀起历史上第三次研究石门石刻的高潮（第一次在宋代，第二次在清代），连续在古城汉中召开四次石门石刻国际学术研讨会。同时，也吸引了大批国内外游客来古城汉中观光。

▲ 1995年作者赴上海采访86岁高龄的张佐周先生

1986年，日本书道院院长种谷扇舟参观完毕"石门汉魏十三品"，感慨万端，挥笔大书："汉中石门，日本之师。"

曾在枪林弹雨中创作《长征组画》的中华人民共和国前文化部部长黄镇，对"石门汉魏十三品"做了恰如其分的评价：国之瑰宝！

痛定思痛，人们这才深感把"石门汉魏十三品"抢救出来，实为不幸之中的万幸！

这是近年已被人们知晓并不时惋惜感叹的事情。遗憾的是除少数从事学术研究及交通部门的老人之外，人们，包括绝大部分汉中人并不知晓这批珍稀文物还曾面临一次全部毁灭却又被完整保护下来。

那是20世纪30年代，抗战前夕，正在修筑军事命脉——西汉公路，恰巧要从石门经过且路面与石门处于同一平面，古迹注定将被破坏殆尽。诚如是，之后抢救"石门汉魏十三品"则无从谈起！

但是，由于担任此段线路测量、设计、施工的一位工程师全力保护，架桥改道，不仅没有伤及文物，还修复一段栈道，新建一仿古亭阁。后又恐危及褒谷石峰，在公路过处开凿连环三洞，由交通界元老叶恭绰先生亲题《新石门》镌刻于山崖，与古石门遥相辉映，为称雄千年的古褒谷平添了最后一幅壮景，堪称千秋功勋。

这位工程师便是当年兴筑西汉公路留（坝）汉（中）段的测量、设计、施工队队长兼工程师，鸡头关大桥工程处主任张佐周先生。张佐周曾参加沪杭、杭徽、乐西、滇缅等干道修建，为中国现代交通立下汗马功劳，新中国成立后又任上海市政工程管理局总工程师，目下已86岁高龄。

为澄清这段历史烟尘，乙亥年冬，笔者专程前往上海，采访了这位有大功于国家现代交通和文物古迹、也有大功于汉中人民的可敬的老人。

划时代的壮举

事情要追溯到整整 80 年前。

要明白其中的全部意义，有必要把当时的社会背景略作回顾：西（安）汉（中）公路修建首议于 1931 年。其时距辛亥革命刚过去 20 年，封建帝制被推翻，其延续数千年之久，包容邮传、军递、接待、食宿诸多功能的邮驿制度也随之土崩瓦解。

这时，火车、汽车已经传入中国。过去的驿道，尤其陕西境内要穿越秦巴大山，鸟道摩天，只能通行骡马、挑夫的古栈道已完全不能适应时代需求，兴筑公路势在必行。

1931 年柳民均任总工程师，勘察西安至汉中公路，终因经费等诸多问题搁浅。时处于军阀混战与大旱之中的陕西在杨虎城将军主政下，也于 1929 年成立省公路局。

1932 年，第一次淞沪抗战爆发，著名军事家蒋百里（科学家钱学森之岳父）提醒蒋介石：中日必有一战，要警觉日寇模仿 800 年前蒙古铁骑灭南宋的路线，即由山西打过潼关，翻越秦岭，占领汉中再攻四川与湖北。彼计若成，亡国无疑。必须采取抗战军力"深藏腹地"，建立以陕西、四川、贵州三省为核心，以甘肃、云南、新疆为根据地的策略，拖住日寇，打持久战，等候英美参战，共同对敌，方能最后胜利。

史如明镜，高悬可鉴。故修筑西汉公路实为建设后方抗战核心的根本之举且迫在眉睫。于是，由中央直接拨款修建——这在全国尚属首次。工程人员也由中央经委会公路处处长赵祖康亲自挂帅，从全国数省工程局调集在公路界崭露头角、已有名声的一批人员：吴必治、孙发端、张昌华、张佐周、张鸿逵、鲍必昕、李树阳、李善梁、刘承先、刘树升等。他们或有修筑沪杭、杭徽等多条干线的施工经验，或刚从欧美留学归来，英姿勃发，满怀一腔报国激情。一时间，真可谓老少咸集，群贤毕至，人人握灵蛇之珠，家家抱荆山之玉，称雄数千年的古栈道将经他们之手进入一个划时代的阶段。

由于西安至宝鸡原有大车道可资利用，所以西汉公路实际兴建的是宝鸡至汉中的公路。全程 254 公里，除宝鸡至益门镇 5 公里与褒谷口至汉中 15 公里为平路外，其余 234 公里皆在秦岭崇山峻岭之中，工程之艰巨可以想见。

首战为测量，设计，放线。全国经委会公路处处长赵祖康升帐点将：任命吴必治为西汉公路总工程师，下辖三段。1934年6月23日，工程队由宝鸡渭河南岸施测，在杨家湾渡河，直指秦岭，揭开了这场攻坚战的序幕。

时值酷暑，风云多变，非雨即雾，平添障故。测设虽基本沿早先驿道进行，但驿道狭窄多年失修，且多沿溪而上。驿道即便陡险，人马亦可攀缘，公路则需宽阔平整，上山纵坡一般不超过5％，故需盘旋而上，完全离开驿道进入丛林，其艰难险阻非身临其境不可体会万一！

事隔60年，也值盛夏，笔者随《栈道》摄制组进入秦岭，为拍一张《今日蜀道》，离开公路不过几十米，胳膊腿腕立刻被锋利的草叶划出无数道血痕，汗水亦浸得眼睛睁不开，还惹起一窝马蜂，叮咬得我们抱头鼠窜，幸喜遭遇的不是含剧毒的葫芦蜂。20世纪70年代初，陕西国画家方济众的女婿就在秦岭深处被葫芦蜂活活蜇死了！

1934年7月5日，第三测设队在张昌华、张佐周、刘承先的带领下，正式从留坝西门实施测定放线，基本沿发源于紫柏山的紫荆河前进，谓之沿溪线。沿途虽无大的山岭，但需经画眉关、武休关、飞仙沟、观音碥、鸡头关等关隘。

如何避开这些雄关漫道、溪流洪水，选择最佳路线，颇费斟酌。勘测不久，即出矛盾。该队工程师兼队长张昌华系留美学生，实际经验不足，设计的线路多次过河，数处架桥，无疑使工程量加大，费用增加，遭到总工程师吴必治指责。

另据张老回忆，测设至马道以下，即进入亚热带河谷，气候炎热，蚊虫滋生。测设队不仅每夜住破庙民房被跳蚤、蚊虫叮咬，难以入眠，白天自办伙食蒸出的馒头拿在手上，苍蝇便能爬满，飞来绕去，挥之不去。其艰苦确实不是今日能够想象。

张昌华出身富家，生活讲究，住处必用石灰水刷过，吃则多为自带罐头。如今见与上司意见不合，便提出回家结婚。吴必治当即批准，张昌华自此离开工地，再没有返回。

不久，南方备战日紧，总工程师吴必治又被调回浙江。代表全国经委会主持西汉公路建设工作的赵祖康拍板决定：任命曾任杭徽公路总工程师的孙发端为西汉公路总工程师。

孙发端不仅是当时全国公路界公认的高手，学识渊博，经验丰富，而且人品高尚，廉洁奉公，堪为表率。由他出任总工，上行下效，保证了整个工程的顺利进展。至于张昌华遗留下来的留坝至汉中的测量、设计、施工的重任，赵祖康则毫不犹豫地交给了当时年仅24岁的张佐周。

绝非偶然

临阵易将，固因迫不得已；临危受命，亦非轻易入围。年轻的张佐周所以被委以重任，独当一面，绝非偶然！委实与其身世、经历及已经有过的实践经验相关。

几乎要上溯三个朝代，宣统二年，也就是北京紫禁城中那个三岁的小皇帝刚被抱上龙椅的第二年，即公元1910年元月，张佐周出生在河北保定一个书香世家，亦算做了两年大清臣民。

▲张佐周24岁时（1935年）

正是几年私塾教育，使张佐周自小打下了古文基础，激发起对古代历史文化的兴趣，使他终身受益匪浅。五四运动中，张佐周父亲受"科技救国，实业救国"的感召，去天津开办了一个实验农场，自任场长。在张佐周11岁时，其父把全家由保定接往天津定居。

张父有位朋友，名叫王义斋，参加过辛亥革命，是位著名的爱国人士，创办了一所私立觉民中学。张佐周到天津后，即进入这所中学读书。

当时，尽管社会混乱，但学校风气很好，老师认真教学，学生认真读书，还有跳级的规定：凡考年级前三名者，可以跳级，即三年级便可以直升五年级。

张佐周从小用功且好胜心强，但凡考试，必为人先。连跳几级，争取了时间，年仅16岁就读完了全部中学课程。

高中毕业，何去何从？16岁的张佐周几乎闹出一场风波！

那会儿虽已进入民国，其实是军阀混战。其时，孙中山先生已在广州宣布就任临时大总统，创办黄埔军校，开始声势浩大的北伐。张佐周虽是学生，目睹社会现状，范仲淹的"先天下之忧而忧，后天下之乐而乐"的念头不时在他心头泛起。所以，中学毕业，他就想着投身黄埔，报效国家。但老校长坚定地认为，只有科技实业才能真正救国，力主他看好的学生报考天津北洋大学。该校创办于1895年，比北大、清华还早几年，以土木工程专业最为出名。老校长为建国根本着想，认为那才是他的学生应该去的地方！

老校长的主张与张父的愿望不谋而合，报考北洋大学，就学土木工程！

一个16岁的孩子，毕竟拗不过大人，只好硬着头皮进了考场。不能不佩服老校长的眼力，尽管报考者如云，录取者不过十之一二，但他的学生不仅成绩领先，而且正是被北洋大学工学院土木工程科录取。

这样，16岁的张佐周迈进了北洋大学校门，扬起几乎整整70年从事土木工程工作的人生之帆。

1932年，22岁的张佐周从北洋大学毕业，经过考试进入全国经委会公路处。其时，中国公路交通刚刚起步，各省间尚无公路相通，兴筑省际公路于发展经济和实施备战都迫在眉睫。经委会出台的第一个方案是兴修江苏、浙江、安徽三省连接的交通干线。

踏出校门的张佐周立即有了用武之地，直接被派往施工第一线，从测量、设计到施工，全方位地接触实际。从头至尾参加了从上海至杭州的沪杭公路、从杭州到徽州的杭徽公路的兴筑。

这两条干线沿途既经水网平原、丘陵浅山，又须穿越高山关隘，地形多变，地质复杂，许多书本不曾讲及、事先不曾预见的情况在施工中屡屡出现，但又必须在施工中加以解决。一方面给刚刚起步、尚无多少经验可借鉴的具体工作带来困难，另一方面却又使工程人员得到锻炼，尤其使刚参加工作的张佐周受到最实际的锻炼——理论加实践最容易使技艺产生飞跃。

再加上这两条干线沿途城镇村落密集，工农业经济发达，呼吁多年始终未通公路。这次施工，沿线群众积极踊跃，出力出工，供应粮菜，真有种"箪食壶浆以迎王师"的感人景象。

修沪杭公路时，需从闵行过黄浦江，要造一处轮船载汽车过渡的码头，这在当时国内尚属首次。通车典礼上，不仅各方大员、外宾、专家云集，连方圆几十里的群众都赶来观看，万人空巷，盛况空前，各界人士都激动得热泪盈眶。此时此刻，张佐周目睹盛况，心潮起伏，深深体味到自己学了土木工程，修桥筑路，为国利民，这条道真走对了，一辈子贴上，值得！

在此期间，张佐周还作为工程技术人员代表跟着赵祖康去武汉参加了苏、浙、皖、湘、鄂、赣、豫七省公路会议。

这是一次被载入中国公路史的重要会议，因为是首次省际公路界联席会议，遂为各省注目。蒋介石及许多军政大员亲临会议并讲话。会议对七省公路干线技术标准、施工措施、路规管理做了详尽统一规定。这些规定后来为各省仿效，对推进全国公路修筑起了很大作用。

张佐周刚踏出校门不久，就参加这样高规格的会议，了解到国家公路现状及规划远景，颇有茅塞顿开之感。眼界、器量、心胸也顿上台阶。

当年，张佐周便是带着这样的经历来到大西北，来到秦岭深处参加西汉公路兴筑的。

这样，就不难解释，主持兴筑西汉公路的赵祖康何以在张昌华离职之后，把留坝至汉中公路的测设、施工重任断然交给这位年轻的工程师了。

功在千秋

临危受命，年轻的张佐周十分激动，因为他清楚兴筑的是一条关系国家存亡的军备命脉，更清楚公路界师长们对他的期待。他深感肩头的担子沉重。

▲张佐周骑马沿古道观测山形水势（1935年）

他明白当务之急是吃透情况，把整个留坝至汉中80公里沿线山水溪流、涧崖坡岭摸透，真正做到胸有成竹，兼顾得失，重新拿出一个科学、合理、省工、省钱的最佳方案。

创造性的劳动，最易调动人的智慧与激情。张佐周作为工程师兼测量队长，不仅管路线测设，一队人马的食宿安全也归其统筹安排。

一路测设，在秦岭山野安营扎寨，埋锅造饭，颇似"运筹帷幄，决胜千里"的中军大帐。这对曾做过从军梦的张佐周来说还真对味儿。他白天和测工们爬坡越岭，晚间在蜡烛下整理数据，翻阅各种资料乃至方志典籍。古道基本沿着河流，诚如古语："无水不成道。"这与他查阅史典了解的情况完全一致。自留坝县姜窝子始便真正进入了历史上著名的褒斜道。

刘邦、张良、萧何、韩信、曹操、诸葛亮、陆游……一个个名垂青史的人物尽皆走过这条古道。如今这古道将在自己手中更换新颜。若是当年有现代公路可走，萧何是否还追得上韩信？曹操是否还会因在褒谷进退两难而杀杨修？诸葛亮大概也就用不着再费尽心机制造能在栈道上行走的木牛流马了……

那么，历史可就要改写了！

年轻的张佐周笑了。不止一次，当他骑着马沿栈道徐徐而行，细观山形水势，这一个个念头便在脑中闪现。尽管，这一切早化为历史烟尘，但沿途古道遗迹重重，处处撩人思绪啊：武休关、马道驿、观音碥、褒姒铺……

眼看山道将尽，即出谷口，仿佛是对人的耐力的最后考验，整个褒斜道，不，还得加上南去成都的金牛道，真正千里栈道最险峻的地方——石门，横在古今旅人面前，也横在西汉公路的建设者们——张佐周和他的伙伴们面前。

人马尚未立稳便有隐隐如闷雷的吼声传来，顿时让人心惊；两岸原本横卧蜷伏的山岭陡然直立逼近；树木杂草尽被剥去，裸露出黝黑的岩石。巨大岩石刀劈斧削般突兀，突出部分凌空欲飞，宛若雄鸡高唱，故此处名为：鸡头关。

此关仅拉开险栈序幕，自此至谷口，将近十里，山崖尽皆如兵阵森列，被挤压的河水则湍急如箭，竟把一谷巨石咬凿得怪姿嶙峋，或如饿虎，或如跃鹰，或如怪松，或如弥勒……

若讲观赏，确为千古奇景。西汉开国功臣张良经此，见水冲巨石如盆，勾动诗情，题写"玉盆"，至今尚存。

再是曹操与刘备争夺汉中，进退维谷斩杀杨修，为冲淡懊丧来褒谷赏玩，见水击岸石，激浪堆雪，挥笔写下"衮雪"。

随从提醒："'衮'字缺水三点。"

曹操拊掌大笑："一河流水，岂缺水乎！"

遂成千古美谈。"衮雪"二字镌刻于河中巨石，亦成珍稀仙品，被赏玩千载，今已凿下藏汉中古汉台。

若论行旅，又当别论。其艰难险阻连一代史家司马迁都被惊动，挥动其如椽巨笔，在《史记》中写道："栈道千里，无所不通，惟褒斜绾毂其口。""绾毂"指车辆轴心关键部位。褒谷口这段险道也确如"绾毂"影响到整个栈道畅通。

早在1900年前的东汉永平年间，汉明帝下诏在褒谷最险要之处用"火烧水激"之法，历时六年，开凿出一条长达15米的穿山隧洞，时称"石门"。

据专家考证并获得国内外史典认可：石门为世界上最早的通车隧洞。1500年前的北魏时期凿刻的《石门铭》中就写道："穹窿高阁，有车辚辚。"

测量到石门的张佐周目睹中国古代交通的壮举，惊讶万分，真正想不到古人能干出这么了不得的工程，心灵震撼自不必说。一连几日，他都在石门徘徊，仔细观看石门内外，抚摸那布满四周的石刻，深深为自己祖先的业绩自豪。

但他遇着一件棘手的事情！

西汉公路从留坝施测一直沿着褒水西岸进行，与石门恰在同岸。石门是汉代开凿，那时的古道多临河在山崖凿孔，下用立柱支撑，再铺架木板为道。诚如诸葛亮所说："其梁阁一头入山腹，一头立柱于水中。"这种空中阁道，即屡见于史的栈道。

由于立于水中的立柱不可能太长，所以栈道距水面常在 5 ~ 7 米之间，石门正在这一高度，而目下兴筑的西汉公路恰与秦汉时期的栈道处于同一水平线。若开山辟路，石门古迹必定会被破坏殆尽，荡然无存！

而且，还很难回避，首先，不可能让公路低于石门，那样易被洪水冲毁；其次，也不可能让公路高于石门，因为此处全为笔立的悬崖，且不说无法使路面骤然升高，即使升高，开山炸石也必然危及石门！

这当然是张佐周绝对不希望出现的事情。他产生的第一个念头就是：石门绝不能碰！

但公路修筑也不能耽误！事关重大，必须向上反映。至少自己得先拿出一个初步的方案……

那些天，年轻的工程师心里像坠了块石头，烦躁沉闷，坐立不安。他反复察看谷口地形，一个大胆的念头突然闪过：要保护石门古迹，只有在上游改道，把公路由河西移至河东。但由此又带来其他问题：褒水为汉水上游最大支流，脉源众多，山洪频繁。在这样的大河上造桥绝非易事！再则，即使改路河东，开山放炮还是会危及近在咫尺的石门及附近石刻……

诸多疑难问题，如何解决？

除非在石门上游架桥，先把公路移至河东，然后再在石虎峰与翠云屏下仿照古石门开凿山洞，供汽车通行。这样，不仅石门石刻得以保护，褒谷风景无一损坏，而且新凿石门与古石门相互辉映，可为褒谷平添壮景……

年轻的工程师激动起来，仿佛已看到自己构想的灿烂远景。但稍一冷静，他又想：架桥凿洞，费用加大，而且技术、资金一系列问题都并非他能决定，必须尽快向上汇报。但总算有了一个能讲出口的方案！

他立即向西汉公路总工程师孙发端与主持兴筑西汉公路的赵祖康汇报。他的汇报引起两人高度重视。他们同时来到现场考察，使张佐周提出的方案得到许多完善和补充，最后一致同意架桥改线，保护石门。一项使人类文明得以延续的、具有历史意义的重大举措就这样轻而易举地通过了，决定了！

至此，公路测设由河西移至河东，完全避开了石门古迹。赵祖康、孙发端也完全采纳了张佐周的建议，在石虎峰、翠云屏等石峰开凿通车连环三洞，总长度66 米，竟四倍于古石门。这使张佐周深感欣慰。

鸡头关大桥当时有两套方案可供选择：一是国联派来的桥梁专家、法国人顾桑设计的三链式钢筋混凝土大桥；一是中国工程师钱予格、郭增望设计的曲弦式

钢桁架大桥。

后经各方专家慎重讨论，比较优劣，最后决定：采用中国工程师钱予格、郭增望设计的曲弦式钢桁架大桥。

鉴于鸡头关大桥处于褒谷险要地段，两岸山谷虽狭，但水流湍急，洪水与枯水水位相差竟高达九倍。这无疑增加了施工难度，工程处主任由谁出任颇费斟酌。

赵祖康、孙发端最后取得一致意见：鉴于张佐周在测设中的出色表现以及他对这段线路的熟悉，由他出任鸡头关大桥工程处主任，工程师刘承先为其副手。大桥所需钢梁亦是国内公司中标，在上海预制。当时陇海铁路已通，钢梁由火车运至宝鸡，再由汽车运往现场安装。由于缺乏吊装设备，只好土法上马，采用人字架、人工绞车的办法吊装。地处峡谷，施工现场窄小，上面仅见一线蓝天，下临深渊湍流，每件钢梁重达数吨，稍不留意便会发生事故或留下隐患。

作为大桥工程处主任的张佐周与副手刘承先紧密配合，不敢稍有懈怠。每临起吊，二人各把一关，全神贯注，有时一连十几个小时神经高度紧张，汗水不仅湿透衣衫，连站的地方也被汗水打湿……

1937年6月，鸡头关大桥竣工并顺利通过质量检验。这可以说是中国近代桥梁史上第一座由中国人自己设计建造的大型公路桥梁。整座大桥长45.7米，宽6米，可并排行驶两辆汽车。最具特点的是中不设墩，一孔跨过，上部有曲线钢梁悬吊，造型美观大气，无论质量还是外观在当时都堪称一流。大桥建成，备受各方称赞，不仅在中国现代桥梁史上占有一席之地，还见于数种桥梁教科书。

至此，西汉公路彻底完工。纵观有史以来第一次穿越秦岭的这条现代公路，虽经崇山峻岭，却无大挖大填；整条线路充分利用地形，挖高填低，纵坡合理；

沿溪拓展，必定起伏有致；翻越山巅，则显逶迤之美！深受各界称赞。

建设者们长舒口气，亦深感欣慰。赵祖康专门请中国交通界元老叶恭绰题写了"新石门"镌刻于岩石之上，与古石门遥相呼应。赵祖康则在公路途经的大散关、酒奠梁、柴关岭等处挥笔题字，至今雄碑犹存。

当请张佐周题字时，他谦逊地摆了摆手，但内心却委实激动。想想，从1934年7月至1937年7月，转眼之间，他已在秦岭测设褒谷古道三年，石门石刻给他留下了毕生难忘的印象。

不过，也正是这片热土值得他毕生自豪。他不仅主持修建了陕西第一座公路大桥，离开前夕，他又干了一件既抚慰自己也久被称颂的事情：利用修大桥的剩余木材，在古石门北口依据原栈道孔修复了一段栈道，并在巨石上修建了一座仿古亭楼，巍然屹立于褒水之上，为这千年古迹增添了一幅壮丽的画面。

故地重游

转眼间，整整半个世纪过去了。

1988年仲春，古城汉中张灯结彩，以节日般的盛装热烈庆祝第三届褒斜道石门石刻国际学术研讨会的隆重召开！

160余位来自国内外历史、考古、文物、文字、水利等领域的学者，加上国家、省、市的有关领导和新闻工作者共计200余人云集汉中市政府会议厅参加这次盛会。

▶汉中各界人士纪念保护石门石刻的张佐周先生

大会主持人、著名蜀道及石门石刻研究专家、汉中市博物馆馆长郭荣章先生宣布：

今天，我要向大家介绍一位尊贵的客人，他就是当年西汉公路留坝至汉中测设工程兼施工队队长、鸡头关大桥工程处主任、现上海市建设规划局总工程师张佐周先生。

当年，张老曾为保护石门石刻做出过重大贡献。现在我们请他讲话……

在全场雷鸣般的掌声中，一位满头银丝却又红光满面的极有风度的老人出现在发言席上。怀着对汉中故乡般的深情，张老来到汉中的当天下午，就在郭荣章先生的陪同下，急切地赶往褒谷。啊，这是宗营，一个三国时就有的古镇；这是张寨，一个盛产桃子的村落。汽车终于驶进了褒谷口，老人心潮起伏眼含泪花，脸上有种要见亲人的急切，连说："是这地方，是这地方。"

汽车终于驶上石门水库大坝。

哪里去了？魂绕梦牵的石门石刻，哪里去了？湍急涌雪的绿波激流，哪里去了？石虎翠屏的奇伟风光……

没有了！记忆中的一切都没有了。唯有大水茫茫，云烟一片。

好寂寞啊，静得好像这里什么都不曾发生！

张老沉默了，同去的人也沉默了。

但是，在大会发言中，张老还是讲了，他讲：

我在褒城施工历经三个春秋，自从1937年离开后距今已经五十有一载……

大厅一片震荡。离别五十一年，整整半个世纪，他为什么不早点儿回来呢？

老人何尝不想早回来，但世上有多少事情能完全随人心愿！回顾参加兴筑的沪杭、杭徽、西汉、滇缅、乐西、西北等多条公路，浴风沥雨，出生入死，张佐周深感自己切实尽到了一个工程技术人员的责任。

抗战胜利，当他接到调令，要去上海接管路政，将要离开大西北时，唯一深感遗憾的是老想着再去汉中，却终因公务缠身，缺了机遇，始终没有去成！

好在几年中，常有去汉中的车辆带来各种消息。汉中秦巴横围、四塞险要的特点再次发挥作用。正是由于西汉公路的筑通，充分发挥了支撑抗战的作用，由苏联支持的经新疆统称"羊毛车"转运来的抗战物资储存于褒谷口外的山洞，形成相当规模的褒城军火库，供应几个战区。故宫的七千箱文物也转运汉中，在大成殿（今汉中行署会议室）存放八个月之久运往四川。这批文物中就有被誉为"石刻之祖"的十面石鼓文。再是平津沦陷后，一批高校，如国立北平大学、国立北平师范大学、天津国立北洋工学院迁往汉中、城固等地，组成西北联合大学。一大批名教授，如语言学家黎锦熙、翻译家曹靖华、历史学家许寿裳、地质学家张伯声、水利专家李仪祉，还有余振、罗章龙、黄觉先、魏寿昆、周宗莲、黄国璋、萧一山、王耀乐、许德珩、蒋牧良、吴世昌、李达等皆为国内各种学科一时之选。可谓少长咸集、群贤毕至，使汉中成为一处与昆明、重庆齐名的抗战三大文化区之一。据老人回忆，当时古城汉中竟有七八家剧团，京剧、川剧、秦腔、汉剧、二黄桃桃、关中眉户一应俱全。西北联大还经常演文明戏，电影院也生意兴隆，男女服装比西安还时尚开化，很有些在全省乃至西北开风气之先的景象。

西北联大在有秦巴拱卫、有汉水滋润的汉中坚持办学，长达八年，与西南联大一样成为当时国内最大的教育综合体。为奠定西北的高等教育做出了不可磨灭的贡献。联大的主体留守大西北，即今日的西北大学、西北农业大学、西北工业大学、西北师范大学等，另外，与西北联大有血脉传承关系的还有天津大学、中国矿业大学、东北工业大学。

至今，汉中还是许多仍健在的联大学子及其后人魂牵梦绕之地。毕竟，西北联大迁到汉中，在抗日战争中高举"兴学强国"的旗帜，抗战八年，"七星灯火"，留下了数不尽的故事。闪耀着"艰苦卓绝、艰难奋斗"的精神之光，书写下的光彩夺目的一笔，将永载中国教育史册。陈纳德将军率领的"飞虎队"一度也以汉中为基地，多次对日作战……

▲《石门颂》刻石

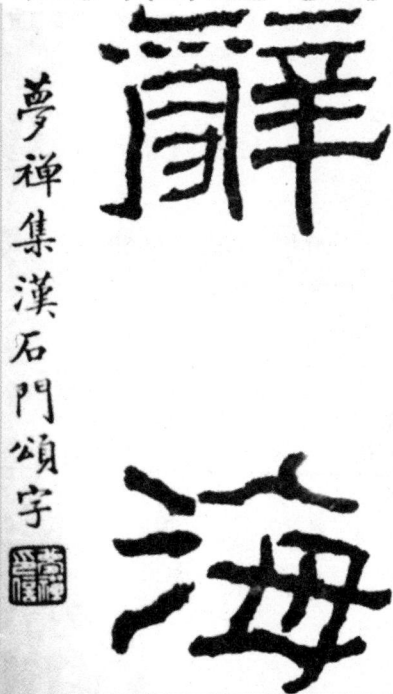

▲中国首版《辞海》书名二字集自《石门颂》

这一切都使张佐周深感欣慰，一个以筑路为毕生事业的知识分子最高兴的事就是听到自己参与修筑的公路发挥了巨大的作用。何况，不止一条而是许多条公路，这些路连接起来，就是一个土木工程师生命的历程，也可以说是一块无声的碑刻！

抗战胜利，张佐周曾去美国交通研究所进修。学成归来，恰遇新中国成立。上海市第一任市长陈毅元帅以真正革命家的风范，虚怀若谷，尊重各个领域的专家与知识分子，亲自委任公路界资深专家赵祖康为上海市市政建设工程局局长，委任留美归来的张佐周为上海市政工程研究所所长。

新中国成立初期，百废待兴，他们还是红红火火干了几年。岂料，进入20世纪50年代后期，运动一个接着一个，"反右""四清"直到十年动乱……

一晃，多少年过去，粉碎"四人帮"上海是重灾区，又是百废待兴，哪有空闲呢？已经担任上海市副市长的赵祖康负责对全市进行整体规划，担任着上海市建设工程局总工程师的张佐周有不容推卸的责任啊，尽管他已经78岁高龄，仍被再三挽留在岗位上。上海市市政建设的腾飞一时还离不了他这位建设界元老。

张老不忘工作，在全国公路界，做出了几个率先：根据国情，最早提出利用三渣——煤渣、石炭渣、工业废渣建设半钢性路面，试验成功后，曾在全国推广；最早在全国成立第一家交通工程学会；最先提出建设大上海"三港两路"

信息网的建议，受到当时在上海担任领导的江泽民、朱镕基的高度重视，并开始实施。

1990 年，张老整整 80 高龄，再三婉辞终于退休，在告别整整奋战了 60 个春秋的筑路建设生涯时，老人赋诗一首，以表心志：

> 身退志未退，
> 淡泊何所求。
> 若问平生愿，
> 路平车畅流。

附一：

继承阙失的文明

——张老归息褒谷记

一

生活中常有这样的情形，我们做的某件事情，当时出于一种激情与冲动，却未必能了解其间的全部意义，经过岁月沉淀，阅历增长，方才梳理感悟得较为清楚明白。

比如二十多年前，我在翻阅蜀道的资料时，无意中见到 1934 年抗战前夕修西汉公路时，一位叫张佐周的工程师保护石门古迹的往事。其时，正拍摄历史文化电视片《栈道》，我们正为古道沿途古迹损毁惋惜。于是，笔者本能地感觉到这是一件极有历史文化内涵的事情，应该下功夫去发掘，去整理，写成一篇可以公之于世并能提高人们保护文物意识的作品。至于这件事情所涵盖的意义，并没有过多思考。当时想得最多的是如何寻访、了解、梳理事情发生的过程始末，尤其是想着要去采访一位年龄超过我的父辈、学贯中西的学者式专家，如何与他对话，怎么沟通和交流——这是做好这件事情的基础。首先要了解他们生活的那个时代，了解他们当时的思想与情感状态、西汉公路修筑的背景，尽可能寻找到当事人的回忆文章及相关资料。

为此，我邮购了中国文史出版社出版的全套 40 卷本的《文史资料选辑》以及自 1985 年创刊至 1995 年的所有《抗日战争研究》，翻阅了省市交通志书，寻访仍然活在人世的多位知情者。这项工作断断续续持续了三年之久。从1992年春至1995年秋，由我撰稿的《栈道》已在中央电视台播出并获奖，参加过《蜀道及石门石刻国际学术研讨会》有论文入选，还可以就蜀道及相关学术问题与上海复旦大学古代驿栈专家杨正泰教授、西北师范大学《丝绸之路》主编季成家先生、上海博物馆陶喻之先生等通信对话。感到有些底气了，笔者才正式与张佐周先生联系。在获得应允后，又列出了详尽的采访提纲，尽量删繁就简，扼要挈领，以便能顺利采访这位学者型的专家。

二

第一次与张老见面便带上了传奇色彩。

原本已经约好时间，不想赶到上海张老家时，却被告知，张老于前一天生病住华东医院了。我即刻赶往华东医院，去了高干住院楼。电梯行至七楼，有人上下，电梯门闪开的瞬间，我突然看到楼梯间有护士搀扶着位老人，尽管我从未见过张老，但那一刻我仿佛有心灵感应，认定这就是张老。于是，我快步下电梯上前询问，果然。

之后，采访时，在最初的几个问题问答之后，我们仿佛已经成为有多年友情的忘年交朋友。比如，张老回忆，担任留坝至汉中段工程测量设计队长的开始并不是他，而是一位姓什么的……一下想不起来。

"是不是张昌华？美国留学生，学工程设计的。"

"对对，就是张昌华，他后来不干了，我才接手，还配了个副手叫刘承先。"

"刘承先解放后当了中央交通部副部长。"

"是啊，修西汉公路那会儿他刚从学校毕业，年轻也肯吃苦钻研。"

至此，张老已知道我是有备而来，他特地看了我一眼，说："你了解得还不少。"

接下来事情就好办了，任何问题，任何对话，不需要解释，对方便都心领神会，甚至互相提醒和补充60年前发生的事件与相关人物，相当顺利地完成了采访。几个月后，当我拿出五万余字的中篇传记《功在千秋——记一位保护国宝的公路专家》征求张老意见时，张老仅仅有简短回信：很真实，把我想到和没想到的都写出来了……末尾，又添了一句：文笔很好。

这篇作品先后被北京《人物》《中国交通》、湖南长沙《人民公路报》、甘肃《丝绸之路》和《汉中日报》《衮雪》连载、转载。陕西省作协开了专题研讨会，也发了不少评论，一致肯定了这部作品。用陕西作家赵宇共的话说："这样

▶ 张佐周为石门所修亭阁

的报告文学或许能胜过一部长篇小说。它给人的文化启示，表明文字艺术远有影视手段所不能揭示的深刻。"中央党校历史教授、中国秦汉史研究会会长王子今来信："《功在千秋》读过，感叹万分。作家介入文物考古与古道研究现象本身就是创新，深感欣慰。"上海市博物馆副研究馆员陶喻之评介说："文章叙及张老生平事迹，旁及金石、交通、抗战近现代史逸事，资料翔实，内涵宏富，关键有卓识，无论于史家、研究者或广大读者，均有裨益。"宁夏文联副主席著名作家查舜认为："《功在千秋》材料翔实，文笔老到又透出浓浓的书卷气。读罢，产生一个想法，就是这样体裁的文章真是作用非凡，因为其真实性人们会当史料珍藏和传诵下去，又因为它的文学性，给人许多美的享受。"

关于《功在千秋》的评价很多。得到赞赏越多，我内心深处倒越感到不安和沉重，因为我发现或者说深深感觉到包括我们这些作家、评论家、学者、研究人员在内的不止一代人和张老的那代人相比，有一种明显阙失——文明的阙失。而我花了三年时间，只不过刚刚进行了一点儿补课。

在我接触到这个素材之初，就心存疑惑。石门石刻不仅从宋代始就为欧阳修、苏东坡、赵明诚、康有为、杨守敬、孙中山、于右任……这些历代大师大家所推崇，中国首版《辞海》二字又集自《石门颂》，在国内外享有盛誉，新中国成立后被列为全国首批重点文物保护单位。但在"文革"中，放弃了勘探10年之久、在石门上游10里左右的老君崖坝址，在仅距石门石刻50米处修建石门水库。虽经省市文物部门有识之士奔走呼吁，凿迁了最珍稀的"汉魏十三品"，但褒斜道石门以及众多摩崖石刻，还有长达10华里褒谷24景和褒姒故里全部被库水所淹。

当年修筑西汉公路的背景却是：第一次淞沪抗战爆发，曾有西安做陪都之

▲张老两口其乐融融（作者1995年摄于上海张老家中）

设想，促使最高当局关注陕西交通，拟定修筑西（安）兰（州）、西（安）汉（中）两条公路。其时，著名军事家蒋百里（科学家钱学森岳父）提醒蒋介石：中日必有一战，要警觉日寇模仿800年前蒙古铁骑灭南宋的路线，即避开黄河天险，翻越秦岭，占领汉中，再攻川鄂。必须将抗战军力"深藏腹地"，拖住日寇，打持久战，等候英美参战，方能最后取胜。事实证明，蒋介石采纳了这一战略建议。

如是，由中央直接拨款，从全国数省抽调工程技术人员，这在全国尚属首例。西汉公路是作为国家军备命脉考虑修建的，其工期、路况一直为最高当局所关注，其时也并无文物保护法规，而张佐周们却偏偏架桥改道，完整保护了石门古迹，还恐危及石门对岸山崖，巧凿连环三洞，又恢复一段栈道，建一仿古亭阁，为褒谷平添壮景。究竟是出于主动还是被动？其间有无争执、矛盾或者说曲折？

当年，在上海张老寓所，我特地提出这个问题："当时，你们几位对架桥改道、保护石门有无争论？""没有争论！"张老回答得十分干脆，"当时，我们一见到石门，就感到了不起，老祖先在几千年前就干出这么伟大的工程。再是那些石刻，《石门颂》《石门铭》都是我早就敬仰的书法珍品，小时习帖就知道。所以，我向赵老、孙老汇报后，他们到现场去看，一致认为石门是老祖先留下的国宝，保护是理所应当的事情。"

三

恰是没有争论，恰是这样的一致性，体现出一种眼光、胸襟与文化，体现了一种达到一定境界与文明程度的修养。这就不能不让人关注赵祖康、孙发端、张

▲张佐周长子张焘先生

佐周们生活的那个时代。他们几乎都出生于清末民初，几千年封建帝制在辛亥革命的枪炮声中轰然倒下，但中国传统文化的精华又在从小的私塾教育中传给了他们。再是，在他们成长的青少年时代，"甲午惨败""天津教案"、八国联军入侵等一系列割地赔款、丧权辱国的事情发生，举国震惊，千年睡狮猛醒。其时，正在北京参加考试的举子，也就是今天所说的青年知识分子在康有为、梁启超等人的鼓动下，"公车上书"开戊戌变法近代维新之先声。之后五四运动爆发，"德先生"（民主）、"赛先生"（科学）的呼声响彻云霄，在"科学救国""实业救国"思潮的感召下，一大批年轻人或赴欧美或渡东洋，比如主持修建西汉公路的赵祖康、孙发端、张佐周都曾先后留学美国。这就使得他们一方面承继中国优秀的传统文化，另一方面掌握了西方的先进科学技术，更重要的是西方现代科学民主的思想与精神也由此在他们身上生根。真正构成了与时俱进的一种现代文明，这就恰为他们在保护石门石刻时那种没有争论、一致同意的人文情怀做出一种最好的诠释。这种文明绝非虚拟，而是体现在各个方面。十年前，我去上海张老家，在四川北路一座楼屋，进门坐定，就能感受到一种知识分子家庭独有的特色，简朴而富有书卷人文气息，安静而又有生气。在交谈时，张老及其子女亲友均能随口引用古典诗词，并不时用英语说明国外的观点，既有传统道德，更富科学民主，唯独没有那种"革命化"的偏执与浮躁。

如果以我们熟悉的文学界五四运动之后新文学肇始所造就的一批大师为例，就更能说明问题。胡适留学美国，鲁迅、郭沫若、茅盾、郁达夫、胡风留学日本，巴金、艾青留学法国，蔡元培留学德国，徐志摩、老舍留学英国，林语堂、梁实

▲张老归息褒谷之处

秋、朱自清、闻一多、冰心、朱光潜、田汉、萧乾、王统照、成仿吾、黎烈文等皆有早年入私塾打下的国学基础，又有外出留学的经历。他们至少精通一门外语，学贯中西，满腹经纶，大都曾是执教一方的知名教授。他们或结社团，或办刊物，造就了中国新文学的煌煌气象，也造就了"鲁郭茅巴老曹"这些为世人公认的文学大师。

我们今日文坛，固然有以所谓"五七"战士和"老三届"构成的中坚，但绝对缺少对国学的专攻和国外留学的阅历，实际也是一种"文明的阙失"。

话归原题。拙作《功在千秋》发表时，张老已经86岁，对于一位学贯中西、历经风云的老人来讲早已宠辱不惊，十分平静。但从老人来信谈及西汉公路三年是他长达半个多世纪筑路生涯中最有历史文化意义的一段，让人十分欣慰。之后的十年间，我与张老也仅是春节互致问候。2000年世纪之交，张老寄来一张照片，白发红颜，十分健康，我也祝老人长乐永康。

四

乙酉年春，张老因病仙逝，终年96岁，唯一遗愿是希望安息在西汉公路边。后经上海博物馆陶喻之先生倡导，在古褒谷为张老立碑塑像。上海有关方面及家人亦愿前来，安放骨灰，举行座谈。张老还有一批当年拍摄的古褒谷图片，借此举办影展，纪念往事，启迪后人。这无疑是一桩极富历史人文情怀的好事，也是一种对文明的承继，真正功在千秋。事情虽好，但涉及交通公路、文化文物，且地盘又属水利部门,诸多单位协调工作加上一笔不少的费用,都绝非我个人或文联所能承担。幸而此事获得汉中市人大常委会主任郭加水支持。郭加水先生虽从政,却喜爱古典诗词,颇有造诣,曾有诗文集两卷出版,由他亲自出面召集相关单位协调,问题自然迎刃而解。毕竟时代进步,文物保护意识提高,近年来,大家都认识到若是修建水库不受"文革"极左思想干扰,坝址仍选石门古迹上游十里的老君崖,既能建成水库灌溉沃野,又能保护石门石刻这座举世公认的艺术宝库及褒姒故里、褒谷24景,说不定会有申报世界历史文化遗产资格,至少目前也是人皆趋之的旅游热点了。正视历史,亡羊补牢,警钟长鸣,犹未晚也。

由是,为当年保护石门石刻的张佐周先生立碑塑像便获得汉中市委、人大、政府、政协主要领导、相关单位及各界人士的积极支持响应,仅四十余日便大功告成。碑刻及陵地选在褒谷景区当年张老所开新石门故地,依山临水,开阔向阳,有仿古栈道通达,有张老故友赵祖康摩崖题刻"虎视梁州"相伴,高山流水,足可安慰亡灵,寄托情怀。

揭碑之日,张佐周先生家人及上海人大代表、记者等从沪赶来,影展隆重,座谈热烈。张老子孙在张老当年施工故地,目睹精致朴素的陵地、巍峨庄重的碑刻,连连拍照感激万分。汉中党政领导各界人士亦云集褒谷,多日阴雨的秦岭云散雾开,太阳进出云层,褒谷顿时明丽,一束朗朗的阳光投下,把那精致朴素的陵地、庄重大方的碑刻勾勒得格外醒目。但愿这金石刻就的文字能铭记那段不该遗忘的往事,能承继不该阙失的文明。

附二:

张佐周先生墓碑碑文

中国公路建设先驱张佐周先生长眠于此。

这里安息着一位可敬的老人,也铭记着一段感人的往事。

抗战前夕,修筑西北交通命脉西汉公路,途经之褒谷为云栈要冲,蜀道之始,早在东汉,已开凿世界最早的通车隧道——石门。内外遍布历代题刻,内容多与石门开凿、古道兴废相关。所书文字,构成我国汉魏至唐宋书法演变信史,历经千年积淀,乃灿烂中华文化之标本、国之瑰宝。然公路取线恰过石门,古迹注定遭破坏殆尽。

危急关头，一位工程师挺力保护，架桥改道。在石虎峰下连凿三洞，成功保护石门，又修复一段栈道，新建一座亭阁，与古石门遥相辉映，为褒谷平添壮景，堪称千秋功勋。这位工程师便是当年西汉公路留汉段总段长、时年二十四岁的张佐周工程师。

张佐周，字郁文（一九一〇～二〇〇五），满族，出生于河北保定书香世家，怀"修桥铺路"造福于民之志，入北洋大学，专攻土木工程。"九一八"后，投身我国早期公路建设，是沪杭、杭徽、西汉、乐西、滇缅等多条干线建设和组织者。新中国成立后，力倡我国高速和高架道路，创建交通工程学会，规划上海"三港二路"，是我国著名公路和交通工程专家。

乙酉初春，张公仙逝，享年九十有六，遵其遗嘱，归息褒谷。

秦岭巍然，足证云水襟怀；褒水涟漪，长忆张工英姿。

张公一生，历经世纪风云，坚守学人风范，忠公忘私，心胸坦荡；胆识兼备，外柔内刚。尤能在民族存亡之际，保护石门于前，投身滇缅于后，功勋卓著，彪炳史册，堪为国人表率。谨叙事略，以垂永远。

陕西省汉中市人民政府

王蓬撰文　郭加水书丹　高昆镌刻

二〇〇五年十月二十八日

拓印世家传奇

▲石门石刻已沉没于库区

可以这么骄傲地宣称：拓印是唯一属于中国人的文化。

外国人，不管属于哪个国家，什么民族，所写的文字，在中国人看来，全是如蚯蚓般的洋码符号，除实用之外，根本不具备审美价值。

能够拓印的文字多是中国早已离世的古人所写。能够写笔好字、堪称书法家的人，不是官拜卿侯，知州知府，也是类如"唐宋八大家"的学人宗师。再说，镌刻于石的文字，不是关于征讨平定、辅国封疆的历史性大事，便是皇亲国戚、要员重臣的总结性墓碑，此外，绝无获此殊荣的可能。

这么一来，拓印下来的文字就不仅是艺术，还成了文物，成了收藏家们关注的一项重要内容——碑帖拓本。

外国人也有喜爱书法拓本的，主要是历史上深受汉文化影响的日本人、韩国人。至于新加坡、马来西亚华人居多，自然也会喜爱这些国粹。但也要有钱才能摆阔。越南、缅甸也曾受汉文化影响，却没有怎么喜好这些东西。

不过，喜爱之间也还有很大的区别。

外国人或深受外国人影响的中国人，喜欢与收藏的目的大都是为了增值，就像收藏金银珠宝那样。

但大多中国人不同，原因在于这是一个历史悠久的民族，有许多积淀与蕴藏，造就独特的悟性与专长，无论什么一旦被接受就会前赴后继代代相传把它推向高峰和极致。

比如书法拓片，本不过是把古人镌刻于石的文字拓印下来，使练习书法的便于临摹，鉴赏的便于把玩，汇集的便于比较，研究的便于著述，但时间久了，就弄出许多名堂，研究出渊源和流派，区划出南帖与北拓，甚至对拓印本身的技术、

▲张佐周开凿的新石门，内出一角，即为拓片张家

纸张、时代、分类、收藏都有了许多考究。

于是，拓印成为一门专门技术；研究拓片成为一门独立的学问；金石文字则成为一种高雅的文化。这种文化常常包含着历史的演进、学问的积累、时代的风貌、市场的形成，乃至某一个家族生存发展的秘史。

现在，我们要讲述的便是一个从大清同治年间开始、至今尚在从事拓印、已传五代、历经百年沧桑的拓印世家的故事。

褒城张家

这一带上年岁的人至今记得褒谷口张家石院，记得那种气势与格局。高耸云天、广袤延绵、隔断秦蜀的秦岭，偏于此处没有浅山丘陵过渡，刀砍斧削般于平地耸立，又倏地闪出一道豁口，奔腾出一河流水，平添一种摄人胆魄的气势。

这儿便是被誉为"蜀道之始"的褒斜道的南端古褒谷口。

张家石院在进谷三华里左右，紧扼谷口，建筑在一片平台上。墙壁为石条砌就，梁柱为古松支撑，上下两院相连，仅有一门相通，坚固结实，宛如古堡。清末民初，百十年间，举凡经历褒谷口的湖广、四川、云贵、陕甘的总督、巡抚、布政、学台、驻藏大臣、通缅使节，还有清一代学者、清廷重臣吴大澂，辛亥革命元老于右任，书法大师王世镗，水利专家李仪祉，中国现代公路奠基者赵祖康、张佐周等都曾亲临褒谷张家石院，与张氏数代印人把酒对盏，说古论今，留下许多佳话。

拓印世家第一代创始人姓张名茂功。他当初创业的时候，也才二十六七岁光景。茂功小时念过几年私塾，知书达理，尤其喜弄各种乐器，笛箫、琵琶都很在行。

张氏系明末动乱时由四川沿古道迁至陕西汉中褒谷口一带的，其中一支世居褒城老街，至张茂功时已近十代。张氏祖辈尽皆务农，勤作苦吃，积攒起些钱后，先在褒谷口开了个石料作坊。凡属百姓居家所需各种石器尽皆打制，凡前来购货者不论远近尽量满足，以至当年石场至今仍被这一带群众叫作石匠沟。

几年光景，石场局面打开，张茂功心中着实高兴，把闲置几年的嗜好又恢复起来。每当风清月朗之时，一谷长风徐徐而来，一河流水如琴喧哗，张茂功或怀抱琵琶，浴清风明月，发思古幽情，将一把琵琶弹得嘈嘈切切、昂扬激越；或把一支古箫吹奏得如怨如诉，味深韵长。

即便平日，每临黄昏，吃罢晚饭，张茂功也喜在平台小坐，倾听褒水对岸七盘古道的马帮驼铃与赶驼人的独有的号子。

这当儿是七盘古道最热闹的时候。夕阳给起伏的群山镀上壮丽的金辉，勾勒出明暗分明的线条。山风起了，一片清爽，接着便是如烟似雾般的暮岚从山谷升起，秦岭的黄昏来临了。

从秦陇内蒙古远道而来的驼队马帮注定在这当口翻越连云栈道最后一道关隘——七盘山岭。一旦登上梁顶，人马都将长出口气，在崇山峻岭奔波十天半月之久，疲惫困顿与希望喜悦都顿上心头。想着山下便是褒城县治，便是一马平川的汉中盆地，便是灯火通明的货栈客店，有热气腾腾的饭菜，有让人馋涎欲滴的腊肉烧酒。赶驼人兴奋不已，随着叮当震响的驼铃，必定放开嗓门，引吭高歌。赶驼人的歌，其实是一种无字的号子，不是在唱，而是从胸腔沉闷地通过嗓门发出，总是："噢嗬嗬……噢嗬嗬……哎……"

高亢得响彻天际，悠长得无止无境，渗透着一种彻骨的苍凉与悲怆。而每每使张茂功感动的也恰是这种彻骨的苍凉与悲怆，让他深深地同情这些常年在大山奔波不息的赶驼汉子。

一天黄昏，张茂功弹一阵琵琶，吹一阵古箫，坐得晚了，正欲回房歇息，却见几支火把映照出一溜骡马，竟从谷口径直走来。张茂功好奇心起，这几位客商看模样也都忠厚本分，于是，他主动上前询问，并讲明自己就是这石院的主人。那位身着长衫的先生，操一口关中口音，见茂功一派诚恳，存心帮忙，便讲他们是专门来褒谷拓印石门石刻拓本的。说自己小时候曾随父亲来拓印过，几十年没有来了，只记得大致方位，好在没有找错，只是一路耽误，天色向晚才赶到。吃住他们自己已有准备，尽量不给当地添什么麻烦……

岂料，他这一说，益发引起张茂功的兴趣。茂功自幼生长于褒城，石门石刻近在咫尺。儿时常在山谷戏水、玩耍，及年龄稍长又来钓鱼、猎兔，更是常在古人开凿的石门内躲风避雨。

如今，眼下这几位客人竟远道从关中赶来，扎营垒灶，寻古访古，要在自己家门口拓印古石门石刻！

张茂功只觉像有一道闪电划过脑际，虽则不是很清楚明了其间的全部意义，但凭着他天生的颖悟、几年私塾打下的古文基础、踏进社会后对经济市场的通晓洞察、接触新鲜事物的敏锐与兴趣，便本能地预感到这是件大事……

总之，那个晚上，张茂功真诚地说服了几位关中人住进了他的石院。连他自己也没想到就是这个普通的星光闪烁的夜晚，改变了他的人生轨迹，使他能够结识一大批名垂青史的人物，也使他自己名标青史并扬名海外。同时也使秦岭以南产生了有史以

▲日本书道协会会长种谷扇舟题字

来第一个延续百年之久的拓印世家，在石门石刻的传播与交流中，起到无可取代的作用。

这个结局辉煌、往往又易被历史疏漏的过程大致是这样的：

这几名关中汉子在拓印石门石刻的几个月中，从始至终都吃住在张茂功的石院，受到张茂功一家的热情接待。饭菜同桌，烟茶不分。连他们带来的几匹骡马都得到极好的安置，褒谷水草丰茂，白天任其游牧，夜则专置一棚。这让几位关中客人深为感动。那位带头的关中汉子叫陶修人，自幼读书，加之关中礼义淳厚，世代拓印而备受优良家风熏陶，是位重情讲义的谦谦君子。此次来褒谷拓印，他与张茂功萍水相逢，却受其诚心热情接待，又见张茂功知书达礼，心胸坦荡，是能成大器的人物。受人滴水之恩，当以涌泉相报。陶修人想把这金石学问与拓印绝技传授与张茂功，使他在褒谷自成一家。自己在关中的诸多拓印场地均需关照，需要时，只需派人前来按规矩交换拓本或议购，免得来去奔波。此外，此事若成，也可与自己隔秦岭而南北呼应，互通讯息。此亦为搞拓印业不可缺之环节！

当陶修人把这番意思说出时，张茂功大喜过望，当下便要跪拜称师，被陶修

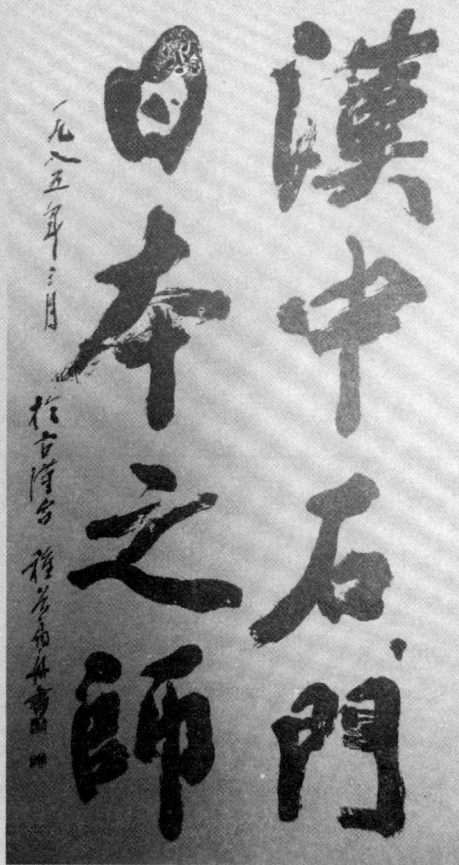

人一把拉起，说拜师不可，权以兄弟相称。

他说，早在儿时随父来到汉中石门石刻时，便将父训记于心中：

> 石门对石虎，金银两万五。
>
> 若能据此谷，买到汉中府。

以上四句对金石拓印界来讲，意谓谁若据此谷拓印，无疑据有一座艺术宝库，不仅传播我中华文明，长我华夏志气，终一生之辛劳，启百代之心扉，实可恩泽当代，学启后世，自身也将因功在千秋而名垂青史！但且慢高兴，这又需终其一生，独居幽谷，面对冰冷山石，需耐得寂寞，劳其心志，苦其筋骨，夏练三伏，冬练三九，千锤百炼而不懈怠。因拓印技艺本无止境，要能吃大苦，耐大劳，风里也去得，雨里也去得，高也能上，低也能就，方能称得上一个真正拓印艺人！

除此之外，拓印还需细研圣贤精奥，还需读经读史，读子读部，探幽发微，独辟蹊径，推究古人丹书镌刻背景，揣摩其境遇与心态，非如此不能沉湎其中，非如此不能做到诚待古人先祖之遗石，如敬香，如拜佛，如贡奉列祖列宗；如抚琴，如赏月，如游历名山大川。不去乱敲乱打，不去肆意磨损，自己以身垂范，再时时提醒工匠，刻意保护古物。因为掉一字不可复得，少一笔难以成整，若再损一角一片则成千古罪人，切记切记！

这一番话说得张茂功热血沸腾，胸中升腾起一股浩然正气直冲印堂，当下对天祭酒，信誓旦旦：我张茂功虽一介布衣，终究也是炎黄子孙、华夏赤子，这一谷石刻虽不能奉为立国之本，终究也是我华夏民族几千年文化之精髓。若为此，舍弃丢失什么都千值万该……

其时为同治元年，公元 1862 年。

传家绝技

几乎无人知晓，一个家族的革命已在幽谷悄然进行。由于地形所限，褒谷两山夹水，中通一线，谷内除居张氏一家外，极少有人光顾。

当时人口有限，据清光绪二十三年人口普查，汉中府首县南郑（含部分褒城县）人口为 114072 人，约为现在人口的五分之一。人皆各干其事，也遵守古训：君子不取他人所好。最初人们不明白拓印有何用，明白之后也不似今日乱开矿山，一哄而上。反正是祖先留下的东西，你能拓印就去拓印，别人顶多看一下热闹或

▶拓印世家成员

是茶馆增加一项谈资，仅此而已。恰是这样极安详安宁的环境，保证了一个拓印世家的诞生，使得一支精绝的拓印技艺之花能够在幽谷从容地扎根，萌苞，开放。

最初，石场工序依然照旧，与早先没有两样，唯独古石门似乎笼罩上一层神秘的气氛。张茂功选拔了两名精干石工，每日清晨悄然进入石门——重要刻石皆在石门内外及附近，正好拓印。

陶修人先生果然把拓印诸般工序要领仔细向茂功讲授，并让他一一实践，直到成功地拓印出拓本，方才离去。但学会与精通，一般工匠与名师高手实在是两码事。陶修人特地书写"业精于勤，惟在心诚"赠他。茂功亦将这句话铭刻于心，不敢懈怠。

况且，这批摩崖刻石远非关中石碑，光滑平整，置于平地，而是皆镌刻于石门内外石崖上大致平整的部位，几乎没有咫尺真正平整，凸突凹进，裂缝断纹，比比皆是，甚至撇捺之间也起伏周折。而且《石门颂》《石门铭》通高皆在两米以上，是以宏伟博大出名的汉魏精品。石门南口的《山河堰落成记》更是通体达十几平方米，非搭架操作不可拓之。

褒谷又无日不风，尤其石门，终年四季，进洞便凉风飒飒。拓印开始所用皆关中生产的构树皮纸、白棉纸、连史纸。拓印时，需将纸款款浸湿，双手提展，比画准确，猛吹一口气，在纸与石刻将贴未贴之间，腾出右手，用衔咬于口的捺刷，极准确敏捷地将纸捂平于刻石。由于有风，常鼓起纸来，不得贴拢石刻，这就要靠吹功，要准确把握，在风起与止之间，毫秒不得差误，吹力大小则全凭经验，吹力大则纸起皱，吹力小则不上石。再是要配合默契，犹如鬼使神力之两刷必心手暗合，全力以赴，否则，仅此一项，练一年半载也不见得能把薄薄一张浸湿的白纸在徐徐山风之中贴上石刻！

刷墨亦得精细，必须均匀，所用墨汁均得过滤，以免宿墨陈垢凝塞。如何使墨皆附于纸，而岩石刻字都无点墨，这便全在椎拓了！

早年是用棉毡包裹一柄木槌，均匀细细地敲击。诚如陶修人临行前反复叮咛：虽极浅处亦随其凹凸，轻椎缓敲，而轻取之，自然拓本黑白分明，勾魂摄魄，全神都见矣！否则黑白一片，则如废纸一团，一钱不值，且亵渎先人！

最后揭取，这道工序全凭难以尽叙的一种经验，其实是超人一等的技艺。力似用非用，劲将使未使，在拓纸将干未全干之际，眼观整体，手揭一角，用力均匀，款款而下，真正牵一发而动全局，撕裂一缝而前功尽弃。每有拓工揭取一幅，长出口气，坐地半晌而不吱一声，是谓心力用尽矣！

这些工序，手到力到容易，心至神至则大不易。这其中必有一个修身养性过程，否则，拓印一世终为工匠，难具匠心更难成一代名师！

张茂功牢记陶修人教诲，自身已修炼种种技能。拓印伊始，每入石门，必将洞内打扫得纤尘不染，初一、十五则置香案，虔诚敬香，陶冶性情。每拓刻石，则伫立良久，轻步缓移，细细观赏那文字，朗诵其文章，每每从《大开通》始，汉、魏、北魏，再至南宋《山河堰落成记》终。

此间，绝无工匠敢去惊扰他，任他神游冥想。而张茂功早心旌摇动，不能自持，宛如进入了那个囊括天地、气吞八荒的汉魏时代。秦岭北塬逶迤百里汉家陵冢，仿佛皆成跃跃欲动的火炬，照耀着在大漠行进的驼队。追剿匈奴的铁骑，长剑倚天，骏马扬鬃，恰似那汉魏刻石，篇篇如风雨骤至，字字如惊涛裂岸……

张茂功也绝不轻视具体拓印的每道工序。每次皆细细琢磨，弄清楚哪一捶重了，哪一捶轻了，每一捶在心里就掂量得十分精确，捶下去也恰到好处。如此身心投入，殚精竭虑，漫漫十年，张茂功终于掌握了一手精绝的拓印技艺。拓本每每送往关中，都得到陶修人的赞叹。陶修人曾特地致函："今兄送来之拓本，益发精良，若韩愈转世，亦要吟诗赞颂：'公从何处得纸本？毫发尽备无差讹。'……"

只是十年中，张茂功劳神过度，顿显苍老。为集中精力专事拓印，石场早已停办。好在贤妻先后养育四子，取名：金相、金城、金泉、金海，皆相继成人。

张茂功蓄意传艺后人，先皆让其读书明白事理。寒暑假期，则带他们进入石门，先讲其工序概要，完了任其拓印。他深知"有心栽花花不开，无意插柳柳成荫"，只在一旁冷眼观看。

真正知子莫若父。

长子金相，常以长自居，见家资渐富，已显露阔少之态，这就断然与拓印无缘。

三子金泉、四子金海，皆聪明伶俐，诸般工序，一学就会，两人年岁都小，却最先拓印出拓本，引起拓工一片赞扬。唯张茂功不语——聪明过分亦与拓印无长久缘分！

张茂功暗中观察，已在心中大致定下传人目标，那就是二子金城。在四子中，唯二子显憨拙呆愚，举凡读书识字进展慢，但错字必再练百次，永不再错。唯识谱吹箫，百学不会。张茂功亦不在意：艺无百专！

▲张氏拓印二代传人张金城（张佐周摄于1935年）

自习拓印，此子早去晚归最下苦功，每道工序非精通不可放过。几次渡河，张茂功都见其举拳以捶弟背，几次呵斥竟仍不改，待责问方知正沉浸于拓印之中，竟把弟背当石刻了。

茂功暗自称奇，再看此子，头硕面阔，神情憨拙，莫非正合古语：大智若愚，大巧若拙？但他不说破，只是留心观察，每当关键时刻，才缓步上前，说其破绽，指点迷津，让其慢慢领悟……

之后，漫长岁月，证明张茂功眼力非凡。果真，二子金城得张茂功绝技真传，再传于三代张洪烈，四代张中发，五代张晓明、张晓光，至今已历五代，百年之久，不仅使其张氏传统技艺发扬光大，还创出"一拓双页"绝活。这是后话了。

百年沧桑

我国著名史学大家、学术泰斗陈寅恪曾经说过："夫士族之特点，既在其门风之优美，不同于凡庶。而优美之门风，实基于学业之因袭。"

其实，不仅是名门望族、文化世家、学业学术的因袭继承，许多行业，比如梨园戏曲、绘画书法乃至包容精绝技艺的各类工匠都由于祖辈相传而源远流长。

▲作者 1995 年采访张氏家族

许多失传的技艺也常由于家族的中断而难以为继。比如高置于绝壁半腰石穴的悬棺。古人用什么样的工具，采取什么样的技艺，凌空在石壁开凿出光洁的石穴？采取什么方法使棺木升空并放进石穴？至今也没有人弄清，真乃千古之谜！

张氏家族的拓印技艺能够传递五代，历经百年之久，其拓印始祖张茂功自然起了举足轻重的作用。据张氏四代传人张中发先生介绍，张茂功在不足 50 岁时就过早离世，用今日说法是英年早逝。

具体年份，因已历百年，陵墓也随石门没于水库，又缺乏相关文字记载，即使其后裔亦难讲述明白。

但由他开创的石门石刻拓印事业，传递后世，惠泽儿孙，同时在文化交流传播上起到重大作用，至今被中外学人屡屡提及。其大名见诸古人多种碑石及今人多种著述，亦算得上名垂青史。

儿孙遵其遗愿，将其安葬于褒谷张氏石院之上的山坡，头枕巍峨秦岭，足登悠悠褒水。寓意子孙步步登高，拓艺源远流长。自己魂灵则永伴石门石刻，足矣！

这位张氏拓印始祖凭其对世事人情的深刻洞察，早把家事安排妥帖，慧眼识才，在诸子中发现二子张金城堪负大任，精心点拨，把他毕生之功力，积二十年之心血悉心苦练而成就的精湛拓印技艺传授给二子张金城，使其成为张氏名副其实的二代传人。

由于张茂功生前已将石门石刻拓印局面打开，清同治、光绪至民国初年，又是金石学大盛，石门拓本处于高峰期，外地碑帖拓本商客来到汉中，轻车熟路，径直赶往褒谷张家石院。来则轻驭，走必重载，生意异常兴隆。正应一句古语：头辈人创业，二辈人发家。

据张氏四代传人张中发及其老伴回忆，他们儿时，家尚在褒谷之中，终年购拓本商人不绝，家中银圆以几只大木箱收藏，进出时压根儿不数，而是垒成几摞，以尺量厚薄来计算多少。

清末民初，张氏家庭不能讲是鸿商巨富，但已有相当资产是毫无疑问的事情。家庭经济状况的变化，必然会引起人自身的变化。张氏家庭几位第三代传人张洪烈、张洪杰、张洪俊均已不满足于做安分守己的拓印匠人了。他们从小都得到了读书学习的机会，当然也曾被带进石门拓印工地，学习过拓印技艺，但都是仅仅知晓、大致掌握而已，压根儿谈不上精通。即使勉强他们干下去，也必定是平庸的毫无建树的工匠。后来，他们都各自走了另外的道路。

当年，二代传人张金城见几位儿子均无意从事拓印，心中委实着急。细考在历史长河中，几乎每一个有着特殊技艺的工匠门类，包括一些百年老店都存在着如何使后人继承祖业的问题。

每一代传人，一旦娶妻生子，尤其中年之后，怎么将技艺传递下去，都会成为时刻萦绕于心头的一件大事。有些行业，比如酿酒秘方、中药配方等甚至有传媳不传女的祖训。这类人家对传人的选择深深包容着担忧、责任，对世事人情的深刻洞察，对社会变化的清醒预测，殚精竭虑，一丝不苟，思考之缜密，要求之严格，在某种程度上，几乎可同宫廷中对皇位继承人的规定类比。

就在二代传人张金城对祖传拓印技艺的可靠传承担忧惶惑的当口，一个孩子出现在他的视野。

这个孩子生得圆头圆脑，一脸稚气，但黑亮的眼睛透出一股机警，敦厚的嘴唇显示一股倔强，且遇事胆大，行动敏捷。他自幼在褒水边长大，七八岁便能攀缘山崖，给在危崖上拓印的祖父送饭送水，十岁时便能独撑木筏往来于褒水。后来，这孩子在叔父开办的河东店新式小学读书，但每每放学和假期，必定跟随祖父。有时，祖父抽烟歇息，他竟也操起工具椎拓，那架势、神情都蛮像回事。

一个初秋的下午，老人觉得石门内已看不太清，便在半山坡上椎拓那张东汉初年镌刻的《大开通》。这是褒谷摩崖年代最早的一块，堪称石门石刻始祖。老人也不知椎拓过多少遍了，自然轻车熟路。干了一阵，孙子送水来了，老人喝水歇息，在秋日暖洋洋的日光照射下舒适地靠在山坡上。

小孙子自然又接过他手中的工具。祖父先没在意，但看着看着，触动心事，竟然看呆了，因为这孩子竟完成了全部工序，把一张《大开通》拓纸，从容不迫，款款儿揭了下来。

老人心潮起伏，眼眶也有些湿润。山谷里一阵凉风拂过，秋阳益发明丽，老人心里也投进了一束朗朗的阳光，深感欣慰。完全没有想到困扰他多年的疑虑，在一个寻常的秋天的下午，竟轻而易举获得了解决！

老人喜在心头，并不说破。对一个孩子能说些什么呢？这个孩子就是那位颇有魏晋名士之风的金石鉴赏家张洪烈的儿子。名士父亲很潇洒地推卸掉了自己作为拓印传人的责任，四处搜寻金石字画，会友清谈去了，使儿子早早地填补上了他的位置，成为张氏拓印世家第四代传人。这就是现已70高龄的张中发先生。

▶ 张氏拓印第四代传人张中发

那个初秋的下午，他还只有12岁，当然还得继续读书。但再来拓印工地，祖父就不露声色地精心指教了。

如是几年，随着这孩子日渐长大，其拓印技术日渐精良，完全达到让祖父放心的地步。也幸亏有这几年，使张氏拓技得以承继下传，因为接下来，整个情势就大变了！

先是，1935年前后修筑取代千年古道的第一条穿越秦岭的公路——西（安）汉（中）公路由褒谷经过。公路原经河西，势必危及古石门，后经负责测量施工的张佐周、孙发端、赵祖康全力保护，架桥改道，没有危及石门石刻。新开公路从张氏石院下经过。但石门自唐以后独处幽谷、行人难至的格局已被打破，进出古石门已经成为随时可能的事情。

接着，抗战前期，为建设好汉中这块后方根据地，继汉初萧何曹参在褒谷口利用落差筑堰灌溉之后的第二代褒水工程——由我国著名水利专家李仪祉先生主持修筑的褒惠渠工程开工。由于开山放炮，取石垒堰，张氏维系百年之久的石院毁坏殆尽。张氏家族被迫迁至谷口河东店另盖新居，永远失去了独居幽谷、独家拓印石门石刻的地理优势。

新中国成立后，拓印工作仍未恢复，为生计，张中发全家参加了农业合作社。这期间，张氏拓印二代传人张金城以八旬高龄于1953年去世。接着，三代传人金石鉴赏家张洪烈也在1957年去世，其时刚六旬出头。四代传人张中发则完全以一个普通农民的状态在褒谷口的土地上生存。

1966年，"文化大革命"的烈火也烧到了这个古老的小镇。而且，由于地

▲ 今日褒谷口石门水库

处三县交界，多次辩论乃至武斗事件都由此地引发。那么斗争之残酷，行为之暴烈，损失之惨重均不难想象。

张氏家庭作为历时百年的拓印世家，不仅存有未来得及出售的相当数量的石门石刻拓本，多年与外地碑拓商人交换的"龙门二十品"《西狭颂》《郙阁颂》《曹全碑》《史晨碑》《爨宝子》《爨龙颜》等各类名碑拓本不在少数。加之张中发父亲张洪烈一生喜好金石字画、古玩玉器，虽输掉不少，亦还有许多没来得及被输掉……

土改时，整个家族被划为城市贫民，这些遗物基本保存下来。新中国成立后，大家都靠劳动吃饭，这些东西一旦失去市场也就被视为废物。据张中发老伴回忆："那时，床上铺垫的都是各种拓本，床下竹筐塞满线装古书、各种条幅字画，抬出去时有五六箩筐……"在"文革"第一个回合"破四旧"中，这些东西统统被搜寻出来。自己人也害怕，帮着红卫兵搜寻，全部彻底、主动上交。张氏家族另外一支也就是开办学校的张洪杰之子，上过中央航校的张启，也把类似的"四旧"搜寻出来，交给了红卫兵。

一个红卫兵首先扯开准备引火的是一卷《石门颂》。这方被中外学人尊为经典、提供了《辞海》封面二字的汉代摩崖拓本这会儿只配引火。拓本有点儿霉潮，老点不燃，另一位红卫兵急了，抄起一卷孙中山先生临摹过的《石门铭》，哗地一下抖开，吱一声划燃火柴，一下就点燃了，再甩向那小山般堆起的"四旧"，什么十三品，二十品，碑呀颂呀，全是封资修，都滚他妈的蛋吧！

▲石门水库施工，50米处即古石门

几千年历史文化铸就的各类帖拓顿时燃起冲天的烈火，引来四周一片欢呼，一片欢呼……

张氏家族另外一支，也就是一心要当书法家未能遂愿、同笔者同村务农的张洪俊，在"文化大革命"中演出了另外一出有点儿喜剧色彩的悲剧。

张洪俊早年也间或从事拓印，加之毕竟为拓印世家后裔，因酷爱书法也收藏有不少名拓。因在乡村，他又出身贫民，也就没人过问这些东西，卷起一大捆来，平日碍事，置于阁楼得以保存。

石门水库修成后，摩崖石刻迁走或被水淹。远方有慕名者寻访原迹不可得，辗转打问到张洪俊。其时正逢春荒，张家揭不开锅，于是便将楼上大捆拓片，包括整套"石门十三品"全部拿出，共售得40元。此事曾在村里哄传，不少人羡慕：啧啧，一堆废纸卖了40元哩！

近年，已经多少懂得点儿文物价值的村人，提及这事，又无限惋惜："哎呀呀，要放在现在得卖多少钱，怕是座楼都修起来了！"

1969年秋天，最后决定石门石刻与张氏拓印家族命运的时刻来临了。

褒河第三代水利工程上马，在"边勘探，边设计，边施工"的无产阶级革命路线指导下，放弃了勘探十年之久、进谷十华里处的老君崖坝址，而在石门建坝——石门石刻恰在大坝内50米左右。如是，古石门及百余方摩崖刻石、栈阁遗迹、褒谷24景、鸡头关大桥、褒姒故里，还有张氏石院故址及一代拓印始祖张茂功陵墓尽皆淹没于一片大水之中。后经有关方面呼吁，组织力量，仅把"石

▲张氏拓印第四代传人张中发1961年带省文物局人员考察石门　　▲张氏拓印第五代传人张晓光

门汉魏十三品"凿取搬迁至古汉台。搬迁中，张氏拓印四代传人张中发曾经参与其事。张中发拓印了三套完整的石门石刻拓本，一套送国务院，一套送省文物单位，一套藏汉中市博物馆。

这是张氏家族新中国成立后第二次大规模拓印。第一次要追溯至1961年，全国第一次文物普查。四代传人张中发曾按上级要求几乎没有领报酬拓印了整整一百套石门石刻拓本。褒斜道石门及其摩崖石刻被列为全国第一批重点文物保护单位。由国务院审定的拓本即出自张氏之手。

按照常理，石门石刻搬迁前夕，眼见故居遗址、祖先陵地、历百年数代赖以为生的古石门将不复存在，尽管特殊年月，人非草木，岂有不动情不伤感之理？

当笔者问及有无故宅可资拍照的遗物，比如吴大澂当年所题《松鹤延年》匾额及其他历史名人所题条幅。

"唉，都烧光了……"张中发已显得很平静。作为张氏拓印第四代传人，也已经七旬高龄，把世间的一切都看得清楚了，也就平静了。

老人长子，现在已堪称第五代传人的张晓明突然想起什么，从柜顶取下一个纸包，打开竟是一幅高宽各约2米的巨幅拓本《石门铭》。

《石门铭》为距今1500年前的北魏年间镌刻，内容是万人百匠曾对褒斜道进行一次大规模整修后所写的一篇赋颂文章。书写则典型地体现了由隶向楷过渡的变化，故此刻有"北魏圆笔之宗"的美誉，亦被康有为称为"书中仙品"，属"石门汉魏十三品"中的精尖作品。拓本纸质泛黄，四边磨损，给人久历沧桑之感。张氏得到它的经历也颇传奇有趣。

1994年，乡间一位开拖拉机的亲戚，去一个县收购废纸，一个农民拿出这幅拓本当废纸卖。这位亲戚也不懂，没当回事，收购回来后，想起张氏搞过拓印，就送给他们了。

张中发老人介绍，这幅拓本系双层麻纸所椎拓，这就只能是抗战之前、民国初年的拓本，出自二代传人张金城之手，只是没想到六七十年后又回到张家。这是张氏拓印家族目前唯一存留的一份祖先遗物。

当笔者问及老人何时把拓印技艺传于儿子这个张氏全家最感兴趣的话题，老伴、儿子争相讲述，欣喜之情，溢于言表，气氛顿时活跃。张中发夫妇共有一女三子。长女定居上海，三个儿子——张晓明、张晓光、张晓强也立足社会。其中老大老二均已学会拓印技艺，且技艺已堪称精良，算得上名副其实的第五代拓印传人。三子张晓强则已成部队雷达机械师。

晓明、晓光均系"文革"期间毕业的中学生，均回乡务农，其时已无石刻可拓印，但遵"无艺不养家"的古训，长子张晓明学了木匠手艺。张家至今木器不用花钱，全为自制。

"石门汉魏十三品"搬迁至汉中博物馆后，方为张氏兄弟提供了真正的学习拓艺的机会。

其时，拨乱反正，盛世修史，在国内外众多学人推动下，掀起了历史上继宋代、清代之后第三次研究褒斜道石门石刻的高潮。在古城汉中连续召开四届石门石刻国际学术研讨会。为研讨需要，经有关部门批准，曾举行数次较大规模的拓印活动。其时张氏拓印四代传人张中发已年近花甲，晓明、晓光亦跃跃欲试，这样就为张氏拓印造就第五代传人提供了机遇。

平地室内拓印不像山野，很大精力要花在关注安全、注意风向等方面。早年多为单兵作业，无法互相配合，当时纸质也差，非双层不能揭下，笔画间或模糊，有损石刻原貌，难以保障拓本质量。

现在好了，险崖山风，皆不需虑，唯集中精力拓印。父子三人将数道工序搭配分割，反复实践，研究出一套科学合理省时的工序，对吹、刷、墨、揭，总体考虑，扬长避短，精益求精。张氏家族历时百年的拓印技艺也该到切磋琢磨、认真总结、百尺竿头更进一步的时候了！

成果终于出来，捷报频传！

先是，石门石刻拓本为山野环境所限，加之长途贩运，辗转易手，新中国成立前后，上海、江苏、武汉等地文物古籍出版社所出石门石刻拓本皆有模糊甚至

谬误情形，且多为单幅单本。

为正本清源，纠谬勘误，汉中市博物馆、陕西人民美术出版社决定精印"石门汉魏十三品"。把如此众多精品汇集于一册，这在历史上尚属首次。

这项工作由石门汉石刻专家郭荣章先生主持，精拓任务即由张氏父子完成。父子几人，历时数月，依据原石，一丝不苟。整批拓本，字迹清晰，黑白分明，无染墨，无破损，可以说达到了张氏拓印家族前所未有的高峰。这批拓片获得各方专家认可，1988 年成书后，深受海内外学人称道。

接着，接连四届石门石刻国际学术会议召开，一批学术成果先后问世。《石门汉魏十三品撷要》《石门摩崖刻石研究》《成都大学学报》《文博》古道石门石刻专号和陈显远先生的《汉中碑石》，所插拓本图片，均出自张氏父子之手。

张氏拓印世家始祖张茂功自清同治元年即 1862 年始，至今 130 余年，阅历百年风云，出脱五代艺人，实属不易，虽不能和那些钟鸣鼎食、名门宦室相比，不能和影响历史进程的出了宋氏三姐妹的家族相比，但以数代布衣，前赴后继，传播中华民族悠久灿烂之文化，弘扬五千年古国博大文明之精神委实功不可没！

▶ 古道常缘河谷

褒谷与褒水

一

在古城汉中连续多次举办的蜀道研讨会上，许多专家对褒斜道情有独钟，对褒谷与褒水的关系，古道自然发现、自然踩踏的过程，形成的年代，沿途地名的考订，历代的通塞维修，邮亭驿置的设置，乃至石门开掘之谜、栈道的逶迤之美都做了多方面探讨，以至于《文博》杂志要用专号来刊载文章。

古今道路，多伴水而行，几乎无水不成道。古褒斜栈道得以筑就，褒斜二水功不可没。沿南北水道筑路，只需翻越秦岭主峰分水岭一段。故《史记》说："今穿褒斜道，少阪，近四百里。"

褒水源头在秦岭腹地太白五里坡，一路朝南，汇纳百川。上下白云，两岸山崖壁立千仞，一河流水奔腾湍急，中空一线，雄险至极。山谷仅宽数丈，依山临水的古道便在其间穿越。上有滚石，下有激流，人马行进，不难想象需屏息敛气，无不小心翼翼。无怪当年曹操带兵攻取汉中失利，败走褒斜道时，称其为"五百里石穴"，而称汉中为"天狱"。

河谷溪水继续南行，至今太白县王家愣乡，这一带因山崖皆为红色，当地百姓称此段褒水为红崖河。《水经注》记载了诸葛亮致其兄的信，其中说："前赵子龙退军，烧赤崖以北栈道，缘谷百余里。"史学界认为"前"是指首次北伐时，

▲褒水源头

诸葛亮亲率大军兵出祁山，让赵云、邓芝带兵为偏师出斜谷做疑军，迷惑魏军。此次进兵开始很顺利，夺取天水、南安等三城，"关中震响，朝野恐惧"，形势十分有利，可惜错用马谡，痛失街亭，无功而返。据守斜谷的赵云也遭魏军攻击，退兵时为阻止魏军，烧掉了赤崖以北的栈道。赵云曾在此建府库，至今还残存七根石梁。由于历经千年，原从赤崖下经过的褒水已改道对岸，这一带成了农田，破坏严重，石栈梁成了唯一的残迹。

褒河再向南流至今留坝县江口镇，与太白河、下西河交汇，成为一条浩荡大河。不知何故，这段河水被群众称为上南河。这一带三水交汇，河谷开阔，《水经注》记载这里还修过一座三交城。唐时这里设青松驿，孙樵写过一篇《兴元新路记》其中提到路过江口情况："路旁人烟相望，桑柘愈多，至青松平田五六百亩，谷中号为夷地，居民尤多。"

另有一支褒水源流出自秦岭南麓柴关岭一带，此处海拔 2600 米，山岭逶迤峻拔，林木茂密葱茏，云遮雾罩，恍如仙境。相传汉朝开国谋臣张良功成不居，引退于此。后人敬其高韬，修筑庙宇纪念，楼台叠呈，亭阁星罗，与幽谷翠岭相映。川陕公路恰巧由此经过，遂成声名远播遐迩闻名的游览胜地。几条山泉溪水低流轻泻，构成紫荆小河，流经县城留坝，至姜窝子与上南河相汇，便称褒河了。褒河一路逶迤，接纳的溪流中，有两条最为出名。一为马道驿由西部丛山汇聚而出的寒溪，相传萧何至此追上韩信。至今两水交汇处还立有古碑，上书：寒溪夜涨。另外一条溪水亦是由西部沔境流出，晋人左思在《蜀都赋》中说："嘉鱼出于丙穴，良木攒于褒谷。"此溪即丙穴流出之水，当地百姓称沙河。近年在其上游筑就娘娘滩水库，足见水量可观。

▶褒斜道阎王碥石栈道遗迹

　　褒水在长约百公里的褒谷冬春平缓，水清且涟漪，沿途多深潭。渡口则设木筏，一根铁索横穿河面，摆渡时只需拽着铁索便可渡人。到了夏秋，则是另一副模样，若逢暴雨，山洪汇聚，整个河谷浊浪滔天，涛声惊心。

二

　　褒水及其多条脉流主要在秦岭南麓山峡中穿行，褒水为汉水上游最大支流，年径流量达 15.8 亿立方米，与我国第二大内陆河黑河年径流量相仿。从祁连雪山流汇的黑河不仅滋养了亚洲最大的山丹军马场、河西走廊最大的绿洲金张掖，之后，"弱水三千入流沙"，在 800 里外形成碧波荡漾的居延海。而褒水也非比寻常，在远古曾养育过方国有褒，出过美女褒姒，成就了大名鼎鼎的古褒斜道。早在汉武帝时，就有大臣建议利用褒水"漕运"。尽管因"石湍不可漕"，却发工匠万人整修了褒斜道——那应该是国家级官驿大道。

　　褒水开发利用古已有之。史载：褒水亦称山河水，汉相萧何曾在褒谷口筑山河堰拦水，灌溉沃野，把汉中变成水旱从人的粮油基地。诸葛亮北伐将汉中作为大本营。20 世纪 60 年代，褒谷口曾出土南宋维修山河堰碑石，可见褒水惠泽百姓千年之久，其遗址至今尚存。民国年间，著名水利专家李仪祉在山河堰基础上，倡导设计修筑了褒惠渠，可灌汉中城固两县农田。新中国成立后，国家又投入巨款，在褒谷口筑成气势磅礴的石门大坝，几十里山谷波光粼粼。除发电、养殖之外，再修东西干渠，引水于数县沃野，使汉中这块粮仓愈加殷实。可惜的是，修筑大坝时，恰在动乱年月，不怎么珍视文化，弥足珍贵的石门隧道，历代颂扬栈道之功和记石门兴废的摩崖石刻、鸡头关隘以及褒姒故里尽皆淹没于水中，不能不讲是一大遗憾。

褒水出谷口约 20 华里，在汉中、南郑、勉县三县交界处自北向南几乎垂直汇入汉水。由于夹角垂直，褒水虽然水量充沛，屡见于史，亦被排出汉水江源之外。盖因我国江河大多由西向东，按"江源为直"原则，两水相交，夹角大的一方即被排除——这便是褒水的委屈了。

▲作者与陈忠实在褒谷

褒水汇入汉水之处，也形成类如长江、黄河入海时形成的三角洲。虽然规模没有大江大河三角洲那样恢宏，却实在是个令人惊异的去处。我曾在朋友的邀约下，怀着对褒谷褒水的留恋，对褒水的最后归宿地，做过认真的探访。

这儿一点儿不像在陕南常见的那样：或是绿浪接天的稻地，呈现一派水乡的风光；或是起伏成片的苞谷，透出山地丘陵的特色。这儿虽也是一望无垠的原野，可一离开白杨遮阴的机耕大道，那条白沙小路就变得曲曲折折、七拐八扭，尽在柳枝、果林、芦苇间曲折蛇行。小路两边，桃梨苹果混交，瓜棚豆架杂陈；而高粱、苞谷、芝麻、花生、水稻、蔬菜……也早把大地点缀得色泽斑斓，五彩缤纷了。

在这儿徜徉，那火红的高粱、没膝的大豆、铺满沙地的西瓜、压弯枝头的苹果，简直让人眼花缭乱，应接不暇，连空气都充满了庄稼瓜果的香甜味儿。间或还闪出一池碧水，片片青萍，一道水柳篱笆、相邻两家哨庵，又尽藏匿于柳枝、芦苇丛中，真使人疑心进入了一个童话世界。怪不得落下个这么美好的名字——珍宝坝。

三

珍宝坝在勉县境内，处于勉县、汉中、南郑三县邻界处，汉江与褒河交汇处。背靠平原，地势平坦，一面临山，两面靠河。每当夏秋，从巴山深处的宁强发源的汉江和起始于秦岭的褒河常挟泥带沙，奔腾而来，在这里几乎成直角交汇，把大量的泥沙甩在这里，历年经月，构成了这片三角洲似的肥田沃土。

　　我羡慕起这儿的得天独厚，同行的老马却连连摆手。他家就在附近，最清楚珍宝坝的根基。据他回顾，早先这儿是偌大一片荒滩，遍布垂柳河苇，除了割草、放牧，很少有人光顾，是个大白天也常有野狐豺狼出没的刁野地带。因为一涨洪水，汉水襄水，加上各处排涝，几乎三面来水，这里变成一片汪洋。不过洪水过后，荒滩上却又能积一层肥沃的泥沙。野草河苇特别茂盛。这就吸引了远近穷苦的庄稼人，每年开春，涉水渡河，来这荒滩就地取材，砍柳割苇，搭庵垦荒，种庄稼。因怕水淹，便只种北瓜，无须上粪，挖坑点种便成。北瓜生长期短，待洪水来时，早已成熟。顺藤寻去，野草苇丛中遍布金黄的北瓜，总能糊口度日的。

　　接着，便有人家在荒滩觅着一块较高的台地定居下来。说来也怪，自有人后，这片台地就始终没被水淹过，以至传开一个美丽的神话。说有老人见到，每当洪水来时，便有一只能分水避洪的金鸭子在这儿浮游守卫，水涨多高，这片台地便升多高。珍宝坝便因此得名。传说真假姑且不论，珍宝坝不被水淹却是事实。于是迁来的人家日渐增多，以至聚集起了个村落。

　　不过，人多了，环境仍没有根本改变，开垦的稻田麦地仍常被洪水吞没；赶集干活的大人和上学的孩子也常被突发的洪水阻隔；群众赖以为生的主食仍是北瓜。以至有"有女不嫁珍宝坝，没盐北瓜吃死她"的口歌在这一带广为流传。

　　这景况不知从什么时候一直延续到公社化时，并社划队，这里竟成为谁家也不愿要的穷队苦村。

　　也许正是因为被人蔑视激发了人们的志气，同时穷困也迫使人们寻找出路，这儿的群众决心闯一闯！谈何容易啊！没来过这儿的人绝对想象不出当初在沙滩上创业的艰苦。防洪，就得沿河植树栽苇，春上栽起一片，秋来一水冲走，又栽又植，终于牵连起来，能固沙保土了，但洪水仍然漫进田地。有人提议在田地栽种苹果树。天！别说栽苹果树，那时许多人连苹果都没见过！也许正因为没见过，憧憬更能鼓起劲头，不提挖坑栽苗，单从遍布卵石的河滩担水，男女老少要淌多少汗水！还有狂暴的洪水：冲倒，扶起；毁掉，又栽……天知道反复了多少次，根须深深植进泥沙的树苗终于能抵御洪水了，不但开花结果，而且保住了树下的大豆、花生、芝麻、蔬菜……渐渐地，除了苞谷、高粱之类的高秆庄稼，小麦稻谷也在这儿安家落户了。到了20世纪70年代中期，附近社队全被十年动乱搞得凋零冷落，这儿却意外地成为一个五谷年年丰登、瓜果四季飘香、劳动日值达到一两元的富队，在这一带曾引起人们的羡慕和赞叹。

　　可惜好景不长，比洪水还要厉害的极左思潮漫进了珍宝坝，学习大寨、围河造田的势头比汉江的波浪还猛。多年栽种的河柳芦苇毁掉了，庄稼几乎种到了河滩中心！由于没了遮拦，"金鸭子"也不知游哪儿去了，洪水长驱直入，扑上了从来没被水淹的珍宝坝。许多社员的房屋毁掉了，庄稼也给冲得一塌糊涂……

"现在怎么样呢？"我着急地问。

"进村看看。"老马讳莫如深地笑笑。

不大的村庄，洪水漫进的积水还没排尽，道路也还泥泞。但新建的、一砖到顶的红砖瓦屋随处可见。还有几家正在脚手架上忙碌，屋基用河石砌成，全都又高又厚……但吸取教训，这难道就是根本？我有些疑惑。

"再去河滩看看。"老马提议。我们穿过村子，老远就见着汉江和褒河奔腾着，在前面的山脚下汇合，末了又折向东去，闪出一片水天相接的区域。临近又有偌大一片绿野呈在眼前。我们进去徜徉，发现却不再是庄稼，临近村庄已植下宽宽一带桑苗，枝叶摇曳，仿佛要牵起手来。愈往前走，草愈茂盛，柳丛、芦苇、野艾、沙蒿……密密匝匝，没过人膝，河风吹过，有如涟波，从我们眼前荡漾开去，扑向远远的河边，那儿，蹒跚着三五成群的水牛，奔跳着几只洁白的羊羔……一刹那，竟给人一种仿佛置身于内蒙古大草原的感觉。

扑棱棱……几只鸟儿被我们惊飞起来。一看，是斑鸠。岂止是斑鸠，往前走，不断有画眉、沙鸡、卷八儿、黑果儿……成群地飞起。临近水面，竟有白鹭和野鸭在翻飞浮游。

"好几年不见这些鸟儿了，刚飞回来。"老马感叹着。

"可金鸭子还没回来呢！"

"急啥？"老马眺望着已渐被绿草覆盖的河滩，意味深长地说，"只要人不再干那些与水争地、与鸟争食的蠢事，金鸭子嘛，迟早是要飞回来的！"

▲今日褒谷捕鱼女

褒姒铺怀古

　　褒姒出生于2700年前的古褒国，其故土在陕西境内秦岭南麓，汉中盆地北部边缘有"蜀道之始"美誉的褒斜道南口一带，史学界对此没有争议。进入褒谷，告别了久负盛名的石门，穿越了长长的如兵森列的鸡头关，头顶豁然开朗，上面不再是中空一线的石崖对峙的峡谷，下面也不再是奔腾咆哮的褒水。先是危崖渐次转换为逶迤的山岭，铺展开去，生满绿树毛竹，顿显润秀。从远山深处流淌的一河褒水，也因河道开阔不再受挤压而舒缓明净，不时甩下绿绸般的一处深潭，再在冲洗白净的鹅卵石间哗哗奔窜。河道开阔处，早年被开垦出来，用河石垒了如同长城般蜿蜒的地埂，引进河水，栽种了稻子，一层层的，铺上了河边的山梁。引不上水浇灌时，便播种了耐旱的苞谷、洋芋、大豆和荞麦，也全绿汪汪的一派生机。一头牛在山坡啃草，几只羊散布在四周嬉闹。牧羊的老人坐在岩石上吸烟，石雕般纹丝不动，他身后的绿树丛中有炊烟飘起，有穿红着绿的村姑出没。这样的情景在进入褒谷后常常能够看见，那常隐匿着一个村落或仅是一户人家。

　　但你现在看见的却是一条青灰的街市。光滑暗苍的麻石铺就丈把宽路面，两边高低参差的青灰瓦屋构成短短一条街市，一律铺板门面，陈旧得认不出颜色，挂些黄玉米红辣椒，宽锄长镵，竹筐背篓。精壮男人或割竹，或伐木，或犁地出坡去了。小街安静下来，街面上最常见的情景是，坐在自家门槛敞胸奶孩子的女人，凑火吸着长烟袋的老汉，带着一伙猪崽蹒跚着吞吃菜叶的母猪，鸡在觅食，

▲褒姒出谷（许继忠作）

狗在静卧。这些都是寻常不过的山区镇街模样。但这处街市却名声显赫，是鼎鼎大名的美女褒姒故里，人称褒姒铺。

褒姒铺名气显赫当然是因为褒姒。一位 2700 年前的寻常村姑，成为周幽王的宠妃，改写了一个王朝的命运和历史进程，留下了"一笑千金""烽火戏诸侯"等广为人知的历史典故。

要认识褒姒，首先须知道和褒姒相关的典故的来历。由于周的都城镐京在今天西安市长安县斗门镇附近，属于中国西部，历史上称为西周，以区别于以后迁都洛邑建立的东周。

周原来是渭水、泾水流域活动的一个古老部落，到商代后期逐渐强大，乘商纣王残酷统治政权腐败之机，发动了著名的牧野之战，消灭了商，建立了周朝。周朝历时 300 多年，出现文、武、成、康几代英主，成为一个强盛的奴隶制国家。周朝推行井田制，即把土地划为"井"字形的地块，周边分给农户耕种，中间一块集体耕种后供奉王室。这就极大调动了人们的积极性。周时农业和手工业都有很大的发展，尤其是青铜器的铸造和礼乐典章的制定，对后世产生过深远影响。

褒姒的故事发生在西周末年。西周最后一位君主是周幽王，此时，西周因连年战争，国力衰落，政治腐败，弊端丛生。周幽王却不理国事，热衷于狩猎玩乐。一次，周幽王在狩猎时进入了秦岭南麓的褒谷，这里原属一个古老的方国有褒，

▲秦岭南麓劳作的女子

已经被周人征服。褒国由于在秦岭南侧，这一带山清水秀，风柔雨润，"一方水土养一方人"，生养的女孩都十分美丽。管理褒国的长官见周幽王来狩猎，正苦于没东西讨好他，一位手下说，他在褒谷河边见到一个洗衣村姑十分美丽，可以献给幽王。长官让人把村姑找来后，大家一看都惊呆了，这女孩衣衫尽管朴素，但遮掩不住本身的光彩。她的身材像山坡上的毛竹一样修长婀娜，脸庞像天上明月一样皎洁清丽。最绝的是，像山中泉水一样的眼睛，水汪汪的，黑白分明，无一点尘埃，无一丝杂染，与青山绿水保持着一种和谐，简直是大自然塑造出来的精灵。

周幽王一见褒姒，发现这个女子十分美丽，言谈举止没有都城市井女子的刁蛮强悍，也无宫廷女子的种种城府，就像褒谷河水那样清澈喜人，十分高兴。周幽王没有逗留吃喝卡要祸害褒国，更乐于抱得美人归，迅速回京城去了。

褒姒进宫后，尽管深得周幽王宠爱，但不爱笑。在她看来，幽王宫殿不管怎么巍峨，也无法和雄伟的秦岭相比；宫里金银珠宝再多，也不如故乡村舍、小孩、牛羊、河水、盘绕不去的炊烟让人依恋。所以整日闷闷不乐。

有次一个宫女偶然撕碎了一块丝绢，发出的刺啦一声竟然让褒姒笑了。这原本是个偶然小事，周幽王为讨好褒姒，竟下令让宫女撕扯丝绸来博褒姒发笑。撕碎的绢绸很值钱，这便是"一笑千金"的来历。

当时朝廷掌权大臣叫虢石父，是个奸佞小人，他为献媚幽王，竟然献计，要幽王用烽火调集诸侯来博褒姒高兴。烽火是古代城池报警的信号，一旦有敌来犯，点燃烽火，就可调集诸侯掌握的军队来消灭敌人。"烽可遥见，鼓可遥闻"是国家免受外敌入侵的安全保障，非同儿戏。但眼下，昏了头的周幽王与褒姒来到城楼，居然命令点燃烽火。一时间，火光四起、狼烟冲天，并一站站传递开去。那些驻扎在要塞边防的军队见到狼烟，争先恐后赶到京城，但来后才发现并无战事，于是又掉头回去，乱糟糟忙成一团。褒姒见到诸侯受骗的狼狈景象，果然咧嘴笑了，但也埋下亡国祸根。匈奴中有一支部落犬戎历来与西周交恶，趁机率军攻打镐京。京城告急，再点燃烽火时，诸侯怕上当都不来了。结果镐京被破，周幽王被杀，褒姒被俘获，西周也宣告灭亡。从此留下"烽火戏诸侯"的典故与"女人是祸水"的说法。千年岁月逝去，历史恩怨消融，褒姒仍被列为中国四大美女之首。

当年笔者务农，春季采绿肥，夏天割牛草，冬天拉柴火，也不知在褒谷奔波了多少趟。曾在褒姒铺见着一个女子，衣衫简朴，赤着双脚——这一带男女都穿草鞋——代替牲口，推着石磨。先没在意，后来才见这女子以苦为乐，推磨姿势十分优雅，因出力流汗面若桃花，身材也异常均匀秀气。四周是青青的山峦，一河清澈见底的流水，参差的古镇和袅袅的炊烟，这一切都因为那推磨的女子而显得古朴和谐又充满生机。

多少年过去，那推石磨的女子犹如被摄进镜头的底片，时时现影，竟比那些浓妆艳抹、仪态万方的女子要清晰得多。我由此知晓了美是朴素的，犹如真理是朴素的一样。

再读历史，再见着"一笑千金"之类典故，便想着，当年那改写了一个王朝命运的女子，一定是褒姒铺推石磨女子的模样。

那就是褒姒。

马道驿忆旧

　　一株枝丫龙钟的古树，一条奔流湍急的溪水，四山高耸，云雾雾迷。每至马道都让人平添一缕怀旧思古之情。

　　当然也要有"旧"可寻，方能引出凭吊之情。马道无此缺憾。这处山镇是穿越秦岭的著名的古褒斜道一处重要遗址。无论是秦汉隋唐凿石架木的栈道，明清盘山而筑的石碥道，还是现代的川陕公路，马道都是必经之处，留有历代筑路及开拓者的遗迹。附近河谷山崖，栈孔密布，碑刻众多。往上有武休关，群峰高耸，中通一线，一夫当关，万夫莫开。南宋时爱国将领吴玠、吴璘兄弟曾在此抵御金兵达数十年之久。

　　马道历代均设驿站。清初学者张邦伸在其著述《云栈纪程》中明确记载："马道驿备驿马 54 匹，马夫 27 人，协济 2 人。"足见其规模。再加上与之相配套的各种规格的房间、驿马舍、草料场以及山镇的旅店、饭馆、茶舍、酒楼、货栈，驿卒奔驰，商贾络绎，不难想见其繁华。无怪徜徉街道，深陷的车辙、巨大的石条、废弃的石旗杆、雕镂的碑刻，时有所见。

　　1992 年夏，《栈道》摄制组一行曾在距马道十数里处发现临河巨石上柱孔密布，经复形考证为汉代邮亭遗址。更有价值的是临河山石上一串长达 300 余米

萧何追韩信处

今日马道驿

的脚印石径，岩石暗苍，足迹残斑。同行专家判断，极有可能是栈道凿架之前，古代先民自然踩踏出来的原始小道。当时发出的消息上了中央电视台《新闻联播》，曾引起各方关注。凡此种种，使马道堪称一处古今交通博物馆。

许多著名的历史人物和事件也与马道有关。比如："明修栈道，暗度陈仓。"学者一致认为"明修栈道"修复的便是由马道经过的褒斜道。刘邦听从张良计策烧毁褒斜道是为了"以示天下无还心，以固项王意"，借以麻痹项羽。之后，大张旗鼓修复褒斜道，又是为了转移楚军视线，把留守关中的章邯的注意力吸引到眉县方向。因为褒斜道的北部出山口在眉县城南30里之斜峪关。而刘邦主力则由勉县进入秦岭，沿故道直扑陈仓（今宝鸡）。章邯猝不及防，以为汉兵从天而降，慌乱应战，以致丢了陈仓，失去关中，以至楚亡。

另一历史事件"萧何月下追韩信"则直接发生于马道。当年，胸怀鸿鹄之志的韩信，潦倒时曾受"胯下之辱"，投奔项羽，仅为帐前执戟郎。后不得志离楚归汉。刘邦亦未放弃素来为王者的傲慢，对韩信仅以管理粮食的小官相待，以致引起韩信二次逃亡。不想，当他沿褒斜道至马道时，寒溪夜涨，水势汹涌，阻挡了去路，正好为急急追赶的萧何赢得了时间。戏曲舞台上，萧何挥动马鞭，神情急切，唱腔激昂，把这一历史故事表现得淋漓尽致，也使其广为人知。

但这一历史事件在史学界颇有争议。西北大学李志勤教授便持怀疑态度，理由是韩信拜将后，才提出"明修栈道，暗度陈仓"的策略，当时栈道被烧，尚未修复，无路可走，韩信怎么能逃至已深入秦岭近百里的马道？汉中文史专家陈显

▶ 今日市井

远亦在报刊发表文章，提出史载"韩信出东门而逃"，秦岭与马道均在汉中城北。再则关中为项羽所据，韩信由楚逃来，岂能自投罗网？由此得出韩信逃走的方向应该是楚汉势力均薄弱的四川，因而萧何月下追韩信应在通往四川的米仓道云云。

无论专家的论据如何充分，仍仅限于学术界的论争。绝大部分书籍、文物部门乃至广大群众依然认定马道是萧何追上韩信的去处。若临马道，也确实能给人一种现场逼真感。古道自汉中城北 30 里由褒谷口进入秦岭，一直在峡谷中行进，至马道四山闪开，河面开阔。但道路受山形水势限制，仍缘山边河岸而进。山谷河流古道均取南北走向，偏马道有一条西沟，朝西直伸云雾深处。笔者早年曾去此山沟割竹，深入四五十里尚有人烟，阡陌烟村，古风犹存。再深入便蛮荒，仅有狗熊山猪出没，还有猎手发现过成群野牛。这山沟汇聚一溪流水，由西往东，呈垂直状注入褒河，缘河而进的古道必须跨越这条溪水。平日，溪水清且涟漪，倒映着青山古镇，平添温柔景致。若遇暴雨，汇纳百川，溪水便一改平日模样，汹涌澎湃，怒不可遏。1981 年发洪水，此处曾淹殁山民数人。1989 年夏，突然一场暴雨，猛涨的溪水轻易地便荡平了河边的几户农舍和一所学校。

如今，尽管溪水上已建起数孔相连的钢筋水泥大桥，但伫立溪边遥想当年情景，寒溪夜涨拦住韩信去路则是完全可能的事情。所以至今流传有谚语："不是寒溪一夜涨，哪得炎刘四百年？"

杜牧诗云："六朝文物草连空，天淡云闲古今同。"马道不仅留下蓝天白云，青山溪水，还留下如此众多的古人与古事，使其充盈古趣，也益发诱人。

拜将坛风云

　　马道驿出名是由于萧何在此追上韩信，演绎了一出流传千古的求贤追能的故事。为了印象完整，接下来，有必要插叙一段拜将坛风云。

　　初识拜将坛，可追溯到 30 年前，世态转机，文坛复苏，笔者在汉中城南招待所参加创作会。临窗眺望，见远处有土台树林，当得知那便是闻名遐迩的拜将坛时，大吃一惊。因当时尚在乡间务农，关注的事情更为低下，春荒粮、救济款、自留地之类，竟然连使古城荣耀的胜迹都不曾光顾。惭愧之余，当日晚饭后即去访拜将坛。

　　紧靠城南壕沟遗址，大片和别处完全没有两样的菜地中央，筑着南北二台，砖石破损，亭阁衰败。印象最深的是，距南台仅几步便有农舍，土墙茅屋，犬吠鸡啼。当年赫然飘扬杏黄帅旗的将坛上摊晒着酸菜、棉被之类，与山野荒村无异。

　　"留此一抔土，犹是汉家基。"

　　喟叹之余，遥想当年："汉王择良日，设坛场，欲拜大将……诸将皆喜，人人自以为得大将。至拜大将，乃韩信也，一军皆惊。"不能不佩服史家"绝唱"，短短几句，把一幕重大历史事件描绘得何等逼真、传神、微妙！

　　史家评论，楚汉之争，刘、项大战 70 次，小战 40 次，刘邦屡战屡败，身伤 12 处，项羽兵威声望远胜刘邦。但恰是刘邦善揽人才，不仅良将韩信，还有贵族张良、游民陈平、狗屠樊哙、吹鼓手周勃、布贩子灌婴、土匪彭越、酒徒郦食其……但

▲汉高祖刘邦雕像

凡有一技之长，皆被刘邦一一收用。相反，一代霸王项羽驱韩信，赶彭越，连唯一的谋士范增都不肯留用，孤家寡人，弄得垓下惨败，自杀了事。刘邦却由此统一大汉民族，建立了四百年基业。

其实，纵览中国历史，善招贤才者岂止刘邦！春秋五霸之争，实质是人才之争。齐桓公所拜贤相管仲从鲁国邀至；齐威王的军师孙膑从魏国迎来；秦国上大夫百里奚从楚国骗来；击败晋国的大将丕豹从晋国引进；使秦疆域拓宽千里、称霸西域的大将由余则从西戎诱降；变法强秦的商鞅从卫国招揽；破六国联盟的张仪更是周游列国，最后落足秦国。急切思变的秦王为得范雎竟长跪而求，末了招食客三千，容纳各类人才，为秦统一天下奠定了重要基础。

历史总让人回味不尽。尽管帝王们清楚地知道起用任何人才都是为己所用，为"家天下"能够流传千古，他们也绝非甘愿屈尊。当年韩信亡楚归汉，刘邦并未重视，只以管理粮食的小官待之。萧何多次推荐，刘邦也不以为然，导致韩信再次逃亡。倒是萧何独具慧眼，演出了被津津乐道了两千年的月下追韩信的故事。

经过如此这般一番周折，刘邦才抛却为王者的傲慢，"择良日，设坛场，拜大将"。但末了呢？"辜负孤忠一片丹，未央空月剑光寒。"拜将坛石碑上镌刻的诗句无情地向人揭示着韩信的悲惨结局。

按说，刘邦颇有自知之明："连百万之军，战必胜，攻必取，吾不如韩信。"但他怕韩信功高倨傲，尾大不掉，终于将其杀戮。爱才又嫉才害才，这是一种多么复杂的心态！这种心态并非刘邦独有，广招天下贤士的秦王率先焚书坑儒；夺取天下的朱元璋也曾大杀功臣。在中华民族三千年的文明史上，此类事例，不胜枚举！

那个久寒乍暖的黄昏，初访拜将坛，同行朋友们的交谈喟叹，拜将坛的凋零，形成一股强烈的悲凉之雾，在笔者心中留下刻骨铭心的记忆。

乙巳年冬，作家路遥、莫伸、徐岳诸君来汉，笔者陪游拜将坛。冬日下午，游人绝少，加之诸君初访，兴味极浓，竟为韩信的盖世功勋与凄惨命运议论不休。

韩信曾说："狡兔死，走狗烹；

▲汉大将韩信拜将坛

飞鸟尽，良弓藏；敌国破，谋臣亡。"足见他头脑清醒，完全预见到了日后的下场。但即便如此，韩信想来也不会后悔。事情非常清楚，倘若考虑结局，当年一个身受胯下之辱的流浪汉断然不会就在此坛，揭开历史帷幕，成为一个名垂青史的风云人物，将坛拜贤的历史故事更不会在漫长岁月产生如此大的鼓动性与号召力！

君不见尽管有"敌国破，谋臣亡"的惨痛教训，历朝历代的贤能志士依然前赴后继，为国谋划，为民排忧，"居庙堂之高，则忧其民，处江湖之远，则忧其君""先天下之忧而忧，后天下之乐而乐"，置个人得意失望、沉浮安危于不顾，仿佛历史上压根儿没有过惨痛的教训。这是中华民族千百年来仁人志士所共同具备的高风亮节，也是中华民族能够立于世界民族之林的希望之所在。

哦，拜将坛！但愿你不仅是块游览胜地、怀古去处，且在方丈之地，给人昭示一种情操与精神，一种求贤若渴的精神，一种献身报国的精神，让具有3000年之久的中华文明历史，能够持续不断地威武雄壮，有声有色地演进。

龙潭坝往事

▲孩提

　　沿川陕公路穿越秦巴大山，旅客沿途所见，无非山岭河谷、村镇农舍，格局模样，大致相似，便以为山地风貌不过如此，精神一松，眼眶便打架，昏沉沉打起盹来，任凭汽车轰鸣着穿山越岭。

　　川陕公路筑通半个世纪以来，交流频仍，风气开化，沿途城镇相互影响，举凡建筑、服饰、饮食、习俗乃至语音皆大同小异，特色尽失，也就很难给人留下印象。

　　若要寻访秦巴山区早年习俗，则需离了公路，沿着某条溪水、某条岔道，一路走去。先是没了公路汽车的喧嚣，山风徐来，送来满山野艾蒿苦味的清香，接着就有了险峻的山崖、滴翠的丛林、在青石上漫流的溪水、满坡的野花、杂草蓬勃生长，蝴蝶翻飞，蜜蜂嗡嗡，浓密的竹林丛斜斜地飘起一缕炊烟，那可能是座村落，抑或只是一户人家。但刚转过一道山岭，大山却四下闪开，显现出偌大一块坝子。阡陌田垄，农舍相望，再稍稍深入，竟有一条不短的青灰街市，直让人疑心到了世外桃源。其实，大山深处常隐匿着一个村落或一处集镇。沿秦岭南麓褒谷川陕公路北行，沙河、天台、东沟、武关驿、鲜家坝、龙潭坝、火烧店便都远离公路干线，坐落于大山深处。

　　这些深山村镇，我在务农的年月，大都曾经光顾。之所以要写龙潭坝，是因为几件往事与这山村相关。记得第一次去龙潭坝是刚回乡务农不久，血气方刚，少不更事，生产队组织去山里割竹，竟踊跃报名。翌日，几人拉着架子车，负载着进山必带的被子、粮米、蔬菜、割竹用的刀具什物，沿褒谷川陕公路进山。当

▲隐于深山的龙潭坝

天清晨天不明动身，沿途经将军铺、褒姒铺、麻坪寺、桃园子、老丈沟、沙河沟、青桥驿，赶到百余里外的马道镇时，已是星光满天。马道是个古镇，据说是当年萧何月下追上韩信的地方。镇上立着一块碑，上面刻着：寒溪夜涨。

当时这显赫去处也并无电灯，一片漆黑。临街农家便是旅店，进门堂间铺上茅草，自带的行李打开，再用主家锅灶烧饭，每人只需付一毛火钱。那年月，公路沿线人家都如此接待进山割竹、砍柴的平川农民，也算是一项生计。

第二天，我们一行数人，离了川陕公路，拉着架子车，沿着一条简易山路朝龙潭坝进发，路一直傍着那条涨水堵过韩信的寒溪。当地群众并不叫寒溪，而是叫西沟，因这溪水是由西朝东注入褒河。另外一条由东向西注入褒河的山溪则叫东沟。

简易山路勉强能通架子车，一直通向大山深处。往进走才发现，山沟里散居不少农家。农家大都掩映在滴翠的竹林果树丛中，门前溪水淙淙，屋后果林成片，有核桃、板栗、山桃、野杏；院落也宽敞，房舍虽是土墙打圈，茅草盖顶，但冬暖夏凉；猪圈牛栏、鸡舍狗窝一应俱全，柴火也垒得小山一般，显出生机勃勃又富足充实的模样。那年月，平川农村搞运动学大寨，七斗八批，整得鸡鸭禁绝，马瘦毛长，年年闹饥荒。相比之下，山区"山高皇帝远"，虽说也属人民公社管，但上面顾不过来，要宽松得多。自留地、自留山保留着，鸡鸭猪狗也都养着，农闲还能卖些竹木药材，因此比平坝农家日子好过些。每当春荒，许多平坝农民常来山区借粮度荒，再是割竹、伐木、拉柴，一来二去，与山区群众拉上关系。那年月，秦岭山区还保持着许多淳朴的古风，有搭"干亲"的习俗。我们这次进山，便沾村里一个农民在龙潭坝有"干亲"的光。

这天，我们从清晨走到中午，走了四五十里路，才算到了。真没想到，龙潭坝是一块十分绝妙秀丽的地方，有三条山谷、三条溪水在这儿交汇，河道骤然深阔，溪水也变得壮大湍急，并不时从丈把高的崖头跌落，在弯曲的河道冲下一个个深潭。最大的深潭竟有一亩地大小，深不可测，绿汪汪的，在阳光下闪着暗幽幽的波光，真有点儿藏龙卧虎气象。这可能便是龙潭坝的由来。这儿四山闪开，形成百十亩大小的一处山谷盆地。山民利用山间溪水灌溉田地，种植绿油油的水稻。由于水源光照充分，秧苗比平坝还显壮实。无怪龙潭坝名声响亮，真是个富足去处。

我们投宿的那户人家姓李，主人早年间除了种田还贩运些山货土产，见过些世面，也识些字，能认皇历，常走乡串户地"说春"。就是每年立春前后，挨家挨户，说些祝福来年风调雨顺、六畜兴旺、五谷丰登的吉利话，也卖些春联皇历，被称为"春官"。庄稼人为讨吉利，也都欢迎，有钱送钱，无钱送些山货土产。时间长了，人们都称呼他李春官。那会儿李春官40多岁，瘦高身材，能说会道爱交游，对我们很热情，让我们住在铺着兽皮的竹棚楼上，隔湿清爽。李春官的老婆是位贤惠本分的山区妇女，见人腼腆笑笑，没多少话语，便去灶间忙碌，转眼就给我们每人端出一大碗糟糟荷包鸡蛋。热气腾腾，飘着醉人的香味，单看一眼，便让人馋涎欲滴。那些年月，这种款待在平川是不可想象的事情。李春官还有两个儿子，都是大小伙子，老大叫如松，在镇上念过中学，那会儿在山里就算个人物，身材像父亲那样瘦高，却像姑娘一样秀气，在生产队里当着会计。小伙儿有礼貌，也很和气。小儿子叫如柏，正好相反，小学毕业就不念书了，长得壮实顽皮，下河捉鳖，上树捉鸟，有一次竟把个熊崽子弄回来，惹得母熊一连几夜在村头岭上嚎叫，吓得全村人都不敢出门。李春官全家对我们都很好。可能是山区寂寞，少有人来，我们也是几个青年小伙儿，如松如柏兄弟见我们分外亲热，给我们那次割竹提供许多方便。晚间我们便都聚在院落纳凉，山风徐来，不炎不凉，十分舒坦。如柏还不时到河中摸鱼捉鳖，犒劳我们。待到走时，大家都成了好朋友。

之后，李春官父子，尤其是两兄弟进城下坝都要来村子里落脚。有一年，两弟兄起早摸黑挖了季药材，卖了好价，居然一人购了辆崭新的"飞鸽"自行车，骑到我们村来，惹得年轻人羡慕地围着观看。看两兄弟勤快本分，家道又好，还有人张罗着给他们说媳妇。还真有个叫秀儿的姑娘看上了老大如松。秀儿也是个心灵手巧的姑娘，读过初中，模样秀气，两人挺般配，众人都怂恿着，事情还真成了。成亲那天，村里许多人都去送亲，而龙潭坝人也因能娶到平坝姑娘做媳妇

感到长了志气脸面，隔山隔岭，十里八湾的乡亲都来了。李春官家前几天就杀肥猪、垒大灶、磨面打米、做大坨豆腐。那些年不讲保护野生动物，野猪腿、狗熊掌都能上宴席，还有核桃、板栗、山药、竹笋，成缸的苞谷烧酒，大盆土蜂蜜糖，真正山珍野味。大块吃肉，大碗喝酒，流水席从正午一直开到夜晚，方才散席。如织如网的山道亮起成串的灯笼火把，不少山民酒足饭饱唱着山歌，吆喝着号子，把整个山村都闹得一片沸腾！多少年后，人们还津津乐道这桩盛事。

可惜，隔年便是"文化大革命"，连大山深沟都未能幸免。先是李春官被深挖出来，因他临解放代理过几天"甲长"，又联系经商"投机倒把"，"说春"散布封建迷信。于是他成了被管制的"阶级敌人"，不准乱说乱动，只准干脏活苦活。大儿子如松受到牵连，被撤销了会计职务，还以账目不清为由，被拉走肥猪，没收自行车，家道一下中落了。最惨的是二儿子如柏，被罚到水利工地，专干装药放炮的危险活计，十冬腊月，还赤足穿着草鞋，冻得脚跟都裂了缝。他捎话让哥哥给买双胶鞋。无奈已是家徒四壁，嫂子秀儿只好偷着卖了自己的嫁妆，给如柏买了双胶鞋。岂料，如松连夜把胶鞋送到水利工地时，弟弟已穿不上了。就在当天，民兵连长蛮横地要求如柏去排除一个哑炮，如柏刚走到跟前，装足了药量的哑炮突然炸响，只听天崩地裂的一声，硝烟笼罩了整个工地。过后没人敢去看那惨景，热情壮实的如柏被炸得血肉横飞，面部残缺，身体没一处浑全。临

▶ 山区妇女与男子一样下田劳作

掩埋，一只脚都没找到，欲哭无泪的如松只好把胶鞋连在弟弟的腿杆上……

一晃多少年过去，我再也没有去过龙潭坝，就像旭日临窗时，谁也不愿再回顾夜里噩梦，挥挥手，只想尽快忘掉。需要关注和用心的事情实在太多。2000年盛夏，已经跨进了新的世纪，有一次途经马道，突然想起久违的龙潭坝，我竟产生了一种想要去看看的念头。于是，掉转车头，沿着那条历史积淀深厚的寒溪，向山沟深处驰去。一路山色依旧，流水依旧，似乎也并不像记忆中那般绿树如云，溪水如绸，富于诗情画意。只是在老远望见龙潭坝那被群山包裹的盆地时，心才被搅动，毕竟有那么多难忘的事情与这山村相关。

山道上，一串摩托相继驰来，还有几辆农用车载着山区群众。在路边那株高大的核桃树下，他们携包提篮，装着礼品，像是贺喜的模样。这顿时让人想起秀儿嫁给如松时办喜事的盛况。于是，截住一位送礼的中年男子问起李春官家的情况，才知道李春官老两口已过世了，长子如松这些年收购香菇、木耳，日子宽松了，翻修了房舍。一双儿女也大了，女儿去南方打工了，儿子在学校教书，去年也娶了媳妇，夏收时又生了个大胖儿子，今天满月待客，村里人都来喝满月喜酒呢！

我没去打搅这位年轻时伙伴的喜日，心中留下的仍是那个像姑娘般秀气的山村小伙儿的模样。哦，还有秀儿，那个当年嫁来龙潭坝的新嫁娘，如今已做祖母了。

▲蜀道沿途群众生活用品：蓑衣、斗笠、鼎罐

秦蜀襟喉武休关

　　漫漫蜀道，其路途艰辛不仅在于山川阻隔、古道曲折，还有一座座被誉为"秦蜀襟喉""川陕锁钥"的关隘横断其间，更增添蜀道的威武与神奇。

　　古褒斜道离开马道驿，继续北行，沿途溪流纵横，植被茂密，山势也益发险峻，尤以留坝县境内的武休关为最。此处关隘与大散关的明显区分在于大散关缺口仅为一条小溪，而武休关却处于上南河、紫荆河、武关河三水交汇的下端，此段河流称褒水，已是浩浩荡荡的一条大河，为汉江上游最大支流。尤其雨季，山洪暴发，百川汇聚，奔腾咆哮，山谷震响，势不可当。武休关实际上是被河水冲刷而成的一道隘口，两岸山崖壁立陡峭，形成两山夹水、中空一线的雄险格局。最初发现的古代先民缘河谷自然踩踏而成的原始小路及秦汉之后依水临山开凿架设的栈道，皆需从关口下方经过。在面对面厮杀的冷兵器时代，这儿便成为一处天然要塞，让或攻或守的兵家均为之胆寒。

　　或许，正是由于自古以来讨伐劫掠给人类带来的痛苦难以尽叙，人们渴望化干戈为玉帛，渴望过平和安泰的日月，所以取休武罢兵之意，命此处为武休关。

　　但"树欲静而风不止"，闹嚷嚷你方唱罢他又登场。从公元前的"武王伐纣，蜀亦从行"到两汉三国、隋唐两宋，秦岭一直是南北拉锯战的战场，武休关的干戈便一直不曾止息。

　　这也是武休关位置极关键所致。汉魏时期，武休关仅为褒斜道必经之地，曹操夺取汉中，诸葛亮兵出五丈原皆经此关。唐时把陈仓道的北段与褒斜道南段凿通，筑成延续至明清的连云栈道。从此，武休关便不仅要阻挡来自原褒斜道的敌

▶ 武休关雄姿

兵，还要防范来自陈仓道的进犯，位置益发重要。

事实也确实如此。南宋时，金兵在其主帅金兀术率领下，屡攻散关不下，遂绕道商州，沿汉水攻克汉中，虽暂时得手，但遭到吴玠、吴璘等抗金将领的坚决抗击，处处受阻，加之粮草匮乏，只得从褒斜道退兵。

宋将吴阶曾镇守过武休关，谙熟这一带地理，遂与部将刘子羽商定，由刘率兵从后追杀，他亲自带兵由勉县陈仓支线插入金兵退却时必经之处，一方面在武休关布防，另一方面在褒水与紫荆河交汇地段——今留坝县姜窝子预设埋伏，因姜窝子地形开阔，且有褒河掩护，可以水为兵。

果然，金兵退至武休关时，滚木、礌石、暗箭如雨落下，河床要道则处处绊绳，打得金兵抱头鼠窜。金兀术严令抵抗，双方拼死争夺关口，杀声四起，狼烟冲天。金兵大败，只得丢弃在汉中劫掠的财物辎重，狼狈逃命。当他们溃逃到姜窝子时，发现此处正是连云栈道与褒斜道交会的三岔口，惊魂未定间不知该从哪条道退兵。正犹豫间，猛听一声炮响，两面山间金鼓齐鸣，战旗蔽野，宋将吴璘率领的伏兵突然杀出，喊声震天，锐不可当。金兵大乱，进退不能，只能奋力抵抗，夺路溃逃。吴璘深知北人不识水性，令士兵分别堵住褒斜与连云两个路口，将金兵逼入褒水。时值严冬，金兵饥寒交迫，又遭乱箭纷射，死伤无数，尸体堆积，以至堵得河水倒流。此地至今有一"倒水湾"，正是因此役大胜金兵而得名。

古语："杀敌一千，自损八百。"在武休关歼灭战中，也有不少宋军将士献出了宝贵的生命。后有人在武休关前立碑一通，据方志载，上书"群英忠魂"。可惜时隔千年，碑已散失。

在拍摄专题片《栈道》时，我们多次前往武休关，但见青山耸立，流水依旧，

▶ 武休关下栈道遗迹

古关风采宛存。我们不能不感谢川陕公路的建设者保护了这一古迹。

1936 年，抗战前夕，西安至汉中的公路作为国家军备命脉开始修筑，承担留坝至汉中段设计施工的负责人是年仅 24 岁的工程师张佐周。他不仅在褒谷口成功地架桥改道，保护了石门石刻，对沿途古迹也精心采取保护措施，使其免遭损坏。比如武休关这段，若再沿古道顺河而行，此关无疑受损。张佐周精心思考，终于拿出一个两全其美的方案：前于武休关数里便使路面逐渐上扬，越岭而过，既避开临河施工劈山斩岭之艰辛，又使古关无因放炮开山而损毁之忧。这是一段设计相当漂亮的路面，宽阔舒缓，如彩带般绕山岭而过，使往来乘客临窗便能瞻仰古关风采与这一带山河的如画风光。

1995 年冬，笔者曾专程前往上海，采访已 86 岁高龄的张佐周先生。他对武休关山形水势记忆犹新，并吟咏杜牧诗句："六朝文物草连空，天淡云闲今古同。"说文物古迹尽管是死的，但传递的精神却是活的。保家卫国，视死如归的爱国精神应该一代一代传递下去。

张佐周先生不仅保护了武休关，还因为公路升高越岭，使武休关一带许多临河栈道遗迹也得以保存。

在武休关上游一公里处的临河石崖上，凿有一排栈孔，呈正方形，约 40 厘米见方，深达 70 厘米，内壁光洁，外高内低，使插进的横梁微微向上仰翘，保持力度与平衡，底部则凿有小漕，以利雨水流出，免得腐蚀梁木。个个栈孔都宛如文物与艺术品，让人对我们祖先的智慧与精细由衷钦佩。这处栈道遗迹由于与史书所载秦汉时期栈道形制十分相符，所以深受专家重视。在古城汉中召开的几届蜀道及石门石刻国际学术研讨会期间，这处栈道遗迹与武休关一起被列为参观内容。

蜀道明珠张良庙

▲张良庙刻石——知止

　　无论是古老的蜀道，还是今日的川陕公路，张良庙都是必经之地。这就使得这座隐匿于秦岭腹地的名祠古庙广为人知，名播中外。镌刻于清道光年间的碑刻中就有德国人博尔斯满、日本人难波常雄绪等人为该庙捐款的记载。该庙历史悠久，2200 年前，张良辅助刘邦完成统一中华大业之后隐居于此。早在汉代便有人建祠祭奠，后经历代扩建维修，遂成规模宏阔的古建筑群落。这儿又系蜀道要冲，与许多著名的历史事件和历史人物相关。比如"明修栈道，暗度陈仓"的陈仓道距此仅 20 余公里，曹操与刘备争夺汉中，诸葛亮北伐，吴玠抗击金兵都距此不远。而李白、陆游、文同、王仕祯、于成龙、林则徐以及近代的蒋介石、于右任、陈立夫、冯玉祥、何应钦、白崇禧等都有关于张良庙的咏叹或题刻存留。凡此种种，均使古祠生辉。

　　面对这偌大一片宏阔的历史建筑，我想起英国国际古迹及遗址理事会主席伯纳德.费尔顿说过的一段话：历史建筑是能给我们惊奇感觉，并令我们想去了解更多有关创造它的民族和文化的建筑物。它具有建筑、美学、历史、记录、考古学、经济、社会，甚至政治和精神或象征性的价值。但最初的冲击总是情感上的，因为它是我们文化自明性和连续性的象征——我们传统遗产的一部分。

　　张良庙正是这样的承载着我们怀旧情感与多种历史使命的那种建筑。

　　满车旅客连同司机都对这古庙名祠，暗生一种敬畏，小心翼翼停下车来，迫不及待鱼贯而入，轻步缓移，全神贯注，去瞻仰古人先贤的高风与亮节；去领略这方土地的风采与奥妙；去品鉴古老蜀道上这颗璀璨的明珠。

▶ 张良庙门楼

说 楼

　　未进张良庙，就会被其大门——其实是座牌楼吸引。这座青砖砌就、高宽各达9米、相当于三层楼高的方正牌楼，首先给人雄浑厚重之感。若再细观，就宛如阅读一部大书，能读出许多底蕴。牌楼正檐下，有大型砖匾镌刻着五个遒劲大字：汉张留侯祠。因张良生前曾封留侯故称留侯祠。

　　再是整座牌楼竟有五重垛拱，尽皆筒瓦裹脊，装饰着走兽飞龙。最绝的是两边砖墙虽为厚达数米的实心墙，却在青砖上雕镂出"万"字形窗格。如同过去将相王府的窗棂，镌着雄狮、啸虎、凤凰、麒麟等象征祥瑞之气的珍禽异兽，形态传神，栩栩如生。大门两侧，则有一副砖刻对联："博浪一声震天地，圯桥三进升云霞。"开宗明义，一鸣惊人，立时把游人带进两千多年前那风起云涌的岁月。

　　几乎是约定俗成，迈进张良庙的游人都会迫不及待登临那个老远就能看见的屹立于山石之上的阁楼，它的正式名称叫授书楼。这是取张良年轻时因得到黄石公赠书而成就大业的典故而建的。授书楼是张良庙的标志性建筑。20世纪美国社会学家罗斯曾拍过一张授书楼照片，在辛亥革命前的晚清就随书出版，使张良庙在海外扬名。

　　其实，在此之前，清代道光年间，修建授书楼时，就有德国人博尔斯满，日本人难波常雄绪、菊池荣有等人捐款。这说明当时张良庙已有外国人游览。

　　授书楼修筑得相当精致，首先是地形之胜，雄踞于高出整个庙宇群落的山石之上，加之高达三层楼阁，飞檐挑角，极有气势，且有青石铺就的云栈相通，真正曲径通幽，更上层楼，沿阶步步升高，见奇见美。末了登楼远眺，一览群山，清风扑面，确有登临仙境之感。更有石刻楹联，言简意赅：

> 书不在多一卷可做帝王师相，
> 楼毋轻倚高声恐惊霄汉神仙。

细细品味，你会茅塞顿开，深深感叹不虚此行。

除了牌楼、授书楼，张良庙还有座五云楼，是清代咸丰年间修筑

▲张良庙一角

的五间两层重檐抚顶式木结构楼宇，取张良在五彩祥云之地修炼之意得名。楼下五间相通，可用于集会。二层全用木板铺就，双层回廊，隔为五间客舍，隔湿通风，精致典雅。最绝的是五云楼后是片竹园，茂密婀娜，竹叶直扑窗口，一片青幽。前边长廊可置桌椅，四周群山绿树，园中池塘亭榭，尽收眼底。不时有清风徐来，即便酷暑，也清凉如同中秋月夜。

五云楼建成，接待多为达官贵人，清时不必说，仅是近代，蒋介石、于右任、陈立夫、冯玉祥、何应钦、白崇禧等都曾在此下榻。

历经一个半世纪的风雨，五云楼主体建筑依然完好。近年，经过几次维修，便又可供游人登临观赏，追流逝岁月，发思古幽情了。

说　园

张良庙在秦岭之南的寺庙道观中，不仅历史悠久，也称得上规模宏大，而且在建筑方面极有特色。

在平原修筑的古建筑有个共同的特点，不管几出几进，讲究一个中轴，所有建筑分列对称，虽显恢宏，难免呆板。张良庙因受山形水势所限，难以确定中轴，索性依据山形，就势而建。授书楼直接建在高出整个庙宇群落之上的石山，再凿

云栈相通，这就使得整个建筑群体高低参差，错落有致，造就一种逶迤之美。

庙中又分若干庭园，或有曲径相通，或筑花墙隔断，或用长廊相通，还有亭榭池塘，还有青幽竹园，让人惊叹在这秦岭腹地竟然有这么一座兼有北国雄浑与南方清丽的古典园林式庙宇。

最为难得的是，张良庙除了寺庙必备的山门、殿、堂、观之外，由于地临古老蜀道，往来官吏客商繁多，还与驿馆客舍配套使用，在清代中期增修了可供旅客居住的南北两座花园式客舍，类如北方的四合院落。两座花园又各有特色，绝不雷同。北花园依据台阶形地势所建，规模不大，却石亭花坛、清池流水、古柏回廊一应俱全，十分精致典雅，给人的感觉不像庙宇中建筑，倒颇似一座苏州的袖珍园林。只是可供人居住的房间不多，南北两面各有数间，宽敞明亮，估计多用来接待总督巡抚、知州知府一类人物。可以想象，整日颠簸山道，安歇下来，饭菜之后，在园中小憩，睹物生情，必定诗兴大发。说不定林则徐咏叹张良庙的诗作便是这样写出的呢。

南花园则不同，占地足有数亩，除一面为松竹石墙，其余三面皆有十间左右的高大客舍，且有宽阔的回廊相通。坐北朝南的一面则为五云楼。园中有楼，高低错落，更具美感。而且，南花园中有池塘一个，占地足有半亩。池中有避谷亭一座，有石桥相通，晚间纳凉，四面通风，听入池山泉叮咚，最为美妙。

张良庙中还有一片竹园，虽然不大，竹子却生长得极为茂盛，青竿高达数丈，竹叶婀娜摇曳，密密地遮蔽着天空，映得天也青了，地也绿了。奇特之处在于，这片竹子，无论粗细，出土尺余，尽皆弯曲一下，然后又往上长，犹如水中竹影。当地群众叫这竹拐拐竹。还有人说，这是因为张良高风亮节，千古一人，所以即便有气节的竹子见了张良也要先弯腰致意呢！

说 联

张良庙称得上楹联匾额荟萃之地，自建庙始，千百年间，过往的镇守使吏、名流贤达，莫不以能在这名祠题写为荣，虽几经沧桑，损毁许多，但仍留有不少墨宝，还曾汇编成册。这些题刻多言简意赅，各有深意。但若论短长，还要各凭喜好。我最欣赏的是于右任先生的一副对联：不从赤松子，安报黄石公。不仅文优字美，而且此联还颇有来历。

抗战时期，摄影大家郑鸣玉从北京流落至张良庙，与另几位摄影家创办"中国华艺名胜古迹摄影艺术研究社"，得到于右任先生支持，为其题写社名，至今

▲张良庙凌霄

▲张良庙大殿

尚存。其时，摄影艺术兴起不久，张良庙风景秀丽，四季变幻，于是摄影家们便拍制风景图片售卖。新修不久的川陕公路又恰从庙前经过，人流不断，故生意兴隆，获利颇丰。郑鸣玉知恩图报，提出向庙中捐款。庙中住持马含真道长颇有学识，与于右任亦为好友。他婉拒捐款，理由是：你们流落于此，已属不易，再说制售庙中风光，也提高古庙声誉，捐款就不必了。

但愈如此，摄影家们愈觉得应该给庙中做点儿贡献。最后大家议定在南花园池塘中心，修建一亭，便于游客赏莲池，亦为古祠增添景致。此举实际且不俗，马道长欣然同意，并致信于右任先生请他题写亭名。不久，一封京都飞鸿，打破古祠平静，于右任果真寄来偌大一个信封。大家欢呼雀跃，拆封察看。岂料，三个大字，一纸狂草，谁也认不出"莲花亭"三字。后来，一位略懂草书的先生指出是"避谷亭"，人皆拍手称奇，因这亭名与张良庙最为合拍。更绝的是于老还寄来一副对联，易于辨认：

不从赤松子，安报黄石公。

言简意赅，境界深邃，精确概括了张良的人格情怀。一笔于草，写得出神入化，行云流水，无一丝雕饰，无一丝做作，可谓字字珠玉，把一代书法大师的本事真切显露出来。这真是意外收获，于是马道长选上好木板、雕刻高手，把题名与楹联镌刻出来，悬挂于避谷亭上。一时间，观赏者络绎不绝。

"文革"时，张良庙在劫难逃，破"四旧"的红卫兵蜂拥而至，张良塑像及

▲张良庙草庐　　▲张良庙避谷亭

大批匾额、楹联、字画都被打破砸烂，付之一炬。所幸张良庙距县城稍远，其时交通不便，步行赶来的红卫兵破坏一气，日已过午，需要吃饭休息，喝令庙中住持继续提交"四旧"。一位有见识的老人趁机把其余匾额、楹联等藏进堆杂物的房间。过后又在房门上刷写当时盛行的毛主席语录，这才躲过劫难。

后来清理修复，其中便有于老这副楹联。如今，楹联已修复一新，黄底黑字，悬挂于红漆亭柱之上，十分醒目。

游人中懂书法的人每每称赞：这是张良庙中最好的楹联。懂世情的人则每每感叹，这副楹联能够保留至今，也真真是天意啊！

晨步云栈

在张良庙居住，由于安静，夜间得以深睡，清晨5时便睡意全消，看着窗棂透出的光亮，便起床洗漱，随即便有念头涌来：去爬云栈！

云栈是通往张良庙最高建筑授书楼的通道，一律青石条阶铺就，宽不过米，却长达200余米，190余阶，川陕公路筑通之前，穿越秦巴大山的天梯云栈——即古老蜀道。在这样的石径上攀登，几乎可以找回古人攀越蜀道的感觉。况且是在黎明，群山刚刚苏醒，夜雾尚未消尽，独步寻幽，何乐不为！

岂料，莫道君行早，更有早行人。一连数日，待我攀上云栈峰巅，到达授书楼时，已早有人领先了。第一天，猛然听见楼顶有声音，还真吓我一跳。一路踏着台阶，不时有蓬松着长尾的松鼠外出觅食，常是敏捷一跃，便攀上道边松枝，朝你瞪起黑亮的小眼睛，让人会心地一笑。还有种鸡蛋大小的竹雀在竹林中跳来跳去，见人并不惊慌。但这些声音都小，绝不似授书楼上的唰唰震响。我以为来了什么野兽——这在山区常见，我就曾亲历过野鹿窜到农家院落的事情。

正迟疑间，已见着人的身影，于是放心前往，才看清是文管所负责清扫授书楼及云栈的职工，是位女同志，叫刘翠英。我不仅认识她，还很熟悉，因为她后来嫁的丈夫曾与我是同学。我那位同学是位乡村小学校长，爱人因病去世，

▲张良庙云栈

经人介绍认识了刘翠英。刘的丈夫原为林场职工，因工伤去世。刘翠英曾读过中专，是文管所老职工，平时语言不多，对人质朴诚恳。我没想到这位年近半百的女同志，这么早就起来清扫高高的授书楼，更没想到刘翠英干这项工作已快20年了，终年四季，不管刮风下雨，飘雪降霜，她都准时在清晨6时清扫云栈和授书楼。待到7点半开馆时，游客看到的肯定是干干净净的云栈与无一丝杂物的授书楼。这是全所职工都知道也都钦佩的事情。

而且，这并非她的本职工作，她负责的是接待旅客的几十间房舍，清理床被，供应开水，并管理账目。院落中常见她洗出的床单、被面花花绿绿晾晒一片。至于清扫云栈，那是所有职工都必须干的，所长也不能例外，每人包干一片。要不偌大庙宇，自收自支单位，总不能再雇些人来扫地吧。

人固然有职业的区别，贫富的差异，但都需要一种境界，一种精神，比如洁身淡泊，比如克己敬业。这么想着，我仿佛看见了一个身影，在淡淡的晨雾之中，在蒙蒙的细雨之下，独步云栈，挥动扫帚，那清扫掉的岂止是青石上的落叶与尘埃？

夜听天籁

客居张良庙的最大好处是晨昏可以独享清幽。游客或是未至，或已散尽，偌大的庭院一片安静，可以随心任性地游览散步。只是，这儿系省级重点文物保护单位，有十几名工作人员。入乡随俗，便也早睡早起，晚间10时左右便大都熄灯安歇。紧要去处，报警器也已安放，不能随意行走，点灯夜读，又怕招来蚊虫，

于是，几个夜晚便独在避谷亭纳凉。

此时，夜幕四合，白天看上去巍然耸立的高山全融进黑黑的夜色，天上飘起浮云，星月时隐时现，满含草木气息的山风不时吹来，整个庙宇一片寂静，静得白天压根儿听不到的溪水有了淙淙流淌的声息。竹园里有黄叶飘落的声息；庙宇高高翘起的铁黑的剪影里不时有蝙蝠掠过；院中松枝倏地一跳，那是松鼠在小心地觅食。有一瞬间，什么声息都没有了，天地间唯有种捉摸不定的窸窸窣窣的声息，那该是天籁地籁了。

古祠黑夜，确实寂静，静得让人心慌，发虚，静得让你不由自主替 2000 年前的张良发愁：那无数个肯定比今天这个喧嚣的世界寂静不知多少倍的漫漫长夜，他是如何度过的呢？

这也是自张良庙修建肇始，从古人到今人都思索不尽、探究不尽的问题，那为数众多的题刻便可证明。比如"急流勇退""功成不居""大勇若怯"等，最为人传颂的是明代礼部尚书、文渊阁大学士赵贞吉写下的《怀山好》，其中两句最能概括世人心态："年少怀山心不了，年老怀山悔不早。"

这其实也是人生的规律，由年少热血、壮怀激烈到清静平淡。诚如艺术也常是由繁复到简约。当年张良辅助刘邦，推翻暴秦，打败项羽，开创汉朝 400 年天下，为中华民族的统一建立丰功伟绩，也使自己的人生轰轰烈烈。张良高人一筹的地方是明白人生的规律、生命的意义，还能深刻洞察封建帝王种种阴暗刻忌的心理。其实，韩信也曾说过"高鸟尽，良弓藏；敌国破，谋臣亡"，可见他也是深刻且清醒的，可惜贪恋高位，贪恋富贵，弄得身亡家破，未得善终。

缅怀先贤明哲高风，劝诫世人尊重规律，这大约也是当初修筑张良祠庙的初衷吧！

最早图照

这应该是张良庙最早的照片，我是在无意中发现的。自潜心考察蜀道始，每去西安，南院门古旧书店是必逛之地，逛则必有收获。这次看见的是一套北京时事出版社出版的百年官藏库本新版丛书，一共四册：《中国的乡村生活》《变化中的中国人》《中国人生活的明与暗》《穿蓝袍的国度》。丛书作者都是百多年前在中国居留生活（最长竟达半个世纪）、熟悉中国社会并深谙中国文化的西方人士。他们或是传教士，或是社会学家，其中一位女士则为富商之妻。他们以外来人独特的视角和眼光打量、考察、思索东方这个古老神奇的国度，并以生动形象、逼真传神的语言记录他们的观感，抒发他们的识见和感叹。最珍贵的是每本书都附有大量他们当年在中国拍摄的照片，让人一眼就能最直观也最清晰地看到晚清时期社会各方面的逼真情景和活动其间的芸芸众生。

古老的街市、高耸的城楼、负重的骆驼、苍凉的驿道，还有摊贩、挑夫、僧侣、农妇、工匠、衙役、官绅、烟民、士兵、渔翁、乞丐、匠人、算命先生，还有婚嫁的场景、旧时的学堂、送葬

陕南流水寺的瞭望塔，约建于公元前200年

▲美国社会学家罗斯1910年拍摄的张良庙

的男女、结队的商旅……大千世界几乎无所不包，举凡这些西方人感兴趣的事情尽皆拍摄。

这些照片让人过目难忘，心灵为之震撼，因为这便是生养我们的国土和先祖。正是这些老照片吸引了我，并翻阅下去。突然，眼光一直，被一幅照片吸引：起伏的大山怀抱中耸立的双层挑檐尖顶楼阁，葱茏的丛林下古老的街道都是那样熟悉，这不是留坝紫柏山下的张良庙嘛！

但看照片下的说明，却是：陕南流水寺的瞭望塔，约建于公元前200年。先让人一愣：张良庙怎么成了流水寺？授书楼又如何变成瞭望塔？仔细一想，"陕南"没有搞错，公元前200年正是西汉开国年间，时间也正确。流水寺就只能是留侯寺的误译，再则授书楼在西方人的眼中颇似一座瞭望塔也不奇怪。关键是山形地貌、建筑、街道，只要是熟悉张良庙的人都会一眼认定：这就是张良庙。刊有张良庙照片的书为《变化中的中国人》，作者罗斯，美国威斯康星大学教授，著名的社会学家，20世纪初曾来中国居留生活，并乘马、坐轿（当时尚无汽车）到中国内陆西北与西南考察。这本书写作出版时间均在辛亥革命之前，尚在清代，被认为是西方人士观察中国的代表性作品。

从书中得知，罗斯在1910年的初夏与美国驻厦门领事爱罗德结伴由北京出发，经山西，进潼关，到西安、兰州，返回时沿连云栈道进入四川成都，出三峡而行。罗斯说："此行使我看到了白人很少到过和描述过的中国西部。"

应该说，这是比较客观的。当时交通不便，尽管有驿道，从书中照片看，也如晚清政权千疮百孔，仅宽丈余，且被雨水冲刷，竟比地面还低数尺，坎坷不平，仅供骡马、独轮车通行。至于穿越秦巴大山的古道就更是年久失修，破败不堪。除了负有精神使命的传教士，外国人极少光顾此地，更不用说著书描述。再则当时照相机发明时间还不长，拍摄冲洗远不如今天先进方便。底片是叠印在毛玻璃上的，携带沉重且不方便，照相机和旅行在当时都是稀罕事。从这本书中的照片看，大都是罗斯这次西部之行的收获：山西境内简陋的煤窑，西安城中拖着长辫、挎着腰刀的警察，宝鸡一带的渭河风光，广元的千佛崖以及这幅张良庙的照片。

从照片看，百年前的张良庙与今日相比除了街道由丈把宽的土路变成现在的柏油马路之外，整体格局变化不大。甚至那种土墙瓦屋至今在山区仍随处可见，说不定张良庙街市的老屋就是照片中的房子。这照片珍贵之处在于它不仅出于百年前西方学者之手并被收进书中，还给今人提供了一份宝贵的资料，使人们能看见张良庙百年前最真实的景况。而且，在没有发现别的同类照片之前，有理由认为这是张良庙最早的一张照片。

林海葱茏过柴关

▲银水泻潭

　　若非亲身历见，我肯定不相信这样的奇观：秦岭南麓著名的风景区张良庙前约百米处，就在公路旁边，有一棵巨大的梭椤树，恰巧成为雪线的坐标，常常是树以北为雪，树以南则雨。不仅冬天，夏天也常以树为界，一边大雨如注，一边却风和日丽。早先听此趣闻，并未在意。1992年初春，乘车经此，果真见公路上如墨线弹过一般齐整，一边公路、山岭、林木、涧谷全都覆盖着一层白白的雪花；另一边湿漉漉地飘着小雨。再一看，大吃一惊，确真是以路边梭椤树为界线，而且，梭椤树自身也一半是雨，一半是雪呢！

　　这就让人不仅惊讶，还暗生出一丝犹如面对神灵般的敬畏。这恰像一道小小的序幕，再往后，古寺名刹，山环水绕，云迷雾霏，如临仙境，才让人真正体味到秦岭的魅力！

　　告别梭椤树，车一转弯，眼前便豁然开朗，两边紧紧挟持公路的大山向后退去，显出一片偌大的躺椅形的谷地，两条清澈见底的溪水逶迤而来，于西汉开国功臣张良的寺庙前交汇，一大片由亭台楼阁、挑檐飞角构成的古建筑群落，掩映于苍绿滴翠的丛林之中。

　　在我看来，张良庙坐落在秦岭腹地的最大建树则是对方圆数十公里生态植被的有力保护。在漫长岁月中，由于古祠香火旺盛，或是出于对神明的敬畏，或是由于地方政府的管护，总之，时至今日，你若乘坐汽车，无论从成都还是西安出发，一旦进入张良庙坐落的秦岭紫柏山风景区，便会有陶醉忘我之感。也许，你一生也不曾见过如此优美良好的生态。驶近张良庙时，更是山环水绕，云迷雾霏，如临仙境。

　　告别那片古刹和青灰古朴的街市，告别四周长满稼禾的田地和飘着袅袅炊烟

葱茏柴关岭 ▲

的农舍，汽车便开始爬坡，不断沿着 S 形的山道行进。但人的注意力全被窗外美景吸引，举目之间，尽是挺拔、端庄、茂密的松树。一棵棵盈尺粗细的油松拔地而起，四撑开去的树冠举着一蓬蓬浓密的针叶，青绿如染，浓密似伞，牵连起来，铺天盖地，宽阔的公路都被遮罩得一片浓绿，间或才透出几抹如柱的阳光。汽车完全在绿色海洋中颠簸，甚而能听见阵阵海啸，其实是松涛。每当一阵山风掠过，铺满整条山谷的大片松林便发出山呼海啸般的涛声，如风雨骤至，如惊涛裂岸。山风扑进车窗，大暑天也让人打个寒噤，胳膊上凉飕飕地起了鸡皮疙瘩。汽车则完全成了这绿色海洋中的一叶扁舟。

汽车终于驶上梁顶，大多数司机同旅客一样，为这里的山色陶醉，常停车下来观赏。四季的景色是不一样的：除了松林的常年青绿之外，春季有崖头迎春的鹅黄桃花的粉艳；夏季醉人的绿色顶上是如洗的蓝天、悬挂的白云和爽怡的清风；你当然最赞赏金秋，红叶如血，万山斑斓，看得你血液都加速了奔窜；严冬时则四山晶莹，一株株青松全举着一团团洁白的雪花。雪宛如片片白云飘浮于林间，间或有松散的雪团落地，噗一下，悄无声息，于是也让你屏心敛息……

你会终生记住这个难忘的地方。于是，向人打问地名。其实，就在公路旁边，有一通高高的石碑，上面书有几个苍劲的大字：柴关岭。细心的人还会注意到落款：赵祖康。这是位著名的公路专家，是我国现代公路的奠基人之一，新中国成立后曾任上海市建设局局长、上海市副市长，1995 年初春以九旬高龄离世。这第一条穿越秦岭的现代公路正是他在抗战前夕的 1936 年主持修筑的。柴关岭为公路必经之处，上下 12 公里，为险要工段之一。但一批爱国知识分子吴必治、孙发端、张佐周等人通力合作，精心设计，充分利用地形，挖高填低，纵坡科学合理，呈

▶ 我国道路工程专家赵祖康为柴关岭题刻

现出一种逶迤之美。柴关岭堪称中国现代交通史上的精彩华章，至今为公路界称道。

其实，人类对柴关岭的开发还可追溯至更为久远的岁月。柴关岭之北有因"明修栈道，暗度陈仓"闻名的陈仓古道；柴关岭之南有被誉为"蜀道之始"的褒斜道。早先，两道各成体系并不相通。唐大中四年，即公元 850 年，为利用陈仓道凤县境内百余里开阔河谷，并避褒谷上游临水之险，打通柴关岭，把两条著名古道连接起来。之后两宋、明清皆沿用此道，称之为北栈或连云栈道。抗战前夕修的西汉公路基本沿用了此线。说明今人修路时考虑的得失利害，1200 年前的古人也已经考虑到了。

至今，柴关岭还有多处古道遗迹，与现代公路相随相伴，若即若离。古道沿溪而上，仅宽丈余，虽有台阶坡梁，骡马轿夫行人亦可攀行。公路行驶汽车则必须宽阔平坦，且纵坡不得超过百分之五，故盘旋而上，古道多被绕开也就得以保存。

几个夏天，笔者曾蛰居张良庙写作，不止一次沿古道翻越柴关岭，踩踏着那些马蹄印犹存的青麻石阶，拨开夹道蔓生的杂树野草，蜜蜂在头顶嗡嘤，溪水在身边鸣溅。此种情趣非徒步莫能体味。至攀上柴关岭顶，涧谷丛林俱收眼底，山风徐来，如入仙境。于是认定：柴关岭并非秦岭最雄浑险峻的山岭，但却因为丛林最为青绿，溪水最为晶莹，能发思古幽情，能赏清风白云，则注定是最美丽也最有魅力的山岭。

云树暮春越凤岭

云树褒中路，风烟汉上城。
前旌转谷去，后骑踏桥声。

——唐·刘禹锡

一

　　秦岭西起甘肃临洮，拦腰隔断三秦大地，东至河南伏牛山脉，东西延绵千里，成为我国天然的南北分界线。秦岭巍峨雄奇，其主峰太白山高达3761米，其西部山体普遍高大雄伟，海拔均在2000～3000米之间，且南北宽度达200余公里，仅是海拔2000米以上的东西延绵山岭便多达九道，从北至南，依次为大散岭、秦岭、太白岭、兴隆岭、牛岭、凤岭、柴关岭、马道岭、山地岭。这些高大的山岭宛如一道道巨大的屏障，横空耸立，足以阻挡北面风沙。但自古以来，也成为阻碍人类交通的一大障碍。

　　自秦汉始，古人便在上古先民沿着温润平缓的河谷采集游牧时自然发现、自然踩踏的原始小道基础上，凿孔架木，铺设栈道，且有七条之多。但无论古人怎样避险就易，迂回辗转，仍然避免不了翻越山岭。比如明清时期的连云栈道，分别利用了陈仓道的北段和褒斜道的南段，连接成为穿越秦岭的道路，又称北栈，从汉中勉县进入四川穿越大巴山的段落则称南栈。20世纪修筑的第一条穿越秦巴大山的川陕公路基本沿着此线。尽管如此，这条闪烁着人类千年选道智慧的路线依然得翻越大散岭、凤岭和柴关岭三道山岭。唯一不同的是明清连云栈道三岭皆翻，而现代川陕公路则凿通酒奠梁，避开了凤岭的迂回险阻。

　　这样一来，凤岭避免开凿现代公路的开山放炮、移岭斩谷，使得明清古道格局形式得以较为完整地保留，为研究蜀道的专家们所重视。早在20世纪蜀道及石门石刻几届研讨会上，就有学者提及凤岭，还有论文辑录古人咏叹凤岭诗章。可惜的是自1936年川陕公路筑通，凤岭不再作为沟通南北的交通要道，驿道失修，

▶ 远眺凤岭

多处垮塌，丛林蔓生，淹没荒芜已达 70 年之久。古道沿途驿站撤销，亦缺少农家提供食宿，安全无从保障。所以除汉台博物馆古道研究专家郭荣章、王景元诸位曾在当地向导引带下翻越过凤岭之外，几乎再无人踏觅，也就绝少有人提供凤岭古道今日之情状。唯其如此，凤岭也就益发神秘诱人。自 1992 年笔者寻访蜀道始，曾三访凤岭，至甲申年五一长假，方得以了却心愿，识得凤岭真实面目。

二

凤岭位于宝鸡凤县境内，群峰东西排列，逶迤如凤展翼，横耸于南北通途之间，故名凤岭。凤县亦因凤岭得名。此处已为秦岭腹地，目前县城坐落于嘉陵江畔的河谷，西通天水、陇南。沿嘉陵江行则可入川，宝成铁道便沿江而行。连接宝鸡汉中的宝汉公路亦从县城经过，亦算得上四通之地。凤岭则在距此地 20 公里的古凤州东侧。早年的驿道由凤州出西门即翻越高达 2600 余米的凤岭，曲折迂回，到达三岔驿路面始平，约 60 华里。古人负重行走山道，一天约行 60 里便需歇息。出三岔驿后，往北可达凤县与留坝交界的南星乡，此处立一古碑，上书：对面古陈仓道。从一谷口进去，经凤县板房乡、留坝闸口石、勉县小碥河，即可进入汉中盆地或金牛古道。

当年修筑西汉公路时，考虑凤岭山体高大，迂回艰险，工程耗资巨大，故沿酒奠梁修盘山公路，彻底绕开了凤岭。

1992 年，拍摄《栈道》时，我们打听到凤岭南侧的心红峡一段还保留着大

明清时期石积式栈道

量摩崖石刻，便前往寻访。因那次去的目的是寻访石刻而非古道，所以从南星乡沿简易公路进山，未到凤岭，在心红峡一段古驿道发现明清时期镌刻的七处几十块摩崖石刻。

这些石刻常就近镌刻于古道旁边的山崖，选择岩石平整处，多系即兴感叹、咏唱山色之作，与古道兴衰、朝政变幻无关。比如，一处山崖刻着一块长约丈余的文字，字大如升，雄奇有力，十分醒目——云栈第一佳处。

望文生义，只见此处山峡迂回，流水曲折，重峦叠嶂，奇峰突兀，又皆被丛林野花覆盖，自然生动，处处佳景。遥想当年商旅行人历时整日，翻越凤岭，待下到谷底平路时，心情放松，疲劳顿减，再见到此处美景，心弦定被拨动。不知哪位文人动了诗兴，得此妙语。然而能动干戈镌刻如此巨大石刻者，囊中必不至于羞涩，故而推想能文且为官者，撰此文镌刻于此的可能性最大。

又行不远，路边赫然又一方摩崖，上书"大手笔"。环顾四野，秦岭巍然，古道沧桑，究历代之成败，思人生之短促，该能引发心中多少兴亡感叹！

其实，那次考查，最吸引我的仍是古道，尽管已修筑沟通南星与三岔驿之间的简易公路，但一些段落尚未损及古道。就在刻有"大手笔"摩崖的地段，古道正好在公路上方，得以完整保留当年的格局形态。古道约丈把宽，全为片石砌就，并非人们心目中想象的临河凿孔架木的栈道。其实，自唐宋之后，随着开山技术提高，石碥道就逐渐取代了木梁木柱构造的易被火烧水毁难以持久的木质栈道。凤岭脚下这段古道正是典型的石铺碥道，依山修筑，曲折蜿蜒。印象至深的是那些巨石布满马蹄驼印，有的竟深达几寸，长满荒草，坎坷不平。当初平整的路面

▶ 驿站备有可供换乘的驿马

要历经多少岁月，才能成为这副模样？可以想见川陕公路筑通之前，这条沟通南北的大动脉，年年月月，该有多少驼队马帮延绵不绝，白日间的驼铃号子响彻山谷，夜色中的灯笼火把也一定如同游走的火龙。这一切，能勾起人多少想象。

那天，笔者遥望着高高耸立被雨后的云雾笼罩的凤岭，仿佛面对一位历经沧桑的前朝老人，一生饱经忧患，隐匿着无数的故事，充满神秘、充满诱惑。也许从那时，凤岭就在笔者心中生根，总想着要去翻越，去感悟，去认识它的真实面目。

之后，还真去过一次。

2000年仲夏，笔者再次探访陈仓古道，由凤县南星乡进入陈仓古道，到板房乡，顺路南行。因箭峰垭与留坝闸口石之间道路不通，无法前行，只好返回。惆怅之余，灵机一动——何不趁此时再访凤岭？于是掉转车头，直赴三岔驿。可惜的是，几年未到，乡镇道路拓宽，关键是凤岭脚下据说发现铅铜矿物，于是开山挖矿，载重汽车沿途不断，尘土飞扬，震盖山野，使镌刻于山崖的刻石尽皆蒙尘，模糊不清。再看先前布满马蹄驼印、让人感叹不尽的古道，也早在道路拓宽时被挖掘得不见踪影。不见古道，心中不甘，一直驱车往前，直到越过矿区，简易公路已到尽头，方才见到逶迤延绵到大山深处的古道轮廓。于是弃车攀上长长一道慢坡，见路边一处泉水，四周皆人工石条围就，布满苔藓，年深月久模样，推测应为当年负责驿道管理的驿站人员开凿，以解旅人之渴。

那天，因天色向晚，原也不曾做好翻越凤岭的准备，笔者望着那已升腾起的山岚暮霭、遥不可及的凤岭，只能再次返回了。

三

甲申年5月，再访凤岭。

此次行前先做准备，邀约能够同行的伴侣。一为汉台博物馆副馆长王景元君。王景元"文革"前高中毕业，功底扎实，在博物馆工作多年，涉猎碑刻、蜀道、书法多个领域，且都颇有建树。其评述南宋阎苍述碑刻论文见诸国家文博刊物。景元还曾对古道多次踏访，他1991年曾经全程翻越过凤岭，与向导至今还有联系。另一位为汉中市文化文物局原文物科长张尚中，职业所系，对文物最感兴趣，约访凤岭，跃跃欲动。翻查资料，寻得数种。清嘉庆十八年（1813年）《重刻汉中府志》中有幅《南北栈道图》，较为详尽地绘制了连云栈道穿越秦巴大山的线路，并标明沿途驿站，甚至还有对险途的简短描述。尤其对凤岭，特别强调：

> 凤岭崔巍，上下险程五十里，栈道之高无逾此者。夏秋水淹泥泞，冬春冰雪坚滑，行人涉此鲜不噫吁。

图中还特地在凤岭峰巅批注："去天尺五！"言其高也。这就表明在沟通川陕的古道路中，凤岭最为高峻，也是最为艰险的一段。

中国现代散文大家俞平伯之父俞陛云于清末光绪二十八年（1902年）由秦入蜀主持乡试时穿越凤岭，事后著有《蜀车游诗记》一卷，详尽描述夜宿凤州，隔日攀登凤岭，由凤州出西门即爬坡15里至烟筒沟，又上行10里至南天门，即凤岭峰巅。沿途"天风浩然，御重不暖，前见云际群山，至此若扶其顶，谚云'秦岭不及凤岭腰'，然也"。

再是明清两代要员重臣、文人墨客攀越凤岭，留下不少辞章。清康熙皇帝第十七子果亲王允礼、清廷重臣曾国藩、湖广总督林则徐、曾任四川学政的张之洞、陕甘学台吴大澂、两江总督余成龙、清末驻藏大臣裕钢，还有明代诗人杨慎、许赞、薛能，大学士赵贞吉，陕西提学使何景明，分管汉中府的巡道金世发，清初文豪王士正，四川布政使杨思圣，甲骨文之父王懿荣，汉中道尹阮贞豫以及川陕公路筑通之前的许多名人，比如辛亥革命元老于右任，章草大师王世镗，公路专家赵祖康、张佐周，水利专家李仪祉，农学家安汉等等，或出散入秦，或赴汉进川，均需经连云栈道，也就必须翻越凤岭。这在他们日后的著述中多有记载。

▶ 褒斜古道上的流水飞桥小石门

　　为集中时间在一日内翻越凤岭，我们于前一天便起程，离开汉中，一路北行。恰值雨后，空气格外清新，大团白云悬浮于褒谷上空，一湖碧水静卧于山谷之间。沿途外地车辆不断，多系假日来汉中旅游，为青山绿水所吸引，不少旅客索性停车在水边嬉戏。这顿时让人想到，应在库区有古迹沉没处立碑提示，比如古褒姒铺、八个碑（即清代著名文学家宋琬所撰写的《栈道平歌》，由大书法家沈荃书写，镌于石崖的八方摩崖刻石）、马道驿、武休关等处，皆应立碑撰文，以供游人凭吊，也增添人文积淀，让其有所收获。

　　车至留坝境内姜窝子，此为褒水干流与紫荆河水接连之处，亦是汉唐时期褒斜道与明清连云古道接连之处。近年经各方呼吁，在汉唐褒斜道基础上修建的姜太公路，即沿褒水干流至源头太白县的二级公路已经筑通。我们索性沿新修姜太公路至留坝江口，再沿一条支线，到达凤县，沿途还可观赏褒谷风光与古道遗迹。

　　进谷不远便是阎王碥，此处临河山崖上凿有29个栈孔，整齐排列，十分壮观，为秦汉时期典型栈道遗迹。拍《栈道》时，我们曾经丈量，并涉水到对岸拍摄全貌，之后又多次带友人参观。可惜修筑姜太公路时几乎全部毁掉，仅在石砟堆中依稀还能见到栈道孔，甚为可惜。此处上方山岭为瘦牛岭，立有一方清时碑刻，内容为修路旨要与捐款者名单，不知是否仍在。

　　褒斜道风光最为优美处当数孔雀台。此地山谷开阔，有个自然村落，还有所小学，绿树田亩，层叠铺设。这些都是稍高远的背景，关键是临近褒水，突兀起一座孤立的石峰，恰似只孔雀站于水边，钢蓝的岩石、石缝间的绿树，都颇似孔雀的翎毛尖嘴。古人开凿栈道在石崖下方插进石梁，至今犹存。所以此处最为文物工作者关注，加之有村落人烟，常为落脚歇息之地，多种文献均有记载。

▶ 古道格局犹存的三岔驿

沿褒水还有小石门、雪窝、旋滩、柳川等处均有古阁道遗迹，风光佳秀。目前，公路沿褒水修筑，直达太白县城，再沿斜水出山，几乎不越一座高山，便能穿越天险秦岭，海拔就低，冬春亦无冰雪阻路之虑，确为古今道路之最佳选择。

至两河口有西河与褒水相汇，沿西河谷地则可到达柴关岭下的高桥铺，与西汉公路相接。我们至此与褒谷分手，一路行驶，再无停留，下午 4 时便到达了凤县三岔，也即明清两朝延续五六百年的连云栈道上的重要驿站——三岔驿。

三岔因三条古道皆可在此相通而得名，谷道开阔，田亩相望。古为驿站也想必人烟辐辏。近年又开矿石，设有镇政府、学校、医院及各类商店旅馆，颇为兴旺。我们找到一家能够停车的旅馆，十间门面，三层楼宇，能停几十辆汽车的场地，原以为单位所修，岂料为私人所有。可见这里近年商品经济已获长足发展。房间设施俱全，干净卫生，每人仅 15 元。饭后，到小镇徜徉。小镇现有小街两条，其中一条为老街，直通山下，显然为当年古道组成部分。细看，仍保持着古道格局，街道宽约丈余，两边皆为铺板门面，虽已黑红不辨其色，但仍能看出雕花镂空的窗棂、厚重青砖砌就的封火墙，且大都前店后院。想必当年古道繁荣时，临街往来驼队马帮，家家都成客栈。但凡驿道古镇人家多以此为生计。小镇颇有古风，人皆纯朴好客，但凡打听凤岭，皆争相回答。这里曾归古凤州管辖，进州办事赶集，翻越凤岭较为近捷，凡上年纪者都曾走过。只是近年公路畅通，凤县亦另设于龙口镇，凤州不再为县治所在，人也就不再越凤岭了。

为安全亦为不迷路，我们找了一位当地向导，40 多岁，身材中等结实，务农也同时贩牛，对凤岭十分熟悉。我们与他讲好，带我们越凤岭到凤州古城，一路饮食由我们负责，再付他 50 元劳务费。约定翌日清晨 6 点半到小镇餐馆就餐后上路，他满口答应。

是夜，居三岔驿，万籁俱寂，正宜读书，翻看清初文豪王士正于 300 多年前的 1672 年经连云栈道越秦巴大山去四川主持乡试时沿途写下的诗歌，其中一首：

凤岭

南岐地何高，凤岭踞其右，

路绝无钩梯，直上若悬溜。

日月互蔽亏，光明错昏昼。

云雾四荡滴，雷车中杂糅。

飞龙何衔衔，天骄出岩窦。

俯瞰两当水，奔流下腾凑。

转石类抟摵，画沙成篆籀。

初疑饥蛟蟠，更作龙蛇斗。

闻昔周文王，盛德及灵囿。

凤鸟此来集，世远事悠谬。

末季重边防，戎马几驰骤。

秋风吹散关，一夕惊老瘦。

四

翌日，当第一缕霞光进出铅灰的云层，寂静的群山都突兀一亮时，我们已在凤岭脚下整装待发了。清晨不到 6 点，大家便起床洗漱，整理物件，向导亦如约来到。山地清晨还冷，车上居然结一层霜，想是雨后海拔高的缘故。遥看凤岭，隐隐似有积雪，于是到餐馆要汤面暖和。近年开矿，修有便道由三岔直达山脚，约十华里。我们乘车前往，过心红峡，至心红铺村后，乡道至此结束。于是嘱司机开车返回沿公路至凤州等候，待我们翻越凤岭后会合。

出发即爬坡，但并非凤岭主峰，而是其余脉，上至半山腰，便见早年古道遗迹。宽约丈余的片石砌衬痕迹，顺坡而下，基本仍可行走，但由于作为国家级的官驿大道已废弃 70 余年，几乎无一方平整的地面：基石被多年山洪冲刷得东倒西歪，竟有斗大的石头被冲出数丈远，碥石之间，荒草丛生，让人联想到圆明园的废墟。

上至余脉山顶，林木逐渐葱茏，有白杨、麻柳、刺槐、栎树、枫香、板栗、苦槠等阔叶乔木，树干高大，枝叶茂密，呈现出亚热带植被特色。据此推测，这

▲ 登上凤岭远眺

带山林海拔应在 1000 ~ 1200 米左右。茂密的丛林，改变了我们最初的印象。昨日到达三岔后，见四周山峦低缓延绵，全然不像与柴关岭一山之隔的紫柏山那么雄奇高峻；再是山峦光秃秃的几无植被，也全不似柴关岭上下松林森森，松涛阵阵；加之三岔一带房屋建筑已呈北方格局，顶无阴瓦覆盖，旁无出山（出山：方言，房屋两边遮雨的突出部分）遮雨，人的口音也明显带秦地语气。当时我们还曾议论，凤县 1959 年前归汉中，之后划归宝鸡似乎有理可循，有据可依。这会儿见到如此葱茏的树木，几乎与汉中境内茂密的丛林没有区别。向导告诉我们这应归功于近年的禁砍禁伐，退耕还林。果真，自心红铺以上几乎再无人家，一些坡地也已栽种了树木，还有保护林木的牌子赫然耸立。由此推测，早年三岔一带的山峦也应是林木葱茏的，千百年来人类持续不断的开发活动才使它们变成这副模样。

凤岭终于出现在眼前，巍峨参天，直插云端，诚如古语：连峰排列，如凤舒翼；东西延绵，如屏耸立。还可引用李白名句："黄鹤之飞尚不得过，猿猱欲度愁攀缘。"

事实上，凤岭海拔 2600 余米，系千里蜀道的制高点。秦岭顶端不过 2000 米，故古代行旅者说"秦岭不及凤岭腰"。其余山岭尽管巍峨，古人选道常从其山腰或垭口低矮处穿越，以减少攀登之苦，比如傥骆道从兴隆岭半山经过，金牛道从剑门关底部穿越。凤岭不同，几乎没有垭口可利用，人们必须从其峰巅经过，所以历来被认为是古道最高最险的一段。冬春冰雪难融，夏秋雨浆泥泞，常令行旅者惴惴难安，如履薄冰。

我们沿途所见，虽已 5 月，城镇青年早已夏装短袖，此处山林积雪不时可见，还是大片沼泽，泥泞不堪，足证古人所言不虚。好在我们夜宿的三岔驿已在海拔千米左右的山地，车送至山下，又少走十里路程，清晨7时爬坡，加之计划已久，憋着劲，不知不觉间已攀上凤岭。当向导指着一处比两边低有丈余的垭口说到顶了时，我们竟然不相信如此轻易就登上了凤岭！看看时间，方才8点半，仅用一个半小时，我们已在"一览众山小"的凤岭峰巅了。

站立山顶，爬坡一身汗，刚脱掉外衣，一阵风来，寒气袭人，立刻又穿衣衫。驻足回顾，只见群山峰峦大海波涛般铺向天边，其中一峰，有窟洞般凹进一处，正系前人记载的凤巢——凤凰栖息之地，显系传说。四周无一丝声息，原始般的沉寂，间或一阵阵松涛由远而近。这才发现，顶部林木益发茂盛，以油松为主，挺拔高大，遮天蔽日。松毛松塔满地皆是，伴着积雪，踩下吱吱作响，不时有倒下的树木横拦道路，需翻越过去。荆棘灌木荒芜，幸而向导颇有经验，带着锋利的砍刀，上山时即为我们每人砍拐棍一根。他说惊蛰已过，有蛇出没，木棍不仅能"打草惊蛇"，还起探路作用。

梁顶的道路平坦宽阔，迂回而行，还有车轮印迹。我们怀疑这不是古道，询问向导，果然！前些年开矿，曾修一条简易车道，不少地方与古道重合，修整拓宽后，古道遗迹几乎不复存在。尽管近年禁矿护林，路已废弃，但已难寻明清时期的道路遗迹，就连多种典籍记载的南天门，也成一片废墟。

南天门原在山峦凹进的一处平地，修有山门、屋宇以供行旅者歇息。此处南北临界，可两边远眺，朝北嘉陵河谷隐约可见；南则层峦叠嶂；西侧则有南岐山，双峰突兀，形势险峻。南天门历来是一处可供歇脚、眺望、咏叹之地。

但眼下房舍山门倒塌，一片瓦砾，尤其是一棵直径过米、环围达丈的古树倒下，庞大的树冠几乎笼罩废墟。细看，许是树冠过于高大，头重脚轻，被山风吹倒，连根拔起，坑大如屋。古树少说也已历数百年之久，历经明清两代，曾为多少行旅遮阴避雨，如此倒下，甚是可惜。

我们在此歇息，拍照，翻找碑刻。因典籍记载，此处曾有碑刻数种，其中一方记载清同治年间太平军与捻军攻陷汉中府城，死人逾数十万云云。此记载与同治二年汉中被围、死者无数、分埋城外四郊、为四大墓冢的实情基本相符。但此碑已无踪影，唯有一方被落叶枯枝覆盖的石碑尚存。扫尽落叶，但见一行楷书——声闻帝座，系光绪年间抚陕按察使华伯英奉命校阅部队，途经此地所题。除此，再无所获。

离开南天门，便开始下坡，这便是俗名十里的烟筒沟。这一带荒芜已久，人迹罕至，荆棘丛生，蓬蒿弥路，十分难走。有的地段笔挺直下，下山比上山还要费劲，直让人怀疑是否真为延续五六百年的古道。环顾四野，舍此而无他途，而且

▲翻越凤岭便进入嘉陵河谷

在连体山石上仍能清晰看出人工防滑凿痕。想起当年王士正越凤岭时所作《凤岭》。

当年王士正是由凤州动身沿北坡上山，由南侧下山。我们正相反。他讲"直上若悬溜"，我们下山也注定一样。他是朝廷命官骑着好马"飞龙何衙衙"尚且嗟叹不已，我们徒步，况且古道多年失修坎坷难行，自然倍加艰辛了。

足有两个小时，才走出烟筒沟。让人联想，是否因为此条山谷一路直上，宛如烟筒，才得此名。再翻随身地图，此处距凤州城还有15里崎岖山道。清代所出《天下路程图引》记载，从凤州梁山驿至三岔驿60里，除去山脚心红铺村至三岔驿10里路之外，上下凤岭整整50里，迂回艰险，当不虚传。

再下山坡，两边丛林不时有窸窣之声，原以为是野兽，却突地蹿出头雄健黄牛，弯角瞪眼，横立道边。一路寡言的向导却嬉笑着说，这牛若经他手，可赚200元钱。我们问何以见得，向导不露声色娓娓而谈，讲牛若宰杀，前腿多少斤，后腿多少斤，肋条多少斤，下水可卖多少，加之牛皮、牛鞭、牛尾、牛骨……除牛粪无用外，无一不可获利。向导准确到斤两，让人想起庖丁解牛，猛想起他是牛贩出身，无怪如此熟悉。他却叹息，此时冬春刚过，牛太瘦，若到秋后膘肥，可赚300元钱。我们问及贩牛收入，他毫不含糊，一口回答："每年3万元。"这收入几乎与县长、教授相当。但以他对业务的熟悉程度，也算学有专长，术有专攻，如此收入，也是应该的了。

他见我们一路谈说古道，便也主动讲起他与姐夫相伴去略阳贩牛的事，一次10头，越煎茶岭，至勉县茶店即顺沮水进古陈仓道，经小碥河、张家河至留坝闸口石，再沿箭峰垭进入凤县板房乡，出沟便可由南星回三岔，所用只是三天。

算算，若沿公路，凤县至略阳足足300公里，赶牛最快日不过百里。如此看来，陈仓古道竟近捷一半。此道我们也曾几次考察，可惜并未全程走完。

愈往下行，山谷开阔去处已有农户废弃的宅基、石磙、石碾，四周均为废弃的荒地，如今已荆棘荒草丛生。向导说20世纪70年代这里还有人家，但太阴湿，不适合居住，都陆续迁走。向阳山坡还有一座明显被盗的古墓，四壁皆石板砌就，碑座碑帽都体制宏大，从规模看显系夫妇合葬墓，但石

▲今日山区道路

碑破碎，文字断裂，难以确定墓主身份。向导说这是近年被盗，早年经此，墓碑皆完好。估计为清代当地官吏之墓。

这时，远远的，嘉陵江河谷、凤州故地皆已在望，手机有了信号，时间已为中午12时。连续下坡，双腿开始打战，太阳当顶热辣辣地灼人。正应了一句古语：隔山看得见，走去得半天！从看见河谷到走完山地，又整整花费1个小时。到达古凤州已是下午1时整了。

翻越凤岭用了6个小时，上坡1个半小时，下坡却用了4个半小时，这说明凤岭北坡绵长陡峭，南坡低缓短促。估计南边三岔海拔较凤州高。

让人费解的是，古人为何选择凤岭，而不继续沿嘉陵河谷前行约20公里翻酒奠梁呢？无论如何，酒奠梁绝无凤岭之迂回险峻。唯一的解释是与凤州州治所在有关。凤州紧挨山坡修建，旧时城垣便曾利用山坡土崖，古驿道出西门便上坡，直奔凤岭，驿道一旦修成，往来商旅萧规曹随，顺路走就是，这一走就是明清两代五六百年。直到1934年修筑国家军备命脉西汉公路时，我国公路界元老赵祖康、孙发端、张佐周等人经实地测绘，才沿酒奠梁修盘山公路，彻底避开了凤岭的迂回险阻。

五

历史总让人思索不绝，回味不尽。据明清两代沿用的《天下水陆路程》载：北京至陕西四川路，西安至汉中段，从长安的京兆驿始，经咸阳的渭水驿，兴平的白渠驿、长宁驿，武功的邰城驿，扶风的凤泉驿，岐山的岐周驿，凤翔的岐阳驿，宝鸡的陈仓驿、东河桥驿、草凉楼驿，凤县的梁山驿、三岔驿、松林驿、安山驿、马道驿，褒城的开山驿，再行50里至汉中府，共18驿，即18天路程。其中翻秦岭为8驿，即8天路程。这在今天看不可思议，因为今天西安至汉中，火车一夜，汽车4个小时，飞机还不到1个小时。笔者多次乘车穿越秦岭，多在4个小时左右。仔细一想，路途虽然节约了时间，但转身又会投入滚滚红尘之中，忙于公务，忙于家事，忙于许多本不情愿的应酬，忙于许多回避不了的纠葛。不管有多少冠冕堂皇的事由，从古至今，究竟有多少人真正甩脱了名利的诱惑、富贵的陷阱，能够真正心怀"先天下之忧而忧，后天下之乐而乐"的古仁人之心？

倒是古人或因公务，或徇私情，或遇升迁，或遭流贬，一旦从京城、从官场、从纠葛、从是非中走出来，走上漫漫的驿路，走进重重的山水，贴近自然，也就贴近了人的本性，会冲淡懊丧，化解烦恼。春风得意者会收敛锋芒，看长望远；心情沮丧者会总结得失，放松释然，真正走进自己的生命，成为性情中人。一路或凭吊古迹，或欣赏山水，或咏叹，或吟唱，均成为一种生命体验的自然流露与释放。全唐诗四万八千余首，几近半数为旅途中所为。前文提及的清初文豪王士正，先后三次涉足秦蜀古道，除了写下大量诗歌，竟还写了《蜀道驿程记》等三种笔记。再是汪灏，是清代一位以政绩入史、不以诗名显扬的政府官员。涉足蜀道，写下10首"栈道杂诗"镌刻于石碑，现藏汉中市博物馆，已成文物。

这说明人类进程中各个阶段产生的各种文明并不能互相取代，倒常是互相补递，扬弃传承，所以我们在抛弃了凤岭古道的同时，不能把孩子和脏水一起泼掉，而是要好好整理、挖掘，承继因凤岭而产生的长长的过去……

大散关远眺

铁马秋风大散关

秦岭山系博大广袤，东西延绵长达千里，南北宽度则达三四百里，且均为突兀云表的大山，所以才有可能成为阻碍人类交流的屏障。仅在其主峰太白山方圆百里间，便有九条海拔超过2000米的山岭横呈，从北向南，依次为大散岭、秦岭、太白岭、兴隆岭、牛岭、凤岭、柴关岭、马道岭、土地岭，且均为古今道路必经。

峭仞奔霆会益门，
乱峰中袤一丝行。
更登大散岭头望，
无数群山此处迎。

这是当年大诗人李白离别故乡，仗剑远游途经大散关时写下的诗篇。不难想见，胸怀大志、年少气盛的李白一路跋涉，一路咏叹，终于穿越秦巴大山，秦岭脚下的益门镇已映入眼帘，只需再过最后一道关隘——大散关，便可踏上京畿重地八百里秦川，而魂绕梦牵的长安也正呼唤他去一展才华，仿佛群山都在对他翘首欢迎。从诗中也不难窥见大散关的险要。

时至今日，川陕公路不少地段仍与古道重叠，恰好从大散关的隘口经过，可以清楚明白地认识瞻仰古关。

无论古今，道路离开宝鸡市区后跨越渭水，几乎没有丘陵过渡，便沿着一条山谷进入了秦岭。河谷并不开阔，两边皆为逶迤的山岭与挺拔的峰峦。由于在短促的里程内便要翻越秦岭，铁道多重盘旋也仅 40 公里，谷底到梁顶不过十余公里，山谷相当陡峭。大散岭又拦腰截断山谷，像一堵墙般威严耸立。中间的缺口约 20 米宽，川陕公路恰巧从缺口经过。拍摄历史专题片《栈道》时，我们曾在这隘口仔细察看，发现 20 米宽的缺口至少有 10 米以上是修筑川陕公路时劈山斩岭拓宽的。那么，古时散关隘口仅仅 10 米左右，地处深谷，两边皆为高耸的山峰，峭崖悬挂，危峦挺拔，舍此而无他途，只能由此经过，若在这里筑起城垒，架起滚木礌石，再有雄兵把守，真正"一夫当关，万夫莫开"。冷兵器时代，皆手持刀矛，对面厮杀，没有远距离炮火，更无飞机可越，只能徒唤奈何！难怪此处有"襟喉"之誉。史书载："北不得此无以启梁州（陕南川北一带），南不得此无以图关中。"

历史上，秦蜀间一动干戈，此处便为双方必争之地。从秦汉至隋唐，长安有十三个王朝建都，大散关作为关中平原京畿重地的西南门户，位置举足轻重，有史有据的散关争夺战便发生数十起之多。其中最著名的一战为，公元前 206 年，被项羽赶出关中的刘邦采取韩信"明修栈道，暗度陈仓"的计谋，出其不意夺取散关，平定三秦，建立延续 400 年之久的汉室王朝。

三国时期，曹操讨伐张鲁，诸葛亮夺取中原都曾出入散关。唐时散关更为重要，太宗连接南诏，安抚陇右，玄宗避安史之乱出散关而去成都，及至唐僖宗为黄巢义军所逼，弃散关逃往四川，终于结束晚唐天下。

大散关历史最光彩的一页是在南宋。其时，中原大片河山皆沦陷于金兵铁蹄

▲ 斜谷口五丈原是著名的三国遗址

之下，秦岭成为阻击金兵南下最重要的防线，大散关则成为宋金双方必争的要塞。公元1131年金兵大元帅兀术率10万兵马，企图越秦岭以攻南宋。金兀术把大本营设于陈仓，即今日宝鸡市，亲率精兵猛攻散关。

当时，宋军前线将领为吴玠、吴璘兄弟，皆为力主抗金的骁将。他们久经沙场，足智多谋，深知大散关系胜败的关键，故及早防范，广备滚木礌石，并以精兵日夜防守。双方交战后，守关宋军居高临下，箭石齐下，大败金兵。首战失利，金兀术恼羞成怒，调集大军，强渡渭河，垒石为营，亲自率兵舍马步战仰攻大散关。宋将吴玠亦亲临战场，选拔强弓神箭手，轮番射杀金兵，一时间箭矢如雨，金兵应弦而倒，纷纷败退。吴玠又派吴璘率兵从侧翼出击，断金兵粮道，并预设伏兵，突然杀出。金兵大乱，山谷狭窄，退之不及，溃不成军，宋军则越战越勇，生擒金兵逾万，杀死杀伤金兵无数。金兵主帅金兀术连中两箭，狼狈逃窜。因其蓄着长胡，目标显著，吓得连忙割掉胡须，侥幸逃脱。散关一战，给金兵以沉重打击，使之数年不敢进犯。而宋军则士气大涨，乘胜追击，收复陇州，巩固了秦岭防线。

吴玠、吴璘兄弟以秦岭大散关一线为依托，抗击金兵达30年之久，不仅名垂青史，也深得群众拥戴。后人曾在大散关下的益门镇修建庙宇，纪念吴家兄弟，弘扬他们的英雄气概。至今大散关一带尚有吴家军营垒、旗杆石、点将台、牧马坡等遗迹。

南宋爱国诗人陆游曾在抗金前线襄赞军务，多次往返大散关，曾写出多篇与大散关相关诗作，尤其这首《书愤》最为有名：

> 早岁那知世事艰，中原北望气如山。
>
> 楼船夜雪瓜洲渡，铁马秋风大散关。
>
> 塞上长城空自许，镜中衰鬓已先斑。
>
> 出师一表真名世，千载谁堪伯仲间。

正是由于大散关在历史上有如此的光彩与辉煌，所以备受人们敬仰。历代诗人过此，多有诗作咏叹。20世纪30年代，修筑川陕公路时，我国公路界元老赵祖康在大散关附近的山崖题有"古大散关"的摩崖石刻，至今尚存。

另一位参加修路的工程师张佐周与其他几名工程人员在古大散关有一幅合影，尚能看出古关气势。修筑公路时隘口成倍拓宽，所以大散关在现在人的眼里不过是一道寻常山口，只是险要一些而已，坐汽车转瞬便能通过。当汽车盘旋至山顶时却能领略到另外一幅画面。

▲今日大散关川陕公路

　　无论是从秦汉至明清的古道，还是现代的公路、铁路，越过大散关后，都需在一条山谷盘旋而上，直达秦岭峰顶。由于落差极大，油黑宽阔的沥青公路在崇山峻岭间不得不绕一个个巨大的 S 形盘道。而铁道则绕半径 300 米的弯度，每行驶一公里，就需爬高 30 米，这在世界铁道史上也极为罕见。铁路与公路不时交错上爬，宛如巨蟒盘旋，又如铁龙凌空，加之隧洞桥涵密布，火车时隐时现，汽车则如一串甲虫，汽笛鸣响，山谷回声不绝，形成一幅有声有色、波澜壮阔的画面，委实堪称中外交通史上的精彩华章，这又是古大散关所不能比较的了。

　　而只要翻过了这座千里蜀道上的最后关隘，秦巴大山便甩在了身后，八百里秦川皆为坦途。汉唐时期的国都长安，今日的西部重镇陕西省会西安已经隐隐在望了。

汉唐长安

▲敦煌 45 窟盛唐佛塑局部

一

百年的中国在上海，
千年的中国在北京，
三千年的中国在西安。

如果中国是一棵大树，
在北京看见的是茂密的树冠，
在西安则看见的是茁壮的树根。

这些概括性的广告词般的话语固然不能透彻地阐明事物的全部，却也部分地说明了问题。起源壮大于黄河流域、黄土高原的中华民族，曾经在八百里秦川、关中平原建立起十三个封建王朝，历时千年，度过了一个民族的青少年乃至壮年时期。也曾幼稚轻率、蹒跚学步；也曾血气方刚，颐指气使；也曾指点山河，气吞八荒。周秦创制、汉唐奠基，播大汉声威于异域，统众多民族于中华，这炎黄二帝的发祥之地，奠定了中华大地的根基，使得华夏民族由此生生不息。

周人原是西秦即今关中西部岐山、扶风一带的古老部落，属商王朝管理的方国。历经文、武、成、康四王，励精图治，日益强大。在公元前 11 世纪，距今约三千年时，武王伐纣，在著名的牧野之战中，一举灭商，建立起以周天子为共

▲陕西历史博物馆

主、诸侯林立的格局，把奴隶制社会推向鼎盛。至今，岐山、扶风出土的青铜器数量之多、之精美，每每让考古界、让中外人士大开眼界，赞不绝口。

秦人则揭开我国历史上第一个封建王朝的序幕。作为一个长期生活于西部的古老部落，强悍坚韧，尤耐苦战，修筑郑国古渠，经营关中沃土，成为春秋时代的第一强国，最后扫灭六国，统一天下。秦王朝尽管短暂，却设郡县，制典章，修驰道，筑长城，尤其是埋葬地下的煌煌军阵——秦兵马俑更是让世界惊叹。

公元前206年，刘邦依靠汉初三杰——萧何、张良、韩信，"明修栈道，暗度陈仓"，一举夺取三秦，建立汉室天下。两汉400年间，国家统一，社会安定，疆域空前辽阔，今日由南疆通往阿富汗300余公里的瓦罕走廊和哈萨克斯坦境内的阿尔巴什湖一带广阔疆域均属汉王朝版图。当时丝绸之路畅通，汉王朝势力直达西亚，其国都长安与西方罗马以强盛繁荣并列于世。周边国家与少数民族无不以与汉室汉人交往为荣，其影响空前绝后。华夏民族正是经历了汉代才定型使用统一称谓——汉族。

魏晋南北朝，五胡十六国，近三个世纪的分裂动荡，国家呼唤统一，民众渴望和平。公元7世纪初，唐高祖李渊由太原起兵灭隋建唐。中国历史由此揭开了崭新的一页，进入封建社会发展的鼎盛阶段，也是直到今日我们还为之骄傲的大唐盛世。

尽管，那个锦天绣地、满目俊才的时代已经逝去千载，但我们仍可以从遗留和发现的无数典籍里，从唐大明宫含元殿规模宏伟的遗址上，从敦煌灿烂夺目的

▶ 昭陵六骏之一

壁画上，从 48000 首无与伦比的唐诗里以及依然耸立在西安城的唐大小雁塔、华清池、法门寺金器、昭陵六骏、西安碑林里那些高大厚重的唐碑去感受那个辉煌耀眼的时代。

二

这与华夏民族的起源、生存、发展密不可分，也是由 2000 多年前汉唐时期政治、军事、经济格局和当时国情所决定的。我们常说黄河是中华民族的摇篮，今西安市东南发现的蓝田猿人遗址和大量的各种用途的旧石器，至今已有五六十万年的历史。近在西安市区的半坡遗址则表明，约在六七千年前，这里曾生活着一个高度发达的母系氏族部落，他们用石头和骨头磨制出锋利的斧、刀、铲、箭头和鱼钩，烧制出碗、壶、瓮、罐、瓶等陶器，不仅用于日常生活，还具有很高的欣赏价值。连黑红两色描画的图案都非常优美，简单的线条表现着飞奔的鹿和游动的鱼，栩栩如生，堪称古代先民的艺术杰作。再是黄帝陵、炎帝陵都在陕西境内，说明我们的祖先最早就在黄河流域、黄土高原繁衍生息。

人类进入文明时代后，奴隶社会鼎盛时期西周所建立的镐京，在今西安市长安县斗门镇附近。这是因为从当时人类的活动区域看，再也找不到一块比八百里秦川更为优越的形胜之地。同时，古人讲究国都应为"天下之中"，即位于全国内陆腹地的中心。时至今日，打开地图，便可清楚看出陕西位处河南、山西、湖北、重庆、四川、甘肃、宁夏、内蒙古八省区之中，这在全国 30 多个省市中绝无仅有。20 世纪 70 年代测定建设的中华人民共和国大地原点，距西安市直线距离仅 45 公里。可见古人眼光是何等智慧远大。

八百里秦川是由黄河最大支流渭水冲积沉淀而成的带状平原，它西起宝鸡，东到潼关，长达 700 余里，宽约 100 余里，南有巍峨秦岭屏障，北有渭北高原襟怀，其间有渭河横贯，水草丰腴，土地肥美。周人和秦人的祖先很早就在这里繁衍垦殖，加之四塞皆关，也被称为关中。当时，人类的开发相当有限，山川植被还保持着原始的风貌。汉唐时期，国都长安被渭水、泾水、灞水、浐水、沣水等八条河流环绕。其时这些河流的发源地秦岭与渭北高原都生长着茂密的森林，涵养着丰富的水源，因而河流丰腴，芦苇凄迷，水鸟翻飞，鲤鱼肥鲜。汉武帝时还曾有凿通斜水、褒水，沟通汉水和渭水实行漕运的设想。可见当时生态是何等良好。司马相如在《上林赋》中对长安四周的风景有出色的纪实性描述：八条河流各自以迷人风姿，流过苍茫无垠的关中原野，秦岭蔓生着高大的栎树、白杨、毛榉和枫树；山脚下有山梨、柿子、枇杷、樱桃和酸枣；成群的野鹿奔驰在山林之间；猴子在森林间跳跃，觅食，玩耍。各种鸟类婉转地啼鸣，竹林成片，浓绿滴翠，有熊猫出没。《新唐书》有赠送日本使臣熊猫的记载。早在春秋战国时期，秦国便修筑了郑国渠，利用渭北高原二级台阶引泾水自流灌溉泾阳、三原、高陵、临潼、富平等县土地多达 280 万亩，使关中大地连年丰收，水旱从人，不知饥馑，成为当时最为发达的农业经济区。古代的史书称关中为"海陆之地"和"天府之国"。比如司马迁在《史记》中写道："关中之地，于天下三分之一，而人众不过什三，然量其富，则什居其六。"又说关中"南山（秦岭）有竹木之饶，北地有畜产之利"，关中平原更是"男有余粟，女有余帛"。关中平原可以说是公元前 10 世纪至公元 8 世纪全世界经济最为发达、社会高度文明的地区。汉唐长安城建立在这样一块风水宝地，自然是得天独厚。

三

百千家似围棋局，十二街如种菜畦。

这是诗人白居易对唐长安城的描述。从多年发掘的唐长安城遗迹以及经专家复原的图纸看，诗人的描写十分真切。当年，一条长达几十公里宽达 155 米的朱雀大街把长安城一分为二，全城有南北方向大街 11 条，东西方向大街 14 条，街道宽度皆在百米以上，为北京东西长安街宽度的两倍。这些整齐划一的街道把全城分为 109 坊，布局严谨。街道宽阔，殿堂宏大，楼阁壮观，市区面积达 80 多

▶ 大唐芙蓉园

▶ 钟楼为西安标志性建筑

平方公里，是今天西安市面积的 7 倍。长安城也是当时世界上人口超过百万的第一大城市。城市中还设有东西两市。两市的规模，从史书记载的一次失火描述中可了解一二："夜三更东市失火，烧东曹门以西二十四行、四千多家。"当时市场商铺林立、客商云集的繁盛景象可见一斑。

据记载，长安城中西市比东市更加繁华，因为这是万里丝路的起点，西域乃至欧亚各国客商多会聚西市进行贸易，可以说西市是世界上当时最大的自由贸易港。当时外国客商、留学生、日本遣唐使滞留长安城多达三万余人。犹如今日北京市郊的"浙江村""安徽村"一样，当时长安西郊也有西域客商集中居住的"回

▲西安大雁塔

鹊营"。这些异域人在唐王朝做官者也达数百人。他们留恋长安城的开放风气与繁华昌盛，他们也为长安城带来了西域的歌舞、乐伎、胡饼、胡食乃至胡风胡俗。唐诗中"胡家有妇能汉音，汉女亦能解胡琴"正是当时东西融合的写照。

至今在西安市西大街、广济街一带回民居住区内，依然商贸发达，饮食荟萃。大师傅们一律头戴小白帽，手脚麻利地在红白案上、蒸笼气中忙碌。清脆的吆喝、女老板俏丽的身影，恍然让人感受到汉唐长安城中"胡姬当垆笑春风"的情景。

盛唐气象绝非偶然。一个历史悠久的民族，历经夏、商、周的迁徙整合，相济相融；春秋战国诸子百家，学术争鸣；秦汉拓展疆域，统一文字量器，设置郡县，制定典章；到唐代时社会经济已高度发达，城镇市井繁荣，工商活跃。

乡村田畴相望，连年丰收，加之丝路畅通，东西方交往频繁，唐王朝又政治清明，风气开放，广采博取，有容乃大，唐太宗、唐玄宗励精图治，从"贞观"到"开元"历经百年大治，一个国力强大、空前繁荣的盛唐气象终于出现。不仅城市规模恢宏，建筑考究华丽，诗歌、绘画、书法、音乐、歌舞、雕塑也都内容丰富，风格多样，美轮美奂，绚烂夺目，达到经典性的完美，让我们今天都为之瞩目，为之骄傲！

唐代繁盛也和交通发达紧密相关，以长安为中心，不仅有向全国辐射的四通八达的驿道，有通向欧洲的丝绸之路，值得大书一笔的还有沟通四川乃至大西南的蜀道。汉唐定都长安，四川盆地是最重要的钱粮基地。战国时修筑的都江堰，使巴蜀旱涝保收，早获蚕桑之利。蜀锦品种繁多，华贵高雅，向欧亚输出的多为蜀锦。安史之乱时，唐明皇沿蜀道逃往四川，正好遇着大队马帮驮着向朝廷纳贡的蜀锦。当时蜀锦可当钱币在市场使用。获得了这笔可供支配的财物，军心顿时稳定。在很大程度上，蜀道的畅通支撑了长安的繁盛。

　　忆昔开元全盛日，小邑犹藏万家室。

　　稻米流脂粟米白，公私仓廪俱丰实。

　　唐代诗人对当时社会的描述让我们今日都为之振奋和神往。事实上，重振汉唐雄风，再现汉唐气象，一直是深藏于西安人心中的愿望。尤其进入新时期以来，修葺大雁塔，重整古城墙，拓展钟楼鼓楼广场，排演多台仿唐歌舞。每日清晨都有市民在古城墙下，挥动如椽巨笔，或练张旭狂草，或师肥颜瘦柳，恍然间还真让人感受到一种汉唐古都的古风遗韵。

　　其实，时光不可倒流，历史岂可逆转，承继的只能是文化，是文明，是汉人那种标新立异、气吞八荒的精神，是唐人那种乐观自信、积极奋进的志气。长安的繁华同时也和开放宽容、与时俱进的社会制度紧密相关。大唐盛世，从"贞观"到"开元"，历时130年之久，我们改革开放仅仅30多年，西安市便路通高速，新辟空港，城区高楼林立，市场一派繁荣。若再埋头干上半个世纪，可真要再现汉唐气象了。

第二辑／嘉陵古道探源

嘉陵古道探源记

▲嘉陵河谷羌人民居

一

　　古代道路常伴水而行，看似简单，却是古代先民长期探索、自然发现与自然踩踏的结果，休现着对自然规律的尊重，闪烁着古人智慧。最浅显的道理是，几乎所有河流的形成，都经历了滴水穿石、如丝如缕、九曲回肠、汇纳百川的漫长岁月，硬是以奔流到海不复回的气势，在崇山峻岭间冲刷出条条幽深狭长的河谷。河谷平缓无攀登之险，所以不仅古人选道常缘河谷，就是今天修筑铁道、公路也常沿河谷，称为沿溪线。

　　古老的蜀道需要翻越秦巴大山，发源于此的河流包括秦岭北坡的渭河流域，秦岭南坡的汉水、嘉陵江流域的众多河谷脉流，几乎全被古人利用。我在将汉水河谷古道考察清楚以后，又曾几次对嘉陵河谷的古道进行过探访寻踪。

　　从历史典籍看，《尚书·禹贡》《水经注》认定秦岭南麓的嘉陵谷即为嘉陵江水正源，但北宋的《元丰九域志》却认为嘉陵江有东西二源，东源即秦岭南麓嘉陵谷，西源则出自秦岭西部甘肃天水秦州区南部齐寿山，称西汉水，流至陕西的略阳县境内两水相汇。

略阳类似重庆，系嘉陵江、八渡河交汇形成的山城。早在新石器时期，就有古代先民在河谷的二级阶地采摘渔猎，繁衍生息。先秦时代，略阳为氐羌民族的游牧耕作之地，氐羌民族还曾在略阳建立过地方割据政权武兴国。至今耸立略阳县城嘉陵江畔的江神庙还保留着氐羌民族的特色，规模如此宏阔，特色如此鲜明，在全国也不多见。略阳自西汉元鼎六年始设沮县，历代设州置县，宋开禧三年命名略阳，沿用至今。

略阳嘉陵河谷自古为蜀道必经之地，东汉时镌刻于嘉陵江畔的《郙阁颂》是我国珍贵的汉隶八分刻石，为历代书法家、金石学家所推崇，是研究我国的文字、书法和八分书变化发展的实物资料。唐代大诗人李白在千古名篇《蜀道难》中写下的"青泥何盘盘，百步九折萦岩峦"中的青泥岭便横卧于略阳嘉陵河畔。

唐时，古人在略阳嘉陵河谷还依据山形，巧夺天工，修下一座灵崖寺。据说其时正在广元的武则天还曾来灵崖寺游玩，并留下一段造字的佳话。

略阳历史上有许多可歌可泣的史诗，南宋时秦岭成为抗金前线，爱国将领吴玠、吴璘曾在略阳仙人关大破进犯的蒙古铁骑，使其30余年不敢轻举妄动。略阳由于有嘉陵江的浸润滋养而文明昌盛，更由于有嘉陵江的穿越而倍添壮美。20世纪50年代，国画大师李可染沿正修建中的宝成铁路来到略阳，创作出《雄山秀水略阳城》等佳作。

汉水与嘉陵江作为共同发源于秦岭南麓的姐妹河，在她们顽皮的童年，嬉笑打闹，互抢河道，发生"袭夺"是很自然的事情。1978年第7期《地理杂志》，便刊载地理学家李建超的文章《车过代家坝》。文章认为历史上汉水与嘉陵江发生"袭夺"之地便在宁强代家坝。这种地理现象学界学术讨论，百家争鸣，应该提倡。但并不影响汉水与嘉陵江分别于武汉和重庆汇入长江完成奔流到海不复回的历史使命。

有趣的是，汉中人巧夺天工，利用了一处自然奇观，堵塞一处暗河，建成一座无坝水库，成功地把嘉陵江水调进汉水，为南水北调在上游做了初步的水量储备。西流河是嘉陵江二级支流，发源于汉中米仓山南麓，20世纪抗战时期，农学家安汉曾利用西流河水在黎坪垦殖，安顿数万难民。西流河在南郑与宁强交界的数百米深的峡谷间流淌时，鬼斧神工，竟然冲开宽达200米的山梁，形成一条暗洞。河水夺洞奔流，造就一座巨大的山岭桥，被当地人称为天生桥。

20世纪40年代，宁强籍水利学家黎琴南发现这一自然奇观，提出堵塞暗河，

◀二郎坝电站

造无坝水库，发电灌溉，造福一方。这个构想在世纪之交变成现实。如今二郎坝三级电站发电量占拥有 11 县区、380 万人口的汉中市农村用电量的一半，二郎坝电站也是全陕西唯一的标准化电站。

二

历史上，多种典籍上都有祭祀江河的记载。在古人眼中，日月经天，江河行地，这是天之大道，必须尊崇敬畏。即便贵为九五之尊的皇帝，也只敢自称上天的儿子，也就是天子。既然是儿子，就必须对上天敬畏。所以历代王朝都建有天坛、地坛、农坛。每年春分、谷雨要祭拜天地，祈祷丰年。皇帝对于大江大河更不敢马虎，常派遣朝廷要员重臣祭祀江河，比如清初文豪王渔洋曾三次往返秦蜀古道，途经汉中。著有《蜀道驿程记》，还写有大量咏叹蜀道的诗歌。

"江河淮汉"，既然在古人眼中，汉水是与长江、黄河一样重要的大河，那么对汉水的祭祀活动也就必不可少。事实上，对汉水的祭祀代不绝书，司马迁在《史记·封禅书》有明确记载，秦始皇统一天下后，曾到过名山大川进行封禅祭祀，四大名川为黄河、沔水、湫渊、长江。这里所说的名川也就是著名的江河，沔水也即汉水。秦始皇每年都要求地方官员春秋祭祀两次。既为祭祀，就有一整套程序和礼仪，比如摆放供品、宣读祭文、鸣奏礼乐等。古人正是通过这种礼仪形式，表达对江河的崇拜和敬畏。尤其是那些干旱少雨的地方，人们对保护水源有十分严格的规定。比如清代坐镇甘肃的提督苏阿宁已注意到生态是个系统环境，对河西走廊赖以为生的祁连雪山十分关注，视祁连山的森林为"甘人养命之源"，立碑公示"砍树与杀人同罪"。嘉陵江畔略阳观音寺则有清同治年所立"乡禁碑"一通，明确规定，砍树（与官差）私通者：

> 罚戏三天，大肥猪一头。

正是由于我们的祖先对江河的崇拜和对自然的敬畏，才为我们留下赖以为生的土地江河，华夏民族才得以生生不息，发展壮大。直到20世纪初，许多江河还保持着水草丰腴、蜿蜒长流的自然风貌。尤其居住在汉水边的人们还能看到晋人左思所描绘的"嘉鱼出于丙穴，良木攒于褒谷"的上古情景。

嘉陵江发源于秦岭南麓山岭，从陕甘交界的莽莽山岭间汇纳百条涧溪，一路百折不挠，从海拔3000余米的崇山峻岭飞流直下，劈山斩谷，经秦岭腹地的凤县、徽县、略阳，再进入巴山丛中的广元、昭化、苍溪、阆中，后又穿行于南部、蓬安、武胜、合川等丘陵与盆地之间，至重庆汇入长江。沿途催红生绿，滋润了一片片绿洲与盆地，养育了一座座名城与名地，劈斩出清风峡与明月峡这样的绝景奇观，造就了灵崖寺和千佛崖等蜀道瑰宝。嘉陵江流至古城昭化，汇流了从青藏高原边缘奔流而下的白龙江，成为浩浩荡荡一江大水，在广阔丰美的四川盆地舒展身手，加入滋养天府之国的大合奏，蜿蜒曲折，柔媚婀娜，滋养万顷良田，千里沃野。至合川又接纳涪江、渠江两大脉流，水量顿时充沛，波浪顿时汹涌，以雷霆万钧之力，直赴重庆汇入长江，完成了长驱2000余里，历经陕西、甘肃、四川、重庆四省市数十县市，最终奔流到海不复回的历史使命。

三

首次探访嘉陵江源，可追溯至十多年前，那时正拍摄《栈道》，车辆方便，器材皆备，晨由古城汉中出发，沿古褒谷，经留坝，越柴关岭，踏进凤县境，便由汉水流域进入了嘉陵江流域。凤县虽在秦岭腹地，但由于嘉陵江亿万年的奔流冲积，形成长约百公里宽阔河谷。20世纪的30年代和50年代，第一条穿越秦岭的川陕公路和宝成铁路都利用了嘉陵河谷。我们探访嘉陵江源头，汽车便行驶在当年修筑的川陕公路上。此道最初为沙石公路，等级不高，但在抗战时期发挥了巨大作用，不仅苏联支援中国的大批抗战物资经新疆、甘肃，沿用此线运往四川腹地，北京、天津高校在汉中组建西北联大亦沿此线转移人员，故宫7000箱国宝，也利用这条抗战交通命脉转移。直到20世纪70年代，公路变化不大，汽

▲秦岭牛羊群

▲嘉陵江源头

车翻越秦岭还需两天时间。近年该线不断拓宽改造，已达到国家二级公路标准，穿越秦岭仅用四个多小时。

我们沿途拍摄，是在午后赶到秦岭分水岭的，此处距八百里秦川西部重镇宝鸡市区仅 40 公里，距陕南汉中却达 200 余公里。离开川陕公路，沿着条简易公路行驶十余公里，便到了秦岭南侧一条幽深坦荡的山谷——嘉陵谷，嘉陵江即从此谷发源，也因此谷得名。嘉陵谷由于在秦岭南侧，海拔近 3000 米的主峰阻挡了北边风沙寒流，也留住了南方雨云，所以植被茂密，山坡有高大的松树、栎树、麻柳、白桦构成森林，山谷盆地则蔓生着荆棘类灌木丛，还有大片的高山草甸，对水源的涵养十分有利。山涧树丛到处淌着淙淙溪流，脚下踩踏的落叶苔藓也厚可盈尺，能踩出水来，头顶树叶蔽日。高大的桦树支撑开如伞的枝杈，生满肥阔的绿叶，缕缕光柱从树叶间透出，树林中弥漫着一种湿漉漉的气息。粗壮的树干下部生满苔藓，呈现出年深月久的原生状态。

秦岭正是由于生态良好，也成为野生动物的乐园。尤其近年来，随着禁伐、禁猎，退耕还林，秦岭野生动物种群有了明显的恢复与增多。佛坪一带国家自然保护区内，大熊猫分布的密度每平方公里可达三只左右，远远超过四川卧龙保护区，范围也在不断扩大。距嘉陵河谷不远的留坝境内近年也发现了大熊猫，有一只竟然跑到农家院落，被取名"留留"送归了山林。还有美丽的金丝猴、毛冠鹿、珍贵的林麝、机警的猞猁、成群的野猪、憨头憨脑的狗熊都常在这一带出没。我们一路就惊飞起几只拖着美丽长尾的锦鸡……

那个初秋艳阳高照的午后，我们凭着辆越野三菱，在早年伐木留下的林区简易公路上顺路而行，一直探访到嘉陵山谷的尽头。沿途还有一些大大小小的山谷，有的深不可测，也许蜿蜒到了秦岭主峰下的某座峰峦，有些则仅是一些大山的褶皱，可以一眼望穿。但山谷无论大小都有或大或小、或深或浅的溪水流出，尽皆明净清冽，清澈见底。那缕缕碧水在麻雀蛋大小的鹅卵石上流淌，煞是爱人，让人忍不住脱下鞋袜，在溪水中徜徉，但那水又冰得渗骨，毕竟"太白积雪六月天"，这淙淙流淌的溪水全是秦岭千山万岭间冰雪融化而来的啊。

我们发现的溪水大大小小有几十条之多，全都从山峰涧谷流出，由北向南，由高向低，朝嘉陵主干谷道出口处汇聚。即便如此，毕竟是在江源地段，整体河床宽不盈丈，溪水虽清冽汹涌，某些段落甚至可与九寨沟溪水媲美，但也丝毫没有江河的水势与风采，甚至令同行的伙伴有些失望。我想起曾在画报上见过俄罗斯母亲河伏尔加河，入海口时河宽达几十公里，但源头不过一条小溪，一步就能跨过。细想，世界上再伟大的江河源头也如同人类的婴儿时期，探源寻踪的意义不也正在这里？

初秋，漫山遍岭间，仍是浓浓淡淡的绿色，离"霜叶红于二月花"的美景还有一段时日，但山林中已有成熟野果。我们在一处山洼发现一株梨树，挂满绿中带黄的山梨，于是钻荆棘，爬崖石，弄得满身狼狈，摘下大捧山梨，甜中带酸，水分很足，咬一口果汁顺嘴流淌。刺丛中蔓长的八月瓜，一种拳头大小的绿果微带芳香，吃进嘴里别有滋味。再是核桃，虽未完全成熟，但已经成形。山谷中的核桃树粗壮高大，只能捡石块砸下半生核桃，弄得满手满嘴紫黑……

那天，离开嘉陵谷时，太阳已将落山，满天的彩霞给偌大的山林镀上一层黄澄澄的金辉，山谷间有牛群放牧。牛儿并不怕人，有的从容吃草，有的牛竟朝我们走来，身上披着夕阳。大大小小的溪水在若明若暗中淙淙欢歌，极目望去，整个秦岭南麓的山岭河谷都成为童话世界。我们感叹这油画般的景致足以和世界上任何山林媲美，可惜不曾像九寨沟那样被发现、保护和利用。那晚，我们就借宿于宝成铁路秦岭车站附近一处旅馆，直到深夜，嘉陵河谷的秀丽景色还伴着火车长长的鸣笛让人久久不能入眠。

四

有趣的是，探访嘉陵江源头还让我们看清了秦岭不愧是我国南方和北方的分界线，黄河流域与长江流域的分水岭。与嘉陵谷仅一岭之隔的大散谷，千山万岭的溪水都流进了渭水，汇入了黄河。秦岭北麓，放眼望去，八百里秦川，黄土高

▲ 嘉陵江下游

原，房舍也皆为北方四合院落，房檐短促，无出山遮雨，屋顶只盖阳瓦，且有了窑洞。田野里小麦、棉花、玉米、大豆……成排的白杨耸立，一派北国气象。嘉陵谷水愈向南流，景色就愈秀丽，有了毛竹、棕榈，有了池塘农舍，房屋样式亦起了变化，由于雨水增多，屋檐也就增长，瓦则需盖阴阳两层。河谷坝子栽种了水稻，山坡上还栽种橘柑与茶树，山妹子穿红着绿，讲话拖了长长的尾音，明显带上了川调。大自然是多么神奇地区分东西南北，真正"一方水土养一方人"。

之后，但凡驱车经过秦岭，笔者总难忘探访嘉陵江源的感动，总想再去看看。还真去过一次，2000年盛夏，从西安返回，一路顺利，到达秦岭梁顶，见天色尚早，便掉转车头，直赴嘉陵源头。近年这一带已被列入国家级森林公园，修筑牌坊，收取门票，山谷中度假村，餐饮部皆有，红色屋顶散布绿色山谷之中，虽也是种景致，但怎么也寻找不回初探嘉陵江源时留于心底的那份儿野趣野味了，但愿保护区能把这嘉陵江水源头山林真正保护起来。

▶白龙江源郎木寺

嘉陵新源藏区考

一

我国地域广大，江河众多，早在春秋时期古人对江河地理便十分关注，产生了《尚书·禹贡》，北魏则有《水经注》等巨著，历代史书也多辟《地理志》，对大江大河的始源、流域、归海都有描述和认定。对嘉陵江源的认定，便可追溯至《尚书·禹贡》。但古人的活动范围和考察手段毕竟有限，随着今天科学技术的发展，对江源认定理论的系统、科学、完善，对实地考察结果的公布，使不少典籍对江河源头的认定都受到挑战。比如我国著名的地理学家李旭旦先生通过对嘉陵江上游几大支流西汉水、白龙江、嘉陵谷实地考察后提出，发源于川甘交界的青藏高原边缘地带的白龙江才是嘉陵江的正源。

当代地理学对江河源头认定的四条科学依据为：江源唯长，河流最长的支流为其正源；江源唯广，流域面积最广的支流为其正源；江源唯丰，河水流量最大者为其正源；江源唯直，即在河流水系图上，上中下游较为顺直者为其正源。对比可知：白龙江在以上四个方面都远远优于传统意义的嘉陵江正源即秦岭南麓嘉陵谷流出的溪水。

为了弄清这条被称为嘉陵江真正源流的白龙江风貌，我曾两次前往川甘交界的白龙江源头探访，获得许多难忘的印象和意外的惊喜。因为那儿已进入青藏高

◀ 白龙江水库一角

原的边缘，聚集藏、羌、回等少数民族，有着浓郁的民族风情，还有一座跨越川甘两省、规模和名气都很大的郎木寺。那里是藏传佛教的重镇，弥漫着浓厚的宗教气氛，去那里几乎等于去了一趟"小西藏"。

二

第一次探访白龙江在 2001 年 8 月，我们一行数人乘车从汉中进入四川广元。嘉陵江经陕西略阳、宁强，穿行于秦岭和大巴山的崇山峻岭之间。最让人感叹的是，犹如鬼斧神工，浩荡的江水硬是在拱卫天府盆地的剑门山脉之间，深深切开一道峡谷，形成清风峡和明月峡，瑰丽壮观，有"嘉陵小三峡"的美誉。江水流至广元，两山退远，河谷顿显开阔，形成一处水旱连运的商埠码头，为川北重要门户。二国时期为葭萌关，流传过张飞夜战马超的佳话。宋代曾设利州路，管理过陕南川北等偌大地区。眼下嘉陵江从广元市区流过。近年，广元把荒芜的河滩扩建为新区，造成一江两岸的繁荣市景。

白龙江与嘉陵江交汇之处在距广元南不远的昭化，有著名的桔柏古渡口。陆游曾有诗曰："乱山落日葭萌驿，古渡悲风桔柏江。"此处还曾是三国后期曹魏与蜀汉最后厮杀的古战场。如今江山虽改，流水依旧，让人顿生沧桑之感。

从广元经文县至九寨沟，有简易公路，一直伴着白龙江，这也是历史上曹魏名将邓艾为避剑门天险而利用过的阴平古道，文县就曾称阴平县。由于白龙江从海拔 3000 余米的青藏高原奔腾而下，水量充沛，河谷深切，具备建设大型电站的条件，由国家在宝珠寺修建了蓄水达百亿立方米的大型水库。汉水上游最大支

▲流过郎木寺的溪水便是白龙江源

脉褒河也曾建石门水库，蓄水仅一亿立方米，白龙江水库蓄水量却多达百亿立方米，由此可见白龙江水势非凡了。白龙江库区回水近百公里，我们也就有幸饱览了库区风光。下午，落日彩霞在水面形成大片霓彩，峰回路转，霓彩变幻，十分壮观。当晚，歇宿文县，回顾一路白龙江水，由于落差大，水势汹涌，造成河谷幽深，两岸多为陡立石山，很少植被。河谷两岸但凡开阔处皆被利用，垒石为坎，耕种庄稼，房舍也多利用河谷片石而造，有粗犷苍凉之感。文县县城附近，河谷才略显开阔，勉强安置了一座县城。

两天之后，我们顺道探访了岷江河谷的松潘古城，探访了川西北重镇川主寺。白龙江则于碧口镇上溯绕流至甘肃武都，甘南碌曲。我们经若尔盖草原正好可以到达白龙江源头的郎木寺镇。

那天，细雨纷飞，我们单车独行，闯进若尔盖大草原，这也是红军曾越过的草地。当年水草丰茂，沼泽遍地，可惜近年过度放牧，水泽干涸，但还不失草原风采，我们一路饱览了牛羊布野，帐篷炊烟，藏民放牧、挤奶、转场的种种场景。中午时分，到达一条河边，道边路标分明指着郎木寺，再一打问，眼前哗哗奔流的河水正是我们从碧口与其分手后一直牵挂寻找的白龙江。

我们按路标所指，伴着一路欢歌的白龙江水，驶上一道山梁，刚转过山弯，一大片金碧辉煌的建筑便出现在前方山坡，这便是大名鼎鼎的郎木寺。

我们沿着白龙江进入郎木寺镇。湍急清亮泛着浪花的溪水就从小镇流出，不仅把小镇一分为二，还是四川省与甘肃省的天然省界。一溪之隔，小镇居民却分

▲郎木寺的藏民

属西北、西南的两个不同省份，一边属甘肃省甘南藏族自治州碌曲县管辖，一边属四川阿坝藏族羌族自治州的若尔盖县领导。好在同属藏区，同饮一溪白龙江水，风俗习惯也都相同，小镇上的藏、羌、回、汉居民也世代友好和睦地相处。有趣的是，白龙江还把郎木寺庙分为两片，甘肃这边的寺院叫"达仓郎木赛赤寺"，四川这边寺院叫"达仓郎木格尔底寺"。两座寺庙都属藏传佛教格鲁教派，都始建于清代中期，距今200余年。也许寺院分属两省，有了比较也就有了竞争，两边都修得规模宏大，金碧辉煌，气势不凡，在细雨中飘升着缕缕轻烟，传出朗朗的诵经声。

那天，我们正好赶上郎木寺举办藏历七月的辩经法会。寺庙的活动也常是藏区草原的盛会，因为牧民全都信奉藏传佛教，庙会期间，常从方圆几十上百公里的地方赶来朝拜。庙会期间也会举行赛马、叼羊、跳锅庄及营火晚会。

无怪我们一路都看见藏民三五成群，骑着骏马，披红挂彩，从四面八方拥向郎木寺。青年牧民则大都骑着摩托，带着穿戴一新的妻子或女友，结伙一溜烟地在公路上炫耀奔驰。

三

由于两座郎木寺源远流长，养有众多僧侣，吃穿用度皆要消费，所以沿着白龙江——准确地说只是白龙江的一条溪水形成一条长长的街市，开着各类客栈、

货栈、茶馆、商店，足以保障小镇居民及僧侣的日常生活。据说两座郎木寺有400多位喇嘛，形成一种独特的供养关系。就是每个喇嘛都由草原上固定的牧民来供养，这些牧民都是佛教徒，通过供养喇嘛来表示对佛的虔诚。而每当寺院有重大活动，这户牧民来参加时，则由被供养的喇嘛负责安排食宿，有点儿类似走亲戚。这种"承包制"在郎木寺源远流长，已被僧侣和牧民普遍接受。

我们那天看见的情况是，由于下雨，无法举办游艺活动，来的牧民和僧侣挤在街道两边屋檐下，也分不清哪位喇嘛和哪家牧民搭伙。最引人注目的三五成群的藏族姑娘都穿着簇新的鲜艳衣裙，佩戴着各种款式、五颜六色的项链、手镯。据说藏族姑娘一套完整佩饰有几十斤上百斤重，最昂贵的价值上百万元。我们不懂，只觉得好看。再有一点，我们发现这儿的藏族姑娘不像我们曾见过的甘南和康巴一带的藏族姑娘那么修长高大，大都十分秀气。这也许是因为在四川境内，藏族姑娘也就如同川妹子那么小巧玲珑。

由于街道人多，路面泥泞，天又下雨，我们的车小心翼翼驶过街道，无法拍照，让人感到遗憾。

购门票可以参观郎木寺，寺庙尽管宏大，但同大多数藏传佛教寺庙大同小异，由佛堂、大殿、经堂、经院、僧舍及一些配套的走廊、穿堂、佛塔组成。较有特色的是，寺院围墙由长长的转经筒长廊构成，信徒进香可换着转动。按藏传佛教的说法，每转动一个经筒就等于念了一遍经。这经筒同他们手中拿的不断摇转的法轮和在屋顶随风飘荡的经幡一样，只要转动就等于念经。再是佛堂有用酥油雕塑的各种花卉和图案，叫酥油花，十分艳丽，可供观赏。

我们的目的是探访嘉陵江源头，从寺庙出来，向讲解的喇嘛询问。这位能讲普通话也能讲英语的藏族喇嘛告诉我们，他接待过来探访白龙江源头的游客。他带我们走到寺庙背后的山坡，指着一排连峰排列、宛如城垛的山峦说白龙江水就发源于郎木寺后面的郎木大峡谷。谷里山崖上有两眼泉水，被称为"圣泉"，一眼叫"达仓郎木"洞，意思是"虎穴仙女"，传说是天女华尔旦郎木降虎之处，这便是郎木寺的来历。又因两眼泉水颇似一条白龙的眼睛，也就成为白龙江得名的原因。

因雨太大，地上已经起了流水，山谷中草木茂盛，皆为荆茅小道，无法行走，我们没有前去探视泉眼，很是遗憾。

四

2004 年 7 月，再访郎木寺，这次我们是从兰州经甘南大草原，到玛曲探访了黄河第一曲，返回若尔盖时，顺路前往郎木寺的。与上次不同，这天万里晴空，高原白炽的阳光照耀着大地，热气灼人。时值中午，郎木寺小镇静悄悄的，除了一群外国旅游者，鲜有行人。这次，我尽情地拍完两个胶卷，在一次按动快门时，发现镜头中藏传佛教的寺庙顶着高高一弯新月。这不是清真寺的标志吗？仔细一看，果真在溪水两边，即在甘肃和四川各有一座不大的清真寺耸立在小镇。哦，小镇的回族兄弟也在坚守着自己的信仰。这让人顿生感慨：多少年了，藏、羌、回、汉的民众就这么和谐地生活在这小镇上，伴着高原的烈日秋风，伴着郎木寺永远转动的经筒，也伴着日夜奔流的白龙江水。

两次川甘之行，让我目睹白龙江无论源流之长，还是水量之大都不容忽视。无论专家们是否认定它为嘉陵江正源，白龙江长长的河谷早被古人利用，比如阴平古道，作为嘉陵古道中不可分离的组成部分，在沟通中原与大西南方面发挥过重要作用，应该是明白无误的事实，这就足够了。

▲今日陇南市，即古祁山道所属武都郡

沧桑祁山道

在嘉陵水系形成的古道中，有一条相当重要又往往被忽视的道路——祁山道，也就是史书常说的诸葛亮兵出祁山所走的道路。在蜀道专家们认定和常常提及的七条蜀道"褒斜道、陈仓道、傥骆道、荔枝道、子午道、米仓道、金牛道"中并没有包括祁山道。这条当年诸葛亮北伐，由大本营汉中出发，走陈仓道经勉县、略阳、徽县、祁山堡而进攻陇右天水一带的路线，不仅有重要军事价值，也是连接四川、陕西与甘肃的重要交通孔道。

我曾就此请教蜀道研究专家上海博物馆研究员陶喻之。他的回答揭示了几条祁山道被忽视的理由：祁山道偏西连接甘肃，蜀道则主要指川陕之间道路；诸葛亮用兵之道具有阶段性；任何研究都有侧重云云。

话虽如此，笔者总觉应前去探访。一是宋代之后，嘉陵江便有东西二源之说，东源嘉陵谷我曾两次探访，西源为发源于甘肃天水境内秦岭西部余脉小陇山一带的西汉水，而祁山道正好沿着西汉水河谷。二是诸葛亮最后八年以汉中为北伐前沿，六伐曹魏，为何舍近求远，不越秦岭直捣关中，而要绕道甘肃从西往东进攻，岂不耗力费事，贻误军机？首次北伐时，汉中太守大将魏延献计由他率精兵五千为偏师，由子午谷进兵，不出十天可直捣长安，应该说出其不意，攻其不备，有很大的可行性。我们曾探访子午道，即由汉中西乡经石泉、宁陕，出秦岭30公里即到长安。今天西安环城路南侧几乎连接子午谷口，可见其近捷，为何不被足智多谋的诸葛亮所采纳呢?

种种疑惑,渐成块垒,成为促使笔者探访嘉陵西源与祁山道的动因。2000年暮春,我们驱车沿诸葛亮首次北伐路线,到达甘肃陇南成县。三国时,成县称下辨,为武都郡所属。这一带古代是氐羌少数民族聚集生活的地方,曾建仇池国。蜀魏相争都曾联系氐羌部落以为策应。

西汉水从天水秦州区文寿山发源,这里属秦岭小陇山脉,至今保留着80

▲祁山道上一座宋代古塔

万公顷的天然林海,起伏的山峦布满松林,葱茏苍郁,蓄水量充足,山涧泉溪漫流,形成一处得天独厚的小气候,年降雨达800毫米,在西北地区极为罕见。由多条溪流汇聚而成的西汉水,经天水、礼县、西和、成县,到陕西略阳的徐家坪两河口注入嘉陵江。由于西汉水与传统嘉陵江水均发源于秦岭,又都属上游地段,所以宋时《元丰九域志》称其为嘉陵江的东西二源。

从成县始,经西和、礼县到天水的道路,即为诸葛亮当年进兵的祁山道。西汉水由北蜿蜒而来,形成宽阔的河谷,极目远眺,皆为平坦的黄土高原,完全避开秦岭山谷蜀道的曲折艰难。从军事上来看,走宽阔平坦的祁山道,不用担心敌军设伏,再是西汉水两岸开发较早,当时肯定人烟辐辏,田亩相望,大军征战,可得到粮草补充。诸葛亮北伐舍近求远,兵出祁山的原因就根本来说,应是诸葛亮的性格和当时三国情势所致。诸葛亮出生于东汉末年的动荡岁月,自幼随家奔波,躬耕南阳,十年寒窗,饱读兵书,深刻洞察时代风云,27岁隆中对时即对天下大势做出准确判断。后出山辅佐刘备,联合孙权,火烧赤壁,智取西川,取得天下三有其一,43岁即为蜀汉丞相。一生戎马,积累了丰富的作战经验。但诸葛亮一生谨慎,绝不弄险,尤其首次北伐,更是深思熟虑,从汉中越秦岭直取关中固然近捷,但极易受到关中守军、洛阳魏军和来自西凉陇右魏军的三路夹击,

▲西汉水河谷

弄不好会全军覆没。兵出祁山，由西向东扫荡，虽路远迂回，却稳扎稳打，十分稳妥。况且，赵云、邓芝还率偏师兵出斜谷，作为疑兵，吸引魏军主力，以为呼应。按说，这是一个进退从容、部署周密的方案。实际情况是诸葛亮第一次出兵祁山，开始十分顺利，接连攻下天水、南安、安定三城，"关中震响，朝野恐惧"。魏明帝不敢马虎，亲率大军，前往长安坐镇指挥，形势对蜀军十分有利。

可惜，一生谨慎的诸葛亮错误地使用了马谡，把一个长于智谋的军师人才不适当地推到了一个需独当一面的军事统帅位置。偏马谡又刚愎自用，不听副将王平劝告，一意孤行，痛失街亭，一着失误，全盘皆输，造成诸葛亮首次北伐失利、无功而返的被动局面，也留下诸葛亮挥泪斩马谡的千古遗憾。

千年风烟逝去，如今祁山道上，在礼县境内的西汉水边，一座孤立土山高高耸立，据说这儿便是蜀魏争战的前沿阵地。此处修有一座武侯祠以为纪念。近年，为发展旅游，相关部门对古祠做了修葺维护，祠堂拜殿、山门环廊均有模有样，尤其庭院内几株古树，躯干盘扭，枝丫苍劲，让人顿生沧桑之感。站立山巅眺望，西汉水波澜不兴，若明若暗，伴着祁山古道蜿蜒而来。河谷两岸，大片的苞谷长势苗壮，如军阵排列，在河风中飒飒作响，看得久了，呆了，竟以为那是诸葛亮的征战大军呢。

烟雨麦积山

▲麦积山佛塑

　　探访嘉陵西源与祁山古道，便不能不去麦积山。麦积山石窟与敦煌莫高窟、大同云冈石窟、洛阳龙门石窟并列中国佛教四大名窟，是国家公布的首批全国重点文物保护单位。同时，麦积山又地处秦岭南麓小陇山腹地，这儿天然森林多达80万公顷，虽处西部高原，林木葱茏，泉溪遍布，鸟鸣山幽，风光秀美可与江南相比。因此地夏无酷暑，冬无严寒，终年四季，景色变幻，所以又被列入国家级风景名胜区。

　　麦积山石窟因"状如农家积麦之垛"故而得名。因地处陇山林区，每当晨昏之际，附近山峦升腾起如烟似雾的山岚暮霭，并不时有细雨飘飞，远眺麦积山，宛若耸立云雾之中，其密如蜂房的窟龛、凌空飞架的栈道，构成海市蜃楼一般雄伟壮观的奇绝景象。故"麦积烟雨"历来被列为"秦州（天水）八景"之首。

　　幸运的是，我两次探访麦积山，都看见麦积山沉浸于陇山烟雨的绝妙景色。两次去麦积山都是暮春，都是乍暖还寒、风雨变幻时节。晨由宝鸡出发，还见红日从云幕中迸出，天色晴好，到天水时天便阴沉下来，再赶到几十公里的陇山林区，顺一条溪水进沟，行不数里，已是细雨纷飞，烟雨一片了。汽车刚一转弯，突然前方一座浑圆的山峰耸立眼前，四周烟雨，山谷涧水飘浮起乳白色的岚气，一缕一缕在那山峰半腰飘浮游荡。这些岚气云雾被山风吹动，一会儿像匹奔马，一会儿又像条游龙。接着，整个山谷林区的每道褶皱都腾起了各式各样、千姿百

▲ 麦积山远眺

态的雾岚，迅速地扩散，铺开，连成一片，像涨潮也像水漫金山寺一般向浑圆的麦积山涌去。麦积山太高，云雾始终浮在山峰半腰，宛若云海中飘来一座山峰。这奇丽的景色把我们都看呆了。哦，麦积烟雨，真正名不虚传。

麦积山处于古蜀道与古丝路的连接点上。天水作为陇东门户，丝路重镇，早在汉唐便十分繁盛，客商络绎，行旅不绝，丝绸西去，佛教东传。从汉代开始，发源于古印度的佛教便由天山南北一路东传，留下新疆库车的库木吐拉石窟、拜城的克孜尔石窟、敦煌的莫高窟、张掖马蹄寺石窟、武威天梯山石窟等，而麦积山又是这些如串珠般的石窟中最为闪光耀眼的一颗明珠。这不仅由于麦积山开凿时间悠久，规模宏大，保存完好，还在于麦积山保存着全国最大的仿木构石刻宫殿。麦积山保存有自唐宋以来最具艺术价值的泥塑佛像。这些塑像充满了东方情调、民间气息和人情味，历千百年而基本完好，为国内少见仅存，故麦积山又有"东方雕塑之宫"的美誉。

麦积山石窟开凿于1500年前的后秦时期，历代开窟造像，刻石题名不绝，形成"万龛千室"的繁盛气象。尤以隋文帝开皇时代为最，在崖壁上开凿出巨大的佛窟，高达15米的三尊泥塑大佛，与山崖浑然一体。佛像体态庄严，面孔慈祥，行人远在数里之遥，便仿佛见其微笑致意。这三尊与山崖连体的大佛近年经国家拨专款维修，已恢复原貌，为麦积山最具代表性的泥塑佛像。

麦积山石窟雕塑以泥塑为主，分为高浮雕、圆塑、粘贴塑和壁塑等类型，追求的是一种静穆庄严的佛教艺术境界，动静结合，严谨而不死板。最可贵的是，这些泥塑有强烈的东方情调，充满了民间世俗味，所塑菩萨面目清秀，还带着浅浅的微笑，不像佛门人，倒像村姑少妇那样惹人喜爱。再是那些供养人像，也十分有意思，比如第121窟，一个为菩萨装扮，一个是弟子模样，两人亲密地依偎着，仿佛在窃窃私语，像是在商量什么麻烦事情。再如第123窟中的童男童女，

▲麦积山佛塑

脖颈各套着一个长命圈——这是陕甘一带乡村儿童常戴的物件，让人一看，就想起乡村那些顽皮的村童。在距地面60米高的牛儿堂，其长廊原有四尊天王塑像，现仅存一尊，脚踩在一头卧牛身上。人与牛都塑造得惟妙惟肖，栩栩如生。麦积山雕塑正是以这种充满人间气息和人情味的艺术风格在漫长的岁月赢得了人们的喜爱。

麦积山石窟还有一大特点，那便是麦积山高高耸立，佛窟全开凿在距地面二三十米至七八十米的悬崖绝壁上，窟龛层层相叠，宛若蜂房，窟龛之间全由凿在山崖上的栈道连通。这些栈阁吸收采取修筑蜀道的经验和技艺，"飞梁架绝岭，栈道接危峦"，在悬崖绝壁上构建天梯。"栈道凌空，极天下至险"，这也使得麦积山有了一种猎奇探险的魅力。

游客至此，看着如刀砍斧削的山崖、高耸云端凌空飞架的栈道，每每头晕目眩，但又禁不住佛塑的诱惑，手抓扶梯，壮胆攀登。其实，栈道经近年维修，牢固结实，有栏杆保护，绝无问题。当攀上七八十米的绝壁，看地面人如蝼蚁，房如积木，清风徐来，心旷神怡，在欣赏历代佛塑艺术的同时，又可品味登高望远、临空迎风的一番情味。

▲山区集市

半边街逸事

江作青罗带，山如碧玉簪。

这是唐代文豪韩愈盛赞桂林山水的千古绝唱，曾使桂林山水声名远播。中国地域广阔，未被发现的灵秀风光为数不少，比如汉水发源的陕西南部宁强一带，风光尤其独特美丽。

"江河淮汉"，古人一直把长江、黄河、淮河、汉水并列。郦道元在《水经注》中，也用了相当的篇幅去描写汉水两岸萋迷秀丽的风光。可惜的是，古代山川阻隔，交通不便，郦道元沿袭前人"嶓冢山石牛洞为汉水源头"的说法，忽略了河流更为长远、水量也更为充沛的玉带河。但先生如椽巨笔将其载入《水经注》，几成定论，以至千百年间，人们只知嶓冢山，不晓玉带河，也就更不可能知道汉水上游玉带河如画的风光和沿岸浓郁的风情。

玉带河仅在宁强县境便蜿蜒流淌百余华里，从山崖跌落，由峡谷流出，绕过座座山峦，划过片片原野，宛如一位山野长成的村姑，一路无拘无束，兴高采烈，哗哗欢唱。当进入平川坝子，流经宁强县城的时候，却突然腼腆含羞，闪亮着乌黑的眸子，迈着细碎的脚步，闪着粼粼的波光，平静地流过。登高眺望，河水像条闪亮的玉带缠绕着古老的县城，无怪这汉水上游要被称为玉带河了。

因了这条河流，早年间县城居民利用地形水势建起一条独特的街市。这街市

▲巴山竹器

一边临河，一边却盖着陕南传统的瓦屋，青墙黛瓦，铺板门面。因街道只有半边街市，故称半边街。这街市每隔数十丈便有青石台阶直通河边，以供人汲水、洗衣、淘菜。那碧绿的河水湍急流淌，自然净化起了作用，人畜任凭饮用，人老几辈也不曾肚疼生病。倒是终年四季，女人们都赤足挽起裤脚露出白嫩如藕节的玉腿，站立水中洗洗浆浆，似有干不完的活计。天冷时双手十指都冻得红萝卜般。

夏天则舒服，那河水清凉凉地漫过河床、河底，拳头般大小的砂卵石都看得清清楚楚。女人们若洗衣衫床单，花花绿绿在河边青草地晾晒，孩子们必定光了屁股跳进河水，扎猛子、打水仗，溅得一河水花。要么，桃花汛期，四山的雪水融化，河水大涨，能撑老鸹小船了。汉江鲤鱼游上来，尺把长、二三尺长的都有，满镇街的人都来猎食。各种手段都使将出来，有用鱼叉叉的，有用长竿钓的，有用竹篮捞的。最绝是撑起两头尖尖的老鸹船，架起几只鱼鹰——那当然是驯练好的，长长的脖子用铁箍箍了。小船在河中巡游，一旦发现目标，那鱼鹰便一个猛子扎入水中，紧追不舍，直到把斤把重的鱼儿叼上船来。但并不离去，站在船舷朝着主人扇动双翅嘎嘎直叫，这自然是表功讨吃。主人也奖勤罚懒，会松开其脖上铁箍，再捡出一条小鱼赏它。那鱼鹰在伙伴的妒忌下一嘴吞下，快活地再次出击，有时会盯着一条大鱼，两只鱼鹰齐心协力用长嘴叼着抬上船来。精彩的是驾船人突然发现更大的目标，那通常是一米多长鱼鹰无可奈何的鱼，主人便手执钢叉紧紧追赶，眼疾叉快地一击。一旦叉准，小船会被大鱼拖得在河道乱窜，血痕染红一道流水。最终，半人高的鱼会被拖了在半边街炫耀，然后，像半扇猪肉般挂上肉架销售。

宁强临近川甘，古称宁羌，远古曾是羌、氐等少数民族生息之地。自秦汉始便是川陕驿道必经之地，驰驿奔诏，官商络绎。半边街人为生计，开些客舍、货栈、饭铺、骡马店、草料场之类。每临黄昏，南下川滇、北上秦陇的驼队马帮一路响着驼铃，吆喝着号子，远远地，刚刚转过山弯，半边街便喧闹起来，青冈柴噼

▲ 古镇悠闲的老人

啪燃烧，炊烟争相升起。待到骡马铁蹄叩击石板街面时，饭香、菜香、肉香、酒香便在整个街面弥漫。紧接着卸驮的骡马下河饮水，在河滩打滚，伙计们则吆二喝三，一时间半边街灯火通明，直闹腾到深夜方才安歇。这每日间必演的活剧也不知延续了多少个世纪，多少代，倒也出息了几宗名吃。一曰麻辣鸡，专拣当地农家在山坡放养的土鸡，个头儿不大，却生长均匀且味鲜肉美。但要做成麻辣鸡还需精心配料，仔细烹制，掌握火候，肉要熟而不烂，骨要酥而能嚼。至于配料，取川陕两味之长，突出麻辣特色。客人每每初尝望而生畏，入口则回味绵长，愈辣愈香，愈香愈辣，以至往返商旅，途经宁强必食麻辣鸡。主人亦不断改进，以至麻辣鸡成为一宗名播川陕的名吃。

再是核桃馍。秦巴山地，遍生核桃，且个儿大皮薄，含油量充足。当地人选取优质核桃、优质面粉做出一种小型烧饼，黄而不焦，酥脆适宜，供商旅路途充饥最好不过。每日凌晨，烧饼店便开张，灯火通明，生意兴隆，赶路客商必 30 个 50 个购买，直到家家都卖光卖净。若去迟一步，便会无功而返徒唤奈何。

青木川传奇

▼青木川古镇（许继忠作）

陕西版图，东西短促，从宝鸡至潼关，不过 400 公里，南北却悠长，北部深深嵌进内蒙古，南部穿越秦巴大山，与四川接壤。最西南顶端，颇似一只长靴，踩进川陕甘交界的地段，而那只靴子的顶端，便是青木川镇了。

"鸡啼鸣三省"是这小镇的最大特色。陕西、四川、甘肃三省都恰好于小镇境内交界。这种去处，早年间最宜形成"山高皇帝远，三省皆不管"的格局。也确实如此，早年间，这地面便出过一位传奇式的人物魏辅唐。魏辅唐原本出身贫贱，目不识丁，处于被侮辱与被损害的社会底层，在被土匪抢劫的过程中，奋起反抗，居然夺得一条快枪。乱世有枪便有命，有胆，有杀人越货的底气和占山为王的资本。这个目不识丁的山民魏辅唐，用一条枪起家，出生入死，几起几落，酿成多起轰动三省州县又充满传奇的故事。末了，居然发展成为拥有几千武装、雄踞一方、三省州县都奈何不了的草头王。官家只好采取历代所用的办法，索性招安，任命其为团总，把这三不管的去处让他统领，官家只管收取捐税，两下相安无事。

依据常理，以魏辅唐的身世阅历、器量识见，闹腾到这般地步，很容易成为

▲ 魏辅唐庄院

目空一切、醉生梦死、淫逸荒唐的土皇帝。这些方面肯定是有的，魏辅唐仅是明媒正娶的老婆便有五个之多。不尔虞我诈，也难以发展壮大。关键在于魏辅唐雄踞一方之后，励精图治，保境安民，兴商重教，修桥筑路，很干了番利于地方、福荫百姓的事业。

魏辅唐自身没有文化，毕生耿耿于怀，拿出巨资，在青木川镇最好的位置修建了一座规模宏大、极有气势的辅仁中学。学校雄踞山岭，俯瞰全镇，溪水环绕，绿树掩映，教舍、礼堂、舞台、图书馆一应俱全，一色青砖黛瓦，石板铺地，并用重金聘用名师任教。一时辅仁中学声名鹊起，学校落成之日，相邻三省三县县长和数千乡绅商贾皆来祝贺，匾额贺联挂满镇街，舞狮龙灯、社火大戏，热闹了数日，成为青木川镇有史以来的盛事，也开了一代重教兴学之风。辅仁中学延续至今，很为当地培养了一批人才。

魏辅唐做的另一件事是倡导商贸，重整回龙街。青木川镇地处三省交会处，兼有川道开阔的地形之利，从明清始便为商贸重镇，甘肃的驼队、四川的马帮、陕西的商旅终年不绝。青木川单是叫得响的客栈便有二三十家。每年金秋时节，生漆、竹木、毛皮、药材一类山货土产聚货如山积，而运至青木川的食盐、白糖、布匹、碱面也堆满货栈，再由马帮驮了，运至秦巴山地的千村万寨。所以早在明代，青木川便形成街市，至清代中叶，已相当繁盛，商号林立，店铺杂陈，客舍、货栈、茶馆、酒楼一应俱全，可惜毁于清末匪劫火灾。

魏执掌青木川大权后，深谙物资贵在流通、无商不富的古训，大力整顿市场，提倡公平交易，打击欺行霸市，为三省商旅提供方便。一时间，中断的马帮驼铃又响彻山道。魏辅唐又依山临水，重建回龙街，自己率先修建两处六间开阔，上下两层，集门店、货栈、客舍、庭院于一体的商号。当地士绅商家纷纷仿效，依据魏家格局修建成一条宽不盈丈，长却达 300 余米的商业街。这条街道最有特色的是，依据山形水势，紧傍穿越坝子的金溪河水，修筑了连成一线的类如西南少数民族建筑的那种吊脚楼。为方便来往客商，魏辅唐还在金溪河上建了一座有棚盖栏杆的风雨桥。

▲ 游客如织

整条小街，起尾昂首，曲折有致，若登高俯瞰，恰似金溪河畔一条摇首摆尾的巨龙在回首顾盼。所以这条街被称为回龙街，在相邻的川陕甘三省都闻名遐迩。

魏辅唐留给青木川的另一份遗产是他的庄园。首先，这座庄园在选择地址上就占尽风水，两座庄园皆坐北朝南，背靠起伏的山峦，面临蜿蜒的河水，整个青木川镇与回龙街市都一览无余尽收眼底。动乱年月，镇上稍有动静，庄园便可获悉。庄园则由两座两层两进深、并带宽大天井与回廊的院落构成。有趣的是，两座庭院各有特色，一为中国传统建筑样式，一为西洋建筑风格。两座院落却都有十分完整的防范体系，庄院内，粮仓、水井、酒库、菜窖一应俱全；二层制高点则设有瞭望哨、射击孔。若是情况紧急，人员还可由通后山的暗洞疏散。即便动乱年月，三省交界的冷僻去处，有如此坚固且防范完整的庄园也可确保万无一失。

这两座庄园的价值还在于，进入园内后，不由你不屏息敛气，仔细观看，无处不精细，无处不严谨。燕居有室，会客有厅，餐饮有堂，观景有楼，做工精湛，布局和谐。经历近一个世纪的风雨，庄园还基本保持完整，目前还能容纳小镇几个机关同时办公。

参观完庄园，心中很难平静：这样一座堪称整个汉中十一县区传统民居精彩华章的建筑何以能诞生在这样一个偏远去处？

这不能不归因于陕甘川交会地方亘古便是氐、羌、藏、汉民族交融，秦陇巴

▲古镇办喜事

蜀遗韵流风荟萃之地。金水溪上的风雨桥、吊脚楼、回龙街以及魏氏庄园，都应该是多种文化汇通的产物，也为今日留下了可供参观、鉴赏的文化遗产。

值得称道的是，青木川一带山林青翠，植被葱茏，距九寨沟仅 200 余公里，直线距离则更短，几乎属同一纬度和同一生态流域，有旅游观光的潜力可挖掘。事实是青木川与九寨沟之间已有车道相通，沿途风光皆可入画。

青木川引起世人关注是改革开放之后，尤其汶川地震发生后，浴火重生，灾后重建，各界大力支援，政府亦看长望远，恢复氐羌民居，保留古镇风貌。回龙街镇、魏氏庄院、辅仁学校、风雨桥、吊脚楼皆修旧如故，人们更加注重环境，保护生态，为这传奇古镇增添了无穷的魅力。

早在 20 世纪 90 年代，青木川便引起著名作家叶广岑关注，她多次深入调查采访，写出长篇小说《青木川》，被改编为电视剧《一代枭雄》播放后，使得青木川声名鹊起，周边陕、甘、川三省人民争相游览，节假日竟人满为患。青木川已成为汉中最具魅力的旅游亮点。

▲米仓山中河谷

巴山一夜

倏地，车灯熄灭了，四周顿时一片漆黑，坡岭、树木、崖壁、公路……仿佛全都隐没了，消逝了，唯有风声、雨声以及山谷间汇聚的洪水那惊心动魄的涛声从四面袭来，让人心里蓦地滋生出一种孤单无援的凄凉感觉。

"灯咋不亮了？"我们三个都跳下小手扶拖拉机的车厢，问坐在驾驶座上的牛子。

"发电机坏了！"牛子动也没动。

一阵沉默。一阵山风夹着雨点打在脸上，麻酥酥的。四下什么都看不清，只有小手扶仍嗒嗒叫着，听上去简直像一只陷于绝境的狗熊在挣扎、哀嚎。

那是20世纪70年代末，我还在乡村务农，还看不出有离开黄土地的希望。那会儿农村刚刚松动，可以外出打工挣零用钱了。村里一个小伙儿哥哥在交通局工作，协助联系人力在巴山深处清理半月前洪灾造成的塌方。小伙儿们都争着去，一是挣钱，二是图外出新鲜。

去后才知道是在通往四川南江的米仓古道基础上修的简易公路。标准低，路况差，遇着大雨便垮塌。我们去后活儿没干上三天，雨就下了七天。待在工棚，整天看着满山蒙蒙的雨雾，急死人了。账没结，没钱，粮也尽了，更要紧的是眼

▲米仓古道

看河水猛涨，一旦公路被冲了，连人带车困在山里咋办？下午，雨刚小了点儿，四个人全坐不住了，铺盖和工具一清点，就上了路。原想：百十里路，天黑准能到家。可一路塌方滑坡，走到高家岭，天就打麻影儿了。这会儿，天更黑得连对面人都看不清，公路一边是崖壁，一边是深谷，何况又是夜晚，没灯，车根本没法开。但不走又咋办，荒山野岭，黑灯瞎火，到处雨淋淋，湿漉漉，连个栖身的地方都没有。

牛子默默地点燃了纸烟，嘴上悬起一点火星，在夜色里特别显眼。

"别吸了，把烟都拿来。"猫子喊着，又吸鼻涕，又像在紧腰带。他一年四季都是这样，衣服上永远没有纽扣，胡乱用什么拴着，鼻涕也永远收拾不住，老听他吸着鼻子。

"咋，舍不得吗？"

"吃嘛，一顿一斤核桃酥，没烟，活该。"长发说着也点燃了烟，还故意在猫子跟前一晃。谁知烟还没进嘴，就让猫子一把抢了去："你给不给？"

"土匪！当真在茅坡上哩。"长发骂着。可猫子却不管那事，把点燃的纸烟在牛子面前一晃："开车，这不是灯。"说着，他举起烟往前走了几步，果真，在前面的公路上出现了一点猩红的光亮，虽小，但引路是没问题的。

"嘿，这厮，还有这点子……"长发掏出整盒烟，"给，才抽了一根。"

"我这儿还有九根，再加上这半根。"牛子也熄灭了嘴上的烟。可惜，我一根烟也没有，这一刹那，我真后悔没有学会吸烟。

又起程了，猫子走在前面一丈远的地方，手拿着唯一的雨伞，一手把纸烟举过肩膀。牛子便开起小手扶，盯着那点红光，小心翼翼地开着，速度慢得跟蜗牛爬一样。一根烟接一根烟，一段山路接一段山路。雨是小些了，风仍吹着，裹着湿润的凉意。我和长发坐在湿漉漉、凉津津的车厢里，谁也不说话，身体随着车斗不停地颠簸。

"谁来换一下，手举得好困。"大约燃完了十来根烟之后，猫子在前面喊了起来。

"我去。"还没等停车，我跳了下去，接过猫子手中的烟蒂。这一段正好上坡，风朝山下吹着，一手打着伞竟有些费劲，另一只拿烟的手也得举着。烟虽轻，但手老举着，也确实不舒服。点燃第五支烟时，我便困得难受了，无怪乎什么重活从不怵阵惜力的猫子都喊换人呢。但这会儿只能坚持。手上的烟还剩下五支时，上了坡顶，凭地形判断是到了望夫岭。天，这才走了一半路呀，烟点完了，人也饥困得不行，雨停了，夜色却愈浓了，无灯无火，是根本无法再走的！

"干脆，找个地方歇下算了！"又是猫子出的主意，"下坡转弯处有个号棚，来时见过的。"

没人吱声，足见都同意的。果真，转过山弯，把小手扶停在路边，细心的牛子又扒下传动皮带，扛了被窝，在一块苞谷地边找到了那座号棚。一根火柴划亮，它便一览无余地呈在眼前，这是山区群众为防野牲口糟蹋秋庄稼临时搭起的茅庵。茅庵不大，里面仅一草铺、一火堆的地盘，弯腰进去，一股阴湿发霉的气息扑鼻而来。可这会儿，也顾不得许多了，在几根微弱短暂的火柴光亮里，扒开茅草，拉开被子，几个五大三粗的小伙子便都挤着睡下了。地方小，脚腿根本伸不开，盘着压着。就这，睡意仍然袭上身来，而这狭小阴湿的号棚也仿佛成了我们全部的依托，烦愁乱绪全都丢扔一边儿去了，一心无挂地进入了梦境……

夜半，不知是因渐寒的夜气，还是猫子如雷的鼾声，我醒过来，没了睡意，偏脑向庵外看去，依旧一片墨黑。看久了，又显出浓黑、淡黑、深黑、浅黑……浓深的大约是崖壁、大山的轮廓，浅淡的就肯定是无限的夜空了。侧耳静心细听，四周静悄悄的，似乎整个巴山都在浓黑的苍穹下睡熟了。偶然又唰地一下，大约是觅食的野狐或刺猪窜过草丛，接着，又有一股闪雷般的音响传来，哦，那是斜谷江惊心的涛声。奇怪的是，这涛声一旦传入耳际，便像生了根似的再也不肯离去，让人在心里随着涛声产生无穷无尽的联想……不是吗，事先谁能想到我们会在巴山深处阴湿狭小的号棚度过一夜？这就像人生中出现的那些意外遭遇一样值得玩味，而得失利害又常在若干年后才显现出来……

不过，这回的利害却很快就显出来了。当灰白色的曙光现出后，我们发现

▶巴山赶集的妇女

天阴得厉害，山峦谷涧到处浮游着黑灰的云团，潮湿的空气带着浓浓的土腥味——不好，会有暴雨！这想法催促我们迅急上了路……

果真，就在当天，暴雨倾盆，山洪暴发，那条公路竟中断月余之久！

好险！之后，每当想起这事，那巴山一夜，如前所叙的种种情景就浮雕似的呈现在眼前，让人难忘，让人回味……

若干年后，笔者探访蜀道。重点放在秦岭，盖因其区分南北，界定江河，且历史遗存丰厚，故需对穿越秦岭的褒斜、陈仓、傥骆、子午多次踏访，不下功夫难了解清楚。相比之下，对穿越大巴山的金牛、米仓、荔枝三道，重点放在了金牛道上，因汉唐时期金牛道即是与陈仓、褒斜连接，沿嘉陵河谷入川的官驿大道。李白经历咏叹的也是此道。即便今日，宝成铁路、川陕公路乃至京昆高速公路也莫不沿此路线。对于由汉中渡汉水，一路南行，经牟家坝、碑坝，再进入四川南江或巴中的米仓道，虽均有涉足，却显浮泛，倒是早年务农时节的巴山一夜留下了深刻印象。

蜀道瑰宝"汉三颂"

由天梯云栈构成的古老蜀道在数千年间，不仅沟通了中原与大西南，还给我们留下了一份厚重的历史文化遗产。最有代表性的便是镌刻于陕西汉中褒斜道南端谷口的《石门颂》、略阳县嘉陵江畔的《郙阁颂》、甘肃成县鱼窍峡中的《西狭颂》，由于在史料、金石、文学、书法等领域均有不可取代的价值，备受历代学人推崇，被誉为"蜀道瑰宝"。又因为这三方珍稀摩崖均镌刻于1800年前的汉代，被研究者们并称为"汉三颂"。

当年依山临水在悬崖峭壁间凿孔、架木、铺板、立栏而建成的空中阁道，无论古今，都应该说是一项巨大的土木工程。

▲近年出版的《汉三颂》

犹如今日对待"三峡"或"大京九"，往往要由朝廷反复奏议，最后由皇帝下诏，选派重臣要员，倾其财力人力，方能成就其事。

比如汉武帝时，关中人口激增，急需从荆襄梁益调粮米入京。有大臣向汉武帝建议，利用汉水、褒水、斜水、渭水，凿通漕运来解决问题。汉武帝对此十分关注，派御史大夫张汤考察其可行性，虽因"石湍而不可漕"，却发"数万人"凿通五百里褒斜道。

另外，《石门颂》中也明确写道："武阳杨君厥字孟文，深执忠伉，数上奏

请，有司议驳，君遂执争。百僚咸从，帝用是听。"

意思是说，到了东汉顺帝时期，褒斜道又一度荒敝阻塞。司隶校尉杨孟文忠国忧民，多次请求修复褒斜道，都有大臣反对，但杨孟文仍据理力争，说服那些身居高位又不明情况的官僚，皇帝才采纳了他修复褒斜道的意见。

凡此种种，都表明当时修筑道路是关乎拓展疆域、统一政令、征发粮赋的大事，为上下瞩目。若在今日，事成之后，注定要请报社，请电视台，召开新闻发布会，并请相当级别的领导讲话剪彩。

尽管，古代没有先进的传媒手段，但古人都想到了这些。那时，推崇礼教，注重名节，也就更注重褒扬那些惠国利民的壮举。

其实，中国文字产生的直接目的便是"纪事"，殷墟甲骨上的卜辞、青铜器上的铭文、陈仓道口的石鼓刻字莫不如是。石刻出现之后，由于石多而广，石性坚硬，垂之久远又无法更改，所以到秦汉之后，刻石之风大盛。这就为古人褒扬名节、提倡忠孝提供了绝好的途径。

几乎每条古道都留下了大量刻石。内容相当丰富，除了文字还有雕像。金牛道上的千佛崖、嘉陵道上的灵崖寺都因石雕荟萃而闻名。

文字刻石主要集中在工程艰辛的关隘、架设桥梁的渡口、穿山凿岩的隧洞以及古道途经的名胜古刹。历数千年风雨，兴衰离乱，还是有相当数量的石刻保留下来，成为研究历史弥足珍贵的物证。

石门瑰宝

《石门颂》是"汉三颂"中最早诞生的一方摩崖刻石。石门位于被誉为"蜀道之冠"的褒斜道南口。这儿两岸山崖壁立千仞，一河流水奔腾湍急，激浪堆雪，飞玉溅珠，中空一线，雄险至极。

一代史家司马迁曾挥动如椽巨笔，在《史记》中写道："巴蜀亦沃野，然四塞，栈道千里，无所不通，惟褒斜绾毂其口。""绾毂"指古代车辐所聚之处。这句话的意思是褒斜栈道对千里蜀道起着扼制的作用，而褒谷口险峻的石崖却阻碍了栈道的畅通。所以在1900年前的东汉永平年间，汉明帝下诏在此凿通一条高宽各约4米、长达15米的穿山隧洞，时称石门。据专家考证，石门为世界上最早的通车隧洞。

几乎从开凿石门始，历代镇守使吏、往来墨客便常有题咏镌刻于石门内外的山崖，内容多与石门开凿、栈道通塞与水利工程修建相关。这些石刻不仅数量繁多，而且有极珍贵的史料价值。

在这浩瀚的石门摩崖石刻中，汉代石刻即达八块，为国内仅见，曹魏与北魏石刻各一，宋代石刻有三，构成我国从汉魏到南宋的书法真迹，又成为研究汉字及书法演变与发展的珍贵的实物资料。

如果把"石门十三品"这批国宝比喻为一座宝塔，那么处于顶尖位置的则首推《石门颂》。

《石门颂》是在石门开通82年之后，即东汉建和二年，也就是公元148年刻于石门内壁西侧的一方摩崖石刻，是石门石刻群

▲《石门颂》拓片

中早期的著名作品之一，距今已有1800余年。《石门颂》由当时汉中太守王升撰文，书佐王戒书丹，镌刻而成，歌颂了东汉顺帝时的司隶校尉杨孟文"数上奏请"修复褒斜道的事迹。整块摩崖通高261厘米，宽205厘米，另有题额高54厘米，全称为《故司隶校尉楗为杨君颂》，后世简称《石门颂》。

首先，《石门颂》是摩崖石刻。何为摩崖？就是把文字直接镌刻于山崖，与山体相连，且多镌刻于事发之地。石性坚硬，垂之久远又无法更改，是真史信史。《石门颂》整块摩崖宽高皆在两米以上，形制宏阔博大。这在汉代石刻中极为少见，一下就能让人感受到中国汉代那种囊括天地、气吞八荒的时代精神。

其次，《石门颂》的内容不仅仅局限于杨孟文倡议复修褒斜栈道的一时一事，而是由此及彼，生发开去，简述秦末汉初的历史。比如文中说："高祖受命，兴于汉中，道由子午，出散入秦。"这就把汉高祖刘邦以汉中为根据地，北定三秦，建立汉室天下的史实及来去路线交代得清楚明白。同时还谈到汉中与关中之间多条古道的通塞兴衰及其时代背景。因反映了当时社会实况，可以起到"补史之阙，参史之错，详史之略，继史之无"的作用。

《石门颂》的魅力还表现在其书法艺术上，它是东汉中后期十分成熟的汉隶作品之一。我们可以设想，把如此规模宏阔的文章书丹镌刻在幽谷中的石门石壁是何等不易。但从全局来看，整篇风格统一，字体结构严谨又富于变化，富于生命，充满灵动之感。尤其竖笔拉长的"命""升""诵"诸字保留了汉代简书的

遗韵,在全国现存的汉代石刻中绝无仅有,极富创建性。

所以,古今中外的书法大家莫不对《石门颂》的书法艺术推崇备至,奉为"仙品""神品""汉人极作"。清代书法家杨守敬说:"其行笔如野鹤闲鸥,飘飘欲仙,六朝疏秀一派皆从此出。"《石门颂》古拙、飘逸的鲜明个性,影响着自清代碑学以来活跃在中外书坛上的卓有成就的书法家。无怪乎我国的大型工具书《辞海》封面的隶书"辞海"二字,就选自于《石门颂》。这批珍贵石刻,与古栈道遗迹、石门隧洞、萧何堰故址融为一体,相互辉映,形成一座举世公认的艺术宝库。这座艺术宝库因在幽谷历 2000 年之久而基本无损。

1961 年在首次文物普查后《石门颂》被公布为全国第一批重点文物保护单位。1962 年陕西省人民委员会将"首批全国重点文物保护单位"的标志碑立于褒谷口。不幸的是,20 世纪 60 年代末兴修水利,在石门处兴筑大坝,虽经有识之士多方呼吁,终因动乱年月,坝址终未更改,石门隧洞、古道遗迹与绝大部分石刻尽皆淹没于浩淼大水之中。只是把珍稀的"石门汉魏十三品"抢救了出来。

当年负责搬迁的殷大海先生回忆:

从 1969 年秋到 1970 年冬,开工后,就在工地搭工棚,我和民工住在一起。开始进度很慢,主要因为石质太硬,六棱钢钎打几下就秃了。只好在石门里盘上火炉,随时锻钎淬火。每块石头都要先打槽子,把旁边的石头取掉,再从背面打槽,加铁楔使石刻与山体分离。有些石刻太大,像《石门颂》《石门铭》都是因宏伟博大才出名的汉魏精品,通高两米以上,又不能损坏字迹,凿取格外费事。首先无法整取,只能先用墨线打成格子,区划成方,每方多少字,分类编号,再分块取下,就地修整,包扎装箱,所以相当费事。

整整干了一年半时间。这期间我一直待在工地,带的人小伤小碰无数,好在没出啥大事。有次工地放炮,把小桌大小的石头炸起来,砸在我们工棚上,几根梁都砸断了,幸亏还没伤着人。

凿取石刻才是部分工作,还有搬迁与修复。石块很重,少则几百斤,最重的山河堰摩崖分开几块每块还有几吨重。是工程局协助搬运的,先用工地设备由河西运至河东,再用汽车以每小时 5 ~ 10 公里的速度往汉中运。

但无论如何,经过这些有识之士多方奔走、艰苦工作乃至流血牺牲,褒斜道石门石刻的精尖作品——"石门十三品"是运回汉中市区中心的汉台博物馆了。

接下来是修复。这项工作仍然由殷大海先生负责,在水电三局、西安玉雕厂、省博物馆多方技术人员协助下成功地对"石门十三品"进行了修复并且试展。

　　1981年国家拨专款，在郭荣章先生主持下，修建了"石门汉魏十三品"专门展厅。至此，这项工作才算最后落下帷幕。

西狭史诗

　　《西狭颂》位于甘肃成县西狭栈道中，谷口距县城约20华里。成县古称下辨、同谷，地处陕川甘三省要冲，南通嘉陵水道直达四川，北与陈仓古道相接可

▲西狭摩崖

出中原。当年诸葛亮在汉中屯兵八年，六伐曹魏时，却往往兵出甘肃成县，攻占天水，由西向东横扫，足见其战略位置重要。

　　《西狭颂》所在成县，为陇南秦岭深处一片盆地。群山闪开，沃野相望，人烟辐辏，物产丰富，每遇战乱，人皆趋之。大诗人杜甫在"安史之乱"中便曾到成县避难，并留有诗文多篇。

　　西狭栈道今虽已荒废，但从残留的遗迹和山形水势仍不难看出当年的格局。峡谷两岸山峦逶迤，一溪流水由东向西奔腾而出，两座高大山体紧扼谷口，一为天寿山，一为天景山。《西狭颂》摩崖即镌刻于天景山北麓崖壁的转角处。你首先得钦佩古人选择的智慧，此处山崖内缩，形成一片凹崖，上壁与两侧突出，形成略略凹进的天然洞窟却又无斧凿之痕，浑然天成。加之，此处山体为石英岩质，质地坚硬不易耗损，崖面也大致平滑，易于镌刻。这就使得《西狭颂》这方汉代珍稀摩崖刻石，经历1800余年风雨竟无一字之缺，是"汉三颂"中唯一屹立于原处的一颂。近年，经文物部门妥善保护，供游人参观，益发使其光彩四溢。

　　《西狭颂》的形式也有独特之处。"汉三颂"中其余两颂都只有文字，《西狭颂》却由五瑞图、正文和题名三部分构成。图文并茂，自成一格。正文居中，五瑞图、题名分列左右。所绘五瑞为黄龙、白鹿、甘露、嘉禾、木连理，工笔线刻，勾画如新。题名犹如今日作品后记加版权页，详尽记叙摩崖成因及撰者、书者、

绘者。三部分互为辉映。整方摩崖通高 212 厘米，总长 298 厘米，呈横长方形，在"汉三颂"中形体最为宏阔。

《西狭颂》正文 385 字，为汉时颂赋，主要记叙汉时武都太守李翕修整西狭栈道的事迹。与《石门颂》有所不同的是：在纪事中兼及写人。说李翕为今天水人氏，"天姿明敏，敦诗悦礼，膺禄美厚，继世郎吏。幼而宿卫，弱冠典城"。

成县今仍属武都地区，当时郡治在成县，相当于今天的地区。太守也类如今日

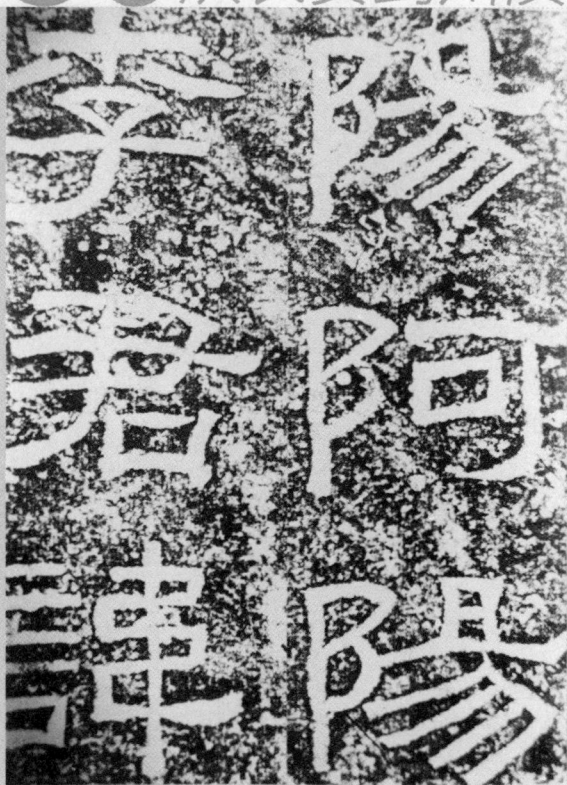

▲《西狭颂》局部

专员。李翕从小聪明，知书好学。其父曾官至郎吏，因此，李翕受到严格的家教，并有志继承父愿，在担任武都太守之后"先之以博爱，陈之以德义，示之以好恶。不肃而成，不严而治"，推行善政，施行教化，因而"年屡登，仓庾惟亿，百姓有蓄，粟麦五钱"。用今天的话说就是李翕上任后，推行改革，很见成效，粮食连年丰收，公私仓库皆满，物价平稳，百姓安定。

"郡西狭中道，危难阻峻。"意思是说，郡城西面的山峡中，由于危崖高耸，下临溪水，道路极其危险，常使过往客商进退两难。

于是太守李翕组织人力对西狭栈道进行了一次整修，"减高就坤，平夷正曲，柙致土石，坚固广大"。也就是说挖高填低，改曲为直，砌坎填土，加宽路面。来往行人连晚上都可以放心地行走，百姓满意，纷纷歌颂其功德。

正文末尾清楚地写道："建宁四年六月十三日壬寅造。"正好是公元 171 年。这就为后世研究提供了方便。

《西狭颂》的题名部分也很有意思，所写是参与镌刻摩崖的官员，因皆系太守李翕的属吏，故低于正文并缩小字体，以表示对上司的尊重。这些属吏所居官位也很详尽，排列有序，让人依稀窥见汉时衙门日常办公情景。

《西狭颂》作为西狭栈道中最早的摩崖石刻，显然起到表率先行、垂范后世

的作用。仅隔四年，在距《西狭颂》300米处，又增添了一方汉代摩崖《耿勋碑》，是为继任武都太守耿勋歌功颂德的，全文453字。能够树碑，总是要给老百姓办些好事吧。石刻显然起到鼓励政府官员为官一任，造福一方，讲究清廉，规范行为的作用。

另外还有一些历代游览题名刻石，形成一个刻石群落。加之西狭还残留着不少当年架设栈道的凿孔及一段凹槽式栈道，故常有学者前往西狭造访考察。凹槽式栈道即把山崖开凿成老虎大张嘴样的凹进部分，

▲《西狭颂》拓片

以供人行走，两边再与其他形制的栈道相接。这种凹槽式古道至今在西狭中还残存300余米，为研究古道提供了一种模式。

《西狭颂》的诞生同大多摩崖或碑石一样，本意都是歌功颂德，常被统称为"功德碑"，又无形中留下另外一笔遗产，除了刻石的形制格局可供人研究外，最引人注目的便是其书法。

历代金石学者、书法专家均认为《西狭颂》字体方正雄强，兼有洒脱、跌宕之姿，神韵俱佳，一派古拙之趣，被列为书法上品，墨拓不绝。新中国成立前便曾有影印本问世，为研究习书者所推崇。

但有趣的是，在《西狭颂》的题名部分，却把书写者仇靖排列在第十二位属吏中的第九位，可见其担任的是太守衙门中的卑微之职，抄写小吏，类似今日机关的打字员。《西狭颂》图文均系仇靖所作，当时仇靖自己大约也从来没有想当什么书法家和画家。他认为这是自己分内的工作，字就应该这么写，和衙役们打人犯屁股时差不多，一招一式地来，自然而然流露出来一种秦汉时人旷达豪放的精神。时过境迁，风尚更迭，后世书家哪怕终生临摹，也难再得其古拙神韵。这也正是古代碑刻备受推崇、研习叙论不尽的原因。

▲嘉陵江边栈道孔

嘉陵瑰宝

《郙阁颂》是东汉灵帝建宁五年，即公元 172 年镌刻于陕西略阳徐家坪嘉陵江西岸的一方摩崖。这方刻石与《西狭颂》关系密切，镌刻时间前后只差一年，且歌颂的对象为同一人，即汉时武都太守李翕。前者叙他整修西狭栈道之功；后者褒其凿架嘉陵江畔桥阁之德。书风均为汉隶，有学者认为两碑书写者为同一人，也有学者执相反意见，尚在论争之中。因略阳与甘肃成县相邻，汉时均属武都管辖，作为太守，李翕修道架桥都是分内事情，下属为其树碑宣传亦在情理之中。

嘉陵江发源于今宝鸡市南 40 公里处，这儿已越秦岭主脊，故水向秦岭南麓流汇。笔者曾前往探视，这一带林木葱茏间以高山牧场，故而泉水淙淙，流汇成溪，即为嘉陵江源头。之后，嘉陵江沿凤县、徽县、两当、略阳流入四川，沿途汇纳百川，至两当、略阳，尤其是被认为嘉陵江西源的西汉水于略阳汇入，已经形成一条可供舟楫航行的大河，并有较为开阔平坦的河谷。古人因水取道，嘉陵河谷早被利用，成为翻越秦岭、进入四川的孔道之一。后曾开辟官驿大道，唐时李白出川即走此道。《蜀道难》中所写"青泥何盘盘"所指青泥岭便在略阳境内。

南宋时，秦岭作为宋金拉锯对抗的重要屏障，抗金名将吴玠、吴璘兄弟曾据此入川要道，在大散关、仙人关抵御金兵达数十年之久，留有多处遗迹。

近年，略阳还出土了一方南宋时行路碑，上书：仪制令。即交通规则："贱

▲《郙阁颂》残碑拓片

避贵，少避长，轻避重，去避来。"表明驿道交通已相当规范，也说明嘉陵故道作为川陕间枢纽备受重视。新中国成立后修筑的第一条入川铁路宝成线基本沿此道。古人选道之智慧之科学由此可见。

《郙阁颂》反映的正是东汉时对这条驿道的一次治理情况。这方摩崖高 164 厘米，宽 116 厘米。题额，正文，题名三部分共 494 字。在"汉三颂"中，这是形制规模较小的一块，这与临江依山的镌刻环境局促有关。

《郙阁颂》中写道，由于驿道临近江水，每当秋霖季节，江水猛涨，波涛汹涌，吞没道路，阻绝行旅，尤其是析里这段，为两州交界，有三百余丈下临深渊，上为危崖，一不小心，人物俱坠，老百姓深受其害，但问题一直没有获得解决。

武都太守李翕受到汉明帝凿开石门壮举的感召，便组织力量来改造这段险道。采用的办法是临江依山，凿孔架木，修造出一座析里大桥，避险就易，从此行人来去安稳，再无临险之虑。

当年李翕所修桥阁早已不存，路也废弃，但遗址犹存。临水山崖存有多排柱孔，为当年架桥时所凿，柱孔直径达四五十厘米，若以原孔立柱，铺板，不难想见其桥阁凌空飞架的雄奇风采。无怪《郙阁颂》中称赞："虽昔鲁班，亦其拟象。"意思是说比起鲁班当年所造之桥也毫不逊色。

《郙阁颂》便镌刻于古桥址西侧高出寻常水面约七米的崖壁间。后世又有人在山崖镌刻了"凿开天险"四个大字，与之辉映。

▲嘉陵江畔的灵崖寺

可惜的是，《郙阁颂》既不像《石门颂》那样镌于幽谷洞内深受庇护，也不似《西狭颂》镌于凹进崖壁可避风雨。在"汉三颂"中，《郙阁颂》所处环境最为恶劣，毫无遮挡地裸露于山崖，上有烈日暴雨浇晒，下有暴涨洪水吞蚀。又恰临山崖转角之处，往来纤夫拉船竟在摩崖刻石上留下七道深深的绳痕，造成摩崖两角刻字大片剥落，幸存的刻字也多有漫漶，到南宋时已有毁灭的危险。略阳太守田克仁深为惋惜，便在略阳县城南七里左右的灵崖寺依其形制内容重刻了一方《郙阁颂》，使其文字得以完整保留。

南宋至今，又近千年，《郙阁颂》损伤益甚。为使这方汉代珍稀摩崖能够继续保存。20世纪70年代中期，文物部门将其凿迁至灵崖寺，但已是千疮百痍，面目全非了。这是"汉三颂"中遭际最为不幸的一方摩崖。

唯其如此，《郙阁颂》满身疮痍又最含历史沧桑，最能唤起人的想象。遥想当年，两岸山崖，刀劈斧削；千里嘉陵，波涛奔腾；江帆激流，水雾接天。经久不息四山回响的是船工号子，腰扎公文摇铃为号的是飞奔的驿卒，过往文人学士驻足细观汉人刻石，睹景抚物，心中该有多少感叹！

《郙阁颂》曾被历代金石、文字学家收进述录，不仅因其内容对研究古道有史料价值，更因其书法自成一家为书坛所推崇。此外，《郙阁颂》还体现出中国古代北方汉文化与南方楚文化交融的态势，在纪实中有近十处采用"兮"字，增添了咏叹的成分，为"汉三颂"中仅见。

《郙阁颂》书体厚重古雅，寓巧于内，施拙于外，被冠以"方严凝重"，列为"厚重古朴一路"。与其他二颂并列，从而获得"汉三颂"的殊荣。

▲今日五丁关

神奇险峻五丁关

　　蜀道的奇险与伟大在于它不仅穿越雄浑伟岸的秦岭，还穿越逶迤绵亘的巴山。大巴山西起甘肃，横穿陕西、四川，与湖北搭界。古代先民沿陈仓道、褒斜道、傥骆道、子午道越过秦岭之后，在秦巴大山拱卫的汉中盆地略作歇息，还需沿金牛道、米仓道或荔枝道入川。这其中最主要的是金牛道，是今日川陕公路和宝成铁路沿袭的道路。

　　大巴山雄奇险峻，关隘重重，比如牢固关、七盘关、西秦第一关等。最著名的首推五丁关，因为它与神话和历史紧密相连。

　　晋代学者常璩所著的《华阳国志》中有这样一则故事：春秋战国时期，占据渭河流域的秦人经过变法，实力壮大，意欲称霸。相邻的蜀国物产丰裕，国殷民富，便成为首当其冲的并吞对象。但秦国苦于秦巴大山阻隔，迟迟不得下手。一次，秦惠王在斜谷狩猎与蜀王猝然相遇，听从谋臣计策，说要送给蜀王五头能屙下金块的石牛。蜀王信以为真，于是调五名大力士凿关开道，以便迎回石牛。道路修好后，秦惠王却派大将张仪、司马错率军乘机进兵，灭掉巴蜀。这便是金牛道与五丁关的来历。

　　任何一个民族的神话总包含着史前历史的影子，五丁开道的传说固然不足以说明蜀道的形成，但金牛道与五丁关却因这神话更具诱惑与魅力。

出褒斜道南口西行，经定军山、武侯墓、古阳平关，过汉水发源地冢山，即与金牛道相交。此处汉水如丝如缕，两边大山渐次逼近，由蜷伏而陡立，直至奇峰相夹，如兵阵森列，仅容公路通过，仰视天光一线，雄险奇绝至极，此谓金牛峡。穿峡而过，峰回路转，公路盘旋而上，形成多重S形的巨大盘道，方才窥见五丁关遥遥在望。

此处原系突兀云表的一座峰峦，一边濒临深谷，一边与广袤山体相连，目下公路穿越的豁口显系人工开挖，高达数十米，两边用石块砌护，形成一处关隘，耸立于群山之巅。极目远眺，大巴山的千山万岭如大海波涛一般铺向天边，植被葱茏，云腾雾迷，十分壮观。

五丁开道，便指此处。眼下公路系在古道基础上修筑。神话姑且不论，蜀道注定为人工所筑，史书及石门摩崖刻石多有筑道记载。在古代没有先进开山技术与设备的条件下，修筑这般巨大工程谈何容易。李白《蜀道难》中的"地崩山摧壮士死，然后天梯石栈方钩连"绝非诗人的浪漫想象，应是真实情景之写照。

五丁关之特色还在于与金牛峡紧密相连，使人在短短的时间内感受到峡谷之幽深，峰巅之广阔及这种反差形成的刺激，切身感受到蜀道的艰难险阻。再是，五丁关一带，奇景密布，风光诱人，诸如明泉泛珠、奇幻风洞、悬泉飞雪、林海松涛等，形成一处别开生面的蜀道画廊。

故历代诗人李白、杜甫、岑参、元稹、卢照邻、李商隐、陆游、文同、杨慎、王仕祯、于右任、罗章龙等经此多有咏叹。其中明代诗人，曾考中状元的杨慎所作《五丁峡》最为传神：

> 峡形千仞立苍颜，开辟从来有此山。
>
> 自是美人倾绝国，不缘壮士启重关。
>
> 蔡蒙早入梁州贡，庸蜀曾陈牧野间。
>
> 谣俗流传难借问，丹青遗迹尚斑斑。

五丁关不仅吸引历代诗人推崇咏叹，还曾养育过诗人。20世纪50年代汉中有位青年，因父亲陈迈子在抗战时期李宗仁任汉中行营主任时做过其秘书，日后又随李宗仁去了美国，受到牵连，被下放至五丁关劳动改造。在完全可能毁灭希望的血色年月，恰是壮美秀丽的自然风光、深蕴历史文化的古道雄关、纯朴良善的群众给了他生存的信心与勇气。他随遇而安，努力适应山区艰苦环境与生活，

▲金牛道一座古桥

学会了干各种农活，终于赢得村人的信赖，甚至监督他改造的妇女队长也成为他的妻子。他还被当地群众推举做小学教师。粉碎"四人帮"后，他获得平反，后举家移居美国，写下了不少怀念故土的诗章，成为闻名海外的桂冠诗人。我曾见到他在美国华文报上发表的《五丁关的传说》。

在土耳其举行的第十二届世界诗人大会上，他用流利的英语，饱满的激情，朗诵了长诗《中国》，博得大会300多名各种肤色诗人的热烈掌声。土耳其文化部为此给他颁发了荣誉证书。

这儿截录长诗《中国》一节：

啊，中国，
我就是你肥沃土壤中的一块泥土，
我就是你浩瀚江湖中的一滴水珠，
我就是你高峻山岭中的一粒石子，
我就是你广阔森林中的一株小树，
我愿用我的渺小来成就你的伟大，
我愿亿万颗心里永远跳跃着
你这伟大而可爱的名字！

他在英国伦敦剑桥中心编纂的《世界杰出知识分子》一书中被称为"杰出诗人、政论家和历史学家"。他叫陈坦。

漫漫古道牵古国

▲陇南油菜花烂漫

一

　　嘉陵古道在上游呈扇形网状，其中一支为祁山道。诸葛亮北伐曾利用此道，以至产生"六出祁山"的说法。这条漫漫古道还牵着一个古国呢。

　　其时为东汉末年，历史上在这一带生存繁衍的氐羌民族以陇南为中心，创建了一个地方割据政权——仇池国。仇池国势力范围曾经到达川西北、陕南，持续300余年，直到西魏方才被击败消亡。仇池国最为奇特之处是把国都建在四周壁立千仞、唯有一途相通的仇池山上。据说，这是人文始祖伏羲的出生之地，"生于仇池，长于成纪（天水）"，仇池山本身就是一处积淀深厚的文化符号。

　　这个山寨国家当年的国民经济、生存状态、文治武功、起落兴衰，以致仇池国消亡后，王室后裔、众多国民的去向，国都宫廷有何遗存等等，都形成大大小小的历史迷雾，不断吸引着各类人士去寻访破译，去探幽发微。甲申年暮春，笔者一行来到陇南，在友人协助下，攀上高耸云端的仇池山，对这座已消亡千年之久的国都进行一番凭吊、观光和访问，留下种种难忘的印象。

二

　　最早知道仇池国，来自一些断断续续的典籍史料。《诗经·商颂》便有记载："昔有成汤，自彼氐羌，莫敢不来享，莫敢不来王。"诗中的氐羌便是日后建立仇池国政权的民族，诗中所载年代距今已有3500余年。说明氐羌族人民已活跃于当时的历史舞台。当时氐羌在中原人心目中是一个民族，是一回事，到秦汉时

▲ 仇池山立壁千仞

期，氐羌各自壮大，不再并称。《后汉书》中说："有白马国，氐族是也。"两汉时期，在氐族生活的陇南、川西一带设有四县，县名均带氐字，比如甸氐、刚氐等，类如今日少数民族自治州县。

东汉末年，黄巾起义爆发，中原一带军阀混战割据，地处边远相对平静的甘肃武都郡境内的白马氐族经济发展，人口增多，逐渐强大起来，有了建立政权的强烈愿望。首先，他们对国都选择就颇具匠心，很动了一番心思。动乱年月，建立与中原王朝分庭抗礼的割据政权谈何容易！安全稳妥是第一位要考虑的事情，大约几经比较，多次勘探商讨，他们选择了今日西和县境内的伏羲出生地仇池山作为建国之地，即国都所在。据史载，仇池山为西汉水与洛水三面环绕，四周壁立千仞，高耸云端，唯有一面倾斜可供攀登，易守难攻，可谓天险。山顶却有平地百顷，可供耕作，且森林茂密，山泉遍布，还可煮土为盐，伐树为薪。在自给自足的农耕时代，完全是一处可供人长期生存、不依赖外援的根据地。况且，还有伏羲这面大旗可资利用，是其政权名正言顺的最好理论依据。事实上，白马氐人正是以天险仇池山为中心和根据地，建立起了前后延续达380年之久的仇池国。最兴旺的时期，不仅占据着整个陇南，其势力范围还曾几度扩展到川西北和陕南的汉中地区，成为见诸多种史籍的地方政权。

要说，创造仇池国的始作俑者还是今属陕西汉中管辖的略阳境内的氐人杨氏部落。略阳与陇南接壤，山川脉势、气候物产相同，历史上便是氐羌群众生存之地。为求生存，更为求与各路军阀抗衡，他们拥戴部落中足智多谋的勇士杨腾为部落头人。大约觉得略阳邻近关陇中原，难以守卫，为安全考虑，他们寻找到伏羲的出生地仇池山，以此为根据地，势力迅速壮大。以至到杨腾孙子杨千万掌权

▶ 近年出土的仇池国金印

时，已有数万部众。这在战乱频仍、全国人口锐减至不足 2000 万人的东汉末年，是一股不容小看的力量。所以曹操与刘备争夺汉中时，曾派要员前往联系，并封杨千万为百顷王——仇池山顶有地百顷可供耕作。曹操这一策略至少起到了安定陇南、化敌为友的作用。但这段时间并不长，汉中最终被刘备占领。由于地处蜀魏争夺前沿，所以刘备派名牌战将马超在阳平关（今汉中勉县老城）镇守。马超久居西凉，在氐羌群众中很有威望，于是刚被曹操封为百顷王的仇池国主杨千万又叛魏投蜀。之后，杨千万几代皆盘踞仇池，渐渐得到陇南川西一带各民族的拥戴而逐渐发展。但总的来说，这一时期被认为是仇池国政权的草创阶段。

西晋时，中原发生八王之乱，烽烟四起，连年战乱，时任仇池王的杨茂搜趁机接纳了大批躲战乱的包括汉族人在内的各族群众。后以仇池为中心，向四周扩展，几乎控制了整个陇南地区，又向南攻下川西，向东攻占汉中。《华阳国志》记载：仇池氐人"种众强盛，东破梁州（汉中），南连李雄，威服羌戎"。一时间，仇池国势力强盛到中原王朝也奈何不了的地步，只能对其进行封赏安抚。1961 年，在西和县境内出土了一枚虎钮金印，上面赫然镌刻着"晋归义氐王"，这显然是晋王朝对杨茂搜的封赏。专家们认为这也可以看作是中原王朝对仇池氐人政权，也就是仇池国实际存在的承认。

三

在之后的岁月中，仇池国又几经兴衰。大致的规律是，当中原王朝安定强盛时，仇池国便收敛锋芒，俯首称臣，不轻举妄动；一旦中原动乱，无力顾及边陲时，仇池国的国王便会在一批谋臣的策划下，进行扩张，东征西伐，扩充地盘，增强势力。应该承认，仇池国作为割据性质的少数民族政权，本身存在已很不容易。他们也是在长期同中原王朝反复抗衡较量的过程中，不断积累经验，吸取教训，才在夹缝中求得生存乃至发展。

遗憾的是，一旦割据形成，政权建立，争夺王位、争权夺利、腐败内讧就无可避免地产生，中原王朝发生的父子相残、兄弟为仇的残酷血腥的事件在仇池国也屡屡发生，直接导致仇池国不止一次由兴旺走向衰落。再加上不止一位仇池国主曾参与中原王朝的没有对错的战争，往往偷鸡不成反蚀米。比如西晋时仇池国主杨定曾参与苻坚的淝水之战，结果大败而归，亲率的四万大军损失近半，自己也被乱军所杀。

仇池国后期曾分裂为几个小国武都国、阴平国及在汉中略阳建立的武兴国。由于与仇池国主杨氏家族有不可分割的血脉关系，所以也被史学家们看作仇池国的余响或余波。公元 581 年隋统一时，这几个小国都悄然消亡。一些学者认为，从仇池国主杨氏家族的杨腾在建安元年（196 年）迁仇池山为部落大帅算起，仇池国历史达 380 年之久，比唐、宋、元、明、清这些中原王朝历史都长。究其原因：世居边陲，又系川陕甘青四省交界，中原王朝往往鞭长莫及；这一带历来便为羌氐少数民族生息繁衍之地，艰苦环境下首先要抱团结部落方能生存，他们的发展又往往趁中原动乱，所以占尽天时地利人和的优势。同时，还要看到一点，仇池国几乎从草创始，便人才辈出，杨腾、杨茂搜、杨难敌、杨盛、杨难当、杨大眼等都堪称人中之杰，有雄心，多谋略，能够审时度势，抓住机遇，使得仇池氏族政权一次次化险为夷，求得生存发展。翻阅史料时，笔者每每被他们的谋略勇气和作为感动。最值得称道的是，历代仇池国主自身文化水平不高，但对中原文化却非常崇敬，对因动乱流落于此的中原文化人十分敬重，每每迎为上宾，这也使得汉族知识分子乐于为其效力，把中原王朝的典章制度、治国谋略带进边陲远地，使得仇池国的对内凝聚力大为加强，对外则知道如何与大国周旋，保存实力，求得生存。否则，以弹丸之地创造国家，并延续 380 余年是不可想象的事情。

四

隋唐时期，中原王朝日趋强大，隋炀帝亲临河西走廊，使青海首次进入中华版图。唐王朝击败东西突厥，攻占西域，设立安西四镇，丝绸之路空前繁盛。仇池地域临近天水，仇池山所在的西和县曾长期属天水管辖。天水作为唐王朝保护的丝路重镇，绝不会允许任何势力入侵。事实上，在西魏打击下悄然灭亡的仇池后期三国，到隋唐时已了无痕迹，老百姓成为大唐子民，照样男耕女织，其王室后裔则像历史上许多失败的王公贵族一样纷纷逃亡藏匿，不知去向。

近年，有学者撰文说川西九寨沟附近的白马藏人是当年创建仇池国的白马氏人的后裔，还拍有他们居住的村寨和男男女女的照片。据说明显的标志是他们的帽子上插有白色的羽毛，其余则与藏族同胞服饰无异。他们也说藏语，也信仰藏传佛教，即使确为氏人后裔，历时千年之久，也早被藏族同胞同化了。

原本，在漫长的岁月中，魏晋南北朝、五胡十六国，乱糟糟你方唱罢他登台，即使天朝大国，一旦改朝换代也便灰飞烟灭，除了史家学人，谁还再去理睬？何况是像仇池这样地处边陲偏远的弹丸小国？

但历史也常开玩笑，往往发生些出人意料的事情。唐宋两位文坛巨星杜甫与苏轼就偏偏不约而同对仇池山、仇池国情有独钟，写出多篇与仇池相关的不朽的诗文。这也使得仇池国地以人显，事以诗传，引发人们关注、寻觅和探访。

杜甫在安史之乱期间，流离又遭贬斥，携家带眷，流亡陇南。人文始祖伏羲出生之地仇池山、氏人割据创建的仇池国，必然要引发忧国忧民的诗圣关注。况且，此时山河破碎，家园荒芜，自身又流离失所，诗人对偏居一隅的白马小国，对远离战乱的田园生活，自然无比神往，于是在迁徙途中，在鸡鸣小店，挥动如椽之笔，动情写道：

> 万古仇池穴，潜通小有天。
> 神鱼人不见，福地语真传。
> 近接西南境，长怀十九泉。
> 何时一茅屋，送老白云边。

仇池山、仇池国竟然引发了大诗人要在这儿结庐养老、颐养天年的愿望。这自然非同小可，不仅使仇池山蓬荜生辉，也直接引发了300年后另一位大诗人苏东坡对仇池山的强烈兴趣。那时，苏轼已遭乌台诗案的打击，几经政治风潮，年过半百，进入了最清醒成熟的时期。他被贬出京师，在颍川任上时，不曾涉足陇南的诗人竟然梦游仇池。其实也不足怪，作为一代大家的苏东坡自然知晓氏人在仇池建国的往事和前代诗圣咏叹仇池的作品。"日有所思，夜有所梦"，只能说明两位文化大师虽相隔300年之久，却心声相通。巧合的是，一位在工部任职的朋友曾去过陇南，到过仇池，对苏轼说仇池万山环绕，泉水遍布，林木葱茏，可以和桃花源媲美。苏轼更加高兴，专写一首《和桃花源诗》，深切地表达了对仇池山的向往之情：

高山不难越，浅水何足厉。

不知我仇池，高举复几岁。

此后，仇池山仿佛在苏轼心中生根发芽，他日后写仇池的诗作竟达几十首之多："梦中仇池千仞岩，便欲揽我青霞幨""万古仇池穴，归心负雪堂""仇池有归路，罗浮岂徒来""仇池九十九，嵩少三十六"等等不一而足。后来苏轼竟然把自己一部作品命名为《仇池笔记》。这足以表明这位大诗人对仇池山叙说不尽的文化情结。

笔者所生活的汉中，秦汉以降，曾成就刘邦、刘备两代帝王，俊杰辈出，风云际会，历代皆为州府重镇。汉中不仅与仇池国所在的陇南为邻，历史上也几度成为仇池国的势力范围，其中总有是非曲直、经验教训可供钩沉。仇池国的创始者杨氏家族原本也在汉中所属的略阳县境内繁衍生息。凡此种种，都与仇池山、仇池国息息相关，过去在阅读中笔者屡屡引发寻访仇池的念头，几经蹉跎，直接催促这次寻访行动的则是《文史知识》上刊载的一篇关于仇池的文章。

《文史知识》系北京中华书局于1980年创办的历史知识综合刊物，主张"与历史对话，与时代同行"，32开本，形同书籍，易于保存。笔者订阅多年，不曾中断，最宜晚间卧床阅读，自觉受益匪浅。2002年第11期刊出北京青年历史学者罗新的文章《仇池行》，讲述他们几位计划考察古仇池国的地貌风物、历史遗迹。由北京乘坐火车至汉中，租借一辆桑塔纳一路西行，沿途参观武侯祠、墓，夜宿略阳，然后由略阳至康县、成县，最后攀上了高高的仇池山……

读后，笔者颇感刺激。人家远在北京能赶来考察，我们近在咫尺却未光顾。甲申年阳春三月，笔者总算了却了这桩心愿。

五

原本，我们计划由略阳进入陇南，因略阳为仇池杨氏政权祖先居地，同行戏剧家郝昭庆在略阳工作30余年，遇事方便，也正好观察山川地貌。但因略康公路维修，只好改走凤县，其实，这一带也属仇池势力范围。由嘉陵河谷进入陇南，我们一行四人，计划夜宿成县。

成县古称下辨，三国时代为战略要地。诸葛亮兵出祁山，为保障安全，一直十分看重武都郡及下辨的守防。此地还是北连天水、南下四川的要道。东汉时期，在成县西狭镌刻有一方摩崖刻石，记载当年古道维修情况，极具史料价值。《西狭颂》为汉隶正书，方正厚重，为历代书法大家推崇，与《石门颂》《郙阁颂》并列"汉三颂"，近年已为此召开过几届国际书法研讨会。

我们取道成县，还有个重要原因，看望成县画家杨立强，并请他联系去仇池山寻访古国的有关事情。说来也巧，20年前，杨君从西安师从蔡鹤汀、蔡鹤洲学画归来，意欲在相邻的略阳办展，郝昭庆时任略阳文化馆馆长，热情接待，提供方便，成为朋友，也促成陇南与汉中的文化交流，互访互展不断。杨君创建同谷书画院，携带一帮青年画家，提出"画我陇南"，震动陇上画坛。杨君当选甘肃省美协副主席。北京美术理论家孙克曾著文誉他为"西北一杰"。杨君热情爽朗儒雅，人品画品皆为上乘，与之交往十分愉快。

沿嘉陵河谷穿越当年修宝成铁路时著名作家杜鹏程所写过的长长的灵官峡，便进入陇南。只见山形突兀一变，不再像留凤境内秦岭高大雄险。此为秦岭西段，山岭秀润，林木萧疏，氤氲春气弥漫田野，有农人春播，可处处入画，无怪杨立强疾呼"画我陇南"。任何艺术，都需从生活切入，再借鉴传统，去生发，去弘扬，去创新，方可有所成就，恍然之间，笔者仿佛触摸到杨君成功脉蕴。

下午4时到达成县，杨君已在等候，文艺界朋友皆来叙旧。当晚，杨君告知，去年大雨，仇池山路被毁，我们的捷达车无论如何开不上山，他已请仇池山所在的西和县副县长包红梅女士协调，明天派越野车送我们上山。

包女士也是位戏剧作家，曾创作有以仇池国为素材的两台大戏，演出后获文化部奖励，原为西和县文联主席。2000年笔者去敦煌时曾见过她一面，她十分干练爽朗，如今已任副县长，可谓才尽其用。

翌日，我们告别成县到达西和县境，包女士果然带着县文联主席、文化馆长及两部日产三菱越野车在路边等候。

包县长让我们把车寄存于路边加油站，全部坐上越野三菱，随即赶往仇池山。此山距西和县城60公里，为全县最偏远的一个乡所在地，只有简易公路可通，沿途皆高山深谷，山峦连绵。3月中旬，小麦刚播，山野裸露着黄土。汽车盘旋于山巅之上，四下眺望，树木稀疏的黄土山峦大海波涛般没有止境，铺陈在晴日朗朗的蓝天之下，疾驰时山风则把汽车扬起的黄尘卷上半空，更给人一种强烈的苍凉之感。

远处一座高山拔地而起，巍峨雄奇，四周河谷深陷，宛如一座巨大的城堡耸

入云天。包县长介绍说那便是仇池山,仇池国都便建于山巅之上,但无路可通,需下山至谷底,再重新攀登。20 世纪 70 年代修有便道可供上山。

远眺仇池山,方知历代史籍所记不差:仇池地方百顷,四面斗绝,高平地方二十余里,羊肠蟠道三十六回。山上丰水泉,煮土成盐。

从记载看,仇池山四面险峻,山顶却平广百顷,且有泉水,有果林,还可煮土为盐,在动乱年月确不失为一处能割据自守、自给自足的选择。

车盘旋下至谷底,方才看清,仇池山为两水环绕,一为西汉水,一为洛水,皆属嘉陵江上游支流,河谷两岸有农户庄稼。仇池山便于两水相交处拔地而起,海拔近 2000 余米,盘山公路从谷底盘旋上升,斗折蛇行,陡峭坎坷,十分难行。庆幸三菱越野性能良好,否则我们的捷达绝然开不上来。

六

到了山顶,豁然开朗,梯地层层,铺满麦苗,油绿苗壮。农户村落,皆为北方农舍模样,大多坐北朝南,向阳开阔,且有树木环绕,与平川农村没有两样。包县长告诉我们,仇池山上方圆 20 多平方公里有可耕土地 1000 多亩,现有 700 余口人,分为上下两个村落,还有一座小学。中午安排在老乡家吃饭,我们可自由参观。正说着,村里的支书已经来见县长了。我突然想到,我们昨日刚到,如

▶ 仇池山上的孩子

此偏远的山顶村落，怎么联系上的呢？恰在这时，不知谁的手机响了，这让人恍然大悟，也深为感叹现代科技的神奇。这小小手机若提前发明千多年，仇池国是否能够存在可就成为不可知的事了！

我们先去一处滴水泉，在山巅边缘，壁立千仞，有小路相通，望之眩目，却有两个小女孩轻松走来，如履平地。那水滴从山崖上一滴一滴落下，形成一汪泉水，并不大，有几个村姑在洗衣衫。据说早年水量充沛，如今不少都干涸了。问及如何解决饮水问题，支书讲主要仍靠天吃饭。陇南年降水 500～600 毫米，仇池土层深厚、保墒，小麦产量都在五六百斤，还有玉米洋芋，粮食够吃。看着山地苗壮的麦苗，此言当不为虚。这恐怕也是当年杨氏家族选择仇池山顶作为国都的先决条件，若是无粮无水，纵有天大本领恐怕也难以成事。

支书还说，早年山上有泉水池塘，群众吃水不愁，现在都快干涸了，只能饮牛。群众都挖水窖储存雨水饮用。我们去了一户农家，果真在小院中间挖有水窖，圆口，直径约40厘米，能放下水桶即可，免得蒸发浪费。朝里面看，如同大肚小口坛子，四壁用水泥涂抹光滑，防止渗水。我们问如此小口雨水如何能流进，主人指着院落的大堆塑料纸说，夏天下大雨时，院落屋顶都铺上塑料纸，让雨水集中流进水窖。若是接不上水，就麻烦了。我们又问能储多少立方米，会不会沤臭。回答是要看水窖大小，二三十立方米四五十立方米都有，但必须距地面三米之下，方能防腐防臭，这也是多年积累的经验，无奈中想出的办法。

午饭安排在支书家，一大盆煮洋芋，酸白菜面片——面片居然是用压面机压出的。几个妇女在灶间忙碌。屋内进深较短，一面土炕占据整整半边，与灶间相通，利用余热暖炕。地处西北且又海拔2000余米，冬季相当寒冷，无暖炕无法过冬。

但仇池山又由于海拔高，无遮挡，日照充分，故小麦颗粒饱满。夏天多雷雨，易于储水。真是一方水土养一方人。

午饭后，我们去另一个村落，还有仇池山的制高点伏羲庙。两村相距将近10华里，有简易村路可通，可见仇池山顶部还有相当大的回旋余地。为节约时间，我们乘车前往，沿途也有零散农家，北方小院模样，屋檐悬挂着黄玉米、红辣椒，院边拴着耕牛，禾场堆着麦草垛儿，一切都与我熟悉的陕南乡村大致相同，但却是在海拔2000余米的高山之巅，想着也真是一个奇迹。

路经仇池小学，包县长要去看望师生，我们也一同前往。小学校教室操场一应俱全，六个班级只有几十名学生，是复式教学，就是一个教室要坐几个年级的学生，由老师轮流着讲不同课程，这是山区学校常见的情形。这所学校写在黑板上的一首歌词，据说是校歌，挺有意思：

> 在祖国辽阔的西部，隐藏着一个叫仇池的地方。
> 伏羲就出生在这里，这是我可爱的家乡。
> 我们要努力学习，我们要天天向上，
> 要无愧于父母，无愧于伟大的家乡。

附近农舍相连，住房密集，应该是仇池山村民主要居住之地。我们见到一个村民正牵马走出院落，便过去与他攀谈。他说早年公路不通，养马主要运输除粮食之外的生活必需品，食盐布匹煤油等都靠马驮人背。20世纪70年代路修好后，物资都用车运。村里也有商店，啥都能买上。养马主要耕地，也驮运粮食加工之类。问他日子过得怎样，他说粮够吃，挣钱不容易，年轻人多外出打工，广东、西安、兰州、新疆，只要能挣钱的地方都去。他还算好，有木工手艺，年纪大了，就在附近揽活，也能挣些钱。他邀请我们去他家看看。农家小院很干净，两个妇女穿戴整齐，正洗衣衫，见我们来，便起身招呼。我刚举起相机拍照，一位忙躲进屋里，一位则笑掩其面。进屋看时，与北方民居大致相同，土炕占了很大地盘，箱子、被子都摞在炕上。墙壁上贴着明星广告，屋中还有电视机、洗衣机。问电视节目多不多，主人指着屋顶的信号接收器说要安"锅"才行。环视四周，有果树、猪圈，鸡在觅食，牛在啃草，一派祥和的农家气象。

我们问村里有没有一生没下过山的，回答说那多了，老人，尤其是妇女，年轻时嫁过来，生养孩子，操持家务，到老都不下山。下山反而不习惯，距县城100多里，早先无路，男人翻山都要走两天，女人便没必要下山了。

▶ 仇池山下春意盎然

七

这就引发了个问题，仇池山立国至今已有 2000 年之久，仇池山上人类活动则可追溯得更为久远，漫长的农耕时代，相对自给自足的自然经济，仇池山本身又如此隔绝封闭，是如何避免近亲繁衍的呢？

"那有规矩，同村同姓不能结婚，两个村子可以通婚，再是和山下村子通婚。"主人说这话时表情严肃，语气坚定，消除了我们的疑惑。

我们参观的最后一处是伏羲庙，这也是整个仇池山的制高点和西北方向的终点，庙后便是壁立千仞的悬崖。伏羲庙规模不大，一间屋宇独独矗立于仇池山之巅，有种庄严伟岸之感。

伏羲庙正在维修，其中壁画很精美。同行的前汉中市文化局文物科长张尚中感叹，这些壁画要比汉中文物点的画准确到位。正在绘画的艺人来自宝鸡，想必那里众多的文物遗迹能够使其积累经验，提高画艺。

问及仇池山伏羲庙能否拉动当地旅游，包县长说很难，交通不便，知名度不高，来的也仅是文物考古和研究人员。县上财力有限，不敢无谓投资，目前小庙有道士住持，修庙也系民间集资。果见有皂衣长须的道士在忙碌着。

站立仇池山之巅，四下眺望，春日晴明的蓝天之下，土黄色的山峦铺向天地尽头，强劲的山风掠过，带来苦艾蒿的辛辣气息。俯仰天地，原始般的沉寂，追怀远古，让人不敢相信这儿曾创建过一个国家，并存在 380 年之久，竟然还管辖过陇南、川西、汉中等偌大的地盘，真正不可思议！这也许正是历史学、考古学吸引人不断探寻溯源解惑的魅力所在吧。

太阳偏西，我们离开伏羲庙、仇池山，下到了洛水河谷。洛水不太大却清且涟漪，河谷农家相望，山崖桃花正艳。不远处，有红衣村姑牵牛在前，壮年汉子扶犁在后，呈现出一幅平和安详的春耕图画。

八

仇池之行，不仅了却了笔者多年心愿，使我对仇池国腹地的山川风貌、物产物候有了大致了解，也解决了几处疑惑。原以为仇池山既为一个国家政权中心所在，应有相当的历史遗迹，或城池，或宫廷，或署衙……但想象的这些却荡然无存，连遗迹名称都不存在。固然，史书曾载"氐氏于平地立官室果园仓库，无贵贱皆为板屋土墙"，但想就是没有巍峨宫殿，也该有砖石古堡。实地探访后才知并非不想，而是不能，原因是孤立一座仇池山，根本长不出烧砖瓦需要的大批柴薪，沉重的砖石也不可能从山下搬运，即使能搬，四面皆山，又在何处烧制呢？

另一个问题是，典籍载仇池山顶百顷，可供万人生息。实地观察，我觉得这是可能的，首先仇池山顶有20多平方公里且基本平整，足以容纳上万人的起居生息。尽管，现在仇池山的土地，尤其水资源仅可供养700多口人，但那时驻扎的万人主要应是守卫部队，文职管理等非生产人员，粮食衣物不必依靠当地，能从外地搬运储备。至于水，据记载，仇池山古有九十九泉，还可"煮土为盐"，这样就解决了农业文明时代最主要的生活必需品。仇池山作为一个政权中心存在完全是可能的。

但笔者由此产生推想，仇池国以仇池山立国，首先是要在氐人心目中树立起国都——也就是他们的政权牢不可破的印象，这样可以提高氐人的凝聚力和自信心。在很大程度上，仇池山是仇池国的一种象征，一种政权符号。实际上，仇池立国期间大半时间都在东征西杀，只有形势危急时，才退守仇池休养生息。太平时期，仇池国内还有大片盆地川道可供居民生养，不必蜷伏于高山之巅。

自然，这仅是一种推想，实际情况可能完全与此相反。毕竟仇池山、仇池国存在的漫长岁月为后来的人们提供了可供推测、想象的偌大空间，这也正是吸引人们去关注研究仇池山、仇池国的魅力所在啊。

▶ 作者 1992 年考察明月峡

清风明月通天府

　　1992 年初冬，我随《栈道》摄制组一路穿越秦巴大山去成都用了半月时间。2000 年后再从汉中去成都，沿途皆为高速公路，500 公里路程，仅用五个多小时就到达。遥想 800 年前的南宋，爱国诗人陆游应四川宣抚使王炎之邀去做幕僚。其时，汉中为抗金前线，隔秦岭与金兵对峙，陆游杀敌心切，自愿到汉中军营襄赞军务，一路"细雨骑驴入剑门"。根据陆游诗作及笔记日期推算，他前后走了将近一月，今人觉得不可思议，仔细推敲，却不为过。今日高速公路改曲为直，架桥凿洞，多走直线。古时栈道，避险就易，蜿蜒曲折，首先里程上就多出百十公里。再是栈道平地丈把宽，崇山峻岭之间则不足五尺，且越岭爬坡，过船摆渡，日行也就三四十里，所以古道"五里一邮，十里一亭，三十里则设驿置"。从长安到成都 2000 余华里，以汉中为界，越秦岭为北栈，越巴山为南栈，陆游在近千华里的南栈行走近月时日是完全可能的事情。

　　南栈险峻，出汉中，经勉县，进入宁强县境即为大巴山，五丁关、牢固关、棋盘关，险隘重重。入川境后到广元又进入嘉陵江河谷，两岸山崖如削，河水奔腾湍急，形成清风峡、明月峡两处著名天险。拍摄《栈道》时，我们曾沿着残存的古道专门拍摄这两段险路，留下深刻难忘的印象。

　　从古道遗迹看，古人相当智慧，不仅尽量选择河谷、山垭、斜坡等平缓之处修道，除非临河悬壁才凿孔，架木，铺修栈道，多数地段，尽量就地取材铺凿石

板，类如今天旅游景区铺设的石阶路。我们便是沿着这种时断时续的石碥道在大巴山中盘桓的。但到广元的朝天镇时，古道就必须与嘉陵江结伴而行，除此再无别的选择，因为四周皆为高耸入云的悬崖峭壁，连峰排列，并无间隙可以利用。一河浩荡的嘉陵江水，流经这里，受到两侧对峙如兵阵森列的山崖限制，原本宽阔的河道被挤压为窄窄一线，江水一下变得湍急汹涌，波涛翻滚着在河谷咆哮奔腾。每当夏秋之交，阴雨连绵，山洪暴发，引起嘉陵江水暴涨，浊浪排空，吼声如雷，大地震颤，十分可怕。1981年嘉陵江上游洪水达到每秒近万立方米，是长江正常水位的2.5倍。略阳城进水深达3米，几乎毁掉。在这样的河谷中修路，其艰难险阻非目睹其景不能体味。

即便今天，开山筑路技术已先进发达，宝成铁路、川陕公路也依然避不开嘉陵河谷。铁道对坡度要求严格，因此基本与河谷平行，为避开洪水与弯道，几乎隧洞连着隧洞，桥梁接着桥梁。这也是宝成线工程最为艰巨的一段。

20世纪修筑川陕公路时，清风峡、明月峡也是进入四川的必经之处，为避开嘉陵江的洪水和峡谷之险，当时的工程技术人员采取一种独特的方式，就是在山崖上开掘出一段凹进山体的路面，老远看去，仿佛险峻的山崖变成了一只张开大口的老虎，所以这段公路就被称为"老虎嘴"，成为川陕公路上的一处奇迹。那么，古人修筑古道时是怎样通过清风峡和明月峡这两处险境的呢？

残留在嘉陵江山崖的栈孔遗迹告诉了我们答案。在嘉陵江东岸几乎是刀砍斧削般直立的石壁上，离江面约50米左右的地方明晰地存留着三排整齐的栈孔，这便是古蜀道的遗迹。我们在考察褒谷栈道遗迹时发现，栈道多在距水面5～7米的高度，多采取的是平梁立柱式——即在临河石崖凿孔，塞进梁木，在水中栽

▲明月峡蜀道

立柱支撑，在独特地方也采取倚坡架梁式、千梁无柱式等多种形制来搭修栈道。但这种三排栈孔的形制却少见。这是古人总结经验、依据地形采取的一种多层搭架式结构栈道。因为离江面太高，无法安立柱，就把支撑力分解到几层梁柱上，不仅深合力学原理，也体现建筑上的逶迤之美。这段栈道因高悬山崖半空，既要防嘉陵洪水，又要防山崖落石伤及行人，所以还修有棚盖，宛如空中楼阁。唐诗中说"飞梁架绝岭，栈道接危峦"便是这类栈道的真实写照，也是"栈阁""桥阁"等栈道别称的由来。

遥想当年，古人在这样的道路上行走，或因公务，或因私事，经商行旅，驰驿奔诏，若遇王命急宣，驿卒腰扎公文，策马如飞，每逢狭路或接近下驿，则摇铃为号，提醒下驿接力传送。夜则举火，"光明炫目，过如飞电，望之者无不避路"，行至清风峡、明月峡时，上抚清风云雾，下临咆哮江水，会产生何等的联想与豪情？无怪《全唐诗》中有那么多咏叹蜀道的名篇。

时至今日，相关旅游部门已将明月峡、清风峡辟为旅游胜地，依据古道栈孔搭制了仿古栈道。游人至此，远望栈阁，宛如一条悬浮空中的廊阁，宝成线上火车呼啸，高速公路汽车轰鸣，与咆哮的江水回音共鸣，在山峡中久久回荡……

目睹此情此景，环视古今通往天府的古道、铁路、川陕公路、高速公路及嘉陵江中飞舟，深感清风峡、明月峡委实堪称一处古今蜀道博物馆，一幅千年蜀道变迁的历史画卷正徐徐向你展开……

▲翠云长廊

翠云长廊接秦蜀

　　跨越秦巴大山的千里蜀道，沿途奇峰摩天，山峦叠翠，险滩激流，关隘重重，古今均为天下至难至险之道。1300年前，盛唐大诗人李白一首《蜀道难》，使得蜀道名声大显，积淀千年，人文荟萃，杜甫、陆游、元稹、岑参、刘禹锡、沈期、王安石、林则徐……几乎无处不咏叹，无处不留诗。地以名显，名以诗传，千里蜀道值得咏叹值得留诗的去处也委实太多，比如剑门关前的翠云廊。

　　翠云廊，苍烟护，苔花阴雨湿衣裳，回柯垂叶凉风度。无石不可眠，处处堪留句。龙蛇蜿蜒山缠互，传是昔年李白夫，奇人怪事教人妒。休称蜀道难，莫错剑门路。

　　这是清代诗人乔钵为我们留下的关于翠云廊的诗句。这里丝毫没有诗人的夸张，倒是翠云长廊连接秦蜀的真切描摹。

　　依据典籍记载和我们实地踏访，翠云廊最盛时期东起阆中，西至梓潼，北到昭化，300多里的道路，全用麻青石条铺就，丈把宽，道路两旁栽满柏树，每株都粗可两人合抱，树树苍劲，树冠浓绿，绿云般伸向天空。老远望去，宛如一条绿色长龙在崇山峻岭间蜿蜒。不仅在千里蜀道，恐怕在中外交通史上都堪称异景奇观。

据说三国时期，蜀汉猛将张飞出兵路过此地，时值酷暑，烈日当空，张飞便下令让士兵栽树。几万出征将士一天光景，就植树 300 余里，造就这条风光绮丽的绿色长廊。于是，这些柏树也被人们称为张飞柏。尽管这只是传说，根据柏树年龄也不是 1700 年前遗物，但由于人们普遍喜爱《三国演义》中那位鲁莽憨直又粗中有细的张飞，因此宁愿接受这个传说。我们在翠云廊拍摄时，

▲千年古柏

遇到几位赶集贩猪崽的农民，一问起来，都还对张飞带兵植树的事津津乐道呢！

事实上，根据典籍记载，翠云廊柏树系明代正德年间（1506—1520 年）剑州知府李璧在整修剑南驿道时倡导栽植的。当时植树十万余株，如绿色苍龙，为蜀中胜景。可惜在之后的数百年间，兵毁火焚，翠云廊屡遭破坏，时断时续，已不复当年盛况。

20 世纪修筑川陕公路时，虽基本沿着古驿道，但并未完全与之重合，公路裁弯取直，驿道却多曲折，这样也使得翠云廊得到保护。我们在剑阁境内拍摄《栈道》时，特意寻找了一段保存完好的古驿道，那一段是在远离公路的山谷，三米多宽，麻青石板铺就的古道还基本完整，十分洁净，布满苔藓和马蹄驼印，不经意间流露出岁月的沧桑，两边的柏树也保存完整，一株株老态龙钟，树干粗壮扭曲，布满纹路，树冠却仍浓绿如云，彼此相接，枝丫交错，没有空隙。走在这样的路上，没有汽车的噪音，飞扬的尘土，往来的行人很少，只见着附近村落的农民。有长长的一段，古道在山谷间的田野蜿蜒，四周是秋后收获净尽的稻地，圆圆的稻草垛儿堆在田边，有麻雀叽喳喇啾，远处有农人在耕作，头顶的翠柏上有秋蝉鸣叫，这顿时把人带入了一种仿佛没有纪元的岁月，周围一切都不复存在。

有一瞬间，我们仿佛触摸到了古蜀道翠云廊真正的底蕴和情致。古时的商旅和行人，走在这条没有喧嚣、没有尘埃的古道上，即便盛夏，也凉爽宜人，如果乏了，就坐在这洁净的青石板上歇息，或者干脆枕着行囊，听蝉鸣鸟叫，睡上一觉，再起身赶路，那是多么惬意啊。

那天，我和编导老丁说起这些想法，不想他亦有同感。我们俩索性各自找了块干净的青石板躺下来，真正"无石不可眠"，头顶秋日当空，翠云廊里却凉风习习，两人都迷糊了一阵，直到拍摄完毕的小伙子们呼唤方才起身。

可惜的是当年遮阴300余里的10万余株翠云古柏，现在仅存8000余株，主要存留于剑门关至剑阁县城一带。值得庆幸的是，1963年朱德元帅进川途经翠云廊，曾在古道休息，观赏古柏，再三指示有关部门要好好保护古柏。这才使得古柏在"文革"中免遭灭顶之灾。

现在，几乎每株古柏都有编号，有的还用铁栏杆围圈保护，使得子孙后代还能领略这曾沟通秦蜀的翠云长廊的风采。

▲ 剑门城楼

雄视天下剑门关

在蜀道诸多关隘之中，若论雄险、重要、驰名，都应首推剑门关。

剑门关的雄险在于整个剑门山脉的雄奇壮观。山岭逶迤起伏，宛若巨龙，奔腾三百余里，又像是蜀人为家乡成都平原筑起的巨大围墙。再是剑门山七十二峰，尽皆如刀似剑，巍然耸立，直插云天，真正是任凭插翅也难逾越。

只能认为是天造地化，鬼斧神工。在铜墙铁壁般山体之间，却闪出一个巨大缺口，两边千仞绝壁，中空一线，仅留下比刀切斧砍还要齐整的通道。只能感叹这是大自然刻意给蜀人留下的进出之门，生死之门。

"峰如剑，关似门"，此谓剑门关之由来。

纵观蜀道兴衰史，其实也是一部征伐劫掠史。从春秋战国秦惠王灭蜀，三国时邓艾入川，到蒙古铁骑的长驱直入，历史证明，在漫长的岁月中，窥视觊觎四川盆地、给天府人民造成最大威胁的敌对势力，往往来自中原，来自北方崛起的民族。那么，作为天府之国北边门户的剑门关就显得无比重要。说一川安危系于一关存亡并不为过。所以，历代蜀人都极其重视对剑门关的防守，筑墙设关，选派精兵，日夜防守，不敢掉以轻心。

▲剑门关雄姿

事实上，剑门关也极难攻克，除非迂回入川。最著名的战例发生于三国时期。与魏、吴两国相比，蜀国实力最为弱小，诸葛亮深知家门口的仗难打，采取"以攻为守"策略，打着"匡复汉室"的旗号，明知不可为而为之，六出祁山尽皆失利，留下"出师未捷身先死，长使英雄泪满襟"的千古遗憾。

之后，姜维继承其遗志，八次伐魏不成，反而被魏军打到了家门口。幸喜有剑门雄关，姜维仅以三万疲惫之师，依赖剑门天险，成功地阻挡了钟会、邓艾十万精兵的围攻。魏军久攻不下，万般无奈中，邓艾出奇谋偷渡阴平，绕开了剑门关，进入四川，蜀国即刻灭亡。合上书页，千年硝烟过去，浮现于眼前的却是拍摄《栈道》时，尽阅剑门雄关的情景。

宝成铁路沿嘉陵江入川，绕开了剑门关。川陕公路则基本沿古道，恰好从剑门关穿过。《栈道》摄制组在全程走完陈仓道与褒斜道之后，南下入川，穿金牛峡，过五丁关，拍摄千佛崖，瞻仰皇泽寺。夜宿川北重镇广元时，我曾专门阅读陆游诗集一卷。这位南宋诗人，一生忧国忧民，力主抗金，曾数次奔波于秦巴蜀道，并留下咏叹剑门关的诗作：

衣上征尘杂酒痕，远游无处不消魂。

此身合是诗人未？细雨骑驴入剑门。

据说"剑门细雨"为蜀中佳景。不止一次看到画家创此画意：山峦鹅黄淡绿，想是春意弥漫；天空白鹭翻飞，引人思绪无限。再是柳丝，再是农舍，再是行人，再是幽深的石板古道，尽皆滋润恬淡，充满诗情画意！

可惜，我们去时是初冬，沿途草已枯黄。蜀中温暖，草木也已斑斓，又逢晴日，太阳悬挂于冬日一碧如洗的蓝天，老远便见剑门关散发着氤氲雾气，不过倒也清晰明白，正好一览古关风采。临近剑门，大家弃车步行。由于公路需舒缓盘旋，使部分古道得

▲剑门关下豆腐宴为天下一绝

以保存，我们于是改走古道。古道尽皆由青麻条石铺就，丈把宽。条石上驼印马蹄，踏痕累累，无言却渗透着沧桑，顿时唤起人多少思古之幽情！

当年诸葛大军挥师剑门，马蹄嘚嘚，恰似征战的鼓点，蔽野的战旗想必叩击过低巡的流云。再是李白仗剑出游，杜甫避难入川，文同画竹，陆游骑驴，陈子昂高亢悲歌，苏东坡豪放咏叹……

若排列起来，一部中华文化史上的顶尖级人物，可以在这青石铺就的古道上排列长长的一串！他们留下的不朽诗章给雄关添彩，让古道生辉，更使后来者热爱故国山河，增添壮志豪情，把先贤高士们创造的文明接过来再传递下去。

那天，恰逢剑门关下的集镇逢集，回眸四顾，只见起伏的山峦间，纵横交织的阡陌小道上，牵群打浪，行走着赶集的男女。他们或背或挑，或牵或提，携带着各类农副产品以及牛、羊、猪崽等前去交易。与我们相随的是位中年汉子，他用箩筐挑着一窝刚满双月的猪崽，肥嘟嘟的，十分可爱。他讲这是今年第二窝了。说话间，便有人问价，这位农人很干脆，很快成交，一窝猪崽被买光，他便与我们扬手告别，打道回家。我们也十分高兴，因为拍摄下了交易的全过程，计划中正有一集《古道贸易》。

至剑门关时，通过关口的公路正在拓宽，细看，剑门豁口在 50 米左右，两边山峰壁立千仞，十分伟岸，立刻让人感到自身渺小。站立关前，晴日起风，有种森森寒气，对古关也就愈生敬畏，不敢浮躁，我们从不同角度仔细拍摄完毕后

▲蜜橘上市

方才离去。

剑门关下的集日十分红火，虽基本是农副产品交易，但颇具规模。沿公路摆摊长达数里。其时已是正午，忙累半天，又渴又饿，听说剑门豆腐十分有名，大家便决定就地用餐。

如同许多集镇那样，剑门镇的餐饮业十分兴隆，单是写着"豆腐酒家"招牌的就有十几处。我们选择一家，店主为姑嫂二人，皆如小葱豆腐般水灵。转瞬间店主做出一桌"豆腐宴"来，包括鸡、鸭、鱼、蛋，皆用豆制品替代，精妙别致，鲜嫩异常，至今思之，齿仍留香。于是，这豆腐宴与剑门关便一起融入了记忆。一旦越过剑门关，千里蜀道再无障碍。我在剑门关旧书摊上见到一首民谣，倒很有趣：

你心甘，我情愿，
爸妈不愿梦难圆。
只要越过剑门关，
我们小两口下四川。

▲成都茶馆

锦绣成都

一

　　每每提起成都，便勾起人一种莫名的向往，有一种抵御不住的诱惑。我所居住的汉中，历史上多次归四川管辖，至今民间流传："老不上山，少不入川。"意思是四川钟灵毓秀，物产丰饶，风情浓郁，美而惑人，年轻人去会沉湎其中忘了父母家乡。

　　我至今难忘首次入川情景。1981年，新时期文学拉开序幕，陕西作协组织读书会，记得同行的有叶广芩、马林帆等，为期两个月，结束时让出去开开眼界，大家不约而同选择了成都。果然，尽管是改革开放初期，成都市井已是一派繁荣，商店林立，货物充裕，可谓琳琅满目，让人眼花缭乱。印象至深是饮食业最为发达，至深夜仍灯火通明，炉火蒸气伴着拖长尾音的川调吆喝声，什么张鸭子、钟水饺、谭豆花、赖汤圆、夫妻肺片、麻婆豆腐……林林总总，不下几十种。那时，农村改革刚刚提上日程，一切工商企业包括旅馆饮食尚属国营。我曾闹出这样笑话，说四川人太胆大，怎么敢把食堂都分下去，直让作协带队的黄桂花（四川成都人）笑弯了腰。说"张鸭子""钟水饺"，都是百年老店，才冠以姓氏云云。这益发让人刮目，小小汤圆仅指头蛋大小，皮薄馅多，软甜相宜，咬一口糖汁长流。再是，各样菜肴，味多麻辣，却又愈辣愈香，愈香愈辣，过后竟还口舌生津，齿仍留香，且价廉物美。比如我们一行到宝光寺参观完毕，见寺中竟备有素席，冷热"荤"素俱全，鸡鸭鱼肉全用素品替代，做得惟妙惟肖。另有甜酒，实为醪糟。要得一桌，吃得皆大欢喜，仅仅花十元，如今说起人皆不信了，其实确真。

　　那年去是冬日，古城西安八百里秦川早已黄叶落尽，北风呼啸，一派萧索，

▲都江堰宝瓶口

但川西平原仍然满目绿色。清晨，淡淡的晨雾中，晶莹的露珠悬挂于依然青绿的麦苗、胡豆、油菜枝叶尖上，到处水汪汪的，田畴耕种精细，地埂植着桑树。印象最深是一幢幢土墙茅屋构成的农舍全都掩映于一丛丛挺拔婀娜的凤尾竹林之中，在晨雾中隐现。面面池塘都有麻鸭浮游，狗吠鸡啼，充满生机，真正天府之国，名不虚传。也是那次，在成都拜访了心仪已久的流浪文豪艾芜和刚刚复出的诗人流沙河，亦留下"蓉城锦绣，地灵人杰"的印象。

二

之后，笔者又历多次四川成都之行。举凡峨眉、乐山、三星堆、武侯祠、都江堰、九寨沟，乃至阿坝、甘孜、蜀南竹海、川西高原皆曾游览，方对这天府的历史渊源、山川格局有所了解。

"噫吁嚱，危乎高哉，蜀道之难，难于上青天！蚕丛及鱼凫，开国何茫然。"李白名篇《蜀道难》曾提及四川天府的环境，高原与群山包裹着盆地，从开国首领蚕丛、鱼凫以来，文明史可追溯3000余年。三星堆出土的与中原青铜器迥然不同的器物便是明证。战国时，秦灭蜀，从此蜀地融入华夏民族大家庭之中。四川四周皆群山耸立，尤其川西北的青藏高原，千年积雪融化为奔腾的江河，其中金沙江、岷江、沱江、嘉陵江四大水系尽在无垠的丘陵与原野流淌。有人说四水灌川，便是四川的来历。战国时蜀郡太守李冰父子修筑都江堰，堪称世界最早也是最伟大的水利工程。引岷江水自流灌溉，使川西平原成为中国最早的旱涝保收的沃野天府，也成为历代中原王朝最可靠的粮赋基地。

▶ 成都武侯祠大门

　　早在汉末，诸葛亮便在著名的《隆中对》中称赞四川："益州险塞，沃野千里，天府之土，高祖因之以成帝业。"汉高祖刘邦曾被封为"汉王"驻守汉中，管理巴蜀等地方。汉代的益州包括今四川盆地和汉中盆地。诸葛亮的英明论断已被历史所证明，不仅刘备取得三分天下有其一的帝业，蜀国定都成都，也在天府数千年的文明史上留下一段精彩华章。三国故事，脍炙人口，三国遗迹，遍及巴蜀，葭萌关、古阆中、白帝城、张飞庙，更有坐落成都南郊的鼎鼎大名的武侯祠。杜甫有名句：

　　　　　　　丞相祠堂何处寻，锦官城外柏森森。

　　可见早在唐代，武侯祠便成为一处供人凭吊游览的胜地。在诸葛亮殿前悬挂有一副对联：

　　　　　　　能攻心则反侧自消，从古知兵非好战；
　　　　　　　不审势即宽严皆误，后来治蜀要深思。

　　此联为清代文人赵藩撰书，赞扬诸葛亮作为军事大家，深知"攻心"为上。比如诸葛亮南征时对南方彝族首领孟获七擒七纵，使其心悦诚服，永不反叛。在和平时期，则宽严相宜，张弛并举，使人民群众能够安居乐业，不无事生非，政府与群众相宽相济，为后来治理四川提供了范例。这副对联对诸葛亮这位贤相做了客观公正准确的评价，成为广为传播的名联。千年积淀，成都市区的杜甫草堂、薛涛井、青羊宫，加之相距不远的宝光寺、三星堆、都江堰、青城山，均使成都生辉，使其增添不少让人向往、增人游兴的魅力。

地灵注定人杰。早在汉时，蜀都才子司马相如一篇《子虚赋》名播天下，竟引起失宠的皇后陈阿娇赏识，为重新引起汉武帝关注恩宠，不惜花费千金请司马相如作《长门赋》，真正一字千金，留下千古佳话。

唐时，李白、杜甫这两位中国诗坛代表人物均与天府有不解之缘。李白故乡在蜀中江油，杜甫曾居成都草堂，诗仙诗圣，双子星座光耀千秋。宋代出生于四川眉山的苏洵、苏轼、苏辙父子，三人都以文章名世，进入唐宋八大家行列，一门三杰，传为美谈。尤其苏轼一篇《念奴娇·赤壁怀古》真正浪淘尽千古风流人物。近代四川更是各类人才辈出，朱德、邓小平、刘伯承、陈毅、张澜、郭沫若、李劼人、沙汀、艾芜……多不胜数，他们的伟业文章、道德文范为巴山蜀水增添了不朽的光辉。

当然，历史并不全由大人物创造，倒常是处于草根基层的最广大的群众靠勤劳的双手，为其打下坚实的基础。四川人素以吃苦耐劳、顽强生存闻名。偌大成都平原如同崇山峻岭包裹的一团蜜橘，纵是富饶，并不能养活一川人口，绝大部分群众依然生存在山岭之中。尤其川西部高原，早年曾建西康省，足见面积之大，人口之众。这一带山岭高峻，河谷深切，土地贫瘠，生存不易。但川民不管在多么艰苦的地方都能拼，都能垦荒养殖，拉扯一家老小，宛如巴山蜀水间常见的毛竹，在贫瘠的悬崖石缝，扎下根去，便蓬勃生长。纵是如此，若逢天灾人祸，不能生存时，便也能四处闯荡。

在我的记忆中，从20世纪50年代，宝成铁路开通，在去新疆的数百万"盲流"中，川人要占半数。曾任四川省作协党组书记、著名诗人杨牧便是其中一员，他日后在长篇纪实文学《第一百万零一个盲流》中曾详细描述了川人闯荡西域的经历：真切惨烈，让人扼腕。那些貌似柔弱娇小的川妹子，实则坚韧顽强，她们往往牵群结伙，挎上一个小包袱仅凭着朋友或亲友的口信，怀着对未来的希冀和梦想便挤上火车，穿越秦巴大山那些长长短短的隧道，到大西北任何一个艰苦偏僻的矿山或小镇，安顿下来。遍及西北的"川妹子饭店"大多都由她们柔韧的肩膀、灵巧的双手支撑下来，给了大西北的建设者们多少切实的温暖。

改革开放以来，四川更是全国闻名的劳务输出大省。每年春节刚过，几百万男女便如潮水般四溢，大大小小的车站，莫不人头攒动，奔赴经济蓬勃、势头强劲的珠三角、长三角、北上广……不管地方多么显赫，他们的身影大多出现在建筑工地、城市下水道、煤窑、砖厂，纵是脏苦累差，也全然任劳任怨。我们谈及

▶ 远近驰名的成都美食

改革成就，无管新辟多少空港，建多少高速，高楼如何林立，城市如何美丽，离开千百万勤劳质朴、富于牺牲精神的农民工，这一切辉煌都无从谈起。

三

四川气候温暖，雨量充沛，加之灌溉便利，物产南北兼有，各类谷物、薯类、豆类皆备，鸡、鹅、鸭、鱼都产。四川生猪存栏富为全国之首，故而腊肉历来出名。蔬菜、水果更是种类繁多。"一骑红尘妃子笑，无人知是荔枝来"，当年杨贵妃所食荔枝即是四川涪陵所产，沿蜀道远驰长安。四川蜜橘则更是闻名遐迩。丰富的物产为酿制美酒和烹调佳肴打下基础。四川酿酒业可追溯至秦汉，唐时已十分发达繁盛，诗人雍陶曾咏赞：

> 蜀门去国三千里，巴路登山八十盘。
> 自到成都烧酒熟，不思身更入长安。

川酒之美，闻名京城长安，张籍也在《成都曲》中说：

> 锦江近西烟水绿，新雨山头荔枝熟。
> 万里桥边多酒家，游人爱向谁家宿。

至今四川名酒荟萃：五粮液、泸州老窖、剑南春、全兴大曲、郎酒和沱牌，

▲成都宽窄巷子小景　　　　　　　　　▲成都休闲光阴

占据全国酒业半壁江山绝非妄语。

　　名酒需名菜，成都除了各类小吃驰名，川菜亦为八大国菜之一。川菜植根于天府盆地丰富的物产和讲究饮食好吃会吃的历代川民的不懈努力，已成了满园名花看不尽的大气候。天府四塞险要，山川阻隔，在漫长的岁月中，川民无法走到京都中原去谋求富贵，彻悟之后，索性挣钱不挣钱，混个肚儿圆，富贵不富贵，哪如天天醉，在饮食文化上下足功夫，用够脑筋。连文人雅士、达官贵人也参与进来：文豪苏东坡首创东坡肘子，肥而不腻，老少皆宜；川督丁宝桢贡献了宫保鸡丁，脆软皆有，最逗食欲；画家张大千亦烧制出大千鸡，原汁保味，鲜香养颜……林林总总不一而足，使川菜既满足食欲口福又具备了人文内涵。

　　除了美酒佳肴，茶楼茶馆亦素为成都特色。蜀地多竹，竹编藤编美而精致，细雨深巷，竹椅茶馆，盖碗茶水，烫热毛巾，再加龙门阵每天一折，真正把天府去处的阴柔之美推向极致。若与西安相比，更能看出成都特色。西安自古帝王都，黄河流域黄土高原，周秦汉唐千年积淀，《史记》中最早载"水陆之地，天府之国"原指关中，城市建筑饮食民风都流露着纯朴厚重，古风犹存。而成都却如丛山包裹的一团蜜橘。岷江清澈，峨眉钟秀；男人精悍，女人婀娜。至于自贡灯市、成都小吃、蜀南竹海、青城道观、阆中蚕丝无不驰名中外。加之众多少数民族，生活多样，物产多样，服饰多样，民俗多样，均给成都抹上艳丽色彩、浪漫情调。此时，把西安与成都相比，前者是汉唐长安，那么后者可称锦绣成都了。

▲清末驻藏大臣在蜀道碑刻

川滇古道话茶马

　　古老的蜀道，并不仅仅是从汉唐国都长安通往四川成都，还是连接川滇乃至整个西南与西藏的交通命脉。张骞出使西域，在大夏时，看到了四川的土产邛竹杖和蜀布。张骞敏锐地感到蜀地四川可能有通往身毒国（古印度）的捷径，他向汉武帝报告了这一情况，引起了汉王朝对西南四川、贵州、云南一带的高度重视，先后派使节前往联系，并在公元前111年，先后设立汶山、武都、益州、交趾等郡县，把西南正式纳入汉王朝版图。修筑前往这些地方的驿道也势在必行。由于秦巴横陈，关山阻隔，不可能修筑像秦直道那样的宽阔驿道，规格降低为五尺。所以秦汉时期把通往川滇乃至云贵、西藏的驿道称五尺道。这个状况延续千年之久，直到清末民初。清雍正十二年，康熙皇帝第十七子果亲王奉命处理达赖喇嘛入藏事宜，沿途检阅各省军队防务，即由川陕驿道入藏，途经汉中，在勉县主持武侯祠修缮并留下了碑刻与诗句。这是清王朝治藏的一个重要事件。果亲王所撰《西藏日记》中有详记。这也展示了秦蜀古道在维护祖国版图完整上起到的重要作用。此外，笔者寻探蜀道时，曾在褒谷口鸡头关七盘岭上目睹清末驻藏大臣裕刚途经此处留下的一块碑石，上书"福德兆民"，时间为1904年。可见秦蜀古道从汉至清，2000年中都是通往川滇和西藏的主要道路。那么，这条线路是怎样通往西藏的呢？

从多种典籍和古道遗迹可以知晓，川滇驿道从长安出发，沿秦蜀古道穿越秦巴大山至成都，从成都有多条道路通往川西北高原，比如从都江堰、汶川至松潘高原；从雅安至泸定、康定、巴理等地。传统川藏大道大体与今天川藏公路一致，多以雅安为始发点。

雨城雅安

雅安地处青藏高原与四川盆地交会之地，且为传统茶区，有"扬子江中水，蒙山顶上茶"的美誉。

▲雅安是传统茶马古道起点，也是今日川藏线起点

而输往青藏的主要商品也是茶叶。

川藏公路修通之前，大宗货物主要靠骡马驮运，这也是"茶马古道"的由来。骡马驮着茶叶从雅安出发，翻越高耸云端的二郎山，经泸定、康定，再越折多雪山至新都桥，至此，古道又分川藏南线与川藏北线，分别沟通连小金、丹巴、理化、石渠、德格、色达、稻城、定乡、盐井、得荣、甘孜、瞻化、泸霍、道浮等川西北高原广大地域。南北两线过金沙江后于昌都交会，至芒康又与滇藏茶马古道交会，经工布江达，越米拉山口直驱拉萨。这也是今天川藏公路、滇藏公路的线路。

雅安是座小城，亦是座雨城，是个让人难以忘记的地方。首先雅安有特色，"雅雨""雅鱼""雅女"并称"雅安三绝"。我觉雅安的特色来自它所处的地理位置。雅安坐落于成都以西140公里，这儿已是川西平原的边缘，是四川盆地向青藏高原的过渡地段。整个雅安都分布在邛崃山脉的河谷与盆地，笼罩于浓绿滴翠的山峦之中。这里是通往西藏的川藏公路和通往云南的川滇公路的起点，也是已经逝去的茶马古道的起点。

正是由于雅安是四川人走西藏去云南的必经之地，与阿坝、甘孜、凉山三个少数民族地区紧密相连，也成为一块民族交会之地，有民族走廊之称。至今这片土地上还有彝、藏、羌、苗、蒙古、傈僳、纳西、布依等20多个少数民族和平相处，共同生活，形成雅安地形多样、物产多样、民族多样、生活多样的鲜明特色。笔者几次去雅安，留下至深印象的是雨。几乎每次去都下雨，且各有不同。有次去

▶灵秀俏丽的雅女

是初夏，成都平原已是夏日炎炎，酷热难耐，一到雅安，满眼青绿，心里便清凉许多。刚选定青衣江畔的宾馆下榻，就见山头起了乌云，转瞬铺扯开来，气势汹汹，一派不干好事的模样。接着便是一阵疾风，吹得窗户叭叭乱响，院里晾晒的被单、衣衫像风帆般鼓起。只听服务员一片喊声："雨来了，快些收衣服。"话没落点，只听咔嚓嚓一声惊雷仿佛就在楼顶炸响，一道闪电把黑云撕开，紧接着大雨如同江河倒悬，铺天盖地而来。眼睁睁地看着闪电处厚厚的云层裂开一道缝，那白花花的雨水便瀑布般跌落，形成一道奇观，仿佛谁把天河豁开一道口子，整个河水都倾泻下来，四周哗哗一片。天空被乌云罩得严严实实，只有雨帘闪着白光，弥漫着浓浓的雨腥味。啥叫大雨暴雨？之前所见的雨与眼前雅安这雨相比，都不算什么了，这才真正叫大雨、暴雨，雅安的雨！好在时间不长，个把钟头，风停雨住，云散天开，复又日光朗耀，把水淋淋的雅安城照耀得无比清新。

这时，突然呐喊声四起："荒水来啰！""荒水"是四川土语，就是洪水。刚才雨猛且急，四面山峦涧谷的雨水全都涌向青衣江，只见潮立墙头，从上游直扑下来，第一波浪花便铺满河道，刚来时看见的纤弱河水顿时丰满。待到几个浪潮下来，已是满当当的一河大水，吼声如雷，惊涛裂岸，满城的雅安人全都黑压压镶嵌在一河两岸，看水看河也看人了，据说这是雅安城每年都会有的风景。

雅安年降雨 1800 毫米，最大年降雨量可达 2400 毫米，是全国降雨最多的城市，有"雨城"美誉，是同纬度城市降雨量的几倍。雅安的雨多是有"根"的，这"根"植于青藏高原。每年春夏，冰雪融化，冷空气从高原扑下，却偏偏四川盆地聚存的热量也需要消散，冷热两股气流交汇在盆地边缘，遭遇于雅安境内，冷热空气相互作用而生成雨，随遇而落，就出息成了这么一座雨城。雅安多雨，

古道重镇康定情歌

故而植被茂盛，密密麻麻地挤满山峦峡谷，无一丝黄土裸出，无一块岩石显露，连空气都是湿漉漉、绿茵茵的。一方水土养一方人，从滴答着檐水的街巷和毛竹环绕的农舍里走出来的川妹子，大多都灵秀细柔，恰像木桶里泡出的豆芽菜，细纤纤的娇嫩，这就是"雅女"了。隔日在雅安古镇拍到一组图片，果真如此。

高原名城

兴盛千年的茶马古道，有许多久负盛名的地方，除明清两代曾设茶马司的雅安之外，若论名城要首推康定。因为康定不仅是茶马汇集之地，还曾是西康省会。汉藏杂居，风情浓郁，一首"康定情歌"响彻高原，演绎出多少风流往事。当初，官衙、庙宇、街市、民居、机关、学校无不沿折多河畔修筑，蜂巢般密集，蛛网样串联，远处看去，一片灰蒙蒙的房舍建筑密不透风，唯有宏大的喇嘛庙的黄色瓦顶在树丛中隐现。这也就提醒往来客人，进入藏区了，当然还不能和真的藏族核心，比如卫藏相比。这一带难免汉藏杂居，回羌混住，服饰驳杂，饮食各异，但无论藏汉回羌莫不需要柴米油盐，婚丧娶嫁，生儿育女，支差纳税，把人生的功课或甜或苦地进行到底。

这片泥墙瓦顶之下，火塘吊罐之畔，也如同外部世界，不乏复杂与纷扰，丰富和多彩。尤其清末民初以来，百十年间，世纪更迭，新旧交替，演绎出多少恩怨情仇，人生活剧。只要进入川边康区，饮食便骤然生变。四川天府，稻麦两熟，一日三餐，大米白面，花样翻新，各类蔬菜，必不可少，家境富庶者自然鸡鸭鱼肉，隔三岔五，打顿牙祭。康区却主产青稞、苞谷、土豆、荞麦、杂豆，主食则

▶ 牧区传统打奶茶

为糌粑，是把青稞麦炒熟，磨细并不去皮，类如汉地炒面。藏人外出，羊皮袋中必装糌粑，怀中则有木碗，黄昏扎营，煮沸开水，抓糌粑于碗中，添进沸水，用手指捏团，即可食用。讲究者再放进酥油和奶渣。隔三岔五，食牛羊肉，牧区则有鲜奶，随时可饮。

古语"腥肉之食非茶莫消，青稞之热非茶不解"，故茶叶早在秦汉便传入牧区。牧民以马易茶，形成于隋唐、盛于两宋、延续至明清的"茶马互市"，牧区则将茶在实际生活中推演为酥油茶。原料并非今日都市考究之名茶，其实名茶营养元素并不丰富，而要等茶叶长老，茶味浓郁，再加工压缩为便于运输、储藏，亦方便使用的砖茶。牧民使用时敲下小块茶砖，用水熬成浓汁，滤掉茶叶，倒入细长的木桶，再添进酥油、牛奶、食盐，还可放进芝麻、核桃提味，使之成为消渴、解腻、营养、充饥、堪称经典的牧区饮料酥油茶。只要进入藏区，酥油茶便是男女老幼臾须不可或缺的食品，需求量十分惊人。

康定地处要冲，作为康藏门户，仅是做茶马生意的锅庄便多达48家，运进雅安川南一带所产砖茶，动辄万引，每引30包，每包30斤。砖茶用骡马驮了，沿古老的山道运往广阔藏区，运出的则为康藏土产，大宗为羊毛畜皮，次为大黄、贝母、虫草、秦艽、羌活、泡参、知母等中药材。当年并无动物保护一说，故麝香、鹿茸、鹿筋、熊掌、兽皮亦有相当数量被运出藏区。单说48家锅庄，这家有骡300头，那家注定有骟马500匹，占据最大份额的八大锅庄，骡马均以千计。每年马帮起动之时酒宴需摆三日，到处张灯结彩，鞭炮炸响之处往往头骡上了40里外的折多山顶，尾骡方从院落起身，无论东去雅州，西出拉萨，在长达数月乃至半年的旅途中，马帮管理，货物照应，人畜食用，夜晚宿营，还难免遭遇暴风

▶川藏公路

雪骤至，严寒冻伤。若道路突然崩塌，人畜伤亡，还免不了遭遇骡马惊散走失、土匪打劫等等。稍加细想，便会深感组织马帮驼队所需经验智慧、素养耐力，绝不亚于组织一次大规模的战争。但藏族同胞硬是凭着与生俱来的坚韧、勤勉，加之马帮驮队千百年积累的经验、智慧和行之有效的各种行帮规矩，把这桩惠泽藏胞的茶马买卖推演了千年之久。

地理边界

在川西高原多条南北延绵的山系中，最为出名的是贡嘎雪山，因为它以海拔 7556 米不可挑战的高度，高居群山之巅，享有"蜀山之王"的美誉。再就是二郎山了，二郎山的出名是因为 20 世纪 50 年代修筑川藏公路时，音乐家时乐蒙一首《歌唱二郎山》，红遍大江南北，国人都知道"二呀嘛二郎山呀，高呀高万丈……"

但历史地理学家们更看重的是折多雪山，因为它是一道名副其实的地理分界线。折多雪山位于四川省甘孜州康定县境，准确地说，鼎鼎大名的康定城就坐落在折多山与跑马山之间，地处由折多河水冲刷出的一道长长的峡谷之中，属典型的两山夹一水。河谷平坦温暖，且有取水舟楫之利，开阔的地方还被垦殖出来种植，逐步引进青稞、胡豆、玉米和土豆，还有生长期短的蔬菜。有了这些也就可以安排下千把户人家。一道短短的街市，若再有一座院子来安顿县署、警局、机关、牢狱和一所学校，差不多也就形成一座相当规模的县城了。

那么，折多山何以受到史地学家们的器重？必须身临其境才能恍然大悟。乘

▲地理分界折多山

了汽车离开成都，一路向西行驶 140 公里便可到达雅安。这儿山水环绕，满目青翠，进入了横断山脉，或者说是青藏高原的边缘，所以人们把雅安称为川藏公路的起点，也是延续千年的茶马古道的起点。沿川藏公路继续向西，行驶 160 公里，翻越川藏线上第一座海拔超过 3000 米的二郎山，再下到谷地便是泸定县了。细心的旅客会发现，泸定河谷与县城跟内地并无太大区别，河谷开阔，温暖向阳，田亩相望，村庄里多为汉族群众，因为泸定河海拔仅 1500 多米，自古适宜农耕。越过大渡河，再往西去，到达康定县城。毕竟做过西康省会，康定城气势规模远超泸定，但县城海拔已超过 2600 米，河谷很少有田亩庄稼。不管城乡，藏族群众已成为主体，历史上康定 48 家锅庄几乎垄断了整个藏区的砖茶和生活用品生意。康定城区商号林立，人烟辐辏，自古繁华。

从川藏线进藏，离开成都，第一天必宿康定，次日继续前行，离开县城便登山，这山便是川藏公路也就是 318 国道通往西藏必须翻越的折多山。几乎要整整两个多小时，才能到海拔 4300 米的山垭。在此环顾，前方层峦叠嶂，无边无涯，白雪皑皑，银光闪耀，让人骤然产生步入另一个世界的感觉。回首探望，康定县城坠入谷底，自己已有站在青藏高原边缘的感觉，这感觉是对的。翻越折多山后，

▲川滇良马

向西下到谷底新都桥，海拔也在 3500 米，这儿是川藏南线与北线的交会处，也就是说，无论南北线，再往前行都是藏区和牧区了。

这时会真正体会到折多山才是农牧汉藏真正的分界线。"折多"在藏语中是转弯的意思，此山以西便是纯粹藏区，所以折多山也是汉藏文化的分界。历史上那些有作为的政治家和军事家、史学家，比如赵尔丰、任乃强等都主张西康省的划界应该东起打箭炉（康定），西至今西藏境内的宁静山，直达工布江达，距拉萨仅 200 公里，把金沙江、澜沧江、怒江三江并流地区，整个横断山脉完全归属于西康（省），以达到固川、保藏、御英的目的。这固然已是历史。时至今日，站在折多山顶回顾，清末民初，英俄插手、西藏游离的险恶风云，不能不深感先贤们的眼光何等远大，器度何等开阔。利用山形水势抗击列强的环窥觊觎又是何等智慧。再看近在咫尺的折多山雪峰，冰晶雪莹，寒光闪闪，宛如一把利剑直插天际，拱卫着这广袤却并不多余的疆土。

闲话马帮

在川滇西北高原一带，老人们都还记得至少在 20 世纪 50 年代，马帮还遍及三江流域、川滇西北高原。每临黄昏，那些穿山越岭的古道，总传来赶马人的号子声和一路叮当的马铃声。这会儿是古道边村寨最热闹的时候，夕阳给起伏的高原群山镀上壮丽的金辉，勾勒出明暗分明的线条；山风起了，一片清爽；接着便是愈来愈近的马帮铃声和赶马汉子喜悦又急躁的吆喝。远从普洱、景东，近从雅

▶图中老人曾是马帮的赶马人

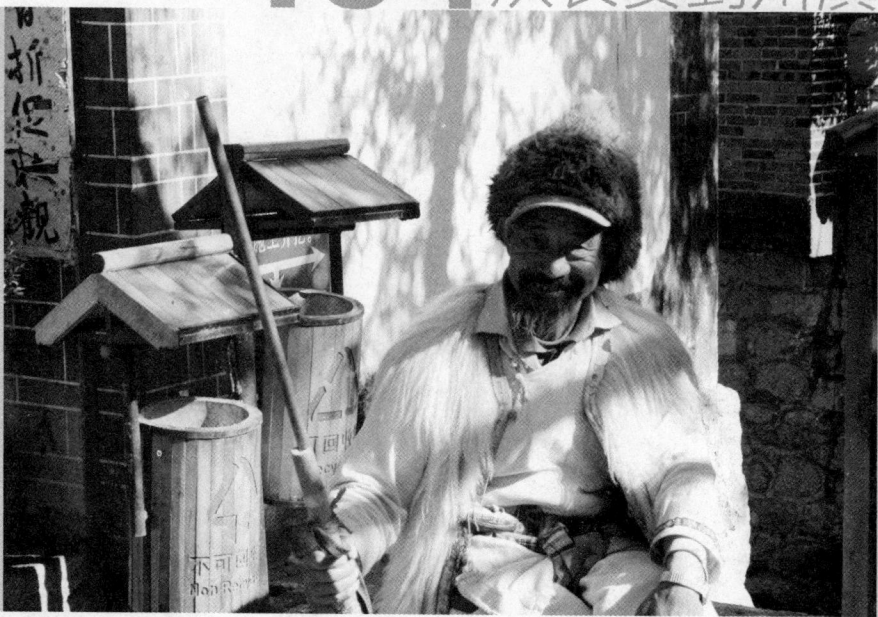

安、康定过来的驮着砖茶的马帮，要经中甸、德钦，或是巴塘、理塘，再经昌都、芒康到遥远的拉萨。大小客店住满，村寨也成必歇之地。灯火通明的货栈客店，有热气腾腾的饭菜，有让人馋涎欲滴的腊肉烧酒，甚而还有相好的许多女人，驮马也能取下驮货，加足草料，悠闲地在河滩草地上打滚解乏，镇上孩子跑前跑后看热闹……这一切都让赶马人兴奋不已。随着叮当作响的马铃声，放开嗓子，引吭高歌。赶马人的歌大多是一种无字的号子，不是在唱而是从胸腔沉闷地通过嗓门发出，总是"噢嗬嗬……噢嗬嗬……哎"，高亢得响彻天际，悠长得无止无境，渗透着一种彻骨的苍凉与悲怆。赶马人的号子不知在沟通滇藏的山道上响彻了多少个世纪。

追溯起来，早在秦汉，秦王朝所筑驰道，在关陇中原，宽达 50 米，在修筑沟通云贵西南驰道时却只能修"五尺道"，并因云贵与青藏高原衔接，三江并流，河谷深切，谷底与山顶动辄相差两三千米，纵是秦汉国力强盛也无可奈何，"五尺"也未必全能达标。川、滇、藏之间的高山峡谷，上边是壁立千仞的山崖，下边是奔腾湍急的江水。在没有炸药和现代开山技术时，只能采用原始的"火烧水激"之法，即用柴薪烧烤岩石，再用冷水激酥，开出仅容一人一马通过的"单边道"。山间铃响马帮来，借助马铃告知对面的马帮在宽展处等候让路，避免"撞车"，这也是马帮需带马铃震响的原因。

尽管如此，人马通过难免心惊胆战，稍有不慎，就有人马失足跌落深谷江水的惨剧发生。在这样的险途上行走，且莫说古代的牛车、马车难以通行，就是笨重的牛、驴都不好使用。牛笨且慢，驴小驮货少不划算。相比之下，马是唯一的选择，好在川藏云贵自古产马。马是人类最早驯化的家畜之一。美国学者爱尔德说："大概马之被驯养，最早是在中亚细亚，约七八千年之前。"云南曾发现原始马的化石，研究者将其命名为云南马。从出土的马骨看，公元前12世纪，云南就有驯养马出现。茶马古道必经的德钦墓葬中发现西周晚期的铜铃马饰，说明马的功用也早被人类发现，从最早的食用到乘骑、游猎、农耕、运输、驮载、运动、娱乐等。所以，在川藏云贵，马被作为驮载运输的首选，最终形成马帮。

一方水土养一方人，一方水土也养一方牲畜。大西南川滇云贵男皆精悍女皆婀娜。西南马个头儿不大，却身体强健灵活，耐粗食，能驮重，善走山路，聪慧识途，尤其是马和驴杂交的后代骡子，更能负重，吃苦耐劳，素为赶马人喜爱。马帮中大半为骡，带路的头骡往往要选最有经验、智慧、不怕惊吓、体形也高大的骡子担任，负责探路打头。一个马帮选好头骡至关重要，否则，遇"单边道"险途或渡江时遇摇晃的铁索，头骡畏惧不前，整个马帮便会乱套。

马帮起于何时？多数学者认为不会晚于秦汉。早在战国时期，马的乘用，驮载已非常广泛。马帮可能会经历这样几个阶段，起初单家独户把自己的马用于负重、乘骑。有些商品需长途贩运，比如食盐、茶叶，只能结伙前行，开始可能临时聚散，随着商品交流的发展，规模扩大，路线增长，需数月才能往返，需要经验丰富的专门人才组织，专业性马帮就逐渐产生了。还有一种情况，一些经验丰富的赶马人，有了积蓄，有了自己的驮马和雇佣马夫的能力，但自己没有商业机会，也不经商，就会从商会、商号的马帮中脱离出来，只承担运送货物的任务，成为更加单纯和专业的马帮。

从川滇古道马帮的情况来看，有资本雄厚的锅庄（商号），拥有自己的马帮，也有赶马人组织起来的单纯马帮，更有短途运货的临时性马帮，各种形式并存。但无论什么形式的马帮，都需要终年四季劳苦奔波，风餐露宿。赶马人都系为生活所迫的底层劳苦群众，要身强力壮，能够吃苦吃亏，服从马帮行规，才能成为"马脚子"，即赶马人。

马帮有许多约定俗成的规矩：5匹驮马为一把，8把即40匹驮马为小帮，3小帮即120匹驮马为大帮。再有"散帮"或"拼伙帮"。马帮必有马锅头，由最有经验和能力的赶马人担任。马锅头的由来是每个马帮都要带做饭用的铜锣锅。我在云南古董摊上见过，扁圆形，一尺见方，下大上小，有盖，有耳，全是铜的。用来焖米饭，这是马帮的主食，也可烧开水，炒菜。这个铜锅是整个马帮的"饭碗"，素为马帮看重，谁若不小心撞翻铜锅就犯了大忌，大家会担心这趟不顺利会丢饭碗。所以，铜锅必须由马锅头掌控，饭做好后由马锅头揭盖并给大家分饭，形成"同锅吃饭，坐地分钱"的行规。能够当上马锅头必须对沿途道路、险途、关口、渡口都了如指掌，对各地特产、价格、包装、运资等商情十分清楚，与沿途客栈、商会、老板乃至土匪都有关系，能随机应变，对付各种意外，还要熟悉骡马脾性，预防瘟疫，通晓沿途民族语言、习俗，能打通关节等等，学问大了。那些经验丰富、才能出众的马锅头受人尊重，也为商家看重，争相聘请。有的大马锅头在整个茶马古道都享有盛誉，连打劫的土匪都敬畏三分。

马帮还按地域民族分为藏族马帮和靠近藏区的康定马帮或丽江纳西族马帮。这是因为川滇之间由马帮踩踏出来的古道，路途遥远艰险，沿途雪山激流，雪雨无常，气候恶劣，人烟稀少，行程至少三个月，往返则需半年，人和驮马都必须适应藏区气候环境，身体强壮者才行。进藏马帮，每年来去一次，春季到思茅、普洱或雅安、康定驮茶，之后沿中甸、巴安，过金沙江进入西藏，经林芝、工部到达拉萨，再驮载藏药、毛皮、氆氇等土产山货，秋后返回。冬季大雪封山即无法行走。走此路马帮多为藏族，马也多产自藏地，体形小而强壮，皮毛厚而长，能够御寒耐久。藏族马帮往往人强马壮，骡马最少百头以上，还有多至五六百头者，需携带帐篷、酥油、武器与藏獒，形成一支武装。藏族马帮一般只到丽江或康定，不进内地，主要因为气候、语言、习俗迥异，早年高寒藏区的人到内地多得天花不易治愈。但藏族马帮最为稳定可靠，每年必来，因为藏族群众"腥肉之食非茶不消，青稞之热非茶不解"，而藏区并不产茶，需要的茶叶数量巨大。马帮来川滇主要是运茶，这也是川滇藏间的商道被称为"茶马古道"的原因。

茶叶小史

中国是茶叶的故乡，是世界上最早发现茶、培育茶、饮用茶并创造了灿烂茶文化的国家。唐代陆羽所著中国首部茶叶专著《茶经》问世后，人们便以为茶叶自唐代方为人所知所用。这其实是误解，早在陆羽之前的西汉，王褒的散文《僮约》中就出现"茶具"这样的字眼，并且提到如何汲水，如何煎用，如何储藏等。这表明茶叶很早就有饮用程序技巧，收藏茶具也到了十分讲究的地步。那么，由此推测，茶叶的发现与饮用也许始于三皇五帝之世，可以说，茶叶几乎与中国青铜器、陶瓷、中药材这些国粹同时诞生的呢。

陆羽说："茶者，南方之嘉木也……巴山峡川有两人合抱者……"意思是说，茶叶是南方生长的植物，诞生之地在巴山峡谷。之后茶叶沿汉水传入江南、沿海，这是有目共睹的事实。茶叶截至目前最北的生长线在淮河、秦岭以南的豫南、陕南、淮南。再往北，就见不到茶叶的踪影了。

藏式饮茶之一 ◀

藏式饮茶之二 ▶

其实，云贵高原自古也是茶叶的故乡，且由于纬度偏南，海拔升高，更适宜优质茶叶的生长。唐时《蛮书》中记载："茶出银生城界诸山。"银生指云南景谷至西双版纳一带。清代阮福在他的《普洱茶记》中写道："普洱茶名遍天下，味最酽，京师尤重之。"文学大家曹雪芹也在其大作《红楼梦》中多处写到大观园中饮品普洱茶。比如在第六十一回中写道："林之孝家的又向袭人等笑说：该焖些普洱茶喝。袭人、晴雯二人忙说：焖了一茶缸女儿茶，已经喝过两碗了。"说明当时普洱茶已经深入到京城达贵之家。另外还有了"女儿茶"的分类和讲究。云南普洱茶山有一棵"茶树王"，高近 5 米，树辐射达 10 米，直径近 1.5 米。经专家鉴定，这棵茶树王系人工栽培，已有 800 年树龄。近年，在云南深山又发现一棵野生老茶树，高达 34 米，经鉴定已有 1700 余年。可见云南茶树、茶叶、茶业历史的悠久。

以普洱茶为代表的滇茶历史上在云南各族群众生活中就占有重要地位。普洱一带有茶农家谱的可追溯到 55 代先祖。他们世世代代务茶、售茶，以茶为生，以茶交换各种生活必需品。《云南通志》中说，普洱一带山民"衣食仰给茶山"。在销往各地的茶叶中，经过滇藏茶马古道运往藏区的茶叶不仅数量最大，历史也最悠久。

那么，何为普洱茶？史书记载："普洱茶名重于天下，出普洱所属六茶山……周八百里，入山做茶者数十万人……茶客收买，运于各处。"如果仅仅是普洱所产的茶叶还不能算人们心中的普洱茶。还要经过一系列传统制作工艺，自然发酵和人工发酵，最后经过挤压加工成团茶、砖茶，才能称其为普洱茶。这其实也与历史上普洱茶远销京都、西藏、越南、老挝、缅甸，需经茶马古道长时间运输紧密

▲ 当年的川藏古道

相关。

　　首先，运往牧区的茶叶不可能是今日的所谓"名茶"，专门采摘嫩芽毛尖再精致加工。牧民长年食肉，无蔬菜水果补充维生素与帮助消化，必须借茶叶，嫩芽毛尖营养不足亦不堪此重任。牧民更喜欢饱含茶多酚的精叶老茶。普洱茶原本就是一种大叶种茶，恰符合此要求。另外，长途运输且为骡马驮运，对体积重量都有一定要求，所以必须挤压成团、成饼、成砖、成坨以便于运输。

　　古道悠远，路途艰辛，茶叶从滇西南茶区运到京都、滇西北，再转运至广大藏区、牧区乃至销往国外，少则数月，多则一年。在长期贮运过程中，茶叶历经冷热交替，湿寒更迭，海拔升高，自然发生缓慢的发酵，茶叶外观由绿变褐，汤色则变得红艳，滋味则浓酽中带甘，无论口感汤色都更加受欢迎。尤其是牧民再配以酥油、食盐、调味品调成酥油茶后更成为牧区牧民不能离开的经典饮品。普洱茶也成为无法仿制、独树一帜、深受人们喜爱的名茶。

历史上，每当春茶上市，各路马帮都会汇聚普洱府，用马匹、药材、皮革、食盐及生活用品换购普洱茶，滇藏之间的茶叶销售量不断增加，每年销往西藏的普洱茶多达 500 万斤，一度有力抵制了英印公司销往西藏的茶叶。如此规模滇茶能够走俏雪域高原，也委实得力于川西、云南与西藏之间自古便存在的一条沧桑古道。

沧桑古道

藏学家任乃强先生名著《羌族源流探索》中提出，川滇西北高原，三江并流河谷曾是羌族先民北来的通道。费孝通先生也在其《中华民族多元一体格局》中指出，中国西部有两条民族经济文化交流的走廊，一是今天的宁夏、甘肃一带的黄河上游走廊，一是滇川藏地区六江流域走廊。人们形象地把前者称为"丝绸之路"，将后者称为"茶马古道"。

可见，茶马古道历史十分久远，几乎可追溯至古代先民自然踩踏和自然发现的阶段。茶马古道的形成也得力于始于唐、盛于宋、延续至明清的茶马互市。《新唐书·陆羽传》中说"时回鹘入朝，始驱马市茶"。表明早在唐时，中原王朝就开始了用茶和游牧民族吐蕃、回鹘易马的商贸活动。这样可以起到外安抚边民，内充实军力、驿力，活跃边贸的多重效果。所以历代中央政府都很重视，专设茶马司，配备熟悉情况的官员和通晓胡语的翻译任通判来加强管理。

在朝廷以茶易马的政策推动下，川藏、滇藏两条最重要的茶马古道不断得到延伸和发展。这两条茶马古道也可以说是国内交通史上历史最悠久、路途最遥远、环境最艰苦的古道。它们从海拔仅千余米的茶叶产地，一路跋山涉水，穿越雪山激流，一直攀登上海拔 4000 余米的雪域高原。从亚热带直到高寒地带，于斯寄命徒苟延，气候多变，地形复杂，多数情况下，马帮要风餐露宿，靠火塘取暖度过寒夜。行走在这样的古道上，赶马人的艰辛难以备述。清代纳西族诗人牛焘曾作诗咏叹古道："传闻鸟道入蚕丛，中有雪山高插天……跬步咫尺人鬼异，于斯寄命徒苟延！"另有民谣："正二三，雪封山；四五六，淋得哭；七八九，稍好走；十冬腊，学狗爬。"稍加体味，就不难体味当年的赶马人行进在这样的古道上是何等艰苦卓绝。

然而，川藏、滇藏古道却从远古先民交融的自然通道、南北民族迁徙的走廊，到唐宋以后的茶马互市，经历数千年不弃不衰，不仅沟通商贸，交流茶马，维护多民族国家的完整与统一，还积淀了一份厚重的茶马文化。各民族马帮约定的行规与禁忌，观念和思维，风俗与宗教，伦理与经验，无论苦累盈亏永不言弃，不畏艰难险阻只讲进取，面临各种灾难共同承担，打破各种界线互利互惠，代代相传，维系和保障了赶马人和马帮的利益。流动的马帮带动了沿途村镇经济的兴旺和发展，马帮与赶马人在漫长的岁月漫长的古道上留下许多脍炙人口的民歌、民谣、传说和故事。滇藏古道上的狗碑，记载的就是一件曾经发生过的真实故事。

清末，一支有百匹藏马和数十位藏族汉子的马帮在普洱驮足了茶返藏途中遭暴雨险些迷路，幸亏一条多次奔波于滇藏之间的藏獒识途带路，带他们赶到了当晚应宿的站口霍家垭口。这儿有家专为来往马帮打马掌的铁匠铺，与马锅头十分熟悉，当晚置酒洗尘，宾主尽欢。次日马帮上路，已翻了几座大山，中途休息打尖（临时性充饥）时，马锅头才发现装着银圆的钱袋不见了，再一细察，藏獒也不见了。钱袋不见，不知丢哪，路已行远，无法寻找，只能自认倒霉；藏獒不见，也许寻找猎物，晚上就能跟上，这是常有的事。但直到马帮进入西藏，藏獒也没出现。

第二年，这支马帮又途经霍家垭口时，一个拉肚子的马夫在丛林中方便，突然惊着一边叫马锅头，一边往回跑。大家走进丛林一看，一处隐蔽的石崖下，趴在石上的正是去年走失的藏獒。它早已去世，尸骨腐烂，头却朝着家的方向。马锅头十分悲伤准备掩埋藏獒，却发现狗肚下压着什么，一看正是去年丢失的钱袋。这只聪明忠实的藏獒就这么用生命守护着主人的财产，它相信主人一定会回来……茶马古道，正是由充满智慧的马锅头、吃苦耐劳的马脚子、强健善走的骡马以及忠诚的藏獒，才在川滇西北、三江并流的极端险峻之地创造了规模最大、历经千年的辉煌。

从 | 长 | 安 | 出 | 发

从长安到川滇 /下/

秦蜀古道全程探行纪实

王蓬 著

陕西新华出版传媒集团
太白文艺出版社

第三辑／蜀道风情多绚丽

▲乡村喜日

秦巴山地风情

悲 嫁

男婚女嫁，历来让人沉浸在欢欣喜悦之中，使人对生活生出希望与憧憬。只是，喜悦表现不同，古栈道沿线群众常采取"悲中藏喜"的方式。

秦巴山地，环境艰苦，姑娘也需自小放牛，割草，扯猪草，采野果，爬坡上树，与小伙无异。可谓"嘴有一张，手有一双"，能干泼辣。虽居大山，婚姻却相对显得自由，男男女女日常上坡劳作，下坝赶集，冬日火塘，婚丧聚会，多有互相中意机会。且大山丛林不乏约会沟通去处，竟如某些少数民族谈婚那样富于浪漫情调。

常是两人已经属意，再走过场：请山沟德高望重老人提媒，然后两个家庭一本正经来往，四时八节送礼，春种秋收帮活。这期间再加深了解，合则成，不合则散，并无约束。真正情投意合，便可择良日，议嫁娶了。

山区寂寞，历来重视婚嫁喜事。一家有事，方圆十里人家相贺。宰整头肥猪，做大坨豆腐，垒大灶，搭伙棚，一派喜庆。但临嫁前日，却有"哭嫁"之风。

▲ 迎娶新娘

"哭嫁"颇讲仪式，需请两三位相好的大嫂姑娘"陪哭"。一"哭胞亲"，即哭父母兄弟姐妹，边哭边叙说父母养育之恩、兄弟难舍之情；二"哭百客"，即对亲友客人陪嫁"添箱"表示谢意；末了是"哭迎亲"，即对男方迎亲队伍进行指责，责骂他们不近人情，如此迅速便把姑娘接走。

"哭嫁"亦庄亦谐，悲中带喜，动情处固然真哭，声泪俱下，缠绵感人；假哭时亦装模作样，假戏真做。也有新娘沉不住气，扑哧一声笑出声来。

近年，商品大潮汹涌，"哭嫁"之风渐淡，旧俗倾倒，新风未立，攀比嫁妆，讲求排场，竟有因争执彩礼弄得亲戚反目，宾主失欢，真正酿成"哭嫁"。只是，这类事儿哪儿都可能发生，又岂止秦巴山地哉？

喜　葬

大山深处，老人多长寿。常有这样情形：竹林环绕的茅舍院落见位老人，弯腰驼背，划篾编筐，十分精神。过了足有十年再去，茅屋已被瓦舍取代，世事沧桑，老人却依然健在。只是眼花耳聋，或戏领儿孙，或静晒太阳。笔者曾见几位20世纪初诞生的九旬老人放牛拦水，劳作不息。

但人又终有一死。山区老人多为老死病死。此时，早已儿孙绕膝，百事已了。

▲勤劳一生的山区老人

老人本身经朝历代，饱阅世事，自然视死如归。即便隔房侄孙揶揄"啥时抬你上山"，也只"鬼崽娃子"笑骂一句而已。

常是夜间或清晨，炊烟起处，哇地传出哭声，山沟里人便鼓噪："蒸饭锅开了！"意思是操办丧事，山沟人又可以饱餐一顿！

当事人家中自然忙乱，先设灵堂，接受亲友祭奠。来者照例送纸钱十张、供品一盘（十个馒头）。近年也开始送花圈挽幛。晚间儿孙则需守灵。讲究人家也哭孝歌也做道场。一般首尾不出三天。

隆重当然要首推安葬。凌晨便忙碌，备办酒席，接待亲友。待到主持人一声吆喝"升棺"！身穿寿衣的老人被小心翼翼放入备好多年、土漆刷过的棺木之中。伟人讲究盖棺论定，山野老人断无此殊荣，仅换来儿、孙一片哭声。末了，便绑定"龙杠"，八抬十六抬不等，一串火炮响起，精壮小伙们便一阵风抬往墓地。

墓坑早已挖好，自然向阳避水，坐北朝南，讲究头枕高山，脚登流水，以便荫福后人。随后下棺、烧纸、垒坟，转瞬之间老人长眠地下。

主人则散烟致谢，再无悲哀。至于酒席宴开，划拳吆喝，男女已尽喜笑颜开。至多临别时上年岁的人叹息："死了好，一了百了。"

细想，人生得意失望，起落沉浮实乃宇宙之一瞬。山区群众视死如归，化悲为喜，真有点儿唯物主义精神呢。

离 异

古蜀道沿线，群众多为历代避灾躲难，流落至此。尤其抗战时期难民纷至，至"文革""四清三查"，百十户人家的弹丸小镇，竟有18省人氏。真正五方杂居，绝少户族约束，创业生存成为第一要素。表现在婚姻上的明显特色便是讲求实际，风气开通，并不把婚姻看成是"终身大事"，不可更改。

早先，山地男人因狩猎、割漆、伐木致残机会较多。一旦丧失劳动能力，女人便需要招一位男人上门，养活家人，也包括原先的丈夫。谓之"招夫养夫"。此类情况全凭女人聪明，从中周旋，使两个男人都得到好处和温存。于是大家和睦相处，把艰苦日子打发过去。也有的天长日久，性情不和，双方生厌，好说好散，并不纠缠。别的男人若不嫌弃，亦可来补其位置，愿打愿挨，并不勉强。

还有种露水夫妻。割漆匠、山货客光临深山，不久便会与借宿人家女人勾扯起来，带些外界化妆用品、时髦衣衫，添补些零花钱，讨女人欢心。家中男人则佯装不知。分手时双方满足并不痛苦。青山依然无言地耸立，日头照常从山头升起。

但若说山区没有真挚爱情，也属偏见。山地许多劳动，挖坡点豆、割草盖屋、耕耘收获，皆需男女互帮，相濡以沫，以至许多夫妻爱得粗犷热烈，矢志不渝。真正少是夫妻老为伴。有的一人先去，另一人也抑郁成疾紧紧相随，其情谊深厚，让人叹为观止。

受环境遗风影响，即便当今青年男女，也并不把离异看成危及身家性命般严重。女人遇着负心汉，不哭不闹，愈加顽强地摆摊设点，操持子女，自谋生路。有女人跟人跑了，男人也只叹息："没那个心，留下也枉然！"大度坦然，绝不反目为仇，更不互相攻讦。

倒是有些自喻为有现代观念的都市青年，一方生变，顿觉天塌地陷，痛不欲生。相比之下，山地人对待离异的态度委实让他们脸红一番呢。

秦巴山地风物

▲砖雕——东关净明寺

西乡砖雕

秦巴山区，蜀道沿途，不经意的发现常让人惊喜，何况是如此巨大的一块砖雕，足有一米见方。历经风雨，竟完整无损，真让人不敢相信。这面砖雕至今镶嵌在西乡县政府门前的照壁上。这儿曾是历代衙门所在，十分得体。不知有关专家是否考证清楚：古人曾在砖瓦上做过多少文章？汉砖的厚重，唐砖的富丽，宋砖的精致，明砖的纹饰，仅是小小瓦当便严格区分：前朱雀、后玄武、左青龙、右白虎。林林总总，也就凝固了先民的规矩礼仪、思考才智，为后人留下了一份弥足珍贵的财富。

笔者务农时，曾参与一起发掘古墓。生产队修仓库挖土，突然挖出厚重砖块，完整无损，奇大无比，一个莽壮小伙仅能担起两块。再挖就出现陶灶、陶罐、陶仓、陶狗……村里文化人多，懂规矩，报告有关部门，全部运走。怕运输过程中损坏，有关部门让几位农民用箩筐挑去，每人付了几块钱运费，很让乡邻们羡慕了一阵。

后来就乱了，学大寨时，挖出许多尺把高的陶俑，都被一锹头一个砸碎。砖瓦也被拉回去修了猪圈。笔者曾拉回过一个陶俑，后来弄丢，颇觉可惜。但却获得了一块唐代的手印砖，是在关中，那儿唐家汉墓巍然高耸，秦砖汉瓦地头常见。除名声显赫的茂陵、乾陵外，笔者专门去了崇陵。因这墓主唐德宗来过汉中，这是1200年前的事情，汉中当时叫梁州。已是晚唐，强盛光景一去不返，藩镇造反此起彼伏。太尉朱泚带领叛军攻占长安，德宗无奈之下，匆匆夺道逃往汉中。历时三个月，平定叛军，方才返回长安，但德宗女儿却在路途病逝，便留下洋县的"安冢"。另以他的年号"兴元"赐梁州府，故汉中至今有兴元之称。

正因为想起唐德宗曾免了汉中的两年赋税，也就动了看望他的心思。可惜，位于泾阳嵯峨山下的崇陵，除格局犹在、石兽耸立之外，其余建筑已荡然无存。宽阔的神道种着庄稼，恰有村童赶着大群牛羊经过，让人顿生沧桑之感。

徘徊之中，突见草丛中掩着石人雕像，横七竖八，竟有十几个之多。唐代文物啊，竟也无人过问！又见一堆瓦砾里，有一块砖面竟有一个手印，伸开五指按下，刚刚吻合。同去的朋友讲，这是唐时著名的"手印砖"。工匠做好泥坯，便伸展五指按下，是何道理，尚不清楚。但唐德宗到过汉中却是确切的，于是笔者就像到亲戚家去一样，不怕沉重，背回了这块唐代"手印砖"。于是开始对砖关注，注意到西乡这块巨砖上有精美的浮雕。

两岸山峦起伏，林木苍翠，一河流水，自崖头奔腾而下，形若瀑布，飞玉溅珠。上有祥云彩霞，巨龙盘旋；下有鲤鱼蹦跳，飞跃龙门。气势磅礴，造型鲜活。把这面砖雕置于衙门口照壁，是否还含有鼓励青年人寒窗苦读飞跃龙门的寓意？

这些且不去管他，笔者倒是对工匠们怎么造出如此巨大精美的砖更感兴趣。推想，如此巨大的青砖，不可能也不需要从外地运进，只能是西乡当地工匠的作品。因为无论从哪方面看，西乡都有足够的条件。

汉中盆地其实是由汉中与西乡两块盆地构成。西乡位于东南，更为温暖。至今西乡稻麦皆比汉中早熟半月。远古西乡更适合人类生存，位于西乡境内的李家村古人类文化遗址的发现便是明证。在西乡泾洋河右岸何家湾遗址出土了一个完整的骨雕人头像，这是我国目前发现年代最早的一个骨雕人头像，是一件极为珍贵的骨雕艺术品。这是人类童年时代的艺术作品，天真、浪漫和真实融于一体，是极其罕见的艺术珍品。骨雕十分简朴，不到十厘米，中间凸起两只大眼睛，炯炯有神，鼻梁呈三角形，嘴巴隆起，下颌清晰，闪烁着6000多年前先民的聪明才智。这是远古文明的艺术之光。在出土的红烧土中，还发现有稻谷的痕迹，说明在新石器时代，这里已有水稻种植。

1993年，汉中、襄樊电视台合拍汉水，曾去李家村拍摄。襄樊台一同志随手捡起一块地道的新石器时代石斧，让同去的汉中人懊丧不已。岁月长河，浪花滔滔，西乡凭借农业文明形成的浓郁文化氛围，出现过不少人才，比如新中国成立后曾任北大党委书记、兰州大学校长、一代学者江隆基；新中国成立初曾任北京市三区团委书记、审阅过当代著名作家王蒙第一篇通讯稿的刘力邦等。更让西乡为之自豪的是我国破译西夏文的著名专家李范文和北京大学印地语大家刘国楠。两位大师不仅都是西乡人，还在西乡读中学时同校，同班，同桌。当然，他们不会去做砖。做砖瓦者应是生活底层的群众。既做砖瓦，便为工匠，略有长技，收入会高于一般农人，衣食大抵尚能对付。假如对生活无更高奢望，四季衣衫浑全，一日三餐不饥，再能够"喝二两"也就知足常乐了。

倘若再能在砖面上制出浮雕，那恐怕就要略有文墨，懂得绘画，且能掌握煅烧的工艺，不是当今的工程师，至少也应是当时的能工巧匠。

西乡砖雕，有史可查、有实物为证的是清朝康熙五十八年（公元1719年）始建的鹿龄寺，距今将近300年。鹿龄寺主体以青砖砌就，皆有浮雕。松竹梅鹤，牡丹荷花，栩栩如生，异常精美。可知清初西乡砖雕便已十分成熟，进入炉火纯青阶段。垂之远久的传统，大致安定的环境，为了生存工匠之间的竞争，长期优胜劣汰的规律，都给一种艺术的生存与发展提供了必需的前提。

西乡是穿越秦巴大山的古荔枝道必经之处，也曾是三国猛将张飞封地。县城屡经搬迁，至元代始定，延续至今。"官修衙门客修店"，县衙门当然会不断翻修。从砖面磨损程度及纹饰看，最早不出清甚至晚清，其时西乡工匠煅烧制作出这等水平的雕饰砖块应是顺理成章也极为普通的事情。岁月赋予了西乡砖雕以价值，使我们今天面对它们时引起震撼与思索，对那些没有留下姓名的工匠，则充满深深敬意。

深山集市

《史记》载："栈道千里，通于蜀汉。"

畅通的栈道对沟通中原与大西南的经济贸易起到了举足轻重的作用。

来自秦陇内蒙古的驼队马帮把布匹、食盐、火碱、铁器、瓷器运至古栈道沿

▲赶集的山民

▲出售豆角

线，又从秦巴山地带走生漆、药材、桐油、棕片、木竹。悠悠岁月，马蹄驼足把天梯云栈踩出深深的蹄痕。直到 20 世纪 30 年代川陕公路筑通，汽车才逐渐取代了驼队马帮。

　　古蜀道沿线上年岁的人至今记得，儿时每临黄昏，那些高耸云端的摩天鸟道上便有火把时隐时现，响起驼铃以及赶驼汉子们粗犷悠长的吆喝。于是，镇街上家家都成旅店。骡马骆驼牵去河滩打滚吃草，自有伙计照料。赶驼汉子则专歇相熟的客店。一时间，镇头至街尾皆灯火通明，酒饭飘香，吆喝划拳，夜半方歇。次日，该卸的货物卸下，该赶道的继续赶道，整个栈道便是流动的集市。

　　即便如今，沿公路十里八里，人家密集去处，区乡政府所在，也必定设有供销社、百货店、茶铺、饭馆之类。离西秦重镇宝鸡，翻越秦岭，沿途便经杨家湾、任家湾、黄牛铺、红花铺、龙口、凤州、高桥、留坝、姜窝子、铁佛店、马道驿……只是，这类集市季节性很强。因本地住户有限，多系农家，每临播种收获，人皆下地劳作，集市便一片宁静。外地人路过，转悠几圈，售货员都能把你认下。

　　还有类深山集市颇有趣，比如火烧店。顺连接着川陕公路的简易公路进去，两边山峦连绵，流水不断。当你正以为前面不会再有人烟时，大山却尽向两边退去，闪出偌大一块平地，两条溪水交汇之处，静卧着一条青龙似的街市，长约百米，百十户人家。家家屋檐下悬挂着红辣椒、黄苞谷、嫩绿丝瓜、青白葫芦，成串成挂，宛如商品。除了乡政府、信用社、税所等机关外，还有个跛足男子开理发店，一个肥胖女人办着饭馆，一个戴瓜皮小帽的精瘦男人开一草药铺……连国营邮局也只一个营业兼邮递员。有了来信，站在街头吆喝一声："来取信喽。"

▲秦岭山区农耕图

满街男女都围拢来，有信无信都是一脸满足。

但若到收获时节，生漆、天麻、核桃、板栗、木耳、香菇、苹果、竹木皆涌上集市，颇为壮观，集市上熙熙攘攘，满街都是背篓。男人赤着肩膀抬秤，女人跑前跑后奔忙，简易公路上则有汽车排成长串。吆喝声、喇叭声嘈杂成一片，看模样似要把整座集市都搬走哩。

花木手杖

"哈，活啦！"人们从心底发出了惊叹。

看看，那一条条单盘龙、侧面龙、平头双龙、抢珠二龙张牙舞爪，目光流盼，有情有神，如同正在腾云戏水；那一只只普冬鸽、金丝雀、相思鸟、长尾凤引颈啼鸣，昂首翘尾，展翅欲飞，恰似在林中嘻啼追逐；那些梅花、松云、紫竹、葡萄、花卉则又素淡雅致，落英缤纷，泻色飘香，宛如花市盆景模样……

然而，这却并非殿堂宏雕、鸟林园景。这只不过是装饰在大拇指粗细的手杖上的圆雕、浮雕、沉浮雕、明暗雕而已。真是令人惊叹不已。当你拿起手杖抚摸那雕花时，就会发现：几乎每一根手杖上的雕刻，或龙，或凤，或鸽，或浓妆艳饰，或浅刻淡镂，无不因势造形，布局相宜。若原料根须粗大，便可雕成构图复杂的双龙双凤；若原料一端翘起，便可雕成长腿独立、昂首翘尾的鸟杖；若是原料一般，无势可倚，则可雕刻造型简易而又素淡雅致的竹节、鱼杖了。自然，有些原料也难免出现节疤、黑斑，可才思高妙的雕刻手，又往往利用节、斑的突出和本色，雕成一只振翅鸣叫的知了或舞牙欲斗的蟋蟀。若不细看，你还以为知了、蟋蟀是无意中歇在手杖上的呢。这奇巧的神工，既消除了瑕疵，又增添了色彩、情趣！看着这些布局恰到好处、鸟有情趣、花有色香、各俱风韵、栩栩如生的雕刻，真让人为雕刻手们精妙的构思、高超的雕技叫绝。

这引人入胜的花木手杖，生产于秦岭深处的留坝张良庙附近。这儿不仅有西汉开国功臣张良功成隐退的宏阔庙宇，还有自唐太宗四年开通的连云栈道，抗战前夕筑通的川陕公路也从这儿经过。虽处深山并不封闭，方才成就了花木手杖。关键这儿全是海拔 1600 米以上的高山，秀峰林立，云遮雾罩。那些多年生的鸡骨头、老鼠刺、刺李子等稀有树种，便深隐在那些人迹罕至的悬崖绝壁下。这些属于灌木科的丛树，身量不高却耐严寒，木质细腻而坚硬柔韧，是制作花木手杖的最佳原料。

鉴于古道久远，不知始于何朝哪代，在此居住的山区百姓有了雕制手杖的传统。只不过都是单家独户的个体经营。农闲无事时，弄上十根八根，在庙会集日里去换几个油盐钱，致使花木手杖也像秦岭山中的许多宝藏一样被埋没了多年。花木手杖受到青睐和重视，是抗战前夕川陕公路凿通后，往来人员骤增，于是凡精干劳力都干起这营生。新中国成立后公私合营，当地政府把那些雕技高明、经验丰富的老艺人和城镇待业青年召集起来，办起了手杖厂，使这独具特色的传统手艺得到恢复发扬，焕发出瑰丽的光彩。

目下，手杖厂拥有几十名职工、一座大楼、几个车间，已颇具规模。除了保持原来的龙杖、凤杖、鸽杖、竹杖等二十多个传统品种外，新老艺人们还努力吸取各种雕刻的长处，兼师东西又独辟蹊径，不断标新立异，又增添了山水花卉、四屏、诗词等十几个品种。雕刻能手努力探索艺术，尽量利用原料淡青、杏黄、银白、浅红等原色，求其自然，使得山水错落有致，层次清晰；花卉落英缤纷，五色相宜；四屏四季分明，飞红滴翠……

那些埋在土石中的树根，在艺人们神奇的刻刀下，竟变得如此富有情趣和生命！无怪近年已远销西安、兰州、青岛、上海、北京……以至广交会上受到国外友人的欢迎。可以预见，花木手杖一定会像它在秦巴山地的老乡熊猫、金丝猴、猕猴桃一样，日益受到人们的喜爱。

围　猎

冬令时节，秦巴深处，千树凋零，万山草黄，倘若再落一场雪，便是围猎的好时机了。因为这会儿，坡地庄稼都收获净尽，山瓜野果也没了踪影，饿慌的野兽出来觅食，黑白相衬，格外分明。而且各种野兽为御冬寒，此刻毛皮也最柔密温暖，经济价值最高。冬闲，庄稼人腾出了手脚，正好围猎。

山区群众，为守号护秋、夜行防身，大都会放两枪，能对付个把野兽。但若专门打坡狩猎，那可就有各种讲究了。

一般要打的是黄麂、野兔、山鸡、刺猪之类的小牲口，不钻大林，没有多少危险，常是平日就窥见过的，便无须结伙。猎手们大都耍"单帮儿"，有狗带狗，没狗也能独往，或是查看雪地上的踪迹，或是凭着察风观向的经验，清晨出坡，傍晚归来，自造的土枪杆儿上总要挑一两只小牲口的。这是一般猎手都具备的本事。

有一种围猎方法，人无须出坡，只要熟悉野牲口出没的脚道，便可在必经之道打"埋伏"。常用的是网套，用细铁丝或尼龙绳编织的活扣，布在茅路小径，上面用树叶细草伪装，野牲口一旦踩上，越急越跳便套得越紧，只好束手被擒。再就是用铁夹，但要用食物做诱饵，像夹老鼠一样引诱各种野牲口上钩。还有种比较简单的方法，扭弯当年生长的爆条儿树，系上活套，野兽一旦碰上，便会被弹起的树干挂在空中。也还有用火枪、陷阱、毒饵来猎获野牲口的。这类方法虽说简便，但容易误伤行人和其他禁猎的珍贵动物，所以近来一般猎手除非瞅准某种野牲口，是不乱用的。

也还有几种野物，不费一枪一弹，便能猎获。比如竹貛，"天上斑鸠，地上竹溜"指的便是竹貛。竹貛肉美味鲜，但却是竹林的祸害，专食竹根，一片竹林有了竹貛，没有不萎黄的。竹貛个儿大如猫，特别机灵，枪不易打中，人不易追上，但猎手们也摸索出了制服它的法儿：挖洞。先堵后洞，再挖前洞，便常活活擒了竹貛。再有山鸡，成群结队，啄食庄稼，也为一害。猎手们只需观察它们夜间栖息的地方，带只手电筒，背上麻袋，一手一只，两手一双，只消麻袋口张大，便能满载而归了。

但凡此种种，在真正的打山子眼中，似乎都属小打小闹，不屑一顾。他们讲究和恶狼猛虎拼搏，和野猪狗熊决斗。事先，猎手们聚在一起，根据掌握的"敌情"研究作战方案。战幕一旦拉开，发现了目标的撵山狗先狂吠起来，负责撵"后掌"的也吹响了呜呜的牛角，一处响起，四山响应，吓慑的野兽常给逼进预先就埋伏好的"交口"。这儿守候的，常是大家公认的一流猎手，胆大心细，还要特别能沉住气。因为若是狗熊，毛厚皮坚，一枪撂不到，常会伤人，所以非要待它跑到丈把两丈远时，才猛地踩断预先放在脚下的枯枝。那突然响起的咔嚓声，常惊得狗熊直起身来，就在这一刹那，乌黑的枪口对准狗熊胸前那溜洁白的护心毛扣响了扳机。

"滚了！"打第一枪的猎手呼喊起来。

"滚了！"

"滚了！"

四面八方的猎手和山崖一起发出回声，恰似奏着雄壮的凯乐。

假若是猎野猪，就更壮观，野猪常是成群结队。但不能当头埋伏，要是一枪打不准，野猪猛冲过去，就十分危险。猎手们常伏在两侧，撂倒了前面的，后面的还要往前冲，因为后面是狂吠的撵山狗和呜呜响的牛角，恰似千军万马在追击。其实前面才是战场，于是，上来一只，被撂倒一只，几乎是全军覆灭。照规矩，打山子们会一起奔拢来，当场剥皮砍肉，共享胜利喜悦。这不只是狩猎的收获，更要紧的，冬闲除掉祸害，来年的庄稼也就有了丰收的保证啊。自然，以上所叙都是早些年的事了。近年，退耕还林，保护野生动物，已蔚然成风。这里记录的仅是一幅蒙上岁月印记的秦岭狩猎图了。

捕　鱼

秦岭南麓，浅山区地带，多用大山中流出的溪水浇田。为防冬少积雪、天旱水枯，常筑了塘库辅助，冬蓄夏灌，不但扩展了水田，岸柳塘萍，绿水涟漪，还为浅山区平添不少水乡姿色。

最初，塘水也仅用于浇田、淘菜、洗衣……近几年又普遍养起了塘鱼。草鱼最多，无须喂养，单吃塘边青草杂物就能长大；鲤鱼娇贵，但乡间鱼食不缺，麸皮、米糠、油渣甚至青菜、牛粪均可。至于青鱼、鲇鱼、大头鱼、黄刺鱼则各取所需，也活泼泼生长起来。自然，有水也就少不了泥鳅、黄鳝、螺蛳、蚌之类，惹得野鸭、鸳鸯、白鹤也时常光顾呢。

庄稼人种田心切，塘库皆以浇田为主，养鱼只是捎带。每到冬闲，便常需放尽塘水，清理山洪带进的泥沙。这几年，土地虽说承包下去，但塘库还是公用，需家家出劳力清塘，那么塘中水产，也就人人有份了。这时便会呈现一副欢快的捕鱼景象。

"打鱼了，打鱼了！"一村的孩子先欢呼鼓噪起来。但欢呼过后，总要沉默几天，毫无动静，主要是怕孩子多挡手挡脚，万一再有落水之类的事发生。常是在人们已经松懈下来的某个夜晚，几个受村干部委托的精壮汉子，晚间趁人睡定时，先用铁丝编好的笆子拦了放水的溢道，然后提闸。水放尽了，鱼全拦在塘里，

▲驾船捕鱼人

单用备好的大网往起拉就行了。赶天明时分，成箩成筐，斤把二斤重的各类鱼儿已安然放在仓库，单等给大伙儿分。劳累了一宿的壮汉也回家歇息去了。

事情虽发生在夜间，但放水的吼声还是瞒不住机灵的孩子，他们整夜都会把心牵在鱼上，清晨会早早爬起奔向鱼塘。末了，全村男男女女都会围上鱼塘，因为大家都觉着山村突然改变了模样：一面偌大的明镜消失了，水面凹下去，一片片草、一圈圈水纹现出来，漏网的鱼虾泥鳅在浅水泥糊里蹦跳。这时，便全然是"各尽所能"，谁捞下便可归谁。那些半大小伙儿、放牛娃儿全都挽高裤脚，拿了渔网、渔叉、筛子、竹筐、背篓、箩斗、破脸盆、旧麻袋……凡能下水能装住鱼虾的家伙，一齐下了鱼塘，人们全不顾塘水冷得彻骨，一个个嘴脸冻得青紫，却又干得专心致志、兴高采烈。

突然，满塘哗然，因为不知谁发现了一条二尺多长的大鱼。准是鲇鱼，满身滑腻，能潜深水，常是几年都漏网的"宿塘货"。这种鱼专门吞吃小鱼，是鱼塘的"祸害"，一般人都恨，捕得也最带劲，连塘坎围观的大人都喊着助威。但这种鱼又久经沙场，老奸巨猾，逃窜经验特别丰富，东溜西滑，不断冲过一个个的包围圈，直引得满塘人都围着它追，闹出一个个惊险又紧张的场面。末了，这"祸害"又总会被一个谁也没想到的人抓住，一下扔到塘外。啊，这会儿，所有的人都跑着，笑着，挤过去围观。那笑声闹声真要溢满鱼塘，岂止是鱼塘，待到分回鱼去，家家烧鱼，户户打酒，那欢乐可就要溢满山村了。

▶ 留坝秋色

留坝秋意

这儿的秋意，似乎是在一瞬间感觉到的。推门出来，漫漫着凉意的微风迎面扑来，身子猛一哆嗦，天凉了。

啊，天也高了，不像往日那般紧压着四周的山峦，蓝得透明。洁白的云团吊在空中，恰似游移的羊群。朗耀的日光射下来，金灿灿的，赏心悦目。满含着清凉意味的山风吹来，就更让人神爽目清、浑身舒坦了。

其实，留坝的秋意早就悄悄地来临了。即便在酷暑盛夏，北京那种直截了当的酷热、西安那种毫不留情的燥热以及汉中那种无处可躲的闷热都在拼命折磨人时，倘若乘车来到秦岭深处的留坝，无论在何处歇息下榻，开门隔窗望去，四周山峦起伏，树木葱郁，更兼空气清新，山风送爽，真让人有身临瑶池仙境之感了。

最为美妙的是一条名叫紫金河的溪水，从高山云雾的山巅丛林中流出，紧紧环绕着县城流过。这儿的自然生态未遭破坏，溪水也就保持着本来的面目，清澈洁净，无一丝杂染，连河底麻雀蛋大小的砂卵石都清晰可辨。溪水不大，两丈余宽，二三尺深，哗哗啦啦，奔窜不息，若遇深潭，便甩下一面面绿绸，若逢卵石，又激起一片片银花。小河两岸，芳草萋萋，小路如织。每当下午，几乎半城居民

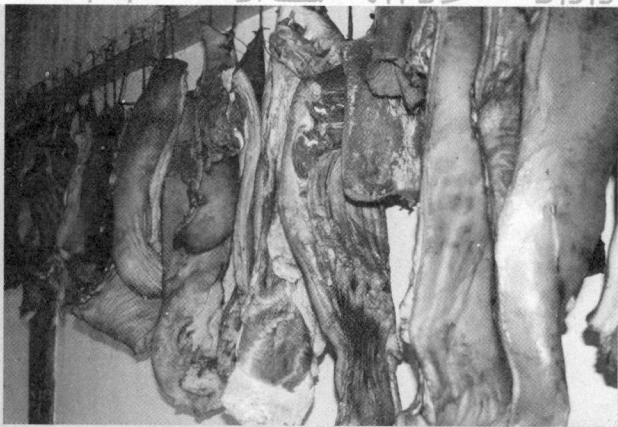

▶秦巴山区特产腊肉

▶明清古道必经的留坝县城

皆来河边小憩：老人衬衣洁白，腆着肚皮，弥勒佛似的坐在石上弈棋；孩子干脆光了屁股，在河中戏水；女人总比男人勤快，带着一篮衣衫，一边洗衣，一边拉话。啊，一河流水，一河晚风，外加一篮洗净的衣衫，无怪她们的笑声最甜，最响。

但这并非山城留坝的全部风景。尽管留坝在清朝乾隆三十年才设厅，20世纪初才设县，但早在战国时期就已凿通的古栈道就从这儿通过。相传辅佐刘邦夺取天下的张良也在这儿出家。距县城15公里处筑有张良庙，庭院相连，规模宏大，青山环绕，松竹掩映，早已是闻名遐迩的游览胜地。然而，最诱人的还是这儿的青山以及盛夏就悄悄潜入的秋意。我与这儿的朋友谈起：倘若在那紫金河畔，修起宾馆、旅店，在盛夏酷暑，利用这充满秋意的佳境以及诸多古迹，吸引中外旅客，不但能为经济基础尚薄弱的留坝增加一笔可观的收入，也会加速这儿的信息传递，实在是件利国利民的大好事呢。

朋友却摇摇头："交通不便呀，尤其修了石门水库后，公路改线，土地岭那段看一眼就头晕，太危险了……"

土地岭是险。坐了汽车，出汉中城，北行30里，一进古褒斜栈道山谷，汽车便牛也似的吼叫，盘旋而上，乘客皆昏昏欲睡。但汽车一翻上土地岭，所有的乘客又会惊醒。车窗底下就是深深的涧谷，云绕雾缭，风吹鸟鸣，宽阔的公路飘

垂到谷底，单剩下细细的一条白线……

但现代人，尤其是现代青年的心理，不就是追求节奏、刺激、惊险吗？九寨沟距成都400多公里，沿途尽是高山激流，比土地岭险要多了，不照样吸引着中外游客吗？关键是宣传。宣传得体，单是土地岭的险要就能吸引人来留坝一游呢。

朋友，到秦岭腹地来吧，到山城留坝来吧，留坝的黄金季节是秋天。且不说天高云淡，秋意清爽，单是山沟山洼熟透的山梨、核桃、板栗、猕猴桃、五味子……都要让你馋涎欲滴，饱享口福呢！

古城品吃

古城汉中，秦公筑城，两汉奠基，三国时为古战场，唐宋时则茶市大兴，不仅历史文化积淀深厚，还因地跨南北，地形多样，物产丰饶。城镇酒肆茶铺，农家腊肉腌菜，若再深入秦巴山区，干果山货，家产野味，民俗益发醇厚，风情益发浓郁，故而人多不出外谋求富贵，只在家乡图个自在。

汉中人好吃且会吃，是受川鄂陕甘多种风俗影响，秦巴山区群众素喜腌制腊肉和各种蔬菜。腊肉多系用自家拿苞谷山菜喂起的肥猪制作。腊月落雪天，烧起汤锅，一刀戳翻，两扇门板似的肉片白生生地悬挂起来，请左邻右舍大吃一顿"泡汤"——多为心肺肠肚下水之类，其余后臀肋条，并不出售，用各种调料腌制再悬挂于屋梁，任凭灶间烟火熏烤，待味道尽收、表层水干、黄生生发亮时便可随时食用，或焖或煮，或配席面，或切冷盘，佐酒最好不过。

腊肉不仅用猪肉，牛肉、羊肉、鸡、鸭、鹅、兔均可熏制，早年山地还多熏

▲古镇小吃

制猎获的山鸡草狐，野猪青羊，尤其麂子腿最受青睐，肉细耐嚼味久，为上乘野味。汉中盆地尤其汉江之南，地处巴山丛岭间的宁强、勉县、南郑、城固一带群众还喜腌制各类腌菜，诸如椿芽、豇豆、蒜薹、竹笋、山油菜、雪里蕻等各类时鲜蔬菜，收获时节不及出售，便家家备起几只大缸腌起来，可终年食用。出坡下地费力，做出苞米蒸饭，白中透黄，再用蒜苗肉丁炒碗腌菜，香味四溢，单看一眼，便让人口中涎水直流，食欲大振。山地多溪流，春汛时，各类一拃长的小鱼成群结伙，只需用竹筐竹筛打捞，用竹席晒干，也如同腌菜般腌制，更属佳肴美味。秦巴山地植物众多，椿芽、山药、竹笋、蕨菜不必说，还有种葛根，含淀粉丰富，做出的葛根粉丝，可加调料拌食，不仅味美诱人，在 20 世纪 60 年代困难时期，还救过许多群众的命呢！

汉中有汉水嘉陵两大水系，仅是叫得出名字的溪流便有 565 条之多，还有近万个塘库。早在秦汉便开发利用，时至今日所产稻谷占陕西全省 70%。各类籼米、粳米、糯米、黑米的丰富产出，为巧妇们提供了大展身手的广阔天地。黑米粥、米糕馍、米凉粉、米粉肉、醪糟、元宵、甑糕、糍粑……林林总总，不一而足。不过这儿堪称经典名吃的则是汉中面皮。选取上好的白米，头天晚上用温水泡软，翌日清晨，用石磨磨成粉浆，再用笼蒸熟。还要讲究火候与粉浆稀稠，蒸出的面皮方才厚薄一致柔软耐嚼。切时要精细均匀，摆在青篾竹筛中，配上金黄豆芽、嫩绿菠菜。关键还在调料，草果、花椒、大香、辣面，用菜籽油放进锅中煎好，满当当一盆飘着红色，再是蒜水、芥末、香醋、味精。调拌时，厨师一手抖碗，一手掌勺，手碗齐飞，面皮生花，红白绿黄皆让人口中生津。面皮稀饭几乎是古城人常年四季的早餐。几乎每条街道都有多家门店大书"汉中面皮"，而家家都是顾客盈门，生意兴隆。一位在税务局工作的文友告诉我他的数字化生活：每年收300万税，写3万字作品，再吃300碗面皮。

汉中素称鱼米之乡，河流塘库众多，水产历来丰富，鲤、草、鲇、甲皆宜生长。于是，当地群众便创造出一种鲜鱼辣吃。餐馆建巨大水池，养着刚从河塘中捕捞的鲜鱼，顾客登门，可凭各人喜好，选好鲤鱼或草鱼或鲇鱼，然后称出分量，交给厨师，再目睹烹烧过程。厨师

▲秦巴山区民间乐手

▲乡村宴席

三两下剖鱼去鳞，去头切块，用盆盛了，且去配料。把菜籽油倒进铁锅，烧滚后注入精酿辣酱或是把干辣椒切成数段，扔进油锅，炸出香味，倒进鱼块，再配以土豆片、魔芋粉、豆腐块，顷刻，那鱼鲜、肉香、麻辣香味便弥漫四周。用大盆盛了，围定而食，愈辣愈香，愈香愈馋，人人说辣，却并不停箸，只须啤酒解辣，米饭就食。三五人只需百十元便酒足饭饱，真正价廉物美。汉中文联招待陈忠实、余秋雨这些大家，或是京沪蓉穗客人，每每去褒谷口鲜鱼店，食鱼观景，主人省钱，客人满意，皆大欢喜。在穿越汉中的316国道，自留坝入境，沿途皆为鲜鱼店庄，既富一方百姓，也为鱼米之乡添道名菜风景。

汉中还有多种传统名吃，宁强核桃馍、麻辣鸡，略阳面茶，汉中腊味烧鸡、油糍粑，洋县枣糕馍、黄酒，城固菜豆腐、面皮，镇巴腊肉，南郑腌菜、醪糟，西乡松花蛋、牛肉干。加上近年交通便捷，商品流通，由外地引进的南北大菜、东西小吃，西安羊肉泡、四川担担面、河南胡辣汤、新疆羊肉串尽皆荟萃于汉中夜市，整整一条街道夜夜灯火通明，家家香味四溢，让你眼花缭乱，食欲大振，也不由你不挤进小摊，既品味古城名吃，也体味古城浓浓的风情。

秦巴山地人物

▲山乡社火

▲围观群众

三代花果王

　　秦巴山地，林木葱茏，花果繁多，蜜橘、棕榈、毛竹便以此为家，再不肯北越秦岭，故而素有"天然植物园"美称。务花种果亘古便为乡村群众一项收益，也是一门比务庄稼更为复杂的科学。悠悠岁月，这片乡土涌现不少种花能手、务果大王。勉县段家坝乡九旬老人王辛酉和其子王松然便是典型范例。

　　老人家贫不曾读书，村子紧挨秦岭，从小放牛割草，有幸读山野大学。野杏山桃、奇花异草引起他浓厚兴趣，遇着便挖回栽于房前屋后，留心观察，仔细培植，几十载寒暑春秋，乐此不倦，掌握了一手务花种果绝技。这门绝技真正放出光彩，老人家却已年过花甲。30年前，老人承包了15亩坡地，精心构思，立体利用，遍植橘、桃、梨、樱桃、葡萄，均已挂果，单橘子一项便可年产万斤。树冠下栽有迎春、紫薇、石榴、蜡梅，可供盆栽出售，还有萝卜、白菜、豆荚、小葱，以备日常家用，间隔则掘有狭长池塘，水波涟漪，可浇灌花木，还养得鲜活鲤鱼、滑溜黄鳝。鸡在草丛觅食，狗在树下巡逻，直把一片土地编织得花团锦簇，远近闻名。

隔年4月，省科委在汉中召开农业科技会议，王辛酉老人的果园便是参观重点。中央、省、市领导、专家、记者100余人云集于此，备受鼓舞。尤其让宾客们感动的是，偌大片果园竟全是两位七旬老人务作，收获时才雇人帮工。问及儿子，老人满脸欣慰，原来他的儿子王松然也是位务花果能手，而且，另闯出了片天地。

由于血缘环境，王松然从小便喜爱花果。但毕竟与父亲是两代人，作为"老三届"高中生，王松然务过农，参过军，后又转业到建筑部门工作，生活多彩，感受丰厚，即便务弄花木，也必然要带上这一代人的思考与追求。他遍读有关花木盆景书籍，得知：早在汉唐，秦巴人便把树根花木制为盆景，市于街头，甚而作为贡品献给皇室。说这里是盆景根雕发源地毫不过分。然而，明清之后，根雕盆景却在江浙安徽一带崛起，成为一门艺术，形成了苏派、扬派、海派及岭南派等诸家风格，且各有名作传世。

必须对祖国优秀文化遗产认识了解乃至心领神会才能有所作为。怀着重新振兴秦巴根雕盆景的雄心壮志，王松然在父母妻子的支持下，自费赴江浙上海苏杭一带，考察学习各种风格流派的盆景、根雕、花卉、果木。眼观手记，察其章法，悟其神韵，积累起成册资料。

最初，他只是利用工作之余小打小闹。一次偶然机会，他发现汉中市区莲花池公园一角有片空地，布满垃圾水坑，荒芜着可惜。经交涉他承包过来，竟清理出一亩多地，创办了"松然盆景园"，条石砌墙，花叶攀绕。步入园内，则满目葱茏，松柏苍绿，毛竹青翠，金橘挂果，红花欲燃。最吸引人的当数盆景根雕，成排成架。山水树桩皆备，乍看山苍树密，宛然如生，细观则精工绝伦，气韵非凡。真正"丛山数百里，尽在小盆中"，尽管初具规模，却吸引无数游人漫步园内，由衷钦佩，赞叹不已。

王松然从中看出无限远景，索性停薪留职，开始了对植物花卉根雕盆景的执着追求。创业艰辛，王松然多次独自深入秦巴山地。留坝、勉县、宁强、镇巴、西乡等县许多幽谷深涧、崖畔丛林都留有他的足迹。他发现：秦巴山地不愧为植物宝库，可资利用的树根、花草、片石、假山多不胜数，异常丰富。他获得的一株二人合围粗已历千年的紫薇树桩便是在修路挖掉的树根中发现的。如果把这些白白浪费掉的资源开发出来，造福于人民，该是一项多么壮观又富于诗意的事业。寒来暑往几载努力，王松然把所有节假日和工资积蓄都投放进去，又去乡间承包数百亩山坡河滩荒地，大规模引进良种，培育花卉。这种劲头儿只能归结为遗传，后来，不仅王松然的爱人和大儿子王腾辞去公职投身造林，他的小儿子王伟还考进了南京林学院。

一晃，几十年过去，王松然的绿化事业早已蓬勃发展。两个儿子各自成立花卉苗木有限公司，业务遍及全省乃至山东青岛。仅在汉中城乡，祖孙三代绿化的城镇、学校、机关、道路就难以计数。有人开玩笑说：整个汉中都让这祖孙弄成一个大盆景了。

岭南"蛇王"

出汉中城北，去西郑营村，访问养蛇大王。其实，我们相识早矣，他叫陈明珠，早年高中毕业，曾务农也曾有剧本之类作品发表。他身材瘦削，相貌寻常，且老实执着。尤论如何，与蛇的丑陋凶残极难联系，尤其曾见报载巴西大蟒转瞬生吞活人。竟替他担忧——怎么想到去养蛇呢？

纯属偶然，有年他在报上见到秦岭深处的凤县举办养蛇学习班。鬼使神差，他竟前往学习并产生浓厚兴趣，开始了他艰难的养蛇事业。为捕蛇他徒步跋涉留坝、勉县、南郑20余乡，沿汉水穿行，钻秦巴山地，夜宿农家，渴饮溪水，曾饿昏道旁病卧寺庙。终于捕得赤链蛇一条，却又全无经济价值。后他又采取广泛收购的办法获得蛇源，却又因情况不熟，方法不对，设备不好，造成蛇跑溜病死，屡遭损失，本来就不宽裕的家庭险些贴赔一空。但身材瘦小的陈明珠却有股毅力和倔劲，筹措资金背水一战，当年孵化小蛇80余条，再取蛇毒、蛇皮、蛇油、蛇胆、蛇便……渐次求得发展。

这是一个蛇的王国。高墙圈围的蛇舍中，蛇或爬或睡，或屈或伸，或恶吐凶焰，或故作斯文，花锦斑斓，布满眼帘。再掀开石板更骇人，成百条蛇盘来绕去，扭成一片，蜷伏于蛇窟之中。最大的长达3米，粗若小碗，以食肉取胆为主；最小的则不盈尺，全系毒蛇，另关一圈，行动灵活往来如梭。陈明珠举起残废的三根手指介绍：凡蝮蛇、眼镜蛇、金银环蛇，咬人两小时内可夺人性命。他数次被咬皆因事先吃药防备、咬后及时治疗才得以幸免！但那残废扭曲的手指却让人心惊。

问及世间有千行百业可干何以养蛇，陈氏眉眼顿开，精神顿振，早先拙嘴拙言之人居然引经据典，滔滔不绝介绍起关于蛇的医药用途和食用价值。

曾经收入中学课本的柳宗元的《捕蛇者说》，对蛇的医学用途有明确记载："可以已大风、挛踠、瘘、疠，去死肌，杀三虫。"《本草纲目》中亦讲："（蛇）透骨搜风，截惊定搐。"其毒、胆、油、便均为珍贵中药材。尤其蛇毒蛇胆价格昂贵得让人咋舌，一克蛇毒竟比一克黄金还要值钱。

至于蛇菜，中国人吃蛇如同中国文化一般源远流长。汉代杨孚著《南裔异物志》便载："蚺惟大蛇，既洪且长……宾享嘉宴，是豆是簋。"北宋朱或在《萍洲可谈》中也写到"广南食蛇"。蛇肉中含有大量蛋白质、脂肪、氨基酸及各类维生素。南方人尤其是两广人皆喜食蛇。广州街头蛇餐馆林立，活蛇一根，可炖可烧可炒可烩，竟有百种花样，双龙抢珠、爆炒蛇丝俱为名菜。曾在广州吃过蛇羹，一小盆汤端上来，一根小蛇盘绕其中，似游似动，每人仅食一小

▲秦巴山区运输全靠背二哥

节，鲜美无比，多日过后，齿仍留香，从此改变了我对吃蛇的看法。

至此，我对明珠执着养蛇有所感悟：凡事固以兴趣始，终要认清其意义，才可能升华为一种事业，并为之发挥才干，奋斗不息。否则，别说干出大事取得成就，一个公民也未见得能做好呢。

根雕者

有些人事业始于兴趣或偶然机遇，朱寿明的根雕却发端于人生低谷。按说他完全没有这方面的血缘基因，他出生于古代大外交家张骞的故乡城固，农家子弟，读书，参军，末了转业至秦岭深处的留坝。当年县城"一条街道，七盏路灯"足见恓惶。好在那会儿人都本分，易知足，便安居下来。不久，他还担任领导，俨然一方诸侯。动乱年月，挨批挨斗，委屈过后，痛定思痛，再也不当领导。因他干过汽车兵，便主动要求当司机，单听吩咐干活，几多痛快。

驾车满山野跑时，遇着塌方堵车，只好等待，百无聊赖时，偶见河谷有被山洪冲出的树根，提根露爪，老态龙钟，或物或景，酷肖神似。最初，朱寿明出于好奇，拣了来消磨时光。不想越看越有味，索性扔到车上带回家消消停停观赏。其实，恰是没了官欲物瘾少了污浊之气，胸中才有位置容纳钟灵秀气之物。久而成瘾，每当出车，稳操方向盘之外，双眼便如猎手般机警，但凡停车，定有收获。节假日则专门顺河谷山沟，寻觅老朽树根。平日走经农家或单位院落见有模样的柴火，或换或购也必定弄了来，剥皮熏烤、浅刻淡镂、因势造形地弄出几样物件，

纯属自娱，别无他图，仅有邻居朋友知晓。

几年前，我在秦岭深处深入生活，偶然听说，便前去观看。完全是个树根世界，一处不大的小院到处堆着树根，进屋更让人瞠目结舌，床下、书架上、条桌上……凡有空隙处都摆满完成或未完成的根雕。细观后发现仙鹤眼上缀着红点，猴子屁股上添条尾巴，追求形似，反成蛇足。再听他谈吐，悟出老朱做根雕仅出于爱好，还差修养。笔者于是建议他多外出参观，交流学习，最好与当地文化部门取得联系。初次见面泛泛而谈，随后便天各一方，未通音信。

之后，每当本地、县或外省、区举办书画艺术展览，便常见一个熟悉的身影——老朱，在展厅踌躇徘徊，凝神观摩，以至笔者都不忍心打扰他。

一晃几年，听说老朱曾举办个人根雕艺术展览，轰动一时。可惜我在外地学习没有见着。直到今夏去西安车经留坝，见路边一座二层小楼，阳台摆满盆景根雕，风味别致，特地停车参观，不想主人竟是老朱，宾主皆哈哈大笑，遂入厅堂。只见根雕成排成架，已大成气候，每个根雕都挂有名称小牌：西施浣纱、恶妇斗嘴、懒汉醉卧、屈原行吟、少女梳妆、玉兔奔月、桃园结义、唐僧取经……再看根雕，果真气韵生动，留人脚步，启人心智。一截埋于地下或当柴火要被烧掉的树根经老朱之手竟变得如此富于情趣和生命。

同行有人建议可以出售根雕，老朱微笑，指指二层小楼，讲其中便有根雕的效益，他还准备创办工艺美术公司云云。士别三日，当刮目相看。老朱早已迈出创业步伐了。

淘金女

水波、洪流、排空的浊浪、惊心的涛声，都哪里去了？唯剩下一道数丈宽的碧波，静静地躺在河床里，潺潺湲湲，全无声息。四下看时，也只有退去很远的河堤，秃叶的岸柳以及一望无际的、遍布卵石的河滩……冬日的汉江竟这般寂寥、空旷，甚或让初来的人感到清冷。正怅惘间，却猛见远方迷蒙处，闪动着几个黑点。我信步走去，近了，是三个姑娘，干着筛沙的活儿。一位个儿瘦高，眼睛有些细小，胳膊却看着有力，站在一个类似布机的木架边，摇筛着大土箕；另一位显得矮胖，眼睛却大，水汪汪的，她负责向大土箕里倒沙石；剩下的一位瘦小，脸上黄巴巴的，眼睛也有些枯涩，猫儿似的，用脸盆舀水往土箕里浇……见我走来，她们都瞪起有些吃惊的眼睛，见我只随便看，就又羞涩地低下头去，只顾干自己的活儿了，沙啦——哗，沙啦——哗，一时，唯听这筛沙声，在空旷的河滩里随风飘扬……

　　"是用这石子吗？"最初，我以为是什么工程要用洗过的石子。

　　"哪里，淘金呀，还不晓得！"矮胖姑娘大眼睛一斜，很有些见怪的意思。

　　"淘金！"我一下来了兴趣。

　　"一天能淘几……几两？"话到嘴边，我把"斤"改成了"两"，因为我猛然想起金子是稀少珍贵的。

　　"啊哈哈，咯咯咯……"她们全都笑了。

　　"怎么？"我有些莫名其妙。

　　"还几两呢，一天要淘上一两，我们也早用不着淘了！"矮胖姑娘这么说，"那早就发财了，啥都买得起。"

　　"那你们一天能淘多少呢？"

　　"才几克。"

　　我努力在脑中捕捉"克"的分量和形象，但模糊得很，只好又问："几克有多大？"

　　"要是多了，一天集拢有苞谷粒大，一般就麦粒那么大。"

　　"苞谷粒，麦子粒！"那才多大一丁点儿呀，跟她们面前堆起的小山似的沙石简直无法相比，而且，顺眼望去，她们身后，淘筛过的沙石一堆接着一堆，牵连起偌大一片了……

　　沙啦——哗——她们又默不作声地干起来。瘦高姑娘的两只胳膊就像转轴连杆一般不停握着那只大土箕；矮胖姑娘也是两只土箕替换着筛，这只倒进大土箕了那只又飞快地铲满沙石；那个瘦小的姑娘呢，也就不停地弯下腰去，再弯下腰去，一盆一盆舀起水来……也许，她们要成百、成千，甚至成万次地重复那些动作，消耗那些体力，滴落那些汗水，才能从难以计数的沙石中，用难以计数的河水淘洗出像麦麸片那么一星点儿金粒粒吧！我这时才注意到，她们的脸给尖利的河风吹得通红，手也给冰冷的河水浸得红肿，又让沙粒磨裂了口，六只手上都缠有胶布，不时见她或她护疼地蹙一下眉……

　　"一天淘的金能值多少钱呢？"我又问。

　　"有时，能值二三十块哩！"矮胖姑娘脸上显出像回顾丰年胜景般的神气。

　　"可有时还不到十元。"瘦高姑娘这么说。

　　"几块钱一天都有过呢。"那位瘦小姑娘也这么补充。她穿着件过分单薄的棉袄，缀着补丁，没有戴围巾，黄黄的脸上浸出微微的汗珠。

　　"那不能干些别的吗？"

"人多手稠，没别的活干。反正总比坐在家里强呀！"

看来她们并不为辛劳多、收入少沮丧。相反，从她们干活时那紧闭的嘴唇和专注的神情里，显出的坚韧、吃苦耐劳劲儿倒给人很深的印象。

"该回家了吧！"瘦高个儿姑娘提议。

"等把这堆筛完。"矮胖姑娘却要坚持。

到筛完那堆后，那瘦小姑娘又说："再急也得把这坑水舀完呀……"瘦小的身躯又弯了下去……

暮色临了，我走出好远，背后还传来沙啦——哗的声响。

之后几天，我在河堤上干活时，一看见那几个蠕动的黑点，耳边就仿佛响起那沙啦——哗的淘金声，眼前便浮现她们淘金时的动作、神情，还有那贴满胶布的手。

不久，我又在河滩看见了她们，还是三个，已收拾了家什，准备回家。

"今天淘了几克？"这回我特别说到"几克"。

"你看。"瘦高姑娘伸过脸盆，却见盖住盆底的尽是沙粒。

"看啥呀？"我茫然了。

"看金子嘛！这回家去用水银一收，金子就集拢了。"

"你看。"她用手拨拨。呀，果真！她手指的地方，有一粒比芝麻还小的薄片，正闪着黄澄澄的光泽。这都是金子吗？再仔细一看，附在沙粒上的、混在沙粒中的金粒粒、金片片都在熠熠闪光。

"这回看见了吧！"她们的语气里明显带着自豪炫耀。

"看见了，看见了。"我连声应着。

其实，岂止是看见了金粒金片呢，更要紧的是，我看见了这三个淘金姑娘的精神像金子一般坚韧、可贵，熠熠闪光……

业内票友

这是一个由根雕构成的世界，到处都摆满完成或未完成的根雕：苏三起解、杀狗劝妻、钟馗捉鬼、孟母三迁、昭君出塞、贵妃醉酒、霸王别姬、千里单骑、韩信拜将、西厢记、牡丹亭、长生殿、桃花扇、打金枝、单刀会……一件件惟妙惟肖，古拙天真，一派浑然天成，绝无斧凿之痕。

最绝的是一件《太白醉酒》，李太白巾帽长袍，侧身而卧，醉中不失飘逸，举止狂放天真，身边还紧靠着一只酒葫芦。把这酒中谪仙的情态神韵极逼真地凸现出来。

这便是胡德成先生的作品。

胡德成先生是位老汉中，他居住的小巷距古汉台、拜将坛、净明寺、饮马池都仅一箭之地。古城汉中，竹椅茶馆，小巷悠深，秦腔昂扬，汉调委婉。胡德成祖辈浸润其间，从小喜书法绘画，爱花卉草木，更兼天生一副清亮嗓子，14 岁便进入汉调剧团。1960 年在全省青年演员戏剧观摩会上，胡德成登台，刚唱出一句："我本是卧龙岗散淡的人哪……"嗓音洪亮，唱腔纯正，顿使满场肃然一静，继而掌声雷动，经久不息。胡德成捧回了大奖。这之后便金榜题名，洞房花烛，出将入相，衣锦还乡……在舞台上享尽了荣华富贵，但也因此成了地地道道的"牛鬼蛇神"，"文革"中被打进地狱。一家六口，无奈之中，蹬起三轮，破帽遮脸，给一家家大小食堂送粮送菜，拉酱油运酸醋。胡德成从此满脸愁苦，一声不吭。以至多少年后，还有人回忆："看得人心酸，想帮一把都不敢！"

最难忘怀的是拉柴。过汉水，进巴山，拽着板车，一路上坡，真正"七十二行，拉车为王，腰梁挣断，脖子挣长"。百十里山路，三天一个来回。还不敢声张，怕被割"资本主义尾巴"。独来独往，昼伏夜出，苦熬的是体力，痛苦的是精神。灵光何时在黑夜中闪耀，胡德成已回忆得不甚清楚，但自幼深受戏曲、古城、老街评书等传统文化熏陶的胡德成，整日钻山拉柴为生，与根雕结缘是再自然不过的事了。关键心灵有了寄托，精神不再苦闷，每每倒盼着进山，以便在悬崖、溪流中去寻求枯根树藤、奇石、弯竹……举凡一切能被他赋予生命的物件均在搜罗之中。

作为一名曾在戏剧舞台上生活了大半辈子的人，因戏台倒霉，因演戏遭难，但他仍向往戏台，迷恋演戏。上不了戏台演不了戏，他把所有的根雕都做成了戏剧人物。那都是他半生演过的人物，寄托着他的情感和心血。

艰难困苦，玉汝于成。风风雨雨的日子终于过去，老胡也到了退休年纪。不仅是他，当年剧团的男男女女全退下来了。于是，清晨黄昏，汉江河畔，总有激越的板胡、昂扬的唱腔："我本是卧龙岗散淡的人哪……"

游人都会停下来，远远地听。知情者说："那可都是老汉剧的把式……"

乡土诗人

单纯归结于热爱或称他为乡土诗人，都极难准确地概括他对群众文化、对民间文学那种几十年如一日不顾一切、虔诚执着的追求。本来许多工作也可以不干，但蒿文杰却不，他终年四季地开展工作，不时有新奇大胆的设想计划产生。先后成立了戏曲、故事、诗歌、绘画、摄影、书法、剪纸、演出等活动小组。人员散居于方圆数十里甚至邻县，全是他骑自行车在工余夜晚去组织去发动，像土改工作队那样。完全不是一时心热，组织了便有活动，油印出版《稻穗》诗页四五百期，春节狮子龙灯、中秋赛诗会、田头故事会、球赛棋赛、旅游摄影、结婚剪纸……每次活动都声势浩大，有声有色，引人注目。

村后秦岭有座哑姑庙，近年香火旺盛游人如织，他竟想用"寺庙文化"去占领阵地，多次爬山说服和尚尼姑配合，又动员民间歌手赛歌，观众逾万，盛况空前，佛祖竟被冷落。搞活动耗时费力，单为组成谷雨书法组，动员那些年近古稀却有功底的老人参加便非易事。每临腊月，这带村落便摆起条案，一个个老人捋须握笔，写得鲜红对联，家家春风绕梁。

一次，为通知书法组一名成员参加全国农民书法大赛，蒿文杰连夜骑车去60里外的邻县山区，只知大概位置，进山沟就放开喉咙漫山遍野呼喊，午夜把人找到，嗓腔已喊得出血。这位成员感动不已，奋力参赛，一路夺冠，三幅作品获奖。恰是由于蒿文杰像木梭般穿梭于群众之中，才编织出一个生机勃勃的农民文化社团——农二哥诗社。

蒿文杰卓越的成果还表现在对资料档案的收藏上。几乎所有活动都拍有照片并做文字记载。为此他专门研学摄影，购置整套冲洗照片的器械。"文革"中的各类小报乃至油印传单、朋友发表的诗文、文化名人的题词和信件、全国众多报刊有关"农二哥"诗社哪怕丁点儿的介绍都囊括殆尽。浩瀚的照片和资料装潢几十面展板、几大展厅，无可分辩地印证着他组织发动过的一切活动。省地县文化会议年年前来参观，"典型"委实鼓舞人心，但也给蒿文杰带来无尽的麻烦。因为来人便要吃饭。全家人都拖扯进去，垒起大灶烧饭洗菜过红白喜事般忙乱，而且不止一次而是隔三岔五就得忙一回。邻县参加活动的业余作者也由他家管吃管住。就这样，他家承包的责任田年产万余斤粮竟被吃光！若用现代眼光，极难从这些极劳累的活动中看出效益和目的。于是人们看蒿文杰也就似乎荒诞……

要理解他，几乎要追溯到他的童年。他出生在秦岭深处距张良庙极近的山村。这儿自古便是山歌、盘歌、锣鼓草、地社火汇聚之地。吹鼓手班子，神婆巫汉的法事道场，狩猎、丰收的喜庆场面……不可低估灿烂的山区文化对他的熏陶乃至毕生的影响。上小学起他便有诗歌、小故事在地县报纸发表，曾有过"少年诗人"的美誉。

之后，蒿文杰曾在兰州地质队工作。困难时期，单位裁减职工，他辗转到汉中张寨安家。我读中学时，曾见到蒿文杰在报纸上发表的作品，羡慕不已。1964年，我也回家务农了。漫长的岁月，我们都成为堕入生活底层的农民，首先得用原始沉重的工具挣工分养家糊口。我拉粪车时常见瘦条条的蒿文杰赤足挽了裤子在田地间劳作。那些年月，终年都得为稻粱奔波，我们都曾工余进山砍柴，打土坯，都曾被派到筑路或水利工地。那会儿的蒿文杰穿布疙瘩纽扣棉袄，腰间扎着草绳，潦倒却豁达。他见多识广且能编快板，在百无聊赖的冬夜最受欢迎。也许正缘于此，工地成立宣传组，我和蒿文杰便同为其成员。我至今记得这样的情景：几乎每个夜晚我们都练写作，有了收获，不过几首小诗或一则简讯便要收工后骑车奔几十里送往报社，返回肚饥人困却话题不断。

之后，我离开农村。蒿文杰成了文化站长，仍住农村。这期间，曾在文学这条崎岖小路拥挤的青年纷纷另寻生活的位置。诗社成员大多都去搞缝纫、图书、电子技术……有的进城，有的购下商品房。蒿文杰若凭其智商、组织才能与交际能力，无论从事什么职业都注定发达。但他没有，仍固守着文化营垒，去组织，去发动……

自然，蒿文杰也有自豪之处。自 1958 年发表民歌起，他 30 年笔耕不辍，在全国 50 家报刊发表作品 400 余篇，有 36 篇获各种奖励，出版专集《张良庙的传说》。他足迹遍布陕南山水，收集民间文学两万余件，精编成 30 余万字的《全国农村文化社团民间文学集成》。他创建的"农二哥诗社"拍成专题片在中央电视台播放，并被称作"为全国农村文学社团发展指明了方向"。经他推荐扶持的业余作者有40 余人参加各级文学艺术协会。他本人则担任七家协会理事，汉中市政协第八届、第九届常委。他的工作与成绩获得了社会认可。文化界前辈与名人胡采、贾芝、公木、陈忠实、贾平凹、路遥等都曾题词称赞。

世间百态人各有志，或侧重钱财，或侧重精神。蒿文杰虽仍清贫，却精神充实，豁达顽强。于民有利，问心无愧，不失为一种潇洒。

布衣画家

中国民间，其实隐匿着许多真正的艺术家。各类刺绣、扎花、剪纸、木器、漆器，甚至包括冥器无不注入当时制作者所思所想、智慧心机，一代一代，丰富完善，启迪人的灵性，给后来者以滋养。饶士龙先生便是在这种浓郁的艺术氛围中成长起来并卓有成就的一位民间画家。

▲秦巴山区农家办喜事

▲诗人蒿文杰（右一）

　　认识饶士龙先生要追溯到 20 多年前。"文革"后期，他作为"不能在城里吃闲饭"的居民下放至褒谷口的乡村。其时，我也正在务农，与他下放的村子仅两华里，同属一个公社。

　　当年，乡村的贫瘠，远不止衣食困顿，关键还是精神。我至今不能忘记初次见到饶士龙先生绘画产生的那种喜悦，宛如阴霾的天空突然投入一束朗朗的阳光。那会儿学大寨的项目是整修河堤，需从邻村经过。一天，见池塘边围着好大一群人，以为谁又跳了塘。近了，才见一位老人正用颜料涂抹塘中浮游的白鹅，远有蓝天青山，近有池塘垂柳，加之白毛绿水、红掌清波，十分悦目。

　　那个年代，见到这样的画，让人惊异。再看老人，已近花甲，不太高的身材，微胖，朴实本分，一口城固土话，行动已有老人的蹒跚，且挂着拐杖。他到乡村后，被安排在猪场喂猪，是照顾他的轻松活计，不想跌伤了腿，工作让爱人代劳，他便挂着拐杖，整日在有太阳的地方坐个小板凳画画。画池塘，画乡间的孩子，画圆圆的谷草垛儿和天空掠过的雁阵……

　　总之，修河堤的那个冬天，笔者只要路经那个村落，就见他在画画，没见谁干涉他。于是，凡上下工时就停留观看老人作画。看得心痒起来，有一阵，竟跟老人学画，还真买过几张纸，裁成小块订了个本子，用铅笔涂抹过一些东西。

　　那会儿拜师学艺简单。天天看画，跟老人认识了，我说："我也想试火一下。"老人回答："想学就来嘛。"于是，晚间或风雨天无法干活我就揣着本子去了。有一件事却印象深刻，无意中听说老人要过 60 岁生日，这怎么办？乡村除了年底结算，劳力好的人家能分点儿零用钱，日常用度都十分艰难。我那会儿几个月衣兜一文没有是常事，上哪儿去找钱给老人送点儿礼物呢？还很犯愁了一阵，眼看老人生日临近了，一天干活我无意中听说镇上一家修房要打胡基（土坯），3元一架。一架为5排，每排100块，就是说打500块土坯可以挣3元钱。由于我家修房时所需土坯都是自己学着打的，年轻力壮并不怯阵，只是不能声张，偷着去镇上打了一天土坯，确实得了3元钱。装在衣兜里，立刻像个富翁去逛商店，买了一瓶酒，还有一封糕点。当时正收获红薯，我中午突击担完定额，就用口袋装了礼品，兴冲冲地去见老人。其实那天，除我之外，就城固老家来了位亲戚，但老人兴致很好，喝了许多酒，说了许多话。我由此发现老人好喝酒爱谝闲。我后来没学出来什么，学画花钱费时间，可能也因为不是绘画的材料。但还是去了老人那里，主要是聊天。笔者正是从聊天中渐次熟知了老人的身世与绘画。

老人出生于城固。那是一座最具陕南风味的小城，汉水绕城滋润，沃野早得开发，产柑橘，长生姜，稻麦两熟，亘古富庶。街市原有城墙围定，巍峨钟楼恰似坐标射出四条狭窄悠长的石板街道，店铺林立，商幡招展，土产、百货、日杂、木器、铁器、刺绣、纸扎、裱画……一家挨着一家，构成一幅色彩浓郁的风俗长卷。

自幼在这样的环境中耳濡目染，加之本身便出生于一个裱画世家，饶士龙喜欢民间艺术就是很自然的事情。何况，真正学画还有个意外缘由：9岁时，他患小儿天花症，卧床数月之久，每天静养，无所事事，只能睁大眼睛仰望楼棚。每个时代都有自己的文明，犹如时下对房舍的豪华装修，那个时代的房舍布置也极考究，门楣有题款雕饰，进门有中堂对联，卧室楼棚则用印有水纹山水楼台的粉纸贴糊。

于是，饶士龙小时卧床数月，每日睁眼便见着隐现楼棚的山水楼台，浮云秋水，还有远翔白鹤……在寂寞中用手指在空中临摹那些水纹画就是极自然的事了。这一契机开启了他的心灵天窗，加之所处的环境整日裱画，得以观摩各类字画。从15岁起，他又被父母送往汉中裱画店学艺，将近10年之久，返回城固他便独立开裱画店。恰逢抗战，汉中、城固成为与重庆、昆明齐名的三大文化区，大批学校及文化人迁于此，各种字画也流传过来：齐白石、张大千、徐悲鸿、任曼逸等的作品，他都曾见过裱过，观摩钻研，受益匪浅，由裱画至绘画，他遂进入创作境界。

由于他大量接触的是民间美术与民间艺术，对其千百年来形成的规律、程式、寓意、格局，烂熟于心，练出一手画任何作品，即便张良庙、武侯墓这般全景式的巨幅图画，亦不打草稿，一次成功的绝技。

新中国成立后多年，他先后受聘于城固、洋县、汉中京剧团和南郑剧团，为传统剧目画布景。那大约是他一生的黄金岁月，因为一旦聊起来这些，老人便眉飞色舞，说画那些龙盘凤绕的亭台楼阁是如何胸有成竹、得心应手，皇帝老爷坐的金銮殿也是画过的。但他凡画画就要喝酒。一次快要演出，他喝得酩酊大醉，布景还没画好，团长急得跺脚。他不急，爬起来揉揉眼睛提笔就画，赶锣鼓家什敲起，描金绘彩的布景已经巍然耸立，台下黑压压一片群众称赞："柱子上的龙要飞起来了。"戏散了还有人专门跑上来摸那柱子……

画龙的柱子我没有见过，但知道前几年武侯墓内的壁画却是他画的。偌大的一面墙壁也是一次画就。见过且懂画的人说：美院毕业生未必画得出来。

后来，老人返城，我也进城，一晃十几年没有见面。今年春节一批画家相约去看望饶士龙老人，顿时勾起我许多记忆。

正是元宵节，我们备了礼品在东门桥附近一条小巷里找到他。已经86岁的老人依旧在作画，但双腿已不灵便，只能坐着画。

直到这时，我才弄明白：老人一生都没有正式单位，退休金也无从谈起，必须以作画卖画维持生计。让人感叹：老人毕生靠画画养家，恐怕将是古城最后一位真正的布衣画家了。

奇人奇石

几年前在兰州，友人告知黄河奇石为天下之冠，五泉山有展，应去看看。果真，踏进大厅便让人眼花缭乱，目不暇接，数以千百计的人物、走兽、飞禽、花卉，尽皆由石纹石形体现，酷肖神似，气韵生动，让人流连忘返。友人介绍奇石展主，交谈后得知汉中有位收藏汉江奇石已成气候者叫乔玉峰。

随意聊天，并未在意。岂料到了青海，又见江河之源奇石大展。细想，长江黄河皆发源于青海，岂不是江河之源？果真大江大河之源，奇石非同一般，皆盈尺盈盆，墨绿光洁，非经高原雪水冲激亿万斯年不可得之。

再看造型逼真，纹图绝妙，让人感叹不已。与主人交谈时，又被告知：汉中有位奇石大王乔玉峰，已成汉江石品系旗手，他们曾在全国奇石展出同时获奖……这就让人惭愧，同在桑梓，此前委实不知道汉中还有位奇石收藏家乔玉峰。返回汉中后诸事蹉跎，一直未见到这位奇人，当然还有他的奇石。

直到后来，亦有奇人之称的汉中农二哥诗社社长蒿文杰告诉我物资交流会期间有奇石大展。我脱口而出："是否乔玉峰？"回答："正是。"

我立即前往市群艺馆展厅，果然见着满厅皆石，每石皆有名称：道教始祖、观音送子、翠鸟鸣春、神农百草、沙漠之舟、昭陵六骏、潭影空人、汉源之春、鸿门酒宴、草船借箭、古树雄姿、日月同辉、国宝熊猫……每一石皆生动逼真，神形兼备，让人会心而笑。其中一石，名曰"飘飘欲仙"，细观一方青石，独有草书一个"仙"字，笔墨酣畅，字体飘逸，书法高手方可为之。此石曾获全国石展金奖，有位巨商想以高价收藏却被婉拒。

还有一组食品奇石：金华火腿、五花肋条、黄瓜、茄子……几乎以假乱真，惹得不少参观者以手抚摸，以印证是否石质。恰巧群艺馆又处物资交流会场中心地段，石以会名，会以石传，每日从早至晚，参观者络绎不绝。细察，凡书法、绘画、摄影诸项展出竟都不及这奇石展览如此轰动。

终于见到奇石展主乔玉峰。彪壮大汉，络腮长胡，头戴礼帽，衣着随意，沉默寡言却不乏憨笑，惜言惜语却偶有警句，显然是位内向质朴又有相当艺术修养与眼力的人物。一见就让人喜欢和产生信赖感。

此后，笔者每天必去观石，听乔君讲石。在乔君眼中，凡石皆宝，几乎无一石无来历，无一石无故事。石与人相伴久矣，几可追溯史前。女娲以石补天，精卫以石填海，北京人以石取火，蓝田人以石凿器，卞和献玉，相如完璧。《水浒传》假托石碣，《红楼梦》原名则称《石头记》。不用说自秦汉始勒石记事，故产生众多与历史人物、历史事件相关的碑碣，至宋代即形成金石学，其蕴藏深厚，源远流长，已成中华文化无法割裂的组成部分。再是寿山石、鸡血石可雕印章；青田石、靖砚石又以制砚；雨花石、太湖石则可供赏玩。大凡与艺术有缘的迟早便会与石头结缘。唐宋时的白居易、苏东坡、司马光、欧阳修、王安石等均是赏石大家。宋代书法家米芾更是见奇石便拜，人称石痴。

乔君玉峰委实装着一肚子关于石头的学问，问之不烦，聊之不尽。随着与他相知渐深，笔者方才了解这位河南汉子原是一位火车司机，走南闯北，见多识广，从年轻时候起就喜爱这行当，各种形状怪异、各种纹理图案的石头，各类关于石头的书籍都广为收集。几十年如一日，所有的节假日，全被老乔用来去捡石头，整条汉江、嘉陵江，从源头到江尾都留下老乔的足迹。一段没去，心中便搁置不下，老觉得恰是那段空白有方奇石在等候着他，务必要征讨一番方才息心。精诚所至，金石为开。老乔藏石中的许多精品恰是这样得来。比如那方价值连城的"飘飘欲仙"，老乔连续两日在汉江搜寻，一无所获，正疲累饥渴之际，无意在几个农民堆砌猪圈的卵石中发现之。更为神奇的是，仿佛奇石也有灵性，正等着他去找寻。有年农历二月二，是民间传说龙抬头的日子。乔玉峰在家坐立不宁，索性下河拣石，恰在那天，拣到一方石纹酷似"二龙戏珠"的奇石。

收藏奇石还需参加各种展览，以石会友，来开阔眼界，增长知识。每有石展，老乔必携石前往，几十上百斤的石头用特制的皮包装着，提或扛着上下车辆，还引起过乘警盘查。好马还需配好鞍，有时，为做称心如意的石架，老乔竟能扛着石头往返几次西安。在老乔的生活中除了石头别无其他，以致亲友远去，老婆与其离婚，老乔也无怨无悔，退休后孑然一身，每日间更是无牵无挂地侍弄他的石头。历经一番辛苦，得来一方好石，便欢喜无比，独酌自乐。

▲汉江奇石秦俑

若几次没有收获，则垂头失意，话也懒得与别人去说，真正成了石悲且悲，石喜亦喜。

任何一种收藏品均免不了互相交换或买进卖出。老乔在这方面绝对坚守原则，常是只进不出。有时碍不住情面，让出一块石头，他便像丢魂一般忐忑不安。不止一次他硬把重金退掉，要抱回石头，别人倒每每为这种执着真情感动。实在没法退的则要签订合同，强调一条：再不能转手他人。让他知道石头安然，他才放心。老乔这些举动每每被人笑谈，他亦不在意，仍我行我素。

转眼石展结束，只觉意犹未尽。一日去访老乔，只知大概地方。岂料，来到勉西，路人皆知乔玉峰，几个人争相指引："门口堆石头的便是。"

果真不假，老乔家中无处不石，整面墙壁全立着石架，饭桌、茶几，连枕边都放着石头。为放石头，他还专租了几间民房。他带我们去看，几间房子别无什物，系石头世界。小院门外，则有几块重达数吨的巨石。其中一块，竖立颇似兵马俑，威武异常，夜色之中，尤为传神。一日晚间，竟吓退了来行窃的歹徒。

汉中女子

一方水土养一方人。汉中这片青绿如梦的土地养出些卓然超群的女子本是很自然的事情。不止一次，陪同外地客人漫步汉中街头，常听其感叹：汉中女子生得柔媚，生得艳丽，让人驻足回眸的频率远胜他处。的确，汉中女子天生丽质，玲珑的身姿，白皙的肤色，安静恬淡，柔媚可人。但不定一个手势、一句话语，又分明显出一个"野"来，先让人一愣，随后又感到这种真情与气韵的随意流露，

▶ 憧憬

恰又自然地证明着她们自己。

在西安街头，汉中女子往往能被人一眼认出。不完全是由于身姿、服装和语音，而是一种印象、一种尚未完全被现代文明侵染的原生气息。就像一群刚奔出山林的小牝鹿，怯生生的娇羞中又带着野性的胆大，无所顾忌地走动谈笑，完全无视都市女子的体面、冷静与矜持，只管鲜活生动地表现自己。

只要是三个以上的汉中女子，不管去多么显赫的地方参加体育比赛、文艺会演归来，等不及放下行李，就又叽叽喳喳，用竹筷敲着饭盒，牵群结伙去吃凉皮。辣子要多，红油要旺，直吃得额头香汗津津，直吃得脸庞艳若桃花。因而人愈加称赞汉中女子的美丽与妩媚。

女子的姿色实在犹如男子的禀赋，是与生俱来的一笔财富。

要认识汉中女子，首先得认识养育她们的这方水土。人们不一定知道汉中，却一定知道与兵马俑相关的西安，知道区划我国南方与北方、长江流域与黄河流域的分界线秦岭。秦岭正好把西安与汉中隔开。坐了汽车，离开西安，仅几个小时，翻越了秦岭主脊，便算进入陕南，进入了汉中盆地边缘，于是就能看见险峻的山崖、幽深的涧谷、滴翠的山林与鸣溅的溪水，还有满坡的野花、野草与拖着长尾的美丽的锦鸡。绿云般的树丛有炊烟飘起，隐匿着一个村落或仅是一户人家。再往前时，溪流汇聚成河谷，山坡上出现修长的翠竹与浓绿的棕榈，有些南方景象了。汽车猛地一颠，长出口气似的，一下驶进平地，惊醒的旅客隔窗看时：大山尽皆退去，无垠的绿野涌向天边，发亮的汉水如玉带般蜿蜒，两岸水渠纵横，田禾竞长，橘林火红，白鹭翻飞，密布的烟村不时有穿红着绿的村姑出没，一派安详悦目。

"啧啧，这就是汉中嘛！"陌生旅客赞叹。

▲ 山区群众常沿河谷居住

　　这就是汉中，但不完全是汉中。除了秦岭南麓怀抱以及眼前这片宽约20公里、长达百多公里的中心平原，还需再往南去，跨越汉水，进入秀丽的大巴山。以巴山主脊为界，翻越过去就进入四川，而这边还有属于汉中的广袤的山地与茂密的丛林。这样我们才明白，汉中是秦岭与大巴山环围之中由汉水滋润积淀的一块带状盆地。就大范围来讲，汉中还包容着秦巴大山怀抱中的许多山岭与河流，城镇和村落，包容着11个县区及360多万人口，可与欧洲的阿尔巴尼亚相比。

　　我们还清楚了，汉中虽属陕西，被划进大西北的版图，其实却在秦岭以南，水流皆归汇长江。汉中进入了南方，但又不是地道的南方，因而气候、植被、物产、民居、风俗、人情都因地处南北交会处而显得独特，颇似湖南的湘西。有修竹茂林，溪流渡船；有狭长镇街，茶馆竹椅；有吊脚楼屋，熏鱼腊肉……正是这些与八百里秦川、黄土高原迥然不同的物候风貌，使得汉中对于省城人从心理和地理来讲都有点儿像遥远的山那边人家。

　　我们得承认：汉中封闭的地域使汉中女子不能接触更广阔的天地，由于长久孤独而易痴情，易轻信，易执着，易对外部世界加倍向往。一有机会便如出山之溪水，一往无前，极少考虑目的及后果，这样又往往使她们易受伤害。

　　比如戚姬，继褒姒之后另一位天姿国色的汉中女子。当年，刘邦从汉中出发与项羽争夺天下，明知项羽兵势浩大，凶吉难料，戚姬仍义无反顾跟定刘邦。大战70次，小战40次，刘邦屡战屡败，几乎丧命。戚姬毫不动摇，一直在军中陪同刘邦出生入死，直到垓下一战取胜，为此深得刘邦宠爱。刘邦死后，这位只知相夫教子的汉中女子根本不是刘邦大老婆吕后的对手，不但儿子被害死，自己也被砍掉手脚，割掉耳朵，剜去眼睛，弄成哑巴，残害为非人非兽的"人彘"置于厕所，供人侮辱，命运相当悲惨。汉中洋县至今有戚氏村、戚氏墓、戚氏中学，表达着故乡对戚姬的怀念与同情。

当然，也有外出后建功立业的汉中女子。比如 20 世纪 30 年代，出生于汉中西乡的女子刘力邦，随父亲去天津求学，接触马列，投身革命，数次入狱而坚贞不

▲山区妇女分外勤劳

屈。新中国成立初期刘力邦任北京三区团委书记，是著名作家王蒙的顶头上司。王蒙所写第一篇通讯即交刘力邦审阅。1993 年刘力邦以七旬高龄离世，国务委员彭珮云等亲往吊唁，备极哀荣。再如汉中师范女学生刘彩凤，抗战时期，奔赴延安，在抗大学习后，曾在林伯渠手下任秘书，后被派回故乡从事地下工作，不幸被捕，宁死不屈，竟被残忍地活埋，年仅 21 岁。

女子 21 岁，正是美丽动人收获爱情的时节。遍读与刘彩凤有关史料，笔者却只发现一处与情感有关。在延安，一伙年轻人去首长家玩，后来写出《上海的早晨》的周而复也在座。谈笑间，首长夫人问刘彩凤："打不打游击？"

当年延安男女都一腔热血，投身革命，于是把男女之间临时性跟谁好一下，戏称"打游击"。刘彩凤当时羞红脸面，连连摇头。另一则史料提到，一次延安集会，毛泽东乘当时唯一的小轿车到场。江青也从轿车里出来，大模大样，东张西望。刘彩凤愤然说："也不怕难为情！"足见这汉中女子的率真！

从后来刘彩凤接受派遣，只身回乡的经历看，她确实没有涉足爱情。她被捕后，遭受严刑，曾有一次生还机会：答应做县长姨太太便可出狱。这位被理想信仰燃烧的女子断然拒绝，宁可让美丽的肉体被活活埋葬于冰冷的泥土，为汉中女子塑造了一尊刚烈的雕像！

在漫长的岁月中，绝大多数人并没有参加改朝换代、辅国封疆等轰轰烈烈的伟大事业。尤其宋、元之后，政权北移，古都西安尚被冷落，何况汉中？

少了许多战乱流离、大起大落，同时也就缺了一茬茬钟鸣鼎食、将相王公之家带给女性的那种富贵之气与大家风范。汉中人尤其是女性对社会变革与政治斗争由于陌生而畏怯，宁可去过风平浪静的寻常日子。

希望

幸而早年汉水航运畅通，秋水大时汉口的机帆船常结队而来，加之穿越秦巴大山沟通中原与大西南的几条古道，给沿线不少人家以开馆设店、投身商业的机会。尽管由于货物临时聚散，商客暮宿朝行，没有形成鸿商巨贾，但很多人家由于女性的介入，她们天生好客和对商品的敏感，少羞怯、多明快，当然也不乏精明与小狡猾，加之灵巧与轻盈，柔媚与和气，投入本钱不大，很少失算，收入稳妥，不但使自己能过殷实安稳的日子，也给水运与古道经过的城镇带来相当繁荣。前几年拍摄《栈道》时笔者见到过不少延绵几华里的镇街，号称"不夜城"，几乎无家不商，灯火彻夜不熄。拍摄那些古道镇街，常有当年的女老板、女掌柜争相叙述当年情景。从她们犹存的风韵不难窥其年轻时的风采。

不过，秦岭与大巴山还是过于广袤了，因而绝大部分人家仍远离尘嚣。贫瘠的山地、孤寂的岁月熄灭了多少年轻女子的多情与热烈。命运对她们太不公正，仿佛来到这个世界便注定要承受打击与厄运。大山深处，生计艰辛，男人出山伐木、割竹、狩猎、采漆，常有遇险致残事情发生。男人瘫在床上，顶梁柱顿时倒塌。女人落泪悲伤，也呼天抢地抱怨命运，完了撩起衣襟擦干眼泪，胸脯仍抽泣着赶紧为男人治伤，为一家生计奔波，实在过不下去，也只有牺牲自己再招个强壮男人上门，来支撑这个行将倒塌的家庭。此谓"招夫养夫"，人虽不见笑，但在两个男人间周旋，把老人送终，把孩子养大，其间全凭女人聪明，忍辱负重，把一生的义务与责任进行到底。

这让人叹息的事情并不遥远。阶级斗争年月，笔者亲眼看到那些识字不多的乡村女子在森严的批斗会上，奋不顾身扑上去保护自己挨打的丈夫，不惜引来如雨的拳头和震耳的呐喊，坦然和丈夫站立一起共同挨斗，共同被罚干脏活

▲茶山村姑

苦活……

这些往事，不仅当时使人震撼，至今想起仍不平静。我怀疑自己是否有这样的勇气，也许会为脸面、后果顾虑重重，虽然这样干事稳妥，但注定丢失的是一种骨气，一种精神，一种对亲人的直接支撑。所以，至今回到村里，看见当年那些刚烈的妇女，看着她们横添的皱纹，飞霜的双鬓，我内心仍深含敬意。

乡间许多妇女，并无多少文化，讲不出深刻道理，生活经验却告诉她们：认真做人，清白做事，荣华富贵皆过眼云烟。每遇丈夫升迁，儿女远行，一家人欢天喜地，唯她仍在灶间忙碌，不定时突跳的眼神掠过一丝预感，于是委婉提醒丈夫，告诫儿女，无形中免去多少隐患。

曾见仅小学毕业的村姑，把左邻右舍、公婆姑嫂关系处理得滴水不漏，恰到好处。并非没有矛盾，关键善良聪慧，掂得住轻重，顾得全大局，凡事宁可委屈自己。即便暴躁的男人一巴掌打来，脸上鼓起青伤红印，照样遮掩过去，炒菜待客，把事情先撑下来，完了或轻言细语，或教训数落。男人直羞愧得低下头去，再也举不起拳头。这类乡村女子的器量、见识及气度真正如《红楼梦》中所言："世事洞明皆学问，人情练达即文章。"

逆反心理，人皆有之。汉中盆地相对封闭，使得汉中女子易生梦幻，富于联想，最具性灵，恰恰合乎她们日常从事的生计。汉中古为水乡，栽稻始于秦汉，种茶则追溯至唐宋。秦巴山地蔓生藤葛，藤棕竹编，久为传统。汉中女子喜唱民谣山歌，有刺绣架花习俗，凡此种种，均为汉中女子倾注灵性、表达情感、一展身手提供了广阔天地。

▲女孩摆摊刺绣

▲女孩经营小吃

　　每年清明，桃花水漫溢，灌得层层梯田恍若明镜，早有一排村姑在田边站定。田块若大，便要事先栽一趟标秧割方，常是两个年岁最小的女孩，高挽裤脚，一派伶俐，各站大田一角，互看一眼，再不抬头，手握一把嫩绿秧苗，宛如飞针走线，转瞬相接，宛如墨线弹出一般笔直，赢得满田喝彩。

　　再是采茶，也一律由女子承担。一场春雨，茶树绽开雀舌般嫩芽，憋闷一冬的村姑喜笑颜开如临喜日，个个穿红着绿，手提竹筐，进入一碧如洗的茶园，灵巧双手宛如蝴蝶在枝头翻飞。任凭科技如何发达，愈是名茶，愈讲究手工采摘。汉中近年名茶迭出，其中秦巴雾毫等品，公斤千元，远销日本，实有采茶村姑一份功劳。

　　汉中曾举办过民间艺术展览，印象至深是类似刺绣的架花。即在日常用的门帘、窗帘、枕套、枕巾等日用品上绘绣简单图案：摇头晃脑的水牛、盯着飞鸟的花猫、一边飞翔一边回眸关注小雁的大雁，无不朴拙天真，气韵生动。这些架花的作者都是不知姓名的农家女子，制作图案时，也许只是很随意地把日常所见描绘出来。她们心境单纯如水，青春的气息、颤动的心绪不知不觉间融进了手底，于是我们看到了一种生动的气韵。图画中气韵最为要紧，气韵活则画活，落入程式化则僵死，还有什么好看的呢！

　　还曾见过一位山区姑娘，天天喂猪，需把洋芋切碎作为饲料，喂时还需临时添加。为着方便，就用菜刀在手掌上切，久了竟能在手掌上切出粗细均匀、长短一致的洋芋丝来，而且速度之快，让人眼花缭乱。完全不在于能切几块洋芋，关键是在这极平常的事情中自然而然流露出的灵性——这便是汉中女子。

秦蜀身姿羌楚影

嶓冢导漾三千里，汉土润泽万物竞。
襟袖东西南北风，秦蜀身姿羌楚影。

——张尚中《咏汉中》

　　大约十多年前，一位在电视台做编导的朋友，约我去南山拍摄一部关于春倌说春的民间文化专题片。南山指汉水之南的巴山，山岭起伏之间，保留着许多古风犹存的集镇，活跃着一批民间艺人。春倌便属民间说唱艺人，每年立春前后，三两人为伴，褡裢分为两节搭于肩头，手中则捧颗木制的牛头，寓意将开始春耕。春倌们挨家挨户说唱祝福来年风调雨顺、六畜兴旺、五谷丰登的吉利话。再从褡裢前面取出春联、农历赠送农户，完了收取一碗米置于褡裢后边。这位编导对汉中民间文化颇有研究，他说春倌收米属张鲁"五斗米教"的遗风。还有汉中流行的端公戏，最早起源于巫师（端公）跳坛驱妖降邪的祭祀活动。张鲁占据汉中，推行"五斗米教"实行政教合一，使职业或半职业的端公产生并在民间流传下来。为了吸引观众，取悦事主，端公在表演、跳动、说唱方面广泛汲取民间艺术的营养，不断积淀发展，增加伴奏和陪唱，吸收融汇了山歌小调和民间舞蹈的长处。再是汉水航运畅通，明清时期几次湖湘荆楚移民迁入，又带进楚地民间艺术色彩，最终使这种说唱发展成为一种有固定程式、曲调，地方色彩浓郁，广受群众欢迎的端公戏。就大范围来说，端公戏又与古代湖湘荆楚之地流传的傩文化相近。

　　这使我想起在我敬重的作家沈从文的传记中说到，20世纪80年代，已经80高龄的沈从文回到家乡凤凰，一次观看地方傩戏，沈从文激动得泪流满面，连说："楚音、楚音。"事实上，只有真正来自民间的艺术才具有这种魅力。

　　汉中地处秦蜀鄂陇交会地段，由于古道与汉水航运的畅通，使得各种流俗包括剧种、民歌、方言、建筑、民居、服饰、饮食、婚嫁、丧葬等得以融汇交流，相互影响。《汉中府志》便说这里自古"风气兼南北，语言杂秦蜀"。这在汉中流行的剧种上表现得最为鲜明。陕西传统剧种为秦腔，也是覆盖陕、甘乃至整

▲羌人风格的江神庙

个西北的主要剧种，四川则为川剧，湖北为汉剧。但在汉中流行的却是汉调桄桄、汉调二黄与端公戏，民间社火亦十分活跃。从源流看，汉中戏剧源远流长。1976 年城固出土了一组青铜器面具，纵目阔耳，喜怒夸张，与四川三星堆面具相似，说明早在殷商时代，这儿就有了类似戏剧人物面部化妆的祭神跳巫用具。

西汉张骞出使西域，晚年回归故里，带回西域所娶胡妻，还有胡笳、琵琶等西域乐器和西域乐曲。至今城固还把张骞故乡称胡寨胡村。宋时，汉中戏剧演出已很成熟，20 世纪 80 年代勉县出土一面铜镜，背面铸有九个角色不同的人物，构成一出戏剧场景，还出土了一组完整的砖雕乐俑。北宋洋州知府韩亿写有记载民间戏剧的诗句："月夜人家奏管弦""喧阗鼓吹还社神"。

南宋诗人陆游也描写过汉中过寒食节的情景："画柱彩绳喧笑乐，艳妆丽服角鲜明。"

汉中各县、南北二山的各种庙宇，都修有戏楼、戏台的配套设施，每逢庙会，必有演出。有的戏楼至今尚存，勉县武侯祠，原为诸葛亮驻军汉中八年的大本营，也是蜀汉皇帝下诏修建的全国最早的武侯祠。现存戏楼为明代所建，至今每到清明庙会，仍然上演《定军山》《单刀会》之类的三国戏，定军山下人山人海，围得水泄不通。洋县城隍庙戏楼为明洪武四年（1371 年）所建，至今保持完好。略阳嘉陵江边的江神庙及戏楼是目前全国唯一保留的羌族特色建筑，汉中所属略阳、宁强（原为宁羌）历史上便为羌氏等民族生存的地方，略阳杨氏为氏族最大部落，汉末时曾在陇南创建立国 300 年之久的地方政权——仇池国。我曾前往考察，仇池国都建于四周壁立千仞、海拔 2000 余米的仇池山之巅。山顶平阔，方圆 20 公里，至今还有两个村落，700 余人。略阳杨姓普遍早已汉化。一位杨姓作者，

▼嘉陵江畔群众在火塘熬茶，此为羌人遗风

自己也说不清楚族籍，但我细观他高鼻大眼，络腮胡须，推断他应有羌氏血缘。古褒斜道经历的马道驿，也就是当年萧何追上韩信的地方，早年戏楼虽毁，却留下一副石刻对联：文成武就金榜题名虚富贵，男婚女配洞房花烛假风流。耐人寻味，也让人莞尔一笑。

汉中流行的主要剧种为汉调桄桄，从剧种特色，尤其曲调音乐板式来看，与关中秦腔十分相近，也有人称汉调桄桄为南路或南秦腔。据载汉调桄桄在明代已经相当繁盛。那么秦腔沿古道传入汉中应在此之前，秦腔落足汉中，长期与川剧及沿汉水传入的湖北汉剧彼此影响。相互交流，使汉调桄桄既有秦腔高亢激越的特点，又融进了川剧和汉调柔和婉约的长处，成为一种深受汉中城乡群众喜爱的新剧种。作为一种新兴独立剧种，汉调桄桄经过明清几个世纪的发展，在唱、念、做、打各个关键环节形成自己独特的程式和要求。历代艺人前赴后继，不断探索改进，仅是一个眼法，便有挤眼、定眼、瞪眼、转眼、凶眼、媚眼、醉眼、笑眼、傻眼等等。演员登台，身份不同，场景环境不同，眼神用法也绝不相同，一个眼神用错，台下熟悉剧情的戏迷便会起哄、喝倒彩。

据《陕西戏剧志》载："汉调桄桄在明万历年间（1573—1620年）就已经相当繁盛。"咸丰年间，汉调桄桄已人才辈出，有名的科班达30多个，有名的戏班40多个，演出活动遍及汉中、安康及川北、鄂西北、陇东南一带。被称为"戏状元"的王庚子名噪陇东南，青衣杨桂芳、花旦李伍凤等活跃于川北广元乃至成都。各个戏班敷演数以千计的传统剧目，也促进了汉调桄桄剧本的创作。咸丰年间，城固何炳若曾创作剧本《芙蓉剑》两卷，轰动一时并广为流传；清末，洋县秀才何清真把二十四孝故事编为剧本；南郑贡生岳亮创作的《阿芙蓉》，惩戒吸食鸦片和仗势欺霸民女的社会丑行，广受欢迎。

我考察丝路时，在《武威史话》上见到清咸丰年间汉中桄桄到河西走廊一带演出的记载，可见汉调桄桄作为一种成熟的地方剧种已产生广泛的影响。直到

▼羌族舞蹈

20世纪五六十年代，汉调桄桄还风行汉中城乡。记得南郑剧团有个绰号叫"黑熊"的丑角，每每在正剧开场之前，面对人山人海的观众，"黑熊"总要演上一阵独角戏，一个人把吹面灰、踩跷子、耍火、耍纱帽、甩辫子、变脸、数钱……这些特技表演耍得炉火纯青。比如"数钱"，通过面部肌肉与嘴角抽搐，加之手上动作把人物内心的贪婪表达得淋漓尽致，把台下观众引得捧腹大笑，喝彩不绝。

在陕南汉中，能与汉调桄桄平分秋色的剧种还有汉调二黄。这是以汉水流域为中心形成的一个地方剧种，在湖北、豫西南、川北和陕南一带流传。据《安康县志》记载，早在清乾隆二年（1737年）汉中二黄乾胜班就曾在紫阳演出，城固的宜泰班也曾去安康演出，有清一代，汉调二黄涌现查来松、屈来寿等名角。汉中的二黄剧团活跃于汉水流域的安康、湖北一带，那儿的汉剧团也经常来汉演出，还互相搭班，交流技艺，一度形成"四门四关，皆唱二黄"的繁盛局面。

在汉中民间流传甚广、也产生较大影响的还有端公戏，这是由古代先民戴着面具驱妖逐怪的活动发展起来的一种地方戏，由于剧情简单，所需道具服饰不多，人员精干，适合在山区农村流动演出，因而在汉中所属山区县流传很广。新中国成立后，汉中歌剧团采用端公戏短小精练的程式，采用民间故事，创作演出的《吹鼓手招亲》《戏班子断案》《打麦场》《红梅岭》都获得成功，广受欢迎，在各级会演中获奖。

汉中作为秦、楚、蜀、羌多种文化汇流之地，山区又格外广大，在漫长的历史岁月中，伴着农事岁时、节气喜庆与婚丧娶嫁，多种多样的民间演艺应运而生，且都有浓郁的地域特色。汉中既为水乡，采莲船、老鸱船、水兽舞、蚌壳舞最为盛行，再是跑竹马、踩高跷、板凳龙、五节龙、磨影子、地围子、耍狮子、舞彩龙……林林总总有几十种之多。在我看来，羊角鼓与锣鼓草最有特色。羊角鼓流行于汉中略阳、宁强一带，羊角鼓既是早年端公跳坛时的一种表演，同时又有氐羌民族在狩猎时呐喊追击野兽时的遗风，表演时两人或多人对舞，文唱武舞。表演者身穿黄色坎肩，腰系毛皮战裙和腰铃，打绑腿，穿草鞋，一派羌人装束，一手执扇形单面羊皮鼓，一手执木槌，按照古老巫舞的表演程式，

▲ 羌族羊皮鼓舞

在锣鼓伴奏下，时快时慢，时缓时急，上下左右跳动。鼓点高亢激越，体现出羌人狩猎尚武的古风。锣鼓草则与山区生产紧密相关，秦巴山岭广袤，山区地广人稀，每当收种管护阶段，需互相帮活，亲友邻居凑在一起，干活时一名歌头手执鼓槌与小铜锣，边敲边唱，节奏感强，又急又快。小铜锣也敲得又响又重，听得人精神倍增，前追后赶，一气儿就从坡底撵到了山梁。有趣的歌词现成又有现编，召集人时歌手会唱：

清早来，清早来，清早你从哪里来？旱路来嘛水路来？
旱路翻了几座山？水路过了几个滩……

谁若干活偷懒，歌头便会即兴编歌督促：

不唱山歌不得行，唱起山歌得罪人。
郭家娃儿快攒劲，莫叫大伙冷了心。

歌头敲一阵，唱一阵，紧一阵，慢一阵，不知不觉间就会在"点豆要点八月黄，一鼓作气上山梁"的锣鼓声中干完活计。这种锣鼓草在秦巴山区极为普通，切莫小瞧这类真正来自底层群众的下里巴人的东西，大俗蕴涵大雅。秦巴山区的民间艺术在漫长孤寂的岁月中不仅滋养了一方群众，还因形成自己鲜明的特色，在近年的旅游热中受到欢迎和关注。

▲秦巴大山拱卫之地成为世外桃源

秦巴山中桃花源

汉中之人，质朴无文，不甚趋利。性嗜口腹，多事田渔。虽蓬室柴门，食必兼肉。好祀鬼神，尤多忌讳，家人有死，辄离其故宅。崇重道教，犹有张鲁之风焉。

——《隋书·地理志》

这段见于《隋书》的记载，虽在 1300 年前，由于比较真切、准确地反映了汉中民情民风，故多被后世文献引用。秦巴大山拱卫的汉中盆地由于所处位置与中华民族始祖炎黄二帝生存发展的黄河流域、黄土高原，与周、秦、汉、唐建都的八百里秦川仅隔着一道数百公里的秦岭，加之优越的自然条件，植物茂密，水源丰富，气候温和，且境内溶洞繁多，山峦起伏，最适宜古人类生存发展。

据《魏书》《北史》及《汉中府志》记载："梁州当夏殷之间为蛮夷之国，所谓巴賨彭濮之人。"南宋史学家郑樵在《通志·四吏传·僚》中提出"僚人始于汉中"，说明汉中最早的土著先民属巴、蜀、濮、庸、僚。与中原的交往应在穿越秦巴的自然踩踏阶段古道发现之后，最早的记载见于晋人常璩所著《华阳国志》："周武王伐纣，实得巴蜀之师。"是说来自秦巴之地的军队作战十分勇敢，冲锋陷阵之前击鼓呐喊，手舞足蹈，震慑对手，使周武王取得了牧野之战的重大胜利。这与汉水流域古代先民拜日、崇火、尚武、喜巫、好舞、善歌的习俗是一

▲汉中古街

致的。汉中真正被发现和认识是在春秋时代，《史记·六国年表》记载，秦厉共公二十六年（公元前451）"左庶长城南郑"。这是南郑（汉中）建城的最早记载。公元前312年秦惠文王"攻楚汉中，取地六百里，置汉中郡"。经历两汉、三国，汉中屡见于史，名声大显。《水经注》中说："大城周四十二里，城内有小城。南凭津流，北结环雉，金墉漆井，皆汉所修筑。"说明汉中古城依汉中而筑，城池已相当宏阔。近年挖掘的汉代水井与陶质排水管道证实了记载。在2000年的岁月中，汉中均因秦巴拱卫的特殊地形呈阶段性发展。

　　和平年代多被遗忘、冷落，一旦社会发生变故动乱或改朝换代，汉中又因四塞险要，备受关注，为兵家必争。这也给汉中带来发展与生机，使其成为一处人皆羡慕的乱世桃源。

　　两汉时期，"汉中开汉业"。三国时代，汉中因地处蜀魏相争前沿而备受关注，一大批风云人物曾在这儿粉墨登场。汉末历经战乱，中原大地，白骨蔽野，千里无鸡啼，田园荒芜，人口锐减。张鲁占据汉中，充分利用群雄割据、无暇他顾的天时，汉水两岸沃野平畴的地利，又用五斗米教吸引群众，即入教者均要交米五斗，并在道边开义舍，放大米、柴薪、草鞋供行人享用。此外，还采用许多促进经济发展的措施，比如推行"市肆贾平"提倡公平交易，针对秦汉严刑酷法，实行"犯法者，三原而后刑"，即犯法者三次原谅，屡犯不改者加刑。由于张鲁"立行宽惠，百姓亲附"，中原许多无家可归的流民纷纷投奔汉中，"关西民从子午谷奔之者数万家"，一时间，汉中"户出十万"，这在当时是个很大的数字。汉末动乱，全国人口锐减至不足千万，张鲁却把汉中治理成为一处使百姓安居乐业、丰衣足食的乱世桃源。用历史学家范文澜的话说："汉中成为当时最平静的地区。"这种平静后被曹操打破。

张鲁政权及其五斗米教虽在汉中仅存30年，却对后世产生了深远的影响，直到20世纪四五十年代，汉中城乡寺庙还流行吃"舍饭"，即无偿供给往来流民饭食。城区商号店铺，暑天

▲ 始建于三国时期的汉中净明寺古塔

用缸备茶水，还悬挂草鞋无偿供应行人。正如史书载：有张鲁遗风。这也和汉中四塞封闭却物产丰饶的环境一致。细察深究，汉中群众，土著不多，多系历代动乱避难流民后裔，渴望和平，不求闻达，只图丰足，这与道教倡导的黄老无为思想十分合拍。

但这并不表示汉中人完全没有进取精神，相反，封闭的环境反而会刺激人走向更大天地的愿望。比如那个招贤慕才的故事就发生在汉中。

拜将台在古城汉中耸立2000余载。韩信拜将的故事妇孺皆知，韩信以一介布衣，投身历史舞台大显身手不仅给世人也给多少贫寒家庭的子弟带来启迪与昭示。汉中偏安一隅，且受张鲁遗风影响，好恬淡无为，但事有多面，人亦有多重性，除了两汉三国风云际会，刘邦、韩信、张良、萧何、张鲁、刘备、曹操、诸葛亮一批历史人物云集汉中之外，汉中本土亦英才辈出，代不乏人。

早在汉代，汉中就涌现出两位名垂青史的重量级人物，一位是大外交家、丝绸之路的开拓者张骞；另一位是曾任东汉三朝太尉（相当于总理）、被史家誉为"骨鲠派领袖"的李固。两人同为今汉中城固人。张骞出生于西汉时期，其时，西汉政权正面临国策重大转折。秦汉时期，北方匈奴崛起屡犯边境。由于秦末长

期动乱，汉初国力衰微，只能采取"和亲纳贡"方式，绥靖匈奴，避免战争。经历"文景之治"，政府轻徭薄赋，百姓休养生息，经济逐步发展，社会渐趋安定，但匈奴仍屡犯边境，雄才大略的汉武帝决心改和亲为抗击，招募有胆识者出使西域，联合同样受匈奴攻击的月氏人，夹击匈奴。

其时，张骞虽为职务不高的郎官，但他曾为武帝伴读，洞悉朝野天下情势，胸有大志且性格坚毅，办事敏捷。看到朝廷招贤令后，张骞意识到这是为国家效力、施展抱负的机会。他毅然应募出使西域，途经戈壁大漠、荒原激流，且两次被匈奴囚禁，历尽艰辛长达13年，成为中原王朝认识、了解西域诸国的第一人，为日后西域纳入汉代的版图、沟通中外交流，做出卓越的贡献，被誉为丝绸之路的开拓者，史称"凿空"。我曾多次踏访丝绸之路，为寻访先贤足迹，探视张骞当年被匈奴扣留的祁连草原，曾在盛夏一天遭遇数次风雪和冰雹，幸而有车躲避。由此可窥2000年前张骞被囚达13年之久，需要何等顽强的毅力与信念。张骞因功被封博望侯，去世后归葬故里。抗战时，迁汉中的西北联大历史系曾发掘张骞墓，发现有汉时器物与博望印信，与史载相符，系真墓无疑。近年修葺陵地，建立博物馆，以便展示先贤精神，昭启后人。张骞也被誉为世界文化名人。

李固系东汉时人，他"少好学，常步行寻师，不远千里，遂究览坟籍，结交英贤，四方有志之士，多慕其风而来学"。他系名臣李郃之子，却从不炫耀，少有父风。李固曾任东汉顺帝、冲帝、质帝三朝太尉，为人清正廉洁，后因反权奸梁冀遭诬告被杀，归葬故里。李固被史学家称为"骨鲠派领袖"，留有"峣峣者易折，皎皎者易污，阳春之曲和者盖寡，盛名之下其实难副"的千古名句。20世纪抗战时期，以华北之大，已放不下一张平静的书桌，汉中却为京津几所大学提供了组建西北联大的地方，使得大批莘莘学子学业不曾中断，报国得以有门。汉中再次发挥出世外桃源的作用。

▲秦巴山水

山水入室

　　人的喜好常随其性格，其实也和经历相关。我于十岁左右随家定居汉中乡村。后来学地理知道，这儿被称为秦巴山地，就是在秦岭与大巴山之间，由发源于此的汉水冲积出来的一块宽约 20 公里、长约百公里的狭长平原。所以这儿也被称为汉中盆地。我所居住的村落正好在盆地的边缘，面对丰饶的原野，背靠雄伟的秦岭。而且，我所在的村落距被誉为"蜀道之始"的褒斜谷南口仅数华里。

　　可以说，只要在这片土地上生活，没有不和大山打交道的，所有的孩子几乎从上小学开始，便需在节假日进山扯猪草、割柴火、捡牛粪、掰春笋。之后，回家务农，春季采青肥，伏天割牛草，秋季拖毛竹，冬日拉柴火。那些年月，也不知在古褒谷奔波了多少个日子，以至对沿线山形水势、村落古镇都熟悉得如同邻居，那些依山临河的驿道古镇，高低参差的青灰瓦屋，麻石铺就的狭长街道，由赤变黑的铺板门面，家家门前悬吊的黄苞谷、红辣椒，石磨石碾、长镢宽锄，屋顶盘绕不散的炊烟、门前蹒跚哼哼着的肥猪，在泥水中跑跳的孩子，敞胸奶孩子的女人……再是两岸无言伫立大海波涛般铺向天边的山峦、始终奔腾不息日夜喧哗的一河褒水，构成一种几分独特几分神秘又千古如是的画卷，总也让人猜测不透，阅读不尽！

自然还有生活在其中的人物。古褒谷由于亘古便为南北通道，每遇战乱，各省人都进山避难，真正五方杂居，回汉交融。任何一处山镇，细查总有十数省人后裔，百人百姓。生计艰辛，加之山高皇帝远，户族无约束，形成种种奇风异俗，一妻多夫、招夫养夫、搭干亲、认干娘、亲上套亲。常是一条镇街、整条山沟都是扯皮亲戚，有难共当，有福同享，共同把大山区那严酷孤寂的日子打发过去。

给我留下至深印象的还有山区独特的景色。

最好当然是春天，先是向阳山坡现出淡淡的鹅黄，高山上的冰雪融化，潺潺的溪水开始哗哗奔窜，且日渐呈蓝；阳光有了热力，照在水汽氤氲的山坡，先是峭拔的山崖开出几枝妖妖的山桃花；接着漫山遍野的野花都争相开放，二月兰、白头翁、紫苏叶、野蔷薇、金丝娘……多得让人叫不出名字。最盛是杜鹃，也就是映山红，从山脚一直开到山顶，真是映得天也红了，地也红了。

夏季山区最大的特点也最让人怀念的是凉爽！盛夏酷暑，热得你无处躲藏，热得让你心烦。只要进入山区，满眼青绿，凉风扑面而来，立即让你浑身清爽，尤其早晚，不仅要穿长袖衣衫，还得加上背心之类。有几年夏天，笔者躲进秦岭深处张良庙写作，不止一次沿早年的古道攀缘山岭。踩着驼印马蹄犹存的青麻石阶，拨开蔓生的杂树野花，蜜蜂在头顶嗡嗡，蝴蝶在身边翻飞，加之鸣溅的溪水，此种情趣只能徒步才能体会。待攀上梁顶，涧谷丛林俱收眼底，白云飘浮，清风扑面，真正如临仙境。

秋天也并非完全林寒涧清，一片肃杀，更多还是五彩斑斓，野菊飘香。沿河谷成熟的大片苞谷，当然免不了要遭野猪践害，于是每个夜晚号棚里都火把闪闪，竹梆声声，吆喝声此起彼伏。当年野猪被归为害兽，不时有出色的猎手击毙肥壮的野猪，如果烹烧得好，肉质多精瘦且很鲜美。大山的怀抱是野果的世界，猕猴桃、野葡萄、核桃、板栗，漫山生长，只要手脚勤快，不怕劳累，一天下来，准成篓成筐，大有收获。

冬日，沿着褒谷进山，印象至深是褒水改变了模样，没有了夏秋之际的汹涌澎湃和赭黄，更没了突降大雨的狂暴。我曾目睹过这样的情景：头顶明明蓝天红日，一派晴朗，由于秦岭深处突降暴雨，洪水涌来，城墙高的水头猛扑下来，惊涛拍岸，水雾接天，轻易就横扫了河边几户农家，满河谷都飘着原木、家具，还有瞪着眼睛的肥猪……

▲作者在乡村老宅造起一角山水

　　冬天，这里却好像什么也没有发生过，一河褒水是那样潺湲青绿，在褒谷甩下一个又一个的深潭，水墨绿墨绿，深不可测，让人以为水没有流动。这时的褒水随地都可为渡口，只要横拉一根结实的麻绳或铁丝，系于两岸巨石，人便可站立在桐木筏子上拽着绳索往返了。看似优哉游哉，其实也需掌握平衡的技巧。我第一次撑筏，人刚上去，立足未稳，手尚未抓住铁索，木筏便哧溜一滑，人立刻落进水中。幸喜接近岸边，水还不深，但大冬天，衣裤皆湿也狼狈不堪……

　　这样的日子几乎伴随着我整个青少年时期，更伴随着我十多年的务农生涯，直到1982年离开农村，进城、进京、进鲁迅文学院与北大首届作家班前。故而，秦巴大山几乎成为我阅读不尽的一部大书，是我用之不竭的生活源泉。至今为止，不仅几部中短篇小说集，两部长篇小说《山祭》《水葬》是以秦巴大山为背景，我几乎用了10年完成的60万字的蜀道专著《山河岁月》也仍然是以穿越秦巴大山的古老蜀道为写作对象。秦巴大山已成为我心中挥之不去的情结。

　　如今安居城市，但过不了许久，就郁闷烦躁，坐立不安，渴望一片山水。幸而在乡间还有处房舍，是20世纪70年代初全家节衣缩食修筑的，我亲手用夹板筑就的土墙就厚达70厘米，地道的陕南乡村农舍。尽管近年四周农友的新式小楼皆拔地而起，我却舍不得拆旧建新。不仅为逝去岁月情牵，还在于旧屋实惠，土墙瓦顶，冬暖夏凉。所以仅做修葺，接自来水，铺地板砖，建卫生间，改起居室，父母能安度晚年，我自己也有了写作去处。

　　最让我得意的是对庭院的利用。除栽一架葡萄，种一片花草，布起若干盆景外，关键是利用庭院一角，造起了一片山水。这是我观察多家公园，翻看江

▼ 盆中山水

南园林，自己绘图，自己测量，再请一位搞园林的朋友构筑起来的。先是开挖 2.7 立方米的水池，这是我心目中褒水的一处河湾，再用太湖石垒起一座山峰，恰像村后能远眺的猴子崖模样。山上则植松，种草，修仿古栈桥，池内则养鱼虾。开始，不是草枯树死，就是鱼死虾亡，很费心思也很是折腾了几回。几年过去，山峰上花草茂密，几乎看不见山石；池水中游鱼成群，俨然真山真水，竟然吸引了两只画眉、一只八哥固定每天清晨前来池边喝水，还有只啄木鸟也来光顾过呢！

但凡文友们来，我必带至农家院落，观赏完我这片山水，再食农家饭菜，皆满意而归。贾平凹、方英文一行来时，先与我父打牌，结果都输，唯我父赢。后来揶揄说：替我尽了孝心。

庚辰年春，召开拙作《山河岁月》研讨会，西安朋友来了近 20 位，一齐拥进小院，对我这片山水赞赏不已。陈忠实因事没来，临行又专程赶来"补课"，十分感叹他在白鹿原下的农家院已长满荒草，说要请我去"规划"。这使我很得意。

近些年我有近半时间居住于此，作品基本也都在这里完成。乡间虽好，但毕竟还有文联机关的工作，还主编一份刊物，因而还得回城居住。好在汉中城不大，50 万人口，我的住处又在城市边缘，窗外便是飞机场，再远便是如带的汉江与起伏连绵的大巴山，依然是一片山水。

但这山水却仅供观赏，无法赏玩，于是又觅得两只旱盆。皆做成山水盆景，有了以前经验，这两处盆景在园艺师指点之下，居然十分成功，真正是"丛山数百里，尽在小盆中"。一盆置于书房，读书时瞥一眼，足以静心安神；一盆置于卧室，临睡前看一阵，连做梦也是踏实的了。

▲秋草秋色

黎坪初记

▲黎坪山景

"去过黎坪吗？"

"哎呀呀，怎么没去过黎坪？"

在这片地面生活，能经常听见这般话语。去过黎坪的仿佛去过瑞士一般满脸矜持。事实是黎坪确曾被民国《中央日报》誉为"东方瑞士"。没去过的人自然惭愧，暗思要尽快补上这个欠缺。黎坪是大巴山丛中川陕交界的一个小镇，地处陕西汉中的南郑、勉县、宁强，四川的广元、南江五县之间，早在明代中叶即有流民开发，至清代末年，已是人烟辐辏，农牧兴旺。

那地方原本森林茂密，溪流纵横，有多种野生动物繁生。此地盛产毛皮、竹木、生漆、木炭和中药材，还有铁矿炼铁，凡山区农户所用镬、锄、镰、斧、刀、锅、铲、勺皆能打造，且经久耐用。山地又产苞谷，磨碾粉碎之后，精细部分人食，粗皮糠渣喂猪，多余部分，用来烧酒。黎坪山地，黑土肥沃，日照充分，所产苞谷颗粒饱满，各类养分最足。此地又是溪水漫流，醇净甘甜，山民秉承传统酿酒工艺，所酿苞谷烧酒，其香纯正，其味绵长。山地漫漫冬夜，山民每每坐在木炭火边，瓦罐盛满苞谷烧酒，在火边煨热，添进土蜂蜜汁，酒味便益发诱人，

▲秦巴古老民居

精壮汉子喝下三五斤去，只晕乎乎地浑身热血沸腾，并不醉倒。

下酒之物，也和这苞谷相关，那便是山地野菜苞谷喂起的肥猪。家家年产三五头之多，并不出售，只在冬日屠宰后切割开来，三五斤、十来斤不等，抹上食盐、花椒、大香悬挂于屋顶。山区高寒，尤其冬日，火塘明火不断，但自猪肉悬挂，却要专门割来柏枝，架火烘烤。经这柏树枝叶熏烧的腊肉，过夏不生虫，隔年不长毛，颜色黄亮，盐味渗透。无论何时，只消用铁叉取下，洗刮干净，煮熟后黄亮亮的诱人。任凭切得巴掌大小，一拇指厚薄，一口咬下，油汁长流，却肥而不腻，满口生香，越咀嚼便越有香味。肥猪多系腊月宰杀，故熏烤出来的猪肉便谓之腊肉，闻名遐迩。大小山沟，南北二山，又因炮制方法不同，腊肉味道也各具特色。但不管何处腊肉，都是下酒时最上等的佳味。常有剽悍男人，腊肉出锅，香味溢出，不待切细，伸手抓起尺把长短腿骨，一口咬下，油汁尚未流出，大碗苞谷烧酒已咕咚一声下肚，脸皮涨得通红，方才邀人划拳对阵，直闹到夜半时分，在火塘边横七竖八醉倒，方才罢休。

早些年月，并未提及保护动物。黎坪一带，山林茂密，生态良好，狗熊、野猪、锦鸡成群结伙。每当金秋，苞谷荞麦成熟，野兽便来糟践庄稼。一群野猪一晚毁掉三五亩庄稼是寻常事情。数百只一群的野鸡飞动起来，如云彩一般掠过山坡，啄空亩把荞麦，也是瞬间光景。狗熊就更可恶，钻进苞谷林，专拣牛角大棒撕扯，掰下一个，并不啃吃，夹在胁下，再去拣更大的掰，硬要把一块苞谷地穿遍，才拿着一只啃嚼，但苞谷地已是满地狼藉。那熊掌宽大肥厚，踏过的土地如石磙碾过一般，来年不易耕作。故而，每年金秋，山民最苦累也最有兴致的一项营生便是狩猎护秋。那时节，凡种有庄稼的千山万岭之间，哨棚早早搭起，选择地势高的去处，或索性建在大树杈上。人们登高望远，但凡有响动，顺风也能听见。狩猎的多为壮年男子，胆大心细，常要待野猪、狗熊窜到跟前，才骤然开火，枪响必定撂倒野牲口。如是数夜，野兽必不再犯。一个金秋下来，出色猎手不仅护得庄稼无恙，也猎得狗熊野猪。这当口，野兽皆被山林草果喂得肥壮，既得毛皮，也得野味，亦是山民一项收益。

因劳动需要，山民服饰多系一身短打，男人进山割漆、狩猎、伐木、挖药则需扎了绑腿，缠了头帕。脚上蹬的草鞋是山坡遍生的龙须草编就，经久耐磨，袜则为棕片所织，能透脚汗，不沾雪雨，保暖护脚。腰间则有毛皮缝制的腰包，其中放有烟草、火石等进山林不可或缺之物。腰带上别着弯刀、斧头，肩头或扛土枪或荷山锄，视所干活计而定。再是白布褡裢，其实是只长布袋，装上三五天粮米，前胸后背一搭，并不影响爬坡赶路。

山地妇女也极勤劳，讲究"男人是个耙耙，女人是个匣匣"，意思是男人垦荒、狩猎、挖药、烧炭，带回的各项生计，女人则需在家梳理炮制，勤做苦吃，守住财水，不使外流。其实山地女子十分辛勤，粮食要打晒，毛皮需梳理，养猪喂鸡，拉扯娃儿，缝补衣衫，照看门户。或出于积习或为方便，山地妇女常将家织土布染为丹青颜色，缝就大襟衣衫，遮过整个胸部，斜扣腰间，奶喂孩子十分方便。她们也裹头帕，腰间则有围裙，爱美的女子还要绣起花朵，调配颜色。其实，不仅黎坪，整个秦巴山地女子都喜穿戴大红大绿鲜艳夺目的衣衫。初来山地的人见了往往以为进了少数民族地区。其实细究起来，皆为明清之际近由陕西、四川、甘肃，远自荆襄中原因战乱、天灾迁徙而来的汉族群众入乡随俗积习所致。

虽处深山，黎坪一带并不封闭。因物产丰饶，人烟辐辏，山中多种土产需外销，山民日常所用则需外购。故早在明清，沟通川陕的米仓古道，便经元坝开有商道，近由南郑、宁强、广元、南江诸县，远自甘肃、关中、四川前来收购山货的马帮驮队终年不绝，来去皆满载满驮，兴隆繁盛。黎坪又恰处五县交会，二省相邻，为商旅必经之地，最繁盛时，叫得响的客栈竟有二三十家。山岭广有林木，由四川的能工巧匠修筑起干栏檐过丈、阴阳瓦皆备的大屋顶客舍。院落宽敞，能拴百十匹骡马，草料则垛如山岭，松油灯彻夜不熄。驮队载运各样山货，也载运山地人生活的故事。

这固然是陈年旧事，但自20世纪中国抗战，黎坪又曾一度兴盛。20世纪初，南郑地面出过一位俊杰叫安汉，为留法九年的农学专家，回国后任国民政府农林署技正，率一批农林方面专家，先后赴热河、察哈尔、绥远、宁夏、青海等省考

▶河谷坝子即为安汉抗战时垦殖，是当时难民生存之地

察。这是中国首次用科学方法对大西北气象、物候、农牧、林业所进行的综合考察活动。事后安汉所著《西北垦殖论》深得国民党元老于右任赞赏，北大之父蔡元培亦亲自撰文推介。安汉则被誉为开发大西北的先驱。

抗战时期，安汉奉国民政府令，在黎坪设立农垦局，收容难民数万，开办学校、医院、孤儿院、图书馆等，使黎坪一带空前繁荣。时《中央日报》誉之为"东方瑞士"，人们蜂拥而至。偏安汉生性耿直，得罪当地驻军权贵，竟被罗织罪名，罹难冤杀，垦殖场便也冷落解散。黎坪也因牵连这桩公案添上愈加诱人的神秘。

时至今日，时过境迁。垦荒、烧炭、狩猎都成了被禁绝的陈年往事。黎坪也就被遗忘冷落多年。几乎是一觉醒来的事情，人们又讲究起生态，推崇起自然，向往起绿色，探讨起旅游。于是，很自然地，早先横在天边的一抹黛苍，深隐于大巴山中的黎坪又进入人们的视野，成为谈论的话题，继而便是规划，招商，引资，开发……还真寻找出天然石城、赤色龙山、瀑布群落、高山草场、原始森林、巴山民俗、田园风光、安汉故居等大小景区，百处景点。于是规划蓝图，修筑道路，一举成功地申报为黎坪国家级森林公园。声名也渐传扬开去，游客接待渐成规模，黎坪也就有新时代的许多新鲜故事了。

▲ 汉水新建龙岗大桥

水乡渔趣

陕南为西北水乡，河流纵横，池塘星罗棋布，自古多出水产。汉水清且涟漪，鲤鱼自然鲜肥，塘库中青、草、鳜、鲇混养，浅滩深湾则有鳖蹒跚，至于无垠田畴，栽秧时节，鳝鱼肥嫩活跃。常有捕鳝能手，一夜间抓得成筐成篓，有数十元好赚。即使丘陵地带河湾沟汊，也常有水族汇聚，故节假日钓者云集，但听欢呼，必定有了收获。自古无水不成道，由秦入蜀的子午、阴平、褒斜等栈道皆伴水而行。有水便可渔猎，西汉名士郑子真终日垂钓，隐居不仕，名动京师。至今褒谷口尚有郑子真垂钓处。究竟是因看破红尘还是因垂钓甚丰而拒做京官，便不得而知了。

但也确实有因捕鱼而丰足的。笔者小时有幸在褒谷口街镇住过，至今记得暮春时节，桃花水漫溢，重达百斤、体长如人的长江鲤鱼成群结队，逆水而上，褒谷口一带河道顿成渔场。渔夫们纷纷驾起两头尖尖的老鸹船，手执钢叉，携带鱼鹰在水面搜寻。常见这种情景：几只鱼鹰奋搏一条大鱼，鱼摆长尾，鹰伸铁嘴，追逐拦击，水花四溅，末了几只鱼鹰竟能齐心合力叼着鲤鱼不放，把它抬到船上。精彩莫过于渔夫钢叉击中鱼背，却被大鱼拽着，连叉带船拖得满水面飞窜，船后荡漾一条血痕……

捕杀常持续至深夜，渔火点点，映红河面。隔日便注定鱼压集市，条条大鱼猪肉般上架切卖，满镇皆飘鱼香。之后，随着长江汉水沿线一座座水电站建立，鱼再游不上来，渔事盛景也就成了记忆中的童话。

▲汉水边钓者

近年，塘库养鱼却日趋兴旺。有位朋友因此致富。早先，人民公社修起座水库，以灌溉为主。偌大水面，经营不善，竟无多少收获。朋友承包时被人嘲笑，他却胸有成竹，当年只干两件事：用铁丝结网堵住灌溉水口，因他发现往年鱼苗皆由此流失；再雇位老人，每日一边看库，一边割青草拉牛粪喂鱼。仅此两项，年底捕鱼万斤。

还有位朋友潦倒时，被村人讪笑："他还想娶老婆，坡上母牛现成！"恰是屈辱逼他发奋，瞅准块丘陵河湾承包，贷款自购推土机扩塘养殖，竟成养鱼大户。放水捕捞时，笔者曾亲见一网捕三千余斤鲤鱼，欢蹦活跳，蔚为大观。

相比之下，江河垂钓便只有情趣可言。褒谷口筑起石门水库后，几十里山谷烟波浩渺。除发电灌溉外，也事养殖。无奈库大水深，岸边参差，不易捕捞。几次提闸排洪，巨大瀑布凌空落下，吼声如雷，水雾接天，冲出几里后，便见水面浮有大鱼，引无数弄潮儿下水逞能。但捞得的鱼，十有九跌断了头，但鱼身也盈尺盈丈，赤着上身的汉子便拖了在街上炫耀。

至于褒水早先河道，深入秦岭四五十里才能见着。接近高寒地带，产一稀罕物件，学名大鲵，鱼身人面，四爪与婴儿手掌酷肖，俗称娃娃鱼。小不盈尺，大则如人，喜聚潭而生。早年常为人捕获，一窝打尽可达数百斤。现娃娃鱼已被列入国家二类保护动物，繁衍迅速，河汉常见，仅供观赏了。

▲ 汉中塘库星罗，可供垂钓

但褒水中还有一物可供捕鱼美餐。此物称鳖或甲鱼，也叫王八，炖汤极鲜，为大补之物。陕南街头每斤三四十元，外地已达每斤百元，足见珍贵。

鳖喜晒盖，常选与其色接近的麻石歇息换气，不易被发现，但却瞒不过捕猎者有经验的眼睛。"冬捉潭，夏抓滩，二八月逛回水湾"。即便绿豆大的鳖鼻子换气时在水面一闪也会被发现，一道白光闪过，肥美圆鳖便在叉头扭动了。

鳖貌似呆愚，实则精灵。笔者务农时，夏秋进褒谷割山草，曾参与在水边捕鳖。常是逢着下雨，整个山林白茫茫一片雨雾，无法上山，便有工夫沿河谷捕鱼捉鳖。此时，河水上涨且变混浊，鳖受不了浑水淹呛，纷纷爬上岸边换气。但它们也很警惕，人刚接近，它便扑通又滑进混浊河水，再难寻觅。

一次，捉得一只碗口大小肥鳖，未及穿绳，又发现目标，随手将其扔在丈把远的河滩。岂料，人刚走开，这家伙竟抻着脖子，加上一边的两爪，将身子支撑起来，形成一个圆盘，飞快地朝河里滚动。待发现时，伙伴们全被鳖这一高超逃技惊呆，竟无人拦截，眼睁睁地看着它滚进河水逍遥去了。

多少年过去，每每想起这幕猎鳖趣事，笔者仍感叹不已。

与古人同乐

▲柳湾彩陶仿品

已经记不得什么时候喜欢上了汉罐。

若要认真追溯，几乎可至回乡务农时。生产队修仓库在田里取土，挖到将近两米的时候，突然出现了巨型砖块。有经验的老人说可能是古墓。这下引起了大伙儿的兴趣，古墓是用厚重的方砖砌成，十分坚固，但小伙们却干得十分起劲，钢钎大锤都用上了，费了半天劲，出现了一个洞，黑乎乎的，深不可测。这下全村都轰动了，整天围许多人看热闹。幸而村大人多，不乏有识见者，向上面做了汇报。汉中博物馆立刻来了人，认定是一座汉代古墓，遂指导挖掘。全部挖开才知道，那黑乎乎的洞是砖砌的墓道，棺椁还在里面。出土的有形态各异的陶罐，或大肚细颈，或三足鼎立，或双耳盘口，还有陶仓、陶狗、陶猪、陶鸡、陶鸭。印象最深的是一座四合院落住宅模型，门楼、围墙、角楼、正房、耳房一应俱全，院外还有一面池塘、一片水田，水田中还有青蛙、小鱼。这些全部都是陶质，还带着彩釉，惟妙惟肖，十分精致，让人爱不释手。

当时，农村生活十分贫乏，不要说粮仓酒罐、家畜家禽，几乎家家都缺钱缺粮。想不到古人生活得那么美好，人死了还想得那么周到，陪葬品如此丰富。那年我刚初中毕业，考取中专政审落选。16岁，刚出学校对什么都感兴趣，尤其对古墓充满好奇。后来我对历史知识与出土文物的喜好可能便与这次偶然接触古墓葬有关。

我所居住的汉中是块十分古老的地方，古褒国，美女褒姒，三国拉锯，南宋

▶ 陶人推车

抗金，这儿都是重兵集结、风云际会的去处。尤其刘邦在汉中为王时，筑坛拜将，明修栈道，暗度陈仓，横扫三秦，建立400年的汉室天下。汉中作为汉王朝的发祥地，古战场、古建筑、古墓葬星罗棋布，比比皆是。学大寨时，大规模修地，糟蹋了不少文物。记得一次也是挖到了古墓，挖出了许多尺把高的陶俑，没人管，被小伙儿们一镢头一个砸得粉碎。我看着可惜，拿了一个回家。参加工作后，有一位文物专家看过我拿回的那个陶俑，认定是唐三彩。后来一位工厂业余作者拿去赏玩，说弄丢了，也就不了了之。

要说我真正对陶瓷，特别是对汉罐的赏玩是在近年。我之所以偏爱汉罐，也许因先入为主，最早接触古墓中那些汉罐给人印象太深；也许因为汉罐本身古拙质朴，粗壮大气；也许因为我所在的汉中与隔秦岭相望的关中出土汉罐甚多，所以赏玩汉罐也就堪称"近水楼台"了。

我的汉罐来源有三：朋友相赠、以物易物、市场选购。朋友中最让我受益的是鲁院和北大同学赵宇共。他是老西安，从小在古城墙下长大，文物鉴赏识别已达到专业水平，曾写过一本《中国陶瓷的文化鉴赏》并出版。美国前总统克林顿访问西安时，采用的唐式欢迎仪式便曾经他认定。他目下是西安市社科院民俗所所长，是我心目中一位很权威的汉罐赏玩专家。

早在鲁院学习时，凡到外地开笔会，他最爱逛的便是文物瓷器商店，不辞辛苦地从兰州、黄山背回几个造型奇异的瓷瓶。我从他那儿学得不少知识。他送我的几只汉罐式样最佳，置于书架之上，每次不经意间看见，便会心一笑，不仅为汉罐朴拙的外形，还为朋友的情谊。

▲灰鸭蛋陶

喜爱收藏的人之间，"以所多易所鲜"，公平交换，几乎是普遍的现象。汉中收藏界有位朋友，几乎无所不藏，举凡字画、钱币、瓷器、成套书刊、名人手迹，乃至"文革"小报应有尽有，当然也包括汉罐。他多次提出，要收藏我的所谓手稿。我心里觉得好笑：我算什么？我的手稿又算得上什么？但他要收藏，我也就开玩笑地提出条件：可以，但要拿汉罐来交换。

不想，那位朋友竟一口答应。我于是也郑重，知他喜爱书法，特地选了一篇涉及书法的长达万字的《蜀道瑰宝汉三颂》手稿给他。朋友喜出望外，一下提来大小五只汉罐，并介绍说，这一组可排列起来观赏。我遵嘱将其置于古玩架上。这是一次双方皆大欢喜的交易。

近年文物市场开放，古城西安除传统的城东八仙庵古玩市场之外，又在城南新建了规模宏大的中北古玩城。古玩城店铺林立，小贩云集，每逢节假日，整个古城及市区郊县的收藏人士都会奔赴这儿收珍寻奇，访朋会友。于人头攒动、熙攘拥挤之中，相熟者常会心一笑，一切踌躇自得皆在不言之中，于是这一天便过得特别得意。

逛这种集市上瘾，一集不来心慌！我是经过若干次熏陶才有这种体会的。汉中集市不大，多系地摊，散兵游勇，物稀且贵，只可徜徉观赏，要购买还得去西安。但又毕竟隔了秦岭，我只能利用公差去西安时才能去逛，逛则必有收获。我一度对陶瓷笔筒产生兴趣，尤其对上面铭有《岳阳楼记》《黄山游记》《劝学》等古文与《清明上河图》《五牛图》等古画的笔筒更感兴趣。其实也明知是现在的仿古制品，只要能在造型图文上带来审美愉悦就行。先后购得几十个，大大小小摆满了书架。

　　但最吸引我，我最情有独钟的还是汉罐。在我眼中，陶仓、陶灶、陶井及鸭蛋壶都属汉罐之列。我购过一只汉井，灰陶有底，下大上小，并有棚盖和辘轳。其实，这种井沿用了几千年，我在乡村多年就一直在这样的井中打水，恐怕至今一些偏远乡村仍在使用。我还购过一只黑灰色的鸭蛋壶。椭圆形颇似鸭蛋，短颈盘口。有人说是古代的酒器，但我宁可相信赵宇共的说法——它是古代扎营时所用的信息器具。即扎好营盘后，在四周埋上鸭蛋壶，壶口露出地面，派人监听，若敌人偷袭，则十华里外马蹄声脚步声就可能在鸭蛋壶中引起回响，就能及早防范。

　　我对陶仓也感兴趣。陶仓皆圆柱体，带盖，还有带三足的，大部为灰陶，但也有带绿釉的。1999年夏天，在西安八仙庵，我一眼瞅准地摊上三只带绿釉的陶仓，大中小三号，正好一组。可惜迟了一步，被人用不足200元购去，我为此懊丧了许久。

　　在我拥有的汉罐中，最喜欢的是一只鹰面双环盘口壶，高36厘米，盘口直径15厘米，造型质朴，外观简洁，为典型的汉罐，系同学赵宇共所赠。之所以喜欢，不仅因其是汉罐，又是友人所赠，关键还在它的用途。真想不到这只造型拙朴的陶罐是古人的娱乐工具，即喝酒时，把它置于一定距离外的位置，行酒令时向盘口壶内投羽毛箭或小石子，以投进数量的多少来决定输赢，输者则罚酒。这种风俗唐代还有，我们从唐代诗人李商隐那首著名的《无题》诗中，还能看到这样的情景：

　　　　　身无彩凤双飞翼，心有灵犀一点通。
　　　　　隔座送钩春酒暖，分曹射覆蜡灯红。

　　诗中的"送钩""射覆"便是指在酒席间行酒令时所玩的一种类似向盘口壶中投小石子的把戏。于是，每看见这只盘口壶，我就会想到那位唐代诗人，在春风沉醉之夜去逛歌舞厅，与一位歌女眉来眼去，又是"送钩"，又是"射覆"，正心有灵犀时，却又该去干公事了，顿觉惆怅与遗憾。

　　千把年过去，尽管一切灯红酒绿、情人媚眼都已付之东流，但遗留下的这种盘口壶却引人遐思。这大约也是人们今日收藏赏玩各类古物的原因吧。

米仓道上的牟阳栈道

米仓道杜鹃

像是预兆，浓绿的山野突然出现一点红，格外醒目，接着又红了三五处，当前后加力的越野车翻过山岭，驶进河谷时，满坡满岭全是大片大片的红花，像火炬般闪烁跳跃，简直像要燃烧起来，让人立刻产生温暖欢快的情绪。满车的人纷纷把头伸向窗外，感叹呼喊。

这如朝霞、如火焰、如现代派油画的红花就是杜鹃。杜鹃绝无牡丹、兰花名贵，有被置于展厅阳台的荣幸，只是本色平实地点缀山野，覆盖起血样的红晕，映得天也红了，地也红了。山区群众便叫出个极诗意的名字：映山红。

这是一种几乎像人类般遍布地球的世界性花卉。尼泊尔便定其为"国花"。无论南北半球，只要有些许生存条件，便有她丈把高的身影、缀满枝头的花朵。杜鹃品种众多，在全世界 800 个品种中，中国有 600 个品种，并且伴随着悠远的中国文化。史前神话中说蜀国皇帝杜宇，善施仁政，怜爱百姓，直到死后灵魂仍化为杜鹃鸟。此鸟每当清明，便从早到晚，飞掠山乡，不住啼鸣："快快布谷，快快布谷。"啼唤得嘴巴滴血，一路滴去，直把遍山杜鹃染得血红。

极浪漫极让人神往的传说加铺天盖地的红花，让人心醉。这醉人的景色在大巴山腹地，有一条古道可通。这条古道因穿越大巴山系的米仓山而被称为米仓道，它是穿越秦巴大山由中原到四川的七条蜀道之一。相比之下，米仓道不如其他几条蜀道如褒斜道、金牛道、子午道、荔枝道那么显赫，有众多的历史事件与人物

▲ 王有泉（左三）的千山茶园

为其添辉。见于史籍的是，东汉末年，张鲁利用汉中四塞险要、物产丰饶的优势，推行五斗米教，凡入教者都需缴纳五斗米，放置驿站，供过往行人享用。五斗米教还济困扶贫，发展生产，形成颇有原始共产主义味儿的政教合一的割据政权，广受百姓欢迎。朝廷竟奈何他不得，索性授张鲁镇宁中郎将、汉宁太守。张鲁在汉中保境安民达30年之久。

曹操统一北方后，目光盯到汉中，亲率大军征讨。张鲁兵败后仓皇出汉中南门，越汉水经米仓道逃往四川巴中。张鲁离开汉中时做了件好事，当时钱粮盈库，手下劝其烧毁以免资敌，但他认为稻粱皆百姓生产，来之不易，应归于国家，离开时封存完好。曹操意外获得大批钱粮，特地派人劝回张鲁，不仅仍让他镇守汉中，还破例封他五个儿子为侯。

再是刘邦在汉为王时发生的萧何月下追韩信的故事。大多数学者认为应在褒斜道的马道镇，也有学者认为事情发生在米仓道。追上韩信的地方至今仍叫截贤岭，可以为证。

勉县金泉以东山道为米仓道支线，至今道边岩石刻有一方南宋绍熙五年的摩崖石刻。内容为禁止私运茶与食盐的布告，揭发者可得赏钱五十贯。

如今，依赖千年的历史积淀，也依赖良好的生态，汉中已成为陕西乃至西北最大的茶叶基地。几条古道经过的地方都有大片的茶园，米仓道上的南郑，荔枝道沟通的西乡、镇巴，金牛道联结的勉县、宁强等县都茶业大兴，茶人辈出，茶叶都已成为支柱产业。

有位种茶人叫王有泉，20世纪80年代毕业于汉中师范学校，当过老师也写过探索性的现代诗，后下海经商。他看准茶叶的发展前景，经过多年打拼，目前

▲米仓道茶园

已建成 2000 亩标准茶园，打造出"千山红茶""千山绿茶"等品牌，把茶叶销售到西安、北京。经营茶叶致富后，潜藏在王有泉心中的诗意又萌发了。宁强原为宁羌，历史上曾是氐羌民族生存的地方，在民居、服装、饮食、刺绣、砖石雕刻上都极有特色，蕴含着深厚的氐羌民族文化。王有泉把这些散落在民间的石器、木雕、匾牌、碑刻、拴马桩、鼓乐器收购回来，布置占地十多亩的庭院，形成一座很有民族特色的民间文化博物馆。大家夸赞王有泉是最富诗意的商人，是最有钱的诗人。

此道有一段保存十分完好的明清石碥道，叫褒城坡，长达四五华里，一律青麻石板铺就，逶迤曲折，真切且具情调。单看一眼深陷于石板上的驼足马蹄印，也给人一种年久月深历经沧桑之感。也许人们还会想到当年赶马人的情景：每当晨昏，山道有驼铃响起，注定有商旅马帮过往，多则百十头骆驼，少则几十匹骡马。马帮出川驮着蜀锦、蜀纸、蜀茶、川盐，进川运的是百货、洋布、毛皮、火纸。

一趟买卖往返便需月余，赶马人孤寂之中，突然看见漫山遍野红艳的杜鹃，也许会思念起妻子儿女，于是顿感温暖，步履加快，鞭儿抽得山响；也许那满山的红艳使得赶马人热血奔窜，豪情引发，吼一气川调秦腔，疲劳孤寂顿飞天外。何况，杜鹃花瓣可食，甜中带酸，给赶马人解去多少饥渴！

也不仅仅是赶马人。20 世纪 30 年代红四方面军曾在这一带活动，建立川陕革命根据地，有一部长篇小说《巴山不了情》中多次提到的"红色交通线"，便指的是古老的米仓道，而艳红的杜鹃更被作为革命象征加以渲染。至今古道附近尚有不少当时的标语镂刻于岩石，已成文物。米仓古道所在的南郑县还诞生了一位杰出的红军将领——何挺颖。1924 年在上海大学读书时，何挺颖加入了共产党。

▲米仓道山林背夫

▲米仓道红叶

1927 年，何挺颖参加了著名的"秋收起义"。部队到达根据地井冈山后，他被任命为一团党代表。1928 年 3 月上旬，部队扩编为师，毛泽东担任师长，何挺颖担任书记。之后，何挺颖担任红军主力 28 团党委书记，林彪任团长。1929 年 1 月，在大庾岭战斗中，何挺颖身负重伤，转移途中，不幸去世，年仅 24 岁。

为缅怀先烈，南郑县在何挺颖故居竖起纪念碑。2011 年，川陕革命根据地纪念馆在红寺湖景区举行开馆仪式，将何挺颖纪念碑也移到了这里。何挺颖的革命精神将与天地共存。

近年出版的研究中国革命进程的著作，都给予穿越米仓古道的红色交通线以极高的评价，认为正是这条红色交通线的创建使红军和杨虎城将军领导的西北军有了广泛接触，为日后的"西安事变"打下基础，直接对中国革命进程产生了举足轻重的影响。

遗憾的是，直到 20 世纪 80 年代初，米仓道仍然不通汽车。1985 年修建的由陕西南郑至四川南江的二南路才取代了历尽沧桑的米仓古道。

恰是由于封闭，米仓古道沿线陕南川北一带的民俗得到较为集中的保留，几条支线经过的二里镇、牟家坝、碑坝、喜神坝等，街道悠长。铺板门面，弯弯灶，吊脚楼，黄玉米，红辣椒，肥猪过街，腊肉成串，竹椅茶舍，小鱼腌菜以及街镇四周的梯田、池塘、水牛、牧童构成了一幅色彩鲜明、情调浓郁的大巴山风情风景画。

如今乘坐越野汽车或长途汽车行驶在古老又年轻的米仓道上，看见的就绝不仅仅是漫山遍野的火红杜鹃了。

秦岭话奇树

古老的蜀道宛如飘带悬挂缠绕于秦巴大山，为历代往来官吏、迁客骚人颂叹。除了雄关漫道之险、风光山水之胜，沿途红花绿树、修竹茂林也成奇观，引人入胜。

晋人左思在其名篇《蜀都赋》中写道："嘉鱼出于丙穴，良木攒于褒谷。"说明当时秦巴山谷植被茂密，古树参天，密密麻麻生长着高大的楠木、挺拔的青松与枝丫四伸的桦树。可惜，褒谷即著名的褒斜道必经之谷，从秦汉时期便凿石架木，铺设栈道。木梁木柱，难以持久，加之火烧水激，屡毁屡建，以至栈道所经之处，良材砍伐殆尽。隋唐时修筑栈道不得不深入山谷几十里甚至上百里寻砍木材。早于三国时，多次沿蜀道进兵北伐的诸葛亮就发现这一问题，下令蜀军在沿途植树，既为来往车马遮阴，也备筑道之用。至今金牛古道广元通往剑阁一线，依然伫立着株株古柏，粗可数人环抱，枝叶浓密如云，遮罩着麻青石条铺就的古道，延绵数十里不绝，被誉为"翠云走廊"，是国内外闻名的一处奇景。

隋唐之际，栈道发生变化，路面上移，避开洪水且与碥道结合，木材用量减少。到了明清，随着开山技术提高，木梁木柱的栈道几乎被盘山石碥道取代，使得古道沿途植被得以恢复。其中，最明显为傥骆古道。此道北从关中周至骆谷进入秦岭，由南麓傥水谷出山至汉中洋县。这是秦岭最窄的一段，穿越秦岭的山路仅300华里。唐时曾设官驿大道，最为畅通繁盛，唐德宗、唐僖宗两位皇帝都

▲秦岭深处的梭椤古树

▲褒斜古道下西河村银杏树已有4000年历史

曾经此道幸临汉中。诗人白居易也曾有《再因公事到骆口驿》的咏叹：

今年到时夏云白，去年来时秋树红。两度见山心有愧，皆因王事到山中。

当时，驿馆齐备，道路畅达，驿卒飞驰，官吏往来，很是繁盛。笔者近年到此道考察，荒芜的草丛中，唐时宽达四米的官驿大道石砌痕迹明显，清晰可辨。可惜此道明清便梗塞，未再开辟驿道。20世纪70年代基本沿傥骆道修筑的周洋公路绕道佛坪，避开了古道重镇华阳，使这一带成为"死角"。

但恰恰是由于封闭，遮天蔽日的原始处女林、高山杜鹃以及大面积的松花竹与巴山木竹得以保存。高大的兴隆岭阻挡了来自北方的寒流和风沙，南方的暖流却在这儿徘徊，使秦岭南麓成为一片得天独厚的乐土。这儿气候湿润，雨量充沛，植物茂密，满眼滴翠，悬泉瀑布飞挂，加之轻纱白絮般的云雾不时飘来，真如童话境界一般神奇、美妙。可以说这里是世界上最美丽的山区之一。

前几年，四川王朗和甘肃文县竹子周期性开花，给大熊猫的生存带来危机，引起整个世界的关注，秦岭南麓的竹林却依然如绿色海洋般翻卷着波浪。不仅使大熊猫得到保护，还为金丝猴、羚牛、云豹、林麝、毛冠鹿、红腹鸡、娃娃鱼、朱鹮等几十种珍稀动物提供了栖息场所，使它们能远离尘嚣，悠然生息。

当年古道翻越的兴隆岭最为奇特的景观是各种树木和花卉。兴隆岭高达3071米，为陕南第一高峰。傥骆古道仅从山脚经过，历尽沧桑，有的路基如战壕一般深陷，荒草没顶，无言地叙述着凄凉。

林木却顽强，生机勃勃，在高大的兴隆岭的怀抱中垂直分布，形成奇异景观：

山谷是阔叶林带，叶片肥厚的泡桐，野生的核桃、柞树、板栗，到处攀缘的藤萝，密密麻麻，遮天蔽日，加之溪水震响，一派亚热带雨林风光。几乎如木匠弹出的墨线一般齐整，至山腰植被骤然生变，全成了冷杉与雪松。再往上是红桦林、白桦林与高山杜鹃。桦木体形高大，枝丫遒劲蓬撑，树皮细薄如纸，包裹翻卷，有红白之分。红色深暗，株株红桦犹如身披藏红大氅的莽莽壮汉。白桦则银辉，宛若一群身着白裙的仙女，舞姿婆娑，引人遐思。与红白桦林混长的高山杜鹃便只是一群尚未出脱的村姑，束头束脑，舒展不起腰肢。这时已有高山爬柏的出现，预兆已经接近海拔3000米。接着是高山草甸，大片野葱像人工栽培般整齐，这已是生命的临界，末了只剩下古代冰川遗迹与皑皑白雪占据着山巅。

给人留下深刻印象的还有一些单株巨树。荔枝道经过的镇巴，一株茶树王，数人方可环抱，树龄800余年，推算当生于南宋。文川道出口的城固，亦有一棵巨楸，竟筑有鸟巢50余个，栖息着160余只白鹭，堪称鸟的王国。连云栈道经过的张良庙，路边有棵梭椤树，恰巧成为雪线的坐标，每年入冬落雪时，注定以梭椤树为界，树以北为雪，树以南为雨，屡试不爽。若非去春亲眼所见，还真难以置信。听朋友讲，一次夏日经过此地，恰逢暴雨，以树为界，一边大雨如注，一边却丽日当空，真乃奇观！

在褒斜道经过的留坝县下西河村，有棵银杏巨树，树冠如绿云飘浮于云天，远在数十里便能看见。近了，只见单是四伸的树枝也粗如碾盘，细若水桶，枝叶整整遮罩了十多亩地。每年收获时节，全村山民都来收采银杏，家家都能拾得数筐数斗。可惜这株汉唐延续下来的千年银杏，学大寨年月，因影响耕种，树冠全被砍掉，树干又遭雷击，树心腐蚀将空。《栈道》摄制组来此拍摄时，发现掏空的树干内大得惊人，八九个人都能钻进去，能摆得下一桌酒宴。

值得庆幸的是，这株如同蜀道一般古老的银杏树，近年，枯朽的树干又勃发新枝。我们去时，正绿叶摇曳，竟生着青青的果实。

▲褒谷风光

▲褒斜道上一所小学

褒斜古道调查

噫吁嚱，危乎高哉！蜀道之难，难于上青天！

1200 年前，盛唐大诗人李白 25 岁仗剑出游，涉足蜀道，面对雄奇险峻的秦巴大山，写下激昂浩荡的千古绝唱《蜀道难》，使得蜀道和阳关、玉门关、岳阳楼、黄鹤楼一样千古留名，永远定格于中国文化史。

由天梯云栈构成、穿越秦巴大山的古老蜀道，和万里长城、京杭大运河一样，是我国古代人民的一项伟大创造，它使黄河与长江流域两大文明得以交汇，中原和大西南得以沟通，祖国版图得以统一。没有它，也许就很难出现强汉盛唐，历史可能就会改写。

只能归结于命运，我从童年起便与蜀道结下不解之缘。由于家庭蒙难，我离开城市到陕南乡村落户。村后不远便是巍峨绵延的秦岭，距被专家们誉为"蜀道之始"的褒斜谷口仅几华里。大约从小学五年级起，我就加入了上山砍柴的乡村孩子行列，就开始与秦岭打交道。后来我又在褒谷口的褒河中学读书。学校就在秦岭脚下，山岭的落日彩霞、晨昏暮岚都因与校园融为一体，存入永远的记忆。

我因此对古道的历史文化风情风物产生兴趣，第一次认真调查是在 1985 年夏秋之际，写了一组八篇作品，先后在《汉中日报》《人民日报》连载，由此也

作者在褒谷调查

引发我对蜀道的浓厚兴趣。

大山深处的"火盆"

坐上汽车，出留坝县城，沿紫荆河，顺古连云栈道，经张良庙，盘旋而上，车窗外满坡松竹，浓绿滴翠。山风扑面，虽值盛夏，裸露的胳臂竟有些凉飕飕的。翻越高入云雾的柴关岭，汽车离开川陕公路，拐向东行，一路下坡，向峡谷驶去。越下越低，头顶盘旋的老鸦变得像麻雀那般小，而前面的峡谷，云遮雾罩，像无底洞似的幽深，竟让人怀疑前面再不会有什么村寨人烟了！

岂料，车过江西营，豁然开朗，挤在一起的大山向两边退去，闪出偌大一片平川。这儿便是秦岭中古褒斜栈道上的重要驿站——江口镇。

江口因从秦岭深处流出的太白河与红崖河在此交汇而得名，目下是留坝县江口区政府所在地，有四千多人口，在山区可称作繁华去处了。除了党政机关、学校新建的楼房外，依山傍水，有条长达一华里的镇街。我们到时，恰逢集日，许多山区群众用喇叭背篓盛着干鲜果品、土特山货，从四下的山道拥向集市。镇街上熙熙攘攘，沿街摆满地摊。黄花木耳、天麻杜仲、日用百杂、时髦港衫，从最现代化的高压铝锅、电子手表、长筒丝袜、收录两用机到最古朴的耕牛犁铧、猪草小刀、木匠墨斗、拔针夹子，应有尽有。倘若挤进拥挤的人圈，还会见到满脸污墨的炉匠，正把一位老人用草帽兜着的断瓢破勺之类的铝块，用近乎原始的火炉化为熔液，再用模具铸成一把崭新的铝瓢，让人赞叹不已。在这样的集市上徜徉，能领略到一些独特的山区风味：常能见憨厚的笑脸从收购站出来，手上数着

▲ 山区人家

大把的钞票，粗糙的大手提着时兴的高压锅，拖着土调山腔的姑娘穿着流行的红裙子飘然过市……

但随即就感到炎热难受，一条街市走完，已是汗流浃背，喘息不已。开始以为走热了，岂料越歇越热。远处的江面蒸发着晃眼的水汽，石子水泥路晒得发烫，连卧在江边的狗都热得直吐舌头……

"这两天还好点儿，前几天更热，中午最热时上过三十七度。"当地朋友这么介绍。"山区应该凉快呀！""地形造成的……"朋友解释。

果真，出街镇一看，就清楚了：江口镇虽属山区，但地势较低，四下全是环围的高山，不透凉风，加之两条汇聚的河流又带来蒸发的水汽，就有点儿类似长江边重庆、武汉、南京三大火炉的气候特征了。

"那你们这儿应叫'火盆'！"我们开玩笑。

"红火了好嘛……"主人倒认了真，"就因为热，这儿才是留坝的稻谷基地，粮食税收都占全县三分之一以上。江口苹果又大又甜，外省都来订货。"主人扳起指头："苹果罐头、食品加工、机砖建材、淡水养殖、药材种植、木耳香菇……全要发展，火盆还要变成聚宝盆呢。"

梭椤树下的歌手

出江口镇，北行二里许，便见了许多农舍瓦屋依山而筑，掩映在滴翠的绿树竹林之中，背后有飘浮着团团白云的山峦，山下有哗哗流淌的太白河水，宽阔的河滩，水草茵茵，蹒跚着水牛，浮游着野鸭……还没进村，我们就被这充满诗意的山村美景陶醉了。

而这片山水也确实孕育过诗人，早在 20 世纪 50 年代，汉中地区两位崭露头角的诗人唐平与赵百禄都生长在这个叫梭椤树的山村，而且两家相距不过十米。唐平是全地区最早在《人民文学》发表诗歌的作者，赵百禄也早在中学时代就写出过著名的诗歌《金银塘》，曾被收进多种诗集和教学课本。

今天，我们来这小山村，则是访问另外两位农民歌手刘子珍与王兴才。

同行的文化馆同志介绍，这两位农民歌手都曾参加过 1982 年省民间艺术调演汉中片的演出。他们第一次上那样隆重的舞台，开始还拘谨，不自然，惹得台下观众大笑，但他们一唱起来，立刻把台下观众"镇"住了。

真想不到，他们的嗓门是那样洪亮，音色是那样纯正，时而粗犷，时而婉转，让人们领略到山区生活的淳朴和优美，受到了大会的好评和奖励。

我们在村外的秧田里，见到了两位歌手。刘子珍带我们到她家中。一谈起山歌，这位老人立刻兴致勃勃，容光焕发，从屋里拿出她请人抄写的歌本，站在家门口，对着山峦、丛林唱起来：

> 清早起来露水潮，
> 露水汪汪搭天桥。
> 太阳一出天桥断，
> 隔断冤家路一条。

悠扬、婉转的歌声飘荡开去，和四周的山峦、翠竹、蓝天、白云、阡陌……交融起来，让人受到一种无言的感动。

接着，老人给我们介绍起山歌。秦岭山区原本就是山歌的海洋，流传着各种山歌小调、劳动号子。山区还有许多能编能唱的歌手。

尤其值得一提的是：早年间，江口作为古栈道上一个重要的驿站，内蒙古、宁夏、甘肃的马帮，四川、云南、贵州的商贾、艺人、工匠都经常经过这儿。在漫长的岁月中，他们不但沟通着内外的经济、贸易，同时，也把西北草原粗犷悠扬的花儿（民歌调），西南各族人民的歌声带到了这儿，极大地丰富了这儿的山歌。单是歌颂劳动、歌颂爱情以及婚丧喜嫁时唱的各种民歌小调，就有几十种之多。

刘子珍老人生活在这样的环境中，从小耳濡目染，在山沟里放牛、扯猪草时，在栽秧、砍柴的日常劳动里，在沐浴着月光的禾场上，在跳跃着焰火的火塘边……她都向老一辈的歌手刻苦学习，默默记诵，终于成为这一带受人尊敬的

歌手。

末了，我们提出为她照相，并建议她站在蔬菜地做出她日常劳动的姿态。"不，不！"她连连摆手，"我就站在这儿。"说完，她走过去，站在了院边的一溜盛开的六月菊边。啊，镶入镜头的不光有老人甜美的微笑、盛开的菊花，还有蓝天白云、青山绿树、层层田禾……

顿时让人领悟到：只有这样的山水才能诞生那么多优美的民歌，也只有这样的山水才能孕育优秀的诗人和歌手啊！

婚丧娶嫁的变迁

古褒斜栈道始建于春秋战国时期，北起关中眉县斜谷口，南至汉中褒谷口，全长 480 余华里，尽皆依山傍水，连绵盘亘于秦岭深山。在漫长的历史岁月中，古栈道沿途群众形成了许多独特的生活习惯和传递表达感情的方式，尤其在婚丧娶嫁中表现得十分明显。

这一带虽说崇山峻岭，但由于自古就是横贯南北、沟通川陕的驿路要道，旅客通商，车马不绝。散居沿途的百姓，除务农、伐薪、挖药、狩猎外，大都兼些开店设摊、购销贩运之类的营生。他们又大都认得些马帮头儿、大车老板，因而眼宽腿长，脑瓜灵活，风气也开化得多。

而且，这一带山清水秀，风柔雨润，自古就是出美女的地方，"一笑千金"的褒姒便出生在这条古栈道上。就是现在，茅屋藏娇，深山出凤凰，还常能见着身形秀气、姿色丰润的女人，吸引着路人的目光。加上这沿途的居民，多是历代

▶秦岭山区一所学校的孩子

兵荒马乱流落至此，没有户族世袭的束缚，来往也多是朝行暮至的客人，也就少了许多舆论的压力。常风传一些狗儿猫儿少规没矩的事情。多了，久了，人们便皆说这一带风气不好。但哪儿风气就好呢？难说。

只是，这儿毕竟偏僻，山途艰险，加之物产交流困难，许多群众在婚丧嫁娶中仍摆脱不了穷困。"童养媳""娃娃亲"不必说，就连少数民族地区有的"一夫多妻""一妻多夫"——两兄弟合娶一个老婆的事亦非鲜见。山区毕竟生计艰辛，男人们出坡狩猎、伐木遇险致残机会也多。倘若男人病残，丧失劳动能力，女人便可另招一男人上门，干活养活原来的丈夫，谓之"招夫养夫"。另有"站门汉""拉帮套"亦属此类情形。更有些偏僻山沟，人迹罕至，多年居民不变，近亲通婚，造成白痴呆傻儿居多，个别荒僻山沟人口甚至濒临灭绝。

新中国成立后，山区婚娶虽有变化，"童养媳""娃娃亲""招夫养夫"等违反婚姻法的婚姻陋习基本消失。但买卖婚姻、牵线做媒的包办婚姻仍很普遍。尤其在"十年动乱"年月，由于穷苦造成许多山区姑娘外流，男女比例本身就失去平衡，婚姻就更无自由幸福可言了。

一切上层建筑都必须随着经济基础的变化而变化。这条古栈道从远古延绵至今，婚姻嫁娶真正发生变化，着了时代色彩，是近些年的事情。

首先职业发生变化，农村青年不再被束缚于土地之上，他们自由地经商，开办企业，腰包鼓起来，财大气粗，神情不再畏缩，敢于互相注视。更要紧的，男女青年之间有了广泛的接触机会，许多佳姻美事便随着诞生了。

在这条古栈道上的重镇——留坝县举办的社队企业会计训练班上，我见到了一位叫廖明丽的年轻妇女。她身材颀长，胸脯丰满，头发乌黑，眼睛明亮，神情姿态酷似电影《巴黎圣母院》中的阿斯美娜达。

"你是包办婚姻，还是自由恋爱？"

"当然是自由恋爱！"她挺自豪。

"从小在一起长大的吗？"

"不，他离我家二十多里。"

"那怎么认识的？"

"别人先介绍，他在社队企业开汽车，每天从我家门前过，我们谈了两年半，还不算自由吗？"她抱起身边胖嘟嘟的儿子，幸福地亲吻了一下。

再是山区文化水平的提高。年轻人都读书，中小学生已很普遍，每条山沟都有了高中生，甚至大学生。文化使他们有了自由选择对象的愿望。山区路远，上中学后，学生普遍在校寄宿，男女学生接触机会甚多，加之山区孩子由于更接近大自然的缘故多早熟。男女同窗就读为他们的自由选择提供了条件，至少是埋下了爱情的种子。居于大山深处的青年龙应文本来也许会像父辈一样，被人"包办"婚姻的，但是他怀念中学时的女友，一通信，那女孩子也渴望"自由"，于是他们的婚姻就与时代同步前进了。这事件本身又好比星星之火，点燃了四周许多年轻人的心，不断地、持久地加速着这条古栈道婚姻嫁娶风俗的变迁。

服饰·职业

青布或皂布或白布头帕，家织土布缝缀的满襟衣衫，布疙瘩纽扣，大腰裤子，千层底布鞋……裹着一个强健莽壮的身躯，衬着一张淳朴憨笑的面孔……

这是多年来在画报或电影上见到的山区群众形象。这种服饰也大致符合秦岭深处古栈道沿途群众的穿着习惯。

只不过，这一带男人穿戴更简陋些，头帕需布几尺一丈，要这样才能缠裹。足上千层底鞋也少见，倒常裹些棕丝，蹬着草鞋，在雪雨泥泞中蹒跚。女人穿戴却似乎丰富些，除了衣衫，还围了类似锅裙的裹肚。讲究的，还绣了花边，像少数民族那样。

女人们常是倡导服装新花样、新潮流的先锋，即便山区妇女也不例外。早在20世纪50年代，她们就对不伦不类的家染土布表示了厌倦，结婚讲究要几身洋布衣衫，尽管规格仅限于价值低廉的阴丹士林或流行花布。后来她们又对灯芯绒，尤其对红色的灯芯绒显出了兴趣。这当然和传统的审美趣味有关，大红大绿，鲜艳吉庆，好嘛！

近年，她们简直是长足进步了。中长哔叽、化纤涤纶之类，她们已当日常服装，省城京都流行的连衣裙、长筒丝袜、高跟凉鞋、紧身毛衣……她们也日渐涉猎了，甚而十分讲究时新款式。留坝枣木栏一个叫刘小梅的女青年对我说："早先我的裤子皱巴巴、脏兮兮，照样进城赶集，现在洗了衣服，尽管裤缝还是笔直，不烫熨一下，就觉着心里不舒服。"

仔细琢磨，服饰的演变和职业的变化关系密切。早先古栈道沿途群众，单是种地、狩猎、挖药、养蜂、伐木、割竹、烧炭、背脚……无一能在众人面前显眼露脸，且特别耗费衣服。这就必然刺激他们在服装结实耐用上下功夫，至于款式，就无从讲究了。穿那么好，给谁看呢？给山上的野猪狗熊看吗？笑话。

而目下，庄稼人顶多两个月时间种地，其余时间便经商，开旅店饭铺，办联营公司，务木耳香菇，甚而办起汽车联运。留坝县城郊外大滩村群众私人的大轿车，宽敞明亮，高背靠椅，比地县运输公司客车阔气多了。试想，他们能依旧穿着布疙瘩纽扣衣衫、大腰裤子、麻布草鞋去售票、去开汽车吗？那不吓走顾客才怪。至少旅客会担心不安全：这乡巴佬别把汽车开下山崖去。

于是，早先是干部标志的"四个兜儿"穿在他们身上了，再配以皮鞋、手表、皮包和梳理整齐的偏发。出门在外，握手言欢，洽谈公事，也就做得有模有样了。的确，服装常不自觉地暗示着人的职业，而职业又刺激着服装与之合拍。在留坝县举办的社队企业财会学习班上，男青年西裤、皮鞋、涤良衬衫，女青年连衣裙、长筒丝袜。除了讲话带有土腔土调的乡音外，很难把他们与城市青年区别开来了。更要紧的是，服饰还常促使人们意识的转化。小刘是秦岭深处江口乡文化站干部，转正快两年了，却还老把去文化站上班看得跟早先下地干活一样，衣衫简朴，式样陈旧，思想还没上升到文化站干部"应有的层次"。来县馆开会，别的文化干部的服饰、举止、言谈让她羡慕，觉得自己缺了点儿什么。隔日，她在县文化馆一位女同志的开导下，首先实行"服装革命"，第一次用自己的工资，做了身合体的西装，顿感容光焕发，精神了许多。

在这条古栈道的城镇上徜徉，看着那么多山区青年服饰新颖，面孔新鲜，你会觉着连太阳都灿烂了许多。那么，这就不仅仅是服饰的问题了，对吗？

文化·精神·生活观念

在漫长的历史岁月中，褒斜栈道沿途群众，创造了灿烂的山区文化。这主要表现在民间文学的创作和传播上。山歌、盘歌、锣鼓草、劳动号子……形式多样，

▶山地老人

风格迥异，多不胜数。单是民间舞蹈，诸如板凳龙、地社火、扇子舞……达几十种之多。此外，婚丧喜事的吹鼓手班子，巫婆神汉的法事、道场以及打猎、收获、年节等各种喜庆场合都使山区群众在漫长孤寂的岁月里得到愉悦。

这其中，独放异彩的是山歌。古栈道沿线，山崖险峻，涧谷幽深，清泉流水遍布其间。地域起伏落差，造成山歌悠婉绵长，或高上云端，戛然而止；或凄清婉转，一咏三叹。山歌中最有特色、也最普遍的又数情歌："姐是天上白云头，郎变蜜蜂往上游，姐骂情哥好大胆，云中鲜花你来偷。"诸如此类，数不胜数。笔者曾听一位年逾七十的老歌手唱起情歌，依然味浓韵长，动情处，一咏三叹，回肠荡气。老人眼含泪花，听者无不感动。

可惜，这类歌手，已不多见。许多山歌，也不再流传。有关文化部门已把山歌作为文化遗产抢救了。这固然让人感叹，但细想，民间文学原本是文化落后、没有文字的生活环境的产物，许多工业发达国家没有民间文学就是例证。就是当今山区，年轻一代中，也很少有人再唱山歌，创编民谣了。倒是在挺偏僻的山沟也不难听见《霍元甲》主题歌："万里长城永不倒，千里黄河水滔滔……"或是"我没有忘记你呀，你忘记了我……"

让人感叹"人心不古"的同时，又觉得欣慰：收录机这样的高档商品，毕竟向这边远地域传播现代精神文明了。

山区愈是偏僻，倒愈引起年轻人对外部世界的憧憬和向往。近几年，留坝山区按人口平均，订阅报刊竟居汉中地区前列。此外，乡镇文化站普遍建立，借阅图书，播放电视，提供信息，推广技术……也为新文化的普及做出不少贡献。不学山歌，不看巫婆神汉的迷信舞蹈，山区生活并不单调，却向着丰富多彩发展。

▶ 用上手机的背二哥

庄稼人经销农副产品，签订各种合同，出门涤卡上装衣袋挂钢笔，见面握手言欢，打听信息，谈判议价，设宴待客，购置各类时兴产品，甚而联系业务，也乘便开始旅游了。随着古栈道沿途一些文物古迹修复，旅客日渐增多，又有许多山区群众投入第三产业，开办旅馆、饭铺、酒店，经营理发店、照相馆，做导游，生活填充进新的内容，心里又产生新的平衡了。

新的文化必定带来新的生活观念和审美趣味，大红大绿日渐失去市场，年轻人更喜欢自然和谐；包办婚姻被自由择偶取代；死守家门、埋头种田不再被人尊为老实质朴，倒屈降为"没出息"。变化最大莫过于消费观念。早先一分钱掰三瓣花，有九毛必定凑够一元塞进砖缝攒着。这里甚至发生过丈夫把千元存款塞进干豆叶捆，又被妻子拿去当猪草卖掉的悲剧。如今，有钱就花、勇于消费已成普遍现象。铁佛店一家木耳专业户，家中六间大瓦屋，粉刷一新。新式家具、新式电器，遇着就买。尽管门前就是一道哗哗奔窜、永不枯竭的溪水，也弄了台洗衣机摆在家中。

有趣的是这并非个别现象，许多山地人进城赶集，见什么新鲜，只要衣兜有钱，伸手就买，并不像城里人那样掂量比较，反复思考。这大约是因为旧基础薄弱，接受新东西也就勇敢果断了。

环境·住宅·审美趣味

褒斜栈道虽延绵于崇山峻岭之间，但始终依山傍水。而河谷地带，气候温润，地形略平，群众多居于此，开发较早。青松翠竹，田垄阡陌，加之高山流水，云遮雾罩，景色十分秀丽，风光处处迷人。许多农家筑屋于山弯向阳处，门前溪水淙淙，屋门竹林扶疏。行人隔岭见着一缕炊烟，闻得几声鸡啼，走近，却又不见茅屋，单听着小鸡的啁啾声、女人的说笑谈闲声以及推小手磨的声音，潮水一般从绿云似的树林间涌出来……不由你不赞叹："好个幽雅去处。"

可惜，当你真正走到住家农舍

▲褒谷新景（牛江林摄）

前，却又要皱眉咂舌了。环境虽好，住宅却不甚讲究，土墙茅顶，当面竖几根青冈棒，牛肋巴小窗，白天也只透着可怜的光亮。屋里被火塘熏得乌漆麻黑。住房、灶火、猪圈连在一起，院里堆起粪堆，鸡刨狗挖，散发着臭气，倒有点儿污染了青山绿水。

别说乡间，就连古栈道上的重镇——留坝县城，沿山脚那条老街，也是倾斜、扭曲、狭窄。屋檐矮低，门窗仄斜，早年的冷落、恓惶劲儿，至今仍依稀可见。说到底，环境住宅的改观美化，须依赖于生产的发展。早年间兵荒马乱，交通不便，难以苛求。即便新中国成立后多年，三几毛钱的工日值也难考虑到住宅的阔绰上去！20 世纪 60 年代初，庙台子附近雷家山生产队，修了座砖瓦仓库，全县竟当新闻传播："嗬，雷家山搞富了，库房都用砖瓦修呢。"

20 世纪 70 年代初来留坝的同志回忆："……县城的街道才六盏路灯，大年初一清晨，出门一望，街道一地雪，没一个人，只有三条狗……"

环境、住宅、审美趣味，最能体现经济发展状况。铁佛店邓家沟有个叫何清仿的农民，早先，他和大山中的许多群众一样，修房单从简单省事考虑，在高山上依着崖壁，修起两间小屋，土墙茅顶，牛肋巴小窗。"管他，只要晚上睡觉能展下身子，先把全家大小肚皮哄饱再说。"

第二次修房，他就考虑到自己的方便和房屋的样式了。从高山转到山沟，背靠青山面临溪水，筑起三间瓦屋，原因是政策已经允许他务木耳、香菇，且子女大了，有了帮手。

前年，一场暴雨造成的滑坡，冲毁了他的瓦屋。他要第三次造屋了。这次，他没急于动工，而是背着手转悠了几天，用他日益提高的审美趣味，思谋规划，充分注意到地形、方位、采光和环境的协调，单为填好地基，就不惜花几百元筑起一道石坎。完了修起一溜四间的高墙瓦屋，窗户明亮，墙壁洁白，一根皮管把清清的溪水引到锅沿，宽敞的院落把卧室与猪圈隔在两边。走进屋里，沙发靠椅、大小衣柜、明星照片、瓜子香烟，已很难找到干部宿舍与农民居室的区别了。

原因简单，他和妻子儿女靠勤劳的双手种天麻，务木耳，种香菇……是留坝县曾经奖励过的六个专业户之一。

不只是一个何清仿，留坝城郊大滩村在房舍被洪水冲毁之后，群众造屋，普遍一砖到顶，并有二层小楼屹立于青山绿水之间。自然，变化最大的是留坝县城。当年河滩筑起一条新街，修起成排楼房，其中文化馆最为漂亮雅致，以一座三层大楼为主体，背后青山仁立，溪水环绕，迎面利用地形，起伏有致，形成空间，给人留下想象的天地和建筑美的享受。若再登高鸟瞰，只见青山隔断蓝天，绿水蜿蜒流淌，新楼林立，鳞次栉比，夕阳晚霞，宛然如画。难怪已有人称留坝县城为古老蜀道上的一颗明珠呢。

物产·风味·食品结构

秦岭素有"聚宝盆"之称。在漫长的历史岁月里，马帮商贾沿着褒斜道、连云道几条栈道从外面运进一个世界，又从深山带走一片天地。把外地的食盐、铁器、布匹、洋油、火碱、日用百货从马背驼峰上卸下来，又把古栈道沿线的生漆、竹木、毛皮、桐油、药材、棕片……带出去。几千年了，似乎总也运不尽，取不完。

唯有百姓群众是运不走的，他们就依靠这种交流，繁衍生息，并形成了自己的饮食习惯以及不同阶段的食品结构。

河谷地带，平坦去处，均产稻谷，高寒山区，坡岭沟梁则长苞谷、荞麦、洋芋、豆类。无论河谷高山都养猪、牛、羊、鸡、狗、猫等。枪法高超的打山子们常猎得狗熊、野猪、草鹿、山鸡，山区群众也常挖采得天麻、山药、木耳、菇菌，遍坡还有核桃、板栗、山桃、野杏。

可惜，物产虽十分丰富，山区群众的食品结构却十分单调：洋芋苞谷糊糊、洋芋荞面拌汤、洋芋蒸饭、洋芋糍粑，要么四季豆两头一摘煮一锅洋芋疙瘩。山区因水土关系，无论男女皆能吃肉。过年杀头肥猪，有吃"泡汤"之风，接亲邀友，饱吃一顿，肉片切得如木梳大小，横在碗上，却当豆腐一般嚼咽。余下的肉吊在梁上，熏成腊肉，可吃对年。山区人喜吃腊肉，笔者几年前曾亲眼见一山区汉子，二斤腊肉豆腐，竟一顿吃完，唾沫吐在火塘，居然燃烧起来。

地方风味，比起外地，亦不算多。菜豆腐算是一种，另有马道的核桃馍、八

▲褒谷中大石门

里关的罐罐肉等。

物产丰富，食品单调，究其原因，和长期闭塞、文化落后、生活贫穷有关。人类只有发展到高度文明，才知道牛奶能顶馒头，人一天只能吸收三个鸡蛋，才晓得氨基酸、蛋白质、卡路里、葡萄糖，才懂得营养品要搭配，也才讲究色味应俱全……

早些年间，能认下自个儿名字就不错的山区群众，恐怕不能苛求让他懂得"营养学"，就算懂得，山高路远，提上腊肉，又上哪儿去找味精、料酒、大香呢？还是豆腐洋芋，煮上一锅，干脆痛快。

讲究吃喝，并非堕落，而是人类发展与文明的标志。这种"标志"不能提倡，无法号召，更不能用"吃饭不要钱"之类的昏话去骗人，而要切切实实依赖发展生产，活跃经济以及提高文化水平来实现。

首先是要温饱。这一点，秦岭深处，古栈道沿线群众，几年前就做到了。近年，这一带群众的食品结构不断变化，简直让人吃惊：大米面粉为主，苞谷已归入饲料；当地已产蔬菜，外地蔬菜也有运进，改变了洋芋为主的食谱。木耳、山药、香菇的普遍种植，要求技术辅导；经商运输，摆摊开店，又与整个社会发生关系。设宴待客，互通有无，已成为许多农家发展生产、活跃经济的一种手段。这样的宴会，几十个菜，黄花木耳、山药香菇，有时还有熊肉、山鸡之类的野味。烈性白酒已渐被淘汰，啤酒成为紧俏商品，摆上桌的，至少也是香槟、猕猴桃了。

曾去两处农家，都是突然前往，主人都不惊慌。荷锄提篮，门前挖出山药，屋后采来木耳，又去温室采来香菇，梁上取下腊肉，恰似平坝群众来客时在门前

▲褒谷孔雀台残存石梁

菜地剜得青嫩菠菜，摘下新鲜豆角一般从容。

尤其值得一提的是，许多群众设宴已十分注意"规格"，开始讲究"名菜"。比如，近年留坝一带开始栽培香菇。这种食用菌比较昂贵，而且味道也确实鲜美，营养亦十分丰富。过去人说"有肉不吃豆腐"，而现在却说"有香菇不吃肉"。许多人来客设宴就讲究上香菇，就像讲究要上红烧鲤鱼一样。

桥梁道路的起落兴衰

古栈道蜿蜒于秦巴山地，沿途崇山峻岭。从史书及遗迹看，开凿工程十分艰巨。著名的石门，开凿时"烧以薪，浇以醋，碎以锤"，即对横拦栈道的石山，先用柴火烧烫，再用醋浇酥，完了再用锤凿通，工程艰巨，可见一斑。

可惜，在世界公路隧洞史上有着相当声誉的石门，如今已被水库所淹，为一大"遗憾"。

在漫长的历史岁月中，栈道曾多次遭兵焚水毁。最为著名的是，公元前206年，刘邦听张良计烧绝栈道，"以示天下无还心，以固项王意"。却在汉中招兵养马，休养生息，留下了"明修栈道，暗度陈仓"的历史典故。

之后，栈道屡毁屡建，仅明洪武、清康熙年间，栈道就经两次大规模的复修。川陕公路、宝成铁道修通后，栈道才年久失修。留坝境内，仅存武关河、观山子、佛爷岩、孔雀台等处遗址。其中保存较为完整的是孔雀台：存石孔16眼，石柱7根，长17米。

川陕公路修通后，虽取代了古栈道，但仅是贯穿秦巴的一根主脉。分布在沿途的山沟长达四五十里，短的也达十来里，仍靠山间小路通行。这些灰白的山路，尺把来宽，垂藤一般蜿蜒于崖岭涧谷。隔山跑死马，一眼望得见，走拢得半天，这还说的是旱路。陕南多水，沟有多长，水有多长，且弯来绕去，山路也就尽在溪水上盘旋，所谓：四十九道脚不干，七十二道狗钻洞。而那溪水上的桥也颇有趣，以溪水大小而定，小则一步跨过，大则架桥摆渡。桥有各式各样：若水不深，便可踩着置于溪水中的山石过河，曰列石桥；有时山洪冲倒大树恰好横在水上，便成了名副其实的独木桥；还有一种季节桥，冬季干枯时，立木架板以供通行，秋夏涨水则拆掉。在那些河面较宽、水流湍急的去处，则普遍建造铁索桥，凌空而起，横跨河谷，颇能考人胆量。至于公路桥，就阔绰了。近年留坝境内修起十多座大桥，其中六座已竣工通车。早在 1972 年修筑的青桥铺大桥还是陕南第一座双曲拱桥。

20 世纪 50 年代末期，秦岭深处曾掀起过兴建道路的热潮，基本上各乡镇将尺把宽的山径拓宽为简易公路。深山出现了人力车，把山区群众从"背二哥"的行列、背架子的重负下解放出来，使山区的商品生产、经济流通出现了一次飞跃。20 世纪 60 年代末期以来，古栈道沿线，再次大规模地修建公路，留坝兴建县社公路七条。1980 年实现了乡乡通汽车，为深山的经济起飞提供了条件。

背篓提筐赶集，被洪水隔断，荒坡野岭，蜷蹲过夜的蛮荒情景是一去不复返了。自行车早在 20 世纪 60 年代就普遍使用。目下进行各种经济开发的群众深知时间的可贵，江口镇供销社一次进十几辆"嘉陵"很快就被当地农民抢购一空。铁佛店青年农民何明镇，一人竟有两辆"嘉陵"，往返汉中，十分方便。

自然，真正发展生产，流通商品，还得依靠汽车，也许由于山区路远，或是由于山区资源丰富，秦岭山区群众私人占有的汽车，竟比小县城多出许多。江口镇曾出现过一个由十多辆农民汽车组成的联运公司。城郊大滩村群众的客运汽车，亦十分漂亮。

经济起飞，商品流通，人才、文化、科学信息的交流依靠着交通事业亦日趋发达，而桥涵、道路的发展又有力地促进着经济的飞跃。横贯秦岭的汉宝公路目下已全部铺了柏油，道路宽阔，路面平整，仅留坝境内，便有四个优良道班，把公路维修得十分漂亮，车速若快，两个小时，即可从留坝到达汉中。这种速度，正是山区发展生产、搞活经济所需要的啊！

▲栖息树林的金丝猴

秦岭山林记趣

大山极易和封闭蛮荒为伍，与孤寂冷落为伴。尤其莽莽秦岭，横断陕甘，更显令人生畏的姿态。其实深入进去，便会发觉山峦涧谷、诸般禽兽乃至雨云雾岚都有生命，不乏复杂纷扰，颇多野味山趣。

离开陕南古城洋州，驱车向北，在峡谷溪流间行驶百余里，秦岭南麓，万山丛中闪出偌大块平地，青灰街市，有街道、机关、学校……这便是远古蜀道的重镇华阳。华阳四周山岭延绵，林木茂密，不乏异兽珍禽，颇多山林野趣。

因四周山林栖息着弥足珍贵的熊猫、羚牛、金丝猴、娃娃鱼，这一带被划为自然保护区，益发使这片山林充盈着神秘的魅力。

云海奇观

晴日，在华阳远眺，一线苍黛，山岭直插云雾。这便是秦岭南麓最高山峰——兴隆岭，有简易公路直达岭下。若欲攀登梁顶，还有40里羊肠小道。无所谓路，仅是早年猎手、割漆匠、采药汉踏出的竹茅山径，垂藤般悬挂于陡立的山峦。攀登甚为艰辛，收获却颇丰富，沿途等于观赏动植物园。兴隆岭海拔3071米，动植物垂直分布，谷底为亚热带混交林，遍生浓郁茂密的桦、栎、榆、漆等高大乔木。画眉、斑鸠、水雀、竹鸡婉啼其间，随处可见。恰似墨线划分般齐整，千把公尺之上，则是板栗、油松、核桃之类的树木，有五颜六色的雉鸡在草坪追逐觅食，拖着长尾巴的松鼠跳跃枝头。再往上便只见云杉、冷杉和雪松了。枝干笔挺，顶着团团苍黛的枝叶，宛如出征将士般肃杀，令人起敬。待爬得满头大汗，接近山顶时，眼前豁然一亮，各类高大树木皆不见了，平缓的梁顶布满高寒草甸，风化沙石掺杂其间。山顶还生长着大片野葱，整齐茂密，宛若人工栽培，蔚为奇观。

▲金丝猴伴侣

▲山林梅花鹿

"会当凌绝顶，一览众山小。"站在兴隆岭梁顶，四下重重叠叠的山峦尽在眼底，像大海波涛般铺向天边，原始而沉寂。远远近近似有山风、山泉呜咽，恍然之间，仿佛捕捉到天籁地籁的声息。极目远眺，秦岭主峰太白山40里跑马梁依稀可见。最让人叫绝的则为雾姿岚态，云海奇景。

山地气候多变。一路登山本为晴日，登上山顶，只见天空蔚蓝，明净欲透，日光朗耀，灿烂夺目，无一丝杂染，连空气都新鲜无比，沁人心脾。眼底的山峦涧谷浴满金辉，一览无余。倏地，一处涧谷明白无误地飘起缕缕氤氲水汽，转瞬之间，千山万岭都浮动起山岚，滚动起团团灰白的云雾，宛如移动的羊群。随着乍起的山风，迅速扯开，忽似奔马，忽如游龙，瞬息万变，千姿百态，直让人想起"烽火戏诸侯"的典故，看得人眼花缭乱。

末了，云团连接成片，像煮沸的牛奶般迅速漫溢，填平许多涧谷，吞没无数山峦，止于兴隆岭半腰不动，构成茫茫一派云海，露出些尖尖的山峰，像大海上的礁石。

此刻，兴隆梁顶，依然天空蔚蓝，日光朗耀，万道金辉洒于云海，一片光亮恍若明镜，清晰地映出山梁及人影。老郑举起猎枪高喊，"云镜"中人便也作举枪呐喊状。于是人人做姿弄态，"云镜"都立显图像，屡试不爽，人们仿佛进了"哈哈镜"室，个个高兴得手舞足蹈，像回到了无忧无虑的童年时代。

巧遇熊猫

华阳一带是大熊猫分布的密集之处，但密集也是相对而言。北大生物系教授潘文石曾带研究生在华阳山林搞过三个冬春考察，给四只熊猫戴上联合国野生动

▼在华阳熊猫不时可见

物基金会提供的微波项圈，能够随时掌握熊猫栖息、饮食及活动范围。最后得出大约三平方公里分布一只熊猫的结论。与四川王朗自然保护区平均5～9平方公里分布一只熊猫相比，此处熊猫分布密集多了。

但真要在茫茫林海竹海寻找熊猫也真"踏破铁鞋无觅处"。钻进竹林，丈把开外便什么都看不清楚。调研人员有时寻踪觅迹，一个星期见不上熊猫也是常事。

在林区工作的采伐队员，普通百姓发现熊猫的机会比较多，大都是巧遇。华阳林场场长郑松峰几次发现熊猫的经历就十分有趣。

有一天，他下队检查工作，突然发现一群拖着美丽长尾的五颜六色的锦鸡在林间空地追逐觅食。他想看个究竟，便拨拉开竹林偷偷接近。进竹林后却听见一阵一阵微微的喘息呻吟声。凭多年林区经验，他断定附近准有负伤的野兽，说不定还是只熊猫。

果真，一只成年熊猫卧在竹丛中，瘦削憔悴，显然已病倒多时，见到人后，呻吟变成哀号，但已无力行动。老郑立即组织工人把病倒的熊猫抬进场部，并报上级部门进行抢救，后来连国务院都惊动了。遗憾的是这只熊猫还是因病得太久，抢救无效死去。后把熊猫毛皮做成了标本。

熊猫的毛色大都黑白相间。1985年潘文石教授在华阳发现一只棕色的熊猫，取名"丹丹"，这是目前科学记载中唯一的棕色熊猫，独特的毛色使之成为宝中之宝。熊猫憨态可掬，惹人喜爱，黑白相间反差强烈的毛色起作用不小。但熊猫上了年纪，毛皮就显得肮脏，任凭怎样洗刷，也无法变得鲜亮。小熊猫则不然，黑处油黑，白处洁白，无一丝杂染，十分可爱。采伐工人曾在山林捉到一只小熊猫，用麻袋装了，送到场长郑松峰处。解开麻袋，小熊猫像只纸球般滚出来，黑白分明，煞是喜人。老郑想喂养下来，无奈小熊猫仅17公斤，整日小狗一样汪汪直叫，只好又放回山林中去了。

熊猫憨头憨脑，举步蹒跚，但在关键时刻，也有惊人之举。有次老郑与场部工程师乘吉普车去林区，惊动一只在简易公路上散步的熊猫。听见汽车轰鸣，熊猫开始逃窜，碰巧此段公路一边危崖高耸，一边临近河谷，它只好沿着公路没命地飞跑，黑白相间的脊背一起一落，恰似匹骏马在草原上驰骋。其速度之快，让老郑二人深感吃惊，他们一边让驾驶员开足马力追赶，一边拿出照相机拍下一张张精彩绝妙的图片。后来，他们有意放弃追赶，让熊猫从容进了丛林。这时才发现一卷胶卷拍完，镜头盖还未打开，兴奋之余又懊悔不已。

华阳成为保护区后，老百姓再也没人去猎"花熊"了，还主动提供保护。熊猫十分灵敏，察觉到人类的友好，冬季缺食，竟大摇大摆跑进农家吃胡萝卜，甚至吞吃过一户农家给小学生留的饭菜呢。

一个冬日，老郑和一伙工人坐卡车返回场部，路经溪水边一块荒地时，突然有人喊："熊猫！"大家顺着他的视线看去，荒地早先种过庄稼，如今又长起竹林，并不茂密，不过二亩地光景，竟有四只熊猫分头在啃食竹子。听见汽车轰鸣，熊猫们依旧不慌不忙地大嚼大咽。老郑摆摆手，让车开走，不再惊动它们的美餐。

人牛拔河

羚牛，又叫金毛扭角羚，家牛般大小，毛色银白泛金，牴角盘卷，四肢苗壮，貌颇威风，俗称野牛，在华阳一带时有发现。

一次，林区拉料的驾驶员开着卡车，见头小野牛在路边蹒跚，便把它抱进了驾驶室。车刚要开动，一头母野牛箭般地冲下山，直奔汽车。司机存心与它开开玩笑，开车便跑。野牛紧追不舍，车开多快它跑多快。后来司机停车，小野牛冲到母亲怀下，撒娇吃奶。母野牛则恬静安详地任牛犊吮吸，惹得好大一群人围观。

采伐队工人有次小憩，猛地有人喊声："野牛！"大家看时，只见偌大雄性羚牛在丛林中跳跃。小伙子们尽管知道羚牛是保护动物，这会儿也想与它嬉戏一番了。一声呐喊，便用拉木料的钢丝绳套住了野牛，而且恰恰套住的是那对两尺多长威风无比的盘形牴角。

"啊哈！"小伙儿们乐了，纷纷拉着钢丝绳拖拽，要把野牛拉到跟前。野牛哪肯就范，四蹄撑地，头颅高昂，拼命相搏。

伐木工人何等剽悍，20个小伙儿多大力气？恐怕大卡车也能推翻。但任凭怎么拉，那野牛竟四蹄如柱纹丝不动。羞煞了小伙儿们，喊声"一二！"一起用劲，竟把野牛盘角拽断一截。钢丝绳滑脱，野牛一溜烟跑进了丛林，小伙儿们全呆愣了，没人追，追也白搭。

事隔几年的冬日，大雪封山，在山地施工的采伐队发现了野牛的踪迹，却几天没有寻见，后来在一处废弃的工棚见到已经病死的野牛。这野牛缺着半只牴角，

▶秦巴山区逐年恢复的生态

正是几年前逃脱的那只。虽死，仍头颅高扬威风不减。好事的小伙儿将其拖去过磅，竟达 300 公斤。

雉鸡

雉鸡也叫锦鸡，羽毛五颜六色，尤其雄性拖着长长的尾羽，更为漂亮。那尾常被用来做装饰品，旧戏古装中常见。华阳一带，常有成群的雉鸡出没，当地群众称为野鸡。

野鸡以杂草谷物为食，喜群居。荞麦、小麦成熟季节常成群结队飞来，大片庄稼转瞬便被糟践。当地老人曾见过几百只野鸡，彩云般铺天盖地地飞来，落在荞麦地里，一季庄稼便白扔了。

早先猎手都用装有铁砂的土枪对付它们，开枪后，铁砂散开一片，总能击中几只。只是野鸡因活动量大，太瘦，油水少，味倒鲜美。这当然是"那二年"的事了。

如今，华阳被划为野生动物保护区，境内兽禽都在保护之列。野鸡不能随意捕杀了，但也不能由着它们随意糟害庄稼呀！于是，当地群众便想出些巧妙的办法对付，在地里插"稻草人"，安排老人孩子照看。最妙是让它们"梦"中迁徙了。

野鸡善飞，白日不易捕捉，但到了晚间，却如家鸡般栖于枝头，挤成一团，合眼歇息。脑瓜灵活的人白日瞅准地方，晚上背条麻袋，带上电筒，摸到野鸡栖息处，电筒一照，野鸡全呆头呆脑，一手一只，两手一双，只消往麻袋里装。

但绝不是背回去美餐，而是送到远远的山林，远得它们再不可能回来糟践庄稼。山林里则有取之不尽的嫩草和昆虫，供其美餐。

▲大熊猫娇娇

大熊猫育崽目睹记

　　大熊猫所以成为世界珍稀动物，除植被减少、生态破坏、它本身食物单一等原因外，关键繁殖困难，幼崽成活率低，尤其人工繁殖不易。前几年箭竹开花死亡时，拯救大熊猫的呼声响彻全世界。地球上大概没有哪种动物能享此殊荣。

　　在保护研究大熊猫的种种课题中，研究其发情、交配、繁殖、哺育便成为一个个十分重要的环节。但野生大熊猫生活在人迹罕至的高山密林，发情、交配、生育时期，为防不测与骚扰，更躲藏得十分隐蔽。凡此种种，都增添了这一研究课题的困难。

　　北京大学生物系教授潘文石是全国最早研究熊猫的专家之一，曾在四川卧龙自然保护区考察过四年，又独自带着研究生在秦岭南麓跟踪考察大熊猫达八年之

▲ 华阳秋色

久，积累了大量第一手资料。潘文石与他带出的博士研究生吕植合著了《秦岭大熊猫的自然庇护所》，洋洋 35 万字，对秦岭山脉形成、气候特征、植物分布以及大熊猫的生存现状做了科学详尽的阐述，荣获国家科研成果一等奖，是国内外公认的权威著作。1991 年，潘文石和吕植应邀去美国参加野生动物保护会议。当潘文石宣读论文时，美国总统布什原准备亲自到会，恰逢海湾战争胜利，美举国狂欢，布什没能到会，足见其声誉。但就是这样一位权威，在他跋涉山林的12 年间，也仅是第二次见到野生熊猫在山林产崽。

这只大熊猫叫"娇娇"。潘教授领导的科研小组已经跟踪观察了它将近四年。当时，这只大熊猫产下一只雄性幼崽"雪虎"。母子俩都被戴上了价值万元的无线电项圈，科研小组随时掌握着它们觅食、歇息、活动的情况，但绝不打扰它们，一切随其野性，以便掌握规律。

今春，"雪虎"已七八十公斤，个头儿和母亲差不多了。"娇娇"再次发情，躁动不安，疯狂地奔跑，在竹林中绕圈旋转，在溪水中撩泼，爬上大树翘首张望，并痴情地涂抹自己的气味。

有三四只雄性大熊猫响应了娇娇的召唤，几乎同时到达了娇娇的领地。科研组捕捉到了这极珍贵隐秘精彩的一幕。

每一只雄性大熊猫在发现了娇娇的同时，也发现了对手。于是一场求偶对抗角逐赛不可避免地发生了。几只大熊猫互相仇视，喘着粗气示威，继而便发出沉闷的怒吼，咆哮着互相冲撞，甚至站立起来，用尖利的前掌猛抓对方的毛发耳朵。几只大熊猫来往冲撞厮杀，直把偌大一片竹林践踏得东倒西歪，枝折叶落，满地狼藉。寂静的山林成为惊心动魄的战场。

这是娇娇最得意的时候，她坐在高高的树杈上，像一位裁判，态度安详公允，不时伸出舌头兴奋地舔着，等待着最后的决胜者。

最忐忑不安、不知所措的是娇娇已经长大的孩子雪虎，它前后跑动，不知该帮助谁才好。最后，它终于醒悟，知道这是离开母亲的最后时刻了。于是，一步三回头，蹒跚着离开了母亲，离开了激战犹酣的是非之地，向高山密林走去。

最后，一只最坚强雄壮的角逐者取得了胜利，它继续示威着怒吼，直到几位失败者落荒离开，才扬扬得意地走向娇娇，把她带进密密的竹林。

"蜜月"仅仅几天，它们便回到各自的领地，过着孤独、饶有兴味又充满希望的生活。

娇娇成了孕妇。8月份，临产期到了，当整个熊猫家族都躲到海拔3000米左右的兴隆岭竹林去避暑时，娇娇独自溜回自己的领地，在海拔1990米的一处极为隐蔽的石崖寻找到了产房——一个天然三角形的石洞。这儿距几年前雪虎的出生地有一公里左右。

这一切都没有瞒过科研小组。8月15日，娇娇安然产下一只幼崽，16日科研组便获得信息。潘文石教授和刚得到出国护照将去美国攻读博士后学位的吕植便由北京赶到了现场。

幸运的是，笔者的同学郑松峰是华阳林场场长，那段时间《栈道》摄制组恰在华阳拍摄，笔者与郑松峰多有沟通。他也是熊猫科研组成员，承他迅速通报，使我和《栈道》摄制组的同志有幸目睹娇娇和她的婴儿。

那天与潘教授领导的科研组一起行动，到了林区公路尽头，弃车步行。开始还有当地群众踩出的小道，后来便完全无路可寻。事情很清楚，人类的开发活动始终是对野生动物的最大威胁。几乎任何野生动物都躲避着人类，何况正生崽的娇娇，自然专拣山陡林密、人迹罕至的去处。

几乎是垂直的坡度，林木遮天蔽日，竹子密密麻麻，石崖上生满厚厚的苔藓，脚下则是腐竹枯叶，淙淙细流，踩得出泥浆。尽管酷暑，山林深处仍有股渗肤的阴森。

攀登极为艰辛，我们满头大汗，气喘吁吁，年过半百的潘教授和年轻的女博士吕植却身手矫健，一直走在前面。树林越来越密，密到人无法穿行的地步，相隔咫尺，人互相就看不清楚，行走益发艰难。幸而就在这时，潘教授摆摆手，示意大家不要吱声，娇娇就在这儿。

绕过一处山崖，一只大熊猫猛然出现在眼前。天然石洞呈三角形，很浅，洞外坡很陡，没有场地，所以我们离她只有一米多远，几乎就在跟前，最初一瞬真有点儿不相信这是大熊猫。她是那么平静安详，坐着，用宽大的手掌搂抱着初生的幼崽，将其保护得严严实实，起初我们根本看不见小家伙。娇娇的毛色黑白分明，比动物园中的熊猫还干净，也没什么气味。她见着身穿迷彩服的潘教授和吕植，眼睛忽闪了两下，像表示欢迎。我穿着白衬衫，刚要接近她时，她猛地抬起头，睁圆了眼睛，警觉地望着我。抓着机会，我拍下了她的神态。大家感兴趣的是熊猫幼仔，可小家伙被那双毛茸茸的巨掌遮挡，我们只能等待熊猫翻身或移位的时候才能看见幼崽。

研究工作委实是科学严谨的，潘教授和女博士吕植静静地待在娇娇面前，压根儿不去惊动她，只是用树枝轻轻赶着牛蝇。娇娇则半个或一个小时才换个姿势又去酣睡。已经十天了，她没有离开洞，也不吃不喝。科研一切顺其自然，只有在她翻身移动时，几台摄像机、照相机才开始操作。前一天，他们便在洞口守护了七八个小时，黄昏才下山。

静等的当儿，教授讲了几则熊猫故事。

一次林场工人看露天电影，一个工人听到后边有鼻息声，回头看时，一只大熊猫正襟危坐，大模大样地也在看电影呢。大家也随它看。散场后，人都歇息了，它挨着敲宿舍门，后来又摸进伙房，把蒸馒头的一盆面吃光，把一桶30斤菜油喝光，又搬起一袋面粉，坐在上面，撕开面袋双掌捧着吞咽，弄得满头满脑面粉。第二天清晨，炊事员看着狼藉不堪的伙房，哭笑不得又无可奈何。谁惹得起国宝呢？还得用架子车把她送进深山放掉！

"娇娇也闯过祸的。"潘教授指指眼前的"产妇"说，"娇娇曾下山钻进民工棚，偷喝了不少清油，还捉走了一只鸡。"

酣睡的娇娇终于来了个大翻身，幼崽暴露出来，仅20厘米，毛茸茸的，像只老鼠。这还是长了10天呢，刚生下来，仅250克。幼崽太小，易遭伤害，不易成活，这也是大熊猫珍稀的重要原因。

这只幼崽却很健康。娇娇爱抚地用舌头舔着她的周身。"这起消毒作用，也促使生长。我们希望这小家伙也像她哥哥雪虎那般健壮。"

几个小时后，我们才恋恋不舍地离开"产房"下山了。回首望时，秦岭这大熊猫的庇护所，暮色中，一片神秘，充满希望。

附记

事隔两年，1994年，大熊猫娇娇再次怀孕，又产下了一只幼崽。地址仍在华阳山区的杉树坪。这一带已成为以娇娇为中心的大熊猫活动较为频繁的地带。因为娇娇每次发情，都要吸引少则三四只、多则五六只雄性大熊猫光顾这片山林。一时间，大熊猫叫声此起彼伏，格斗现场草木狼藉。最后，失败者纷纷逃离，唯留下胜利者与娇娇共度蜜月。

这次娇娇产下的幼崽，被起名"小三"。北京大学的研究生朱健和王大军一直坚守在附近，从小三降生到四个月龄，娇娇和幼崽之间的叫声全被录了下来，并被送到美国华盛顿研究所进行声谱分析。后来，这两位研究生甚至能用模仿的声音同大熊猫母子进行简单的"对话"呢。

在十年左右的时间中，大熊猫娇娇先后产下"希望""雪虎""小三""繁星"四只小熊猫，形成一个熊猫家族。这个家族的繁衍成长故事多次被各种媒体报道，成为国内外都知晓的大熊猫明星家庭。

▲秦巴山水多灵秀

物华天宝秦巴山

　　1981 年 5 月 23 日，这是注定要被中国科学界载入史册的日子，因为就在这天，在秦岭南麓洋县金家河，发现了神奇美丽的朱鹮。它那红色的翅翼宛如一道吉祥的灵光，从正在苦苦寻觅它的中国科学院鸟类专家刘荫增头顶划过。那一瞬间，刘荫增惊喜交加，几乎不敢相信这是真的，但多年积累的丰富的经验却固执地提醒他：这就是朱鹮。

　　朱鹮生活在距今 6000 万年的始新世时期，是地球上最古老的鸟类，有原始鸟活化石之称。历史上，在广阔的西伯利亚、日本、朝鲜半岛、中国台湾和内地许多省份都有朱鹮生息分布的记载。进入 20 世纪，两次世界大战，经济起飞，人口膨胀，森林减少，环境污染，许多动物植物遭受灭顶之灾。这其中，便包括美丽的朱鹮。当苏联、日本、朝鲜都先后宣布朱鹮消失之后，中国还有没有朱鹮呢？科学问题只能用事实回答。鉴于 20 世纪 60 年代曾有鸟类学家在秦岭采集过朱鹮的标本，从 1978 年全国科学大会召开，科研逐渐走上正轨，刘荫增小组就已经在秦岭苦苦寻觅朱鹮达三年之久。正是这个拥有大小七只朱鹮的家族的发现，使中国可以骄傲地向世界宣布：中国成为全世界唯一拥有朱鹮的国家。

　　那么，濒临灭绝的朱鹮何以能在秦岭南麓被发现呢？这里的环境和生态有哪

▲朱鹮

些优越之处，能够成为朱鹮最后的栖息地？

秦岭南麓的洋县属于陕西省汉中市，也就是常被人提到的汉中盆地。这也确是一片南北有秦岭巴山拱卫、其间因汉水冲积而形成的长约百余公里、宽达20余公里的带状盆地。

登高俯瞰，整个汉中确像一个巨大的玉盆。若逢阳春三月，绿树烟村，汉水如带，两岸盛开的油菜花，铺天盖地，浮光跃金，让人陶醉倾倒，由衷赞叹汉中盆地的美丽和富庶。汉中自古在陕西、在西部人的眼中都是富贵之乡、温柔之地，是一只盛产茶叶、大米、橘柑的金盆。至今，作为陕西粮油产地的汉中，集中着全省70%的水稻、油菜。每当春天油菜花开时节，若是登临汉水之南高高耸立的汉山，极目之间，汉水如同一条明晃晃的玉带，蜿蜒在云天尽头，绿油油的麦苗、金黄色的油菜铺满江岸的田畴和丘陵。那油菜花在阳光之下，分外耀眼，明黄丹朱，映得天也成金，地也成金，连扑面的风里都满含油菜花的气息，让人莫名感动，让人心潮起伏，为这锦天绣地，为中华大地上这精彩华章。

汉中由于汉水、嘉陵两大水系纵横，沟渠如织，塘库星罗棋布，加之40余万亩长年积水的稻田湿地构成偌大水域，将近总面积十有其一，远高于全国湿地占总面积的3.2%。这里亘古多出产鲤、鲫、草、鲢、鳖、蟹、蚌、虾，还有水貂、水獭、野鸭、鹭鸟等水生禽兽和莲藕、荸荠、慈菇、菱角等水生植物，均以量大质优，蔚为大观。

早年汉江航运畅通，清人还有诗句"万垒云峰趋广汉，千帆秋水下襄樊"。每当秋汛，汉水大涨，汉江沿岸大小码头堆积待运的竹木、木炭、生漆、药材各类土产装满船舱。每当起航日，随着货主饯行酒宴结束，送行鞭炮噼啪响起，江面樯帆如林，橹桨飞动，热血涌动的水手船工一声吼起，山水回应。码头围观的人群、货主、小贩人头攒动，群情激奋，欢呼雀跃，直到船帆远逝在水天尽头。

春季桃花汛时，是另一番景象，长江鲤鱼体长过人，重达百斤，成群结队，逆水而上，汉江河面，顿成渔场。等待已久的渔人纷纷驾起两头尖尖的老鸹船，携带三五鱼鹰，在水面挡截。常见鱼鹰翱飞，大鱼飞窜，钢叉舞动，往往叉中鱼背，却又被大鱼连人带船拖着在江面团团打转，引来岸边阵阵欢呼，捕杀每至深夜，渔火点点，映红江面。隔日注定鱼压集市，条条大鱼堆积如山，竟如猪肉般挂上木架切段出售。时至今日，汉江弯道开阔平缓、树林萧疏的僻静去处，每逢节假，钓者云集，江面渔船游弋，鱼鹰翻飞，一派悠然。即便不去垂钓，看着也觉清爽，天大的事都会放开，心中似弥漫上水汽，一片滋润。

古人说："近山者仁，近水者智。"水的温柔流动，宽容忍让，会自然传递给人，影响到人的行为举止、办事能力与思维方式。正如人常说南人机敏，北人豪放。从古至今，流传着这方面的不少佳话。南北朝时，汉中为梁州州治所在，辖四川、陕南、黔北偌大地域。一次，梁州长官派属员范柏年进京向皇帝汇报情况。宋明帝刘彧在接见范柏年时，问范："广州有贪泉，梁州有什么？"其时，广州官场腐败，贪污成风，人们戏说那里有贪泉，谁喝谁就不由自主地贪污。朝廷派一位姓吴的官员前往整肃。吴到广州先饮贪泉中水，然后宣称："为官贪廉与泉水何干？"吴本人清廉严明，广州官场风气也为之一正。

现在明帝用这话问范，显然一语双关。范柏年却不慌不忙回答："圣上明察，梁州唯有廉泉、让水、文川、武乡。"廉泉、让水均为古水名，至今汉中还有濂水河。文川、武乡则为一直沿用的地名，武乡还是诸葛亮封地。

明帝又问："那么你居在何处？"

范柏年略加沉思，答道："臣居廉让之间。"

巧妙对答无懈可击，既说明梁州民风古朴，又暗示他自己为政清廉。明帝对范的机智十分欣赏，加之范也确为能员干吏，索性任命他为梁州长官。范也果真不辱使命。"廉泉让水"遂成典故流传。汉中则出名联：

文川武乡英雄地，
廉泉让水礼仪邦。

省报一位资深记者，曾在全省各地驻站，他总结说：陕北人豪放，关中人耿直，汉中人智慧。依据是近年提倡易地做官，市长常由上面派遣，外地选举常出问题。汉中人则说：反正人家要当，还不如都投票，让他高兴，也好好给咱干事！想想也是，历届市长都高票当选，也都出力干事。

细究起来，汉中地处南北过渡、川陕交界，早年汉江航运又沟通荆襄，汉调桄桄因而风靡一时，秦蜀交融，楚调羌影，多种风俗汇流，商贸自古繁荣，必然

▲秦岭南麓原野

影响到人的思维。汉中人遇事包容迂回，善于化解矛盾，凡事尊重现实，注重生活质量，两害相较取其轻，两利相较取其重，不在城池之得失，看重长远之利益。即便寻常百姓，大事亦不糊涂，计划生育这项国策在汉中的执行情况最能说明问题。汉中新中国成立初期人口为 188 万，半个世纪过去，人口仅为 380 万，未曾翻番，全国人口则增近三倍。与其他情况相同地区相比，汉中半个世纪整整少生一百万人。这在全国绝无仅有。若从资源、土地、环境、发展等事关国策、事关长远等方面看，少生百万人口，可真是汉中为共和国做出的一大贡献呢。

　　此外，作为西部江南水乡，汉中为国家做的另一大贡献是"南水北调"的优质水源地。作为长江最大支流——汉水的发源地，首选条件便是植被茂密，便于涵养水源；其次是相对偏僻，开发小，未及污染。这二者汉中皆备。由于秦巴大山拱卫，山川阻隔，出入不易，历史上两汉三国及抗战时节，每当战乱，汉中便成避难之处。所以至今汉中能够保持53%的森林覆盖率，为大熊猫、朱鹮、金丝猴、羚牛等近百种珍稀动物提供了理想栖息地，也是国内少有的天然植物园与药材宝库。汉水、嘉陵两大水系数百条河流清且涟漪。完全不是"先污染，后治理"，而是压根儿没有污染。经测算，汉中盆地可向丹江口水库每年提供 20 多亿立方米优质清水，约占南水北调中线 90 亿立方米的四分之一，这可是当今中国最后一盆清水了。

▲秦巴山区传统耕作方式

　　其实，你看见的还仅仅是盆底，假如去盆沿——那拱卫着汉中这片沃土的秦巴大山寻觅探访，一定会有更大的收获。

　　秦岭，作为我国南方北方两类气候、黄河长江两大水域的重要分界，有个明显的特点：北坡陡峭短促，宝鸡市区距秦岭山顶仅40余公里；南坡舒缓绵长，长达200余公里。高大多重的山岭阻挡了来自北方的寒流和风沙，南方的暖流却在这儿徘徊，使环绕汉中盆地的秦岭南麓成为一片得天独厚的乐土。这儿气候温润，雨量充沛，植物种类繁多，争相竞长，近百种珍稀动物悠然生息。悬泉瀑布飞挂，加之轻纱白絮般的云雾不时飘来，真如童话一般神奇、美妙，可以说是世界上最美丽的山区之一。

　　在秦巴大山，占据绝对优势的是植物，覆盖着大大小小的河谷山岭。

　　这广阔的山岭，从秦汉始，就为人类修筑栈道、桥梁，为城镇民居提供了大量优质木材。《史记》中说："南山有竹木之饶。"南山便是秦岭。除了竹木，还盛产茶叶、生漆、木耳、天麻、核桃、板栗、龙须草。同时，秦巴大山又是中药材荟萃之地，有"药材宝库"的美誉。

　　秦巴大山这片绿色王国不仅养育了大熊猫与朱鹮，还为金丝猴、羚牛、云豹、林麝、野猪、毛冠鹿、娃娃鱼、红腹角雉等几十种珍稀动物提供了栖息场所，使它们能够在这天然动物园中不受干扰地悠然生息。秦巴大山物产之丰富，让人眼花缭乱，叹为观止。不过在振奋鼓舞之余，我们也应该想到如何使这片绿色王国不受伤害，切勿为眼前利益过度开发，损耗资源，污染环境。

▲秦巴山区的农家大多背山面水，向阳开阔

无须讳言，古今汉中，因地形而显贵兴旺，亦因地形而封闭滞后。汉中新中国成立之前几乎没有现代工业。民国初年，汉中商会集股拟利用水力发电，从上海购买机器，其时尚无公路，机器从上海轮运至武汉，再装木船沿汉江逆水运往汉中。岂料至黄金峡，水大浪急，木

▲汉中大面积水稻亩产量超过千斤

船失事，机器落水，打捞无着，发电一事便也搁浅。直到抗战时才有小火电、面粉厂、火柴厂一类工厂建立，规模都小。因汉江航运与秦蜀古道还算畅通，汉中属于货物聚散型的消费型商业城市。

至于工业，20世纪60年代备战时期，汉中因地形隐蔽成为三线重点建设地区才由北京、上海、哈尔滨等地内迁内建一批大型现代化工厂，其中运八至运二十飞机装配车间据说为亚洲最大车间。之后汽车制造、大型机床、精密轴承、仪器仪表、建材、烟草、食品等行业，皆应运而生。经过多年发展，汉中的电火花数控机床、真空净油机、汽密仓型飞机已达到国际先进水平。但总的来说，汉中尚属于西部欠发达地区。

▲早在汉代，古人便对汉水进行开发利用。此为萧何修筑的山河堰遗迹

　　事情总有两面，值得庆幸的是，环境闭塞，开发不大，污染就小。秦巴山区一批集镇：喜神坝、牟家坝、二里坝、火烧店，古貌依然，古风犹存，是建立绿色环保旅游基地的最佳选择。作为一座国家级历史文化名城，汉中尽可能完整地保持和保护好古建筑古遗迹，创造性地保持一种独特的古城名城的历史风貌，就是一笔巨大的财富。

　　中国几千年历史长河中出现的盛世，汉代的"文景之治"、唐代的"贞观之治"以及近30年的改革开放都说明，只要不瞎折腾，政治清明，社会安定，经济自有其发展的规律。不必贪求一日之短长，一时之得失，把一个山绿水清的环境留给后代，留下可持续发展的余地，亦是不失明智的选择，也是这代人不容推卸的责任。

第四辑／蜀道千古话沧桑

蜀道雄奇多咏叹

▲褒斜道一株古树，树洞可容纳十人

　　几年中，笔者在对古道进行寻觅和探究时，逐渐或者说必然要遇到这一现象：古人在创造了神奇栈道的同时，也创造了大量咏叹古道的诗文。经过几千年的风雨离乱，古道已不复存在，诗文却保留下来。甚而古道要由诗文证明曾经存在过。最典型的当然要数李白的《蜀道难》。

　　这现象本身就耐人寻味，是否只有文化才能做到这点或才具有这种力量？若再探究：古人何以咏叹，都咏叹了些什么，古人咏叹时的情绪与情怀若何，对后世后人有何启迪？仔细琢磨，就觉得大有深意，大有文章。

一

　　古人何以咏叹？

　　"栈道"最早的记载见于《史记》。这部伟大史诗是这样称颂这一伟大工程的："栈道千里，通于蜀汉，使天下皆畏秦！"真正横空出世，不鸣则已，鸣则惊人。

　　秦始皇不仅修筑了足以和现代高速公路相媲美的直道与驰道，每消灭一个国家，还在咸阳塬上仿造这个国家的宫殿，以空中阁道相通。"周驰为阁道，自殿下直抵骊山"，这种空中阁道从咸阳至临潼，延绵百里不绝。整个儿表现出一种"非壮丽无以重威"的帝王心态。

　　告别短暂的统一与动乱的秦王朝，到了汉朝更是进入了一个气吞八荒、开阔恢宏的时代。看看西汉王朝的开国功臣们：刘邦不过一介亭长，萧何是小衙役，张良为没落贵族，韩信为流浪汉，樊哙是狗屠，郦食其是酒徒，陈平为农夫，彭

▲蜀道历经沧桑，此为西汉三遗址之一饮马池

越为渔人……

这样一批出身社会底层、无任何势力可依靠的布衣们，却正因为无所顾忌、敢作敢为，个性得到充分伸张，创造力得到充分发挥，才有可能经历秦末动乱，开创一个崭新王朝而成为历史巨人。

秦汉之际，这些历史巨人们的精神、意志、胆识、气魄必然要从古道中得到折射与反映，因为人工开凿的古栈道，也恰出现在秦汉时期。

其实，在秦汉之前的西周，就已有整套修筑道路的经验、规格与标准。道路根据方位宽窄划分为经、纬、环、野，并与田亩面积、水渠长短、城邑大小统一规划，整齐而富于变化，统一中透出威仪，充分显示出礼仪之邦的高度文明。栈道则是其继承与发展的产物。

完全应该相信，能够修筑万里长城，宽达 60 米的直道、驰道的秦始皇是干得出这种事情的：即在秦巴大山之间，依山临水，凿架一条蜿蜒千里、从长安可直达成都的空中阁道，先在精神上震慑对手，然后灭蜀得楚……

秦凿栈道是为征服。汉取天下则有 400 年时间需要生聚。汉时建都长安，距离最近且物产丰盛的梁（汉中）益（四川）之州对长安的重要性如同今日的津沪之于北京，道路必须畅通。栈道则需同时承担军道、政令、邮传、贸易、商旅、接待等诸多功能，才会出现如《汉书》所载"玺书交驰于斜谷之南，玉帛贱乎于梁益之乡"的繁盛景象。

什么样的道路才能承担如此重任？公元 67 年最早"咏叹"栈道的摩崖文字

▲蜀道老庙戏台

记载最为权威详尽："始作桥阁六百二十三间，大桥五，为道二百五十八里。邮、亭、驿、置、徒司空、褒中县寺并六十四所。"

再加别的史料，我们就清楚了：栈道五里一邮，十里一亭，三十里则设置驿。这些凌空飞架的栈道蜿蜒于崇山峻岭之间、湍流绿波之上，时而一廊，时而一阁，时而一楼，时而一亭，是何等考究和华丽，又是多么雄奇和壮美。

整整 2000 年后，当《栈道》摄制组在秦岭深处依山临水的山崖发现秦汉时代残留的栈孔时，仍深感惊心动魄，如军阵般整齐排列，如刀砍斧削般粗犷威严。其时，青山无言伫立，褒水悠悠长流，夕阳西下，山风骤起，冥冥之中，仿佛又回到那个囊括宇内、气吞八荒的时代。马鸣旗飘、刀甲鲜亮的征讨大军正在栈道上行进，一时间让人心旌摇动，不能自持。摄制组同人竟不约而同发出声声长啸，在山谷间久久地回荡……

那么，古人行进在这样神奇壮美的飞阁覆道上能无动于衷吗？

斗转星移，改朝换代，古道积淀何其厚重，秦凿栈道，灭蜀得楚，横扫六合；楚汉相争，明修栈道，暗度陈仓；三国鼎立，诸葛孔明，六伐曹魏；安史之乱，明皇幸蜀；两宋屯军秦岭，抗击金人；蒙古铁骑则两次占据古道，灭掉南宋……兴亡成败，得失荣衰，岂不撩人思绪？

何况，古道必经的秦岭巴山，物产丰饶，风光秀丽。诚如晋人左思所描述"嘉鱼出于丙穴（汉中勉县境内），良木攒于褒谷"。修竹茂林，悬泉飞瀑，幽谷茅舍，飞鸟走兽，移步见奇，涉足得美，沿途之高山流水足以使过往行人荣辱皆忘，

▶ 蜀道沿途美景引人赏叹，令人物我两忘

心旷神怡，忘情而咏叹！

二

说到咏叹，人们首先想到的是诗歌，是诗人。稍稍翻阅了一下唐诗宋词及艺文方志，我就大吃一惊，从隋唐、两宋到明清，几乎处于各个朝代诗歌创作巅峰的代表性人物都汇聚到由成都到长安的古道上来了。

他们来了，同样面对古道及其人文、自然景观，他们都咏叹了些什么？表现了怎样的思绪与情怀？再由此探究一下他们所处的不同朝代及遭遇，就很有意思，很耐人寻味。

我们首先看到的是李白俊秀飘逸的身影。这位深信"天生我材必有用"的大诗人，在故乡待到25岁，眼见一个国泰民安、四方夷服的强盛时代已经到来，方才仗剑去国，辞亲远游：

仰天大笑出门去，我辈岂是蓬蒿人。

出手便不凡，写下被称颂千古的《蜀道难》，一言九鼎，竟使蜀道倍添光彩，广为人知。

另外一位诗歌大师杜甫也来了，走的也是李白走过的青泥岭。但这位"诗圣"却没有他的诗友想得开，老是皱着眉头，一脸沉郁。这也难怪，这正是"安史之

▲古道农家

▲李白与蜀道有不解之缘

乱"的第四个年头，杜甫辞去发不起工资、养不活老小的芝麻小官，只好奔走四川。自己尚在颠沛，却还作诗体贴筑路工匠：

> 朝行青泥上，暮行青泥中。
>
> 泥泞非一时，版筑劳人功。

这就给评论家送给他"人民诗人"桂冠提供了依据。

唐宋八大家的领袖人物韩愈迈上翻越秦岭的古道时，"安史之乱"已过去半个世纪，锦天绣地、满目俊才的盛唐气象已临尾声。这位文豪的日子也极不好过，他自以为名气大，不识时务，谏阻唐宪宗李纯耗费巨资去法门寺迎奉佛骨，还举例说前朝信奉佛教的皇帝都很短命，梁武帝数次拜佛，后为叛臣所逼，竟然饿死等等。很说了些不相干不吉利的话。

谁看了都不舒服，何况皇帝！龙颜果然震怒，非要杀掉韩愈。幸亏丞相斐度为他求情，这才免他一死，撤去相当于今天副部长级的京官职务，下放到当时还很蛮荒的广东潮州去做地方官员。远去他乡，前景暗淡，他的咏叹也就失去往日峭拔，而充满疑虑：

> 云横秦岭家何在？雪拥蓝关马不前。

当然不应该忘记有"小杜"之称的杜牧，他咏叹过古道，且是让人玩味不尽

▶ 略阳青泥岭有李白手植银杏树（刘辉摄于青泥河小学）

的名句：

> 一骑红尘妃子笑，无人知是荔枝来。

人们公认唐时强盛，经济商贸盐铁业都极发达，但环境尚未污染，嘉陵江水远不似今日这般混浊，而肯定如李商隐走嘉陵道时描绘的那样：

> 千里嘉陵江水色，含烟带月碧于蓝。

另一位诗人元稹则注意到秦岭起到划分我国南方与北方气候的作用，京城长安已是暮春，古道尚无春意：

> 帝城寒尽临寒食，驼谷春深未有春。

仅是唐代，大约就有40多位在中国文学史上有相当地位的诗人咏叹过古道。这自然与唐代建都长安有关，隔秦岭巴山而至长安的梁益之地，即汉中、四川两个大小天府之国均属当时京辅重地。诗人们也是人，或赶考，或求职，或升迁，或遭贬，或为公务，或徇私情，常风尘仆仆奔波于古道。当时先后开辟的几条官驿大道：褒斜道、嘉陵道、金牛道、骆谷道、子午道都曾留下他们的"雪泥鸿爪"。

从"初唐四杰"之一，文名鹊起、却因病失望、仅40岁就投水自杀的卢照邻，到唐末进京考试、恰遇黄巢攻破长安、卷起行囊赶紧逃命的韦庄，从官至中书令、

位极人臣的张说，到遁入空门、却痴迷作诗的贾岛，都曾踏上沟通秦蜀的栈道，并都曾留下因咏叹古道而被收入《全唐诗》的篇章。

唐时的古道也确实值得咏叹。笔者研究古道几年中，翻阅史料再实地考察，发现秦汉时期的栈道，从栈孔遗迹看，在距水面 5 ~ 7 米之间，易被洪水冲毁，再是木梁木柱容易着火，难以持久。隋唐时期，随着开山技术提高，栈道向高处发展，唐时栈道已距水面 20 ~ 30 米，避开洪水冲刷，路面也由栈道与石碥道相结合。可谓"飞梁架绝岭，栈道接危峦"，真正把天堑变为通途。这也在诗人们的篇章中得到反映：

云树褒中路，风烟汉上城。
前旌转谷去，后骑踏桥声。

此诗充分表现了由汉中去长安的道路上的活跃与繁荣，车马逶迤，旌旗隐约，峰回路转，马踏栈桥声声。这是诗人刘禹锡给我们描绘的一幅有声有色的栈道行旅长卷。

以写雄壮豪放的边塞诗出名的诗人岑参与刘禹锡正好背道而驰，他是由长安去成都，目睹栈道商旅辐辏、去就安稳的繁盛景象，干脆利落，脱口而出：

数公各游宦，千里皆辞家。
言笑忘羁旅，还如在京华。

▶古褒谷口烟雨石门（牛江林摄）

　　提及另外两位诗人，首先让人钦佩古语"人以群分，物以类聚"的深刻准确。唐代并列齐名的诗人"李杜""韩柳""元白"等，无论文风、人品还是遭遇都极相近。

　　要说这两位就更惊人的相近，都出生于高宗李治显庆元年，即公元656年，都于20岁高中进士，都曾任考工员外郎，且都有诗名诗才，诗作都力求工整，注重声韵，都对近体诗体制定型做出了贡献，并影响到后世。

　　至此，大家便清楚，这对齐名的诗人是沈佺期与宋之问。

　　同岁、同学、同艺术追求都好理解，关键这二位的人品竟像"孪生兄弟"般一致，都去巴结和武则天淫乱而荣华富贵的张易之兄弟，并都干过出卖朋友的勾当，都在当时便遭到世人唾弃。

　　唐宫内乱平息后，这一对诗人便同时被贬蛮荒边地。宋之问的遭际还要悲惨一些，因为登基未稳的唐玄宗想起他还巴结过作恶多端的太平公主，心觉腻味，索性把他赐死。那年，宋之问56岁。过了两年，沈佺期也离开了人世。

　　两位诗人生前都涉足蜀道并留有诗篇。宋之问是遭贬时途经汉水写的，诗中不乏悔恨：

嬉游不可极，留恨此山川。

　　沈佺期的一首《夜宿七盘岭》由于详述其地而屡被研究蜀道的学者加以引用：

独游千里外，高卧七盘西。
山月临窗近，天河入户低。
芳春平仲绿，清夜子规啼。
浮客空留听，褒城闻曙鸡。

　　不止一位蜀道专家引用这首纪实之作至少说明三个问题：唐时褒斜道已不再

▲斜谷北口五丈原，由此进入秦岭

经过褒谷口临河的古石门；故而石门汉魏石刻分立两边，"独无唐人遗迹"；七盘岭曾设驿站。

两宋期间，分别在今天的开封、杭州建都。

政权中心已不在八百里秦川，故咏叹蜀道的诗人远不像唐代那么密集，但留下诗篇的几位却全是顶尖级人物：苏东坡、王安石、文同、陆游，还有一位是抗金名将吴玠，即唐卿。

王安石，这位中国11世纪的改革家，两度为相，推行多项新政，却遭到同样身居高位、同样为文坛大家的欧阳修、司马光诸人反对。

尤其欧阳修，作为北宋诗文的一代宗师，"唐宋八大家"中的五家即三苏、曾巩、王安石皆出其门下，受过其熏陶辅导。欧阳修出面反对改革，王安石的压力可想而知。竟连苏东坡也对新政不置一词，默然以对。这位改革家只好在古人高士中寻觅知音，那便是安葬于蜀道定军山下的诸葛亮。

粗略统计，蜀道诗章咏史怀古的部分，与诸葛亮及其墓祠相关的占了相当数量。仅是大诗人便有：李白、杜甫、白居易、元稹、苏轼、陆游、沈周、魏源、王渔洋……真可谓数代咸集，群贤毕至。

王安石是诗人，是文学家，但首先是政治大家。他咏叹诸葛，也首先从政治着眼，从济世出发，从格局、气势上就高出众诗人一筹：

恸哭杨颙为一言，余风今日更谁传？
区区庸蜀支吴魏，不是虚心岂得贤。

大文豪苏东坡对蜀道情有独钟是因为本是蜀人。进京为官，回乡探亲，必经蜀道。其表弟文同，有诗名，善画竹，留下"胸有成竹"的成语，在汉中为官多年，故表兄弟唱和甚多。

文同做洋州知州时，曾以蜀道及洋州城郊景物作诗30首，苏轼亦唱和30首，并亲自书写，镌刻成碑，原嵌于洋州

除秦便了复仇心，
勇退非关虑患深。
博浪沙椎如早中，
十年应已卧山林。
偶凭道力领三军，
天汉通灵压楚氛。
烧绝褒斜千阁道，
羽衣终占一山云。
漫将巾帼拟须眉，
仙骨珊珊世岂知。
赚煞英雄谈面背，
藏弓烹狗悔未迟。
清泉潺潺竹涓涓，
七十二峰青可怜。
但借先生半弓地，
不须辟谷也登仙。

林则徐诗

▲林则徐题诗

署衙，后迁四川丢失。文物部门至今寻访不得，很伤脑筋。而文同镌刻于褒谷古石门内壁的一首七律亦淹没于库区。

咏叹蜀道最多的诗人当推陆游，仅是收入《剑南诗稿》的就有300余首。这位大诗人生不逢时，童年几乎是在金人铁骑践踏、国土不断沦陷的动乱中度过的。入仕后因主张抗金又屡受投降派秦桧之流的打击迫害，郁郁不得志。

后来得到时任四川宣抚使王炎的赏识，被邀至当时抗金前线南郑（今陕西汉中）投身军旅生活，参与筹划北伐，抱负得以施展，壮志得以小酬，才华得以发挥，成就了其毕生最有生气和光彩的一段经历。

诗人陆游曾着戎装，跨战马，深入敌区，看望沦陷区的百姓"壶浆马首泣遗民"；曾奔波于褒谷、骆谷之间，亲身体味抗金战士"有时三日不火食"的艰辛；还曾与士兵一起偷渡渭水，"铁衣上马蹴坚冰"；曾多次参与军事活动："朝看十万阅武罢，暮驰三百巡边行。"还曾踢球玩赌，还曾纵猎刺虎……真正过了一段磨炼意志、铸造胆略的军旅生涯。尽管只有短暂的八个月，但却对诗人日后的创作产生了举足轻重的影响。这时陆游已47岁，是人生最智慧成熟的时期，对世事洞若观火，对人对己皆已清醒，至此诗风愈加雄浑豪迈。之后的岁月，诗人竟然写了300多首与南郑、与前线、与古道有关的诗歌。这首《秋夜思南郑军中》是诗人离开南郑30多年后所写，800年后的今天，读来仍能感到诗人的一腔激情。

五丈原头刁斗声，秋风又到亚夫营。
昔如埋剑常思出，今作闲云不计程。
盛事何由观此伐，后人谁可继西平？
眼昏不奈陈编得，挑尽残灯不肯明。

不能完全抱怨明清两代诗人，说他们咏叹古道的诗篇不及唐人诗篇飘逸豪放，不及宋人华章沉雄俊爽，有纤丽作文之嫌，无笔墨酣畅之气。

首先，古道到了明清时代本身就发生极大变化，没了秦汉人依山临水、凿孔架木、使"栈道千里，无所不通"的气魄，也无隋唐人"飞梁架绝岭，栈道接危峦"的胆识，而是避难就易，沿山而上，使古道成为高可摩天、手可抚云的连云栈道，实际就是今日山区常见的青石板山道。据史书载：栈阁最盛时期长安至成都多达九万余间，至明洪武年间阁道仅剩2000余间，至清代就更为罕见。称雄千年、宏伟壮观的古栈道至明清也如封建帝制已是江河日下，走向了尾声。

所以，明清诗人也就无缘见到飞梁挑角、角楼相望的空中阁道了。鸟道摩天，首先需奋力攀缘，被饥疲困扰，豪情则不易生发。

但明清之际，咏叹古道的诗人还是极有品位。我们从一长串名单中发现了杨慎，有明一代其著述之富号称第一，是真正学富五车的大家。但被老百姓戏称亦载进《明史》的"嘉靖嘉靖，家家皆净"的嘉靖皇帝不喜欢他，把他一下贬到云南，一贬就是30多年。幸亏同为诗人的侍妾黄娥给了他许多安慰，使其成就不少作品。他就是遭贬时途经汉中写下那首《出连云栈》的：

入关秦地尽，出栈蜀山长。
树洞云随马，溪回石作梁。
莺花春未老，湖海路初偿。
不尽平生意，先看是庙廊。

清初的两位文豪王士禛与宋琬都加入了咏叹古道的行列，再加上一位民族英雄林则徐，晚清重臣曾国藩、张之洞，还有康熙十七子果亲王允礼。这样，与前朝相比也就不显过分势单力薄。林则徐咏叹古道的诗篇有可能是他离世前最后的吟唱。这位虎门销烟的英雄，因受陷害，被充军新疆，又兴治屯田，疏浚水源，很干出一番伟业，于是调任陕西巡抚。其时，广西爆发太平天国起义，咸丰皇帝又委他为钦差大臣，前往督师镇压。林则徐赴任途中即病逝潮州。福兮祸兮，权让史家评说。林则徐离陕时，走连云栈道，经张良庙时写下咏史怀古诗四首。我们用其中一首来结束历数千年无数诗人对古道的咏叹，比较合适：

> 偶凭道力领三军，天汉通灵压楚氛。
>
> 烧绝褒斜千阁道，羽衣终占一山云。

宋琬，清初文豪，是位有多种著作传世的一代学人、宗师。宋琬写诗与汉中境内古栈道一段险途有关。在今天留坝与汉台交界处有长达数百米的悬崖，石崖壁立，下临深潭，故有"阎王碥"之称。行人莫不胆战，骡马亦惊惧不前，跌崖落水时有发生。

清康熙年间，陕西巡抚贾汉复倡导并调集宝鸡、凤县、褒城三县人力大举修复连云栈道时，专门对"阎王碥"进行治理，"烈火沃醋，工日凿之，三月告成，广倍于前"。至此，商旅畅通，改"阎王碥"为"观音碥"。

为此，宋琬特地写了一首气势豪迈的《栈道平歌》颂其功德，并由大书法家沈荃书写，在褒谷临河石崖上镌刻了八方摩崖。由于诗篇文采斐然，书法气势豪放，当时即被誉为"双绝"摩崖：

> 君不见梁州之谷斜与褒，
>
> 中有栈道干云霄。
>
> 扬手可以扪参井，
>
> 下临长江浩瀚汹波涛。
>
> ……

这地方也被老百姓称为"八个碑"。1934 年测修西汉公路时，担任测量、施工的张佐周对这八方摩崖进行了保护，让公路从摩崖下面两丈左右处通过。这样旅客坐在车上正好能欣赏这珍稀碑刻……

目下，这八方摩崖虽已被石门水库淹没，但位于上游，水落时常显露出来。汉中市博物馆曾准备凿取运回保护，因已属留坝县境，引起争端，故至今仍在水中。

近年《蜀道及石门石刻国际学术研究会》，屡屡被学者们关注、诠释、欣赏、引用最多的是清代几位诗人的作品。

比如汪灏，清初进士，官至内阁学士礼部侍郎。史称其：莅事明快，所部肃然，是位干练能员。汪灏督修河工时，因积劳成疾离世，是一位以政绩入史、不以诗名扬显的政府官员。康熙年间，他以山陕学政身份来汉中主持科举考试，走的正是那条由宝鸡陈仓口进入秦岭，越大散关、凤岭、柴关岭，再由褒谷出山的连云栈道。

时间为初春，沿途鹅黄淡绿，撩人思绪，加之汪灏身任主考，儒雅风光，原本也善吟咏，故而诗兴大发，一路吟唱，完了以《栈道杂诗》结集十首，并镌刻于三块石碑，立于汉中考院。该碑刻现已作为文物，迁汉中市博物馆。

再如王士祯，别号王渔洋，为清初第

▲蜀道上的洋人

一流的大诗人、大学者，深得康熙赏识，被聘为翰林院侍讲，国子监祭酒，专门主持学政。清代汉人受此殊荣，王士祯为第一人。

王士祯曾先后三次往来于秦蜀间的栈道。除著有《蜀道驿程记》等三种笔记述录外，还写下大量诗歌，直接歌咏栈道的将近百首。

晚清中兴名臣，曾任两江、直隶总督的曾国藩于道光二十三年由北京公差入川，往返皆走连云栈道，途经汉中，写下：

早发沔县遇雨

此身病起百无忧，敢为艰难一怨尤。

晓雾忽飞千嶂雨，西风已作十分秋。

近知地利其堪恃，早信人谋不自由。

昨日定军山下过，苍天一望故悠悠。

另一位晚清重臣，曾任湖广总督的张之洞青年时期也有过两次栈道之行。咸丰五年（1855年），张之洞19岁，在贵州做知县的父亲让他入京考试。张之洞沿蜀道北上，写有《宿宁羌州》《凤岭》等诗。同治十二年（1873年）7月，张之洞任四川乡试副考官，又任四川学政。1876年12月任满交卸返京。来回所走俱为连云栈道，写有《褒城》《游紫柏山留侯祠》等与汉中相关作品。张之洞为官廉洁，三年学政，回京时连路费都成了问题。《张之洞年谱》中说："去任无钱治装，售所刻《万氏拾书经》版，始成行。" 其实，正是任政四川，锻炼

▲今日古道新貌

了张之洞的勤政与作为。张之洞提出"中学为体，西学为用"，对清末教育、工业、新军创办都做出了杰出的贡献。

在武侯祠碑刻中比较惹人瞩目的是清朝果亲王所立碑石。果亲王系康熙皇帝第十七子，长期在工部和刑部担任要职，有行政才干且具文采。雍正十二年，果亲王奉命处理达赖喇嘛入藏事宜，沿途检阅各省军队防务。这是清朝治藏的一个重要事件，印证了西藏是中国领土不可分割的一部分。果亲王所撰《西藏日记》与《奉使纪行诗》，刻画入藏旅途多变的风光，不忘使命亦彰显国威。正是这次入藏，果亲王途经汉中，在勉县主持武侯祠修缮时留下了碑刻与诗句。这也从一个侧面展示了汉中栈道在维护祖国民族团结、版图完整上起到的重要作用。

不仅是中国的官员与诗人讴歌栈道，外国的学者对汉中栈道也多有记叙。

700年前的元代初期，出生于威尼斯商人家庭的马可·波罗，17岁那年，随同父亲，沿着古老的丝绸之路，进入中国境内的塔里木河流域，穿越河西关陇，前后花费四年时间，到达当时中国首都元大都（北京）。马可·波罗由于见多识广，得到元世祖忽必烈的信任，挽留他在朝廷任职长达17年之久。马可·波罗曾奉诏出使西南、江南，来去几乎遍游中国。后因西亚伊利汗国向元皇室求婚，马可·波罗奉命护送公主，从福建泉州经海上丝绸之路去伊朗，完成使命后返回离开25年的故乡威尼斯。晚年，他写出在中国的游历经过，这便是举世闻名的《马可·波罗游记》。由于马可·波罗在中国旷日持久，游遍大江南北，用外来人的眼光和角度，系统完备地把中国中世纪的繁荣与文明介绍给西方，在历史上还是首次。这为西方认识中国打开了一扇窗户，之后的探险家哥伦布就深受此书的影响。

由于汉中是马可·波罗由西安至成都所必经之地，他在书中如此记叙汉中："此平原广延二日程，风景甚丽，内有环墙之城村甚众。行此二日毕，则见不少高山深谷丰林……"还特地指出："此地生产生姜甚多。"

据此书翻译者——曾留学欧洲的我国近代著名的史学家冯承均考证，马可·波罗从西安出发，由傥骆古道，即从周至进入秦岭，经今佛坪出山，经汉中的洋县、城固、勉县入川，穿越汉中盆地正好需两天时间。城固至今为产生姜大县，想不到700年前在外国人笔下已有著述。

在300多年前的清初，罗马尼亚学者米列斯库被委任为出使中国的使节，于1676年到达北京，见到康熙皇帝。米列斯库游览了中国许多地方，撰写了一部《中国漫记》。其中有对汉中的描述："陕西省第三城市叫汉中府，位于两条河的汇合处，其中一条叫汉水。虽然四周有崇山峻岭环抱，但土地十分肥沃，到处精耕细作。"米列斯库还对汉中栈道做了称赞："从首府西安到本城（汉中）的公路，穿山越岭，盘桓险峻。这样的工程实为其他帝国所罕见。"

米列斯库赞扬的公路应该是康熙三年（1664年）陕西巡抚贾汉复组织的对连云栈道那次大规模修整，后成为有清一代入蜀乃至入滇、入藏的干道。米列斯库到达时，距维修不到10年，应是桥栈齐全，驿站完备，故做出"为其他帝国所罕见"的高度评价。由此也可看出栈道在世界交通史上的重要地位。

竹添井井是日本明治时代的汉学家，他于1875年出任外交官来到中国旅行。他由北京出发，经陕西由连云栈道入川，复由三峡出蜀，历时四个月。之后，他用汉文著成《栈云峡雨稿》两卷，对汉中境内的栈道有详尽描述。2006年，汉中学人冯岁平对《栈云峡雨稿》进行点校出版，为人们了解清代栈道提供了方便。

也许，让中国历代诗人和国外的学者们没有想到的是，正是他们大量的咏叹记叙古道的作品，给今天的人们提供了弥足珍贵的史料，使人们认识到秦蜀间的栈道是古代先民开辟的生命之路、智慧之路、征战之路、邮传之路和商贸之路，它是早于万里长城和京杭大运河的一项大规模的土木建筑工程；它也早于丝绸之路，是丝绸之路的先声和组成部分；它是中国古代穿越秦巴大山的国家级的高速驿道；它使黄河长江流域两大文明得以交汇，使祖国版图得以统一。它是世界交通史上的精彩华章。没有它，中国就可能不会出现强汉盛唐，历史也许会改写。尽管沧海桑田，兵毁火焚，这一古代奇观几乎消失殆尽，但它曾经起到过的巨大作用却永载史册。

三

在实际考察和参与拍摄《栈道》的几年中，笔者曾有意寻找了历代诗人咏叹古道的作品阅读。笔者极想知道，这些先贤前哲都走过哪几条古道，哪些地方激发了他们的诗情，他们是如何咏叹的？想要到他们走过或提到的地方做实地考察，甚而还想探究一下他们在穿越秦巴大山的古道上行进时，苦吟或高歌时的思绪与情怀。

当然，笔者也感到这题目好大，一时间还真难把握准确、叙说明白，但又摆脱不了这念头。仔细回味，认真琢磨，觉得还是有蛛丝马迹可供捕捉。

毫无疑问，这也是对后世的一种启迪。

我却更愿意对诗人们咏叹古道时的情怀思绪做些探究。涉足蜀道的诗人虽历千载而面孔各异，但追其因由则不出几类：或辞亲远游，以求闻达，如李白；或身负王命，远行赴任，如林则徐、王士祯；或军务在身，以慰平生，如陆游、唐卿；或因公务，如白居易、岑参；或因离乱亡命，如杜甫、韦庄；或遭贬流放，如杨慎、宋之问；或纯系游玩，如文同、毕沅……

或公或私，或春风得意，或惆怅满腹，不管怎样情怀种种，思绪纷飞，一旦踏上古道，置身于万山丛中，诗人们面对古道之神奇、前人之丰功，联想历代之成败，目睹山水之永恒，情怀思绪都会为之一变！

喜获升迁、风头正健的会看长望远，且把锋芒收敛；公务军务缠身、心事重重者会权且放松看淡，先把山水赏玩；遭贬流放、心境灰暗者也会因离开官司纠葛、是非中心，而冲淡痛苦，化解烦恼……

比如宋代余靖，因议论范仲淹遭贬，自己亦被贬，多次出使边关，学会外语，官至工部尚书。这首《过青泥岭》便系遭贬时所作：

> 老杜休夸蜀道难，我闻天险不同山。
>
> 青泥岭上青云路，二十年来七往还。

豪放的苏东坡身处逆境时，也曾《南望斜谷口》喟叹：

> 往事逐云散，故山依渭斜。

唐代诗人雍陶一踏上古道，就想到赶紧到成都去会友喝酒，连京都长安也不放在眼中了：

> 蜀门去国三千里，巴路登山八十盘。
> 自到成都烧酒熟，不思身更入长安。

明代诗人王云凤则沉浸于古道风情画中：

> 且喜晚炊来子午，曾经春雨忆庚申。
> 采茶路曲穿林女，放濑声高荡桨人。

明代诗人薛瑄则切身感受到大自然的辽阔及人世的大气真情：

> 石积层崖知地厚，路登绝巘觉天宽。
> 驱兵过此思诸葛，大节长留宇宙间。

明代另一位诗人杨一清思绪就更广阔：

> 云中板阁烧难绝，谷口春色翠欲遮。
> 蜀道秦关俱莫论，如今四海正为家。

翻阅吟诵古道诗卷，此类例子比比皆是。

不难看出，诗人们一旦从京城、从官场、从公务、从纠葛中走出来，走进山水，走进自然，也就真正走进了自己的生命。旷达的益发旷达，豪放的益发豪放，深刻的益发深刻，飘逸的益发飘逸，真正成为性情中人，诗人也就益发成为诗人……

这些，对于当今的诗人、当今的文化人不也大有启迪吗？

▲褒谷口仿古栈道

寻访天下第一驿

一

在穿越秦巴大山的多条古道中，褒斜道之所以有"蜀道之始"的美誉，不仅在于它"发现最早，规模最大，使用时间最长"，还在于它确实具备其他古道无法取代的种种优势！

首先，褒斜道拥有汉水上游最大的支流——褒水。

古代先民遵循"因水成道"的规律，在秦岭山中，沿褒水、斜水，经历自然发现和自然踩踏的原始阶段之后，又开凿修筑起了可供军队车马行进的褒斜栈道。

秦岭北坡短促陡峭，南坡逶迤绵长，直接影响到河流的长短。若置身于褒水、斜水的分水岭五里坡，就会对秦岭南北水流特点看得十分清楚：斜水沿斜谷向北仅70公里就出了谷口，汇入渭河，进入一望无垠的八百里秦川；沿褒谷向南的褒水却不同，蜿蜒于秦岭南麓的青山秀峰之间，长达300余华里，沿途汇纳百川，成为一条常年奔流不息、拥有相当水量的大河。

所以在汉武帝时，便有大臣建议：利用褒水通航，把荆襄梁益一带的钱粮赋税装船航运，沿汉水、褒水、斜水、渭水直达长安。在褒水与斜水衔接处水小不能通船的地段以车取代。后来因为山高谷狭"石湍而不可漕"，这计划没有实现。但说明褒斜道因拥有褒、斜二水而备受重视。

航运虽未实现，褒水却早得开发。早于2000年前，西汉开国功臣萧何便利用谷口落差，筑堰引水，灌溉沃野，为刘邦夺取天下源源不断地提供军需粮草。这项宏伟的水利工程故址至今犹存。

进褒谷10里左右，便是"一笑千金"的美女褒姒故里。睹物思人，岂无趣乎？

▲秦岭南麓风光

　　凡此种种，均使褒斜道名扬天下，久享盛誉，但还需要锦上添花，因为它还有光彩照人的一笔！

　　可以设想，古人离开京都长安，一路跋山涉水，鞍马劳顿，虽至谷口凭吊了古迹，欣赏了石刻，精神获得了满足，身体却愈加疲惫，一路困倦都袭上身来，眼皮打架，人困马乏，急欲找个去处歇息。

　　恰像那些大师级的导演常把最精彩的压轴戏放在末尾，褒斜道最后展现给行旅客商的也是其浓墨重彩、最得意非凡的一笔。这便是号称"天下第一驿"的褒城驿。

　　据镂刻于石门的摩崖刻石记载，驿馆为古道组成部分。五里设邮，十里设亭，三十里则设驿置，接待来往官吏，提供食宿方便。驿馆备有驿马驿卒，承担各类公文传递，运送贡品，押解人犯，也兼管道路维修等。但蜀道沿途皆为崇山峻岭，限于山形和水势，不可能有太大规模，推想不过今日普通旅馆模样！

　　但褒城驿则不同，设施完备考究，迎送制度规范，备有各种规格等级的房间，以便接待各级官吏商旅。行人乘马各得其便。并设有粮库、银库、草料库、酒库、茶库，仅是泡菜，便备有一百余种。不难想见其舒适与繁盛。

　　至于规模，晚唐文学家孙樵曾说："褒城驿号天下第一焉。"

　　另一位与白居易齐名的诗人元稹则作诗赞叹：

严秦修此驿，兼涨驿前池。

已种千竿竹，又栽万树梨。

▲褒谷口褒城县城已拆除，褒城县也于 1958 年撤销

可见，褒城驿为唐代严秦所修。严秦是四川盐亭人，唐元和元年（806 年），为山南西道节度使严励的部将，史书记载其事迹不多。元稹与严秦为同时代人，其诗记载不会也不应有错。据诗中描绘褒城驿亭台楼阁，水榭湖泊，修竹青茂，梨树繁盛，简直是座花园式的驿站，称得上是当时的五星级宾馆。

不难想见，当年满身困倦急欲歇息的旅客进入这样的驿站，心情是何等的愉悦。有丰盛的饭菜充饥，有醇香的美酒解乏，有家乡风味的泡菜催提食欲，再有青茶可供品茗聊天，完了住进宽敞舒适的房间，美美一觉，疲劳顿消。次晨起来，但见窗外，树茂花繁，姹紫嫣红，一池碧水，倒映云影，宛然置身桃花源中。唐时不会诗文者不能入官，做官者当然会诗能文，必定诗兴大发，或文或诗，咏叹一番，以至后来被收进《全唐文》，《全唐诗》中的诗文有关褒城驿的便有数篇之多。大名鼎鼎的褒城驿也就真正名垂青史，传诵千古了。

可惜，历经千年，兵祸离乱，偌大一座规模宏阔、久享盛名的驿馆竟荡然无存。褒谷口外，沧海桑田，到处都是散落于蓝天白云下的绿野烟村。当年，号称"天下第一驿"的褒城驿到底在哪儿呢？

二

褒城驿的故址，历来有几种说法，相互抵牾。一种说法是，既然是褒城驿，便应该在县城附近。褒城县城目前轮廓完整，位于褒谷口七盘古道下方，依山临

▲褒谷口出土的拴马砖可见古时风尚

水，有七盘岭、圈马滩、城郭等遗迹存留，褒城驿应该在此附近。

另一种说法是，现存的褒城县址为南宋时所建，而北宋之前的褒城县址在距今褒谷口 15 里左右的打钟寺村一带，这里曾出土过许多古墓葬及文物。遗憾的是没有确切证实此处曾建过宏大驿馆的信物，比如石碑铭文等。

再有一种说法是，褒城驿应该在原褒城县城与汉中府城之间的龙江镇柏乡街附近。这儿为褒斜道出谷口后的古道要冲，濒临汉水，四周地形开阔，河流纵横，具备修筑池亭楼榭、各种功用俱全的宏大驿馆的可能。这里还出土过石器时代的器物。三国时期蜀汉荡寇将军张嶷的墓冢也在附近。由于地处汉中与褒城两座城池之间，此地自秦汉以来便人烟辐辏，商旅不绝，桑榆阡陌，烟村相望。南宋诗人陆游曾描绘过这儿的景色。应该说这一带的繁荣与一座宏阔驿馆的存在相关。

那么褒城驿究竟在哪一处呢？

出于一种难以克制的好奇，或者说一种诱惑，我曾先后对三处都有可能建褒城驿的去处做了寻访。

第一处是位于褒谷口的原褒城县。

褒城的历史十分悠久，几乎可以追溯到史前。最早见于史书的是古褒国，也就是美女褒姒的故国，后被西周灭掉。春秋时期，秦人崛起，占据秦岭南北后，设立汉中郡，褒城即为其管辖的县级治所，至今已有 2300 余年。

不管县城曾经设在哪里，褒谷口都应该是其精华所在。不必去细说褒谷 24 景、石门石刻、褒姒故里等皆已淹没于石门库区的景致，仅就现存的格局就委实气势

▲ 古道栈孔遗迹

非凡，一看就曾经"阔过"！

这儿已是汉中盆地边缘，巍峨高耸的秦岭隔断云天，却又闪出一道谷口。两边山势分外险峻，一边刀砍斧削般于平地耸立，黛苍钢蓝的山崖如兵阵森列，据传汉王刘邦曾派兵据守，故称"汉王寨"。拍摄《栈道》时，笔者曾攀登上去，见山顶有数亩地大小的狭长平地，四周确有人工垒砌的箭垛痕迹。此处为汉中门户，紧扼谷口便守住了大门，派兵据守亦非没有可能。

另一边则为如扇形耸立的巨大山体，被称为"连城山"，因为山脚即为原褒城县城。20世纪60年代初，笔者在褒河中学读书时，褒城城墙还轮廓完整，城楼飞檐挑角，一边濒临从褒谷奔腾而出的一河流水，一边与巍峨的连城山首尾相连，互做呼应，十分壮观。

关键，时至今日，褒城仅是城墙被拆毁，原城轮廓、街市变化不大，县衙、县狱等处尚有遗迹可寻。尤为可贵的是，出古城北门，宽约丈许的土路直接连城山岭的七盘古道，云梯石栈，马蹄驼印，一切历历在目，是整个连云古道保持最为完好的段落。可以为古道的沧桑变迁提供最具说服力的地形实证。

秦汉时代，崇尚胆识，崇尚气魄，不惧艰险，临水倚崖，开凿石孔，架设栈道，在褒谷口遇石山挡道，也不惜"火焚水激"开凿出石门，以保障栈道畅通。

但由于设架梁柱距水面2～5米，易被火焚水冲，后有人在石门北一里处开凿盘山道，是谓七盘岭。至北魏时，整修褒斜道，再次启用石门。镂刻于石门内壁的《石门铭》详细记载了这段史实。

隋唐时期，开山技术提高，人类征服自然的能力增强，把陈仓道的北段与褒斜道的南段连接起来。由于新辟道路在翻越秦岭、凤岭、柴关岭几处险隘时，鸟道摩天，高可抚云，故人称新道为连云栈道。

连云栈道至褒谷口时没有经过石门，因为河谷虽平，但石门两端非架设栈道不能相通。石梁石柱耗工巨大，木梁木柱则难持久，所以也采取了攀七盘岭而避

▲古道小景

石门、越岭而下直达褒城北门的线路。此道历宋元明清再无变化。而20世纪修筑的川陕公路在此段则隔河缘谷而行，这样便使七盘古道未遭损坏而基本保持了原貌。

如今，当我们走过老褒城那狭窄悠长、至今保持着明清时代格局的街道，一出北门，一看那沿山而下的黄土古道，两边的田野生长着千古如是的稼禾，连城山怀抱的羊群如白云般浮动，立刻就会沉浸于一种十分悠远的岁月。

若再沿路而进，渐次攀高，脚下黄土路为石碥道取代，出现了石条，人工砌痕明显，但又布满苔藓，石缝间生着野草，浸透着无言的沧桑。正是这种沧桑吸引着你，一步步地向上攀登，一盘一盘地接近峰巅……

其实，不用攀上峰巅，古人也极智慧，每每在合适的地方越岭而过。七盘岭的制高点便恰到好处。

若是由南向北，登上七盘岭，蓦然回首，只能最后再看一眼汉中盆地。汉水蜿蜒东去，山村一片苍茫，而前面关山重重，遮断云天，无论官吏商贾、学子行人到此都得斩断一腔柔情，壮怀激烈，坚定信心，来战胜眼前这巍峨重叠的秦岭。若是从北向南，则是另外一番景象。在崇山峻岭奔波了十天半月之久，一旦攀上梁顶，看着山下一马平川的原野，人马都将长出口气，将憋闷了许久的晦气吐散干净。人欢马跃，仿佛一切希望光明就在眼前。

你只能钦佩古人思考的周到。就在这七盘岭顶，在这大山与平原的交替地段，

▲唐代青松驿遗址在留坝江口镇

曾经修筑过一所驿站。让北去的客人攀上这秦岭第一关时，歇歇脚，养精蓄锐，来日再去长途跋涉。对于南下的客商，这驿所就更重要。山道崎岖，负重艰辛，翻越秦岭来到这儿，早已疲惫不堪，几乎每天都有迟至夜半才赶来的马帮。赶马人焦灼的吆喝，马匹沉重的喘息，就在人马都行将疲极的当口，灯火闪耀、食宿皆备的驿站到了，顿时拂去旅人乃至驮牲多少焦虑和困顿。

七盘岭曾建驿站的说法来自初唐诗人沈佺期的作品，这首诗毫不含糊地写道：

夜宿七盘岭

独游千里外，高卧七盘西。

山月临窗近，天河入户低。

芳春平仲绿，清夜子规啼。

浮客空留听，褒城闻曙鸡。

不难看出，不仅诗中两处地名"七盘西"与"褒城"与今一致，就连诗中景物意境，比如"山月""天河""清夜""子规"也是今天在这儿轻易就能发现和体味到的。

再是，七盘岭建筑遗迹存留丰富，老远就可看见一座城堡式的建筑高耸山腰。

走近观看是片石垒砌的石屋。附近断垣残痕牵连成片，不少近年被利用起来，修建了可供牧童及行人歇脚躲雨的瓦屋。

此外，残石断砖中还有不少碑刻，有些相当完整，字迹也基本清楚，大多是往返于连云栈道的巡抚、知府、学台所留。西南四川、贵州、云南，西北内蒙古、甘肃、宁夏皆有。最有价值的是清光绪年间驻藏大臣荣纲所立的一块碑石，可以证明直至清末还有大臣驻藏，亦说明连云栈道为通往西藏的要道之一。

▲褒谷七盘岭上所存残石，有学者认为系驿站遗址

但若要讲七盘岭上的驿站便是当年规模宏阔、水榭亭台皆备的褒城驿则确实让人难以信服。首先限于山形水势，从七盘古道轮廓犹存来看，这一带地形古今并无太大变化。从存留残壁看，不足一亩平地，其余皆为陡峭的山崖，在哪里建庭院？又去哪儿掘水池呢？

估计，当年即便修建驿所，也不过瓦屋数椽，略备驿马，供那些赶不上正规驿馆的官员旅人歇歇脚，权住一夜而已。褒城驿虽不在此，但恰由于沈佺期的这首《夜宿七盘岭》所取得的艺术成就，使五言诗在唐代定型。这首《夜宿七盘岭》也在唐诗中享有盛名。

三

若追溯起来，人类一出现道路即伴随着诞生。因为即便是原始人类，不行走，不渔猎，不采集就无法生存。当然，真正的道路则是人类进入一定文明阶段的产物。

早在公元前11世纪，西周时期就对全国道路做了科学严谨的规划。以京都为中心，通往全国的干线按方位分为经、纬、环、野四类；田野则按耕地面积和渠道宽窄分为经、畛、涂、道、路五级；全国城镇也按大小级别定有九经九纬或三街六市的格局。

把道路与城市、与水利、与耕地结合起来，综合治理，如此科学规范，如此气魄宏大，如此挥洒自如，达到如此完美文明的程度，而且出自3000年前我们的祖先之手，若不是记载这些事实的是出自 1979 年四川青川县发掘的一批秦武王二年更修田律的木牍记载，真正让人不能相信！

事实上，古代的道路还具备着更多功能，除调动军队，输送粮草，交流贸易之外最重要的便是邮传。建道必设邮驿，甚至可以说一部交通史也是一部邮驿史。著名的历史故事"烽火戏诸侯"，证实曾以烽火为号，传呼军队。除了烽火，还用鼓声。"烽可遥见，鼓可遥闻"，记载的就是邮驿通讯在萌芽状态的情景。

不仅是军事，知识的传播也依赖邮传。孔子就说过："德义流行，速于置邮而传命。"用今天的话说，文明礼貌，五讲四美，也得通过设置邮驿，传递下去，让人民都知道该怎么办才行。

到汉代，邮驿已经十分发达，《汉书》中说："立屯田于膏腴之野，列邮置于要塞之路。"说明当时的邮驿制度与道路已完全结为一体，形成网络，进入了科学成熟阶段，充分发挥着传递朝廷公文、边关军情，接待迎送来往官员，护运赋税钱粮及各类贡品，维修道路，抚慰灾民，押送人犯，反映社情民意等多种功能。

可以说，没有完备发达的交通邮驿，王命无法下达，政令不得统一，边关告急、官吏任免、救济灾民、输送赋税等等便成一句空话！

所以，中国古代任何一个王朝的诞生，莫不对道路邮驿倍加重视，将其列入国家要务，委派专人负责。比如汉高祖刘邦就曾任"泗上亭长"，除日常事务，还兼管邮递。汉时还专门设"督邮"来管理邮务。

褒城驿正是在这种情况下修建的，它本应该如同长藤结瓜一般，是网络道路中的无数驿馆中的一个。之所以规模宏阔，以至于号称"天下第一驿"，则是由它修建的时代和所处的位置所决定。

我们知道，从褒城可以追溯至古老的褒国。褒国是夏禹王所封的一个小小方国，即今天河东店镇与勉县褒城镇一带，古时当地处褒斜道进谷要冲。无论从历史记载、出土实物或人际交往看，至少 3000 年前已与中原地带有了交往。

比如《尚书·牧誓》篇就写到"武王代纣，蜀亦从行"，说明居于秦巴之南的蜀人曾经参加牧野之战，所走的道路正是古褒国境内的褒斜道。

1967 年，在原褒城县所属的今勉县老道寺出土了一件西周"师父鼎"，纹饰形状与宝鸡岐山出土的西周鼎属同一类型，足证两地当时已有交往。

再是褒姒女的故乡为秦岭之南的古褒国，周幽王的国都却在今天长安县斗门镇附近。举凡种种，都说明险峻的秦岭并不能隔断人类交往。早在三皇之世，就有古道穿越秦岭。

这条古道就是被专家们多方面论证、并誉为"蜀道之始"的褒斜道。

▲历千年不竭的古泉

尽管秦王朝统一全国只有短暂的 15 年，但秦人的崛起却从战国开始，已历六世。秦人的势力扩张至秦巴之南的记载见于《史记》。公元前 316 年，秦惠文王伐蜀，并俘获巴王。汉中为秦人伐蜀必经之路，也被一并括进了秦王朝版图。公元前 312 年，秦惠文王设置汉中郡。这是"汉中"在史书中的最早记载。汉中作为秦岭与大巴山之间的一处盆地，仅是千里蜀道的一个歇脚处和中转站。但这块地方又实在理想得出人意料：南北有秦巴拱卫，其间有汉水滋润，形成宽约 20 公里，长达百余公里的狭长盆地，且气候温和，雨量充沛。此地早得开发，人烟辐辏，自古殷实富足。

这且不说，汉中南下四川，北通秦陇，若沿汉水则可达荆襄。汉中地方虽小却实处川鄂秦陇四省要冲，具有极高的战略价值。

事实是，刘邦在汉中为王后，明修栈道，暗度陈仓，横扫三秦，建立西汉王朝。诸葛亮以汉中为前沿，屯兵八年，六伐曹魏。蒙古铁骑则两次穿越秦岭，经汉中最终灭南宋。即便近代战争，如抗战前夕，中国最高军政当局也赶在日寇进犯之前，抢修了西汉公路，达到了抗战军力深藏川陕腹地的战略目的，最终取得胜利。

汉中这块盆地如此重要，仅隔秦岭与京都长安相望的唐人不可能不清醒地看到这点。秦人最初凿架栈道的目的主要是征服，是战争，而唐人则需后方安宁，政令统一。征服巴蜀及西南的广大地区，则先需征服两道天然障碍：秦岭与大巴山。在这两道天险之间建立一个战略基地，一个信息中心，都是完全必要和势在必行的事情。

建立一个规模宏阔的驿站恰恰能够承担这一切。

那么，为什么不建在汉中城区？只要看看地形就明白：褒谷口距汉中整整30里，且偏东南，距入川的金牛古道也不近捷，再是市区也难有偌大地盘来承建这座大型驿馆。

既然一出褒谷口就是褒城县所属的一马平川的沃野，视野开阔，又恰处金牛道、褒斜道与东接荆襄汉水航线要冲，那么这所驿站建在谷口的褒城县就是很自然的事情。

又查，褒城县治南宋之前在今汉中市宗营镇打钟寺村，所以，认为褒城驿的故址在打钟寺村附近便成为近年研究中的一种"说法"。

打钟寺村距褒谷口直线距离约十华里，四周一马平川。古时"三里之城，七里之郭"，在此建立一个县级治所绝无问题。

但历经千年风雨，古时建筑已荡然无存，四周阡陌原野，田禾水渠，幢幢农家小楼掩映于绿树丛中，和别的村落没有两样，看不出任何"王气"。当然，也需有慧眼方能识宝。比如秦兵马俑的发现，若不是几位农民打井发现了"瓦神爷"，又鬼使神差被记者捅上"内参"，恐怕兵马俑至今还深埋地下。

打钟寺附近也时有古墓发现。笔者务农时所居村落距此不过数里，便曾遇到一次文物出土。在打钟寺北修水渠，一个小伙挖土时发现了古钱币，他起了"贼"心，想私下独占，便老守着那堆土不动。生产队长生气了，斥骂说："尽磨洋工，看我两下能不能铲完！"

结果一铲下去就滚出一堆古钱币。这下轰动了，顺藤摸瓜，整整掏出了两箩筐铜钱。当时还是"文革"时期，无文物法，人们也无文物保护意识，全拉去当废铜破铁卖了。

近年，怀着专门寻访褒城驿的念头，我不止一次去打钟寺村，坦诚地说收获甚微。唯一有古迹可寻的是打钟寺学校，学校四周散布着一些石柱石墩，据说早年还有古塔矗立，可见寺院的规模不小。但也只能说明这是一座古寺庙的故址，而并非褒城驿。

再说，若褒城县治南宋之前确在打钟寺，若目前专家们对此尚无异议的话，褒城驿的位置就只能根据古人记载来判断了。

诗人元稹在《黄明府诗序》中说："元和四年（公元809年）三月，奉使东川，十六日至褒城东数里，遥望驿亭，前有大池，楼榭甚盛。"

若从此说，从古褒城打钟寺向东，其实应为东南。阳春三月，稼禾方才起身返青，视野开阔，"遥见驿亭"数里可视为概数，十里之内皆可。那么，从今打

▲秦岭脚下的花果村

钟寺向东南方向十里左右就正好是学者们所持的第三种说法——褒城驿故址所在的今汉中市龙江镇柏乡街。

四

丙子年早春，笔者再次寻访褒城驿。

此次特地邀请汉中师院中文系教授刘清河先生同往。清河先生与我属同代人，经历也大致相同。他系"老三届"知青，家乡即在距柏乡街不远的汉江河边。30多年前，我们都在乡村务农，他因习画，我因习文，即相交相识。之后，高考恢复，他考入西北大学中文系，又去宁夏读研究生，获古典文学硕士学位。清河务农期间，曾在石门水库做过三年民工，修筑被水库淹没的改线公路，因此对古道、石门石刻都很熟悉，加之研究古典文学，曾对历代诗人咏叹汉中的诗词很下过一番功夫。他对褒城驿故址也极感兴趣，曾把唐人元稹、孙樵、薛能诸人描绘褒城驿的诗文搜集起来，把其中的景物特征与今日地貌景观细做比较。他认为褒城驿的故址在龙江镇柏乡街一带比较合乎情理，比较可信。

所以，春节刚过，我们便相邀同行。小女若慧听说寻访古代驿站，欢呼雀跃，

▲柏乡古镇宛如江南

要求同行。于是一行三人骑自行车前往。

我们走的是穿越汉中西大街、出西门这条路线。往日也不知奔波了多少次，皆因无心探究而熟视无睹。这次有清河先生一路指点，自然受益匪浅。

据清河先生回忆，他因家居汉中城西，青少年时常走这条道路，至今一切记忆犹新。日后读史，再与之对照，故对汉中古城变迁十分熟悉。汉中城垣修建的最早记载为秦厉公二十六年，即公元前451年，距今近2500年，在全国亦算得上最古老的城垣之一。刘邦在汉中为王时，曾对城池进行扩建，《水经注》说："大城周42里，城内有小城，南凭流津（汉水）北结环雉、金镛、漆井，皆汉所筑也。"近年汉中城区改造，屡屡挖出汉井、汉砖。城墙历代皆有维修。清河少时，西关一带城楼城墙依旧完整，他指给我们看时唯有一段不足百米的残墙。西郊一带，尽管目下工厂林立，公路纵横，但进入田野后，有些古道断断续续，轮廓尚存，能看出当年大致风貌：古道路面宽约丈许，不似今日公路这般笔直，而是大致端正，在田野蜿蜒划过，两边古树垂荫，遇河沟则有古桥，存有数处遗迹。凡经村落，必有水井石栏，以解行人之渴。旷野之外，则有邮亭遥望，以备旅人歇脚避雨。再是两边烟村绿树，田畴平野，古今无太大变化。

清河特地谈到，汉中历史上虽开发较早，但繁荣发达则表现为阶段性：两汉、三国是其城垣、府县、水利、农垦奠基时期；唐时这儿隔秦岭与京畿相望，获得进一步发展；鼎盛则推两宋。北宋时与北地开展"茶马互市"，"汉中买茶，熙河易马"，汉中成为与开封、成都并列的全国三大税收城市。南宋时，汉中则为抗金前线，重兵集结，风云际会。著名诗人陆游曾在军中效力，日后创作大量诗

▲汉中早春气象仍与千余年前诗人描写的一致

篇，与汉中有关的便多达 300 余首。

但宋元之后，政权东移，古都西安尚被冷落，何况汉中？所以元、明、清三代汉中少经战乱，变化不大。若讲变化，也是"农业学大寨"期间的改天换地和近十几年的拆旧建新。大的地形水貌与古时基本一致，故还能看出当年轮廓。清河先生的理论一路都得到印证，尤其当我们有意抛开大道，沿着古老的小道骑车穿乡越镇，来到汉江河边大堤时，展目四顾，早春原野，平漠空旷，北边横亘的秦岭、褒谷口清晰肃然，褒水逶迤而来，阡陌田畴，农舍烟村皆如素描般简约。

我们想起陆游在汉中所写诗章：

山南行

我行山南已三日，如绳大道东西出。

平川沃野望不尽，麦陇青青桑郁郁。

地近函秦气俗豪，秋千蹴鞠分朋曹。

苜蓿连云马蹄健，杨柳夹道车声高。

……

诗中情景至今犹存，山南指秦岭以南即汉中。"如绳大道东西出"，从褒谷口七盘岭缘山而下，正好两条道路：朝西的一条接沔阳古道，经宁强、广元直下四川；朝东的一条从勉县经长寨、杨寨过褒水，再经柏乡街、龙江镇直抵汉中西门。川陕公路修通的半个世纪之前，这儿历经数千年的驿道依然畅通，古道所经长寨、杨寨、柏乡、龙江无不商幡招展，店铺林立，长街延绵数里，皆有"不夜城"之称。公路筑通后又绕开这里，才渐次冷落下来，但大致格局仍得以保留。

站在高高的汉江河堤，可以清楚看见柏乡街的位置正好处于古褒城县（打钟寺）与汉中府城之间的开阔地段。西与进入四川的沔阳古道相接，南则正好濒临褒水注入汉江的三角洲内。据清河先生回忆：他儿时家门前的汉水长年有帆船行驶，诚如古人咏叹：

> 万垒云峰趋广汉，千帆秋水下襄樊。

褒城驿只有占据这么一处水陆相济、四路皆畅的重要位置，才可能如孙樵在那篇著名的《书褒城驿壁》中所说："以褒城控三节度治所，龙节虎旗，驰驿奔诏……"

从这段文字不难看出，唐人的势力扩展到秦岭之南的巴蜀荆襄之后，由于褒城所处的位置而为唐王朝特别重视，以此而"控三节度治所"，也就是梁（汉中）益（四川）之州的大片地区。褒城驿自然保持其战略作用，维持其宏大规模，褒城驿也就"非华丽无以重威"，修筑得宏大而又气派了。

唐代不但道路畅通，邮驿也空前繁盛。褒城驿作为朝廷连接剑南、荆襄的重要驿站，倍受重视。从元稹诗句"已种万竿竹，又栽千树梨"看，褒城驿建好后又进行过修葺与扩展，以至在全国 1639 个陆驿中"号天下第一"。

如此宏大的一座驿馆怎么就无影无踪了呢？历经千年，风雨更迭固然是主要的原因，但孙樵那篇《书褒城驿壁》也已经显出了端倪。

诚如世间一切事物的规律：由弱而强，由盛而衰。经"安史之乱"，唐王朝元气大损。之后藩镇割据，战乱不息，京都长安都曾几次失守。宫廷荒芜，街市凋零，何况一个褒城驿！

邮驿的畅达繁盛与王朝的起落兴衰紧密相关。在唐宪宗晚年，褒斜道年久失修，褒城驿已露败相，诗人元稹看到的情景已与早年大不一样：

> 忆昔万株梨映竹，遇逢黄令醉残春。
> 梨枯竹尽黄令死，今日再来衰病身。

到了孙樵写《书褒城驿壁》时，黄巢起义已是风起云涌，唐僖宗只好像他的两位先祖唐玄宗、唐德宗一样，放弃京城，仓皇出逃。但与前两位皇帝已大不一样，唐玄宗返回长安还做了几年太上皇，唐德宗收复京城后还励精图治一番，唐王朝还支撑了120年。这次唐僖宗已无回天之力，大唐终于走到了尽头。

孙樵这次也是伴随唐僖宗南逃而途经褒城驿的。其时国亡家败，前程未卜，感时伤事，一腔悲愤，终成"块垒"，流于笔端，借驿馆盛衰述国家兴亡，深刻剖析大唐亡败原因：从上至下，大小官僚进驻衙门也像对待驿馆一样，反正只住一夜的事情，何必认真？上任只顾自己吃肥穿暖，刮一层地皮，抽身就走，哪有心思治理地方，关注百姓？以至于弄到饥民蜂起、义军遍地、国家亡败的地步。其情切切，其言凿凿。唐朝尽管灭亡，孙樵这篇《书褒城驿壁》却作为警世名篇流传千古，保留下来，至今仍让人感叹不已。

我们在柏乡街徜徉寻觅，看见了几眼布局对称的古井，井口居然以整块巨石凿成，绳痕缕缕，浸透着沧桑。许多群众住宅，根基皆为巨石砌就，镶嵌进墙壁的秦砖汉瓦比比皆是。我们发现一个长方形石盆，一边斜面雕为搓衣板，其庄重古色，绝非寻常百姓居家用物。至于茅厕猪圈稍稍留意便发现古旧瓦当，唐纹滴水……

真正沧海桑田，让人感慨万千。却又突发奇想：能修那么多豪华宾馆，何不为吸引游人计，开发旅游点，来修复褒城驿？即便不能，立一石碑，刻下孙樵那篇《书褒城驿壁》，说不定也可吸引人来凭吊古迹，赏碑抒怀，到此一游呢。

秦岭深处话古镇

▲ 古镇风貌

一

　　古人有许多称谓与说法，今日只能借助于典籍或方志才能理解。比如出生于1700 年前的东晋学者常璩所著的那部享有盛誉的《华阳国志》，便不能仅从字面书名上理解。因为华夏民族在几千年的文明史中，并不曾建立以"华阳"命名的国家。

　　古人以"山南水北"为阳，常以名山大江为坐标，比如华山，位于八百里秦川东部。周、秦、汉、唐在关中建都时，地处京畿重地的西岳华山自然成为区划地理的坐标。约定俗成，陕西、甘肃、湖北的南部以及四川、云南、贵州，举凡华山之南的大片山河均被称为"华阳国"。有点儿类似因盛产芙蓉而被誉为"芙蓉国"的湖南。

　　常璩出生于被包容进"华阳国"的四川。他曾替这片偌大的地域作传，将其定名为《华阳国志》。该著逻辑严密，文采灿烂，尤其把地理志、编年史、人物传结合编述，是谓创举，故有学者誉该著为地方志书中的"史记"。

　　应该说明，我要介绍的华阳古镇，虽属于被《华阳国志》表述的范围，但与"华阳国"所包容的无垠山水相比，委实是沧海一粟，微不足道。但这小镇又因是一条穿越秦岭的古道必经之地，于是就与历史、与载入历史的各类人物事件乃至于二位皇帝发生牵连。再是，这小镇位于秦岭南麓万山丛中，是一个极美丽、极有特色、还带着几分神秘的去处，就更值得去寻访，去认识。

　　乘坐汽车，离开陕南首府汉中，伴着汉水，一路向东，经丝绸之路开拓者张骞故里城固，再至造纸术发明家蔡伦封地洋县，便要告别宽阔平坦的 108 国道。

▲ 秦岭谷地

汽车沿分岔的简易公路，一直向北，向隔断云天的莽莽秦岭驰去，渐次把丰腴滋润的汉中盆地甩在了身后。

山岭逐渐高峻，植被逐渐茂密，一股股深含野艾蒿味的潮湿辛辣气息扑进车窗，提醒你已进入了秦岭，大山真正的魅力也由此展现。

一株古老的银杏矗立在山坡，树径足有丈余，树冠直拂云霄。山风掠过，整株巨树发出的呼啸声如海涛般惊心。一道白练似的溪水似乎是被从山腹中挤压出来，从半山腰喷涌而出，轰然跌落。潭水墨绿墨绿，即便说藏有蛟龙都让人深信。当汽车驶上一道山垭或是一处峰巅，极目之间，银灰的天幕下，群山为一片氤氲的雾气笼罩，悄无声息，让人怀疑前面蛮荒得是否还有人烟。

可是恰在这时，大山却悄然四下退去，万山丛中，豁然闪出偌大一块平原，田畴烟村、鸡啼犬吠，盆地中心，甚而还有一条青灰的街市，喧嚷着赶集的山民，有红砖楼屋的机关、学校点缀其间，跟刚刚告别的汉江原野上的集镇几乎没有什么区别。有一瞬间竟让人忘却这是在大山深处。待到再看见四周山峦上飘拂的云雾、伫立的丛林，看到在镇前交汇的两条哗哗奔窜、清冽得让人惊讶的溪水，一阵清风掠过，满含大山区才会有的草木苦蒿气息，这才又醒悟，这确实是在万山丛中。这独具风姿的街市便是古镇华阳。

二

最早去华阳要追溯至十多年前，一位中学时的同学郑松峰在那儿当林场场长，多次相邀。去时是冬日，赶到天色已晚，没来得及看清四周模样。当夜，突降大雪，清晨出门，发觉完全置身于一个冰雪世界。极目所见，山峦、河流、丛林、古镇全被皑皑白雪覆盖，天地间一片银白，白得刺眼。陕南少雪，如此大雪可称生平仅见，让人顿来情绪。老同学亦热心，带我登高远眺，虽是一座不高的山峦，但山镇华阳还是尽收眼底。没了杂色遮挡，四周的山峦看得格外清晰，全像排成圆阵的蜡像，甩着长鼻，扬臀摇尾，向盆地中心冲来，极其雄浑壮观。在镇前交汇的两条溪水，恰似两条披着银甲银盔的巨龙静静地躺卧着休息。我们爬上的山峦积雪足有半尺，满坡的松树四撑开去的树冠举着大团白雪，宛如盛开的银菊，不时有雪团散开，噗地跌落在地，悄无声息。整个华阳古镇的那种远离尘嚣、与世隔绝般的沉寂，那种晶莹剔透、纯情处女般的洁净给人留下铭心刻骨的印象。大雪封山，一时回不去，晚间围着火塘笔者收获了不少山林故事。我的老同学是学林业的，毕业后在秦岭林区待了20多年，是北大熊猫专家潘文石科研小组的成员，曾经抢救过三只病危的大熊猫，与许多珍稀动物都打过交道，有一肚子与野牛、野猪、狗熊遭际的惊险曲折的故事。

但笔者对华阳真正的认识和了解，则应归功于摄制历史文化专题片《栈道》。其时，作为撰稿，事先并没有拿出一个可供拍摄的脚本，因为自己对这笔偌大的历史文化遗产也尚在研习之中，仅从史料与方志中得知，从华阳经过的古道是傥骆道，此道与陈仓道、褒斜道、子午道并称穿越秦岭的"四大古道"，且最为近捷。《辞源》载："傥骆道，古道路名，即骆谷道。自今陕西周至西南，沿骆谷、傥水河谷，南至洋州。是关中汉中间近捷的道路。三国以来，时见记载，唐代尤为畅通。"

笔者还从新旧《唐书》得知，傥骆道在汉魏旧道的基础上，唐时开辟为官驿大道，为首都长安连接梁（汉中）益（四川）之州及整个大西南的交通命脉。官吏往返，驿马飞驰，商旅络绎，墨骚不绝。柳宗元多次写到此道。岑参作有《骆谷行》。白居易也两次过过骆谷，并有诗作。

更为重要的是，傥骆道在整个唐代300年中一直畅通，并无中断。由于畅通，由于近捷，每遇战乱便分外重要。唐代便曾有两位皇帝经此逃难。一位是唐德宗李适，为避朱泚之乱，由傥骆道经华阳逃到汉中，坐镇指挥，收复长安，使盛唐文明得以延续；另一位是唐僖宗李儇，躲黄巢起义，亦由傥骆道至汉中，去成都，结束了晚唐天下。

无论如何，一条古道走过两位皇帝非同小可。即便民主发达如现代，一位总统若去哪儿，也立时会成为全球新闻媒介的焦点。所以我对傥骆道，尤其对唐德宗的汉中之行颇做了些了解。

唐德宗李适是唐代第十位皇帝，也是唐代那位著名的风流皇帝唐明皇的四代孙。虽说是四代孙，但当时人结婚早，李适是他父亲唐代宗李豫16岁时生的儿子，"安史之乱"时已经13岁，所以李适见过自己那位风流误国的曾祖父——唐明皇。

李适也享受过曾祖父创建的荣华富贵。他出生于公元742年，即天宝元年。隋末，李渊、李世民父子从太原起兵，公元618年建立大唐，经历唐太宗李世民的"贞观之治"到唐玄宗李隆基的"开元之治"，前后130余年，达到了中国历史上最灿烂辉煌的巅峰阶段。

当时的那种发达昌盛的繁荣景象并不是今天的现代文明能够全部取代的。比如唐代修建的含元殿，根据考古工作者严格科学的实地勘探，发现竟比故宫现存的太和殿（金銮殿）、中和殿、保和殿三大殿总面积还要宏阔，能够容纳万人集会庆典。不难想象，盛唐时代，每逢庆典，群臣云集、万国来朝、旌旗如林、角鼓齐鸣的盛世景象。再是唐长安城的朱雀大街，宽阔笔直，两边古槐如伞，浓荫蔽日，行人车马，各得其便。十里长街宽达155米，是今日北京城东西长安街宽度的2.5倍。

此外，唐代的诗歌、绘画、书法、陶俑、佛塑、瓷器、丝绸等方面所呈现出来的艺术魅力和工艺水平，时至今日，还被人们公认达到了经典性的完美！

就连当时开放的程度，也令笔者惊叹，仅唐长安城常年居住的西域诸国及印度、日本、朝鲜等外国人就有三万多名，在唐政府内担任官吏的也有数百人之多。

更重要的是农业连年丰收，工商业发达，社会安定，老百姓安居乐业。京城长安斗米10钱，产粮区斗米仅5钱，夜不闭户，路不拾遗。诗人杜甫的那首《忆昔》写道：

忆昔开元全盛日，小邑犹藏万家室。

稻米流脂粟米白，公私仓廪俱丰实。

九州道路无豺虎，远行不劳吉日出。

齐纨鲁缟车班班，男耕女桑不相失。

……

"人民诗人"为我们描绘了一幅何等理想热烈的盛世景象。

老百姓尚且如此，宫廷中皇子皇孙们的温柔富贵可想而知。为使中央集权在一姓之家子子孙孙地延续，历代皇帝对皇子的教育都抓得很紧，作为拥有一个强大国家的唐皇室就更不会例外。可以断定唐德宗李适在童年一定受到了良好的教育。

但就在他13岁那年，一场天大的灾难，即"安史之乱"爆发——两个曾被曾祖父唐明皇宠幸的边将安禄山、史思明叛变。战火由此连绵长达八年之久，祸及全国，首都长安几失几收。不仅老百姓颠沛流离，饱受饥寒，这次叛乱对李唐皇室也是一大劫难。唐明皇仓皇逃亡，途经兴平马嵬驿被迫处死宠妃杨玉环，千百年来令人惋惜不已。其实更可怜的是被唐明皇遗弃的皇子皇孙、公主嫔妃，一次就被叛军杀害了80多人。

李适显然是幸免者，虽未见史籍详载，但推算他应是随祖父李亨、父亲李豫逃亡西北宁夏的那一支李唐宗室。因为李亨当时是皇太子，被百姓挡住请求抗击叛军，以至牢牢抓着皇权的唐明皇也不得不同意。至此，44岁的李亨，也就是唐肃宗，方如飞鸟归林，在宁夏灵武登基，号召四方兵马抗击叛军。李适的父亲李豫被任命为讨逆兵马大元帅。一晃七年，李适可以说是在战火中长大的，有点儿类似抗战中的"小八路"。

他20岁那年，迈出了人生重要的一步。这年，他的曾祖父唐明皇、祖父唐肃宗先后过世。父亲李豫登基，也就是唐代宗。李适即接替父亲职务，任全国兵马大元帅。

应该说颠沛流离的军旅生涯增长了李适的才干，上任之初他便统领各路兵马打败叛军，收复了东都洛阳，平定了河南的战乱，也树立了自己的威望。之后，他被立为皇太子，又过了整整15年，即在他37岁时登基，也就是唐德宗。

但这时，锦天绣地、满目俊才的盛唐气象已经一去不返，全国人口由5000多万锐减至1600多万。关键是藩镇割据，战乱频起。李适登基的第二年，大唐20年安危系于一身的大将郭子仪去世，各路诸侯就更无所顾忌。

李适登基后很想励精图治，过生日下令不得接受中外臣民贡奉，已经送来的三万匹绢全部充公，岳父送来的铜像也被以无功德而奉还。

在李适当上皇帝的第五个年头，也就是公元784年，握有兵马实权的太尉朱泚又发动叛乱，很快攻占长安。唐德宗李适只好带着群臣嫔妃沿傥骆道逃往梁州（汉中）避难。华阳为必经之地，这儿已进入陕南，追兵被秦岭所隔，又有驿站可供食宿，君臣始安。接着，梁州守将严震带兵护驾。不幸的是，德宗爱女唐安公主在到达洋州地界时病逝，就地安葬，至今尚留有"安冢"。

德宗在汉中历时三个月，指挥各路兵马，平定叛乱。这期间各地节度使调兵遣将尚不乏具有应变能力的干练之才。历经"安史之乱"的庶民百姓也十分怀念刚刚逝去的开元盛世，人心思定，李唐政权的存在尚在天理人心之中。事实是，德宗之后还当了 21 年皇帝，而他的子孙中又整整出现 10 位皇帝，历经 120 年。直到唐僖宗为黄巢起义所迫，再次沿傥骆道仓皇出逃，大唐才终于走到了尽头。唐德宗返京城时，十分感激汉中军民对他的拥戴支持，特地下诏"改梁州为兴元府"，开以帝王年号名府名之先例，把梁州首县南郑县提升为与首都长安县同级别的"赤县"，同时免了汉中百姓一年的捐税徭役。汉中至今有兴元之谓。

凡此种种，均让人对这位唐代皇帝产生好感。拍摄《栈道》，这段史料便被翻腾出来，引起大家浓厚兴趣，极想知道这位皇帝经历的地方还有什么遗迹传闻。于是，我们选择的第一条古道便是傥骆道，目的地则是古道重镇——华阳。

三

这次去华阳是暮春时节，已有相当热力的太阳悬在一碧如洗的蓝天。千山万岭，浓绿滴翠，山峰有大团白云悬吊，高山杜鹃则一片艳红。山风徐来，沁人心脾，无比清爽。

首次出征，准备相当充分，两部越野汽车、两台摄像机，关键有古道及石门石刻研究专家郭荣章先生同行。郭先生毕半生之功，致力于古道及碑刻研究，成果累累，经验丰富。尽管上了年岁，且身体不好，但说去华阳，却顿时两眼放光，执意前往。有他同行我们更有信心。

路经曾称古洋州的洋县，我们还邀请了洋县文博馆长周忠庆。周先生出生洋县农家，青少年时，曾随父亲当过挑夫，所走路线正是通往华阳的傥骆古道。当年他硬凭一根桑木扁担挣来学费，考上兰州大学历史系。人到中年，郭先生返回故乡，黧黑面孔不失农家子弟之纯朴，且能用历史学家的眼光来审视家乡的一切历史及文化遗产。他快人快语，有问必答，由表及里，侃侃而谈。摄制组愈加欢欣鼓舞，庆幸找到最佳向导。

这次去华阳循序渐进，沿途考察，收获甚丰。出洋县城北不足十里便为傥谷口。此处巍峨延绵的秦岭如兵阵森列，却又豁然闪开一道山谷，悠然流出一溪河水，是谓傥水。河谷必平坦，古人智慧，沿河水直到尽头，只需越过分水岭，再循对应河谷出山，必能穿越天险秦岭。傥骆道北面为骆水河谷，南面即为眼前的傥水河谷。耳听专家讲述，眼观山形水势，我顿时豁然。

进入河谷不远，便是古清凉寺遗址，为唐德宗来汉中时守将严震带兵接驾的地方。此处尚未真正进入大山，为秦岭向汉中盆地过渡的丘陵地段。想当年唐德宗一行好不容易摆脱追兵，跨越秦岭，行至此处，眼前豁然开朗，汉中盆地尽收

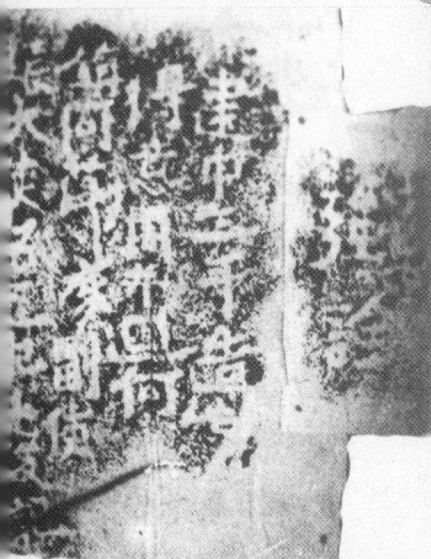

▲华阳古镇唐得意阁摩崖拓片　　▲傥谷口清凉寺遗址

眼底，汉水蜿蜒东去，田畴烟村如织，汉中守将严震又赶来接驾，想必龙心大悦。

岂料，刚摆脱危险，又节外生枝，一位大臣计较起地位身份，指责严震区区守将，竟敢与天子并行，罪不可赦。

严震则从容对答：汉中是汉高祖刘邦建业发祥之地，汉初三杰萧何、张良、韩信多有遗迹存留；诸葛孔明墓冢封地亦在此处；汉中有文川、武乡，古为英雄之地，更有廉水、让泉，素称礼仪之邦。我今为天子执缰开道，实为使庶民百姓知晓当今天子威仪。

果真，行至古洋州，百姓见严震尚且执缰开道，纷纷箪食壶浆，夹道相迎。德宗对大臣们说："确实礼仪之邦。"一场风波方才平息。

印象最深是八里关。唐代佛教盛行，也沿古道传播。八里关一带，寺庙牵连，角楼相望，晨钟暮鼓响彻山谷。据说晚间关闭寺院山门，竟要策马往返，足见鼎盛时期规模之宏阔。

可惜，风雨离乱，大部分建筑已毁于岁月，唯有一座明洪武年间的千佛窟还显完整。千佛窟是在类似砖瓦窑的圆形古堡内，四壁嵌满砖雕佛像，尺把长短，有数百尊。附近则有残壁断垣、朽木烂瓦，裸露于山野，无人管理保护，也无人搬拿，据说怕佛见怪。算算，那佛窟距今 600 多年，比故宫还要早呢！我们只能把它仔细完整地摄入了镜头。

终于到达华阳，我们在林场招待所安营扎寨，一副大干一场的模样。

旗开得胜，第一天便顺利地寻找到唐建得意阁的遗址。早在 1977 年，汉中文史专家陈显远先生就曾在华阳发现一方摩崖刻石，内容是记载唐建中三年，即公元 782 年，也就是唐德宗登基的第三年，当地官员在华阳镇前两水交汇之处，

▲古镇古巷

▲古镇妇女

依山临水修建的一座亭阁。

千把年过去，建筑早荡然无存，但残留在河边的柱孔分布均匀，不难想见当年亭阁皆唐式模样，屋顶硕大，挑檐飞角，雕梁画栋，屹立于山水之间。唐时这里曾设华阳县，又为驿道要冲，往来官吏，送行接风，登阁眺望，吟诵互答，一定另有情致。因为那本是一个崇尚旷达、崇尚热烈、崇尚诗情、崇尚享受的时代。

就在唐建得意阁附近，我们还发现了一座古代桥梁遗址。这应归功于郭荣章先生。他凭着丰厚的学识及多次实地考察的经验，常常当我们还茫然无所知时，已有所发现。

这次是河边巨石上一蓬蒿草引起了他的关注——石头上怎么能长如此茂盛的蒿草？用手一拔，整窝蒿草连根带土如同从花盆中掏出的一般完整，巨石上则赤裸裸地显出一个深深的石窝。细看，人工凿痕明显。郭先生顿时激动，亲自动手掏净泥土，细量尺寸，再观眼前河形水势，大胆提出论点：如果河中及对岸再有柱孔，必是古代栈桥遗址！

果真，在河中巨石及对岸都寻找到了式样相同、分布均匀的柱孔。顿时，所有人都领略享受到一种发现的喜悦。两位摄像师则不失时机地录下了全部过程，点一下头，脸上显出孩童般的微笑。

我们还在华阳发现了唐时宽达四米的官驿大道。这正是周忠庆先生青少年时代挑着扁担随父亲走过的古驿道。据他介绍，傥骆道起始于汉魏，三国时，蜀汉大将姜维伐曹魏、曹魏大将军曹爽攻汉中均起用过此道。唐时正式辟为官驿大道，最为繁盛。宋代政权东移，尤其南宋，偏安江南，这儿隔秦岭已与金兵对峙，驿道没有畅达的可能。明末为防李自成农民起义军，官方还曾组织过对古道的堵塞，之后此道再没有作为正式驿道起用。年久失修，梗塞荒芜，两边的丛林已吞没了路基，有的地段荒草没腰，竹篁蔽日。在华阳镇的兴隆岭半山腰，大段大段的土筑石道被冲刷为深深的壕沟，长满野草。诚如史书记载："梗塞一线，仅供猿狐出没。"无言地浸透着历史的沧桑。

但在华阳与外界沟通的牛岭脚下，却有数千米长的路基，宽达四米，保持通衢大道的轮廓，两边路基皆用石条片石砌就，条石之间有明显的人工黏合剂，尽管已为苔斑覆盖，但仍严丝合缝，至今坚固结实，所以才抵御了千年的风雨山洪。

周忠庆先生说，只有唐人才会把驿道修筑得如此宏阔，因为首都在长安，隔秦巴相望的梁益（汉中、四川）之州便是皇家的后院，前门尽可有事，后院不敢起火。整个唐代就有三位皇帝跑到汉中、四川避难，沟通"后院"的驿道怎么会修得不畅通、不结实呢？

我们在华阳镇整整待了一个星期。华阳有五条通往林区的简易公路，使我们能够深入到古镇周围几十里的地方，对这个万山丛中的盆地有了较为全面的了解。但也只是指方位、地貌与环境而言。

在这个古老的镇街上徜徉，总有一种让人捉摸不透的感觉浮上心头。老街是那样狭窄悠长，早年家家经商，铺板门面皆由赤变黑，镂刻于门楣木柱上的匾联深含哲理。还有人家保留着曲尺柜台，长达丈余宽沉重的长凳。门前的拴马石桩，后院的石槽石缸；残破的戏楼前粗大的石旗杆……与当地群众交谈，不时可以听到极古典的词句……

举凡种种，均蕴含着深厚的历史文化气息，点点滴滴，不绝于缕，弥漫浸润着深山古镇。让人觉得她实在犹如败落的名门望族中走出的女性，尽管衣衫陈旧，神情凄凉，但眉眼仍存温婉，有一种留人驻足、勾人魂魄、又一时难以叙说清楚的风姿与韵致。

在华阳归属的洋县城区还有一座巍然高耸的古塔——开明寺塔，其庄严雄浑挺拔伟岸的建筑风格展现着大唐气象。它的诞生，也与"安史之乱"相关。由于傥骆古道近捷，大批达官贵人、富商大贾纷纷逃离京城，沿骆谷逃往梁州（汉中），翻越秦岭便是洋州所属兴道县（即今洋县）。洋州州治当时在西乡，为加强对骤然增添人口的管理，朝廷下令州县合治，撤兴道而设洋州，州治迁今洋县城所在。唐时佛教发达，又遇动乱，人们更希望佛祖保佑，逃难的巨商便集资修建了规模宏阔的开明寺，并仿长安大雁塔格局修宝塔一座。如今，开明寺庙大部分建筑虽已荡然无存，但大唐宝塔仍屹立于风雨之中，见证着曾经历的沧桑。目前，这座唐开明寺塔已被列为全国重点文物保护单位。

▲智果寺藏经楼

　　唐代崇尚佛教，在洋县城西湑水河东岸，有一座占地 53 亩、修建于唐高宗仪凤年间的智果寺。明万历年间，皇帝朱翊钧的母亲肃皇太后捐金，命太监同汉中知府重修智果寺，增建了巍峨雄壮的藏经楼，并修城堡及护城河保护。正是这些保护措施，使 4187 卷明版御赐佛经得以保存完好。弥足珍贵之处在于经卷均为彩色丝织硬壳封面，封面花纹采用提花、印花、单色、复色多种工艺，花色则有云水龙凤、鸟兽鱼虫，千姿百态，并无雷同。更让人称奇的是，几百年岁月流逝，这些经卷的丝织封面在光照下转换角度，竟能折射出五彩斑斓的光泽，让人拍案叫绝，为我们祖先高超的技艺，也为中华民族灿烂的文明。

　　建筑是凝固的历史，洋县的开明寺塔、智果寺藏经楼无声地告诉我们它们曾经的故事。但可能没有人会想到，远在大洋彼岸的美国人麦克·哈特的著作《影响人类历史进程的 100 名人排行榜》也与洋县相关，这本书中，中国"四大发明"中造纸术的发明者蔡伦排名第七，远远排在鼎鼎大名的哥伦布、爱因斯坦、达尔文之前。而蔡伦与洋县密不可分，他的封地与墓冢便在洋县龙亭。

　　我们的祖先从结绳记事、青铜铭文、刻石记事到木牍汉简，长期探索，直到东汉时期，时在宫廷任职的蔡伦用树皮、麻头以及破布、渔网来做原料，反复试验，造出可以书写的纸。公元 105 年，蔡伦造纸成功奏告皇帝，皇帝嘉许他的才能，封他为龙亭侯。此为人类用纸之始，所以天下都称这种纸为"蔡侯纸"。正是造纸术的发明，使得记载变得轻便易行，没有纸张，可能就不会有二十四史，不会有四库全书的诞生，不会有唐宋八大家不朽的美文传世，不会有苏黄米蔡杰出的书画流传。正是蔡伦和他的造纸术给我们保存了珍贵的典籍，留下灿烂的文

▲今日华阳古镇

▲蔡伦造纸图

化，使丰富多彩的中华文明得以永远传承并发扬光大。

蔡伦的造纸术，1000多年以后才传到欧洲和世界各地，对整个人类文明传承都起到划时代的、不可磨灭的作用。

洋县龙亭是蔡伦的封地。史学家一致认为蔡伦曾来洋县传授技术。杨巨中教授在《中国古代造纸史渊源》一书中，从典籍的记载、实物的考证，给予了这一观点充分的肯定。1977年恢复高考时，出生于关中的杨巨中被汉中师范学院中文系录取，因研究蔡伦引起学术界关注，曾去澳大利亚参加过国际造纸学术会议，可惜杨先生英年早逝。洋县人是爱戴这位科学家的。至今龙亭人每年清明节都为蔡伦扫墓，以缅怀和纪念他伟大的发明。

四

之后，我们还不止一次去过华阳，仿佛那古镇是一部永远阅读不完的巨著。每次去都好像到了一个新的天地，有完全不同的收获。任何蕴含丰富的地方都不是一览无余的，华阳亦然。

去华阳访古，四季皆宜，途经小茅坪、石塔河时，还可实地感受到当年红军英勇作战、大获全胜的故事。1934年10月，在江西瑞金的中央苏区第五次反"围剿"失败后，中央机关和中央红军开始长征。在鄂豫皖活动的红二十五军也在徐海东、程子华率领下进入陕南，于1935年初占领华阳，创建了苏维埃政权。华阳战略地位重要，南下可攻占陕南首府汉中，北出秦岭则威胁省城西安。一时间，汉中、西安一片紧张，城门均加强双重岗哨。坐镇南京的蒋介石严令杨虎城全力"围剿"红二十五军。

杨虎城无奈，只好命令手下悍将张飞生率警备二旅两团人马沿傥骆古道进入秦岭，在八里关即与红军前哨阵地接火。张部携有轻重机枪和迫击炮，激战后红军退走。张部轻松夺关，当天又一鼓作气攻下小茅坪。张飞生好不得意，盘算第二天夺取华阳即大功告成。他传下手令，攻下华阳大碗喝酒，大块吃肉。华阳苞谷酒、熏腊肉历来闻名。

岂料，次日走到距华阳仅十里的石塔河，徐海东、程子华已在这里为他们掘好墓地，充分利用四山合围、两水交汇的有利地形，集中优势兵力，打了张飞生个措手不及。待到张飞生清醒，已被预埋的地雷、四面交织的火力打得人仰马翻。张部拼死抵抗，无奈地形不利，施展不开，后路又被切断，激战半日，两团人马非死即伤，几被全歼。张飞生急中生智，用伤兵鲜血涂脸装死，趁暮色降临潜逃生还。

石塔河伏击战震惊西北军，也震惊了杨虎城，他意识到红军厉害，更体味到老蒋利用红军消灭异己的险恶用心。加之西北军中南汉宸、魏野畴，包括此次进攻华阳的警一团团长张汉民均为地下党员，受其影响，杨虎城与红军签了友好条约，还派联络参谋武志平在秦巴山中建立了一条红色交通线，为红军提供情报、药品和武器。这也为日后"西安事变"的发生打下基础。

一次，当地群众告诉我们，在距华阳镇十几里的一处石崖上刻有图像和文字。莫非是一处摩崖石刻？

大家都很兴奋，立刻驱车前往。沿着通往林区的简易公路——当然不是去林区，中途按向导的指引又拐上乡村土路，眼看已经到了华阳盆地的边缘，一线山峦已经横在了前面，岂料，当汽车爬上山垭，车上所有的人都惊讶地发出感叹！

因为呈现于眼前的竟又是一块偌大的盆地，却又与华阳盆地迥然不同。华阳开阔，除了古老的街市，四周还有大片田野，水渠阡陌，农户密集，与汉江原野风貌区别不大。但眼前这块盆地不同，四周有高山环围，其间却有小的山峦起伏，一律长满密密的松树，青葱苍翠。山峦间尽是层层弯弯的水田，灌满春水，恍若明镜。有炊烟袅袅、鸡鸣犬吠则必有农户。农户大都坐北朝南居于向阳山坡，屋后有修长的毛竹，婀娜摇曳，门前有妖妖山桃，一片粉红；再有池塘一面，游鸭数群；再有水牛蹒跚，农夫耕田……而这一切都笼罩于暮春的氤氲雾气之中，似现非现，真正是世外桃源！

至此，再无大路，唯有阡陌小道通往村户农家。我们在路边看见一座古墓，

▲ 华阳溪流

砖拱石砌，极有规模，墓碑巍然，字迹清楚，分明是清代嘉庆年间安徽一位知县的墓葬。远在数千里之外的安徽县长死后怎么葬到了秦岭深山？

到附近农家询问，户主正是墓主的后裔。据他介绍，这里叫小华阳，也属华阳镇管辖。由于位于深山，又与古道相通，每遇战乱，秦岭南北，尤其关中，便有大批难民流落至北。其中两次战乱规模最大，一次是明末李自成农民起义，关中兴平、武功、周至乃至西安等地大批民众沿傥骆古道南迁。不仅华阳，整个洋县至今还有众多关中移民后代，故洋县语音与关中相近，而秦腔唯在洋县久演不衰。移民当中不乏名门望族，比如有的曾亲受清乾隆皇帝嘉奖，还有不少达官显贵，仅民国便有十几位留日学生，其中包括参与设计南京中山陵的刘宝锷先生。

抗战时期，也有许多群众流落至此。所以这位准备去犁田的农民说，华阳真正本地人不多，细查各省人氏都有，算得上五方杂居。他的祖上是明末张献忠起义时由四川迁来的，算是读书人家，社会安定后，又出去考试做官。他的这位祖先在华阳归隐山林认真读书，乡试、府试一路考上去，中了举人、进士，这才放了一任七品县令，后来客死任上。老家四川已没了根基，老人家生前就交代，华阳华阳，华山之阳，风水好，要归葬华阳，以此为基，福荫后代。那时候祖上有钱，嘿嘿……

这位清瘦的农民有50多岁，还很健谈。他指着附近的山林田亩说，这一带都是他们家的，到他爷爷手中才败落了——爷爷好赌都输光了！

我们又问早先家庭划什么成分，他笑着说幸亏爷爷把田都输光了，所以划的

▲源起华阳的秦岭红旗渠——引酉工程

▲华阳山林常有羚牛出没

是贫农。在一片笑声中笔者问起他现在的家境，他回答得蛮有水平：若论休养生息，华阳是好地方；若要发展经济，华阳不行，因为太闭塞。

这位清代安徽县令的后裔一语中的，说清楚了华阳的历史与现状。华阳古镇的历史文化底蕴是由于傥骆古道的贯穿，但应该是明清之前的事情。华阳盆地的开发则应是明清以来，动乱年月由流亡难民完成。当初，这高山盆地注定野兽出没，沼泽遍地，古树参天，经过一代代人的努力，才成为一片深山江南。创业的艰辛不难想象。所以这儿的人对祖先都十分敬重。我们发现几乎每个农家在门口院落都起着坟墓。有些距家门竟不足十步！

我们特地问一个梳小羊角辫的女孩："这院里坟墓埋着谁？"

小女孩回答："爷爷、婆婆。"

"你害怕不害怕？"

"不害怕！"

这自然是由于环境与习惯。首先是封闭，外界的种种信息，尤其频繁的商品交易等引起人生活方式改变的信息很难影响到这里。固然，华阳有与外界相通的简易公路，但那主要是为采伐林木所修，况且也仅到华阳正北的兴隆岭，并没有穿越秦岭。而20世纪70年代在傥骆古道基础上修通的周至到洋县的公路，也即现在的108国道又偏从佛坪县经过，绕开了华阳，使华阳成为一处"死角"。

恰恰是由于封闭，才成就也拯救了华阳。不仅古道遗迹、古镇风貌得以大致保留，关键是秦岭南麓大面积的自然生态没有遭到过分严重的破坏。正因此华阳才被划为国家级的自然保护区。林场也改采伐为种植保护了。

当然，这也和华阳一带的自然环境密不可分。华阳北部的兴隆岭高达 3071 米，是秦岭南麓最高峻宽厚的山岭。这样，就轻易地阻隔了来自西北的滚滚寒流，而南方的雨云也在这里徘徊，造成雨量充沛、气候温热的小环境。坡岭涧谷，植被茂密，溪流漫溢，河谷有密密匝匝的亚热带阔叶混交林，生长着躯干高大的泡桐、核桃、麻柳、白杨；山腰则有冷杉、青松、板栗；再往上有耐寒的红桦、白桦与高山杜鹃；还有大面积的原始竹林，生长着终年长青又密不透风的毛竹、箭竹……

优越的自然环境孕育了汉水一大支流西水。20 世纪 70 年代，洋县人民在极困难的条件下，举全县之力，历十年之久，斩山劈岭，修渠引水，使 10 万多亩干旱山坡成为旱涝保收的良田。引西工程被誉为"秦岭红旗渠"。在西水上游，到处是悬泉瀑布。

这童话般的世界为一批动物提供了最后的栖息地。在秦岭生存的数百种禽兽都曾在华阳山林出现，其中仅是划为一类保护动物的就有十余种：大熊猫、金丝猴、赤狐、云豹、羚牛、水獭、毛冠鹿、大白鹭、赤腹鹰、白尾雕等。

尤其是大熊猫，在华阳频繁出现。熊猫研究专家、北大教授潘文石与门生女博士吕植曾在华阳做过近 20 个年头的研究，根据各种数据得出结论：秦岭生活着 240 只左右的大熊猫，其中有 80 只左右集中在华阳与佛坪交界的山林。

摄制组曾有幸参与了潘教授的科研活动。

一次，突然接到华阳林场场长郑松峰打来的电话，说在华阳林区有一只野生大熊猫最近产崽。这只大熊猫属于潘文石教授科研小组跟踪的对象。潘教授和吕植已经从北京赶来，郑松峰说我们如果有兴趣，可以采访。那次我们与熊猫和睦相处了半天，拍的片子上了中央电视台的《新闻联播》。我写的《熊猫育崽目睹记》获了陕西新闻报告文学一等奖。

拍摄《栈道》的工作早已结束，最后一次去华阳距今也已十余年。但我时常怀念，怀念发掘古碑、古桥、古建筑遗址引起的那种发自心底的兴奋；怀念我们曾在走过皇帝，走过岑参、白居易，但已荒芜的古道齐声呐喊，然后听群山久久地回响；怀念我们曾去过不止一户农家。那里民性淳朴，古风犹存，丈夫憨笑着递过烟袋，媳妇就爬上楼梯取下腊肉，切得如木梳大小，再洗筐洋芋，像过红白喜事那样煮满满一锅，香味四溢，馋得小伙子不等端上饭桌，便纷纷拿碗去盛来，就在院落大嚼大咽。宾主共欢，惹得左邻右舍都来围看热闹，而我们也仿佛回到孩提时代，重温去外婆家的那种欢乐。

▲水旱从人，鱼米之乡

　　应该承认，我最怀念的是华阳的山水。我始终认为秦岭纵横千里，雄浑峭拔，恰似伟岸的男子。但华阳山水是一种例外，别有一种韵致，一种安静与恬淡，尤其晨昏，有雾气山岚弥漫，就更加柔媚如水，宛如山地女子，愁是静静的，喜也是淡淡的。在华阳的日子，晨昏我常独自散步。观云霞变幻可以静心；听松涛阵阵可以致远；眺群山苍茫、飞鸟归林则可以极目骋怀……我甚至觉得，华阳是一块最适宜把梦幻、希冀、山水、历史、眼前、未来糅合在一起来静静思考的地方，可以使人进入到哲学的境界。

　　朋友，若现代文明带来的烦恼过多时，就到华阳去吧。那儿不仅是大熊猫的乐园，也应该成为人类心灵的故乡。那里有青青的山峰与密密的丛林；有四山环抱的盆地与一条青灰古老的街市；有一部让人感叹不已的历史如永远阅读不完的大书。

陈仓古道说风云

明修栈道，暗度陈仓。

这则典故所以能在数千年间广为流传，妇孺皆知，不仅是因为作为一个成功的战例丰富了我国的军事宝库，还在漫长的岁月中被发扬光大，广泛运用于商界、竞技界和一切需要用心计用智慧进行较量的地方。应该承认，这则典故对人类的智慧、人类的文明也是一种丰富。

不过，遗憾的是，人们关注的常是这则典故生发出来的实用价值，而对其诞生的因由、背景、年代倒常常生疏冷漠。陈仓今指何处？栈道又在哪里？当年牵扯到怎样的一段历史风云？

且让我们撩开岁月的面纱，踏上荒芜的古道，到故事的发生之地去考察，去追寻——

一

事情要追溯到 2200 年前。

公元前 221 年，秦朝作为中国历史上第一个大一统的封建王朝出现在东方大地，之前，则是群雄并起、七国争霸的战国时期。

秦人与周人同居西北，周人东迁之后，把八百里秦川这片偌大的形胜之地留

▲陈仓道农家

给了秦人，既利于攻守、又利于发展。事实是秦人历经数代几个世纪的努力，终于把一个地处偏僻、弱小落后的国家治理得日益强大。

尤其是经过商鞅变法之后，推行郡县制，开垦阡陌，统一度量衡，奖励耕战，30年励精图治，就像我们今天经过30年改革开放，综合国力猛增一样，秦国实力尤其是军事力量大大超过其余六国。其兵士达到百万，战将千员，战马万匹，战车千乘，积粟如山。尤其拥有白起、蒙恬这样在战火中锤炼出来的"战神"，在群雄兼并中显示出了咄咄逼人的势头。

合纵连横，远交近攻，贿赂离间，加之武力威逼，败赵灭楚，攻齐占晋，至公元前221年，秦王嬴政终于完成统一中国的大业，建立起空前强大的秦王朝。

秦在统一天下后，设置郡县，制定典章，统一法制，尤其是统一了度量、钱币与文字，垂范后世，为华夏民族最终统一打下了牢不可破的基础。后人对秦王朝这一历史功勋怎么评价估量也不过分。

但是，必须指出，秦王朝严刑峻法，视人命为草芥，保甲连坐，动辄株连九族，杀头车裂，焚书坑儒，加之大修长城，广筑驰道，扩宫殿，建豪陵，强派劳役，滥征民力，残暴到普通老百姓无法生存的地步，以至普天之下"人与之为怨，家与之为仇"。秦王朝统一后仅仅存在了短暂的15年，就被暴风骤雨般的农民起义所埋葬。

在推翻暴秦的过程中，除了陈胜、吴广在大泽乡首揭义旗的功劳之外，最后起到关键作用的是项羽和刘邦率领的两支势力最大的义军。

项羽和刘邦都不是寻常之辈。

项羽是楚国人，且为将门之后，身高体壮，力能扛鼎，少有大志。秦始皇东

巡时，车马鲜明，仪仗威严，围观的群众都很畏惧，项羽却指着始皇车马对叔父说："我将来要取代他！"

无独有偶，作为仅是泗水亭长相当于今日兼管邮驿的基层派出所所长的刘邦，到咸阳服徭役时，见到气势恢宏的秦王朝宫殿，并没有因自己服役感到愤怒，而是十分羡慕："大丈夫就应该这样！"

再联想到陈胜当农民时讥笑村里伙伴"燕雀安知鸿鹄之志"，我常掩卷沉思，秦汉之际，距春秋战国那个诸子百家、自由争鸣的时代毕竟不远，远没有像日后孔孟朱程理学对人束缚得那么严重。当时，肉体虽遭酷刑摧残，思想还能够自由驰骋。要不，沦落底层的刘邦、项羽、陈胜等人怎么还能想着要像秦始皇一样要势摆阔？

事实是开创了汉王朝400年天下，使汉字、汉语、汉学、汉书、汉风、汉信、汉乐府、汉文化获得蓬勃发展，并使华夏民族由此定型使用汉民族称谓的那一批历史巨人中，刘邦为小吏，萧何为平民，张良是破落贵族，韩信是流浪汉，樊哙是狗屠，郦食其为酒徒……

自然，这是后话。当初，刘邦和项羽先后攻进秦都咸阳，情势对刘邦极为不利。自古国无二君，一山不容二虎，两军对垒，争夺天下是明摆着的事情。

这时，项羽有甲兵40万，号称百万大军，刚攻破关中东部要塞函谷关，眼看秦都在望，士气旺盛，可谓虎狼之师。在此之前使用计谋先一步进入关中的刘邦，只有甲兵10万。原本也对秦宫珠宝美女垂涎的刘邦听从张良再三劝说，放弃享受，还军霸上，还采取了一项旨在延揽人才争取人心的措施，与当地父老"约法三章"，类似于红军的"三大纪律、八项注意"。刘邦此举立刻得到了秦人拥戴，为他日后建立根据地打下了基础。

由于实力对比悬殊，在鸿门宴上刘邦险乎丢掉性命，最后，只好忍气吞声接受了被项羽赶出关中、到汉中为王的事实。刘邦本不情愿，手下谋臣萧何却劝他说："汉中语曰'天汉'，其称甚美……愿大王王汉中。"

古人迷信，凡事讲究天意，认为天地主宰万物。汉中既然与天相连，必能成就大事。刘邦这才转忧为喜。临行，他又接受谋臣张良的建议，烧毁秦岭山中的栈道，一是表示他将永居汉中，再也不和项羽争夺天下，借以麻痹项羽；二是可以防止驻守关中的诸侯偷袭。

秦始皇统一天下后，曾广征民力，以秦都咸阳为中心，修筑了四通八达的驰道。据记载，这些道路宽50步，即30米左右，三丈则树，每隔3丈则植有松树。这些驰道可东抵碣石，即秦皇岛，北至云中郡，即内蒙古呼和浩特，南可达今日广州。对于有秦巴大山阻隔的西南汉中、巴蜀、云南等地，也修筑了一条五尺道，可直达昆明。借以到处巡幸，控制全国。

其实，早在公元前316年，秦惠文王伐蜀，就在秦巴大山中修筑了沟通秦蜀的栈道。也就是在秦巴大山中、在峭岩上，依山临水凿孔、架木、铺板而成的道路。

依据史书记载，又经多次实地考察得知，古人修筑道路，也十分智慧，常选择能够穿越大山的河谷。时至今日，穿越秦岭的公路、铁路也基本沿着古道走向的河谷修筑。

但当初限于生产力发展的水平，没有先进的开山技术和设备，只能用"火烧水激"之法在临河山崖的石壁上，开凿方形栈孔，插进木梁，再用立于水中的立柱支撑，铺以木板，辅以栏杆，形成一种特殊道路。由于地形复杂，古人又创造出形制不同的栈道。根据遗迹和记载，栈道种类可归纳为平梁立柱式、平梁立柱加斜撑式、多层平梁支撑式、平梁立柱加棚盖式等多种样式。

> 道路凌空，极天下至险。
>
> 《隋书·地理志》

> 飞梁架绝岭，栈道接危峦。
>
> 唐·张文琮

从古人对栈道的描写中不难发现这种道路是极险峻的，修建也极为不易。最早记载栈道的《史记》中说："栈道千里，通于蜀汉，使天下皆畏秦！"可见当时能修筑栈道的国家就像今日能造原子弹一样，是一种综合国力的体现。

但这种道路又有一个致命的弱点，木梁木柱最易着火，且一处失火，便如火龙延绵，无法扑救，整条道路也就完全毁灭。这种弱点也曾被古人利用，必要时自行烧毁，以起到阻止敌兵追击的作用。比如，稍晚的三国时期，诸葛亮首次北伐失利，作为偏师疑军的赵云也为魏军所逼。退却时，赵云烧毁褒斜道赤崖以北栈阁，缘谷百余里，成功阻止了魏军追击。

栈道一旦被烧毁，很难修复。所以，刘邦当年离开关中，在前往汉中的途中，烧毁栈道"以固项王意，以示天下无还心"，还确实起到了麻痹项羽的作用。

二

那么，刘邦就真的甘心屈居汉王，偏守一隅吗？当然不是，否则，历史可真要改写了。

事实上，刘邦在汉中仅仅待了四个月，公元前 206 年 4 月来到汉中，8 月份便开始反攻关中。这期间最关键也最有戏剧性的事件便是筑坛拜将。

刘邦被赶出关中，迁徙汉中时，由于军中将士多为战国七雄后裔，绝少巴蜀人氏，眼见刘邦势微，且要迁往被秦岭阻隔的汉中，愈加远离家乡，于是大批逃亡。其中，还包括一些职务不低的将领。面对此情此景，刘邦也只能徒唤奈何。

一天，手下报告，说丞相萧何也逃跑了，刘邦又惊又怒，魂不守舍。过了两天，萧何又回来了，刘邦喜怒交加，质问萧何为何逃跑。

萧何回答："臣不敢逃跑，而是去追韩信。"

刘邦益发生气，怒斥萧何："那么多有战功有资历的将领跑了你不去追，韩信是什么东西，胯下受辱之徒，你追什么？分明是谎言，来欺骗寡人！"

萧何并不生气，反问刘邦："大王是想长居汉中，还是要打关中与项羽争夺天下？"

刘邦以不容置辩的语气回答："当然是要打回关中，与项羽决一高低！"

萧何这才从容回答："大王若要当一辈子汉王，韩信逃亡与否，完全可以不管；若怀夺取天下大志，就必须起用韩信！"

"难道非要起用这小小粮官？岂不辱没寡人？"刘邦将信将疑，因为他对韩信并非一无所知。

韩信是江苏淮阴人，少有大志，喜欢读书，熟悉春秋战国时期使用过的各种韬略，但因家贫、自己又不会生产或经商，十分落魄，曾受过一个无赖的胯下之辱。

秦汉时期，选拔官吏的办法是由乡里贤达推荐，虽被高门巨族控制，但言路并非完全堵塞。韩信贫而无行，所以连小官也没捞上。秦末农民起义爆发后，韩信先是参加项羽的部队，多次向项羽献计，都未被采纳，仅是一个在帐前执戟的下级军官。韩信深感失望，于是离楚归汉。随着刘邦来到汉中，韩信并没有得到重用还差一点儿丢了性命。一次，韩信与一伙下层士兵酒醉后违纪，依法当斩首，同时犯法的 13 个士兵都被杀掉，下来便该杀韩信了，情急之中，韩信对执法的夏侯婴大喊："连我这样的人都杀掉，汉王不想争夺天下了吗？"

夏侯婴从来没见过临刑的人犯有此胆识，深感惊异，于是放了韩信，还向刘邦推荐韩信做了管理粮食的小官。韩信上任后，没用几天就把原本混乱的粮库治理得井然有序，自己还很轻松。这事引起萧何关注，他暗中考察，又多次与韩信交谈，认为韩信胸有韬略，是难得的将才。于是萧何多次向刘邦推荐，但并没有引起刘邦注意，导致韩信再次逃亡。

至今，在陕西汉中城北 80 公里的秦岭山中，有一处褒斜古道上的驿站叫马道，相传便是当年萧何追上韩信的地方。古道原本缘褒谷北越秦岭，到此处却有一条叫寒溪的支流由西向东注入褒水，平时河水不大，古道便以小桥越过。韩信逃亡至此，偏巧寒溪因雨涨水，冲毁便桥，无法越过，耽误了时间，才被萧何追上。寒溪至今犹存，古今面貌无太大变化。细察山形水势，萧何追韩信的故事还经得起推敲。此处还完整保存着一块古碑，上书：寒溪夜涨。

言虽简略，却极中的。当年，刘邦见萧何如此看重韩信，便说："看你的面子，任命他为将军吧。"

萧何摇头说："韩信是将将之才，岂可为将？"意思韩信是领导将军的将军，决不能当一般将领对待。

刘邦也很痛快，说："那就任命他为大将。"

萧何听了，转忧为喜，连声称好。

刘邦立马就让萧何去找韩信，要任命他做大将。萧何一听，心又凉了，说："如果这样，韩信还是留不住。大将岂能像呼唤孩子一样随便？要以礼待之。"用今天的话说就是要讲究方式，要隆重，要高标准高规格，要从各个方面体现出对人才的尊重。

刘邦最终听从了萧何建议。他找韩信谈话，像今天考察干部一样亲自考察韩信，向韩信询问夺取天下的大政方针。韩信当然不会坐失良机，他多年盼望的就是这一天。于是，他滔滔不绝，把早已思考成熟的韬略，结合天下大势以及楚汉双方的优劣从容道来，有分析，有例证，有比较，有预见，高屋建瓴，侃侃而谈，

▶ 刘邦高吟大风歌

恰似拨开乱云显露蓝天一般，何去何从都清楚明白。

刘邦岂是傻瓜，心有灵犀一点通，只恨与韩信相识太晚。后来情形，司马迁在《史记》中描写得十分仔细："汉王择良日，设坛场，欲拜大将。众将皆喜，人人自以为得大将。至拜将，乃韩信也，一军皆惊。"

至今，汉中城南，拜将坛遗迹犹存，历代碑刻环列，近年又修葺一新，供游人游览凭吊，把两千年前那个延揽人才的故事发挥演绎到极致。

经过筑坛拜将，刘邦才形成文依萧何、武靠韩信、谋推张良的格局，还有曹参、樊哙、陈平、郦食其、夏侯婴等一批人才扶助。另外，筑坛拜将也向天下昭示了刘邦求贤若渴。一时间，许多人都投奔汉王，早先逃亡的将士也归来不少。一方面韩信执掌帅印后，严明军纪，加紧操练；另一方面萧何则在褒谷口筑坝拦水，利用地势落差，自流灌溉沃野。在楚汉相争的几年中，此地源源不断地保障了粮草的供应。这项工程由于是萧何与曹参共同倡导，被称为萧曹堰，数千年间惠泽了一方百姓。到1983年褒谷口小学基建时，还出土一方南宋时期维修萧曹堰的碑刻。这是另一个话题了。

公元前206年8月，刘邦认为反攻关中的时机已经成熟。作为三军统帅的韩信向刘邦提交的第一个战略性计划便是："明修栈道，暗度陈仓。"

东汉建和年间，镌刻于褒谷口石门中的摩崖刻石《石门颂》中记载："高祖受命，兴于汉中，道由子午，出散入秦。"

这就清楚表明，当年刘邦被项羽赶出关中前往汉中时，走的是穿越秦岭的子

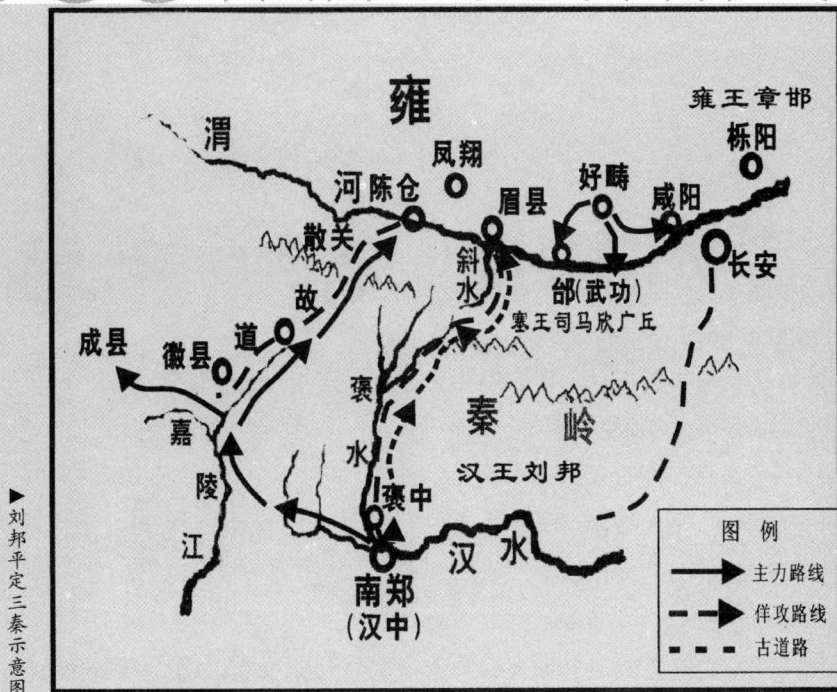

▶刘邦平定三秦示意图

午道。即由今日西安市南长安县子午谷进入秦岭，经宁陕、西乡到达汉中。这条道距西安城东汉军大营霸上以及让刘邦丧魂落魄的鸿门宴故址都比较近，就近脱离险境，进入秦岭，大军过后，再烧毁栈道，无论从哪方面讲都比较合理。现在进攻，明修栈道应该是指子午道。这条道若修好，则可直达长安，震慑三秦。陈仓即今日陕西省宝鸡市，位于八百里秦川西部尽头。西通甘肃新疆，南越秦岭可达四川云南，有大散关等要塞，是关中的西部门户，战略地位十分重要。日后诸葛亮、姜维伐魏，也曾多次进攻陈仓。

陈仓在西，子午谷口在东，两地相距200公里。"明修栈道"把当时驻守关中的三王章邯、司马欣、董翳的注意力吸引到东面子午谷口，汉军却悄然从陈仓古道杀出，确实可以起到声东击西、攻其不备的作用。

其实，项羽对刘邦还是心存防范的，他率大军东归时，把关中一分为三，任命三位前秦的降将章邯、司马欣、董翳各自为王，用以阻止刘邦占领关中。项羽无意间又犯了一个错误。前秦这三位将军曾率20万由关中子弟组成的大军迎战项羽，兵败投降。残暴的项羽为防不测，把20万降兵全部坑杀，唯独留下三个将领，如今还被封王。关中父老恨死了他们，怎么能帮他们固守三秦？而刘邦打进咸阳时，曾听张良劝告，"约法三章"，给关中秦人留下仁义之师的印象。人心向背，也为刘邦反攻三秦做好了准备。

当时，守卫陈仓的是雍王章邯。他听到刘邦派人修复栈道的消息后，认为栈道工程浩大，不是一时所能修复，再是，修复的子午道不在他的辖区，所以毫无戒备。待到刘邦突然由陈仓道杀出，夺取大散关，出现在陈仓城下时，章邯这才慌忙应战，以为汉兵从天而降，所率士兵也尽皆丧胆，一战即溃，丢失掉了要塞陈仓。章邯带着残兵逃往废丘。固守关中的另外二王司马欣和董翳见大势已去，索性投降刘邦。首战告捷，军威大振，刘邦一举夺取三秦，五载遂成大业，战胜项羽，扫平群雄，建立汉室400年天下。刘邦自己也成为中国历史上继秦之后第二个大一统王朝的开国皇帝。

▲刘邦为王时宫庭汉台亭阁

刘邦所以能够成功，有许多原因，但他采纳韩信"明修栈道，暗度陈仓"的计谋，首战告捷，取得八百里秦川这片攻守从容的根据地，则为最终胜利打下了基础。这次胜利对其在楚汉相争中的作用，怎么估计也不过分。

所以"明修栈道，暗度陈仓"历来深受兵家的青睐与关注，并不因时过境迁而失去光彩。

三

由于"明修栈道，暗度陈仓"这个战例的光辉和成功，由汉中通往陈仓的这条古道也一度被史家称为陈仓道，并在三国时代被曹操、诸葛亮、姜维等人多次利用。

公元215年，曹操已经定关陇，平徐淮，统一了北方，下一个目标便是夺取汉中，进而平定西南。这年4月，曹操亲率大军从陈仓出发，登大散关，遥望群山无垠，联想征途艰辛，感慨万千，还曾赋《秋胡行》二首。其中有：

晨上散关山，此道当何难。

牛顿不起，车堕谷间。

坐磐石之上，弹五弦之琴……

▲陈仓谷口，在秦岭凤县

　　这年曹操已经 61 岁，大业尚未成就，有深感时不我待、宏愿难遂之意。

　　汉中这时为张鲁占据，推行"五斗米"教，即信教的人要交五斗谷做活动经费。该教也接济穷人，类似原始共产主义。这些做法在汉末动荡时期很有号召力，所谓"立行宽惠，百姓亲附"。加之汉中南北有秦巴拱卫，其间有汉水滋润，平田沃野，四塞险要，老百姓还能够休养生息。

　　这次曹操亲带重兵由陈仓古道进兵汉中，张鲁畏惧，准备投降。弟弟张卫却认为凭险固守未必不能取胜。他与大将杨昂带领数万精兵，赶往阳平关，即今日汉中盆地西端勉县老城，紧扼陈仓道进入汉中的门户。守住此关，既可保汉中、四川，又能沿陈仓道进攻关中，实为要塞。张卫充分利用地形，在两山之间筑起石墙，阻挡曹操进攻。

　　曹兵虽然势众，但远道而来，士兵疲惫，加之粮草供应困难，多次发动进攻，不仅没有成功，还伤亡不少。曹操见一时难以取胜，便决定撤兵。

　　岂料，就在这时，却戏剧性地发生了两个偶然事件。一是曹操派大将夏侯惇召回兵马，前军在撤退时，天黑迷路，误入张鲁军营，营中守军误认为曹军发动夜袭，因而惊慌失措；二是这晚又恰有数千只野鹿突然闯入了张卫大营，再度引起惊慌。

　　得知情况后，曹操索性下令改撤退为进攻，趁势追杀，一举夺取阳平关要塞。张鲁见无险可守，先弃汉中城逃进巴山，后又归降曹操。这次战役以曹操利用陈

▲矗立于陈仓道口的古碑

仓道战胜张鲁、夺取汉中结束。

但仅隔四年，占领了四川的刘备为确保西南安全，又发兵来与曹操争夺汉中。这次两军的主战场仍然在陈仓道与金牛道的交会地段，即古阳平关附近。这次战役天时地利均不利于曹操，先是驻守汉中的曹将夏侯渊轻敌，在阳平关前的定军山下被蜀中老将黄忠斩杀，曹军全线动摇。后又因杨修散布失败情绪，误传"鸡肋"口令，被曹操处死，情势益发对曹军不利。曹操审时度势，索性退军。汉中遂为刘备占领，并逐渐被刘备经营成为蜀汉北伐的前沿阵地和大本营。

蜀汉后期，诸葛亮五出祁山，姜维八次伐魏都曾利用过陈仓道。公元227年，诸葛亮首次北伐，开始势如破竹，连下天水、南安、安定三郡，曹魏朝野震动。可惜马谡违背军令，兵败街亭，诸葛亮只好退兵。

第二年冬，诸葛亮二次北伐。这次他舍远求近，不再兵出祁山，绕道陇东，而是从陈仓道出发，夺取散关，直袭陈仓。这次由于曹魏大将曹真对诸葛亮这次出兵陈仓已有防备，蜀军攻打20余日，陈仓依然完好，而蜀军粮草无继，只好无功而返。

诸葛亮最后一次北伐没有走陈仓道，而是兵出褒斜道，占据斜谷口有利地形五丈原，与魏军对峙，后因诸葛亮操劳过度、病逝军中而撤退。

诸葛亮去世后，蜀军大将姜维继承其遗志在20多年中，先后8次北伐，多

▲ 这一带远古属古褒国

次利用陈仓道。至今陈仓道留坝闸口石乡一带还有箭峰垭、铁笼山、点将台、营盘、官兵山等遗迹。当地群众在耕作时也不时拾到扎马钉、箭头等三国时代的兵器。

唐大中四年即公元850年，曾对穿越秦岭的官驿大道进行改造，亦利用了陈仓道。北段即由今日宝鸡出发，经大散关、越秦岭至凤县南星乡。南段则利用了褒斜道姜窝子经马道再出谷口。中间段落再辟新道连接，即今日越柴关岭、张良庙、留坝而至姜窝子。这条新道的好处是利用了凤县近百里的开阔河谷，避开了褒斜道北段的峡谷之险。

陈仓道最光彩的一页是在南宋。其时，中原及八百里秦川皆已在金兵铁骑之下沦陷，秦岭成为抗击金兵南下的防线。公元1131年金兵元帅金兀术率十万兵马，设大本营于陈仓，企图越秦岭南下。

其时，宋军防守秦岭一线的将领为吴玠、吴璘兄弟，他们都是力主抗金的骁将，且久经沙场，经验丰富。他们预料金兵必从陈仓道进犯，所以及早防范，在秦岭要塞大散关一线严密防守，广备滚木礌石，并布以精兵，时刻监视金兵动向。骄狂的金兵果真前来进犯，双方交战后，守关宋军士气高昂，又凭高据险，箭石齐下，杀得金兵抱头鼠窜。

首战失利，金兀术恼羞成怒，强渡渭河，带领大军舍马步行，进攻大散关。

宋将吴玠亦亲临战场，选拔强弓神射手，轮番射杀金兵，一时间箭矢如雨，金兵应声而倒，纷纷败退。吴玠又派吴璘领兵从侧翼出击，断金兵粮道，并预设埋伏，突然杀出，金兵大乱，加之山谷狭窄，退之不及，溃不成军。宋军则愈战愈勇，生擒金兵无数。死伤的金兵众多，使山谷为之堵塞。

金兵主帅金兀术连中两箭，狼狈逃窜。因其蓄有胡子，目标显著，吓得他割掉胡须，才侥幸逃脱。散关之战，给金兵以沉重的打击，使之数年不敢进犯。宋军则士气大振，收复失地，巩固了秦岭防线。在之后长达 30 年的时间里，金兵不曾越过秦岭。

此后，两宋、明清时期的连云栈道便也基本沿此线行进。20 世纪 30 年代，修筑第一条穿越秦岭的川陕公路时，几经比较，也采用了明清连云栈道的走向，只是在有的地段进行了改线，比如打通了酒奠梁，避开了从双石铺至南星三岔驿而必须翻越的凤岭。这也使得凤岭一带还保留着明清时期的古道遗迹。

由于唐代的改线，陈仓道南段再没有作为官驿大道起用，荒芜了千年之久，使古道的许多风貌得以保留。

陈仓道南段的基本线路是从凤县南星乡西折，进入一条不甚宽阔的山谷。此处立有一碑，上书：对面陈仓古道。

进入山谷即顺河谷南行，有简易公路至瓦房坝街，百余户人家，河谷农户相望，为乡政府所在地。南行至箭峰垭，需弃车步行数里，进入留坝县的闸口石乡。此处河谷开阔，有数平方公里的山谷盆地，四周有山，极为隐蔽，有利于屯兵，屯田，习兵养马。

有学者认为这一带极有可能是诸葛亮北伐的前沿阵地，理由是此处不仅能开垦荒地，打造兵器，教兵演武，屯集数万兵马，还与褒斜道、祁山道及金牛道相接，为四通之地，进退从容。将数万兵马屯集于此，屯田演武，节约粮草，还可减少往返路程将近一半，何乐不为？

关键在这一带发现不少遗迹：阅兵场、点将台、营盘、铁笼山城堡、炼铁场、石碾盘、扎马钉及箭镞以及官兵山上排列整齐的古墓。当地还流传着不少三国时诸葛亮屯兵的故事。再是，诸葛亮在汉中长达八年，六伐曹魏，在古陈仓道利用这样一块天然形胜之地也是情理中的事情。

离开闸口石乡顺河南行可至勉县境内张家河、小碥河，出山口为茶店，南行十几公里便可至勉县老城，即古阳平关。那一带则有武侯祠、武侯墓、定军山、马超墓、读书台等众多三国遗迹。陈仓道南段因荒芜千年，使众多遗迹得以保存，说不定可以开发出一条黄金旅游线呢。

子午险途蕴奇谋

▲秦岭北麓雄浑峭拔

一

在穿越秦岭的陈仓、褒斜、傥骆诸道中，子午道距长安最近，出秦岭山口不足30公里即到长安城下。子午道北起长安县西南秦岭山脚，经宁陕南至石泉县，北方出口称"子口"，南方出口称"午口"。这条南北纵向、长约330公里的山道名子午谷，故称子午道。

《资治通鉴》记载："子午：褒中县，属汉中郡，为王莽所通。"

但东汉建和年间，镌刻于褒谷口石门中的摩崖刻石《石门颂》却分明记载："高祖受命，兴于汉中，道由子午，出散入秦。"

这就清楚表明，当年刘邦被项羽赶出关中前往汉中时，走的是穿越秦岭的子午道。此山口也距长安城东霸上那场充满杀机的鸿门饭局最近。以刘邦当时逃离虎门的仓皇心态，当然是躲避得越快越好，越快也越安全。既然由子午道进入秦岭最为便捷，也就没有必要带数万兵马、粮草供给，扯旗放炮，经平原大道再去走褒斜、傥骆诸古道了。那么由此推测，子午道的开通就应是秦末汉初，或者更早，否则刘邦的数万人马就不可能"道由子午"到达汉中为王。《史记·高祖本纪》记"从杜南入蚀中"。《史记集解》云："蚀，入汉中谷道名。"杜，为秦之杜县，西安市南的杜城。即由杜县之南进入秦岭前往汉中，而不是由周至之南进入骆谷，由眉县之南进入斜谷。古人严谨，不至妄语。刘邦"道由子午"到达汉中的可靠性远高于近世学人主张的褒斜道。

不过，子午道的出名，与三国时期蜀汉大将魏延为诸葛亮进献的一道奇谋相关，也为后世留下争论不休的课题。公元228年诸葛亮首次北伐，汉中太守魏延

▲子午古道

▲子午谷溪流

提出由他率领五千精兵从子午谷快速到达长安城下，而孔明带主力从褒斜谷杀出，两路夹击，先取长安，咸阳以西也唾手可得。为统一中原恢复汉室天下先夺下关中这块风水宝地，蜀汉剑锋将来可以直指洛阳。但诸葛亮用兵谨慎，担心风险，没有采纳魏延奇谋，坚持从大路进军，向西迂回祁山，先取陇右，再夺关中。此事导致将帅失和以至魏延日后被杀的悲剧发生。

此事并非杜撰或出自小说《三国演义》，而是出自裴松之注《三国志·蜀书·刘彭廖李刘魏杨传》中的"魏略"：

夏侯楙为安西将军，镇长安，亮于南郑与群下计议，延曰："闻夏侯楙少，主婿也，怯而无谋。今假延精兵五千，负粮五千，直从褒中出，循秦岭而东，当子午而北，不过十日可到长安。楙闻延奄至……比东方相合聚。"亮以为此悬危，不如安从坦道，可以平取陇右，十全必克而无虞，故不用延计。

撰写《三国志》的陈寿素有"史才"之称，他写史选材相当严谨，非真实可靠者，决然不予采用，因而此事在史料的真实性和可信度上，都毋庸置疑。问题出在诸葛亮对魏延进献的这道奇计所持态度，也就是拒绝的理由上。一种说法是，如史所载，兼及魏军统帅司马懿的看法："诸葛亮平生谨慎，未敢造次行事。若是吾用兵，先从子午谷径取长安，早得多时矣。他非无谋，但怕有失，不肯弄险。"

另一说法是，魏延这个计划风险极大但收益也极高，是个典型的博胆策略。神鬼不觉，采用五千精兵突袭长安，出其不意，攻其不备。曹魏守将夏侯楙年轻无知，又是曹家女婿，身处富贵却胆怯而无谋，必定张皇失措，无力抵抗。蜀军

正好一举吞并整个关中，达成"还于旧都"匡复汉室之愿。魏延奇袭子午谷军事计划应该说极有气魄，极为冒险，但也不能说是凭空捏造，纸上谈兵。而是有其极大的可操作性及可行性。但诸葛亮嫉贤妒能，怕魏延此计夺了北伐头功，而他作为蜀军统帅脸上无光，所以拒绝了这条兵出子午道的奇谋，以致错失进攻关中、恢复汉室天下的良机。

二

提出从子午道突袭、出敌不意直取长安奇谋的是时任汉中太守的魏延。那么，我们需要知道魏延为何许人。据《三国志》载：魏延（？—234），字文长，义阳（今河南省信阳市）人，三国时期蜀汉名将。刘备占据荆州广招人才时，魏延带领手下多人加入蜀汉集团，入蜀之时，率领部曲随刘备入蜀。魏延作战不畏强敌，临阵英勇、屡立战功，所以被提拔为牙门将军，深受刘备信任。公元219年，刘备采用法正谋略，在与曹魏争夺汉中时，起用老将黄忠。定军山一战，出其不意，攻其不备，老将黄忠刀劈曹将夏侯渊，为刘备夺取汉中立下头功。刘备也得到以马超领衔、名义尚存的汉室朝廷，进位汉中王。但汉中盆地终究不能与沃野千里的天府之国四川相比，刘备政治军事中心必将迁往成都。那么这时候就需要一位智勇双全、能够独当一面的大将镇守军事重镇——汉中。因为汉中为蜀汉门户、前沿阵地，素有"若无汉中则无蜀"的说法。

这情形就好比建安十三年（公元208年）赤壁之战后，曹操败退北还，军事重镇荆州则被曹、刘、孙三家瓜分。当时曹操据有河北四州、豫州、兖州、徐州、

▲峭崖上的栈孔　　▲临水崖壁栈孔

司州、雍州部分地区、荆州部分地区，势力依然相当雄厚。孙权占据扬州、荆州部分地区，后来又得交州，国险民附。唯独刘备实力最弱，虽然后来从孙权手中借得荆州的南郡部分地区，但仍然很弱小。刘备势力要生存并发展，只有如隆中决策所言，西取西蜀益川。刘备在向益州进兵时，需要一员大将留守荆州，保护既得利益，亦是日后反攻基地。其时刘备选拔关羽镇守荆州，无论军功威望，还是与刘备关系及信赖程度，关羽都是刘备集团的不二人选。那么这次选拔汉中守将，几乎所有的人都认为无论军功威望，还是刘关张兄弟般情谊，镇守汉中重任都"必在张飞"。连敌方曹魏谋士郭嘉都称赞："张飞、关羽者，万人之敌也。"在东汉末年历史舞台上，张飞是素以骁勇威猛著称于世的。也就是说，在刘备军事集团中，除了关羽，没有谁能与张飞的军功威望相比。镇守汉中的重任，连张飞也以为必定是自己，"非己莫属"。

岂料，刘备却力排众议，出人意料地任命归顺时间不久，军功、资历都远不能同张飞相比的魏延为都督，总督汉中，封为镇远将军，领汉中太守。这个结局完全出乎所有人的预料。真有点儿像几百年前，楚汉相争之初，同样发生在汉中的高祖刘邦筑坛拜韩信为大将时"一军皆惊"的翻版。而刘备又把这幕历史大戏推向高潮。公布之日，大会群臣，公开问魏延："今委卿以重任，卿居之欲云何？"意思说我把如此重要的战略要地交给你，你打算用什么办法镇守才不辱使命。魏延胸有成竹，掷地有声，回答道："若曹操举天下之兵而来，我会为大王拒之；若是一员上将率十万之众来攻汉中，我为大王吞之。"意即：如果曹操亲领大军进攻汉中，我会坚守阵地，寸土不失；若是其他上将率十万兵马进攻汉中，我会坚决消灭来犯之敌。魏延的气魄深得刘备赞赏，群臣也都为魏延的胆识叫好，"咸壮其言"，认为把汉中交给他可以放心。当然，大臣们主要是出自对刘备识拔将领眼光的信赖。

刘备自东汉末年（公元 184 年）起兵，讨黄巾、战董卓，由兵不满三千、将不过关张，联孙抗曹，取得赤壁之胜，占据荆州，夺得四川，在群雄割据中脱颖而出，眼下又从曹操手中夺取汉中，可谓节节胜利，处于上升阶段。固然文有诸葛亮、法正等出谋划策，武有关羽、张飞、赵云等用命，但作为统帅刘备若无胆识心胸，知人善任，一切都无从谈起。刘备一生，阅人无数，在识别人才上不仅留下"三顾茅庐"的千古佳话；日后"白帝托孤"更展示刘备识人在诸葛亮之上的眼光。《三国志·马良传》中记载：先主临薨谓亮曰："马谡言过其实，不可大用，君其察之！"诸葛亮却不以为然，首次北伐便把马谡这样一个喜好纸上谈兵、长于谋略短于实战的参谋，推到需独当一面的军事统帅位置，既造成街亭之失，又导致首次北伐的全盘皆输。诸葛亮这才想起刘备临终遗言，后悔莫及，也留下"错用马谡，痛失街亭"的千古教训。

那么，这次刘备提拔魏延总督军事要地汉中，加封镇远将军，领汉中太守，使魏延成为独挡一方的大将，人才选对了吗？这还是要用事实说话。魏延领守卫汉中重任后，他审时度势，针对汉中"四塞险要"却又谷道畅通的特点，面对敌方无论从陈仓、褒斜，还是傥骆、子午等诸道进攻，自己兵力都不足抵挡的现状，采取"围守"御敌之法。就是依据汉中山形水势，在关键地方筑土围营盘，屯粮驻兵，若敌来犯，既能固守，又成掎角之势，能够相互支援。

魏延镇守汉中的时期，正是蜀汉政权岌岌可危之时。建安二十四年（公元219 年）下半年，留守荆州的关羽在取得襄樊之战胜利后，骄傲自得，麻痹大意，被东吴名将陆逊夺取荆州。关羽父子败走，也被东吴杀害。其时，刘备刚称帝不久，势头正盛，怒不可遏，不听诸葛亮、赵云等老臣名将劝阻，集结文武，倾全国之力东征孙权，结果在夷陵之战中被东吴陆逊击败。这一败不仅使国家元气大伤，也导致立国未久的蜀汉政权内部引发骚动和反叛。在此多事之秋，地处前沿的汉中随时有可能遭曹魏进攻，但是由于魏延治军有方，采取"围守"御敌之法，守卫得当，使得曹魏不敢窥视汉中，确保了蜀汉安全。直到后来魏延死后，延熙七年（公元244 年）曹爽率十万大军进攻汉中，王平等人沿用魏延的镇守方针，采取"围守"御敌，成功地击退了曹魏大军的进攻。这也证明了刘备识人的眼光，魏延才真正是镇守汉中的不二人选。

▲ 今日仿古栈道

三

魏延既然如此了得，由他向蜀军统帅诸葛亮提出著名的"子午谷奇谋"为何遭诸葛亮拒绝，未被采用？如果采用，是否可以一举吞并整个关中，达成"还于旧都"匡复汉室之愿？历史是不好假设的。即使魏延有兵出子午谷的建议，因为并未经实践检验，子午谷到底是否可行，利于大军掩护偷袭，是否好于诸葛亮"不如安从坦道，可以平取陇右，十全必克而无虞"的进兵方针，不得而知。但子午谷的重要却不容忽视。

百闻不如一见，1991年9月上旬，我用三天时间，全程探寻穿越了子午道。事情得力于一位同样对古道热衷的朋友老范。他是褒谷口人，从颇有名气的褒城一中（褒城县撤销后称勉县七中）毕业，考进西安公路学院，毕业后分配在子午道南口石泉县交通局，从技术员、工程师干起，因"文革"期间钢材奇缺，他首创用竹筋代替钢筋造桥，事迹上过《人民日报》。后来出任县、市交通局长，又调任省交通厅任处长。我就是在老范任省交通厅处长时与他相约探寻子午道的。商定的路线是由西安出发。老范提供车辆和省交通志书、地图及食宿方便，早上8点准时出发，出西安南门，沿长安路朝南驰去。正是期待的那种晴日，天空瓦蓝，白云舒卷，秦岭仿佛近在眼前。

目下这一带属长安县管辖，不久便进入子午谷道。在秦岭脚下的子午古道北口有一个叫南豆角的村子，土墙黛瓦，但在土墙两米以下却用毛石砌，显然就地取材。坚固耐用，又古朴久远。与关中普通乡村不同的是，村子地处子午古道北口，是南来北往的商客出山遇到的首个村落，往来客商免不了歇脚打尖，自然而

◀秦岭南麓逶迤秀丽

然客栈、饭店、酒肆、茶馆应时而生，日趋繁华。因此，南豆角村也就成为子午古道上的一处重要驿站，据《长安百村》记载，新中国成立前，南豆角村里仅饭馆和客栈就有40多家。天长日久，村民对谷丰麦歉、盐涨布跌的规律也逐渐掌握，村民依靠"跑南山"通过子午道，往返于秦岭南北用骡马运输和贩卖货物，形成主家伙计、掌柜账房，有智吃智、无智吃力的产业链条和生存方式。

其实，这也是穿越秦巴大山所有临近古道村落的生存现象，依靠畅通的古道，互通有无的人不少，还形成以家族、以地方汇聚的商帮，在漫长的岁月中积淀为古道重要的内容，很值得探究。南豆角村不大，也没存留下豪宅巨室，看来只是商品流通的一个驿站。村南头有株古柏，还有一尊巨大的石像，应该是翁仲，村里人都称其为"石爷"，烧香供奉，已有年月了。

清人毛凤枝著有《南山谷口考》，说"凡得谷口百有五十，尤其要者三十有一焉"。子午道便是在子午谷的基础上开辟，山谷是否进入"尤其要者三十有一焉"之列，有多项考量指标，比如山谷的长度，是否开阔，是否有人烟村落，再是最重要的标志为是否形成溪水乃至河流。比如著名的褒斜道，南有褒水，北有斜水，都是不容小看的河流。子午谷进入峪口不远处，现在建有一座水库。再往前行，河谷有溪水震响，前两天刚下过雨，溪水奔腾湍急，水量不小，可见子午谷名不虚传。

但是随着民国时期开辟的"西万公路"将出口移向子午峪西邻的沣峪口，"子午峪"就被冷落了。溯谷而上行驶20余里，即到子午谷与沣峪东侧支流的分水岭——土地梁。越梁顺沣水支流而下到喂子坪附近，即进入沣水河谷，可直通秦岭正脊分水岭，进入属陕南安康管辖的宁陕县沙沟街。再沿汉江支流洵水而下，经高关场至江口镇，再南经沙坪街、大西沟、翻月河梁至月河坪，南渡月河，进入汉江另一支流池河流域。循池河南下，经营盘、胭脂坝、龙王街、铁炉镇进入石泉县境池河镇。从池河镇折西北上马岭，过马岭关，绕汉江北侧的九里十三弯，经石磨铺到石泉县城。从石泉县城向西北，顺牛羊河到西乡县子午镇。为与北端的子午镇相区别，故称南子午镇。沿西北方向绕汉江黄金峡大弯曲，经金水镇、酉水镇、龙亭等地，进入汉中平原，过洋县、城固而达汉中，全长约 800 里。这次考察，两晚分别住在宁陕、石泉，之后又去安康。沿途观察山形水势，寻访栈孔遗迹，在长安县子午镇至宁陕县江口镇段间有遗迹多处，以拐儿崖、红崖子最具特点。

拐儿崖有石梯路数十米，宽约 1.5～2 米。河中有巨石一块，上刻正楷大字，下方正中刻"兴隆碑"三字。据老范说《兴隆碑》石刻原在道侧石崖上，修简易公路时被炸落河边，需要保护和研究。另一处红崖子有用石片垒砌而成的近百米古道路面，而且有与之相连接的桥栈遗迹，显得珍贵。千佛崖有 30 余个壁孔和一段几米长的栈道遗迹，今仍可行人。

子午道制高点为平河梁，为长安河与月河间的分水岭，海拔高度达 2679 米，山高林密，不宜耕垦，居民极少。清代曾在陕南为官的学人严如煜在《三省边防备览》中描写子午道："数百里间古木丛篁，茂密蒙蔽。狐狸所居，豺狼所号，人烟零星，荒凉特甚，官吏视为畏途。"宁陕老城，清代设宁陕厅，筑五郎关，为军事戍守要地。现为宁陕县政府所在地。

据《大唐久典》记载，唐朝的驿站制度主要沿袭汉制，在全国各地被称为官道的主要交通线路上，每间隔 30 里设一处驿站。唐代诗人杨凝在《送客入蜀》诗中云："明朝骑马摇鞭去，秋雨槐花子午关。"说明他送的客人是由子午道入蜀。唐高宗时所出《法苑珠林》记"子午关南第一驿名三交驿"，说明唐时子午道为驿道，沿途设置驿站。天宝年间，因杨贵妃嗜吃鲜荔枝，荔枝产于四川涪州，因而开辟"荔枝道"由涪州经镇巴、西乡、南子午镇沿汉子午道运往长安。由于荔枝娇嫩，不易保鲜，故在荔枝收获季节，驿马飞驰急运。从被学术界公认的"荔枝道"的基本情况来看，当时把采摘下的荔枝带叶密封于竹筒中，土法保鲜，防止途中挤压和偷拆，然后装笼上马。20 里一换人，60 里一换马，紧鞭急蹄，日行 500 里加急，四五天送到长安。无疑正印证了"妃嗜荔枝，必欲生致之，乃置驿传送，走数千里，味未变已至京师"。据《旧唐书》史料所载，从涪陵至长安，全程 1000 多公里的官道。此说丰富了晚唐诗人杜牧对荔枝道运送过程的真实描述："长安回望绣成堆，山顶千门次第开。一骑红尘妃子笑，无人知是荔枝来。"

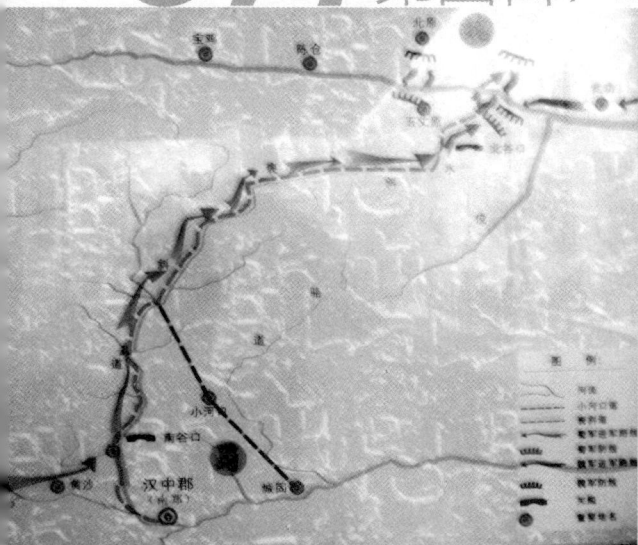

▲诸葛亮最后一次北伐路线

▲马岱斩魏延图

这应该是子午道最为繁盛的时期。

这次考察给我留下至深印象的是子午谷的曲折艰辛，攀登之苦远在褒斜道和陈仓道之上。褒斜道完全沿褒水与斜水河谷，谷道开阔平缓，分水岭则是秦岭最大的高山平原，如今坐落着太白县城，几乎不越一座高山便可穿越天险秦岭。而子午谷多次利用更换河谷，便需多次盘旋上下越分水岭，造成道路曲折迂回，增加了攀登穿越难度。时至今日，乘坐汽车，一些险段尚需司机勇敢加技术，何况古道曲折摩天，植被茂密，士兵要携带武器供养，负重前行，食宿无着，风雨无常，即便十天半月穿越，人困马乏，如何战胜以逸待劳的敌军，再攻克以坚固宏阔著称的汉长安古城，是大可怀疑的事情。

在历史长河中，还有两次与子午道相关的战例可援引。

南宋时期，中原北方沦陷，秦岭成为双方拉锯战场，宋金之间先后在秦岭一线发生仙人关、大散关之战，金人皆未能得逞。金军为了夺取陕南重镇汉中，再进军四川。于是便利用历史上著名的魏延"子午谷奇计"。延伸发展，屯兵长安，却声东击西，制造流言：要由子午道攻取汉中。南宋金州守将王彦偏信谣言，调兵遣将到子午道扼守。不料，金军却绕道商州沿武关古道迂回进攻安康，连下汉阴、石泉，又向汉中进攻。南宋急调吴玠所部，与金军相遇于饶峰岭，苦战经旬，金军再次绕道偷袭，夺取洋州、汉中。这是利用子午道虚张声势、获得成功的一个典型战例。

另外一个和子午道相关的战例发生于现代。1936年冬，"西安事变"发生，蒋军嫡系51师时驻汉中。这支部队装备精良，训练有素，也即抗战时打出威风的王牌军74军前身。得知蒋介石被扣，深得蒋欣赏的王耀武急中生计：企图利

▲汉中城北已建为广场

用子午谷隐蔽奇袭东北军，给张学良一个下马威。但装备精良的 51 师，进入子午道后就被迫返回，原因："一是谷中环境太过险恶，无水源；二是行军途中得知西安事变已经和平解决，遂退军。"

可见子午道也并不像想象的那么好被利用。

四

公元 228 年，诸葛亮率大军屯集汉中，策划首次北伐。镇守汉中的魏延便是此时向诸葛亮贡献的"子午道奇谋"。千百年间遭遇关于功败垂成的种种诟病。司马懿怎么说也只是个事后诸葛亮，如果蜀汉把兵出子午谷的计策真正实行起来，一是子午道本身险峻，其时并非官道，不设邮驿，粮草无补，意外丛生；二是曹魏未必就得不到消息和来不及布防，而且从司马懿以闪电战击败上庸孟达的事例看，司马懿肯定会在魏延行军途中就看破魏延的计划。因此，不用子午谷之计，便用"嫉贤妒能，怕魏延夺了北伐头功"的说法怪罪诸葛亮似也欠妥。

退一步讲，诸葛亮固然谨慎，但并非无能无谋，他是一个思虑缜密、部署严谨的人。因为子午那个地方，发生过距三国也才三四百年的汉高祖故事，即《石门颂》记载："高祖受命，兴于汉中，道由子午，出散入秦。"也就是韩信奇计"明修栈道，暗度陈仓"。这个故事是正处于战争状态的双方大多数将领都会联想到的。既然想得到却并不采用，正是因为这条计策胜算极低，风险极大，危险系数极高。对远道而来的蜀军来说，绝非是战术上的最好选择。

▲已被保护的古虎头桥遗址　　　　　　　▲古虎头桥碑刻（王景元提供）

　　事实是古今中外战争，战略战术固然重要，比如二战时希特勒进攻波兰、闪击苏联，日本突袭珍珠港最初都取得空前胜利，让全世界都瞠目结舌，也让战争狂人不可一世，但任何战争最终是综合国力的较量。三国时期无论是从所占地盘、人口数目、经济总量，还是谋臣良将，蜀汉都最弱，无法单独战胜曹魏或孙吴任何一方。这已为历史所证实。刘备举全国之力，征伐实力远不及曹魏的孙吴，尚且有陵夷之败，被东吴新秀陆逊杀得大败，以白帝托孤告终。何况再面对综合实力远胜东吴的曹魏？

　　诸葛亮不管出于何种考虑没有采纳魏延计划，他自己的计划看似安全、十拿九稳，但是战场形势瞬息万变，也很难有十足把握稳操胜券。从历史的实际看，诸葛亮从 228 年到 234 年的 5 次北伐中，没有一次完全成功。即使是最接近成功的第一次北伐，由于魏军的主力曹真、张郃、郭淮集团已经到达关中，即便马谡没有失守街亭，也会在陇右与魏军展开长期的对峙和拉锯战，谁胜谁负，也难预测。一旦陷入这种局面，蜀军的弱点就会暴露无遗：从汉中到陇右的运输线过长，粮草不济，根本无法支撑长期作战。结果很可能与五次北伐结局一样：无功而返。

五

　　魏延一生的发达和低落皆与古道、与汉中相关。尽管诸葛亮首次北伐，没有采纳魏延的"子午道奇谋"，但两人当时并未交恶，魏延也曾多次随诸葛亮出征。建兴八年，曹魏司马懿率大军入寇蜀汉汉中地区，被蜀汉军队在正面挡住了军队

▶魏延墓前石马（王景元提供）

的进攻。此时的魏延也率一支偏师西入羌中，攻击曹魏凉州地区。魏延率领军队行至阳溪一带，遇到曹魏后将军费瑶、雍州刺史郭淮的大军，魏延不愧为蜀汉名将，在敌强我弱的形势下，居然在阳溪破郭淮、费瑶等。获得大胜的魏延也因此被提拔为前军师、征西大将军，而且还假节，晋封为南郑侯，在汉中出将封侯。这是魏延一生光辉的顶峰。

但《三国志·魏延传》也记载："延每随亮出，辄欲请兵万人，与亮异道会于潼关，如韩信故事，亮制而不许。延常谓亮为怯，叹恨己才用之不尽。延既善养士卒，勇猛过人，又性矜高，当时皆避下之。惟杨仪不假借延，延以为至忿，有如水火。"

意思是后来在北伐中，魏延常要求独自带兵，独当一面，均遭诸葛亮拒绝，逐渐引起魏延对诸葛亮的不满，散布诋毁诸葛亮的言行，当然使诸葛亮不悦。从此对魏延采取了加以制约的态度。魏延虽善养士卒，勇猛过人，但自视甚高，脾气暴躁，属下都让他三分，而时任参军的杨仪却偏偏不吃魏延这一套，不把魏延放在眼里，二人互不服气而发生争执，鲁莽的魏延拔刀相见，而杨仪却颇工于心计。北伐期间，杨仪尽职尽责，扎营打点，置办粮草，须臾便了，很使诸葛亮放心，也取得了诸葛亮的信任。

魏延与杨仪的矛盾在诸葛亮最后一次北伐时达到顶点，这次北伐也是蜀汉与诸葛亮悲剧高潮。诸葛亮病死五丈原后，杨仪受诸葛亮委托统领蜀军，魏延因不愿受杨仪约束而挟嫌报复，于退军途中烧绝著名的褒斜栈道，反攻杨仪，却因部属不服而败逃，被杨仪所遣的马岱所斩。

《三国志·魏延传》对冤杀魏延的起因始末也有详细记载，不长，恭录如下：

秋，亮病困，密与长史杨仪、司马费祎、护军姜维等作身殁之后退军节度，令延断后，姜维次之；若延或不从命，军便自发。亮适卒，秘不发丧，仪令祎往揣延意指。延曰："丞相虽亡，吾自见在。府亲官属便可将丧还葬，吾自当率诸军击贼，云何以一人死废天下之事邪？且魏延何人，当为杨仪所部勒，作断后将乎！"因与祎共作行留部分，令祎手书与己连名，告下诸将。祎绐延曰："当为君还解杨长史，长史文吏，稀更军事，必不违命也。"祎出门驰马而去，延寻悔，追之已不及矣。延遣人觇仪等，遂使欲案亮成规，诸营相次引军还。延大怒，（才）仪未发，率所领径先南归，所过烧绝阁道。延、仪各相表叛逆，一日之中，羽檄交至。后主以问侍中董允、留府长史蒋琬，琬、允咸保仪疑延。仪等槎山通道，昼夜兼行，亦继延后。延先至，据南谷口，遣兵逆击仪等，仪等令何平在前御延。平叱延先登曰："公亡，身尚未寒，汝辈何敢乃尔！"延士众知曲在延，莫为用命，军皆散。延独与其子数人逃亡，奔汉中。仪遣马岱追斩之，致首于仪，仪起自踏之，曰："庸奴！复能作恶不？"遂夷延三族。

这段信史的大意为：诸葛亮重病期间，由于对魏延已心生隔阂，虑他惹事，在商议军计也是安排后事时把魏延排斥在领导层外，还采取了一系列的防范措施"令延断后，姜维次之。若延或不从命，军便自发"。魏延、杨仪二人早已交恶，形同水火。诸葛亮在时两人都能制约，而诸葛亮却偏偏把军队的指挥权交与杨仪，魏延、杨仪两人火并便不可避免地发生。倘若诸葛亮把军队的指挥权交与魏延，从魏延日后作为看可能情况更糟。蜀军统帅诸葛亮的病逝，面对强大的魏军，蜀军当务之急不是北伐，达到"恢复汉室，还于旧都"的战略目标，摆脱强敌，全身而退，才是合乎情势的正确举措。但在任务、目标、情势都已发生重大变化的情况下，魏延却不顾大局，计较个人恩怨，逞匹夫之勇，欲与魏军硬拼，其结局可能更糟。

在蜀军后撤的过程中，魏延的举动的确乖张荒唐，不可思议。首先是不听号令，拒绝断后，擅自行动；其二是意气用事，烧绝栈道，为后撤蜀军平添困难制造障碍；更为嚣张的是，魏延先抵汉中后，竟丧心病狂，准备逆袭杨仪所率蜀军。魏延所作所为，大逆不道，因而遭到部下的坚决反对，众叛亲离，自己也被杨仪派去的马岱追杀而死："延士众知曲在延，莫为用命，军皆散。延独与其子数人逃亡，奔汉中。仪遣马岱追斩之。"

1700 年过去，历史硝烟散尽，几次蜀道研讨会上，都有专家重提往事，认为魏延为蜀国屡建功勋，杨仪心胸狭窄，公报私仇，竟用反叛之罪杀掉魏延，实不应该。认为魏延有功有过，却无反叛之心，应该给他一公正的评价云云。

▶ 古虎头桥如今车流如潮

其实，纵观魏延一生所为，从投奔刘备，屡立战功，乱世年月，才能够发挥、施展，自己也进将封侯，这已是一个武将最好的归宿。至于从贡献"子午道奇谋"到与诸葛亮、杨仪交恶，谁对谁错姑且不论，仅是诸葛亮病逝后，所犯下的三条罪行，古今中外，任何时代都是不可饶恕的杀头之罪。

六

汉中是魏延出将封侯之地，亦是其命丧黄泉之地。所以在今天汉中市还有两处与魏延相关的历史遗存，仅做介绍：

据《续修南郑县志》载："汉中府城北门外里许，有虎头桥，平地列数石，并无沟渠……询之居人，云：三国时魏延死处。"早年北门外有古虎头桥，桥已不存，立有石碑一通。碑高2米，正中大写魏体楷书四字"古虎头桥"。形制宏伟，碑额有浮雕虎头，形象逼真生动。上款为"汉马岱斩魏延处"，下款为"中华民国二十二年七月重建"。说明前代有碑，毁后重立。

目下，早年北门外古虎头桥一带，已成市区中心广场。好在古虎头桥正好在广场西侧，在文化文物界呼吁下，虎头桥遗址得以保存，立碑并加护栏，我曾多次带外地友人前往参观。可惜临街车流如潮，四周市声喧闹，很难有思古之情。

再一处是石马坡魏延墓遗址。清代《南郑县志》中有记载："蜀汉南郑侯魏延墓，相传在北门外四里石马堰。有石马立田间，云是墓前故物。延固宿将，有战功，虽末路猖獗，身死族诛，蒋琬原其本意，但欲除杀杨仪，不便背叛。当日追讼前劳，必有以礼收葬之事。石马遗迹，传之故老，未必无因。"

根据记载魏延墓遗址应在汉中市北门外，早年为旷野，田畴连片。20世纪70年代汉中始有铁道贯通，修火车站时占用大片田地，其中应包括魏延墓遗址。

好在原石马坡魏延墓前遗物汉白玉圆雕石马一匹，现存汉中市博物馆。此马通高189厘米，背高125厘米，身长233厘米，宽55厘米。就其形制、体量、雕刻技法来看，与东汉末年三国时期石刻风格一致。首先在保留粗糙原石的基础上，用简练的刀法，刻出朴拙的线条，追求神似，无意烦琐，于旷达中蕴精神，从造形上现生动，反而给人过目难忘之感。其形制、规格与魏延的身份相符，再是回眸历史长河，张骞之后，安汉之前汉中再无如魏延般青史留名的风云人物，故此石马视为魏延墓前遗物应无争议。

唯需明辨的是，魏延既因罪获刑，何来厚葬之石马？

且看《三国志·杨仪传》记述：仪既领军还，又诛讨延，自以为功勋至大，宜当代亮秉政……而亮平生密指，以仪性狷狭，意在蒋琬。琬遂为尚书令、益州刺史。仪至，拜为中军师，无所统领，从容而已……于是怨愤形于声色，叹诧之音发于五内……又语袆曰："往者丞相亡没之际，吾若举军以就魏氏，处世宁当落度如此邪！令人追悔不可复及。"袆密表其言。十三年，废仪为民，徙汉嘉郡。仪至徙处，复上书诽谤，辞指激切，遂下郡收仪。仪自杀，其妻子还蜀。

意思是说，杨仪受诸葛亮重托率蜀军完归，又杀了所谓叛将魏延，自以为劳苦功高，应当接替诸葛亮秉政。谁知诸葛亮对杨认识很清楚"以仪性狷狭，意在蒋琬"，丞相要职被授予蒋琬。引起杨仪不满，竟对费袆说："当初丞相亡故之时，我如果率军降魏，哪会像今天这般失落！真悔之不及呀。"费袆密报后主，杨仪被捕下狱后自杀。杨仪的反叛之心，又证实以"反叛之罪"诛杀魏延应属冤案。因此，蒋琬执政时，对魏延以礼收葬，堆冢雕石。这便是汉台博物馆留有石马的由来。

其实，这桩历史公案，陈寿在《三国志》中的评介就极中肯："魏延以勇略任，并咸贵重。览其举措，迹其规矩，招祸取咎，无不自己也。"

意谓魏延以勇敢胜任武将的位置，杨仪却把当官作为炫耀的资本。两人皆不安职守，不守本分，最后招祸取罪，原因全在自己，怨不得任何人。

其实，历史学的魅力也全在于此。

▲佛坪金丝猴的表情

山城沧桑

子午古道经历的佛坪，是一座真正的山城。

出门见山，抬头是山，一觉醒来，隔窗望去，也尽是重叠逶迤、隔断云天的莽莽大山，一律披了翠色，或浓或淡，或青或碧，或有轻纱似的薄雾缠绕，或有素练般的清泉飞下。虽逢酷暑，却有山风徐来，不炎不凉，清目爽耳，心旷神怡。更兼新楼林立，依山而筑，宛若楼阁，错落有致，便真让人疑心置身于童话仙境了。

这仙境便是佛坪县城。但早年，这里却素与刁野蛮荒居于一室。据载，佛坪直至18世纪初才有县治。原址在与周至交界的佛爷坪，唯有一条垂藤般悬挂于崖涧的山道可通。县太爷上任，也需步行数百里山路。由于山道奇险，曾有两位县太爷失足丧命。因有土匪劫道，索命要钱，也曾有县太爷死于歹徒刀棍之下。直到1925年，县城才迁至现在的袁家庄。所谓县城，不过几十户人家，有些单间门面的货栈、盐铺之类。就是新中国成立初期，县城人口亦不足1000，一支烟工夫，便可绕城一周。一家食肉，满街飘香；一户吵架，全城皆知。袁家庄大概是全省抑或是全国最小的县府所在地了。至今漫步在那条宽不足丈余、长不及一里、扭曲弯折，幽暗狭窄的老街，早年的恓惶劲儿，仍依稀可见。

这坐落于秦岭深处、海拔千米的县城委实太偏僻了。20世纪60年代末期，佛坪仍是全国仅有的几个没有公路相通的县之一。交通不便，经济文化乃至人才交流都受到严重阻碍，20世纪50年代中期，全县才三个半大学生。书记县长外出办公，都需在山道上如驿卒一般策马奔驰。县政府几位大学生，1969年分来佛坪时，竟还都是背着行李，蹬着草鞋，翻山踏岭来的。而全县分布在沟沟岔岔的三万多人口，与外界沟通交流的唯一工具便是背篓、背架。杯水车薪，何济于事？只好眼睁睁地看着大宗的山货药材、野果白白烂掉。而急需的日用百货、建

▲ 古道所经山镇

筑材料又运不进来，只有"背二哥"们负重歇息的山歌，随风散开，把艰辛幽怨留在了人们的记忆里。

任何地方的开发，总是伴随着与外界的交流、竞争。佛坪也不例外，20世纪70年代初，随着周（周至）洋（洋县）公路的筑通，佛坪的南北大门均被打开。向北翻越秦岭山脊，半日可达周至、西安，沟通经济活跃的八百里秦川；朝南五六个小时可达城固、汉中，又与鱼米丰饶的汉江盆地连成一气。按说，靠山吃山，佛坪本应该以自个儿盛产的木耳、天麻、党参、核桃、板栗、柿饼、生漆、木材、竹器打开南北市场，展翅振兴。可惜，极"左"思潮并不因为这儿偏僻就不来光顾，以致公路修通的最初几年，大好时光都白白流去了。

佛坪真正开始振兴，是最近几年的事情。责任制的落实、乡镇企业的创办，使全县农业人口初步摆脱穷困，得以温饱；自主权力的扩大、土产山货的优势得以发挥，也使佛坪的经济渐趋活跃，建设的步伐超过了过去的整个世纪。这种变化在佛坪县城得到充分的显示。如今，除把老街延伸拓宽出半里之外，临河又筑

▲今日秦岭山村

起一条新街，宽阔坦荡，街一边植有亭亭玉立的水杉，一边则为枝叶婆娑的杨柳。四五层高的楼房比比皆是，也有商店、邮局、银行、书店，也有各式门面的便民小店，更有铁皮涂漆的知青售货亭。市场也颇繁荣，四乡八里的庄稼人背来猪肉蔬菜，干鲜果品，草药天麻，沿街设摊，一派兴旺。就连早先那条狭窄的老街，如今也是店铺杂陈，字号林立，近有洋县、汉中来的摊贩，远有江苏、浙江来的裁缝，无怪满街男女服饰新颖，精神大方，竟使外来人在街上徜徉，忘掉这是山地小城了。

近年一批年富力强、有志于振兴佛坪的干部已走上领导岗位，单是汇聚起来的大学生已有八九十人，且有 37 人为新中国成立后本地所培养，目下均分布于党政、工商、教育、卫生等各条战线，为故乡的昌盛在做切实的工作。

了解到这些，再眺望隐藏着无尽资源的群山，呼吸着时时由北京吹来的春风，让人不由得感叹，天时、地利、人和，佛坪已占全了。那么，兴旺昌盛也该是指日可待的事了。

▲汉江源头溪水

汉水探源

古语：无水不成道。

穿越秦巴大山的古道，所沿褒水、傥水、酉水、冷水、濂水等多为汉水脉流。汉水川道自古亦为沟通秦蜀陇鄂的黄金水道。探访蜀道几乎绕不开探访水道，我曾先后探访始终与蜀道为伴的褒水、斜水、傥水、骆水、沮水、酉水、嘉陵江、西汉水等河流，甚至探访过与蜀道并不相干的黄河源，但最难忘怀的还是汉水探源。

"江河淮汉"，历代地理学家都把汉水与长江、黄河、淮河并列。中国古代最权威的江河典籍，堪与《史记》双璧交映的不朽巨著《水经注》则用了几乎同黄河、长江相同的篇幅详尽地描述了汉水温润悠远、柔媚婉丽的风貌与生发于沿岸的一系列辉煌。当然，中国还有许多伟大的江河，仅是《水经注》所记载的大小河流便有1250余条。"江河淮汉"则是古人眼中最主要的江河代表。

滔滔汉江经汉中、安康、鄂西北平原时，偌宽的水域弥漫着氤氲雾气，绿森森的江水拍打着江堤，涛声惊心，凉气袭人。江面上，白帆点点，汽笛声声。作为长江最大支流的汉水，穿越秦巴山地，划过江汉平原，长驱3000余里，气势何等磅礴。

江流沿途，一座座公路、铁路大桥横跨江面，宛若长虹，给这蜿蜒大江添了多少风采；一处处高压输电线网、高扬程泵站，灌溉田禾，催红生绿，又恰似为如带江水织就的锦绣花边。

可眼前，涛声、帆影、长虹、水雾都哪里去了？我们赤足挽裤，徜徉其中的这条宽不盈丈、清浅见底、孩童般稚嫩、少女样娴静的小溪，难道就是滔滔汉江的水源？

但这却是事实，至少在目下还是被各种权威史料、县志承认的事实。汉中、勉县、宁强等府志、县志均载："沔水（汉江上游古称沔水）发宁羌境嶓冢山。"据史书载："嶓冢之山，汉水出焉，东流至于沔。"

我们便是根据这些记载，来探汉江源头的，时值盛夏，离开汉中，逆滔滔汉江，经古战场定军山、天荡山，汽车驶到了汉中盆地尽头，钻进了叠嶂不尽的群山。

有趣的是，按照地理书籍划分，汉江以北为秦岭，以南归巴山。山谷越来越狭，雄浑伟岸的秦岭、俊秀清丽的巴山，宛若一对情人，挤靠拢来，却又被汉江隔断，只好隔水相望。

我们在宁强境内烈金坝下车。这是秦巴山谷常见的村落，于山川开阔处，山土筑墙，片石盖顶，如带的溪水挽起错落的几十户人家。家家绿竹环合，果树掩映，一派江南风光。核桃、李子、山桃又值成熟时节，串串果实，缀挂绿枝，亦为小山村平添许多农家景致。

烈金坝虽为弹丸之地，却因地处要塞，屡见各种史料。"千里栈道，通于蜀汉。"早于春秋凿通的古金牛道和古褒斜道便在这儿交会。即便今日，三条黑油油的柏油马路，也在烈金坝村头相聚。往西，直通宝成线枢纽站阳平关；往南，可达四川省会成都；向东，可去陕南首府汉中。而修筑于20世纪70年代的阳安铁道，就从烈金坝村子上面的山腰经过，不时有绿色长龙隆隆驶过。

远古寂寞的驼铃、汽车急促的喇叭、火车雄壮的嘶鸣，形象地表现出古栈道今昔变迁的历史进程。

滔滔汉江的发源地嶓冢山便在烈金坝境内。沿溪水流出的汉源沟去嶓冢山，两岸山势不似想象中那么挺拔险峻，馒头形的山峦牵连不断，绝少古树森森、草茂花繁的原始自然景观，大都被山沟农户开垦出来，种着苞谷、荞麦、黄豆及地片不大的稻谷。

溪水却极清极美，山沟底全是淡青色的岩石，溪水就在岩石上漫流，洗得山石愈加碧洁，宛如沉了一溪的翡翠。随着山势起伏，溪水一会儿从丈把高的青崖上飞流直下，青光闪闪，银珠飞溅，一会儿又把整块石板冲咬下一只只石盆、石池。水平如镜，映出云影，某些地方，足可同九寨沟媲美，吸引得我们干脆离开山道，挽裤赤足，踩水行走，清凉解暑，颇多情趣。

大约走三个多小时，到了沟垴，山沟豁然开朗。迎面一座绝壁横空而起，宛若巨大的城堡，雄踞在一览众山小的绝顶之上。几片白云在崖顶飘飞，一只鸽子般大小的苍鹰在半崖盘旋，看去颇有气势，十分壮观。

当地老乡指着花白的石崖上一处黑黝黝的岩洞讲："那就是石牛洞，水就从洞里流出。"

振奋之余，笔者一气儿爬到了崖下，回头一望，无数的洞谷山峦都在这儿终止，也从这儿延伸，构成了一片苍茫如烟的丘陵。在中午阳光照射下，瓦蓝的苍穹与翠青的山峦之间，飘浮一层淡紫色的雾气，显出一种浩荡雄浑的磅礴气势。

溪水流出的石洞不大，二三丈方许，洞中有两块钟乳石，颇似牛的后臀。相传大禹当年治水，汉水源头汹涌不止，大禹便牵两头石牛堵住了泉眼，石牛洞由此得名。一头石牛上刻有蝌蚪文字，用手去摸，已残缺不全，据说是：嶓冢导漾，东流为汉。

洞中水不大，仅一点点在滴，可用手接喝。这时才发现一直伴着我们的溪水不见了，没有了哗哗作响的声息，没有了飞玉溅珠的水花，溪水默不作声地消失了！四下寻找时，才又发现，从岩石缝里、乱草丛中、树根底下，冒出一朵朵细微的水花。一股股涓涓细流，像蚯蚓一般，在阳光下闪着光亮。一股较大的溪流，却是从距石崖几百米的地洞中流淌出来的。把耳朵贴在石洞边一棵老板栗树上，可以听见水在地下奔淌的隆隆声息。老乡讲，天降大雨时，还有股水桶般粗的水从半崖上的石洞里喷出。石洞高达数丈，突兀绝壁，无径可上，据说早年当地一姓金的木匠曾造云梯攀登，终不可上。大约至今无人探得洞中虚实。抬头看时，无水喷出，倒有无数紫燕在崖壁垒窝，在头顶翻飞，崖下落着成片花白燕粪。四周荒草没径，阴风习习，有种荒芜神秘的气氛。

站在嶓冢山上，看着那些若明若暗的涓涓细流，回顾起1981年洪水泛滥时，汉江河中成排涌来的浪山波谷、惊心动魄的洪流惊涛，总让人生疑：难道这真是滔滔汉江的源头？

其实，关于汉江源头之争，古已有之。郦道元在《水经注》中称：沔水出武都沮县东狼谷中。汉水上游称沔，武都沮县是今天甘肃省西和县。看来郦道元未做实地考察，把嘉陵江支流西汉水误认为汉江源了。以讹传讹，《山海经》《魏

▶今日汉水之畔

书》均这么记载。

之后的地方志一直确认汉江水源出嶓冢山。这自然有其道理，一是嶓冢山下烈金坝自古为南北栈道交会处；二是有人提出水源应以出水山脉海拔高低来定，嶓冢山崖确实危乎高哉！嶓冢山为地下水源，不知有多长。

可近年，却不断有人提出新说。呼声最高为玉带河。玉带河发源于陕西宁强与四川交界处黄坝驿的崇山峻岭中。那一带山势险峻，林木茂密，较多地保持了原始自然生态。玉带河单在宁强境内就盘亘 180 余里，显然比嶓冢山水源要长得多，沿途汇聚百川，水量也大。久居宁强的文史专家宋文富在其主编的 1995 年版《宁强县志》中认为，真正的汉水源头应是玉带河上游的赵家河，其源海拔1650 米，其地山未穷而水已尽，其地又为汉水与嘉陵江的分水岭。两条小溪分道扬镳，分别汇入汉水与嘉陵江，故赵家河才是汉水真正源头。

近代又有学者认为《水经注》记载并没有错。认为汉水有东西二源，东源为陕西宁强嶓冢山；西源为甘肃氏道嶓冢山，是为漾水，至武都为东汉水。此二水前者为今汉水，后者则为西汉水，即嘉陵江。还有学者认为嘉陵江与汉水之间曾发生过"袭夺"，也就是距离相近的江河在遭遇地震之类自然灾害时，互相占用河床。我国当代地理学家刘琳教授在《华阳国志校注》中、任乃强在其《华阳国志校补图注》中便持这一观点。

秦岭山脊纵横，溪流交错，常有地理奇观发生。比如甘肃位于西北，属中国北方，但其所辖陇南市却得嘉陵江脉流浸润，属长江流域。两当县一条溪流则汇流进汉水，有棵大树又恰处甘肃两当、陕西凤县、勉县之间。可谓根扎两省，叶落三县，源出南北，水流东西。

汉水谷地梯田

　　人类社会愈进入现代，人与水的关系便愈加密切。陕西便是个水资源不容乐观的省份。秦人、秦地、秦始皇、秦兵马俑……中国历史上第一个大一统的秦王朝留下关于"秦"的丰厚遗产。陕西省至今简称为秦，或三秦大地。这片东西短促、南北狭长的秦地，向北攀上黄土高原，伸向干旱少雨的毛乌素沙漠；南端却穿越高大险峻的秦岭跨越汉水，直到与四川交界的大巴山麓。与北边相反，秦地南部河流纵横，满眼绿色，是片地道的水乡。这要归功于秦岭，正是这道高大巍峨，延绵千里，划分我国南方北方两类气候、长江黄河两大水系的巨大山脉，为这片水乡孕育出了汉水与嘉陵江。这两条共同发源于秦岭南麓的姐妹河，也是我国第一大河——长江的主要支流。

　　秦岭南坡逶迤绵长，从高山、中低山、丘陵直到汉水平原，分布着众多的山岭、河谷和坝子，年降水达800~1000毫米，为森林提供了优越的生长环境。与秦岭遥遥相对的大巴山麓，夜雨自古出名，年降雨竟达1400毫米。这南北对峙的大山涵养了大量水源，仅是叫得出名字的河流溪水便有565条之多，能够撑船摆渡、滋养一方百姓的大河便有：褒河、牧马河、湑水河、沮水河、泾洋河、酉水河、玉带河、金水河、濂水河、南沙河、傥水河、八渡河、乐素河、广坪河、毛坝河、碑坝河等数十条之多，构成了汉水、嘉陵江两大水系，使汉中所属11县区全都处在众多河流的滋润养育之中。此地人均水资源量为3787立方米，远远高出全国人均水资源量2030立方米，是名副其实的水乡。

　　水乡自然不完全获水产之利，也常遭受洪涝之灾。据记载，从公元前206年至今发生水灾130余次。比如公元前185年："夏，汉中南郡大水，汉江溢，流四千余家。"仅过五年又载"夏，汉中南郡水复出，漂六千余家"，真正水火无

▲汉水黄金峡激流将建库调水济渭

情。汉中人记忆犹新的是 1981 年的特大洪水。是年 8 月，汉中 11 县区同时普降暴雨，引起汉江、嘉陵江各条河流洪水大涨，出现多次洪峰，嘉陵江水略阳段流量高达每秒 8000 多立方米，超过长江正常流量（每秒 4000 立方米）两倍以上，略阳县城 3 次进水，深达 8 米。汉江形成 7 次洪峰，最高洪峰达每秒 12000 立方米，超过长江正常流量 3 倍，造成多处决堤。中央电视台播的航拍镜头里汉中一片泽国。时任国务院副总理的万里、李鹏、杨静仁曾先后亲临汉中慰问。

这次水灾给了汉中人深刻教训。30 年来，修堤不止，各处干堤，巨石砌就，宛如长城随江蜿蜒。2003 年，渭河、汉江同遭洪灾，水淹渭南的那晚，渭河洪峰每秒 5400 立方米，汉江汉中黄金峡段每秒洪峰高达 14000 立方米，两岸乡镇安然无恙。

发展中的中国是一个干旱缺水的国家，位于中国北方的华北平原缺水最为严重。这里不仅是共和国首都北京所在地，还是我国重要的粮棉油生产基地，但是水资源严重匮乏，多年一直通过超采地下水勉强支撑。这种采水方式形成跨京、津、冀区域的地下水降落漏斗，造成地面沉降、湿地萎缩、植被破坏、生态恶化，直接影响到以北京为中心的华北工农业经济发展和亿万群众的生活饮水保障。

鉴于中国北方严重缺水，尤其是地处京畿之地的华北平原，缺水已经成为制约中国经济发展的瓶颈。早在 20 世纪 50 年代，老一代国家领导人就与水利专家未雨绸缪，设想过南水北调，但没有想到缺水形势这么严峻，这么迫不及待。打开中国地图就可发现秦岭淮河作为中国南北分界，北方严重缺水，南方却相对充盈。很自然地，发源于号称"中华父亲山"秦岭的汉水成为国家南水北调的首选。

▲作者（右一）在引汉济渭工地

汉水上游水资源丰富，据测算，陕西省南部汉中、安康、商洛三市总水量为314.58 亿立方米，占陕西全省水量的 70%，人均水资源为全国的 1.8 倍，是陕西省的 2.43 倍，是陕西关中地区的 9.9 倍。关键是陕南植被良好，森林覆盖率高，开发有限，破坏不大，绝大部分水资源保持着清冽优质状态，很自然受到重视青睐。南水北调就是要把汉江流域丰盈的水资源抽调一部分送到华北和西北地区，从而改变中国南涝北旱和北方地区水资源严重短缺局面的重大战略性工程。工程目的是促进中国南北经济、社会与人口、资源、环境的协调发展。

南水北调工程有东线、中线和西线三条调水线路，和汉水相关的是中线工程。从大坝加高后扩容的汉江丹江口调水，沿豫西南唐白河流域西侧过长江流域与淮河流域的分水岭方城垭口，跨越长江、淮河、黄河、海河四大流域，重点解决北京、天津、石家庄等沿线 20 多座大中城市的缺水情况。此工程的规模和难度都超过三峡工程。

根据国家的重大战略规划，汉水作为南水北调中线的重要水源，将为丹江口水库每年提供 90 亿立方米的优质河水。这样一来，汉水发源地在采矿、办厂、采伐、耕种方面都有了整套严格的法规限制。汉水是南水北调中线工程丹江口水库的主要来源，没有汉江来水，南水北调便是一句空话。倘若汉江水源得不到很好保护，因采矿、办厂、采伐遭受污染，国家兴师动众花天价调去北京的便是不能喝不能用的一江污水，这是谁都不愿看见的情况。

不仅是共和国的首都北京需要汉水提供一江清水，隔秦岭相望的关中大地和陕北也因严重缺水向汉水求援。预计到 2020 年关中地区总人口将超过 3000 万人。

▲ 在水一方

陕北是煤、油、气、盐资源富集区，又是严重缺水的干旱区。陕北尽管濒临黄河，但受国家黄河流经 9 省区分水指标制约，并不能直接从黄河干流过多取水。

陕西省历届领导都清楚，不解决陕北关中缺水问题，陕西的发展就是一句空话。为此，省上历届领导会同水利专家一次次调研，一次次争论，最终都把目光盯向隔秦岭相望的汉水。依据规划，将分三地引汉济渭，即把汉江之水打通秦岭，分三期输送 15 亿立方米到渭河，以缓解西安和八百里秦川的严重缺水，同时增大渭河汇入黄河水的总量，以便综合解决陕北从黄河干流取水问题。这事关一个国家的长远发展与规划，也事关一个西部重要省份的长远发展。

然而问题的严重性在于，尽管汉水素有"中国莱茵河"之美誉，是中国内陆腹地仅有的清澈河流，被专家认定为中国七大水系中"水质稳居最优"的河流，但也存在严重隐患。汉水流经的秦巴山区为国家划定的贫困地区，自清代中期适宜在山地种植的玉米、薯类传入中国后，大量湖广流民沿汉水迁居秦巴山地，人口骤增，毁林开荒。新中国成立后，在"大炼钢铁""学大寨"等运动中，过度砍伐对水源涵养的负面作用日益加剧，造成山体滑坡，水土流失，生态失调。据最新卫星图片资料显示，汉水仅是上游水土流失面积占流域总面积将近一半，年土壤侵蚀总量高达 3900 万吨。严重的水土流失，洪灾、崩塌、滑坡、泥石流等自然灾害频繁发生。此外，汉中又是陕西水稻和油菜籽的重要生产基地，每年要施以数以万吨的农药、化肥，会有部分悬移质随排水进入汉江，必然会影响水质。

早在抗战时期，被誉为开发西部先驱的安汉便在《黎坪垦区考察报告》中特别强调，黎坪地当嘉陵江与汉水两大水系支流发源之处，其境内林木，既不以利

▲汉水源头恢复的生态

用为目的，亦当加以保护而涵养水源，务使垦区林木得永久维持而又得最经济最合理之利用。凡山坡坡度在十五度以上者即应限制开垦。

安汉对退耕还林、退耕还草、保护环境、涵养水源 70 年前就有详尽论述，恐怕就不仅仅是故乡人要向这位先贤致以崇高的敬意了。

按照安汉当年的思路，其实也是绕不过去而必须尊重的科学规律，重新规划，汉水源头两岸山峦退耕还林，退牧还草，仅十年时间，就林木葱茏，清流汇聚。河道经过清污治理，汉水如带，一江碧水，逶迤而来，在霞光晨雾中宛如刚刚披上婚纱的新娘，眸子晶莹，含羞带笑，从如梦如幻的秦巴山地迈着细碎的脚步，散发着青春的气息，缓缓地走来，真是美不胜收。

汉水这条发源于"中华父亲山"秦岭的大江，从远古走来，携高山而穿平野，越秦巴而奔郧襄，贯荆楚而吐云梦，出汉口而入长江，在上游见证过龙岗先民的曙光，阅历了两汉三国风云，伴随着川陕苏区的烽火，倒映过一座座水利大坝的雄姿，如今又因中国历史上最大的调水工程为世人瞩目。一江清水承载着汉水儿女的深情厚谊，与汉水这条母亲河一起滚滚东去，滋京润华，造福于中国北方的亿万民众，为实现中华民族伟大复兴的梦想，去谱写新的华章。

细说三岭

▶ 作者翻越牛岭

牛岭

每越秦岭，若逢晴日，苍穹之下，山峦像大海波涛一般无垠无际，仿佛一片混沌世界。深入进去，方才知晓，每道山岭都有名称，都有与人类交往的历史。

古老蜀道跨越的大散岭、秦岭、太白岭、兴隆岭、牛岭、凤岭、柴关岭、马道岭、土地岭等九道海拔超过 2000 米的山岭，便各有风貌情态，宛如有生命的世界。若论风姿韵致，葱茏茂密，当首推牛岭与兴隆岭。

牛岭位于秦岭南麓华阳高山盆地境内，是古代长安至洋州的傥骆道必经之处。傥骆道在穿越秦岭的几条古道中最为近捷，早在三国时便凿通使用，是曹魏最后灭蜀汉的进兵道路之一。此道唐时最为繁盛，唐德宗、唐僖宗两位皇帝曾经临幸，柳宗元、岑参、白居易都曾来此并有诗作传世。

20 世纪 70 年代，基本沿骆谷古道修筑公路时，绕开华阳一带，使牛岭生态得以维系，近年已划为自然保护区。穿越牛岭的古道早已荒芜，成为仅供当地群众穿行的小道。拍摄历史文化专题片《栈道》时，我们曾翻越并考察牛岭。

时值初夏，满山青绿，牛岭脚下，正忙耕种，清澈泛蓝的溪水把块块梯田灌得恍若明镜，有农夫耘田，有村姑栽秧，有池塘浮鸭，有"布谷"婉啼。人家皆掩映于翠竹桃花丛中，宁静得让人怀疑主人没有在家。走近了，才听见女人的说话声、豁儿豁儿的推小手磨声以及小鸡的啁啾声像潮水般从青绿滴翠的竹林丛中涌出，一时间，把人的心都陶醉了。

乡间土路已到尽头，我们的越野车开进了一家院落。女主人是位年轻的小媳妇，从灶房闪出，手在围裙上擦着，满脸惊喜，接着跑出两个男孩爬摸汽车，一

▲秦岭酒奠梁碑刻，公路界元老赵祖康题

下便与我们混熟。听我们要翻牛岭，男孩们欢呼雀跃，竟要同行。小媳妇更加高兴，招呼我们下午在她家吃饭，并让孩子上竹楼取下几吊一巴掌厚的腊肉。那情景就好比我们全成了她娘家兄弟，压根儿不容推辞。我们也从车上搬下啤酒和方便面，气氛更加热烈："爬山回来好吃腊肉！"大家宛如出征将士，搬扛起摄像照相器材，犹如长枪短炮。我们一行人向牛岭进发，两个小家伙一溜烟儿冲在最前。

牛岭位于古镇华阳之南，与秦岭南麓最高山峰——海拔超过3000米的兴隆岭遥遥相对。从我们落足的农户院落望去，牛岭宛如一抹横空耸立的黛苍，隐现在云雾之中，仿佛一位须发皆白久历沧桑的历史老人在向我们招手。

起初，古道尽管已经荒芜，但轮廓仍相当完整宏阔，达四五米宽。临溪的一边用石条砌就，覆满苔藓，路面石条也凿有防滑之痕，浸透着沧桑。愈往上行，山谷渐狭，有巨石如立马横刀的大将军耸于路边，石上似有刻字，可惜已漫漶不清。

路边山坡林木也愈加苍翠，高大的乔木、密密匝匝的青冈、叶片肥大的泡桐、钻天的白杨，密密麻麻地混长在一起，还有数十丈长的古藤悬挂其间，遮天蔽日，弥漫着一股湿漉漉、凉飕飕的气息。道路越上越窄，我曾仔细观看，路基石缝中长出的荆棘足有胳膊粗细，已与丛林混为一体，以至吞没了路面，让人在为古驿道惋惜的同时，又禁不住赞叹树木生命力的强大。

愈接近梁顶，林木愈加茂密，有大片毛竹混长于林木之间。毛竹极顽强，山崖石缝皆能生长，道路几乎被挤压成一条缝隙，需用两手分拨毛竹方能行进。让人体味出古人描述道路荒芜时的绝妙："驿道多年失修，梗塞一线，仅供猿狐出没。"这带不知有无猿狐，但因有大片毛竹，熊猫经常出现。北大潘文石教授带领的科研小组便常驻华阳。实在得感激古人选道的智慧，古道并不翻越梁顶，而是在两峰之间的垭口经过。就这，攀上制高点时，大家也都气喘吁吁，汗流浃背。但农家那两个男孩却早已上来玩耍多时了。

在牛岭眺望，华阳尽收眼底，不能想象秦岭深处竟有这偌大一处高山盆地，田畴沃野，烟村相望，加之翠竹、池塘、果林、溪水，委实一派小江南气象。无怪唐时华阳曾设县治。

熟稔此地的文史专家周忠庆先生介绍，牛岭曾建有一座不小的寺庙，供奉着牛神，故名牛岭。庙里还有一口巨大的铁钟，每每敲响时，群山回声，经久不息。铁钟在1958年大炼钢铁时被砸碎填了小高炉，附近山民搬运数日才完，足见其巨大。

根据周先生指引，我们在牛岭丛林中挖出一块清乾隆三十八年，即公元1774年所立石碑，所记为修建庙宇捐赠人姓名，距今已200余年了。

山风骤起，林涛阵阵。诚如柳宗元所说："以其境过清，不可久居。"但又不忍离去，于是不约而同在走过皇帝、走过岑参和白居易的牛岭齐声呐喊，然后听群山久久地回响！

当我们回至牛岭脚下的农家院落，两个小家伙早已回来通报了消息。殷勤的女主人早把家中大小脸盆拿出，盛满热水，让大家擦把脸吃饭。整整一大锅洋芋竹笋烧腊肉也已香味四溢。确实饿了的小伙子们等不得饭菜上桌，每人自盛一碗洋芋腊肉端在手中。那肉块切得如木梳大小，一拇指厚薄，夹在筷上，并不打闪。这是头年腊月宰杀的肥猪，并不出售，而是挂在竹楼加进调味佐料，熏制而成，为陕南久享盛名的特产，以秦巴山区最为正宗。咬一口油汁长流而不腻，吃一口满嘴留香经年不忘。小伙儿们吃得兴高采烈，竟引得左邻右舍皆来围观，满院像过红白喜事般热闹。主家耘田的丈夫也已归来，是个豪爽的热血汉子，见客人高兴，他更高兴，拿出几瓶白酒，硬要与我们一醉方休。那次晚餐实在痛快淋漓，宾主尽欢。

我们离开时，月亮已经升起，梯田、池塘、农舍、道路都沐浴在清朗朗的月色里。远眺牛岭，在星光闪烁的天幕下，呈现出朦朦胧胧的剪影，但对我们来说，却十分清晰，因为刚刚和牛岭交上了朋友。

兴隆岭

最初一瞬，心底便一沉：感到一种震撼，一种失落。哪里去了？秦岭南麓的美丽与温馨，浓绿与斑斓，幽谷悬泉，藤蔓蕨类，还有灵活的松鼠，婉啼的水鸟，

▶ 兴隆岭上的森林

拖着长长花尾的锦鸡！

逶迤绵亘的山岭，唯剩稀疏低矮的爬柏，呈现出一簇簇严峻的暗苍；裸露的山石显出一道道惨白；山巅则有亿万斯年不化的积雪与巨大的冰川遗迹。没有飞鸟，再无溪流，人有些晕眩，胸腔发闷，近乎垂直的高度，压根儿没有缓冲的准备，这里，生命仿佛已到了最后的临界。

离开华阳仅仅几个小时，感觉却过了很久，仿佛经朝历代。华阳已在万山丛中，为古傥骆道要冲。此道与穿越秦岭的陈仓道、褒斜道、子午道并称"四大古道"。《辞源》载："傥骆道，古道路名，即骆谷道。自今陕西周至西南，沿骆谷、傥水河谷，南至洋州。是关中汉中间近捷的道路。三国以来，时见记载，唐代尤为畅通。"

由于近捷，每遇战乱，便分外重要。唐代曾有两位皇帝经此逃难。一位是唐德宗李适，避朱泚乱，由傥骆道逃至汉中，坐镇指挥，收复长安，使盛唐文明得以延续；另一位是唐僖宗躲黄巢起义，由此经汉中到成都，结束了晚唐天下。

无论如何，一个朝代两位皇帝走傥骆道非同小可。官吏往返，驿马飞驰，商旅络绎，墨骚不绝。柳宗元多次写到此道，岑参作有《骆谷行》。白居易两次到骆谷，且有诗咏：

今年到时夏云白，
去年来时秋树红。
两度见山心有愧，
皆因王事到山中。

▶ 穿越秦岭的山路

凡此种种，均使古道生辉。只是，此道虽捷，无奈得翻越陕南第一高山兴隆岭，凡 84 盘重岗绝涧，危崖高耸，艰险异常。明清之后，便梗塞一线，不再复通。近代公路也绕佛坪而行，没有交通，自然封闭。然恰是封闭，又使得古貌古迹得以保存。尤其华阳一带，一看地形格局，便知曾经阔过！

乘车离开了汉中，经古城洋州，沿傥水进山，一路山狭谷深，至华阳却突然开朗，大山四下退去，闪出偌大块平地。一条青灰街市，人家繁密，两道溪流交汇，顿显脉势。四周古墓葬、古碑刻、古建筑、古栈桥遗迹比比皆是。旧街狭长，人皆古朴。若不是有区镇机关，一座林杨，修些现代建筑，便俨然一处不知魏晋的世外桃源。

兴隆岭位于华阳镇北。晴日，在华阳远眺，隐匿于云天的一线黛苍便是。此岭海拔 3071 米，与秦岭主峰太白遥相呼应，亦是傥骆古道必越之岭。古人聪慧，不去攀险，从山腰处翻越，经都督门、厚畛子，即可穿越秦岭天险，到达八百里秦川周至。兴隆岭梁顶便如同没人开发的处女地，益发显得神奇，富于魅力。单听听"光头山""混人坪"这些人迹罕至的去处，就颇发怵。幸喜华阳林场场长郑松峰是我中学同学，眉县林校毕业，又在山林待了 20 余年，早成森工专家。他还参与过北大教授潘文石《秦岭大熊猫的自然庇护所》一书的写作，该书获国家级奖励，自然光彩。其实，单是他多年在山林偶遇或抢救大熊猫、羚牛、金丝猴乃至猎获野猪、山鸡之类曲折惊险、一波三折的故事，便可写本传奇好看的巨著。有他做向导，一切自然不在话下。

越野车离了华阳镇，沿着通向林区的简易公路向北驶进峡谷，一股略带阴森的凉气扑面而来。此处为兴隆岭谷底，公路上下的山岭分布着密密麻麻亚热带混交林，遍生枝叶繁茂的白杨、漆树、泡桐、核桃，再是藤蔓盘绕其间，遮天蔽日，潮湿得像能踩出水来。事实上，涓涓细流就在森林中腐叶苔藓下流淌，汇进谷底的溪水，此处是悦水上游，不时可见。

车正行驶，老郑却让停下，讲此处有片"蓝色海湾"，可供观赏。拨开丛林，踩着苔藓下到谷底，人都呆了：只见溪流从前面石崖奔腾而下，吼声如雷，激起成堆雪花，飞玉溅珠，老远便似有雨点落下，弥漫着一片水雾，倒映着五颜六色的彩虹，鲜活灵动，摄魄荡魂。

但那溪流绕个弯随即又平静，大约长期冲刷，峡谷闪出一面湖泊，水清亮亮的，无一丝杂染，无一丝尘埃，湖底的岩石、植物都看得清清楚楚。水深，整个湖面又呈蓝色，确实是片"蓝色海湾"，足以和九寨沟的湖泊媲美。"我们常在这儿游泳，完了就吃樱桃。"老郑指着湖边一棵高大的樱桃树说："这里气温低，樱桃盛夏才成熟，皮是黑的，吃得满嘴乌黑……"人皆啧啧，口中流着涎水。这又比九寨沟高出一筹了。

简易公路盘旋至千米以上，阔叶林带消失，代之以青冈、板栗、油松、核桃之类。最醒目是片毛竹、箭竹，最宜熊猫食用。事实上，兴隆岭南麓正是熊猫分布密集去处。北大教授潘文石带着研究生在此搞过五六年调查，给三只熊猫戴每只价值一万美金的微波项圈，随时掌握熊猫栖息、饮食及活动范围。得出大约三平方公里生长一只熊猫的结论。与四川王朗自然保护区每九平方公里一只熊猫相比密集多了。那只珍贵的棕色熊猫"杉杉"就生活在这里，今春又发现一只更为年轻的棕色熊猫。专家们已经推断这里可能有一个棕色熊猫家族。

当地群众和森工经常与它们偶遇。老郑曾经养过一只17公斤的熊猫。有次他和森工们在一块不大的荒地发现四只熊猫在大啃竹叶。这儿还发生过熊猫闯进农户，把给小学生留的饭食吞吃一空的事儿。在这一带山林栖息的不仅有熊猫，还有金丝猴、羚牛、赤狐、云豹、水獭、金猫、毛冠鹿、大白鹭、赤腹鹰、白尾雕等几十种珍稀动物，依仗兴隆岭高大的山体，悠然自得，繁衍生息。

大家望着莽莽丛林，极想突然见到一只大熊猫或一只金丝猴，哪怕一只林麝也行。遇巧的是，碰到了监测熊猫的巡林人，北大研究生毛晓荣。他讲昨天刚遇到一只熊猫，今天已经转移远了。他研究的课题是《大熊猫的社会行为》，一个让人欣赏的题目。兴隆岭的动物世界注定是个复杂的社会，不乏衰亡与生机、纷扰和丰富，有好多学问可做。

鬼斧神工，犹如掌墨师弹出的墨线般齐整，汽车爬到海拔2500米左右，山岭上便只见云杉、冷杉和雪松，一律笔挺。再往上简易公路已到尽头，还可看见高大的红桦。苗壮的躯干在阳光下闪耀着暗红的光晕，向婀娜的高山杜鹃展示雄健，显示着生命的顽强。

但当踩着打山子、挖药汉走出的茅路，接近山顶时，连低矮耐寒的爬柏都看不见了，唯见

▲穿越秦岭的川陕公路

高山草甸、灌木丛、积雪、冰川遗迹与砂石，让人真正感到一种生命的极限。

站在兴隆梁顶，一切都变得渺小，那些危崖峻岭、大大小小的山峦全像大海波涛涌向天边。一只在山谷盘旋的苍鹰像一只麻雀；停于山腰的汽车则像孩子的玩具。太阳苍白，风也无力，人的思绪也骤然起了变化，刚刚思考过的那些蕴藏深厚、庄严伟大的古栈道、华阳镇、皇帝、大熊猫，突然变得微不足道。唯有兴隆岭如此真实地屹立脚下，如此巨大又如此无言，亿万斯年挺拔于此，还将继续伟岸下去。它曾目睹自然界与人世间的一切沉沦与崛起，还将继续目睹……

我突然怀疑：假如没有兴隆岭，世界是否还会完整？

车过秦岭

或乘汽车，或乘火车，或坐飞机，穿越秦岭也不知多少次了。多了，也就麻木。唯独那次印象深刻，因为乘坐汽车，冒着大雪，且在两天之内两越秦岭。

壬申年春，茶叶专家蔡君如桂，欲往江南购置茶几，邀请同行。所经襄樊、武汉、九江、湖口、景德镇、屯溪、杭州，皆美而诱惑，末了到达富阳。彼为著名文学家郁达夫故乡，早神往之，于是放下案头涂鸦，欣然同往。

临行天便阴沉，雨云悬吊，但一切准备就绪，如箭上弦，不能不发。且司机小陈身高1.87米，体魄强健，所驾驶第五代"东风"，崭新油亮，加长车身，庞大威风，乘坐也就像信托巨人般放心。

细雨纷纷，古褒谷春意弥漫，满坡绿竹扶疏，崖头桃花艳艳，汽车疾驶，如行画中。

　　岂料，刚过留坝，雨势骤强，道路渐滑。到紫柏山张良庙时猛见一奇观：以路边一棵巨大古老的梭罗树为界，咫尺之隔，一边落雨，一边降雪。依稀记得人讲张良庙梭罗树是"雪线"。果然，愈往北行，雪片愈大，末了竟纷纷扬扬，铺天盖地，路面起了泥浆，已见着几辆打滑抛锚的汽车。仗着人车皆佳，我们的汽车一气儿翻上了高插云霄的柴关岭。

　　"我的天嘞——"司机小陈一声惊叹：不得了，柴关岭往下，整整一条山谷堵满了汽车，长龙似的无止无境，让人想起二次世界大战电影中最后决战时埋伏在山谷的装甲兵团。眼下不容浪漫，柴关岭海拔2300余米，险峻高陡，为川陕公路第一险关。晴日汽车奔走尚需司机全力以赴，勇敢再加技术，一遇雪雨，道路打滑，便如同过"鬼门关"了。司机无不紧抿嘴唇，小心翼翼，速度一慢，自然堵在这儿，少则几个小时，长则山岭过夜也有。那时饥寒交迫，可就遭罪了。

　　不能不佩服和感谢小陈，这个大巴山深处长大的小伙，不仅身强力壮，还有艰苦生活磨炼出来的韧性与机警。他高中毕业回乡务农，曾因背负一捆重达数百斤的柴火压断一座柴桥闻名乡里。改革开放后，他跑起运输，先小手扶后汽车，如今刚掏18万元购置下这辆电视广告介绍的"八平柴"，即八吨、平头、柴油发动机。发动机为进口的，车身是最新样式，驾驶室除三个舒适宽大的座椅还外带一个卧铺。据说"二汽"刚生产出400辆，被抢购一空，再购得提前半年交款。小陈居然购得一辆。这车是棒！满载8吨货物就跟大力士背个小孩般满不在乎，行进毫无声息，单发出像轻柔音乐般的沙沙声，装上货物更稳，新轮胎也极吃滑。小陈下车看了看让在一边道路的宽度，用带着尾音的山腔说："今天运气！"

　　车开动了，紧擦着公路边，超越一辆辆堵在路边的汽车："日野""东风""上海""北京吉普""天津大发""黄河""红岩""奥迪""桑塔纳"……无异于汽车博览。而那些司机也许习惯了，全都无言，默默地吸烟，等待，看着我们这辆驶过身边的崭新的"八平柴"，不胜羡慕。

　　但真正越秦岭时，"八平柴"也经受了考验。愈往北行，气温愈低。至秦岭时，雪已变成颗粒状的霜冻，击得车顶砰砰作响。临近梁顶，海拔升高，霜雾成团，汽车开大车灯，只照丈把远。四周雾腾腾一片混沌世界，紧挨公路的树枝冰雪已结成毛茸茸的疙瘩。霜粒落地冻僵，道路奇滑无比，车速如稍微一高，再突踩刹车，车后轮必定翘起，轻则打横，重则翻车跌崖。此刻，只见小陈也是嘴唇紧闭，全神贯注，双手紧握方向盘，挂着慢挡，以每小时十公里的速度，小心翼翼前进。驾驶室里静悄悄的，我和老蔡都眼睛不眨地盯着小陈，心里一点儿不比他轻松。直到山下闪出一片灯火——宝鸡。我看看手表：午夜时分，12时整。

▲今日栈道（杨钧摄）

沔阳六记

沔阳春静

戊寅早春，笔者应友人邀请，去沔阳小憩。车出市区，不见了楼宇、车流与人群，顿感轻松。陕南无严冬，惊蛰既过，田野渐次青绿，新麦、油菜、豌豆、胡豆全粘着水珠，洗过似的洁净，空气湿润润的带着暖意。正是这绿意与湿润把这块盆地与八百里秦川的厚重与粗犷区分开来。

渐渐地，远离了城镇，原尽山围，汉水像位未成年的女子，纤细孱弱，从秦岭与大巴山夹峙的谷口涓涓流出，飘着一种捉摸不定的声息，一种认真而深切的呼吁，很有点儿荒郊野岭寂寞萧索的味儿。

我特地弃车，踽踽独行，因为心中有种庄严的敬重。沔阳这片土地很有些城府，是两条重要的蜀道——褒斜道与金牛道的交会地段，乃川陕要冲。当年，刘备与曹操争夺汉中的定军山之战就发生于此，诸葛亮和蜀汉名将马超也埋葬在这儿，连汉水也因经此被《水经注》称为沔水。直到"文革"前夕，说是要对人民勉励才改沔县为勉县的。无论如何，曾有那么多名垂青史的人物在这儿留下雪泥鸿爪。当年，隔汉水相望的定军、天荡山头想必战旗猎猎，金鼓齐鸣，被呐喊厮杀声震惊得苍鹰也敛翅屏息。

尽管，所有的遗迹都成一片荒墟，无言地浸透着沧桑，却又在灰白蒙蒙、似雨非雨的苍穹之下，构成肃穆旷远的意境。古风悠悠，天地寂寥，让人屏心敛息，不敢浮躁，觉得即便与友人相聚、品茶、聊天都是一种奢侈。只宜独行，静观默想。我于是又弃大道而登荒岭。四周渺无人影，愈加安静。极目之间，未到清明，通往诸葛墓持续千年的香火路上还不见人影，来此寻古探幽的远朋尚未动身，田野稼禾暂时也用不着农人侍弄，甚至各类报春的鸟儿也刚离窝，间或几声啼鸣也小心翼翼，见无呼应，又害羞地闭上尖尖的小嘴。显然，离春天真正的烂漫缤纷还差一些时日，还缺了些准备，有一种喧闹前的缄默，一种临战前的安静。恰是这缄默与安静让人感到惬意和舒适，满身心的浮躁、满脑瓜的俗念都仿佛被洗涤，被冲淡，代之而起的是一种轻松，一种与天地共有的平静，甚至还有一丝矜持。因为是早春，且在沔阳。

▲诸葛亮读书台在勉县武侯镇

高台读书

一座孤零零的土台，寂寞地屹立于荒野。四周没有人家，没有村落，唯有川陕公路从坡塬下经过，再穿过流出汉水的山谷。据说，这高高的土台便是当年诸葛亮驻节汉中时的读书台。

高台附近有大片凹陷的土地，上年岁的老人说那曾是片池塘，荷花特别鲜大，附近村落至今仍叫"莲花村"。还有合抱的古柳、池塘边丛丛翠竹、坡岭间妖妖的野花。一面是汉水积淀的原野，一面是进入四川的要道，再有一座汉式亭阁建于高台，不仅景致优雅，视野也极开阔。

今日若远眺土台，说那就是诸葛亮读书去处，会觉得附会，但若登台，细观那格局、气势，就觉得可能性极大了。高台下一里之遥，便是近年多次维修的武侯祠。这是在诸葛亮去世29年之后，后主刘禅下诏为他修建的公祭之祠，早于成都武侯祠。先建在汉水之南，与其墓地同在一地，享殿亭院，颇具规模。历千载风雨，虽有损毁，历代均有修葺。至明代迁至汉水之北，陈仓谷口，也即诸葛亮驻节汉中的大本营。他在此教兵演武，长达八年，六伐曹魏，匡复汉室，该有多少军务政事劳体烦心？公务之余，携带随从一二，轻摇羽扇，悠悠散心，独步高台，放松一下，喝杯茶水，再静静读书，想是极可能的事情。

▶三顾茅庐雕像

　　南宋诗人陆游经此曾有诗作《游诸葛武侯读书台》，其中有诗句："世上俗儒宁辨此，高台当日读何书。"诸葛亮读的什么书呢？

　　早年，在南阳躬耕垄亩，他除子集经史、诸子百家、天文地理、算学方术之外，想必更注重阅读的是关于社会、关于时局、关于人生的一部大书。否则，他绝难27岁就对汉末天下大势有深刻洞察，对各路诸侯有清醒认识，对时局发展有准确预料，以至在"隆中对"中提出彪炳千古的战略规划，为三国情势发展所证，亦为后世称颂不绝。

　　之后，他投身于东汉末年风云激荡的政治舞台，益发注重把所学与所用结合，注重实效，随机应变。否则不可能协助积弱积贫的刘备兴邦定国，使得三分天下有其一并治理得井井有条。诸葛亮一生最后八年是在汉中军营度过的。其时刘备与一批开国功臣先后离世，蜀汉国势微弱，内忧外患，几乎系一国安危于一身。诸葛亮该需多少才干胆识方能支撑其局面。

　　可以设想，他高台读书，也许需舒展一下筋骨，起身踱步，凭栏远眺，一箭之地便是古陈仓道口，正是他北伐进兵之路，睹物生情，该有多少思虑顿涌心头：敌国情势、己方状态、将帅人选、出征时间、后勤保障、天气变化……再总结教训，阵线太长，粮草不济，不定加强运输的"木牛流马"便是此刻酝酿于胸的。但谁也不是神仙，想到便能做到，于是又要阅读木工算学之类的书籍了。

　　诸葛亮一生学以致用，注重实际，反对空谈。赤壁大战前夕，他只身舌战那些"坐议立谈，无人可及，敌兵压境，束手言降"的群儒，便是一例。但智者千虑，也有一失，诸葛亮自身也曾疏于考虑，重用了喜好纸上谈兵、"言过其实"且不听副手王平劝阻的马谡，痛失街亭，造成首次北伐的失败。

▲ 诸葛亮故里

▲ 勤学终生的诸葛亮

其实，不仅诸葛亮，中国历代仁人志士都讲求书本与实践结合，以兴邦立国、匡济天下为己任。宋代范仲淹的名句："处江湖之远，则忧其君；居庙堂之高，则忧其民。先天下之忧而忧，后天下之乐而乐。"始终关注国计民生。明末东林党人则称："风声雨声读书声，声声入耳；家事国事天下事，事事关心。"中国近代的康有为、梁启超、孙中山、李大钊等也莫不如是。

尽管，诸葛亮多次北伐，皆未奏功，且最后病逝军中，留下"出师未捷身先死，长使英雄泪满襟"的千古憾事，但他高台读书，毕竟读懂了社会，读懂了人生，读出一个书本知识与具体实践相结合的光辉典范，读出一个为世人传颂不绝的大智大勇的知识分子之光辉。

古关古事

这误会久了，宝成铁路筑通后，多少旅客途经川陕交界的阳平关时，都以为这儿便是三国时要塞。蜀魏相争，金戈铁马，战旗拂动流云，铁蹄叩击大地，勾起多少思古幽情，列车启动，人们还望着窗外山峦发呆。

其实，真正的阳平关距此还有百余公里，位于今勉县老城。此处秦岭巴山隔汉水耸立，狭窄处不足百米，为汉中盆地西部要塞。进谷则道分两岔：一为进入四川要道，再远可至滇藏，可谓西南门户；一为古陈仓道南口，可直通关中，连通陇东河西。所以三国时期阳平关位置举足轻重，守住此关，既保汉中，又可使四川无虞，乃是一座名实相符的重镇。

我与友人是临近黄昏时来到古阳平关的。晚霞贴近群山，成团的云彩布满西

▶ 阳平关老城

天，斜阳把残存的古城勾勒出一段赭黄，明暗相间处流露着千载沧桑。

附近是开垦的菜地，再远是零星的农舍，寻常不过的山野景象。若不是有块"古阳平关"的刻石，没人会来这儿驻足。但只看看古关格局，就清楚确实"阔过"。古关紧扼谷口修筑，两边是秦巴大山，中间为滔滔汉水，城池外则有护城壕沟，虽历 1700 年之久仍深不可越，真正一座插翅难过的要塞。

三国时，刘备与曹操争夺汉中时发生在阳平关附近的定军山之战，由于《三国演义》，由于马连良主演的京剧《定军山》曾拍成中国第一部有声电影，更因载入文化史册而广为人知。

塔下的风景

汉中系秦岭与大巴山之间由汉水流淌积淀的一块带状盆地，长百余公里，宽约 20 公里。这当然是指精华部分，盆地两边都还起伏着无尽的山峦，均匀分布着汉水脉流和大小盆地，安顿着无数街镇村落，世代繁衍生息着一方男女。

这盆地西部尽头，定军山、天荡山隔汉水相望。显要是三国时期，老将黄忠刀劈曹将夏侯渊，不仅为刘备夺取汉中赢得头功，也使 1700 年后中国产生第一部京剧电影《定军山》。汉中作为蜀汉门户前沿阵地，自然成为防范强敌来犯的要塞。曾在此建过一座城池，即著名的阳平关。在三国故事中屡屡被提及。

可惜，千年逝去，风雨沧桑，古城多有损毁。目下，最明显的标志是一座古塔，紧挨老城老街耸立，悠悠汉水便从塔下流过。老城尚存轮廓，人家依旧，几条老街亦相当完整。只是窄狭逼仄了些，石条砌檐，木雕门楣，废弃古井，浓浓

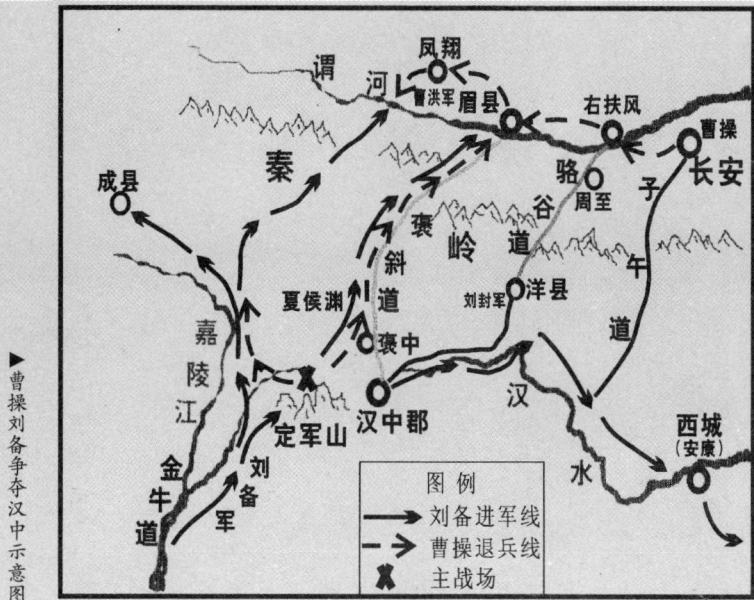

▶ 曹操刘备争夺汉中示意图

地传递着沧桑。有孩童在街道跳方，有妇女在做针线，有老人吸旱烟袋，加之置于门庭的风车与挂于屋檐的粪筐锄镰，与间隔不足十里便是灯红酒绿的新城相比，竟让人有隔世之感。

穿街走巷，迂回至塔下，实际则为一处农家院落。古塔便坐落于院落边缘，塔下有石碑，字迹漫漶，勉强可辨，知此处曾有寺院。叫万寿宫，塔亦名万寿塔，为寺院配套建筑。始建于明代万历十七年，即 1589 年，距今四百余年。经数百年风雨，寺院早已荒芜，为农家取代。塔却坚固，基础皆为巨形石条砌就，呈六边形，每边约三米。细数，竟有十一层，足有今日十层楼高。在塔下仰视，犹如浑然巨物直插天际，有巍然庄重之感。塔有门可进，空心，原有楼梯可登临。可惜，已被借宿乞丐煮饭时烧毁，塔内一片焦黑，亦肮脏不堪，无法入内。

我们与院落主人——一位老太太攀谈，不想带出一段十分亮丽且优美的风景。

老人农家装饰，已 80 多岁，身体健康，说话清楚且带手势，也就极有感染力。她讲十几岁嫁过来，古塔就这副模样，她已在塔下生活了 60 年。只是那会儿汉水大多了，能行帆船，每年都有来自汉口、白河、安康上来的商船，长长一溜，纤夫们吼着号子，码头上云集着小贩，像赶庙会般热闹，哎呀呀！

"那会儿河水中鱼也很多，在河水边洗衣衫、淘猪草时就常见鱼游来游去，翻开石头就能抓螃蟹，一会儿就捉半脸盆，可惜不知怎么吃……"老太太打开话匣，兴致很高。那会儿可是与她美丽的青春关联在一起的啊：春天里最好，桃花水下来，江水溢满两岸，绿的泛蓝，大河的鱼就游上来，引得人都驾起老鸹船来捉，一钢叉能叉上几十斤重的鲤鱼，便宜得很，几个铜板的事情……

这顿让人想起清人描写这一带的诗句："万垒云峰趋广汉，千帆秋水下襄樊。"

▶ 诸葛亮墓地

不难想见，早年间，江水悠悠，白帆远影，码头商贩，纤号渔歌给这年轻的小媳妇带来多少欢乐与梦幻！想必也是穿红着绿，甩着乌黑的长辫，一阵风似的干完家务，洗完衣衫，便挤在岸边人群中给那些捕鱼者喝彩，或是呆呆地看那远去的白帆。

"要站在塔上看得更远。"老人说塔梯没烧时能上五六层呢！还说谷口有驻军，每日清晨便有个号兵爬上塔顶吹号，响亮得很，传得老远。听见号响，人都起来下地干活。

哎呀呀，这又是幅好画：清早，霞光晨风中，一个年轻英俊的士兵，背着缀着红缨的黄亮亮的军号，以矫健的步伐走来，轻快麻利地爬上塔顶，一手叉腰，一手持号，于是清脆的号声便响彻这一带河谷山川！

古塔、帆影、水手、号兵构成一幅何等优雅且有声有色的图画。难怪事隔半个世纪，老人仍记忆犹新。可惜，我们登上塔下江堤，看到的却仅是荒凉的河床，近乎干枯的河水，塑料袋一类垃圾随处可见……如果，河流也似古塔，几百年不改变模样，那么，今日明塔下就是另外一番风景了。

夜宿武侯祠

游览或陪人游览，武侯墓、武侯祠不知来过多少回，但夜宿其内却是首次。尤其得知这祠庙便是当年诸葛亮驻节汉中的大本营时，更勾起一缕思古幽情。

想想，诸葛亮每日军务政事缠身，该在这儿度过多少风雨如晦的夜晚。朔气金柝，寒光铁衣，不定探马忽至，军情骤变，又需连夜运筹，也许也是这般星稀

▲ 定军山下之武侯墓

月朗啊。

索性独步户外，绕祠而行，春夜宁静，四下悄无声息，抬头星光可辨，有晚风从古金牛道口吹来，满含草木野花气息。暗思：诸葛亮是从古至今妇孺皆知的伟大人物，墓、祠不在别处，偏在这片土地，委实是件幸事哩。

其实，这都为1700年前三国鼎立的情势所确定。汉中作为蜀汉门户前沿阵地，且又四塞险要，物产丰殷，经营好这块战略要地，退可保四川西南，进可攻关陇中原。所以诸葛亮一生的最后八年便在这儿度过，教兵演武于定军山下，休士劝农于汉水之滨，造木牛流马于黄沙古镇，夜读兵书于兵营高台……

三国时期，无论从所占国土，拥有人口、财富，还是从谋臣良将、综合国力相较，蜀汉最弱。先主刘备不听诸葛劝，一意孤行，讨伐东吴，却为陆逊所败，火烧连营，损兵折将，削弱蜀汉实力。随着关、张、赵、马、黄一批老将先后离世，蜀汉后期，诸葛亮几乎集军民要务乃至一国安危于一身。偏他又极端谨慎，事必躬亲，长期操劳使得身心疲惫，食欲不振。连对手司马懿都看出来："孔明食少事烦，其能久乎？"

其实，诸葛亮又何尝不清楚三国情势？蜀汉偏居西南势单力薄，所赖以生存者秦巴拱卫。倘若强敌来攻，一旦突破剑门关，蜀汉便无险可据，可就被动了。事实是邓艾日后绕过剑门，偷渡阴平，蜀汉顷刻灭亡。所以仗不能在家门口打。诸葛亮兵出祁山，六伐曹魏，明知不可为而为，何尝不是以攻为守，变被动为主动？

在汉中盆地西部边缘一带，诸葛亮留下多处遗迹。最后一次北伐失利病逝军中，他也遗命安葬于此。古人注重风水地脉，诸葛亮久经沙场，对地理尤为通晓。但凡去过武侯墓的人，看那格局就深信，诸葛亮就应该葬在这儿。

▲ 勉县武侯祠为全国最早为诸葛亮所建祠庙

▲ 武侯祠甬道。千年间凡经此道，
文官下轿，武将下马，概莫能外

　　我甚至相信，这块墓地也是诸葛亮生前就看好的呢：滔滔汉水屏障于前，巍巍定军护卫于后，取其高山流水也；陵地更是山环水抱，冈峦起伏，古木森森，云绕烟横，以利福荫后人。墓冢却又简易，按诸葛亮的遗嘱："因山为坟，冢足容棺，敛以时服，不须器物。"完全体现诸葛亮一生谨慎与节俭。

　　诸葛亮去世后，蜀汉各地均要求建庙奉祀，朝廷以有碍礼仪制止，但群众"巷祭"不绝，西南少数民族则广泛"野祭"。直到诸葛亮去世29年，也即蜀汉灭亡的前一年，朝廷才下诏在定军山墓地附近建祠。这也是全国最早建修的武侯祠庙。唐时废毁重建，之后历代都曾维修，至明时迁建至今址，也即诸葛亮驻军大本营。祠庙背倚汉水，面对秦岭，坐南朝北，取念念不忘北伐之意。新祠由于地当古道要冲，数百年来，但凡过此，文官下轿，武将下马，必祭奠游览，亦留下不少碑刻诗文。留人足步，启人心智。

　　最值得书写一笔的是寻常百姓对诸葛亮的祭奠，自诸葛亮离世至今，1700年来完全自发，代代相袭，从未中断。南宋诗人陆游在汉中时，目睹此情，曾有诗作："定军山前寒食路，至今人祀丞相墓。"十年动乱"学大寨"时，曾规定，凡去墓前祀墓者，先为河堤挑土半日。如此，也未曾挡住群众。至于近年每临清明，前往墓、祠的群众如潮，汉水大桥也为之堵塞。

　　关键诸葛亮一生用智慧编织起来的引人入胜的故事和其廉洁奉公、忠心事主、鞠躬尽瘁、死而后已的精神，千百年来早已深入人心。这与那些人为树立、号召发动出来的典范榜样，无可比性，完全是两码事啊！

是夜，笔者阅读诸葛亮《出师表》，敬仰之情倍生。想起范仲淹名句："云山苍苍，江水泱泱，先生之风，山高水长。"说与诸葛，合适不过。

晨谒马超墓

熟知三国故事的人注定熟知马超：白马银盔，气宇轩昂，雄健英俊，骁勇无比，虎背猿臂，膂力过人。潼关一战，打得曹军落花流水，马超纵马挺矛，一路追杀。危急时刻，曹操若不是割须弃袍，也险被马超擒获。

之后，马超入蜀时又在葭萌关夜战张飞，两名虎将狭路相逢，可谓棋逢对手，两军对垒火把闪耀，两将格斗戈矛相击，厮杀得难分难解，震惊得两军皆骇。这场夜战也被人津津乐道，流传千载。

幸得刘备及时招抚，马超归顺蜀汉，备受重用。刘备自立汉中王时，因马超出身名门，世代为将，即由马超领衔给名义尚存的汉朝廷上书，刘备的汉中王才得以名正言顺。刘备称王，论功行赏，马超亦被封为"五虎上将"之一。因人皆称其勇，引得关羽不服，竟要弃镇守荆州重任，入川与马超比试。幸得诸葛亮劝阻："马超雄烈过人，当与翼德（张飞）并驱争先，犹未及髯之绝伦逸群也。"（关羽美须曰髯。）关羽见诸葛亮信，环示左右，方才作罢。民间则有"三国英雄数马超""锦马超"的说法。

这位名垂青史的三国名将，就长眠在我生活的地方，早就该去谒访。早春的一个清晨，我了却了这个愿望。尽管，晨光春色，阡陌绿意，引人入胜，我的心思却全系于马超。

蜀汉在西南建政权后，马超更成为可倚重的将领。考虑马超久居西北，深得羌人之心，刘备便任其为骠骑将军，领凉州牧，守西部门户阳平关，因这一带与陇南相邻，世为氏羌民族牧耕之地。马超既得羌人拥戴，必不犯境。马超驻节，既守汉中又保四川，数年中，安然无事。

可惜，刘备白帝城托孤，辞世的前一年，却得到噩耗：马超病逝阳平关，年仅 47 岁。因马超祖籍茂陵及生长地西凉均为曹魏所据，无法归葬，蜀都又远在千里之外且道路艰辛，只好就地安葬于阳平关了。刘备封马超曰威侯，其子继承爵位。诸葛亮闻讯十分悲恸，后北伐时大本营即设在马超墓附近并亲自祭奠。

近年，文物工作者曾对马超墓组织发掘，打开墓顶后发现：格局与砖石均系汉代，且与史书记载相符。史学界亦无异议，故马超墓系真无疑。因马超生前即拜将封侯，筑墓建祠均有相当规模，又经历代维修，故马超墓至今遗迹尚存。在

▲ 马超墓

今汉中勉县西北四公里处古阳平关附近，其祠、墓皆在川陕公路近侧。路边即有石碑，上书"汉征西将军马公超墓"，为清乾隆时陕西巡抚毕沅书立。

马公祠现存正殿、侧屋不及十间，隔壁有小学，显系占用庙产。祠后约百米为墓地，早先有长廊可通，后修汉惠渠时隔断。我独自涉桥过河，老远便见墓冢，高约五米，有大树罩，颇具王者之气。登临细观，墓地约半亩左右，尽皆土掩，已无砖石建筑。毕竟历千年风雨，墓地显得零落荒芜，又空无一人，我遂对其命运思量不已。

东汉末年，战乱不已，群雄并起。马超的父亲马腾便是割据陇右西凉的一路诸侯。马超年轻时便随父亲征战，练就一身高强武艺，在战乱中脱颖而出，击败过许多对手，也惨遭过失败。其父马腾与两个弟弟被曹操以保举京官为名，劫为人质，后遭杀害。马超在为父雪恨、举兵征战中遭到曹操数路军马围攻。马超的妻子及三个子女均惨死于反叛部下的屠刀之下，整个马氏家族200余口皆死于战乱。马超丧师失地，先投张鲁，难以共事；后附刘备，才受重用。

然痛定思痛，家破人亡，该有多少悲伤郁积于胸，无怪正当盛年便猝然辞世。不过再想，群雄割据势必互相残杀，这是为历史证明的无可选择的规律。一代枭雄刘备、孙权尚最终免不了被剿灭，被并吞，何况马超仅有吕布之勇，而无韩信之谋。即使兼有韩信之谋又能怎样呢？韩信的结局就好吗？历史总让人思量不已，寻味不尽。

晨曦中，田野极静，附近那个叫马公村的寨子里，一位老人牵着一头水牛出来放牧，为这升平年月增添了一缕祥和之气。

▲河谷曾是古代先民迁徙的生命之路

生命之路

　　生命的意义在于发现和创造，拓展或丰富。古栈道的开辟、修筑与使用，依稀让我们窥探到古代先民们的生存方式。我国最早的典籍《尚书·禹贡》中有涉及秦蜀古道的记载："浮于潜，逾于沔，入于渭，乱于河。"《史记·六国年表》说公元前451年，秦厉共公城南郑，说明秦人已从关中直走到汉中。早在西周，居住在中原的郑国受到犬戎攻击，"郑民南奔"。蜀人参加牧野之战，说明蜀人殷末已走向中原。穿越秦巴大山的古道的发现与使用应远在三皇之世，距今已有四五千年的历史。

　　可以想见，当初尚未完全摆脱游牧状态的先民，为了生存沿着温润平缓、植被茂密的河谷，一边采集，一边狩猎，辗转迁徙，长期探索，终于认识到隔绝八百里秦川与巴蜀沃野的秦巴山岭中，竟然有谷道可通。桃李无言，下自成蹊。古道的发现首先是先民们为了延续生命而不断探索的结晶。至今残留在留坝县铁佛店乡临河石崖上仅容一人通行的脚印石径，便极有可能是先民们踩出的原始小道。

春秋时代，占据着渭河流域的秦人壮大，必然要不断地巩固基地与拓展疆域。巴蜀沃野、荆楚平原都是其窥视已久的目标。征服需要武力，兵马未动，粮草先行，亦需要运输，把原始小道开凿成能供车马军队行进的通道便势在必行。即便强秦，在"五百里石穴"（曹操语）中开道亦非易事，需在悬崖坚石上凿孔，在湍流中立柱，然后架梁覆板，"道路凌空，极天下至险"。故尚需栏杆一类保护措施，需解决沿途食宿的设施，无疑需要巨大的物力、财力、人力。故《史记·范雎蔡泽列传》载："栈道千里，通于蜀汉，使天下皆畏秦。"公元前316年，秦惠文王仅用三个月时间便征服巴蜀，俘获巴王。如此迅速取得胜利，栈道开凿，当居首功。

然而，栈道的作用又不仅在于攻城略地、统一天下，关键时刻，又可成为朝廷延喘、皇帝逃命的生命线。唐代中期，唐德宗为割据一方的朱泚叛军所逼，率群臣家眷仓皇沿傥骆古道逃往汉中，其爱女唐安公主途中病故，迫于形势，就地安葬，便是今日洋县境内之"安冢"。德宗坐镇汉中三个月，指挥各路兵马击败叛军，收复长安，使盛唐文明得以延续300年之久。

洋县城北40里有清凉寺一座，史载为汉中守将严震接驾处。笔者曾前往探视，寺庙已改为学校，古迹荡然无存，唯见古柏参天，怪松杈丫，天空夏日云白，四周田禾泛绿，留下一个偌大的想象空间。

不仅皇帝，历代百姓也曾沿古道躲灾避难。每遇战乱、饥荒抑或避仇躲债，人们便沿古栈道迁徙，专寻山谷间地势略坦、土地可耕去处倚崖搭庵，生存下来。灾荒过后，大多又返家园，也有乐此不归者。头辈人创业，二辈人扎根，繁衍生息。抗战时期，便曾有大批难民拥入秦巴山区。留法学者安汉曾将其集拢，在米仓古道黎坪办垦殖场。后安汉被驻军司令祝绍周杀害，垦殖场解散，难民却有不少流落陕南。不仅汉中"风气兼南北，语言杂秦蜀"，古栈道经过的任何一个村镇，举凡华阳、江口、马道、武关驿、青桥驿等，莫不五方杂居，细察各省各族均有后裔。据说曾有一支元军在此被打散消失，被当地百姓同化。无怪在这一带村落行走，不时可见大头圆额、高鼻凹眼、宛如异族却又操着山音土腔的山民。恍然之间仿佛触摸到古道脉搏底蕴。喟然长叹：远古栈道不仅单为征服统一、推行政令，于民族融合、文化交流亦功不可没。

栈道研究专家、汉中市博物馆馆长郭荣章先生有一观点：栈道本身变化运动，充满生命。笔者深入实际，深感郭先生所言有理。远古先民选河谷为道，限于当时条件，只能缘谷而进。秦汉之后，铁器出现，才有可能筑起如诸葛亮所说"其

▲ 褒谷的古邮亭遗址

阁梁一头入山腹，一头立于水中"的可供千军万马行走的栈道。但这种栈道离河面不可能太高，从遗孔看，在距水面 2～5 米之间，极易被洪水冲毁。再是木梁木柱最易着火，"火烧栈道"屡见于史，道路难以持久。隋唐之后，开山技术提高，栈道向高处发展，唐栈道遗迹已高出河面 20～30 米，避开洪水冲刷，且路面由石碥道与阁道结合，运输能力提高且能持久。"一骑红尘妃子笑，无人知是荔枝来。"王命急宣，快马如飞，便只发生于唐代。到明清，人类征服自然愈加自如，或沿河谷或盘高山皆视情况而定。鸟道摩天、高耸入云的连云栈道便是此时产物。

再有，古人发现：谷必有水，水必有源，源必相通。缘谷修筑的栈道常此塞彼通，取近避远，就易舍险，充满活力。即便今日，汶川地震，宝成铁道塌方，交通中断，南北阻隔，沿原古栈道筑起的川陕公路、西汉高速公路顿时繁忙，汽车猛增，昼夜不息，西南西北不下十余省的旅客物资由此经过。古老的栈道再次发挥生命线的作用。

智慧之路

▲古道多沿河谷

  山脉当然由峰峦坡岭、悬崖幽谷、苍苍莽林、淙淙流水组构。巍巍秦岭西起甘肃临洮，恰与没了踪迹、又被寻觅出来的秦代长城西部终点相伴。整座秦岭恰似千条巨龙腾空，从西部高原奔腾而下，拦腰横断三秦，直到河南的伏牛山地，亦算其余脉。延绵千里，亘古横陈，隔风阻雨，区划南北，也严重阻隔着人类的迁徙、交流乃至发展。

  古代先民无论出自何种目的，或为征服，或为交易，或仅仅为猎奇探险，总之，居于秦岭北侧的周人秦人与秦岭南侧的蜀人巴人早于3000年前便有了往来。各种史典记载与出土文物便是明证。比如"一笑千金"的美女褒姒便出生于陕南褒国，而周幽王的国都镐京却在今关中长安县斗门镇附近。可见不同地域的古代先民不仅交往而且联姻。

  当今时代，且勿说穿越秦岭，纵远隔重洋，往返也只在昼夜。但遥想远古，铁器尚未出现，火药也没发明，更谈不上现代开山技术与设备，而秦岭最窄处也二三百公里，且无人烟，食宿无着。当时注定植被茂密，古树参天，没有指南针完全可能迷路，更不用说暴雨山洪，毒蛇猛兽。加之，千山万谷多不胜数，单清人毛凤枝所著《南山谷口考》所记，仅铜川到宝鸡一段，秦岭便"凡得谷口百有五十，尤要者三十有一焉"。诸多山谷，何是通途？

  稍加细想，便疑窦丛生，古人怎样穿越蛮荒险峻、望而生畏的秦岭？真乃千古之谜！

  但古人委实在秦岭中寻觅到通途，且不止一条。单陕西境内穿越秦岭的古道便有自宝鸡大散关入口，经凤县、略阳，再进四川的陈仓道；自眉县斜谷入口到汉中褒谷出口的褒斜道；由周至骆谷进山、经华阳至洋县傥谷出口的傥骆道；从长安县南沣峪口进山、经宁陕出石泉的子午道。盛唐时诸道并通，将四川盆

▲褒水与斜水分水岭，古称衙岭

▲古人于河谷开凿栈孔，架木修道

地与八百里秦川两个"天府之国"连通起来，对盛唐的繁荣稳定起了举足轻重的作用。

即便今日，畅通的公路铁路乃至空中航线也与这些古道不无关系。20世纪30年代筑起的川陕公路，分别利用古陈仓道、褒斜道的南北两部分；西安至石泉的公路则沿古子午道；西安到汉中的航线，机翼下闪过的山水恰是穿越秦岭的傥骆道。

为何这些古道至今尚未失去价值？笔者曾翻阅史料并随《栈道》摄制组寻觅被利用或已荒芜的古道，那些残留在湍流石壁上的栈孔、石柱、蹬道、摩崖石刻、驿站旧址、古镇废墟遗痕处处，真实得让人震惊。那些人工凿痕伴着蔓生的草木，山谷的飒飒凉风，仿佛无言地叙说着昔日的荣耀。

查阅史典地图，再细观古道位置走向，让人恍然大悟：古人选道，无不沿山谷河流，道理简单又深含科学。河谷一般平缓，少攀登之险，只需沿河水抵达源头，翻越分水岭一段山脊，寻找对应或接近的山谷，避险就易，减跋涉之苦。再是秦岭为东西走向，山脊雪水分流南北，两边山谷自然成南北状，即便没有指南针之类，只要缘河而进，必能穿越秦岭。

无怪几条古道皆伴水而行，尤以褒斜道最为典型。褒斜二水同发源于太白县内五里坡，这是秦岭山脊最为平缓的一段，沿此二谷，只要翻越这段并不险峻的五里坡，几乎不翻一座高山，便可穿越秦岭天险。不仅古褒斜道，当笔者攀登上傥骆道要冲牛岭山垭时，尽管脚下唐时宽达四米的官驿大道已被毛竹荒草湮没大半，但居高眺望，只见古道沿酉水傥水，南可直达洋县，北穿华阳古镇，越兴隆岭，可达周至，大致在一条最为便捷的直线上，比今人用仪器测出的公路还显端正，充分体现出古人选道的智慧。

▲三国战场定军山在汉中汉水之南

战争之路

    古道萌生之初，便与战争结下不解之缘。关于褒斜谷的最早记载，便与战争有关。《蜀记》云："武王伐纣，蜀亦从行。"说明早在殷末，居于秦巴之南的蜀人就因战争走向中原。之后，把古代先民自然踩踏出来的原始小道开凿为可供千军万马行进的栈道，其最早记载也是由于战争。《史记》云："栈道千里，通于蜀汉，使天下皆畏秦。"动武之前，先在秦巴天险间凿筑起炫耀实力的栈道，威慑诸国。公元前 316 年，秦惠文王伐蜀，仅用三个月便灭掉巴蜀，并俘巴王。

    在漫长的岁月中，褒斜道、陈仓道、傥骆道、子午道、金牛道、米仓道等古道相继开通，把秦陇中原与巴蜀乃至整个大西南连成一片，也为征伐劫掠、分割统一打下基础。古栈道上旌旗蔽野，硝烟弥漫，闹嚷嚷你方唱罢他又登台，火烧水毁，历经沧桑，尤以西汉、三国为最。史载：楚汉相争，刘邦屡战屡败，后被攀到汉中，临行，听张良计，烧毁栈道"以示天下无还心，以固项王意"，借以麻痹项羽。后在汉中招兵买马，筑坛拜将，起用韩信，"明修栈道，暗度陈仓"，一举灭掉三秦，建立汉室天下。

东汉末年，群雄并起，三国鼎立，古栈道上更是烽火照天烧，战马仰天啸。公元 219 年，曹操与刘备在汉水边相持，扼蜀道咽喉的定军山为双方必争。老将黄忠，出其不意，攻其不备，刀劈曹将夏侯渊，大破曹军，为刘备夺取巴蜀打下基础。至今在十二连峰的定军山，尚有可屯万兵的"仰天""挡箭石""斩将桥"等遗迹。不时有当地群众拾到箭镞和扎马钉。笔者曾见到几枚扎马钉。铜质，已生绿锈，一寸方许，三角锋利，随便掷地，总有一尖角朝上。据说扎马钉是诸葛亮当年发明，撒于阵前，是阻止敌骑兵攻击的防御性兵器。1980 年前后，还有人在定军山石缝中拾得战刀一把，虽已锈蚀仍很锋利，据考为三国兵器，今存勉县博物馆。

汉中作为蜀国门户，诸葛亮曾在此屯兵八年，制造木牛流马，六出祁山，攻伐曹魏，在褒斜道建立"赤崖府库"，发明"千梁无柱式"栈阁，留下许多珍贵的史料与遗迹。

笔者曾随《栈道》摄制组沿古道考察，行至太白县王家楞乡，只见沿河山崖皆为赤色，当地群众把褒河上游这条支脉叫红崖河。沿河山崖古栈道遗迹密布，崖壁栈孔分上下几层，为不同朝代所凿。《水经注》中收有诸葛亮《与兄瑾言赵云烧赤崖阁道书》云："前赵子龙退军，烧坏赤崖以北阁道，缘谷百余里，其阁梁一头入山腹，其一头立柱于水中。今水大而急，不得安柱，此其穷极，不可强也。"

此信记载诸葛亮首次伐魏，由于街亭之失导致全军败退。在箕谷率疑军的赵云也被魏军追击，不得已烧栈道以拒敌。待到诸葛亮最后一次进兵时，由于水大浪急，无法安立柱于水中，迫不得已，只好采用"千梁无柱式"栈阁。从遗迹看，这些高于河边 2 ~ 5 米的石孔 30 厘米见方，深 70 厘米，间距 50 厘米，塞进石梁或木梁，上覆以板，以过军马，类似今日伸出楼面之阳台。可惜，岁月悠悠，沧海桑田，如今河水改道，风雨剥蚀的栈孔下不再"水大而急"，而是荒原或田地。有石梁五根高悬于赤崖，这是褒斜古道仅残存的石梁，1980 年尚有 7 根。荒僻去处，无人保护，现仅存 5 根。经仔细丈量，深深插进山腹的石梁裸露在外的部分为 1.7 ~ 1.8 米不等。这些覆板安栏曾过千军万马的石梁如今斑驳苍暗，布满苔藓，像一切经朝历代的文物，包容的东西太多，显得威严又深不可测。有一瞬间，我竟对这几根石梁羡慕起来。因为它们目睹过诸葛亮一次次北伐，征杀大军的旌旗想必遮蔽山野，叩击过低巡的流云。末了，这一代俊杰和魏军对峙，

▲几乎每条古道都与战争相关

久攻不克，病逝军中，蜀军白衣白甲，悄然经此退兵，其时注定青山含悲、天公垂泪，留下"出师未捷身先死，长使英雄泪满襟"的千古遗憾！

这几根石梁也注定目睹了唐代两位皇帝玄宗、僖宗分别避"安史""黄巾"之乱，逃至蜀汉，急宣速告，指挥军队平定两次战乱。最末一次战乱导致大唐300年天下解体。

当然它们也注定目睹了蒙古铁骑曾两次走完褒斜道与金牛道全程，灭掉金与南宋，建立统一政权。据说有支元军在此被打散消失，所以至今这带山谷还可常见大头细眼、凹眼高鼻、阔嘴的男女。笔者便拍下过这种模样人的照片。

委实，历史曾在古道上演义出多少金戈铁马、威武雄壮的活剧。纵观古今，没有一个国家和民族能够用天险保护自己的人民和财富，而国家的安危实赖于健全的民主法制和综合国力的强大。

古道凿通，打破封闭，固然因此战火连绵，田园荒芜，人民蒙难，但古道的修凿却又为民族融合、统一疆土、建立多民族的共和国打下基础，此亦是不可磨灭之功勋。

▲古道最初的功能之一便是邮传

邮传之路

中国应是人类最早开展通信的国家。早在3000年前建立的周朝通信活动已见诸史书。著名的历史故事"烽火戏诸侯"便表明当时以烽火为号，传呼军队。古代报警信号除了烽火，还有鼓声。史载"烽可遥见，鼓可遥闻"，便是当时通信的写照。

如同任何一桩与人类生存密切相关的事物一样，邮传也并非一帆风顺，其起始发展、兴旺衰落，均与古道紧密相伴。当时，没有电报电话或其他任何电传手段，通信只能依赖道路。通信由烽火、鼓声发展到邮传是秦汉才有的事情。《汉书》载"立屯田于膏腴之野，列邮置于要害之路"，表明当时通信已成网络状态，十分发达。晋人常璩在其所著《华阳国志》中也说汉代"玺书交驰于斜谷之南，玉帛践乎梁益之乡"。秦汉时，眉县斜谷口通向梁州（今汉中）北段金牛道，再通益州（今四川），是整个秦川中原与大西南的交通命脉。关于沿途邮驿设施最详细的记载，莫过于东汉永平九年镂刻于褒斜道石门的《鄐君开通褒斜道》摩崖（因修水库移至汉中市博物馆）："……始作桥阁六百二十三间，大桥五，为道二百五十八里，邮、亭、驿置，徒司空，褒中县寺并六十四所。" 258 里仅是褒斜道全程一半，邮驿之繁密，足见完备。古人何以五里一邮，十里一亭，三十里则设驿？

按栈道研究专家、汉中市博物馆原馆长郭荣章先生说法，古代竹简书信沉重，五里十里便当歇息。此外，当时人烟稀少，沿途设邮亭也是种保护措施。日后诸葛亮伐魏，步兵日行也只 30 里，怕也是受古时 30 里设驿站影响。

奇怪的是，栈道屡毁屡建，邮亭驿置历代翻修，遗址应该不少，但历来只知大概位置。比如马道驿、青羊驿，仅知此处曾设驿站，具体在哪儿，却不可求。就连盛唐号称"天下第一驿"的褒城驿，诗人元稹曾称"已种千竿竹，又栽万树梨"，俨然一座花园式寓邸。遗址究竟在何处？众说纷纭，难以论定。

1992 年整整一年，笔者随《栈道》摄制组去褒谷中寻拍古栈道遗迹，至留坝县界牌关。这带系褒河正谷，无论史前、秦汉、隋唐、明清乃至近代，公路皆沿河谷行走，除有南宋爱国名将吴玠、吴璘抗金的古战场武休关外，栈阁遗迹及民间传说甚多，比如"碓窝石"。位于河心一块巨石，上面有一石窝，颇似早先山地群众舂米用的碓窝，其实是一处古代桥梁遗址，石窝为桥梁柱孔。

后来，在拍摄中笔者偶然发现一块临河巨石，坦荡如砥，上面有若干水窝，沉淀着泥沙，掏空后发现人工凿痕明显，深达 30 厘米，是处遗迹。随行同志惊喜不已，请当地群众拉来木料依原孔立柱。一位画家依样复图，俨然一座楼阁。一位栈道专家则判断此处为一处邮亭遗址，根据柱孔剥蚀情形分析，极有可能为摩崖所载的汉代邮亭。随后，几家新闻单位发了消息，引起多方关注。

其实，查阅史料，秦汉时代邮传固然已初具规模，但兴旺发达却在唐代。唐时邮传分为陆驿、水驿及水陆兼用驿三种，共设驿馆 1639 所，把京都省府、通衢要塞与荒乡野镇、边城远地连成一气。不仅传达朝廷公文，推行政令，使大唐声名远播，周边国家由于崇敬前来交结友好，同时，也给邮传本身增添新的内容，输送新鲜血液，使之蓬勃发展。比如，设置专记朝廷大事的"邸报"经过邮传送往各地节度使衙门，此可视为今日报纸或"内参"的萌芽。此外，当时商业活跃，不仅丝绸之路畅通，与西亚诸国贸易频繁，国内各大城市间也有大宗货物购销，于是便通过邮传使用"飞钱"，两边各开证券，类似今日邮局汇兑之先声。

唐时，穿越秦巴的几条古道均辟为官驿大道，除著名的褒斜道、陈仓道、金牛道、傥骆道外，地势险峻的子午道也曾被辟为驿道，因为此路距四川涪陵近捷。

▲褒谷口仿古邮亭

杨贵妃所食荔枝并非产于广东，而是四川涪陵。"一骑红尘妃子笑，无人知是荔枝来。"长驱2000余里，荔枝宛然如鲜，足见神速，故此道亦称"荔枝道"。

其实，唐代普通邮传也极迅速。考察古道发现：秦汉栈道距河面较低，一般在2～5米之间，木柱木梁，易着火也易遭洪水冲毁；唐代栈道则距河面20～30米，避开洪水且与石碥道结合，险峻处则有栏杆护卫。可谓"飞梁架绝岭，栈道接危峦"，真正把天堑变为通途。一般公文，300里行程，朝发夕至。若遇王命急宣，驿卒腰扎公文，策马如飞，每逢狭路或接近下驿则摇铃为号，沿途行人如今人躲火警车般避开，下驿则接力传送，夜则举火，"光明眩目，过如飞电，望之者无不避路"。西安至成都不过三天，几乎是今天汽车的速度。

当年玄宗避"安史之乱"，德宗避"朱泚之乱"，皆由古道去蜀汉，依靠畅通的邮传，急宣速告，指挥京畿之师平定叛军，收复长安。邮传之功可见一斑。当然，古代邮传和今日现代邮电比较是小巫见大巫。但当时盛况恐怕也是世界先进水平呢。

▲秦巴山区货物运输仍需马帮

贸易之路

在相当长的年月，有一种理论，认为中国人自古就是"凿井而饮，耕田而食"，一切都可以自给自足，用不着交换贸易，只需要给皇家完粮纳税，便可以过"鸡犬之声相闻，老死不相往来"的孤立封闭生活。

其实，中国是最早开展市场贸易的国家。《诗经》中"抱布贸市"就是关于以物易物贸易活动的记载。到了西周，在建筑城市时，有"前朝后市"的规定，把市场置于朝廷宫廷之后，足见重视程度。固然，自给自足的自然经济占着一定的比例，但是地域出产的差别和每个劳动者技能不同，衣食住行所必需的生活日用品绝对不可能每个家庭自行生产。

当时，"南山（秦岭）有竹木之饶，北地有畜产之利"，关中平原则"男有余粟，女有余帛"，用以换取盖房用的竹木和牧区的耕畜是很自然的事情。据《史记》载，西周时市场贸易已相当发达，开始用车辆运输粮食竹木，著名的铜车马展示的"胸式驾驭法"要比西方先进1000多年。直到公元8世纪，荷兰人才学会把压迫马的气管、使马不能充分发挥力气的"颈式驾驭法"更改为"胸式驾驭法"。这是中国古代市场发达、贸易繁荣的有力证据。

秦汉之后，栈道畅通，把筑有京城王畿的八百里秦川与物产丰盛的汉中、四川连接起来，出现了"玺书交驰于斜谷之南，玉帛践乎于梁益之乡"的繁盛景象。

古代贸易，繁盛于唐代。盛唐时，长安人口超过百万，一条十华里的朱雀大街宽达 155 米，是现在北京东西长安街宽度的两倍半，城郭为西安现存明代城郭的 10 倍。城市辟有东西二市，客商云集，万头攒动，不仅有来自荆襄、宛洛、巴蜀、邯郸等处客商，还有远自日本、印度、西亚诸国来的大商巨贾，使长安成为世界第一流的贸易中心。

著名的丝绸之路始于长安，但长安的蚕桑并不能满足需求。战国时期修筑的都江堰，使巴蜀早获蚕桑之利，通过几条栈道，经汉中源源运往长安。蜀锦品种繁多，华贵高雅，精美绝伦，轻绢一匹仅重半两。色彩更是五彩缤纷，有水红、绛红、银红、猩红；鹅黄、杏黄、金黄；蛋青、赤青、天青……多不胜数，让人眼花缭乱，让人无法不喜爱。当初，西亚妇女为穿这样一件漂亮精美的丝绸长裙大概就像今人为穿一件皮尔·卡丹设计的时装，是肯掏大价钱的。

无怪西亚商人能长驱万里，不畏沙漠饥渴甚至生命危险来到长安，将丝绸源源运往西亚。这其中，功利目的是推动力，价值规律与市场杠杆充分发挥了作用。

发达的经济、开放性的社会风气也促使了文化的繁荣。唐代书法、绘画、诗歌、雕塑都达到经典性的完美程度，涌现出李白、杜甫、吴道子、阎立本等世界级的大诗人、大画家。他们但凡有新作，人皆争相传抄收藏，几度"洛阳纸贵"。唐时所用主要为蜀纸，为四川、汉中一带所产。

不仅蜀纸、蜀锦，大宗贸易还有茶叶。唐代茶圣陆羽著中国第一部茶叶专著《茶经》，开篇就讲："茶者，南方之嘉木也……其巴山峡川有两人合抱者……"汉中、四川自古就是茶叶诞生地，之后沿汉水传入两湖江浙。唐时茶叶一直为贡品，保证皇室所需，也大宗沿栈道运往秦陇中原销售。

需要大写一笔的是始于唐、盛于宋、延续至明、历经千年的"茶马互市"。

秦汉以来，北方游牧民族崛起，屡屡进犯中原，引起秦汉不断征剿和大修长城。唐代采取"以绢易马""以茶易马"方针。绢、茶均受游牧民族喜爱，尤其是茶，天天不可缺少，牧区又无法生产。而牧区产的良马则素为中原人喜爱。开展边境贸易可以起到外安抚边民，内充实军力驿力、繁荣经济的多重效果。因此，除短暂的元朝外，唐、宋、明几代都极重视"茶马互市"，设立茶马司，专管此事。宋时，"茶马互市"达到高峰时，每年易马达三万多匹，开封、成都、汉中成为全国三大税收城市，主要是"茶马"税收。

《宋史》载"汉中买茶，熙河（甘肃临洮）易马"。从北宋画家张择端纪实之作《清明上河图》不难看出宋朝城市贸易的繁荣。

▲山区商品运输依旧靠人力背负

　　但自从"茶马互市"开始以来，就存在一个纠缠不休的问题。最初，"茶马互市"完全官办，后来由于"茶利大兴"，有利可图，一些商人便私下购茶易马。这是被政府严令禁止的，至今尚存的镂刻于陕西勉县温泉乡米仓道的一方南宋绍熙年间的禁令表明，茶叶和食盐是严禁私人贩运的，违者要治罪，谁告发可得50贯赏钱。

　　尽管如此，只要有利可图，商人们仍然冒险交易，屡禁不绝。而专营茶马的官商则纲纪废弛，日益腐败，且不能随行就市灵活掌握行情，造成番人皆愿与私商易马的被动局面。明初，曾采取官运、商运并举，官商分利的方针，但仍出现"官运不济，私贩盛行"的局面。明弘治三年不得不大规模招商，完全"变官运为商运"，用商人的力量来稳定市场，政府坐享其利。从官营到官商合营，最后完全商营，这场长达千年的历史纠葛恰恰反映不可违背的市场经济规律，闪烁着商品法则的光辉，这对我们今天的商贸活动也应该是有启发的。

▲褒谷口为石刻荟萃之地

石刻之路

勒石记事，古之传统，大约是从先民们结绳、岩画、青铜器铭文乃至陶器上的纹饰上衍化派生出来。纸张没有产生之前，吊文、斋辞、祭文、记事、墓铭，大都只能雕刻于甲骨或金石上。由于岩石多且省事，石刻便取代了金铜甲骨，始于秦兴于汉，之后历代不绝。这些与天地共存的石刻记事状景，咏物言志，不仅为后世提供珍贵的史料、书法真迹，也成为一门专门的学问——金石学。

秦汉凿修的几条穿越秦巴的古道，当时无疑是可与万里长城媲美的巨大土木工程。尤其褒斜道南口褒谷之石门，更是开世界公路人工开凿隧洞之先河，故历代镇守史官、来往墨客皆抒怀言志，颂其兴废，相继在石门及其附近山崖镌文记事，总数达百余种。其中"汉魏十三品"最为珍贵，在国内外书法金石界享有盛誉。历代学人欧阳修、赵明诚、洪适皆有专文论述。康有为称《石门铭》为神品，近代书法大师于右任也曾吟诗："朝临石门铭，暮写二十品。辛苦集为联，夜夜泪湿枕。"近年，石门石刻研究再掀热潮，连开四届石门书法国际研讨会，海内外学人云集汉中，足见其价值。

其实，实地考察，古道石刻远不止石门一处，几条古道凿通以来，镂石刻字，历代不绝，虽经风雨剥蚀、战乱毁损，但从残存石刻依然可见当时盛况。与"汉魏十三品"中《石门颂》齐名的，还有刻于金牛道的《郙阁颂》、陈仓道的《西狭颂》均为珍贵的汉刻，内容皆与古道有关，均为纪实之作，其史料价值非同一般。故蜀道专家言必称"三颂"。

纪事素与名人有关。连云栈道经过的紫柏山，是汉朝开国元勋张良功成隐退之处，建有汉留侯祠，称张良庙，始建于汉，历代皆翻修扩建，是全国有关张良的文物遗迹中规模最大的一处。加之四周秀峰环绕，古树参天，清泉溪流，云雾

▲古道沿途碑刻众多

缭绕，自古便有"五百里云栈第一名山"之称。达官显贵经此，无不对张良明智之举钦佩，也为山光水色陶醉，于是纷纷题词，书丹勒石，致使张良庙成为一处碑碣纵横、刻石集中之处。虽经沧桑，毁去大半，但至今保留完好的尚有林则徐、于右任、冯玉祥、陈立夫、何应钦、杨虎城、王耀武、孙蔚如等名人的题刻。其中，许多石刻言简意赅，耐人寻味。比如"送秦一椎，辞汉万户""达人知机""知止"等，均为名山名寺添彩增光。

不过，有些石刻没有保护下来，委实可惜。褒斜栈道经过的留坝县柘梨园乡原有晋太康元年摩崖石刻一方，并有栈孔48个，当地人称"四十八窟窿"，是古道著名古迹。唐代文学家孙樵经此，尚称"此古阁名也"，并在其著作《兴元新路记》中笔录晋刻全文。

这块珍贵的晋刻与"四十八窟窿"毁于1971年修路。笔者到现场看时，绝无遗迹可寻，唯见山崖无言地耸立，河水呜咽漫流。笔者打问当地群众，回答："我们亲眼见着炸药塞进那些窟窿中炸的，有的窟窿嫌浅，又掏深才塞药炸……"

古刻石碑，古道沿途随处可见，大都为修桥修路的"功德碑"，也有"劝学碑"，以清康熙、乾隆、道光时代为多，如今被当地人搬来，或做小桥，或砌猪圈。笔者请教一位文物干部，答曰："清代（距今）二三百年，价值不大，也无财力物力保护。"笔者闻之，惑然无言以对，只能感叹中国历史悠久，二三百年，若在美国当属开国文物！

▲古道不时有古碑发现

　　有些石刻却保存完好，主要是荒芜封闭，少了人为损坏。比如连云栈道原要翻越凤岭、心红峡一段，如今公路绕开了这段，不曾炸山开石，使得明清镂刻的几十块摩崖石刻得以保存完整。

　　这些石刻就在荒芜的古道路边，或为荒草遮没，或为苔藓覆盖，近在咫尺不留意也难发现。幸喜日前凤县县志办前来考察拍照，把石刻用红广告色涂描一新，我们去时，老远便见着了。石刻多为楷书，刚直有力，其中一块长约丈余，镂刻于半崖，十分醒目："云栈第一佳处。"望文生义，果然，此处山峡迂回，流水曲折，奇峰环耸，植被葱茏。想当年客旅翻山越岭，见到这方石刻，再为山色所迷，想必情趣顿生，疲劳骤减。再行数步，又赫然一方摩崖："大手笔！"古道古刻，山灵水秀，真大手笔。

　　盛世修史，近年许多石刻得以恢复重刻。川陕公路筑通时，柴关岭、酒奠梁、古大散关几处都有我国公路界元老赵祖康先生题词。先生巨笔书写的几方摩崖或石刻至今耸立山巅，让人敬仰。

　　当我们终于走完古褒斜道全程、漫步斜谷口的五丈原，看到翻修一新的武侯祠掩映在参天古树之中，就连相隔不远的葫芦峪，也修有纪念亭一座，立石碑一块，铭文记事，尽叙火烧葫芦峪典故。游人至此，读文睹物：渭原、渭水、五丈原、葫芦峪，构成一幅有色有声的历史画卷。这些对于弘扬民族文化、熟悉历史人物、缅怀先人业绩，必定功德匪浅哩。

蜀道 "楼兰"

▲作者 1997 年在秦岭寻访蜀道栈孔

一

　　20 世纪，西方的几位探险家在丝绸之路发现了沉睡千年的古城楼兰，再次引起人们对探索远古文明久久的、持续不衰的兴趣。

　　其实，无论是西方被火山爆发埋葬的庞贝古城，还是柬埔寨被丛林吞没的吴哥遗址，还是丝绸之路的古城楼兰，都只是人类 5000 年文明史的一部分，或极小的一部分。在漫长的岁月中，或因战火不断，或因自然灾祸，朝代更迭，沧海桑田，多少宏大的建筑、辉煌的帝陵、将相王侯宫阙、钟鸣鼎食之家、张扬武威的祭坛、垂范后世的典籍都已灰飞烟灭，佚失散落。由于缺乏让整个世界与世人信服的物证，以致泱泱华夏古国的夏、商、周迟迟无法断代，让多少白发皓首的大学者忧心忡忡。

　　历史不应该永远地沉寂。人类的文明既然是在漫长的岁月中滴水穿石般经久积累起来的，那么发掘与整理这些文明也需持之以恒，耗以时日，或许偶然之中会有石破天惊的重大发现呢。比如被誉为 "世界第八大奇迹" 的秦兵马俑便是在 "学大寨" 的年月中，农民打井时发现的。

　　古老的蜀道在数千年间，沟通了中原与大西南。在其穿越经历的秦巴大山之中，亦有为数不少的已经消失的驿站、村落、集镇乃至整座城池，堪称大大小小的蜀道 "楼兰"！

▲米仓道牟阳城遗址

　　这些集市村镇曾经居住过一些什么样的人物？他们依赖什么生存？他们的建筑、居所、服饰、饮食、职业、交往、礼仪、习俗，他们的日常行止、喜怒哀乐、婚嫁丧葬、交赋纳税……有什么与今日不同？这些蜀道上的"楼兰"怎么从繁盛到衰落乃至于消失了呢？

　　稍加细想，便让人疑窦丛生，兴趣盎然，思量不已，深感其中的蕴藏丰厚，掘之不尽，探之无穷。

二

　　我们最早的发现是一处可能与邮、亭、驿相关的建筑，时间是 1992 年 6 月 1 日，地址是秦岭深处留坝县界牌关附近。

　　那年，我随历史文化专题片《栈道》摄制组几乎在秦巴大山中转悠了一年，全程跑完汉唐时期的褒斜道、金牛道、陈仓道与傥骆道，还涉猎了米仓道与荔枝道，不仅完成了撰稿任务，还产生了对古老蜀道持久不衰的兴趣。

　　那次考察著名的褒斜道，摄制组有两部越野面包车，两台摄像机，编导、撰稿、摄像、美工、制片、司机将近十人，可谓齐备满员。关键是大家对拍摄《栈道》兴趣很浓，精神饱满，信心十足。加之我与编导丁利，摄像程建军、刘建，制片黄建中是合作多次且相处愉快的朋友，更为这艰苦的行程增添了和谐与欢乐。

▲作者 1992 年考察金牛道

　　我们沿着褒谷行进。行前曾翻阅了所能见到的方志典籍，上面都明白无误地指出：无论史前先民自然踩踏的原始小道，还是秦汉、隋唐、元宋、明清修筑的驿道，乃至现代穿越秦岭的川陕公路，皆缘褒谷伴褒水而行。从古至今，褒谷山形水势除谷口因修石门水库淹没数十公里外并无太大变化。这就为考察和拍摄带来了方便。

　　我们采取的是逐段考察的办法，重点则集中在栈道遗迹密布的地方。这要感激文物工作者提供的线索。早在 20 世纪 50 年代末和 60 年代初，省文物局曾派干部对褒斜道南段进行过考察，并有文章发表。粉碎"四人帮"后，汉台博物馆几任领导郭荣章、张宝德、王大中、王景元等也曾不止一次考察过褒斜道。再是汉中歌剧团的美工张维铮早在几年前，为画蜀道长卷，曾骑自行车考察过数条古道。他这次担任《栈道》摄制组美工，肥胖滚圆的身上挎着三部照相机，成为摄制组的义务向导。根据他们的建议，我们第一站驻扎在留坝县马道镇。

　　这儿一看地形就曾经"阔过"，本来狭窄的河谷至此突然闪开，形成一处街市。据说这是当年萧何月下追上韩信的地方。此事并非完全附会，不仅典籍记载，再细看遗迹也颇可信。古道原本缘褒谷由南至北，马道却有一条溪水由西向东注入褒水。目下修筑着一座钢筋水泥大桥，早年则为驿道栈桥，极易被突涨的山洪冲断。据载，韩信亡楚归汉不受重用，夜逃至此恰遇溪水猛涨挡住去路，被萧何追上劝说回去，受到刘邦重用，施展了自己的抱负。此处至今尚立有一块古碑，镌刻着对这段史实戏剧性的感叹：寒溪夜涨。

　　由是，马道古镇成为一处凭吊古人古事的重要去处。今日马道则有镇级政府、

▲ 20世纪90年代作者（左一）全程拍摄蜀道

邮局银行、学校医院、旅店街市，正适合做摄制组的大本营。

马道镇一带有青桥驿、界牌关、武休关、阎王碥等多处栈道遗迹。或是残存于激流峭壁之间的石梁栈孔，或是隐没于丛林的石砌碥道，常有一股气势迎面扑来，遗痕处处，动人心魄，让人深深为古人的胆识、气魄与智慧而激动。

一连多日，我们都在这一带河谷拍摄，除了那些已有记载和标记明显的去处，我们还在当地群众指引下，拍摄到一座完全被丛林吞没的古桥，一段青石板上布满马蹄驼迹的石砌式驿道，甚至还有一段极有可能是古代先民自然踩踏出来的原始小道。那是一处紧临褒水的悬崖，全系石山，别无他途，然而就在水面上方丈把高的地方却残留着脚窝，间隔半米左右，蜿蜒穿越悬崖，把天堑变为了通途。当地群众讲这是老古时留下来的。仔细观察，人工凿痕明显，但又非常简单，仅仅是在石崖上凿下能踩脚的石窝，能攀缘着走人就行。这些石窝的开凿不一定非得铁器。我在龙岗寺古人类遗迹保护所见到的新石器时代的砍砸器具亦十分锋利，讲解人员说这类石器的作用之一便是狩猎采集时用来开路。

这类遗迹的发现因带上开创研究的成分使大家兴趣猛增，异常振奋，于是天天都期待有新的石破天惊的重大发现。

三

这个日子终于来临。我的进山日志记载，1992年6月1日上午，天落着小雨，弥漫着如烟似雾的水汽，群山夹峙的谷道偶然才露出天空，褒水的喧哗为幽静的

▲留坝老县城遗址

群山注入了激情，整个褒谷宛如大写意的水墨山水画一般美丽。两部摄像机都拍下了许多让人满意的镜头。

突然，不知谁发现，临河的巨石上有许多圆坑，由于积着雨水十分晶亮。我们开始以为是残存的柱孔，下到河边看时，四周竟排列着若干大小相似的石窝，用手探时都有四五十厘米深，且上下大小一致。无论如何，水力绝无可能在岩石上凿下这样的石窝，只能是人工所为！

我们一致认为，这排列有序的石窝注定与古道相关。行前阅读史料，请教专家，加之数次实地考察，可以说摄制组几乎大都对古道有了一定的认识。看着这些石窝的剥蚀程度与水面相距位置，我们推断这应该是秦汉时代的遗迹。那时的栈道依河临山，距水面2~5米，这些石窝恰在这一位置。再看巨石，极大且极平整，足有四五十平方米的面积，完全可以修筑邮亭、驿置之类的设施。因为史料对古道附属建筑有明确记载："五里一亭，十里一邮，三十里则设驿置。"镌刻于褒谷南口石门隧洞中的汉代摩崖刻石《大开通》对褒斜道南段的记载则更为详尽。

但至今并无一处被确认。比如盛唐时号称"天下第一驿"的褒城驿，规模气势恢宏，究竟在哪儿，学术界众说纷纭，并无定论。再如我们驻扎的马道镇，亦称马道驿，曾设驿站，学界并无争议，但具体在哪儿却又缺乏遗迹与物证。

这临河巨石上的石窝，会不会是一处邮驿亭阁遗址？为了证实我们的推想，需要用木料插进石窝来进行简易的模拟复原。正好，我有一位山区朋友陈玉智就住在附近。1985年我躲在留坝文化馆写作长篇小说《山祭》时，认识了当时受表彰的一位致富能手何清方。老人识字，经历传奇，曾因所谓"历史问题"被赶进蛮荒大山，硬凭股超人的毅力生存下来，并养育了几位很能干的儿女。我曾去他家采访，便与其全家都熟识了。陈玉智是其女婿，开着木器厂。他用汽车运来木料，并协助我们搭好亭阁。美工张维铮则据此画出了复原图形，八柱落脚，挑檐复梁，俨然一座汉式亭阁。

▲ 褒谷仿古栈道

整个过程被完整拍摄下来。编导丁利认为有新闻价值，应及时送省台与中央电视台。题目几经推敲，定为《褒斜古道发现汉代邮亭遗址》。这条新闻竟在中央电视台最重要的栏目《新闻联播》中播出。接着，新华社发了通稿，《人民日报》《光明日报》以及港台等许多大报都刊登了这条消息。

我至今忘不了得知这些消息后，大家脸上浮出的孩童般欢欣的笑容。于是大家情绪愈加高涨，兴趣愈加浓烈，准备也就愈加充分。再次进山时，除两台摄像机外，7人竟挎了11部照相机。我的美能达700型套机便是那时购置的。因为见到的古道遗迹确实珍贵，但山区兴建公路与水利工程却不断危及古迹，下次还有无机会来也是问题。另外，我感到每天整理见闻是负担也很麻烦，有了照片便会唤起许多记忆，日志只需记载简单的提纲便可以了。

四

我们都期待着有新的更大的发现。古褒斜道上的江口镇与傥骆古道的华阳镇给了我们极大的满足。这两处古镇也都曾作为摄制组的大本营，尤其是华阳镇，我们多次驻扎，每次去都有不同的发现与收获。

▲诸葛亮造木牛流马处

　　江口镇属今日留坝县管辖，距也在秦岭深处的县城尚有近百公里，处万山丛中，但这儿却是秦汉至隋唐时期褒斜道必经的重镇。不仅褒水正源主流从此经过，另外两条发源于秦岭主峰南侧的太白河、西河亦在这儿注入褒河。三水相汇，故山川河谷开阔，江口因之得名。河谷两岸，田畴烟村，集镇亦具相当规模。据说税收、人口皆占全县将近半数，在山区可算富庶去处。

　　这且不说，许多名垂青史的人物，刘邦、萧何、韩信、曹操、诸葛亮、岑参、陆游……南宋的抗金将士、蒙古赳赳铁骑皆光临过这古镇。仅是见诸史料且有遗迹可寻的古迹便有多处，比如诸葛亮发明"千梁无柱式"栈道形制残存之地孔雀台、蜀大将赵云把守斜谷时的赤崖兵器库、晋太康元年讨伐东吴时修复褒斜道遗留的48孔阁等。

　　再是一些虽见诸典籍记载，却难寻遗迹的疑案。比如曹操与刘备争夺汉中失败，从褒斜道退兵时斩杀了名士杨修，并曾写下"军扼要以临汉中"镌刻于崖石，前人曾有记叙，但迄今未见真迹。再是不少学者认为江口镇即秦汉时褒斜道上著名的"三交城"所在地。还有唐时所设的青松驿也在江口，但具体在什么位置，并无可靠信物。这些问题在几次蜀道学术研讨会上皆有专家论及，但仁智各见，并无定论，留下许多值得研究的蜀道之谜。

　　我们去江口镇时还颇费了番周折。晚唐时为利用秦岭南侧凤县境内百余公里较为开阔的嘉陵江河谷，把两条穿越秦岭的古道陈仓道与褒斜道连接起来，分别在北段与南段各取其长，形成一条新道。明清时也沿此道开辟了沟通川陕的连云栈道。20世纪30年代又在连云栈道的基础上修筑了川陕公路。这些道路都绕开了江口镇。近年虽修筑了从留坝至江口的公路，但并非沿汉唐旧路，而是开辟了新路。

我们为了拍到古道遗迹，必须沿已经荒芜千年的古道行进。虽有乡村间的简易道路，却并不能通车，只能背扛着拍摄器材、携带着水壶干粮徒步前进。原本计划一天的行程，岂料刚拍摄完孔雀台遗迹，便遇着山体滑坡，完全埋没了道路。秦岭深处又落了暴雨，褒河立时浊浪滔天，眼睁睁地看着垮掉的路基，近在咫尺，却成天堑！

▲ 古道奇峰

要在当天赶到江口，唯一的办法便是绕道而行，但是得翻越一座大山。看了看悬在头顶的太阳，那金灿灿的光辉给我们壮起了胆量，义无反顾地钻进了丛林。山高林密，那天最苦的莫过于胖美工师张维铮，将近200斤的体重，走平路尚且喘气，何况爬如此险峻的高山！幸亏程建军、方勇皆是从部队转业的精干小伙，硬是拉着拖着，协助胖美工师翻越了天险，赶到江口镇时已是隔日凌晨了。

在江口的收获要感谢晚唐文学家孙樵的一篇纪实作品《兴元新路记》。那会儿经历了安史之乱的唐王朝已是江河日下王气尽衰。为避劫乱，唐德宗到汉中（时称梁州）躲避数月之久，返回长安时，不仅提升南郑为京畿赤县，免了一年赋税，还把他的帝王年号"兴元"赐给汉中，故汉中至今有兴元之谓。当时还可能给拨了点儿资金，对褒斜道进行了一次改建。改建的地段便是，由江口开始，不再沿褒水出山，而是从江口龙王沟行进至城固文川出秦岭再到汉中。

新路修好不久，孙樵便出公差到汉中，写下了这篇《兴元新路记》。文中相当详细地记载了从关中至汉中沿途景色、驿站行程。由于文章系纪实，便成为研究蜀道的一篇重要文献。文中对江口一带的记载是这样：

又行十五里至青松驿。驿自仙岭而南，路旁人烟相望，涧旁地益平旷，往往垦田至一二百亩。桑柘愈多，至青松即平田五六百亩。谷中号为夷地。居民尤多。自青松西行一二里，夹路多松竹，稍稍深入，不复有平田。

从文中不难看出，江口当时不仅人烟辐辏，田亩相望，早得开发，还有一所

▶沧海桑田

驿站——青松驿。我们根据文中记载，先找到了龙王沟，沟口是个叫梭椤的小山村。有一株巨大的梭椤古树，树冠遮了半村阴凉。村里泉水淙淙，四周梯田层层，景色秀丽。让人惊叹的是，这不过几十户人家的小山村却走出来两位诗人。一位是早在 20 世纪 50 年代便在《人民文学》发表诗歌的唐平。可惜他后来在《凤县报》社工作被打成右派，回山村务农多年。平反后他十分高兴，买了许多香烟，进村逢人就散，当晚又招待乡亲，不想喝醉了酒再也没有醒来。还有一位诗人叫赵伯禄，他在汉中一中读高中时，写的诗倒选进了中学课本，后来上了大学，当过留坝县教育局长，至今尚健在。

这梭椤小村，除了出诗人还出歌手，其中刘子珍、王兴才在汉中地区民间艺术会演中还获过大奖。这次，我们一邀请，竟来了七八位歌手，在梭椤树下唱了一下午，引来全村人观看。日后我们曾专门剪辑了个小专题片《梭椤树下的歌手》，在陕西电视节目中获奖。

五

当然，这只是拍摄栈道的副产品。我们的目的还是要寻访古道遗迹。但也常歪打正着，比如歌手们联唱时，引来许多群众，我们打问附近有什么古迹时，一位叫李元发的老人便告诉我们在他承包的土地里，耕作时发现过柱顶石、拴马桩，

▲老街老人

还有一个巨大的石床，再耕作深些时，还能见着一层厚厚的灰烬……

这无疑是非常重要的线索。我们便请老人带我们前往，见到的情况比老人讲的还要恢宏，几乎是一座小城的遗址。整整一面平缓的山坡，四周明显残留着城墙的遗迹。当我们问李元发老人时，他回忆起小时还依稀见着四道城门，但土城内外早已是庄稼地了。我们见到的是小麦收获过后的地块，尺把高的玉米苗迎风招展。地中有株参天古树，从一层层的台阶地形仍能看出房舍建筑的痕迹。我们用铁锹试挖了几处，果真见着厚厚燃烧过的物层。大家推测，可能失火后小城便烧了个精光，不知是什么朝代发生的事情。此后，被老百姓开垦为田亩，昔日的辉煌荣耀便不复存在了，真正沧海桑田！

但这小城是否就是专家们寻觅的秦汉三交城？或唐代的青松驿？抑或是当地群众所说的梭椤城？我们特别注意寻找依据，比如石刻碑文之类，但除了在河边找到一处刻满佛像群的石崖外并无特别的收获。石碑倒发现不少，从内容看大都系修桥补路、捐资劝学的功德碑，时间皆在清代，随便置于群众院落，或砌在猪圈茅厕当作基石。

临离开时，我们还听到一则趣事：水牛不过梭椤。江口属深山盆地，又三水汇聚，夏季炎热，当地群众不仅栽水稻还养水牛。但奇怪的是，梭椤村仅在镇北二里之遥，水牛至此转身便逃，再不肯北走半步！

可惜，我们已经准备出发，且无一水牛，没有目睹这个奇怪现象。可能与橘生淮南淮北的差异同为一理吧。

曾读过一册中国留学生谈对世界印象的书，说印象至深是美国人的气魄。不仅表现在建设了横贯全国如蛛网般密集的高速公路，还表现在如果需要可以完全放弃一个建设得如花似锦的城市。如美加边境的布法罗市，1974年由于寒冷，积雪深达一米，有上百人因汽油耗尽冻死在汽车里，后总统下令全部迁走居民，放弃了整座城市。

当我站在华阳古镇残存的古城墙上，看着老城蜿蜒的轮廓，偌大的城区仅包裹着一家农户时，就突然想到了上面的故事。美国放弃城市是因为冻死了百十个公民。这座城池是因为什么原因荒芜的呢？整体比较，华阳镇要比江口镇更显恢宏。首先开阔，让人意想不到在秦岭深处会有如此大面积的盆地，最开阔处在十公里以上，且人烟密集，田畴平整。尤其小华阳一带，池塘翠竹，果林农家，鸭群水牛，真如江南水乡一般美丽。

华阳是穿越秦岭的四大古道之一傥骆道必经重镇。从关中周至骆谷进入秦岭，至汉中洋县傥谷出山，傥骆道在几条古道中最为近捷。唐时最为繁盛，曾设县级治所。

那次随《栈道》摄制组同去华阳的有洋县文博馆长周忠庆。周先生出身农家，青少年时期曾随父亲沿傥骆古道做过挑夫，对这一带山区极为熟悉。日后就读兰州大学历史系，且又从事文博考古工作，自然对家乡的文化遗产十分珍视热爱。据他分析，眼下这座荒芜废墟应该就是唐时的华阳县城。古时讲究"三里之城，七里之郭"，从目前残存的格局看，大山深处能建如此规模城池至少应为县级治所。而华阳设县仅在唐代，唐时建都长安，梁（汉中）益（四川）之州则为其后院，但逢战乱，必来避祸，比如唐玄宗避难成都，唐德宗躲灾汉中。所以驿道必须保持畅通，再是供给保障，押送钱粮，接待官吏，下达公文，都需中转环节，华阳镇正好处傥骆古道要冲，故设县级治所十分必要。

至于废弃荒芜的原因，据周先生分析，傥骆道繁盛只在唐代，到了宋时，政权东移开封，尤其南宋，秦岭已成抗金前线，县级治所便不复存在。到了明末，为防李自成农民起义，还曾组织过堵塞古道，再没有把傥骆道作为官驿大道起用。道路年久失修，大段荒芜，无复通则无人烟。县治的撤销与人口的流失应是县城荒废的主要原因。另一个原因是位置偏离交通要道。周先生指点着华阳山形水势，分析说古人讲究官衙肃穆庄重，为避驿道喧哗，县城偏离大道约一华里许，选择坐北朝南地势略高的去处修建。而驿道则需近捷，故多裁弯取直。明清乃至民国时期，傥骆道虽不再是官驿大道，但因近捷，许多商旅马帮依然常来常往。后来

▲古代营盘今天已成农家乐

华阳镇街便修于道路两边，几乎家家开店，接待往来客商，也颇热闹繁华，还有过"不夜城"之称。周先生还讲道："当脚夫的负重前进，多走一步尚且嫌远，谁愿再去远离道路的县城投宿呢。"为着生计，县城的人也都会拆旧修新，把房修在路边，好开店接客，这就使得偌大的县城彻底荒芜了。

在周先生讲述的时候，我突然想到华阳县城废弃荒芜还可能有另外一种原因：可能还与风水地域、山神土地崇拜等山区群众的信仰观念相关。因为山区群众与自然贴近，对山水土地依赖的成分更大，当然也还与相对闭塞、现代科学知识输入较少有关。

六

这些推想，在后来的考察拍摄中被证实。

在穿越秦岭的几条古道中，陈仓道由于"明修栈道，暗度陈仓"的历史典故广为人知，但陈仓道的南段却在晚唐时由于改道被褒斜道南段取代而荒芜。好在至今还能寻觅到这些荒芜的段落。乘汽车由宝鸡翻秦岭，进入凤县南星乡，路边竖着一块石碑，上刻——对面陈仓古道。沿着修着简易公路的山沟进去，一路朝南伴着一条水量充沛且清澈无比的溪流，经留坝县闸口石乡，再进入勉县的张家河、小碥河，待溪流汇纳百川，成为一条气势不凡的河流再流进汉水时，一直伴着河水的古陈仓道便也穿越了秦岭，进入汉中盆地西部边缘。这里则有三国时期著名的古阳平关遗址、诸葛亮北伐时的大本营（今武侯祠）、武侯墓、马超墓等众多古迹遗存。

无论山形水势，实地考察或是典籍记载，古陈仓道即便荒芜也被确认并无异议，只是目前虽有简易公路亦不能完全贯通。我们只能拍摄若干重点段落。留坝县境内的闸口石乡为陈仓道必经，且留有铁笼山城堡、点将台、司马带箭石等多处遗迹。我们去后留下最深印象的并非这些古迹，却是另外一些场景。完全不可想象，在土地相当紧缺的深山沟里，竟荒芜着数百亩平展展的土地以及散落在其间的已经废弃的农舍，而此地的群众像躲灾星一样远远避开这儿，宁可去开垦坡地，把自己的茅舍孤零零地伫立于坡梁山沟之间。

经过询问，群众说出的原因让我们大吃一惊。他们说这儿的土地早先也曾被耕种且住户密集，但由于"不清静，老闹鬼，家人也总生病出横祸怪事，吓得人都搬走，不敢再居住"。

怎么个闹鬼法呢？有人见到过吗？这立时引起我们极大的兴趣。

"一到夜晚，夜深人静，到处鬼火磷磷，一片惨叫呻吟，若是刮风下雨，就听到人喊马嘶，打得乒乒乓乓，还有哭声喊声，狼嚎鬼叫，吓得人头发都立起……"据一同前往张良庙的文管所所长赵靖亚解释，这可能是一种地球物理磁场在起作用。三国时期，诸葛亮六出祁山失败病逝军中后，接替诸葛亮的蜀军统帅姜维又八伐曹魏，陈仓道是进兵的主要路线，并在铁笼山与魏军展开过激战。闸口石便留有姜维点将台、铁笼山城堡等遗迹。这荒芜了几百亩的场地极有可能便是当年的古战场。在冷兵器时代，双方作战，使用的是刀枪剑戟，乘坐的是战马战车，将对将、兵对兵、面对面的厮杀，双方千军万马厮打一起，场面规模注定宏大磅礴。其战鼓激越，其锣钹尖锐，滚木礌石，飞镖流矢，加之万人的呐喊厮杀会形成一种任何交响乐也无法表现的巨大的声音。这声音能惊天地，能泣鬼神，在寂静千载的山谷说不定会被地球磁场录制下来，遇到合适的条件便会释放。据报载，欧洲一些古战场也发生过类似情况。至于鬼火就更好解释，一次大战要死多少人，尸骨不可能运走，只能就地安葬，鬼火其实是众多尸骨产生的磷火。

老赵是20世纪60年代支援山区的知识青年，在山区一待30多年，对秦岭山区极其熟稔，山川地脉、民情习俗皆了如指掌。他说山区群众看重风水地域，崇拜山神土地并非完全属于迷信。山区群众居住分散，往往梁顶一户，沟底一家，单家独户，抵御自然灾害能力弱。比如地震滑坡、山洪荒火、野兽毒蛇乃至巨雷闪电都可能威胁人的生命。所以山区群众修房造屋、婚丧嫁娶都要请风水先生察看山形地脉，选择吉日良辰。而一般风水先生也懂得地理知识，总要选择那些坐北朝南、开阔向阳且能避开洪水塌方的地方做修房造屋的地基。再是山区高寒，日照少，泉溪漫流，丛林茂密，空气虽然新鲜却总体阴湿，所以群众放弃一些房舍时总说是因为"阴气太重"。至于说遭横祸出怪事，也无非生老病死，或因缺乏科学知识随便解释自然现象。

老赵的解释基本说明了问题，也让人能够信服。我们又根据他的指引，寻找到姜维的点将台。虽历 1700 年风雨，那点将台仍巍然耸立。

点将台周围生满荆棘杂草，还有高没人顶的野艾。台下是一片极开阔的平地，站立数万兵马绝无问题。眼下生长着油黑茁壮的玉米，在灿烂的秋阳之中，阵阵山风拂动之下，枝叶一片沙沙，恍然之间，仿佛正排列着整装待发的士兵。再看四周仁立无言的青山、静卧山谷的古道、奔腾不止的溪水，一种星转斗移、沧海桑田之感顿上心头：这青山、古道、溪水可是目睹过刘邦、韩信、诸葛亮、姜维当年征伐大军的风采，威武雄健的军势想必惊飞过独立山崖的苍鹰，吓呆了隐卧丛林的猛兽。转瞬之间，千年过去，人生即便辉煌如韩信、诸葛亮也实乃宇宙之一瞬啊！

按照老赵的指引，我们又来到铁笼山下。这是紧扼古道的一对山崖，关口不过数丈，如在此把守，确真"一夫当关，万夫莫开"，可确保陈仓道之安全。仁立关下，隐约可见高耸入云的顶部有城堡模样。守关将士若居其上，敌军来犯，不仅可远眺军情，若被进攻，单滚木礌石便足以阻挡敌兵。

为能看个究竟，我随摄像师攀上峰顶。毕竟阅历千年，估计平时也无人上去，几乎没有道路，尤其接近崖顶时，我们得在密密的丛林中爬行。登上峰顶看时，面积并不很大，顶多一二百平方米，四周用巨石垒砌，有瞭望射箭的垛口。城堡内也已树木丛生。我们见到一处用石块垒就的大灶，四周还有矮墙，估计是守城士兵的伙房。此外，再没有发现其他设施，即便有，也无非粮食武器、晚间睡眠的简单卧具。无论如何，孤零零地防守城堡，长年累月面对默不作声的青山白云，其孤苦，其寂寞，是非身临其境不可体味其万一的。

绕城堡转悠一周，引起我感叹的并非是其险峻坚固，倒是士兵们的生存状态。我想起那首著名的古诗：

可怜无定河边骨，犹是春闺梦里人。

七

在已经被专家们确认的穿越秦巴大山的七条古道上，已经废弃的村落、集镇、城池与古堡中，最有气势和规模、也最震撼人心的应推与傥骆道相连的一条支道上遗存的骡马店、蒸笼场两处集镇和佛坪老县城。

这三处遗迹单从名称便不难知其各自特色，都是凭吊古迹、缅怀先人、考察人类在逝去的岁月里生存状态的典型去处，也是极有文化历史蕴含的观光旅游景点。可惜，地处偏远，且在丛林间，仅有梗塞一线的茅路可通，开发不便。但另一方面，少了游人的介入，能较完整地保存其本来面目。

我曾去过现在的佛坪县城，得知这是陕西省甚至是全国最小的县份。全县人口不到4万，每平方公里仅27人。县城人口也仅三四千左右，半小时便可绕城一周。

20世纪初因为两位县长被土匪所绑杀，新任县长吓得怀揣大印逃至将近300里外的袁家庄，也就把县政府县城一并带了来，建成了现在的佛坪县城。那座废弃的旧佛坪县城有多大呢？

这座袖珍古城恰巧坐落于古傥骆道的中间位置，距秦岭北侧关中周至县城和秦岭南侧汉中洋县县城均百余公里。它本身修筑在秦岭南麓一条长约10华里、宽约2华里的深山峡谷盆地之中。据方志载，佛坪建立县治并修筑县城为清朝道光五年，即1825年，距今已190多年。但这一带的开发则已很久远。老县城附近有杨泗将军庙遗址。杨将军为宋代的开国元勋，曾任洋州（今洋县）知州。这座县城长约400多米，宽200余米，不足一平方公里，尚不及今日一所像样的中学所占面积。但麻雀虽小肝胆俱全，既为县级治所，县级政权所拥有的一切无不齐备：首先是署衙，建有大堂、二堂、三堂，且有照壁高墙圈围；再是司狱、训导、守备、把总、文庙、佛殿、书院、城隍庙、三圣祠、接官亭、演武场一应俱全；石狮、门墩、匾额、楹联也都井然有序，有模有样。在已经倒塌倾颓的大殿、中堂、厢房、祠院中尚能发现石刻碑文，匾联题字也依稀可辨。比如，文庙有"德配天地，道贯古今"，书院则为"迎秀书院"，再是"风调雨顺，国泰民安""惜字凭心地，读书见性天"等等。让人感叹，普天之下，莫非王土，即便这深匿山沟的弹丸小城，一整套官家礼仪、道德文章也丝毫马虎不得。

这弹丸小城有多少人口？依靠什么为生？人们从事什么职业？宗教、习俗、饮食、服饰、住宅、交往、礼仪……有何特色？

所能想到的这些，也只能在情理之中去推测想象。从遗迹看，小城仅一条东西方向街道，长四百余米，倘每户占街面3～4米，两面街道皆算，至多也就

▲佛坪老县城轮廓犹存

二三百户，加之县衙、司狱、守备、把总、庙祠各类公职人员及其家属，再算上往来商旅流动人员，也就千把人口。

既然是县治所在，又有千把人口，县城始建于 1825 年，至废弃时的 1926 年，整整一个世纪，历经三四代人，应该说这百年老城有相当长的稳定繁荣阶段。我们改革开放不也才经历了 30 多年就百业繁盛欣欣向荣了吗？

就单凭日常生活必需讲，这小城也应是五业百类俱全，各色职业皆备。知县、县丞、训导、守备、把总、司狱、衙役、管事、文书之类公职人员应该有相当一批。地方士绅、名流显贵、遗老遗少总要有几十位。能在人前走动的书院先生、文庙住持、富户管家、名医郎中当然也会有。再就是米面铺、百杂店、缝衣铺、豆腐店等生活必需商家，不过肯定停留在手工作坊阶段。

榨油坊老远就能听见打油匠举起铁锤后高昂悠长的呐喊；铁匠铺开炉时火光能把整个小城映得红光一片。这家锻打的斧子也许不行，厨刀却最为锋利，往来客商都要慕名带上几把。酒坊酿出的是真正的苞谷烧酒，其味醇正绵长且不上头，自爷爷手中就有了名气，如今是第三代了。嗬！来佛坪没喝张家苞谷烧酒就只能算没来。往来的马帮骆驼客哪年不醉翻几个？再是棺材铺、纸扎店、染坊、碾坊、游医郎中、剃头担子……车有车路，马有马道，也都有些看家本事。就说开棺材铺的上代掌柜，若是死者生前缺德，或是与主家语言不合缺了银两，明明按尺寸做的棺木，死人就是横竖放不下去，最后不是弯着胳膊就是按着脑瓜。真是神了绝了！

小城太小，又被四周的大山团团围定，许多人毕生也许不曾走出城门外的山

▲蜀道沿途庙宇宏阔，此为修复过的沔阳天灯寺

沟。世代相处，攀亲联姻，早晚相见，和睦客气是注定的，但不定你一不小心，得罪了县署的一个衙役，隔天去灌麻油，会发现油坊老板对你的态度也是冷冷的了。那衙役专门负责打人犯的屁股，练出了一手绝技，看着立眉瞪眼，咬牙切齿，抡圆了的水火棍打下去却如树叶落下一般飘轻；但凡摆平了脸，满眉眼公正时，却硬让人犯皮开肉绽，几月半年卧床不起。这等角色，你能招惹得起吗？不过，这衙役的独养小儿不知怎么惹恼了书院先生，先生发了脾气执意要走，直闹得全城老少皆来挽留，最后连知县也动了大驾，那衙役算是丢尽了脸面。

小城不管有多少纷扰与繁杂，却都被圈定在那四堵城墙之内。时至今日，城墙虽有多处垮塌，但轮廓基本完整，分别被命名为"景阳""丰乐""延熏"的三道城门犹存。据说当年皆有城楼，悬有晨钟暮鼓，每临晨昏钟鼓注定敲响，其悠然沉闷如春雷震响之声传遍涧谷，四山回应，经久不绝。城中百姓百业也随着钟鼓之声开始或结束一天的营生，把上辈人的生活秩序接替下来，再一丝不苟地传到子孙手中。直到那个漆黑的夜晚来临，两任知县都惨死在土匪之手，这个按部就班运转了百年之久的袖珍城市才宣告一切结束。

这个毁掉并改变小城命运的土匪叫郇天录，生卒年月，事迹传略不详，亦无从稽考。被杀害的两位知县一是即将卸任正交手续的车正轨；一是新上任的张治，其墓尚存，曰张公墓。

知县被杀，群龙无首，佛坪缺知县竟达半年之久。后派来的新任知县吴其昌，将大印移至280华里之外的袁家庄另设县治。老佛坪县城便真正寿终正寝。富户

▲山区马帮依旧

迁走，人员流失，历经 70 年风雨之后，县城之内仅存 8 户人家，50 人左右。旧街房尚存数间，其余城区"学大寨"时已开垦为田亩。当地群众竟在有城墙保卫的土地上耕作，有时一犁翻出县衙悬匾，让人顿生沧海桑田之感。

八

现在，我们把目光再投向蒸笼场与骡马店这两处沦为废墟的集镇。如果说老佛坪县城的诞生完全是由于国家施政需要，出于官方意志的话，那么，蒸笼场与骡马店的出现则完全是市场经济运作的结果。为说明这点，我们有必要了解一下秦岭南麓人口流动变迁的历史渊源。

人类的迁徙活动往往与道路息息相关，尽管汉中盆地的龙岗石器与西乡李家村遗址都表明，120 多万年前的新旧石器时代，人类就在这些地区活动，但迄今为止，并没有发现古代先民在高山密林中生活的遗迹或其他信物。专家们认为古代先民常居住在能避开洪水沼泽又能防御野兽的二级台阶上，往往是高山向平原过渡的丘陵地带，比如西安的半坡村与汉中的龙岗寺那样的地势。

尽管远在秦汉、三国时期，穿越秦岭的古道便已形成相当规模，但主要是为了征服的需要，开展的多是军事活动，沿途驿站也由官方派出人员管理。再是当时战乱频仍，平原土地荒芜，缺乏人力耕作。战争的目的之一便是掠夺人口，比如曹操退出汉中时"迁数万户至关内"，而诸葛亮兵败街亭时，也不忘"拔西城

▲秦岭高山红桦林

千余户还汉中"。可见当时平川土地尚缺人耕种，人口向山区流动的可能性不大。由于动物生存与人类活动关系密切，所以大熊猫研究专家、北大教授潘文石在秦岭南麓洋县华阳及佛坪一带，考察研究 10 年之久，在对大熊猫生存环境研究的同时，也对人类在秦岭的开发活动进行了细致系统的研究。他认为隋唐之前，由于万山重叠，交通不便，秦岭腹地人烟稀少。到了唐代傥骆道被开辟为国家级的官驿大道，沿途设驿站，仅今华阳境内便有青山驿、望林驿、华阳驿等。柳宗元、白居易、岑参等人都在其诗文中提到上述驿站。而驿站则在山区社会的形成上起着重要作用。在那些交通和枢纽点上的驿站所在地，往往吸引四周农户、猎户、山货户持土特产品向那儿集中，然后是手工业者和旅店饭铺，由此逐渐形成或大或小的集市，吸引着更多的居民，最后形成相当规模的人口聚集地。华阳在唐时由驿站而集镇，由集镇而县级治所，就十分典型地说明了由道路畅通而引起的人口变化与社会变迁。

但秦岭山区成规模迁进人口则主要发生在明清之际。首先是明末战乱，大批农民离开了土地，为了生存，只得远避山林。再是清军入关后，土地分封迅速完成，未开发的老林便吸引着流民去占有，至今留下许多带姓氏的地名，如罗家坝、杨家滩、廖家沟等。不难想见这就是最早来此开发的户主姓氏，几代下来繁衍为一个村落。

再是平原繁华去处苛捐杂税过重，拉兵拉夫以及水旱天灾都可能引起人口大规模向山区转移。《汉中府志》对此类情形有这样的描述：“流民之入山者，九、十月间扶老携幼，千百为群，到处络绎不绝。不由大路，不下客寓，夜宿祠庙岩屋，或宿密林，取石支锅，拾柴做饭。遇有乡亲，借住写地……借杂粮数石做种，数年有收，典当山地，渐次筑屋，否则，仍徙他处。”这就十分细致地描摹了流民进入山林的生存状况。

这种状况并非暂时个别现象，最早可追溯至唐末动乱，持续数百年乃至千年之久。而蒸笼场和骡马店这种专业性很强、规模又相当大的集镇，也只有以大规模的流民做基础，并经历漫长的岁月才有可能形成。

绝大多数流民的职业是垦荒种地，山区有“头辈人受苦，二辈人发家”的说法。人只有获得起码的生存条件之后，才有可能从事或追求垦荒种地之外的职业。秦岭山区的气温、降雨、日照等因素决定了海拔1400米左右是农业区与非农业区的界限。我曾去过秦岭南麓的三官庙，那儿已是大熊猫自然保护区的范围。那里有海拔最高的一个小村，海拔1500米左右，那儿的庄稼只能种植耐寒且生长期短的苞谷、荞麦和洋芋，而且与下面山村的庄稼长势有明显区别，瘦弱低矮了一大截。再往上因高寒、多雨、日照少、无霜期短已无法再长任何农作物，也就再无人烟。

而我们所要讲述的蒸笼场、骡马店都位于海拔1800米左右的山林。可以断定，这两处集镇的居民已不可能以耕种土地、收获庄稼为生活来源。在这种更加高寒、生存环境也更为严酷的环境，只有高于农业收入的职业才可能吸引人来此居住生存。从遗迹看这两处集镇街道如今都早已废弃。残墙断垣、砖石瓦砾、倒塌的巨梁、掀翻的石磨，比比皆是，四墙围定的屋基已长出参天巨树，巨大的荆棘之下竟笼罩着一个庭院，再是石槽、石缸等都提供着众多的信息，几乎每一座残存的屋基似乎都藏匿着一个早已逝去的故事。那青石铺就的街面清晰地缀印着驼痕马蹄印，仿佛响着铃铛的驼队马帮昨天才刚刚离去……

但没有，什么也没有，悠长的街市空无一人，一片幽静，静得让人心里发毛。保护区的技术员说，就在蒸笼场附近发现了熊猫的巢穴和新生的一只熊猫。

从两处集镇都长达一华里左右的规模看，人口都应为老佛坪县城人口的一倍以上，即两千人左右，即便在今日也算较大的集镇。他们到底靠什么生存呢？

九

其实，这两处集镇的名称已经透出重要的信息。蒸笼场，顾名思义，只能解释为能够集中地大规模地生产蒸笼而且已经有了品牌有了名气并能够吸引众多客商的地方。骡马店当然也一样，应能够接待络绎不绝的驼队马帮，并能给骡马提供充足的草料，给赶牲灵的汉子们提供食宿，提供娱乐，价廉物美，声名远播，以至于马帮宁可摸黑也要赶来投宿吃饭。有了规模效益，才有可能成为秦岭南麓最大的骡马驮运聚散地。

这两处集镇注定互相依赖，相辅相成。只有生产大批量的蒸笼，才可能吸引众多的马帮。反之，只有多来马帮，以销促产，才能把蒸笼场的成本投入、生产程序、资金周转、来料加工压缩到最低限度，形成规模，增产增效。要不然也就不会产生秦岭山区最大的蒸笼专业生产基地。

但这处集镇的生产发展与繁盛最根本的还是依赖了秦岭南麓得天独厚的自然资源。

区划我国南方北方两类气候和长江黄河两大水系的秦岭有一明显特征：北坡险峻短促，南坡逶迤绵长。秦岭太白山主峰海拔3767米。南麓最高山峰兴隆岭也高达3071米。从主脊分界到江汉平原，延绵200余公里。若登高远眺，群峦起伏，层次分明，地势逐级下降，到达盆地中心城市汉中，海拔仅500米，构成了一幅气势磅礴、波澜壮阔的层状地貌景观。

更重要的是，秦岭南麓超过2000米以上的山岭著名的便有九道，由南而北依次为土地岭、马道岭、柴关岭、凤岭、牛岭、兴隆岭、太白岭、秦岭、大散岭。这些高大的山岭足以阻隔北方的寒流和拦截南来的雨云，使秦岭南麓广袤无垠的坡岭涧谷雨量充沛，气候温润，泉溪漫流，不仅为数以千计的植物种群提供了优越的生存环境，也成为国宝大熊猫一块最后的栖息地。

秦岭南麓逶迤连绵的山体不仅为各种植物生长提供地盘，同时由于秦岭处于区划我国南北的分界线上，所以南北植物均可生长，呈现交汇态势。再是秦岭南麓的海拔从汉江平原500米直到3071米的兴隆岭，海拔递增，造成温度雨水递减，这又造成植物各择所需，垂直分布。

在秦岭脚下海拔800米左右的丘陵与河谷，长年生长着高大的栎树、枫香、板栗、麻柳、白杨、苦槠、青冈、香樟等阔叶乔木。树干高大，枝叶茂密，呈现出亚热带植物特色。栖息在这一带林区的珍稀鸟类，首推朱鹮。它常在美丽的朝霞和夕阳中，扇动着修长的双翼掠过绿色的丛林，那鲜红的长喙在阳光照射之下仿佛神奇的灵光。隐匿在丛林中的锦鸡也不甘寂寞，常成群结伙，突然之间扑棱棱飞起，拖着五颜六色的长尾，由一块地飞往另一块地，扬扬得意地啄食着荞麦与苞米。它们可能还闹不明白，这委实是沾了朱鹮的灵光。伴着它们的还有狡猾的狐狸与憨厚的刺猬，只是由于它们天生的根深蒂固的谨慎，很少暴露踪迹。再往上，在海拔 800～1800 米的地区是暖温带落叶阔叶林生长的家园，以麻栎、漆树、枫香、毛栗为主，油松与华山松、铁杉、北樟、白楠等也有相当地盘。伴着它们在这里安家落户的有美丽的毛冠鹿、珍贵的林麝与机警的猞猁与金猫。时不时地，小熊猫也会来串门。

海拔 1800～2600 米是秦岭的中山区。我们要讲述的蒸笼场与骡马店正好坐落于 1800 米左右的山峦。古代先民何以要选择这一高度居住？是出于偶然，还是经过周密思考后的选择？考虑到流民来自众多省份，不可能产生能指挥众多流民的领袖人物，即便某一两个家族整体流落至此，完全陌生的环境也会使领袖人物固有的经验智慧难以发挥。事实是，在一种严酷的生存环境中，一切都只能以生存的条件为选择前提。

先民们的选择是智慧而准确的。海拔 1800 米是中山区的最低临界，人类的居住当然越靠近平原越好。同时 1800 米又是他们获取生产资料资源的起点。因为从这一临界处到海拔 2600 米的广袤林区，占据绝对优势的树种是桦树。这种挺拔高大的树种，在秦岭南麓的山峦几乎集中了它们家族的所有成员：树干粗壮、仿佛披着银盔银甲的白桦，在阳光照耀之下，整个树林都泛着红彤彤光辉的红桦，还有坚桦、亮叶桦与牛皮桦都各自展示风采，竖起耀眼的旗帜，扎起醒目的营盘，骄傲地向世界宣示它们的存在。

而所有桦树的家族都能够向人类提供最优质的无可取代的桦树皮——这是做蒸笼最起码最主要的原料。这就是蒸笼场能够产生、发展、繁盛，并吸引众多流民中智慧的手艺人向其靠拢，最终形成蒸笼专业生产基地的根本原因。

人类的开发活动注定要影响到动物家族的生存。值得庆幸的是，求得生存是动物的本能，它们又大都生活于这一高度的上部。秦岭地域的广袤也为它们躲避灾难求得生存提供了条件，使它们能够至今继续生息。

再往上，在海拔 2600～3200 米之间的亚高山地是秦岭冷杉、巴山冷杉、太白冷杉、云杉等耐寒树种的领地。这一地带已绝少有人烟，大熊猫、金丝猴也只是炎热的季节才来避暑。至于海拔 3200 米以上已无森林分布，只有耐寒的灌木丛和草甸。我的一位同学郑松峰在秦岭林区工作了 30 多年，曾任华阳自然保护局局长，现已退休，是位森林通。他多次随我们拍摄栈道。据他介绍，在海拔 3071 米的兴隆岭顶，除高寒植被、古代冰川遗迹外，他还见到过大片生长的野葱，竟如人工栽培一般齐整。大自然的神奇让人惊讶。

+

当我们大致明白秦岭植被分布的状况以及这种分布能够为流民提供基本生存条件之后，再把眼光投向蒸笼场与骡马店，探究一下先民们是如何利用这些资源寻求其发展的。

可以想象，能够造成灾民流动的无论是动乱还是水旱灾害都注定是大面积、大范围的，牵动社会各个阶层，尤其是低层，其中也包括会各种手艺的工匠。人们在向大山区流落求生时，会自然地产生一个分化过程。只会作务庄稼的农民只能选择海拔1400米以下的农业区；猎户和采药人会选择人迹罕至的丛林；泥瓦匠则注定留在土层深厚的丘陵。再是铁匠、木匠、银匠、阉匠、造席、杀猪、编席、挂粉、搓绳、裁缝、纸扎、酿酒……诸多工匠，千行百业都只能向人口密集的村落靠拢。

经过分化整合，最后仍向高山密林进发的除了猎手、药户，就只剩下靠林产品生存的工匠。这部分人还可能分化，比如专做木桶、木盆、木勺、尖担、扁担、锄把、连枷、筛子、簸箕、竹筐、竹篓、晒席、牛笼嘴、驴脸颊……等等农业文明时代须臾不可或缺的各类生产工具的。这其中，注定还有专做蒸笼的！

在其他工匠都选择好落脚去处时，人群越来越少，越来越零落，只有会做蒸笼的工匠胸有城府默不作声。他们清楚这尚不是他们的栖息地，只有当老远见着白桦、红桦、亮叶桦那高大的树干，闪亮如红、白旗帜在山风中招展时，他们才有一种绝处逢生的感觉。但他们又会不露声色地把这种喜悦隐在心里，拖着疲惫的身体向希望靠近。

最初的创业者不会很多，环境的严酷对人的选择也很严酷。诚如典籍所叙："夜宿岩洞，或宿密林，取石支锅，拾柴做饭……"谈不上任何生活资源，完全是原始先民的生活。

这其中会有流失，会有淘汰，但留存下来的则是最有生存能力、意志最坚强、最聪慧也最优秀的工匠。他们首先看准的是这里的资源，就像淘金者最先认准的是黄金一样。吃苦是必须的，但过后会有结果，会有希望。这些信念支撑着他们纵是地狱也会跳下去！

最初钻崖穴，住窝棚，伴野兽，食野菜是注定的。只有当采集到第一批桦树笼圈，经过去皮、熏制、漂白，制作出第一批蒸笼，创业者们才会直起腰身，抚着布满老茧的双手，乌黑的脸上才显出欣慰的微笑。

蒸笼的销售应该不成问题。蒸笼场虽在秦岭腹地，但距关中平原与汉中盆地

▲蒸笼场遗址

都只有百余公里的路程，负重也就三四天的行程，从蒸笼场朝北经都督门、厚畛子，再沿骆谷出山便是周至县，将面对一望无垠的八百里秦川。

若逢初夏，登高眺望，渭河两岸完全是麦浪构成的海洋。这块曾经构建过周、秦、汉、唐等十三个王朝的京畿重地，最早就凭着盛产小麦，把华夏民族的农业文明推向极致。时至今日，关中平原仍是中国最重要的小麦产区之一。

小麦可以磨出面粉，而面粉可以做出种种面食，其中最重要的要算馒头，也就是关中乡村普遍所说的蒸馍。蒸馍作为关中农民乃至城镇人的主食，不知起于何朝何代，但肯定相当久远，也许可以追溯至隋唐，也许可以追溯至秦汉。如今仍作为经典食品被保留，丝毫没有被任何食品取代的迹象。

一个农民，一生要吃多少蒸馍？一个农妇，一生要蒸多少蒸馍？而蒸馍就需要蒸笼：村村寨寨、家家户户，这该是一个多么广大、永远供应不完的蒸笼市场。这且不说，关中平原往东出潼关是河南河北，也就是中原地区。往西过宝鸡是陇东。这两个地区几乎与关中平原一样，都是传统的小麦产区，老百姓世代同样是吃蒸馍长大。这又该有多么广大的蒸笼需求市场。

面对如此广大的市场，蒸笼场肯定不是唯一的蒸笼生产基地。但应该相信，能以一种产品名称作为一个地方名称，那么这种产品一定是在同类产品中占据份额最大、时间最为悠久、也最受用户信赖的产品。

蒸笼场生产的蒸笼应属于这类产品。但毋庸置疑，蒸笼场能够取得的这种市场效应，不可能在短时间内完成，可能经历了整整一个世纪或者更加漫长的岁月。

但是，不管经历了多长的岁月或多么复杂的经历，注定绕不开，或回避不了以下这两个方面。

十一

首先，当有工匠在秦岭南麓开始生产蒸笼的消息断断续续传出，当时肯定还没有蒸笼场这个说法，但也会像暗夜中的火光一般吸引众多的穷苦百姓。不管他们原籍在哪里，或是遭受什么样的灾难，但有一点是共同的，那就是穷困，就是急于寻找到一条生存之路。他们可能会转弯抹角地寻找亲友、同乡、熟人等各种关系，也可能就直接拖儿带女、疲惫不堪地爬上高高的秦岭到处找寻，最后终于凭着几缕炊烟指引，在密林丛中找到了那最初的几位或几户"淘金"者。

他们之中，也许有谙熟这门手艺的工匠，也许有指靠自己未成年的儿子来拜师学艺的，也许有深知自己不是学艺的材料、凑合着来当个下手伙计之类的，挣钱事小，先寻条生路。求人的事总是尴尬的，但为了活命顾不了多少脸面，再说大家原本都无根基，底层群众都还讲点儿江湖义气，能拉扯就拉扯一把。于是，先是窝棚岩洞，后有简易板房，雨后春笋般在山谷蔓生起来，缕缕的炊烟在板房盘绕不去，泉水边有女人淘米洗衣，森林中叮咚之声不绝，沉睡亿万斯年的冷清山谷变得富于生机。

最重要最深刻也是最根本的变化渐渐地、不知不觉地在蒸笼场展开。由于工匠增多，作坊倍添，必然迟早要发生一场革命。那就是工匠与工匠之间、作坊与作坊之间的竞争。这种竞争在经历了最初的盲目与混乱之后，最终表现在了人才和产品上。那些手艺精湛的工匠成为多家作坊争夺的对象，最终导致了工匠们对技术技巧的潜心钻研。以至形成某个家族对某种技术的垄断，父子相传或传媳不传女的家族已在蒸笼场出现。

蒸笼场悄然展开的竞争最后又表现为产品的精细分工。有的作坊专门生产关中大户人家所用的直径3尺8寸以上的蒸笼，采用上好的桦皮和实实在在的工艺，竟使蒸笼能使用一两辈人。有的作坊专门生产大型蒸笼，专供寺院或赈灾时使用。曾造出过直径一丈的巨笼，在陕甘一带以吃蒸馍为主的城乡造成轰动。有的作坊却又相反，偏偏只产一巴掌大的小竹蒸笼，专门供应西安城里卖枣泥甑糕的摊贩。后来连女人也参与进来，用绣花朵做针线的心机暗中较量，一比高低，在人类这一古老的谋生手段上费尽了心血，最后也为蒸笼场挣够了脸面。

另外一项内容则是对市场的占有。有市场是一回事，如何去占有又是另一回事。当时没有任何先进的传媒广告能够一夜之间让蒸笼场生产的蒸笼家喻户晓，只能凭借蒸笼自身的经久、耐用、精巧等优秀品质让人们在使用中去逐渐感受并认可。它的传播也很可能是经常使用的女人们在走亲戚、回娘家的当口，无意识的一种介绍。这种传递信息的方式无疑是偶然的，是有限的，但却是有效的，是不屈不挠的，也是实实在在的，需要一个漫长的时间来逐渐扩大，直到整个关中平原的农家都知道买蒸笼要买南山蒸笼场的蒸笼，那是正宗！

　　随着蒸笼场的诞生和发展，骡马店集镇的形成就比较好理解。或者说，它们几乎是在同一时期诞生的一对孪生兄弟。因为蒸笼生产出来后，地处深山，悠悠山道，最适用的运输力量只能是骡马。于是接待骡马的客店便应运而生，在孤寂漫长的岁月逐渐形成众多的客店，也如同那些蒸笼作坊，在竞争中形成各自的特色。

　　当然，接待往来的驼队马帮，这件事情本身要远比制作蒸笼浪漫和富于情趣。接待驼队马帮总是黄昏，这时的夕阳给广袤的群山洒上柔和的金辉，鸟儿成群地归林，正是烧晚饭的时节，近里长的骡马店家家都升起炊烟，缠绕不去，末了与山谷间飘升的暮霭混合起来。松明火把常突然从山道亮起，接着铃铛声隐约传来。"来了，来了！"孩子们先鼓噪欢呼。于是整条街道都灯火通明，青冈柴在灶膛噼啪燃烧，女人们挽起衣袖在菜案忙碌，备好热气腾腾的饭菜。当然会有让人馋涎欲滴的腊肉浇酒，那是精明女人算准了相熟的马帮来的日子。赶马人也会老远就放开嗓门儿，引吭高歌，那其实是一种无字的号子，总是"噢嗬嗬……噢嗬嗬……哎……"拖着长长的尾音。但骡马店掌柜却都分得清谁喊的号子："快，张把式来了，把麂子腿煮起。"

　　肯定也有发生意外的时候，一些远自内蒙古、甘肃来的赶驼人，长年跋涉，能吃能饿，赶来歇店前有时　天没沾水米。懂得规矩的客店会蒸起大笼蒸馍，再拣大锅做饭，赶驼汉子要吃上一阵，歇上一阵，给骆驼添水，给骡马加料，完了敞开肚皮又吃，一个汉子吃一笼馒头是寻常事情。倘若不明情由，他歇息的当儿以为他吃饱了，捡了碗筷，那可就犯了"规矩"，赶驼汉子会骂你祖宗三代，并约合同伴再不来你的客店！骡马店则极少有挨骂的店主，大家多年在骡马店，有的已几代人，称得上百年老店，明白通晓这行业的各种规矩！

　　可惜，这些情景皆是据蒸笼场、骡马店长达数里的房舍残基所推测想象。实际情况怎样，那是谁也讲述不清的事了。今日蒸笼场、骡马店皆空无一人，松竹夹道，房基中间野草蔓生，弥漫着一股浓浓的霉腐潮湿味。脚步惊动间，大白天也扑棱棱飞起一只岩鹰，或是倏地蹿过一头林麝！

再是石磨、石碾、石槽、石缸，一根拴着皮条的鞭杆正烂朽在石碾旁边……给人的感觉仿佛主人刚刚离去，前不久他还用这鞭子吆着毛驴推碾。

但再走几步，又分明见着一家四墙尚存的宅基中央，生长着一棵冷杉，径粗逾尺，高可参天，又让人顿生沧桑之感。早在1987年北大教授潘文石追踪大熊猫至此，根据年轮测算，认为这些冷杉至少应有70年树龄。据当地老人讲述，这两处集镇清道光年间还极繁盛，他们的爷爷还曾经往那儿送过食盐，带回过编制精致的蒸笼，直到他们成年，家中仍在使用。时间当在鸦片战争前后，细算起来，也应该是150年前的旧事了。

十二

如此繁盛、如此具有规模的集镇究竟因为什么原因废弃荒芜？这是极能诱惑人探根寻底的事情。我对此一直不能释怀，曾向多位森林工作者、文史工作者打听。回答不外以下几种：匪患严重、交通梗塞、暴雨成灾、垮坡塌方……

遍查方志、府志、交通志、水利志，仅有一则简短记载："清穆宗同治十三年（1874年）7月16日至18日大水涨，华阳、茅坪、铁冶河、湑水河、金水河各山起水，树木蔽江而下，淹及田地房屋，淹毙人口颇多。"

蒸笼场、骡马店属灾区范围这无疑问，但都处海拔1800米的高山，遭暴雨山洪袭击的可能性有，但不至于毁灭。残墙遗迹更有可能是为废弃后的漫长岁月所毁。再加前述匪患等因，是否严重到足以让人们把人老几辈辛劳建成的家园完全抛弃？匪灾、水灾、交通中断等可能都是原因，但似乎又都不是能让人信服的根本原因。

人口的流动迁徙、城镇的废弃荒芜在整个人类的文明史中不是个别现象，也是吸引学人不断深究的一个经久不衰的话题。仁智之见，皆属正常。其实，寻根追底、揭秘探源固然重要，但探究的过程，查访典籍，寻叩遗址，拜会学人，开阔视野，丰富知识，陶冶性情，磨炼学养，营构一种奋进的心态，进入一种新鲜的领域，不也是一件饶有趣味且不乏意义的事情吗？

后记

一

看着整理完备的书稿，不由感叹，蜀道写作，看似偶然，细思还是多有因由。首先我已在这片土地生活了半个多世纪，只能归结于命运，因家庭蒙难离开城市到陕南乡村落户。村后不远便是巍峨延绵的秦岭，距被誉为"蜀道之始"的褒斜谷口仅几华里，从小学五年级起我就加入了上山割柴的乡村孩子的行列，开始与秦岭打交道，后来又在褒谷口的褒河中学读书三年。

1964 年，我初中毕业考取中专因政审落选，回乡务农，不是一年半载，而是漫长的 18 年。那一带只要当农民，就注定要与秦岭打交道，砍柴，采青肥，割牛草，割毛竹……漫漫年月，也不知在褒谷中奔波了多少次，以至于对沿线的山形水势、村落古镇都熟悉得如同比邻：将军铺、褒姒铺、桃园子、麻坪寺、沙河沟、雷家滩、青桥驿、马道驿、武休关、画眉关……

那些依山临河的驿道古镇，高低参差的青灰瓦屋，麻石铺就的狭长街道，由赤变黑的铺板门面，家家门前悬吊的黄苞谷、红辣椒，院子里的石磨石碾、长镶薅锄，屋顶盘绕不散的炊烟，门前蹒跚哼哼的肥猪，在泥水中跑跳的孩子，敞胸奶孩子的女人……再是两岸伫立延绵的山峦、奔腾不息的褒水，构成一幅独特、神秘、千古如是的画卷，总也让人猜测不透，阅读不尽！

自然，还有生活其中的人物。由于亘古便为南北通道，每遇战乱，各省人都进山避难，五方杂居，回汉交融。任何一处山镇，细查总有十数省人后裔。祖上做官为宦的、巨商客贾、青楼名妓、匪类逃犯……都能抖搂出来。加之山高皇帝远，生计艰辛，形成种种奇风异俗，也让人瞠目结舌！

▲作者曾用十年时间探访蜀道

　　一妻多夫，招夫养夫，站门汉，拉帮套，搭干亲，错综复杂。一个街镇，整条山沟全是扯皮亲戚，有难共当，有福同享，全靠拉帮结伙才能打发山地孤寂艰辛的日子。

　　秦岭深处生存环境恶劣，人的命运也常大起大落。记得生产队组织伏天为耕牛储备饲草，笔者曾住过一家。房主系生产队长，早年经商流落至此。一个相当精明的汉子，在公路边筑起几大间瓦屋，院落开阔，屋后便是柴山，又有溪水流过，真正柴方水便。老婆身形秀气，两个娃儿牛犊般壮实，家中缝纫机、自行车、收音机一应俱全。这是那个时代富有的标志，让我们这些平坝农民都羡慕不已。

　　岂料，再去时已情形大变。先是，老婆清晨在河滩巨石晒粮食，中午让孩子看守。本来晴日当空，谁知秦岭深处落了暴雨，洪水突然袭来，顿时淹没了河道，眼看粮食、小儿子被洪水吞没。大儿子去救弟弟，没有上来，老婆急疯了，扑下去救两个孩子，结果母子三人同时毙命！接着，莫名其妙一场大火，把一院房舍烧得精光。转瞬之间，家破人亡，只剩得男人孑然一身！

　　但这个人并没有被击倒，笔者再见他时，得知他在烧焦的山墙下搭个偏厦暂且栖身，依然当生产队长，讲话依然简练干脆，依然带着山民们整日出坡干活，猛显苍老的头颅宛如雕像。我由此明白了何为男人，何为毅力与坚强！

　　这一带柔风细雨，水土使然，亘古便出美女。进谷十里便是褒姒的故乡。常见土院茅舍中闪动着身形秀气的女子，与男子一般坚韧勤苦，手提砍刀出坡拖毛

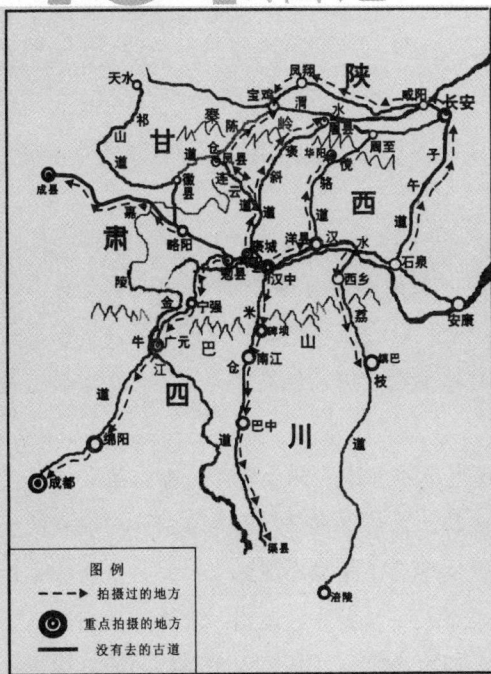

▲作者考察蜀道示意图

竹，背着娃儿在河边洗衣衫。若遇男人出坡狩猎、伐木致残，却也果敢，为一家生计奔波。实在过不下去，便断然牺牲自己，再拉扯个男人上门，支撑这行将倒塌的家庭！我当年曾在褒姒铺见着一个女子，衣衫简朴，赤着双脚，代替牲口，推着石磨，因出力流汗面若桃花，四周的山峦、流水、炊烟，都因为那推磨的女子而愈加显得古朴和谐。

多少年过去，那推石磨的女子比那些浓妆艳抹的女子在我脑海里还要清晰。我由此知晓了美是朴素的，犹如真理是朴素的一样。

"文革"时期，在褒谷口建造石门水库，致使国家重点保护文物石门石刻，以及褒谷24景、褒姒故里、沿线村镇尽皆淹没于一派大水之中。

修建水库，惠国利民，熊掌和鱼难以兼顾，但愈是消亡的东西便愈让人怀念，愈能勾起人的记忆，进而产生联想。这一切都是进行文学创作必不可少的因素。由此积淀的"块垒"笔者曾写进以秦岭山地为背景的两部长篇小说《山祭》《水葬》，其中内容已涉及古道。

最早专门写蜀道则是1985年，我正在北京鲁院学习，利用创作假在秦岭深处留坝写长篇小说《山祭》。间隙写了一组八篇有文化色彩的散文，意在表现山区婚丧、习俗、民居、饮食、服饰等方面的变迁。留坝为历代蜀道必经，我受到启发，将这组散文命名为"古栈道风情系列"。《汉中日报》连载了这组文章，接着《人民日报》海外版也转载了，还获得汉中地区文艺成果一等奖(1985年12

月），得了 300 元奖金。当时是笔巨款，因我的工资每月才 43 元，很受鼓舞。这组文章收入本书第三辑"褒斜古道调查"。这应该是写作蜀道之始，尽管离蜀道真正内涵还相距甚远，当时也没有打算继续跟进，但偶然尝试却为日后蜀道写作拉开了序幕。

从 1984 年春天到 1988 年夏天，我先后在鲁院和北大学习，那会儿文学新潮不断，国外各种书籍也介绍到国内，萨特、加缪、罗丹、马尔克斯……我在北大图书馆还看到一本《房龙地理》，采用文学的手法描写城镇乡村，自然景物都被赋予了生命。作者甚至像给我们介绍某个人一样去介绍美国、日本、比利时，讲这个国家的历史、物产、习俗或与某个国家的恩怨，让人在十分轻松的氛围中认识了庞大复杂的国家。这种写法一下就吸引了我，觉得许多不好表达的东西都鲜活了起来。我到处买这本《房龙地理》，没有买到，却在三联书店买到史念海的《河山集》第二集，现在已买到《河山集》第九集。说起来惭愧，我这才知道史念海是我们国家历史地理学的奠基人之一，读他的作品能带来各方面启迪。比如，我们对唐代的理解往往是以唐诗、书法、绘画、歌舞为视角，觉得那是一个强盛时代，但史念海的文章却是从长安的地理环境谈起，他考证出那时是整个地球的温暖期，人类开发有限，秦岭以北、长安四周、八水环绕、湖泊星罗、植被茂盛、禽兽成群，我们现在视为国宝的熊猫那时在秦岭北侧就能生活。这就开拓了我们对唐代长安的了解空间。

这些阅读带给我的最大启发是，开始用文化的眼光来看待自己生活的汉中这片土地，还总结出了解她前世今生的两条线索：一条是沟通南北穿越秦巴大山的蜀道，因为影响这片土地历史进程的重大事件、重要人物莫不与古道相关；另一条是由西向东、贯通汉中全境的汉水，从根本上说，正是汉水这条母亲河造就了美丽丰饶的汉中盆地。这种想法一旦产生便挥之不去，遂产生了全程踏访蜀道和汉水的念头。

但是，我从北京回来，并没有付诸实践，一方面是手边缠着几部中篇小说和传记，另一方面还缺乏考察蜀道的必要准备。一晃几年，1991 年我一下出了四本书：长篇小说《水葬》、中篇小说集《黑牡丹和她的丈夫》、传记文学集《流浪者的奇迹》、散文集《乡思绵绵》。截至那时，我已经创作出版两部长篇小说、十几部中篇小说和传记文学、50 多个短篇和 100 多篇散文，《王蓬文集》前四卷的主要部分已完成。下一步该怎么走？我似乎到了十字路口。其实也可以继续沿着纯文学的道路走下去，事实是当时还酝酿过一部长篇，写一个家族半个世纪的起落沉浮，列了提纲，勾画过人物表，甚至还试写了两章。因为当时一个朋友约稿，是四川文艺出版社的，他看了《山祭》《水葬》之后，专程到汉中谈这事，在他来汉中之前我赶写了两章，想让他把握一下文本和语境。他看了挺有信心，说这次争取写出个有动静的获个奖什么的。但他走后，我却怎么也鼓不起劲来，因为从写作的第一天起，我就没有想过为获奖去写作，由于性格由于对文学的理解，这种心态影响到后来。一想到朋友的期待，一想到为获什么奖，我反而泄了劲，腻味。所以陈忠实写《白鹿原》说像蒸馍馍一样，不敢把气泄了，是有道理的。

二

这就起了踏访蜀道的念头。我那时在市群艺馆，写了个考察蜀道的报告，还找分管文化的崔专员批了一下。恰在这时，时任汉中市委（今汉台区委）宣传部部长的黄建中倡导拍摄蜀道系列电视片，得到市委市政府支持。《栈道之乡行》邀我撰稿，双方一拍即合。参加这次拍摄活动的人还有博物馆的王大中、王景元，电视台的丁利、程建平，大家对拍摄蜀道都充满激情。接下来，褒斜道、金牛道、陈仓道、傥骆道、米仓道，北到五丈原，南至都江堰、四川广元、甘肃成县。夜闯江口、翻越牛岭、搭制仿古栈道、拍摄婚嫁场景、孔雀台遇险、明月峡踏浪……1992年我们几乎跑了一年。由于承担撰稿任务，我除了全程参加拍摄还要阅读各种资料，这才接触到蜀道的内涵。

常常，在已没了人烟的万山丛中，面对无言的青山，湍急的溪流，残留于悬崖峭壁之上的石梁、栈孔、碑刻、碥道，我伫立呆看，只觉一股气势迎面扑来，遗痕处处，动人心魄，让人深深为古人的胆识、气魄与智慧激动。为什么偏偏是这种形制状态，而不是别的形制状态？为什么只发生在这里，而不是发生在别的什么地方？为什么同样一段古道，秦汉、隋唐、明清却各有自己的形制？古人究竟出于何种思考……

一切都让我感叹不已，思量不已，深感自己才刚刚开始阅读一部无尽的大书。正是从那时起，我中断了从事20余年的文学创作，中断了一部刚刚开头的长篇

▲ 2000 年 4 月《山河岁月》研讨会

小说。朋友惋惜，我却明白，偶然中有必然，受喜爱文史的父亲影响，原本我对历史的兴趣并不在文学之下。

一般来说，涉及古文字、金石的学术史料，会很枯燥。我国学术泰斗王国维曾把学术研究划为三个境界，通俗地说就是味同嚼蜡、废寝忘食、独上高楼。山西作家韩石山也把人生分为三个阶段：青春作赋，中年治学，晚年搞乡邦文献。意思是人年轻时有激情想象力适宜搞文学创作，中年有阅历积累不妨研究学问，晚年为家乡留点儿文字。踏访蜀道时，我 40 多岁，人到中年正好治学，接触这些史料，毕竟搞了多年文字工作，从小喜欢文史，很快就能融入其间，尤其是一边踏访一边阅读，文献与遗址、遗迹结合，容易弄得清楚，还能发现问题。比如严耕望教授的《汉唐褒斜道考》，体大思精，是研究汉唐时期褒斜古道的重要文献，但其中有个观点：斜谷长、褒谷短。我们全程走完褒斜道就发现不对，斜谷仅 70 余公里，褒谷长达 200 余公里。这位大学者客居香港，一生并未到过褒谷，所以出错。有的学术文章写得很有文学性，比如杨涛的《褒斜栈道美学试析》，从美学角度谈古蜀道的逶迤之美，这就与文学的性质衔接起来。我们不可能把深奥的学术问题讲给群众，只能采用清楚明白的语言讲述，争取做到雅俗共赏。所以我在写脚本时没有太费事。最初定为十集，叫《栈道之乡行》，我在张良庙写了两个月拿出初稿。我和担任导演的丁利拿到中央电视台去征求意见，中央台副台长洪民生和艺术部主任藏树青都看了脚本，很感兴趣，建议备两个方案，一个

▲ 1992年作者在褒谷

按十集拍，地方台播，再搞一个小时精编版，中央台播，精编版叫《栈道》。一个小时内要说清中国古代足以和万里长城和京杭大运河媲美的古道，确实要下功夫，就像写精粹的短文一样。他们提醒的两句话现在我都记得：一是要把水分榨干，多余的废话一个字也不要；二是要把蜀道真正的精髓挖掘出来，表现到极致，让再搞的人止步。后来基本按这个原则去努力，十集播出，又从5万字十集的脚本，精简到不足一万字，请赵忠祥配音。首播是在1994年第四届蜀道及石门行研讨会上，国内外专家来了100多位，上海复旦大学杨正泰教授、西北大学李志勤教授、中央党校的王子今教授、上海博物馆的陶喻之等都是国内研究古道的著名专家，对《栈道》纪录片充分肯定，彼此还成为互赠书信的朋友。日木专家还提出购买此片。这个片子应该说是成功的，很长时间被作为宣传汉中的节目。

三

蜀道写作成为我文学生涯的转折点，由纯文学转为纪实文学，发现了新的写作线索，完成了《功在千秋》《拓片世家》《墨林春秋》和《风雨人生》这四部和蜀道相关的人物传记，前后历时四五年之久。最早产生的念头是写张佐周。在拍蜀道时我发现许多遗迹毁坏，很多都是近几十年人为破坏的，比如留坝拓梨园48孔阁是三国时魏国讨伐东吴时拓展古道的遗存，有摩崖刻字。唐代孙樵经此

▲ 2008 年 9 月作者蜀道专著首发式

发现，在其著述《兴元新路记》中说："此古阁名也。"这处在唐人眼中已是文物的遗迹，1981 年修路时被村民炸毁，还有留坝闸口石清代完整的驻军营盘，"学大寨"时毁城种地了。所以当我得知张佐周在 20 世纪抗战前夕修军备命脉西汉公路时，保护了石门石刻，其中的文化意义非比寻常。真正着手采访我觉得棘手，传主是学贯中西的专家，我国现代公路的先驱，年龄超过我的父辈。他生活的时代，我根本不熟悉，怎么沟通和交流？所以必须先了解他们生活的时代，了解那一代知识分子的思想情感、西汉公路的修筑背景等。这是做好这件事的基础和根本。为此，我邮购了中国文史出版社出版的全套 40 卷本《文史资料选辑》以及 1985 年创刊到 1995 年的《抗日战争研究》，翻阅多种省市交通志书，寻访了多位仍活着的亲历者和知情者。从 1992 年到 1995 年断断续续三年之久，我感到有把握了，才正式与张老联系。

第一次见面就带有传奇色彩，本来联系好了，赶到上海张老家时，却被告知，张老于前一天生病住华东医院了。我又赶往华东医院，去高干住院楼，电梯行至七楼，有人上下，电梯门闪开的瞬间，见到楼梯间有护士扶着位老人，尽管从没见过面，倒像有心灵感应：这就是张老，果然。采访时，在最初的几个问题问答之后，我们仿佛已成为忘年交朋友，任何对话，不用解释，只要说完，双方都心领神会，甚而互相提醒和补充 60 年发生的事情和相关人物，相当顺利地完成了采访。我用了两个月时间，完成了五万多字的中篇传记《功在千秋》。之后的几部中篇，写了拓片世家，章草大师王世镗和其嫡孙翻译家、作家王智量，情况也

▲ 1997 年作者探寻栈道遗迹

大致如此。我不仅完成了几部作品，还掌握了较为可信的写作方法，每一件事和人物至少三处证据，"修辞立诚"，这样才有可能接近事实，才有真实性和感染力。

写人物传记还有写小说的经验可资利用，只要掌握了充足的材料，写作还算顺利。难就难在写蜀道上，修建时间、起因、形制、功能、所涉及人物与事件已成载入典籍的历史。一句话，是死的，如何让它鲜活起来？

动笔之前，我多次思考的问题是：怎么写？写给谁看？原因是蜀道发现已有数千年之久，最有力的证据是"郑人南迁""褒姒北嫁"以及蜀人参加牧野之战，这些历史事件载入史册，没有争议、专家亦认可，只是散见典籍，且为文言叙述、只言片语，过于简单。除专家或业内人士，极少人涉猎。蜀道也就留下种种谜团，鲜为人知。考虑自 20 世纪五四运动，白话文新文学肇始，已近一个世纪，读者多为接受新式教育者，因此，蜀道写作必须考虑受众为最广大的读者，也就是说只能采用白话文，且是准确、简洁、生动的文学语言。做到这点的前提是：自己先吃透史料，梳理得清楚明白，甚至了如指掌。这样才有可能在枯燥难懂的典籍与广大读者之间架起桥梁。我概括为：以史学的视角看蜀道，以文学的笔法写历史。

这就为我的蜀道写作定下框架与准绳。

在多年多次的蜀道探访中，我的写作规划也逐步完善。计划整部书稿除了与蜀道有关的四部人物传记之外，还应包括坐落于秦巴腹地、与蜀道通塞兴衰紧密相关的马道镇、江口镇、华阳镇、嘴头镇四座古镇；蜀道必经的牛岭、凤岭、柴关岭、兴隆岭四道山岭；始终与蜀道为伴的褒水、斜水、傥水、骆水、沮水、酉水、嘉陵江、西汉水八条河流；子午道、傥骆道、褒斜道、陈仓道、金牛道、米仓道、荔枝道七条古道。整部作品便如修建一个院落，门庭过道、正房偏屋、四梁八柱、门窗斗拱都矗立起来，至于那些门墩、瓦当、滴水、踏步也就不难配置。正好用蜀道沿途群众生存生活状态、风物风情来装修点缀，力争做到化深奥艰涩为明白通晓，雅俗共赏。

褒谷口格局 ◀

四

　　1999 年，正好世纪之交，我把包括这四部人物传记在内的与蜀道相关的作品结集为上下两卷，60 万字的《山河岁月》由太白文艺出版社出版。2000 年暮春，省作协和太白文艺出版社还联合召开了研讨会。会前，我还有点儿忐忑不安：写作中尽管做了种种努力，力图使枯燥的史料鲜活，使逝去的往事为当代人理解，我把这些作品定位为非学术性的文学作品，对史料能不引用的尽量不引用，非引用不可的也融进叙述之中，不特别注释注解，让读者没有中断之感，以便吸引更多的读者……这些努力能否让学界认可，都在未知之中。

　　2000 年 4 月，陈忠实带着 40 多位作家、评论家来汉中，大家畅所欲言评说短长，对作品中的文化含量给予了充分肯定，对作品对我说了许多热情的赞语，认为《山河岁月》是一部事关中国文化建设的大气之作。我宁可把这些话语看作是一种鼓励，牢牢记住了大家指出的不足。归纳起来，大家希望如有机会再次出版，一是文章要再纯粹一些，把收入《山河岁月》中与蜀道无关的内容删去；二是依据蜀道踏访顺序编排，能够给更多的踏访者与旅游者提供方便。

　　这次研讨会后，《山河岁月》还受到余秋雨、熊召政、聂鑫森、查舜以及古道研究专家王子今、陶喻之、杨正泰、赵宇共等多位名家的高度赞许。对我来讲最大收获是坚定了信心，决定把蜀道写作进行到底。还有一个收获是，由蜀道写作引发了丝路写作，早先我只是无意识地西行，2000 年后成了有目标有目的的行动。但蜀道并没放弃，计划也十分明确，首先是不留死角，凡是能想到的没有去的地方尽量去，应该补写的文章尽量补写，为重新编辑出版做准备。我整理了

一下，《山河岁月》之后写出的作品有：2000 年探访祁山道，写《沧桑祁山道》《烟雨麦积山》《蜀道栈阁寻访记》；2001 年写一组六篇《蜀道明珠张良庙》；2002 年探访陈仓道后写《陈仓古道说风云》；2003 年重走褒斜道写《褒蚨铺访古》《龙潭坝往事》《青木川传奇》；2004 年再访金牛道去陇南探访古仇池国遗址写《漫漫古道通古国》《清风明月通天府》《翠云长廊接秦蜀》《锦绣成都》；2005 年与王景元、张尚忠步行翻越凤岭，写《暮春云树越凤岭》；两次探访嘉陵江新老源头，写《嘉陵古道探源记》《嘉陵新源藏区考》等。我把纯粹写蜀道的作品结集为《中国蜀道》，其中有 15 篇是《山河岁月》没有的。2008 年，由北京中国旅游出版社出版。2010 年 12 月 8 日，第二届柳青文学奖评选活动在西安隆重举行，这是陕西最高也最权威的文学奖。此前，评委会告知，《中国蜀道》系文史行走作品，因柳青文学奖不设此类奖，可按散文类申报。结果，全票通过，其授奖词为：

《中国蜀道》以生动的史诗般的力量唤醒我们的记忆，使可与万里长城、大运河相媲美的中国蜀道，穿越中国文化数千年，以多姿多彩的意态凸显在读者面前。

我要说的是，蜀道写作，不在于获奖，而在于我各方面都受益匪浅。它不仅改变了我的写作方向，由文学而蜀道，由蜀道而丝路，而唐蕃古道，从某种意义上讲也改变了我的人生轨迹。我由此接触了更广阔的生活、更广阔的天地和更广大的人群。从对蜀道和丝路的探访和写作中，我切实地感受到人类的文明源远流

▲作者古道作品

长，文明的传承点点滴滴，不绝如缕，需要我们老实切实锲而不舍地从小事做起。
人生短暂，认真做好一件事就不简单。

五

2013 年 9 月，中国国家主席习近平出访哈萨克斯坦，在纳扎尔巴耶夫大学发表了激情洋溢的演讲。就在这次演讲中，习近平主席向周边地区各国呼吁共建一条"丝绸之路经济带"的宏大构想，这立刻引起了世界各国的极大兴趣。"丝绸之路经济带"，是在古丝绸之路概念基础上形成的一个新的经济发展区域。它东边牵着亚太经济圈，西边连接发达的欧洲经济圈，被认为是"世界上最长、最具有发展潜力的经济大走廊"。这一创新的大合作模式，不仅充分展示丝绸之路的千古魅力，更让多个民族实现复兴的伟大梦想变得无比真实。

国家领导人亲自倡导"丝绸之路""一带一路"建设成为国家经济发展战略规划。文章合为时而作，这个"时"是时代的需求，是社会的趋势，更是读者的要求。这就为我的蜀道创作提供了新的机遇。

陕西省人民政府专门下达文件，称"蜀道"应为"秦蜀古道"并与四川省联合申遗。汉中市政府为搞全域旅游，策划七集纪录片《汉中栈道》，邀我撰稿（央视九套纪录频道已开始拍摄）。这也为我增订修改蜀道作品提供了契机。我用两年时间对蜀道作品做了大幅增订，以首篇《蜀道栈阁寻访记》为例，增订有三处：1. 史念海先生关于古道"三五格局"的主张；2. 秦人使用铁器的三处证据；

▲作者与王立群、郭荣章、肖云儒等学人共谈石门文化

3. 略阳出土的中国古代交通法规仪制令等。其余皆做了调整，使整部作品在学术性、文学性、可读性上都有大幅增色，另增图片 300 余幅，整部书规模倍增。书名定为《从长安到川滇——秦蜀古道全程探行纪实》，因省政府申遗文件即为秦蜀古道，也易与其余两书配套。

最后，要特别感谢太白文艺出版社社长党靖先生与责任编辑马凤霞女士，正是他们的真诚支持与有力配合使这套丝路系列作品顺利出版并与读者见面。

2016 年 8 月于汉水之畔无为居

《栈道（上）》解说词

[叠化栈道遗迹]

　　这是早于万里长城的一项大规模的土木建筑工程，是中国古代穿越秦巴大山的国家级的高速驿道。它使黄河长江流域两大文明得以交汇，使祖国版图得以统一。没有它，就没有强汉盛唐，历史也许会改写。尽管沧海桑田，兵毁火焚，这一古代奇观几乎消失殆尽，但它曾经起到过的巨大作用却永载史册。

[秦岭]

　　巍巍秦岭西起甘肃临洮，东到河南伏牛山地，延绵千里，横断三秦，自古便是阻碍人类沟通的一大屏障。

　　我们想想远古，铁器尚未出现，火药也未发明，更谈不上先进的开山技术与设备。秦岭最窄处也二三百里，没有人烟，食宿无着，当时植被茂密，古树参天，进去完全可能迷路。不是直到今天，还有去秦岭太白山的游客迷路失踪，无法生还的悲剧发生吗？

　　古人怎样穿越了蛮荒险峻的秦岭？真乃千古之谜！

　　但是古代先民确实在秦岭寻觅开辟出道路，而且不止一条。

[褒姒铺现场采访]

　　"一笑千金"的美女褒姒生长于

▲古道古树

秦岭南侧的古褒国。而周幽王的国都却在关中长安县斗门镇附近，可见险峻的秦岭并没有隔断人类婚姻联系。

撰写过《华阳国志》的晋代学者常璩认为，公元前451年，秦厉公城南郑，说明秦人已从关中走到汉中。蜀人参加牧野之战，说明蜀人早在殷末就走向中原。褒斜道与金牛道的发现与使用应远在三皇之世，距今已有四五千年的历史。

古代先民是怎样发现和开辟道路的呢？

[李四光像　秦岭山脊]

按著名地质学家李四光学说，由于地球自转、内营外力的结果，秦岭成为突兀云表，东西延绵的大山。以主脊为界，北坡的雪水流进渭水汇入黄河；南坡雨水则归汉水汇入长江。所以秦岭成为长江黄河两大水系、南方北方两类气候的重要分界。

[激流河谷]

亿万斯年，悠悠岁月。

秦岭被雪雨激流冲刷为条条幽深狭长的山谷。这些河谷又被古人利用，成为穿越秦岭的孔道。它的科学性在于河谷一般平缓，少攀登之险，只要沿河水抵达源头，翻越分水岭一段山脊，寻找对应或接近的河谷，必能穿越秦岭。

[上南河、铁佛店石崖残存的先民足迹]

可以想见，当初尚未完全摆脱游牧状态的古代先民，为了生存，沿着温润平缓、植被茂密的河谷，一边采集，一边狩猎，辗转迁徙，长期探索，终于认识到隔绝中原与大西南

▲秦岭被河流冲刷为河谷，又为古人利用

的秦岭山中，竟然有河谷可通。

桃李无言，下自成蹊。古道首先经历了自然发现与自然踩踏的阶段，是古代先民为了延续生命而不断探索的结晶，堪称划时代的伟大创举。

褒斜道如此近捷便利，所以许多专家认为褒斜道为蜀道之始，发现最早，使用时间最长，对历史、文化、贸易所起作用最大。

当初，那些自然踩踏出的小道并不是栈道，把原始小道开辟为官驿大道是古代社会政治、经济发展到一定历史阶段的产物。

春秋时代，占据渭河流域的秦人壮大，必然要不断巩固基地与拓展疆域，因征服需要，把原始小道开凿成能供千军万马行进的通道便势在必行！当时，没有先进的开山技术，不可能修筑像今天的盘山公路。褒斜二谷河水湍急汹涌，不可能乘船或从激流中行走，但也离不开河谷，因为河水起着指南针的作用。特殊的地形决定了只能在原始小道的基础上开凿道路。修筑什么样的道路只能由当时生产力发展的水平来决定。

据史料记载，秦人的建筑工艺已相当发达，不仅留下万里长城、兵马俑等奇迹，让世界久久地惊叹，还修建过许多已经毁灭的宏伟建筑。除了被西楚霸王项羽火焚三月不熄的阿房宫外，秦始皇每消灭一个国家便在咸阳塬上仿造这个国家的宫殿，以空中阁道相通，"周驰为阁道，自殿下直抵骊山"这种空中道路从咸阳直到临潼，延绵百里不绝。

这些琼台楼阁等仙境般的建筑尽管早已灰飞烟灭，但我们完全可以从今日世界的立交桥、空中铁道去想象当年秦空中阁道的壮丽与辉煌。

秦代工匠修筑空中阁道的技术，很自然地会被运用到修筑栈道中去，把先民自然踩踏出来的原始小道开凿改造成能过车马的栈道，是中国古代交通的一大飞跃，不仅是秦王朝统一六国之前国力的炫耀，也是早于万里长城之前的一项大规模的土木工程。所以最早记载栈道的《史记》中说："栈道千里，通于蜀汉，使天下皆畏秦。"

[五丁关、牢固关、剑门关等雄奇关隘]

那足以和万里长城和秦兵马俑相媲美的古栈道如今在哪里呢？

可惜，岁月悠悠，沧海桑田，数千年的兵毁水冲、风雨剥蚀、开山筑路乃至地震滑坡，把奇绝雄险的栈道毁灭殆尽。

如今，人们只能从史料典籍和残留的遗迹中去发掘整理，去认识它的本来面目，去想象它的神奇和壮丽。

[栈道专家郭荣章介绍栈道不同形制]

[摄制组在秦岭搭制栈道现场]

生活在 20 世纪的人类面临的是四通八达的公路、伸向远方的铁轨和划过碧空的银燕。什么是栈道？绝大多数人甚至没听说过，栈道显得那么遥远和陌生。摄制组在这褒斜道平缓之处，准备恢复一段"古代奇观"。

[汉中市博物馆副馆长王大中介绍平梁立柱式栈道]

《栈道》摄制组花费整整两天时间，用了将近三汽车木料，搭成不到 15 米的模拟栈道，却招引来方圆十几里的山民。这些与栈道遗迹朝夕相处的山里群众才恍然大悟：这就是他们祖先走过的道路！

那当然要走上去风光一番，他们像进城赶集一样兴高采烈。唯独这条老黄牛不知是没有雅兴，还是不愿走回头路，说什么也拉不上去。

摄制组的年轻人为亲手再现了神奇的栈道而无比兴奋，编制了简易的滑竿，抬起这位胖美工师，仿佛要在这 15 米的仿制古道上，寻找回早已消失的感觉。

[美工张维铮讲述平梁立柱加斜撑式栈道]

山谷地形复杂，古人智慧，依据不同的地形，创造了多样的栈道形制。在这种出现斜坡的河谷地段，残留着许多高低相间的柱孔。可以想见古人一定是在柱孔上插入高低不同的立柱，而顶端却处于同一水平线上，再用横梁衔接，上面铺

▲ 依据栈孔模拟平梁立柱加斜撑式栈道

▲上：石积式栈道
　下：凹槽式栈道

▲上：多层梁柱支撑式栈道
　下：千梁无柱加棚盖式栈道

上木板，加上栏杆，栈道便搭制成功。研究人员称这种结构为倚坡搭架式。

[留坝青羊铺石积式栈道]

这种用片石堆砌、需要的地方用石柱支撑的栈道，结构大体和今天山区的石板路相似，被称为石积式栈道或石碥道，从秦汉至今一直沿用在道路的建筑之中。不要小瞧这段荒芜的古道，川陕公路筑通的半个世纪之前，这便是沟通南北的大动脉。

[西北大学教授李志勤讲解孔雀台千梁无柱式栈道]

这种悬空的阁道，没有立柱，单把石梁插进壁孔里，上面铺以木板或石板，类似今日楼房伸出的阳台，人马行进难免心摇目眩，但限于山形水势。用诸葛亮的话说：“今水大而急，不得安柱，此穷极不可强也！”悬空阁道是在绝境中想出的征服大自然的办法。

[明月峡栈道　多层搭架式]

人类在征服自然过程中，总是不断地总结经验，显示出智慧，比起悬空的千梁无柱式栈道，这种多层搭架式结构栈道，把撑力分解到几层梁柱上，不仅深合力学原理，也表现建筑上的逶迤之美。

[凹槽式栈道]

在栈道遗迹中，至今残留着一种老虎大张嘴式的工程，把山岩开凿成一凹进的通道，两边与其他形制的栈道相接。这是一种特殊的筑路方式，被专家们称为"凹槽式栈道"。直到 20 世纪 30 年代，修筑川陕公路，还保留着这种形制。离开古都长安，沿着蜿蜒于崇山峻岭之间的褒斜道，走到南端的褒谷口，这儿两岸山崖陡峭，壁立千仞，一河流水，奔腾湍急，成为古道一处障碍。《史记》载："栈道千里，无所不通，唯褒斜绾毂其口。"所以早在 1900 年前的东汉永平年间，汉明帝下诏在这里开凿一条长 15 米，高宽各约 4 米的穿山隧洞。这是世界交通史上最早的人工通车隧道，是人类征服自然的空前壮举。

[20 世纪 30 年代修筑西汉公路的工程师张佐周先生讲解石门]
[王大中量八个洞底流水槽]

如果说石门的开凿展示了秦汉雄风，展示了古人的气魄和胆识，那么残留在山崖的栈孔则展示出我们祖先的智慧和精细。这每一个栈孔都内壁光滑，深浅一致，底部呈斜面，外高内低，使插进的横梁微微向上，保持力度与平衡。底面则凿有小槽，以利雨水流出，免得梁木腐蚀。几乎每个栈孔都堪称一件文物，一件艺术品。

[铁道部大桥局桥梁专家唐寰澄谈阎王碥栈道 《大开通》摩崖碑文]

镌刻于 1900 年前的东汉永平年间的摩崖石刻对褒斜道南段栈道设施记载最为权威详尽："始作桥阁六百二十三间，大桥五，为道二百五十八里。邮、亭、驿置、徒司空、褒中县寺并六十四所。"

从长安到成都，栈道最盛时期，有栈阁 9 万余间，以每间 3 米计算，是 27 万米，即 500 多华里，约占全程三分之一。栈道五里一邮，十里一亭，三十里则设驿置。这些凌空飞架的栈道蜿蜒于崇山峻岭之间、湍流绿波之上，时而一廊，时而一阁，时而一楼，时而一亭，是何等考究和华丽，又是多么雄奇和壮美，无怪盛唐大诗人岑参走在这宛若游龙的空中阁道上由衷地发出咏叹：

数公各游宦，
千里皆辞家；
一笑忘羁旅，
还如在京华。

《栈道（下）》解说词

[古道遗迹　模拟战争]

古道从发现到使用，便与战争结缘。关于褒斜谷的最早记载，便与战争有关。《蜀记》中说："武王伐纣，蜀亦从行。"说明早在殷末，居于秦巴之南的蜀人就由于战争走向中原。

之后，把古代先民自然踩踏出来的原始小道开凿为可供车马通过的栈道也是由于战争。公元前316年，秦惠文王伐蜀，动武之前，先在秦巴天险间凿架栈道，仅用三个月便灭掉巴蜀，俘获巴王。栈道开凿，当属首功。

[模拟修复　火烧栈道]

在漫长的岁月中，随着褒斜道、陈仓道、子午道、金牛道等栈道相继开通，把秦陇中原与整个大西南连成一气，也为征伐劫掠、分割统一打下基础。飞架绝岭的栈道可以因退敌拒敌烧掉，又可以因进军征伐修复，屡毁屡建。一部栈道兴衰史，也是一部兵戎征战史。

[陈仓道采访　武侯墓庙会　定军山]

这样一种完全来自民间、完全自发的祭祀活动，能够经历1700余年而不衰不灭，足见人民群众对诸葛亮的崇敬。

诸葛亮一生征战，他用智慧编

◀ 古道银杏

织出来的一个个引人入胜的故事、用剑戟勾画出来的一幅幅惊心动魄的场景大都与栈道有关。

公元 219 年，按照诸葛亮在《隆中对》提出的策略，刘备出兵汉中，在汉水边与曹兵相峙。

定军山十二连峰，并不险峻，却因为地处褒斜道与金牛道的交会地段，扼秦蜀咽喉，为双方必争。战幕拉开，老将黄忠出其不意，攻其不备，刀劈曹将夏侯渊，大破曹兵，为刘备夺取巴蜀打下基础。

至今，不时还有群众在定军山下拾到箭镞、扎马钉与刀矛，虽已锈蚀仍很锋利。据考为三国时兵器。

汉中，作为蜀汉门户，前沿阵地。诸葛亮在此屯兵八年，六伐曹魏，制造木牛流马，学术科技界至今对此兴趣浓厚。

有人认为既是"木牛流马"，就该有牛马的形体，还真有人仿制出来。但大多数学者认为：木牛流马就是适合于山间或田野小路负载行进的独轮车和小四轮车。

诸葛亮最后一次出兵，终于把悲剧推向了高潮。这次他沿着著名的古褒斜道进兵，占据进退从容的有利地形——五丈原。

[五丈原 葫芦峪 方才棺]

魏军统帅司马懿深知蜀兵远道而来，粮草接应不济，只宜速战。他偏反其道而行：志在必守，决不出兵。

诸葛亮虽施计谋，取得火烧葫芦峪局部胜利，却于大局无补。

蜀魏相持百日，诸葛亮终于病逝军中，蜀军悄然而退，至太白方才抬棺发丧。其时青山含悲，天公垂泪，留下"出师未捷身先死，长使英雄泪满襟"的千古憾事。

发生在古栈道最辉煌的战争要算楚汉相争。著名的历史故事"明修栈道，暗度陈仓"便发生在穿越秦岭的古栈道上。

刘邦被项羽封为汉中王。项羽本意是要把刘邦赶出关中，事情却走向反面。汉中这块素有"天汉"美称的风水宝地偏成就了刘邦。

刘邦沿着子午道离开关中时，听从张良计策，烧毁栈道，表示他将永居汉中，再也不会和项羽争夺天下，借以麻痹项羽。

至今，雄踞汉中市区的古汉台，便是刘邦在汉中为王时的行宫遗址。

古汉台久经沧桑，星转斗移，汉时建筑所剩无几，和许多名胜古迹一样，每件遗物都附会上了逸闻趣事。

这些逸闻真假与否，问题不大，关键刘邦占据汉中后，获得了休养生息的机会，为反攻关中、平定三秦做了准备。

刘邦在汉中最重要的事情是筑坛拜将，起用良将韩信。楚汉相争，在很大程度上也是人才之争。

其实，韩信拜将也并非一帆风顺。

当初，韩信离开不重用他的项羽，投奔汉营。刘邦对韩信并未重视，只以管理粮食的小官对待。萧何多次推荐，刘邦不以为然，导致韩信再次出逃。倒是萧何独具慧眼，演出了一幕被津津乐道2000年的"萧何月下追韩信"的故事。

［上海复旦大学教授 古道研究专家杨正泰讲述马道现场］

刘邦取得天下后，念念不忘由汉中发迹，所以定国号为汉，开始了汉朝400多年的历史。正是从汉代开始，结束了秦、齐、燕、韩、赵、魏、楚的杂称，华夏民族有了统一的称谓——汉族。汉学、汉字、汉风、汉俗由此获得生机，蓬勃发展，创造出灿烂的汉文化。

［丝绸之路 张骞墓］

也是从汉朝开始，古老的栈道承担起崭新的历史使命，成为著名的丝绸之路的组成部分。

雄才大略的汉武帝派遣张骞出使西域，开辟出一条具有世界历史意义的和平友谊之路。丝绸之路起于长安，但长安的丝绸远不能满足需求。战国时修筑的都江堰，使巴蜀早获蚕桑之利。蜀锦品种繁多，华贵高雅，精美绝伦，让人无法不喜爱。大约，当初欧亚妇女为能穿上一件中国丝绸长裙就像今天的年轻人为能穿一件皮尔·卡丹设计的西装，是肯掏大价钱的。无怪外国商人纷纷来到中国，产生了南北两条丝绸之路。

南丝绸之路从成都出发经云南到缅甸、印度。北丝绸之路由长安经新疆至西亚诸国。蜀锦便是通过栈道由成都运往长安的。秦蜀间的栈道恰好把南北丝绸之路连接起来。

纵观古道贸易，繁盛莫过于唐代。经过"贞观""开元"之治，盛唐时，长安人口超过百万，开辟有东西二市，店铺林立，客商云集，成为世界第一流的贸易中心。

这时，栈道也有了重大变化。秦汉时期的栈道，从遗迹看，在距水面2～5米处，易被洪水冲毁，再是木梁木柱容易着火，难以持久。隋唐时期，随着开山技术提高，栈道向高处发展，唐时栈道已距水面 20～30 米，避开洪水冲刷，路面也由栈道与石碥道相结合。可谓"飞梁架绝岭，栈道接危峦"，真正把天堑变为通途。

[驿馆 长安城墙 大雁塔]

唐代不仅栈道畅通，驿馆也极完备考究，接待各级官吏商旅，备有各种规格等级的房间，行人、乘马各得其便。位于褒谷口的褒城驿被誉为"天下第一驿"，备有酒库、茶库，仅是泡菜便有一百余种，足见繁盛。诗人元稹作诗赞叹："已种千竿竹，又栽万树梨。"还建有亭台楼阁，简直是座花园式的驿站，称得上当时的五星级宾馆。

唐代四通八达的驿道把京都省府与边城远地连成一体，使大唐声威远播，周边国家皆来交好。栈道也增添新的内容，比如设置专记朝廷大事的"邸报"，经过驿道分送各地节度使衙门。这可以看作今日报纸或内参的萌芽。

当时，商业活跃，贸易频繁，使用铜钱，甚为不便，于是便有互相信赖的货栈使用"飞钱"，两边各开证券，通过驿道传达，应看作今日邮局汇兑之先声。

[牛岭挖掘古碑 心红峡石刻]

栈道的通畅不仅促进了当时贸易发展，更重要的是在民族融合、文化传播方面发挥出巨大作用。

远在秦汉，古人便开始刻石纪事。把原始小道开凿为栈道，也恰在秦汉之际。古道的兴衰、沿途山水之胜、雄关漫道之险，都成为往来官吏、文人墨客咏叹的对象，并常镌刻于道边岩石，留下大量摩崖刻石。所以，几条栈道都有"石刻之路"的美誉。

石刻内容大都与古道兴废变迁有关，虽历千年，风雨剥蚀，仍有不少保存完好，是当时历史最真实的记载，能够起到"补史之阙，参史之错，详史之略，续史之无"的作用，为后世研究提供了珍贵的史料。

[千佛洞 灵崖寺 千佛崖 皇泽寺]

古道石刻，内容丰富，除了文字还有雕像，诸葛亮兵出祁山口的麦积山、金牛道上的灵崖寺都是雕像荟萃之地。若论气势和规模则首推广元的千佛崖。

这儿是金牛道入川要冲，是中国历史上唯一的女皇帝武则天的故乡。唐朝又是中国古代昌盛时期，对外来文化兼容并蓄，体现出泱泱大国的气派。这些始于北魏、盛于隋唐的雕像得到极大的保护与发展。工匠充分吸取开凿栈道的经验技艺，先搭好桥阁，再一层层地雕刻佛像。

如今，当我们漫步于这宏大的艺术殿堂，是否感受到，那千姿百态、充满自信的刻像在向我们传递着1200年前的盛唐气象？这些石雕石刻为古老的栈道增添了不朽的光彩。

[西狭颂 郙阁颂 石门颂]

据说汉代碑刻存留至今的在全国仅40余块，其中有十余块便集中在穿越秦巴的几条古道上。陈仓道上有《西狭颂》，金牛道上有《郙阁颂》，褒斜道上有《石门颂》。"三颂"均为珍贵的汉代石刻，内容都与古道开凿相关，史料价值非同一般。研究蜀道专家言必称"三颂"，认为"三颂"的价值完全可以同李白歌咏蜀道的名篇《蜀道难》媲美。

["石门十三品" 长城烽火 驿卒马蹄]

在众多的石刻中，褒斜道南端的石门隧洞摩崖石刻多达100余块，其中"汉魏十三品"最为珍贵，在金石书法界久享盛名，饮誉中外。《石门颂》便是十三块中的一块。"辞海"二字便集取自《石门颂》，其价值可见一斑。

中国是人类最早开展通信的国家。著名的历史故事"烽火戏诸侯"，表明早在西周，便以烽火为号，传呼军队。

《汉书》载"立屯田于膏腴之野，列邮置于要害之路"，说明汉代邮传已成网络，十分发达。若遇王命急宣，驿卒腰扎公文，策马如飞，每到狭路或接近下驿，便摇铃为号，提醒下驿接力传递。夜则举火，光明炫目，过如飞电，望之者无不避路。

"一骑红尘妃子笑，无人知是荔枝来。"

杜牧的名句讲的是从四川涪陵经子午道给杨贵妃送荔枝的故事。长驱2000余里，荔枝宛然如鲜，可见当初邮传之迅速，绝对是世界先进水平。古代没有电报、电话或其他任何电传手段，边关告急、官吏升降、王命急宣、公文下达只能依赖驿道。畅通的栈道为沟通中原与大西南，为统一祖国，建立多民族的共和国打下了坚实基础。

一个曾经有过秦汉雄风、盛唐文明的民族，一个有过四大发明、在世界上曾经领先1000多年的民族，有过多少荣光和骄傲！

历史悠久，历经沧桑的古栈道，尽管已经荒芜或被铁路公路取代，但她曾经有过的灿烂却丰富了我们的历史，也丰富了人类的历史。但愿这抹不掉的记忆能提醒和激发我们去创造与世界共同前进的文明！

历史期待着，我们的祖先期待着！

（《栈道》专题片由赵忠祥解说，1994年起在中央电视台及多家省市电视台播出并获陕西省历史文化专题片一等奖。）

蜀道旅游资讯

从广义讲，凡通往古蜀国，即今日四川省的道路都可以认为是蜀道。查史料可知，秦汉时期，把从国都长安通往四川乃至云贵的驿道称栈道、阁道、五尺道，唐宋时期称蜀道、山南驿道；明清时期，官方和群众都把穿越秦岭的驿道称北栈，把穿越巴山的驿道称南栈。由于李白名作《蜀道难》的巨大影响，"蜀道"一词贯通古今。蜀道从狭义上讲，主要是指古代汉唐时期由国都长安通往四川成都的陕川驿道。李白当年咏叹的蜀道也指的是这条道路。为方便旅游观光、采风摄影或对蜀道感兴趣的朋友深入探访，笔者依据多年考察蜀道的经验体会，提供以下资讯。

一、蜀道旅游路线

如本书所叙，蜀道历千年之久，内涵丰富，成网状发展，被专家认定的便达七条之多，其中穿越秦岭的四条，由东至西分别为子午道、傥骆道、褒斜道、陈仓道；穿越大巴山的有三条，分别为荔枝道、米仓道与金牛道。由于线路众多，且有的古道至今荒芜，除研究者、文物考古工作者，一般旅行者无涉险且耗费时日的必要，可选取一条最有蜀道特色的线路旅游。笔者建议可由蜀道起点——汉唐故都西安出发，其路线为：

西安——宝鸡——留坝——汉中——勉县——宁强——广元——剑阁——绵阳——德阳——成都——云南

二、蜀道景点提示

首站可定西安。作为陕西省会，西安交通便捷，食宿方便，是古老蜀道也是丝绸之路起点，文物遍布，景点众多。秦兵马俑、唐大雁塔、碑林、钟楼皆驰名中外。不妨参加当地旅行社一日游，领略主要景点，省却食宿车行之烦，集中精神感受汉唐故都遗风神韵。

第二站宝鸡，在关中平原西部，为陕西第二大城市。宝鸡古名陈仓，是周人、秦人发祥之地，其周原有"青铜器之乡"美誉。我国出土的著名青铜器，比如散氏盘、毛公鼎等皆出于此。扶风唐建法门寺更是佛教名寺，曾以出土大批盛唐金器闻名中外。宝鸡还是我国第一条入蜀电气化铁道宝成铁路起点，历史悠久，交通发达，值得一游。宝鸡的岐山面条、凤翔柿饼、民间泥塑都有名气。

第三站留坝。建议乘坐汽车，离开宝鸡市区，仅半个小时便进入秦岭大散关，犹如进入古今蜀道博物馆。首先映入眼帘的便是关中平原西部门户大散关，两边群峰高耸，危峦挺拔，中空一线，舍此便无他途，至今雄姿犹存，尽可联想冷兵器时代的古关风采。再是，秦汉时期的陈仓古道，明清时期的连云栈道，20世纪抗战前夕修筑的穿越秦岭的西汉公路，我国首条电气化铁道宝成线尽皆汇聚于大散关。铁道与公路交错，隧洞与桥梁相连，汽笛声声，经久不绝，构成波澜壮阔的画，堪称中外交通史上之精彩华章。

沿途可观赏的景点还有酒奠梁、柴关岭，海拔均超过1500米，公路盘旋至山顶，

▲石门栈道多丽人（牛江林摄）

可领略秦岭万山重叠、千岭横呈的雄奇风采，还可游览蜀道明珠张良庙、萧何追上韩信的马道驿，褒姒故里、石门石刻等。

第四站汉中，此为秦巴之间汉水滋润的带状盆地。汉中系国家级历史文化名城，两汉、三国的遗迹众多，有古汉台、拜将台、张骞墓、武侯墓、唐开元塔等国家级重点文物保护单位，系蜀道重镇，又是我国南北分界，长江两大支流汉水、嘉陵江发源地。"风气兼南北，语言杂秦蜀"，汉中在建筑、民情、风物、饮食、景色等方面都有独特之处，能满足摄影、采风、观光各类旅游者需要。

汉中经近年努力已成为国家级优秀旅游城市、全国最佳历史文化魅力城市，食宿方便，交通便捷，尤其西汉高速公路开通后，仅3小时可达西安，5小时可达成都，旅游者尽可前往。

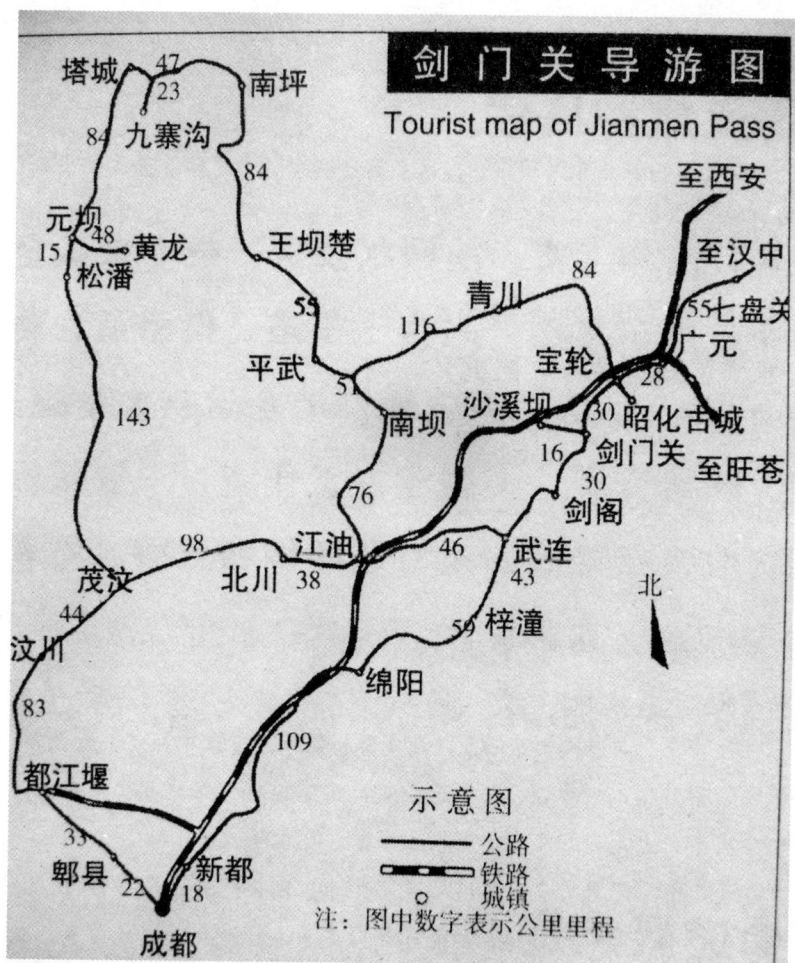

▲剑门关导游图

第五站广元。这是四川、陕西、甘肃三省交界的蜀道重镇，是女皇武则天的故乡。境内有清风峡、明月峡、翠云长廊、剑门雄关等蜀道遗迹，还有川北凉粉、朝天核桃、剑门豆腐等风味食品。

第六站成都。成都是蜀道终点，也是历史悠久的文化名城，素有"天府"美誉。市区的武侯祠、杜甫草堂、薛涛井、青羊宫，加之相距不远的宝光寺、三星堆、都江堰、青城山均使成都生辉，增人游兴。四川地形多样，物产多样，服饰多样，民俗多样，名酒荟萃，小吃众多，均给成都抹上艳丽色彩、浪漫情调。若把蜀道起点西安称作汉唐故都，这终点便是锦绣成都，可为蜀道之旅画上圆满句号。

特别值得一提的是，西安至汉中的高速公路贯通，使得西安至成都全程都有高速公路相通。这样，在沿原川陕公路游览完蜀道之后，返回便可乘坐高速大巴，全程仅需八个小时，可谓：高速公路穿秦巴，千里蜀道一日还。

三、蜀道食宿交通

▲蜀道起点西安为国际化旅游城市，市区公共交通发达，通往各景点的火车、汽车、各类大巴每十分钟就有一趟，十分便捷。市区各类高、中、低档宾馆应有尽有，游人可自行选择。

西安风味食品众多且特色鲜明，牛羊肉泡馍、肉夹馍、酸汤饺子、锅盔、臊子面、葫芦鸡、老童家腊羊肉、老孙家泡馍等。

▲宝鸡市为蜀道与丝路必经，陇海、宝成、宝中铁路，连霍高速贯穿交会之处，交通便捷，四通八达。宝成铁路与西汉公路皆沿古老蜀道穿行，可乘坐观光。宝鸡市区各类宾馆齐备，风味食品以岐山臊子面、西府锅盔、凉皮最为有名。

▲西（安）汉（中）高速公路开通，使汉中旅游骤然加热，每隔20分钟便有一趟豪华沃尔沃大巴对开，仅4个小时路程。汉中至成都全程高速也已贯通，5个小时可达。乘汽车较乘火车更为便捷。

汉中市新建高级宾馆如红叶、金江、邮政、古月等，加上中低档宾馆，基本能够满足游客住宿需求。汉中风气兼南北，饮食秦蜀荟萃，有汉中面皮、菜豆腐、浆水面、罐罐茶、草鞋馍、枣糕馍、王婆麻辣鸡、王家核桃馍等。可购土产有汉中绿茶、西乡牛肉干、上元观红豆腐、留坝土蜂蜜、花木手杖等。

▲广元为蜀道重镇、北川门户，系川、陕、甘三省连接之处。阳平古道、金牛古道以及剑门关、翠云廊、千佛崖、皇泽寺等蜀道景点密布，是游览蜀道的必经和重要地段。

▲蜡烛独秀（赵浩然摄）

　　广元市区有广元宾馆、利州宾馆、风台宾馆、中源宾馆等，均可提供300个床位，可供千人同时就餐，加上中低档宾馆，住宿不成问题。广元饮食荟萃川、陕、甘特色，品类众多且有风味，剑门豆腐、川北凉粉、腊味猪蹄、豆花面均有名气。

　　广元交通便捷，宝成铁路、川陕公路贯穿全境，近年京昆高速全程贯通，去西安、成都十分便利，每隔半小时便有各类大巴发往各地，随时购票，即可乘车，无须等候。

　　▲成都为蜀道终点，亦是西南重镇、旅游热点城市。成都旅游业起步较早，旅行社众多，从业人员素质较高，各类食宿游览安排合理且价格合理。建议游客到达成都，可参加当地旅行社组织的一日游，仅200元左右，便可游览武侯祠、杜甫草堂、青羊宫、永陵、锦里等五六处市区景点，中午还可享用一餐风味荟萃的成都小吃，各种门票、车费、餐费尽含其中，真正省却麻烦，物超所值，何妨一试？

　　成都周边可一二日游的景点颇多，比如三星堆、都江堰、宝光寺、青城山、峨眉山、乐山大佛、西岭雪山、四姑娘山等。再是近年开发的一批古镇，如洛带、平乐、罗泉、罗镇、柳江、上里等，多保持明清时期建筑风格，街道悠长，石板铺地，或依山，或傍水，参差错落，井然有序，让人于炊烟袅袅中感到一份闲适与幽静，最宜安顿旅人浮躁的心境，也把探访蜀道的壮举推向极致，圆满地落下帷幕。

《陕西古代道路交通史》，王开主编，人民交通出版社，1989 年

《河山集·古代的关中》，史念海著，生活·读书·新知三联书店

《石门摩崖刻石研究》，郭荣章著，陕西人民美术出版社，1985 年

《古道论丛》专号，陈全方主编，成都大学学报，1989 年

《中日古代交通研究专号》，陈全方主编，《文博》，1994 年

《蜀道及石门石刻专号》，陈全方主编，《文博》，1995 年

《华阳国志》，（晋）常璩著，巴蜀书社，1984 年

《明代驿站考》，杨正泰著，上海古籍出版社，1994 年

《蜀道驿程记》，（清）王渔洋著，康熙木刻本

《秦蜀驿程后记》，（清）王渔洋著，康熙木刻本

《陇蜀余闻》，（清）王渔洋著，康熙木刻本

《中国通史简编》，范文澜著，人民出版社，1965 年

《秦始皇兵马俑博物馆论文选》，袁仲一、张文立、吴永祺、张仲立编，

西北大学出版社，1989 年

《汉三颂专辑》，郭荣章主编，陕西人民美术出版社，1993 年

《徐霞客游记校注》，（明）徐弘祖著，朱惠荣校注，云南人民出版社，1985 年

《中国西南历史地理考释》，方国瑜著，中华书局，1987 年

《中国人口地理》，胡焕庸著，华东师大出版社，1984 年

《资治通鉴》，司马光著，岳麓书社，1989 年

《中国章草名帖精华》，佟伟主编，北京出版社，1994 年

《秦岭大熊猫的自然庇护所》，潘文石等著，北京大学出版社，1988 年

《褒谷古迹辑略校注》，（清）罗秀书等原著，郭鹏校注，1997 年

《蜀道话古》，李志勤等著，西北大学出版社，1986 年

《前蜀后蜀史》，杨伟立著，四川社会科学院出版社，1986 年

《孙可之文集》，（唐）孙樵撰，上海古籍出版社，1976 年

《石门》，专刊三期石门研究会编，1984 年、1986 年、1988 年出刊

《石门十三品撮要》，郭荣章著，陕西旅游出版社，1993年

《万古江河》，许倬云著，上海文艺出版社，2000年

《中国文史资料选辑》1～40卷，中国文史出版社，1989年

《中国学术思想史随笔》，曹聚仁著，生活、读书、新知三联书店，1986年

《三国志全译》，田余庆主编，中州古籍出版社，1991年

《天下水陆路程》，（明）黄汴著，杨正泰校注，山西人民出版社，1992年

《天下路程图引》，（清）儋漪子辑，杨正泰校注，山西人民出版社，1992年

《客商一览醒迷》，（明）李晋德著，杨正泰校注，山西人民出版社，1992年

《史记》，（西汉）司马迁著，国际文化出版公司，1991年

《汉书》，（东汉）班固著，延边人民出版社，1996年

《三国志》，（晋）陈寿著，延边人民出版社，1996年

《宋书》，（梁）沈约著，延边人民出版社，1996年

《新唐书》，（宋）欧阳修著，延边人民出版社，1996年

《全唐文》，（清）董诰等编，上海古籍出版社，1990年

《全唐诗》，竞鸿等编，吉林文史出版社，1994年

《水经注译》，陈桥驿主译，山西人民出版社，1995年

《陕西碑石墓志资料汇编》，西安碑林博物馆编，西北大学出版社，1995年

《汉中碑石》，陈显远编校，三秦出版社，1996年

《汉中府志》，（清）严如熤主编，嘉庆年木刻版

《中国古代邮亭诗抄》，残破，不详

《陕西邮电史志资料》，陕西省邮政局编，陕西人民出版社，1995年

《陕西军事历史地理概述》，陕西省军区编，陕西人民出版社，1998年

《中国历史职官辞典》，上海辞书出版社，1989年

《陕西省志·航运卷》，陕西省交通厅编，陕西人民出版社，1996年

《陕西省志·航运卷》，陕西省方志办编，陕西人民出版社，1996年

《陕西自然地理》，聂树人著，陕西人民出版社，1981年

《华阳国志校补图注》，任乃强编注，上海古籍出版，1987年

《中国自然地理总论》，中国科学院编，科学出版社，1985年

《陕西公路史》，杨巨盛主编，人民交通出版社，1988年

《天工开物》，（明）宋应星著，甘肃文化出版社，2003年

《中国封建王朝兴亡史》八卷本，周远廉主编，广西人民出版社，1996年

《中西交通史料汇编》六卷本，张星熿编注，中华书局，1978年

《大学历史丛书》十二种，周一良主编，福建人民出版社，1996年

《先秦政治思想史》，梁启超著，东方出版社，1996年

《中国俗文学史》，郑振铎著，东方出版社，1996年

《中国学术史讲话》，杨东莼著，东方出版社，1996年

《秦代学术概论》，梁启超著，东方出版社，1996年

《中国民族史》，吕思勉著，东方出版社，1996年

《中国风俗史》，张亮著，东方出版社，1996年

《晚唐钟声》，傅道彬著，东方出版社，1996年

《汉中褒斜道石门摩崖石刻》，〔日〕牛丸好一编著，东京出版社，1990年